Matthias Mander

GARANAS ODER DIE LITANEI

Roman

GEGRÜNDET
1999

Matthias Mander

GARANAS ODER DIE LITANEI

Roman

Czernin Verlag, Wien

Gefördert vom Bundeskanzleramt/Sektion für Kunstangelegenheiten
und der Stadt Graz/Kulturreferat
.KUNST

Die Deutsche Bibliothek – CIP-Einheitsaufnahme
Mander, Matthias:
Garanas oder Die Litanei/Mander, Matthias
Wien: Czernin Verlag, 2001
ISBN 3-7076-0116-1

Art Direction: Bernhard Kerbl
Cover-Foto: Stone / Roy Botterell
Herstellung: Die Druckdenker GmbH, Wien
Druck: Druckerei Theiss GmbH, A-9400 Wolfsberg

ISBN 3-7076-0116-1

Literarisch gesagt:

Die in diesen Studien entwickelten Figuren, Taten, Gespräche, Örtlichkeiten und Endergebnisse beziehen literarische Konsistenz aus jenem Erfindungswillen, der von winzigen Spiegelungen zur kunstvollen Extrapolation drängt. Sonst Unsägliches ordnet sich litaneihaft als Lesestoff in befristet dichtbewohnter Gedankenwelt. Nicht Wirklichkeit ist geschildert, schon gar nicht die ganze, sondern eine der vielen ihr unterlegten Erfahrungs- und Bewußtseinsschichten. Nicht die entwickelten Sachverhalte stimmen, sondern Perspektive und Diktion: Der Roman als Schnittbild, Schichtendurchleuchtung, deren Wellenlänge für dieses Wahrnehmen gewählt ist.

Kurzum: Der Roman ist real, der Inhalt irreal, schließliche Teilsiege gab es nie.

Juristisch gesagt:

Handlungen und Personen sind frei erfunden. Motive aus laufenden Ereignissen charakterisieren Aspekte der Epoche als ereignisunabhängiges Sittenbild unethischen Wirtschaftsklimas. Zeitgeschichtliche Anregung als solche läßt Rückschlüsse auf die Realität nicht zu. Der Roman ist kein historisches Werk, keine aktuelle Dokumentation, keine Autobiographie. Gültig gestaltete Romanszenen können wegen allgemeinen Zutreffens Déjà-vu- bzw. Déjà-lu-Assoziationen auslösen, die in Leser-Erfahrungen gründen, nicht im Einfluß des Autors.

„Sie sehn, dass man wohl ein Philosoph seyn kann, ohne deshalb ein Narr zu seyn."

„... bleibt immer klar, dass Sie folglich absichtlich sich einen Theil des Meinigen widerrechtlich haben zueignen wollen. (Es) darf Ihr Glück nicht auf den Trümmern des meinigen erbaut seyn. (...) Sie haben mir Ihre Waffen gezeigt; ich zeige Ihnen meine."

Arthur Schopenhauer an den angeblichen Falliten A. L. Muhl
am 1. und 22. Mai 1821

Die Zitate von Adele und Arthur Schopenhauer stammen aus dem Buch Wilhelm Gwinner: Schopenhauers Leben, Leipzig 1878

Die Fähre

„Ich will nichts wissen!“ Max Benedikter schlurfte um den mitten im Hof stehenden und Hitze abstrahlenden Citroën herum, schob die verwitterte Stalltür auf und begann den Standplatz seiner Kuh auszumisten. Hans Benedikter, sein einige Jahre jüngerer Vetter, der unerwartet vor dem Anwesen erschienen war, löste den Blick von dem alten Verwandten und genoß belastet, verwirrt die Aussicht vom Schwaighof: Umfaßt von massig abwärts schwingenden Almhängen – Wälder und Weiler in den Flanken –, prangte tief unten im Nachmittagslicht die Sulmebene zwischen Schwarzer und Weißer Sulm, vom grell aus der Lichtung herauf-leuchtenden Schloß Schwanberg über die Türme von St. Peter, St. Martin, St. Florian, Preding, Hengsberg bis zum markanten Wildonerberg im fernen östlichen Murtal draußen. Die fernen Straßen, die er eben noch befahren hatte, waren kaum auszunehmen, nur die Kirchen, die um sie gewürfelten Häuser, die hundertfältig verwinkelten, dicht geschichteten Äcker, die dazwischen glitzernden Fischteiche.

Hans Benedikter trat in die Stallöffnung, beobachtete seinen Vetter, roch dessen kleine, verborgene Welt, schaute ihm beim Einfüttern und der Kuh beim Fressen zu – wie ihre gewaltige Zunge mit geschickter Kreisbewegung die Grasbüschel umfaßt und einwärts lupft.

Max, der die Kuh gemolken hatte, den Blecheimer halb gefüllt mit schaumiger Milch, stand, die Kappe aus der Stirn geschoben, vor ihm: „Deine Wohnung in Wien haben sie dir weggenommen?“

„Veruntreut, ja. Der Verkäufer des Hauses in der Glockengasse, ein Rechtsanwalt, der viele Wiener Althäuser auf Schulden gekauft hat, ließ eine Tiroler Bank auf den Gebäuden anschreiben. Und ich bekam von ihm – so wie viele andere – einen schönen, versiegelten Kaufvertrag für meine lastenfreie Eigentumswohnung, die ich durch meine Bausparkasse voll ausbezahlt habe.“

Max goß die Milch durch ein Sieb in den Kochtopf, der auf dem Herd stand. „Aber wenn du dem Rechtsanwalt alles bezahlt hast und das von ihm bestätigt ist, kannst du doch deine Wohnung nicht verlieren!“

„Doch. Nicht rechtens freilich, aber in der Wirklichkeit: Der Dr. Gallunter hat meinen Kaufpreis zwar kassiert, aber seine Schulden auf der Liegenschaft nicht zurückgezahlt. Das hat er ein paar hundert Leuten angetan, die ihm vertrauten, weil er ja ein Rechtsanwalt ist. Zuletzt ist er mit dreihundert Millionen Schilling verschwunden. Seine Kanzlei, seine Mitarbeiter, sogar seine Familie wissen nicht, wo er und unser vieles Geld sind. Die Tiroler Bank verlangt nun von mir die Tilgung der auf meiner Wohnung grundbücherlich verbrieften Schuld."

Durch Blasen entfachte Vetter Max das Feuer im Herd, schob eine Pfanne mit weißem Schmalz neben den Milchtopf: „Willst einen Schmarrn mit frischem Salat? – Mußt du die Wohnung, die du schon bezahlt hast, also noch einmal bezahlen? Das heißt, dieser Advokat hätte dir deine Eigentumswohnung gestohlen?"

„Er hätte nicht, er hat! Die Raten an meine Bausparkasse muß ich zwanzig Jahre weiterbezahlen, und die Tiroler Bank ... bekommt eben meine Wohnung für ihre Hypothek zurück."

Max stieg die drei Stufen zum Hof hinunter, ging hinter die kleine Scheune, ergriff eine Haue und drei blutige Hühnerkadaver, mit denen er zum Waldrand hinaufging: „Heute nacht ist der Marder in meinen Käfig eingebrochen. Das tote Vieh gehört eingegraben."

Hans beobachtete Max bei seiner bedächtigen Arbeit, bis er die Moospölster über der Grube auf ihren Platz zurückpreßte.

Max brummte: „Du warst lang nicht hier, Hans. Seit dem Begräbnis meiner Mutter vor fünf Jahren haben wir uns nicht mehr gesehen, glaube ich." Er nagelte ein dickes, altes Brett quer zu den Scheunenlatten vor den Hühnerkobel: „Morgen kaufe ich Maschendraht." Der alte Arbeitsmensch, gebückt, aber wetterfest, blieb stehen, blickte dem fremd gewordenen Vetter kurz ins Gesicht: „Willst hier übernachten?"

Hans Benedikter setzte sich auf die Holzbank vor dem einschichtigen Schwaighof, schaute auf die mit der aufkommenden Abenddämmerung aus den schwarzen Waldwipfeln hervorstürzenden Raubvögel, die den riesigen Lufttrog unter ihm mit langsamen Flügelschlägen umrundeten.

„Ein Dach für dein Auto habe ich nicht", sagte Max, „aber in der oberen Kammer kannst schlafen."

Die beiden Männer, innerlich weltenweit, äußerlich keine drei Autostunden entfernt voneinander gewesen, stocherten im Abendessen, das Max zubereitet hatte. Kauend erklärte Hans seinem Vetter: „Meine Wohnung ist verloren. Die

Tiroler Bank weiß, daß wir um unser Vermögen betrogen wurden. Aber ihre Millionen sind grundbücherlich besichert, hingegen unsere Zahlungen nach dem Plan Gallunters eben nicht. Nicht nur, daß die Eigentumswohnung weg ist, ich weiß heute gar nicht, wie ich auf Jahre hinaus die Raten an meine Bausparkassa leisten soll."

Max wischte sich mit dem dunklen sehnigen Handrücken das grüne Kernöl von den Lippen: „Du hast doch eine gute Stelle in Wien. Du wirst das schon übertauchen."

Hans schluckte den letzten Bissen, trank sein Mostglas leer, schaute durch die winzigen Fensterluken in der Bohlenwand in die Düsternis hinaus: „Nicht mehr! Seit heute mittag nicht mehr. Die Fabrik, in der ich einundvierzig Jahre gearbeitet habe, hat jetzt andere Besitzer. Und die wollten, daß ich die Bilanz fälsche, damit sie reich werden."

Max starrte lang auf Hans: „Du hast das nicht gemacht, gelt?"

Der Duft des Abendessens hing noch in der Stube, im aufkommenden Nachtwind ächzte die Scheunentür, die Hühner sängelten sich in den Schlaf, im Stall klinselte die Kuhkette. Max schlurfte zur Fernsehecke. Seine Hand hielt aber vor dem Einschaltknopf inne, er drehte sich um: „Du kannst oben übernachten, Hans. Irgendwie bist auch du hier zu Hause. – Aber rede über dein Wiener Unglück nicht weiter! Ich will das alles nicht wissen! Ich will nichts wissen!"

Hans nickte nur. Er erhob sich, schritt über den Hof an seinem dunstnassen Citroën vorbei auf der schmalen Zufahrtsstraße zum Scheitel der Bergkuppe hinauf. Ringsum blinkten die Fenster der verstreuten Höfe – Eckweber, Hochmasser, Mentl, Holzjakl – aus den schwarzlastenden Hängen. Die fernen Tallandschaften glitzerten in winzigen bewegten und unbewegten Lichtern.

Hans Benedikter schritt in diese zwar heimatliche Bergnacht hinaus, aber kein Trost ergriff ihn. Keine Klärung, wieso er hier war. Dieselbe Fremdheit, würgende Ungewißheit, fast tödliche Ungläubigkeit vor der Welt und dem Leben bedrohten seine Fassung, mehr noch, ließen ihn den Ausbruch einer Panik spüren.

Zissers Tastatur: War Benedikters Verweigerungsmotiv vor dem Falschbuchungsansinnen edel? Ohne Machtneid gegen die unwürdigen neuen Fabriksbesitzer? Und ohne Besorgnis über die juristische Bedrohung eines unkorrekten Buchhalters? Wird in diesem Text Benedikters innerstes Schaudern fühlbar vor der nicht erklärbaren, nicht vertretbaren und vor niemand verantwortbaren, wirklich sinnlosen stundenlangen Autofahrt nach Garanas? Daß ihn ein nicht beherrschbarer Zornschub lenken kann, ihn, der jahrzehntelang über jede Minute seines Lebens Buch führte? Hat Benedikter nicht vielleicht nur innerlich wütend auf die Grenzen bilanzieller Gestaltungsmöglichkeit hingewiesen? Und etwa während der mühsamen Neufassung des Jahresabschlusses eine Sekunde lang gefühlvoll an die Schönheit und ruhige Stetigkeit der Koralpe gedacht, unverändert warm prangend während all seiner Arbeitsjahre am Tabor? Von einem verstörten Hinfahren keine Rede? Und nun konstruiert diese Niederschrift eine zwiespältige und peinliche Reise zu dem entfremdeten Vetter und Sonderling Max? Dient diese Dramatisierung des Schmerzes dem um das Objekt lebenslanger Treue und Dienstleistung gebrachten ehrlichen Angestellten? Tatsächlich hat dieser Zusammenfall des Wohnungs- und des Arbeitsplatzverlustes Hans Benedikter seelisch so geschwächt, daß er dem Abscheu vor so viel fachfremden Unterschleifen nicht mehr standhalten konnte. Ja, diese kopflose Flucht gab es wirklich, und das in seinem Verstand scharf gespiegelte Entsetzen über die bisherige Unkenntnis der eigenen Person, über diese seine – ja: Unbeherrschtheit, war Benedikters äußerste Prüfung.

Hans Benedikter schritt durch die Dunkelheit zur Kuppe rechts des Wegs, der uralten Wetterföhre zu, an deren Stamm er eine Rastbank wußte. Sein Blick schweifte über die flimmernden Lichtpünktchen der tiefen Ebenen draußen. Sein Denken umkreiste immer noch die schicksalhaften Zustöße dieses Tags. Wieder und wieder hört er sich argumentieren in der Sorgfalt des ordentlichen Kaufmanns, mit der Bilanzwahrheit, Bilanzklarheit, Bilanzkontinuität. Und überhaupt: Die nachhaltige Ausgeglichenheit der Rechnungsabschlüsse seiner Firma Byloff&Nandor, die seit jeher als Inbegriff von Stabilität, Seriosität galt, war auch seiner persönlichen Umsicht zu verdanken. Für drohende Gefahren hat er stets vorgesorgt, mit Rückstellungen, die beim Eintritt eines Garantiefalles, des Umsturzes in einem Schuldnerland aufgelöst wurden.

Aber heute früh wurde nicht mehr argumentiert. Das Bankknäblein Dr. Eigner und ein gewisser, ihm bisher unbekannter Magister Schleiss, Oberbuchhalter in der Dr. Icht-Gruppe Pekunia, erschienen in seinem Zimmer: „Wir wirtschaften nach anderen Vorstellungen, Herr Benedikter. Die von Ihnen vorige Woche vertretenen Auffassungen teilen wir nicht. Der Termin drängt. Wir nehmen das jetzt – bitte sehr! – selbst in die Hand.“

Der Abgesandte neuer Herren war – so betont höflich, wie Gewalthaber, Gewalttäter es vortäuschen – an seinen Schreibtisch getreten: „Wir brauchen diesmal einen hohen Gewinnausweis, verstehen Sie? Lösen Sie alle Bilanzrücklagen auf!"

Er wandte ein: „Keine Buchung war unbegründet, der Betrieb braucht gemäß der Risikolage diese knappen Reserven. Unser Hochpfeilerbau im Apennin ist von einer Hangrutschung bedroht. – Das Senderfundament auf der Schneespitze weist Frostschäden auf. – Von der Stadtverwaltung Swansea liegt die Beschwerde vor, daß die Bezirke östlich der Glasfabrik garantiewidrig unter arger Geruchsbelästigung leiden. – Die Keramikanlage Poznan bleibt trotz Kunstschlick undicht. – Wir müssen nachliefern. Diese aktenkundigen Belastungen muß ich bilanzieren!"

Schleiss grinste: „Oder die Akten verlieren! Sie müssen ja nicht alles gewußt haben!"

Bei diesen Worten stand Benedikter auf, um sich zu sammeln. Er hielt dies in jenem Augenblick immer noch für ein wichtiges Fachgespräch.

Schleiss wich bis ans Bürofenster zurück, lehnte sich gegen die Glasscheibe. „Hören Sie, wir gehen im Herbst an die Börse. Dafür wird jetzt ein tolles Ergebnis gezeigt! Viele sollen einzahlen – auf langes Nimmerwiedersehen. Aktionäre haben, wenn sie einmal gezeichnet haben, praktisch keine Rechte!"

Benedikter hielt dies immer noch für fachliches Erwägen. „Rückklagenauflösung wäre ein Verbrechen!"

Schleiss blickte starr auf Benedikters übervolle Schreibtischplatte. „Sie haben nicht das Vertrauen der neuen Eigentümer, Herr Benedikter! Ihre stellungsgemäßen Ansprüche sind verwirkt, die dienstrechtlichen werden abgegolten. Bitte Ihre Schlüssel, den Computercode ... Sie sind ab sofort dienstfrei gestellt!"

Nach vierzig Jahren also kam diesen Mittag der verlorene Sohn Schwanbergs gänzlich verwirrt in seinem Uralt-Citroën über die hunderten Buckel der Vorhügel zur Koralpe herangerollt. Er lenkte, bremste, beschleunigte, überholte, las seltsam alte, fremde, bekannte Ortsnamen – Tomberg, Rassach, Gams. Aber sein Denken brandete immer nur gegen den Schmerz über seine Entlassung. Nach vier Jahrzehnten Bestleistung für die Wiener Taborwerke.

Die wiederentdeckten Biegungen und Steigungen, die Wald- und Steilstücke rissen verblaßte, vergessene Kulissenbilder unvermittelt vor sein Erinnern. Hier war er Kind, Schüler, Lehrling, ein hochgemuter junger Mann. Heute, ja eben erst heute, vor wenigen Stunden, kurvte der neunundfünfzigjährige Hans Benedikter planlos, unüberlegt, blindlings aus der Wiener Leopoldstadt drei Stunden südwärts durch das Theresienfeld, über den Wechselpaß, die Laßnitzhöhe, Graz rechts liegen lassend, über die Mur, an Lieboch, Lannach und Stainz vorbei nach Schwanberg. Der verläßliche Dieselmotor, der ihn schon zweihunderttausend Kilometer zu zahllosen Dienstorten und -anlässen gezogen hatte, brummte gefügig in diese schwankende, vertraute Fremde.

Die Wiederaufbau-Generation Wiens hatte Benedikter einst verstärkt, dafür den in den fünfziger Jahren noch schweren Ortswechsel vollzogen, dennoch war er jetzt – fortgeschrittenen Alters – im schweren Unglück: binnen dreier Wochen ohne Arbeit, aber auch ohne Wohnung! Opfer zweier stadtbekannter gerissener Abzocker! Ein Fabriks- und ein Bauhai – Dr. Icht und Dr. Gallunter. Diese verworrene, planlose Autoreise war eine verstörte Flucht.

Wieso sein Hirn und seine Hände ihn über den Donaukai, die Weißgerberlände zur Südosttangente, schließlich zur Südautobahn gelenkt hatten, er wußte es auch noch nicht, während er mit heißen Augen durch die Windschutzscheibe auf das endlose Straßenband vor sich starrte, dessen Schlingen er gehorsam folgte. War es Schwäche? Gefühlsduselei? Die Zwangshandlung eines Tieres in Lebensgefahr?

Er war heute früh vor den beiden Herren wortlos stehen geblieben, hatte sich abgewendet, nur sein Privatlexikon vom Bücherbrett genommen und das Büro verlassen ...

Die Steilstraße führte fünfhundert Meter von Rassach in den Johngraben abwärts zum Schluchtboden und drüben wieder hinauf nach Oberbergla.

Der Citroën rollte in den tiefen Graben zum Vocherabach, bis zum Talgrund der gewaltigen Landfalte, und auf der Gegenseite wieder hinauf; seit früher Kindheit war ihm dieser Canyon als Merkmal voller Annäherung an sein Heimatgebiet bekannt.

Das erste, das man von Schwanberg sieht, wenn man hinter dem Hollenegg-Waldstück in die große Rechtskurve hinauszieht, ist der Blick auf die ferne Josefskirche, die von ihrem festen Vorbergkegel aus der massigen Waldwand des Limbergrückens herüberleuchtet.

Auf den letzten Kilometern vor Schwanberg passierte er auf der begradigten Bundesstraße bei Haderberg den Platz seines geschleiften Elternhauses. Es mußte in den frühen achtziger Jahren dem Verkehrsausbau weichen. An diesem seinem eigenen Ort hatte sich die Aussage erfüllt, wonach Berge abgetragen und Hügel aufgefüllt werden sollen, damit das Bessere käme. Auf der Straßenböschung fanden sich jetzt noch nach zwanzig Jahren beständige Kulturpflanzen aus dem einstigen Hausgarten seiner Mutter: seltsames Gesträuch hochstieliger Lilien. Benedikters Schulweg von Haderberg zum Marktplatz dauerte einst eine halbe Stunde. Jetzt lenkte er schon nach einer Minute an der Bildsäule unter der Riesenkastanie vor der Ortskreuzung scharf rechts zur Ortsmitte hinein.

Gehen wie ein Fremder. Die Schwanberger auf dem belebten Marktplatz ahnen nicht ... Scheu prüft er, ob ihn jemand zweimal anschaut. Und mehrmals die Frage: Was tue ich hier? Aufstieg nach Garanas, seine Sucht nach Unerreichbarkeit auf dem Berg. Jeder grüßt, doch niemand erkennt ihn nach den Jahrzehnten in Wien. Hilfsbuchhalter zuerst, jahrelang Kontopfleger – Mahnungen, Mängelrügen, Schuldenpläne –, zuletzt gesamtes Rechnungswesen, seit langen Jahren allein die Jahresabschlüsse.

Die Schwanberger Heilanstalt umkreisen, das Schloß im Bergwald mit Fernsicht für Seelenkranke. Könnte er etwa selbst um Aufnahme bitten? Das Kapuzinerkloster – wo er einst ministrierte und später vielleicht hätte noch Trost finden können – war verödet. Durch Waldschneisen tief unter den Schloßmauern vorbeischleichen.

Endlich hoch in den dünn besiedelten Vorbergen der Koralpe an einem einsamen Waldrand hingestreckt. Seine Füße ruhten plötzlich auf einem kühlen Graspolster inmitten strahlender Lupinen, winziger violetter Almnelken, kerniger, weißlich blinkender Erika, er fühlte sich wie nach einer Sturmnacht vom Meer an den Strand gelegt, verwundet erwachend in einer sanften Mulde. Ringsum freundliches, schattenspendendes Laub und einen Boden unter den Füßen, der nicht wankte, nicht wich. Der Blick nach Nordosten schweifte über die nächstliegenden Waldsäume auf die üppigen, von Feldern und Wäldern durchzogenen diesigen Tiefflächen hinaus. An einem der tausenden weiß hingetüpfelten Hauspünktchen blitzte spiegelnd einen Atemzug lang die Abendsonne auf. Kitzeck, Silberberg, Wildonerberg waren die letzten ausnehmbaren Höcker vor dem Verfließen des Vogelschaubildes in Dunst und schlierigen Sichtgrenzen. Jenseits davon lag eine Welt, die Benedikter jetzt wohl für immer verlassen hatte.

An der Schwelle des Sechzigers plötzlich arbeitslos, einflußlos, erstmals Geldsorgen, unversehens vor einem Alter in Armut.

Er schlenderte bergwärts zurück: Der kleine Schwaighof, letztes Anwesen vor Waldgrenze und Grat, dort endete der Pfad. Aus den Fensterluken fiel bläuliches Flackern, Vetter Max saß wohl vor dem Fernsehgerät. Benedikter löste den Krawattenknopf, zog das Tuch aus dem Kragen, lockerte erst jetzt seine dienstlich strenge Kleidung, den Büroanzug über glänzenden Halbschuhen, unpassend für diese Waldeinschicht.

„Willst noch einen Most?" fragte Max, der bei Benedikters Eintritt das Fernsehgerät abschaltete, sich zu ihm wandte. Hans ließ sich verneinend auf den Sessel fallen. Die leere Schmarrnpfanne glänzte fettig im Schein einer schwachen Deckenbirne. „Heute war wieder der ‚Kommissar Rex'", schmunzelte Max verlegen, „aber mir gefällt der ‚Bulle' oder der ‚Alte' auch gut. An den ‚Siska' muß ich mich erst gewöhnen. Die ‚Fälle für zwei' verstehe ich auch immer recht gut. Aber am liebsten ist mir der ‚Columbo', das ist ein ganz Besonderer! Der beobachtet und weiß alles, die Verbrecher verraten sich selbst, so wie sie reden." Max schlurfte zur Haustür, schloß sie vor der kalten Nachtluft: „Daß man da heroben so genau anschauen kann, wie es dort draußen zugeht ... Also ich gehe keinen Schritt von meiner Keusche weg. Habe genug im Schädel!" Er schob trotz der Ablehnung ein volles Mostglas über den Tisch zu Hans: „Ich bin als Bub bei der Mutter geblieben, als die Partisanen dem Vater die Gosche eingehaut haben. Unser Bauernhof ist geplündert worden. Keiner von unserer Familie war ein Nazi, aber geholfen hat das 1945 nichts. Dein Vater, Hans, war eingerückt. Alles vorbei. Alle Vorfahren tot. Alles vergessen. Nur ich, Tag und Nacht, verstehst, Hans ...? Torfstechen ist auch schön. Trink!" Nach langer Stille fragte er trocken: „Hast etwas angestellt?"

„Nein", antwortete Benedikter, „im Gegenteil!"

„Bist trotzdem nicht mehr in der Fabrik?"

„Seit heute früh entlassen."

„Und kriegst auch keinen Lohn mehr?"

„Das ist zu Ende", flüsterte Hans.

Max sprang auf, polterte durch die Stube: „Lohn und Wohnung verloren? Was treibt ihr eigentlich in Wien draußen? – Nein! Nein! Ich will das alles nicht wissen! Wenn du reden willst, mußt woanders hinfahren!" Und dann: „Geld kann ich dir keines geben, war immer Hilfsarbeiter beim Garanas-Moor."

Hans beruhigte: „Ich habe ein bißchen erspart."

Max fragte: „Warum bist hergekommen?"

„Ich weiß es nicht wirklich." Damit stand auch Hans auf, lehnte sich an die rissigen Bohlen, wartete einige Atemzüge: „Die Fähre ist schneller als der Fluß!"

Max verstand nicht. „Warum sagst du das?"

„Die Fähre ist schneller als der Fluß, heißt, daß Bewegungen unberechenbar, unvorhersehbar übereinandergleiten, sich selbst bestimmen und abrollen. Du, Max, und ich, wir beide wissen das seit unserem Spiel am Sulmufer vor über fünfzig Jahren."

„Du meinst das Mastenschlagen?" erinnerte sich Max.

„Ja, so spielten wir, du sechzehnjährig, ich neunjährig, unten an der Sulm: Je ein riesiger Holzmast stand auf unserer Flußseite und auch drüben am anderen Ufer. Und auf der tief durchhängenden Stromleitung hingen nach Regentagen reglos glänzende Tropfenperlen: Wir schlugen mit einem Holzpflock so heftig gegen unseren Mast, daß er bis zur Spitze erbebte. Die Tropfen begannen abzurollen, schoben einander schnell durch den weitgespannten Drahtbogen, fielen schließlich in spritzenden Ketten ab, klatschten teils auf die ruhige Sulmströmung, teils gegen den Mast drüben und in die jenseitige regennasse Waldwand, wodurch erst recht ein Schwall abspringender Wassertropfen aus dem hochschnellenden Geäst entlassen wurde, als Gischt, als weißer Schaum auf der Sulm torkelnd."

Max hörte seinem Cousin zunehmend aufmerksam zu, nickte: „Ja, es hat uns gefallen, daß wir ein so großes Kunstwerk machen konnten. Die vielen Bewegungen, das Glitzern, das Überqueren des ganzen Flusses, bis drüben die vom Regenwasser befreiten Äste aufwärts peitschten. Und das Riesengeprassel in die Sulm kippte."

„Und dort beobachteten wir, daß die Schaumkronen schneller dahinglitten, als die Sulm rann. Das Gequirl glitt in der langsamen Flußbiegung viel flinker an uns vorbei in die Weite hinaus als die gewöhnlichen Wellen."

Max wußte noch den Namen dieses Spiels: „An Regentagen sagten wir immer, wir machen unsere Luftfähre."

„Das Floß ist schneller als der Fluß. – Es geschieht etwas, das wir nicht bedenken, nicht steuern können. – Auf eine solche Luftfähre geriet ich heute früh durch meine unerwartete Entlassung. Ich weiß auch jetzt noch nicht, was ich denken oder sagen soll. Aber ich bin schon da, in Garanas."

„Gar nichts sollst du sagen. Ich will nichts davon wissen. Du kannst nur hier schlafen, wenn ich kein neues Unglück anhören muß. Das Dach über deinem Kopf bin ich dir schuldig. Bettzeug liegt oben in der Truhe. Gute Nacht, Hans."

Benedikter stieg über knarrende Bretter zur Dachkammer hinauf. Die unerledigt in Wien zurückgebliebenen Arbeiten, die Gesichter und Namen der Dienstfreunde, unzählige Mienenspiele, Wortfügungen, Klagelaute, Empörungen brandeten durch sein Hirn. Es war erst sein Leib hier angekommen, das schnelle Floß. Seine Seele, der Fluß des ganzen Arbeitslebens, stand brodelnd beim Wiener Taborwerk gestaut.

Zissers Tastatur: Ich bin nicht mehr Zisser, ich bin wirklich Benedikter, auch wenn ich als dieser haarscharf neben der Wahrheit bin. Als Zisser wäre ich zwar in der ganzen Wahrheit – aber stumm, unsagbar, ungesagt, überdicht, überschwer. Benedikter durchbricht die Wirklichkeit Zissers, die vergleichs-

weise undramatisch ist, weniger wortreich, gerät willkürlich in eine zwar knapp verfehlte, aber feststellbare Wirklichkeit. Zisser kann bei Benedikter nachlesen, was er zu sagen gehabt hätte, wie er zu kämpfen gehabt hätte, statt nur einfach todtraurig, todstumm auf einer Wiener Parkbank völlig recht zu behalten.

Ich, der Erzählende, bin wirklich Benedikter, nennen Sie mich auch so, Zisser.

Ein langer Wachtraum beglückte Hans Benedikters Nachtstunden im knisternden Schwaighof zwischen dem Windrauschen der schwankenden Waldwände: Garanas, der uralte Name meines Dorfes, heißt Dornbusch, Dornenhecke, Dornbusch-Umwehrung, Dornenumfriedung, umhegte Lichtung, heiliger, geschützter Ort ...

Benedikters Wunsch, hier auszuruhen und über den östlichen Bergketten die Sonne aufgehen zu sehen, die Regentage im Waldgeäst vertropfen zu hören.

Seine Beständigkeit bis zur Versteinerung, seine Berechenbarkeit bis zur Selbstaufgabe, Selbstverleugnung, die umsichtige Sparsamkeit – sie wurden zum Laster umgedeutet.

Im Schatten der fernen Laubwälder schlummerte schon die Nacht, und über den blaugrünen Almen läuten Kuhglocken. Von den weitgestaffelten Berghängen spiegeln Giebelfenster den Sonnenuntergang.

Ringsum lautlos prangende Rosenhecken: Garanas als Dornenbekrönung – bis heute nicht korrumpiert.

Wenn ich an Schwanberg denke – zum Brauchart einkaufen gehen, ich weiß, wo die Waren liegen, kenne die Auslagen und Fächer; sehe die freundliche Kassierin vor mir, den Zeitungsstand, das Bücherbrett; ich möchte mit dem Fahrrad – den Obstkorb auf dem Gepäckträger – durch den Ort fahren, im „Schwan" einkehren, mir ein Achterl leisten können, und in der stets offenen Kapuzinerkirche den großen weißen Auferstandenen anschauen, möchte zum Schutzengelbild mit den hundert Gesichtern beten; im Beichtstuhl ungestört schluchzen; mich vor und für niemanden mehr so verantwortlich fühlen, daß ich mich verstellen muß; trockene Schuhe, einen festen Mantel, einen guten Hut; ich möchte den Waldweg zum Josefsberg hinaufwandern mit Frieden in der Brust. Das heißt aber: Der Hans Benedikter wird umsichtig weiterarbeiten, weiterhin Kontakte pflegen, notwendige Kämpfe führen, fromm streiten, ohne neues Unrecht zu setzen! Also still, gründlich, nachhaltig, gegebenenfalls unerbittlich ...

Zissers Tastatur: Frage, was die Schieber nach der Lektüre von Benedikters Erzählungen wohl machen werden? Haben diese Herren wirklich gemeint, jahrelang mit ihren Tricks die Interessen tausender Mitmenschen mißachten zu können, ohne daß sich je eine Stimme erhebt, die sie mit ihren Machtmitteln nicht ersticken können? Haben sie gemeint, für immer unentlarvt allen Gesetzesmaschen entlang die Güter der Erde nur an sich allein raffen zu können, ohne jemals einen Gedanken an die durch sie Verarmten verschwenden zu müssen? Und niemals würde ihr übles Spiel aufgezeigt, beim Namen genannt werden? Nein, alles, was sie in listiger Perfektion dem Finanzamt, der Justiz, den Medien, der Gewerkschaft, dem Arbeitsinstitut, den Regierungsmitgliedern, den Parlamentsabgeordneten und selbstverständlich den verängstigten Belegschaften verschwiegen haben, ihre herzlose und sachunkundige Gesinnung, die monströs folgerichtigen Machenschaften, an deren Ende ihre einzige wahre Absicht verwirklicht ist – Parkvillen, Jagdschlösser, Strandhäuser, Jachten, Privatjets, Sommer-Rolls-Royce und Winter-Mercedes, Konsum aller Lüste rings um alle Erdteile, werden schließlich doch von einer unerwarteten Seite enthüllt, mit der sie nicht gerechnet hatten: der genauen Erzählung! Denn nur diese darf so persönlich, so allgegenwärtig, geistesgegenwärtig, unverfolgbar, so effizient mit den Wörtern sein, wie sie es in den Taten sind. Das Hohngelächter, das sie denen entgegenschallen lassen, die sich gegen ihre Enteignung juristisch wehren wollen, findet seine Entsprechung in der Gelassenheit, mit der ein betroffener Berichterstatter deren Verneinungen ignorieren kann. Denn auf moralischem Gebiet verfügen die Gangster tatsächlich über keine Seilschaft, keinen Intervenienten, keine Fraktion, keinen Advokaten, keinen Staatsanwalt, keinen Stacheldrahtformalismus: Sie können nicht verhindern, daß Benedikter sagt, wie es nicht sein darf!

Eisvogel

Die uralte Anna Robathin hatte zu Benedikter gesagt, daß sie in den letzten Wochen vier Kilogramm abgenommen habe aus Sorge wegen der unverständlichen Aufregung im Haus. Sie habe doch immer die Miete bezahlt, auch wenn die Vorschreibungen stets höher geworden seien.

Die vielen Gerichtsbriefe lagen zwar geöffnet, aber unverstanden auf dem Schrank.

Sie verstand nicht, daß ihre Wohnung in der Glockengasse jetzt mit einer halben Million Schilling belastet war. Sie hatte zwar den Amtsbrief mit der Lupe gelesen, meinte aber, dies sei vielleicht der Wert ihres künftigen Nachlasses …

Wenn Benedikter durch das verschmutzte Stiegenhaus ging, begegneten ihm die verstörten Nachbarn. Sie waren von den riesigen Geldsummen erschlagen, für die sie unerwartet aufkommen sollten: Das zerbrechende Wohnglück aller Mitbewohner, die den Schock nicht erfassen, nicht ernst nehmen, das schreiende Unrecht von ihrem Bewußtsein fernhalten wollten. Geduckt, halbblind, verbissen, innerlich zerfressen machten sie ihre Arbeit weiter. Jeden Tag eine neue Enteignung …

Aber Anna Robathin erzählte dem geduldigen Nachbarn Benedikter immer wieder vom ehemaligen Restaurant Eisvogel im nahen Prater: Ganz Wien traf sich einst dort. Wie sich ihr Ziehvater zum Dienst als Ober ankleidete; seine Müdigkeit bei der morgendlichen Heimkehr.

Annas Kindlichkeit, in der sie heute noch stolz war auf die Berührung mit der Oberklasse jener Epoche – dorthin kamen die hohen Beamten und Militärs mit ihren Bräuten … Um fünf Uhr früh brachte ihr Ziehvater die mit Tabaksrauch vollgesogenen Krapfen vom Büffet des Café Eisvogel nach Hause: Anna hatte diese Köstlichkeiten genossen, obwohl bei jedem Bissen der Qualmbelag auf der Zunge würgte …

Auf dem Tisch lag ein Ziegelstück: „Das ist ein Bröcklein vom 1945 vernichteten Eisvogel-Gasthaus, dort, wo jetzt Autobusse stehen.“

Anna mußte vor der Schuldeintreibung, vor jeder Gewalt bewahrt bleiben. Wieviel Zeit war zu gewinnen, das Verhängnis mit aller Mühe hinauszuzögern!

Denn jetzt war eben erst der Zeitpunkt der Zahlungsunfähigkeit Dr. Gallunters gekommen; nun wird seine Kanzlei versiegelt; dann werden seine Scheinfirmen aufgelöst – an allen hatte dieser geducktköpfige Räuber verdient: trügerische Hausverwaltung, Instandsetzungsbetriebe, Schneeräumungsfirma, Fassadenputzerei, Planungsbüro – ; später erfolgt die Eröffnung eines Konkursverfahrens; es wird ein Masseverwalter bestellt; dieser wird sich in monatelanger Arbeit ein Bild machen, die Überschuldungshöhe abschätzen; die von Dr. Gallunter benutzte Bank muß ihre Forderungen geltend machen; vielleicht vergeht darüber ein ganzes Jahr, dann erst werden die Pfandstellungen schlagend ... Es folgt schließlich unweigerlich die Delogierung der grundbücherlich haftenden mittellosen Besitzer! – Hans überlegte, wie er dieses Verfahren verzögern könnte. Durch Eingaben, Fristerstreckungen. Vielleicht würde das Tiroler Bankhaus erst einen Rechtstitel gegen die getäuschten Grundbuchschuldner haben, wenn Anna Robathin ihnen nicht mehr greifbar war ... Das leere Gehäuse möge es zwangsräumen, veräußern ... Anna Robathin träfe es dann nicht mehr ...

Dr. Gallunter hatte das Haus in der Glockengasse mit Hypothekarkrediten erworben, die kleinen Eigentumswohnungen gegen Bargeld verkauft, aber grundbücherliche Lasten nicht getilgt. So einfach! Er hatte die Barmittel der gutgläubigen Erwerber kassiert, schön gebundene Kaufverträge mit rotweißrotem Band und rotem Siegel versehen, dieses Papier den Käufern nach einigen Wochen samt geschmalzener Honorarnote zugesandt – die Wohnungen jedoch nicht lastenfrei gestellt, sondern kleingedruckt mit riesigen Hypothekarschulden belastet, von seinen Opfern notariell unterfertigt! Die so erschlichenen Kaufschillinge hatte er aber für sich selbst abgezweigt. Durch seine jahrelange Verschleppung der Grundbuchsdurchführung und wegen ihrer Gutgläubigkeit vor einem Rechtsanwalt waren die Eigentümer lang nicht auf diesen Umstand gestoßen worden. Wer forderte denn schon ohne Anlaß seinen Grundbuchsauszug an, im stolzen Besitz einer pompösen Vertragsmappe? Die Altmieterin Robathin hatte der Rechtsanwalt mit ihrer mißbrauchten Unterschrift für die Vollmacht zur Hausverwaltung als grundbücherliche Schuldnerin verpflichtet, nachdem er als Rechtsanwalt sich selbst zum Treuhänder ernannt hatte.

Eingetragen im Grundbuch war allein die Tyrolcash, Innsbruck, mit 25 Millionen, das bedeutete für die Wohnung der Frau Robathin 562.000 Schilling, einen Betrag, den Anna nicht nur nicht lesen und aussprechen, sondern in aller Ewigkeit nicht aufbringen könnte. Hans Benedikters eigener Betrugsschaden durch Dr. Gallunter betrug knapp über eine Million, die er nur durch ersatzlose Wiederfreigabe seiner Eigentumswohnung aufbringen konnte. Genau diese Zahlung, mit der er sich in Arbeitsnähe angesiedelt hatte, war ihm gestohlen worden. „Meine monatlichen Bausparkassenraten werden noch viele Jahre weiterlaufen, für eine Wohnung, die ich als unwillentlicher Gallunterbürge versteigern lassen muß", klagte er seinem Personalchef. Dieser munkelte: „Der Dr. Gallunter soll jetzt in Marokko leben, angeblich nicht schlecht ..."

Ob noch irgendwo auf der Welt Kirchenglocken erklingen, die hier in der Glockengasse zwischen 1724 und 1850 gegossen worden sind?

Beim Wohnungskauf lautete die Werbung der Gallunter-Gruppe, daß dieses Althaus eine „echte Antiquität" sei und umgehend erneuert werde. Ein „kostbarer Lebensort, wenige Gehminuten vom Wiener Zentrum, mitten in der legendären Leopoldstadt ..." Sogar in den Kaufvertrag hatten sie die bevorstehende Renovierung über Wunsch hemmungslos hineingeschrieben: Hauptsache, der Kaufpreis wird angewiesen, alles andere würde später für den untreuen Treuhänder leicht zu zerredende Nebensache sein.

Auf Haus Nummer 26 ein Zweithandkleidergeschäft, daneben eine Schneeräumungsfirma, auf Nummer 25 das Relief eines Glockengießvorgangs: zwei Männer vor einer Glockenform über Feuer, flüssige Glockenmasse im erhobenen Schöpfer. Rotes Material. Der Streifen blauen Himmels zwischen den hoch aufragenden Hauswänden der Glockengasse.

Wer in der Novaragasse nach rechts schaut, sieht über den letzten Dächern und Schloten einen fernen Kreiswinkel des Prater-Riesenrads mit drei Gondeln hoch in den Himmel ragen. Während des Schauens bewegt sich das Riesenrad von rechts nach links, und eine Gondel verschwindet in den Gassenzwickeln.

Ahnungslos war Hans Benedikter vor drei Jahren in die Kanzlei des Rechtsanwalts gegangen. Ein Kanzleigehilfe empfing ihn zerstreut hinter Haufen von Ordnern, Briefen, Planrollen: „Ich weiß nicht, ob diese Wohnung in der Glockengasse noch frei ist. Der Chef kommt in einer halben Stunde." – Eine Mischung aus Duftwasser und Tabaksqualm begleiteten das Erscheinen Dr. Gallunters: „Aha, ein Herr ‚Benedikt' bewirbt sich ..." –

Der Gehilfe rief dazwischen: „Ich habe ihm schon gesagt, daß wir drei weitere Kaufanbote haben ..."

Benedikter wandte ein: „Ich dachte nicht an einen Wettbewerb."

Dr. Gallunter fuhr zornig hoch: „Herr Benedikt, oder wie Sie heißen, ich habe nicht so viel Zeit. Wenn Sie die Wohnung wollen, dann entscheiden Sie sich jetzt, unterschreiben Sie und lassen Sie den Anzahlungsscheck da, geben Sie ihn im Vorzimmer Frau Slama!" Er entzündete die nächste Zigarette. Das Stoff-, Schmuck- und Lederzeug an ihm raschelte, roch nach Protz. Im Türschließen hörte man ihn rufen: „Gitti, der Ossi soll vorfahren."

Außer seiner Rechtsanwaltskanzlei und seinem Treuhandbüro unterhielt Gallunter sechs verschachtelte Gesellschaften: WWA, Wiener Wohnadministration; SEI, Sanierung und Entwicklung von Immobilien; NHR, Neue hohe Räume – Dachbodenausbauten; HDL, Hausdienstleistungen; DBG, Darlehensbesorgungs-Ges.m.b.H.; und EGVW, Erfolgsgruppe zur Vermarktung von Wohnraum. Er verdiente mit überhöhten Vertragserrichtungskosten, als Treuhänder, als Darlehensvermittler, als Provisionsempfänger aller von seinen Firmen beschäftigten Handwerker; als Insider-Preistreiber des eigenen Firmennetzwerks; es gab keine Tätigkeit rund um das Wohnen, an der er nicht mit Schachtelverrechnungen unbillig verdiente. Zum Beispiel: „Austausch einer Glühlampe 3.470 Schilling." „Reinigen eines Ausgusses 7.947 Schilling." „Putzen der Dachrinne 62.188 Schilling."

Gegenwärtig versandte die Bank Einschreibbriefe, „weil der", wie sie wörtlich ausführte, „zur Lastenfreistellung notwendige Betrag bis zum heutigen Tage weder von Ihnen noch von Ihrem Treuhänder auf ein bei uns geführtes Konto zur Einzahlung gebracht wurde ... Bei einer zwangsweisen Verwertung der Liegenschaft ist auch die von Ihnen derzeit bewohnte Einheit betroffen ..." Das war das Ende! So wurden die Bewohner von über fünfzig riesigen Wiener Häusern um ihre Ersparnisse und um ihr Heim gebracht. Das ersehnte „Dach über dem Kopf" war zur Guillotine geworden.

Dementsprechend verlief eines bitterkalten Winterabends die Versammlung der Geschädigten im Großen Saal des Hauses der Begegnung, Praterstern: Eine Gruppe der Wohnungseigentümer hatte nach dem Verschwinden des Dr. Gallunter und nach dem Schock über unbezahlte Wasserrechnungen und baupolizeilich angedrohte Freiheitsstrafen zu dieser Zusammenkunft gerufen. Schon eine Stunde vor Beginn wanderten Scharen Verzweifelter von den Schnellbahn- und U-Bahn-Stationen zum Versammlungsort, Angst in den Gesichtern, trotzige Resthoffnung. In den Händen abgegriffene Taschen oder große Briefumschläge. Mitgezogene verschreckte Kinder sollten wohl das Unglück verdeutlichen und irgend jemandes Herz erweichen.

Im Saal legten die Verstörten die Oberkleider nicht ab. Auch setzten sich viele nicht nieder, sondern drückten sich an die Seitenwände. Alle hielten ihre Verträge gegen die Brust.

Mit einer halben Stunde Verspätung wurde die Versammlung eröffnet, nachdem zuvor aufgeregte Wortwechsel zahlreicher Kleingruppen den Raum erfüllt hatten. Der Gemeinschaftssprecher rief in die Menge: „Rechtsanwalt Gallunter ist verschwunden, wird weltweit steckbrieflich gesucht. Alle seine Firmen sind zahlungsunfähig. Geldmittel gibt es nirgendwo. Auf unseren vermeintlichen Hausanteilen lasten hunderte Millionen Bankschulden des betrügerischen Doktors …"

Weiter kam der Redner nicht: Verzweiflungsgeheul, Wutausbrüche, Schreikrämpfe, Hunderte hochgereckte Kaufverträge mit rotem Siegellack, weinende Mütter, die ihre Kinder an sich drückten, zum Podium vorstürmende Ausländer und die immer wieder aufgellenden Fragen: „Wo ist das von uns bezahlte Geld?" – „Wie ist in unserem Land so etwas möglich?!" – „Wie kann der allmächtige Staat einen derartigen Systemgroßbetrüger jahrelang gewähren lassen?" – „Wer ist zur Verantwortung zu ziehen?"

Auf der Versammlung meldete sich ein junger Jurist, der bereit war, gegen geringstes Entgelt und mit Arbeitshilfe der Geschädigten den Sachverhalt Fall für Fall, Name um Name, Familie nach Familie aufzulisten. An der verzweifelten Rechtslage der Opfer könne er freilich wenig ändern … Kopfschüttelnd, in dumpfer Niedergeschlagenheit, mit großen dunklen und nassen Augen, stockend, sich immer wieder umdrehend und mit schwindender Hoffnung die letzten Wortführer hörend, schlichen die Enttäuschten aus dem Saal. Zuletzt saßen noch dick bekleidete Frauen und verständnislose Greise in den Reihen. Viele Anwesende mit fremden Muttersprachen verstanden noch immer nicht, was ihnen zugestoßen war.

Nach einem Tumult im untersten Flur des Hauses Glockengasse, als die Wütenden eben wieder durch das Stiegenhaus zu ihren Wohnungen zurückdrängten, sah Hans Benedikter in der Nische vor ihrer Wohnungstür die Greisin Anna Robathin stehen.

Hans hielt in der Stiegenwende, trat zu ihr: „Ich bin der Benedikter von hier oben. Brauchen Sie etwas, Frau Robathin?"

„Ich danke Ihnen, Herr Benedikter, daß Sie bei mir stehen bleiben. Was ist denn hier für eine Unruhe?"

Während Hans mit seiner Antwort zögerte, redete sie weiter: „Wahrscheinlich wieder die unsauberen Geländer, der Küchenabfall vor den Wohnungstüren?" Hans setzte zu einer Erklärung an, in der er die ganze Notlage und die Gegenmaßnahmen beschreiben wollte. Aber Anna Robathin bat ihn, über ihre Schwelle zu treten und Platz zu nehmen.

Ihr kleines Heim blitzte vor Sauberkeit. Es duftete nach frischen Äpfeln. Schränke nahmen allen Hausrat auf. Die Küche glänzte in Weiß. Sie saßen im

Kabinett an einem Teetisch. Anna betonte, daß sie stets pünktlich die Miete bezahlt habe …

Hans redete gern mit Anna Robathin, war gern in ihrer Gesellschaft. Die Stille in ihrem Zimmerchen tat ihm wohl. Sein überlegtes Verhalten ihr gegenüber schenkte ihm Selbstwert inmitten dieser Niederlage: Diese vielgeprüfte Greisin wollte er vor der Verzweiflung über den Wohnungsverlust bewahren! So oft er zu irgendeiner Andeutung der Bedrohung ansetzte, und daß es starke Schutzbemühungen gebe, nahm das Gespräch die Wendung, daß Anna … so glücklich sei, jemandem ihre Umstände, ihre Erinnerungen erzählen zu dürfen. Zuletzt versicherte Hans der Vertrauensvollen, daß er ihre Anliegen so vertreten werde wie seine eigenen. Da hatte sie ihm beide Hände entgegengestreckt. Und er hatte diese ergriffen und länger als üblich gedrückt.

Frauengestalten aus seiner Koralm-Kindheit lebten plötzlich auf: Bäuerinnen, Wirtinnen, Mesnerinnen, Mütter, Großmütter, diese stets an ihren Orten verharrenden, sie arbeitsam belebenden, beseelenden Frauen: Haus, Stall, Alm, Wald, Garten: Wassertragen, Heizen, Kochen, Waschen, Nähen, Heuwerfen, Unkrautjäten, Krautstampfen, Obstsieden und bei allem stets die Augen auf den Kindern …

Die mit ihren Erinnerungen einsame Anna Robathin war sauber gekleidet, das winzige Zimmer in der Glockengasse wie immer aufgeräumt, auf dem Tischchen brannte die Schirmlampe. Die Lupe lag auf einem aufgeschlagenen Sparbuch. „42.000 Schilling konnte ich in letzten fünfzehn Jahren einlegen. Glauben Sie, Herr Hans, daß ich das behalten darf?“

„Doch,“ erwiderte er langsam, „für Ihr ganzes Arbeitsleben in der Näherei.“

Sie beugte sich vor: „‚Gustav‘ ist das Losungswort, so hieß mein Mann, ich möchte, daß Sie es auch wissen, Herr Hans, nur Sie!“

Sie schwiegen. Anna schloß das Sparbuch, legte es tastend in die Lade: „Für das Begräbnis und die Caritas.“ Sie beugte sich zu Hans hin, dessen Gesicht sie nur als hellen Kreis im Dunkel wahrnahm:

„1914 hat sich eine wunderschöne Reiterin samt Pferd auf das Dach eines Riesenradwaggons gestellt und sich ringsherum drehen lassen! Für mich als Kind eine Himmelserscheinung! Ich sehe sie heute noch vor mir, immer öfter, wenn ich an den Tod denke.“

Das brennende Riesenrad 1944, von jeder Gondel eine schwarze Rauchschwade. Nur jede zweite wurde später repariert. Sie sehe noch die leuchtende Tafel des Gasthauses Zum Eisvogel vor sich, bemaltes Blech: türkise Flügel, rote Krallen, ein schimmerndes Auge hinter dem langen Schnabel. Hier: Ein Foto des dreistöckigen Hauses mit Pagodendach, gußeisernem Gartenzaun, über dem Eingang das Eisengestell mit der Riesenaufschrift ‚Eisvogel'. Aber hier: 1945, das ‚Eisvogel' als Ruine: Dach weggeschleudert; klaffende Wände; das verbogene, ausgeglühte Eisengestell mit der abgeschmolzenen Schrift; „habe geschluchzt wie ein Kind, als wäre unser Vater selbst dort gesteinigt und verbrannt worden."

In der Glockengasse hört man bei Ostwind von der hochliegenden Rampe des Nordbahnhofs die helle Frauenstimme der Zugansage: Mistelbach, Stockerau, Schleinbach, Gänserndorf, oder Liesing, Meidling, Wiener Neustadt. „Achtung Bahnsteig 1, Zug nach Floridsdorf fährt ein."

In Einzelgesprächen mit allen Hausbewohnern hatte Benedikter die Zahlungsunfähigkeit aller Betrogenen festgestellt für den Fall, daß sie nun ein zweites Mal ihre Wohnungen kaufen müßten – oder eben ausziehen! Als Gläubiger stand die Tyrolcash im Grundbuch. Die Kaufschillinge hatte der Anwalt veruntreut. Von dem untergetauchten Dieb war keine Wiedergutmachung zu erhoffen. Benedikter hatte seinen verzweifelten, oft auch weinenden Leidensgenossen immerhin eingeschärft, selbst gefaßt auszuharren und Frau Robathin dieses Unglück zu verschweigen.

Er verließ tagelang das verlorene Haus nicht, saß in seinem bedrohten Zimmer, verfaßte schriftliche Eingaben, deren letztliche Nutzlosigkeit ihm klar war. Es ging ihm zunächst nur um das Hinauszögern des Vorgehens der Bank im Eintreiben der Hypothekarkredite von den unglücklichen Bewohnern. Benedikter wußte, je mehr Lesestoff er schuf, je mehr Rückfragen, Querprüfungen er auslöste, desto später kämen die Mächtigen zum Gewaltanwendungsrecht. Er verteidigte so wenigstens mittelbar das Lebensglück, das Sterbeglück, den unbehelligten Tod Annas.

Dem Masseverwalter der zusammengebrochenen Kanzlei übermittelte er eine Liste möglicher geheimer Vermögenswerte des Dr. Gallunter, die beschlagnahmt werden müssen. – Der Bank warf er zweifelhafte Geschäfte mit dem Wiener Häuserspekulanten vor, getätigt zu einem Zeitpunkt, da dessen Gaunereien schon erkennbar waren, zwar nicht für die gutgläubigen, fachunkundigen, oft auch sprachunkundigen Wohnungskäufer, sondern für die hauptberuflichen Finanzdisponenten. – Den Grundbuchsgerichten schrieb Hans Benedikter, daß wegen vorliegender Kaufverträge Anmerkungen über die rechtmäßigen Eigentümer anzubringen seien, damit neuerliche tückische Verschiebungen verhindert würden. – Der Rechtsanwaltskammer machte Hans Vorhaltungen wegen deren leichtfertigen Umgangs mit Verdachtsmomenten, wodurch die Betrügereien jahrelang unter ihren Augen betrieben werden konnten. – In genauer Beweisführung setzte er die Treuhandversicherung mit ihrer Verpflichtung unter Druck, die veruntreuten Gelder zu ersetzen; daß Dr. Gallunter unterversichert war – wie sie treuherzig antwortete –, ließ Benedikter nicht gelten, weil es deren Obsorge zufiele, je nach Kanzleigröße risikodeckende Prämien vorzuschreiben; immerhin wolle sie doch öffentlich als Sicherheitsgarantin gelten. – Das Justizministerium beschäftigte Benedikter mit einer Abhandlung über die Mißbrauchsanfälligkeit des Rechtsstaats, solang nur geistlose, somit zynische Scheingenauigkeit gepflegt werde. – Die Volksanwaltschaft beschäftigte der fleißige Schriftsteller mit der Klage, daß die Bankenaufsicht die Verquickung des Geldinstituts mit dem Großbetrüger nicht verhindert habe, weshalb die Republik zum Schadenersatz verpflichtet sei. – Er scheute auch nicht davor zurück, dem Bundeskanzler und sogar dem Bundespräsidenten jene Meinungen wortwörtlich mitzuteilen, die während der Opferversammlungen herausgeschrien wurden: Die Gesetzesflut begünstige die abgefeimten Schreibtischtäter. – Daß das Handelsregister untätig blieb, wenn derselbe Name immer wieder in Dutzenden Schnellgründungen von offensichtlichen Scheinfirmen vorkam, bewies die inhaltliche Nutzlosigkeit dieser teuren Verwaltungseinrichtung. – Und selbstverständlich verschickte Hans Benedikter Kopien aller seiner Vorhaltungen an viele Redaktionen. – Jawohl, er war wissentlich zum Querulanten geworden! Aber nicht seinetwegen – er hatte längst sein unvermeidbares Verhängnis begriffen –, sondern um die Seele der arglosen Anna Robathin bis zur Unangreifbarkeit hinüberzuretten.

Tabor und Garanas: Wien und Schwanberg als Dornbuschburgen! Dornenhecken, dornenumwundene Schanzpfähle, Dornenwall: Gardinast, Gardinas, Garanas, Dornbuschumwehrung, eingefriedeter Raum, Lärmfeuer zur Verteidigung. Die mittelalterlichen Schutzgürtel der Koralm und Wiens aus Dornenhecken wurden von Gärtnern angelegt, deren Beruf „Dorner“ hieß. Benedikter arbeitete jetzt mit zerkratzten Händen als ein gründlicher „Dorner“.

Benedikter schlief schlecht in diesen letzten Nächten unter veruntreutem Dach, zwischen geraubten, brechenden Mauern. Er träumte, vor den plündernden Horden zu fliehen, den Dornenwall anzuzünden, dahinter zu entweichen: Russische Ladas parken nachts an der Ausfallsstraße neben dem Schotterteich von Süßenbrunn. Massige Gestalten in schmutzigen Autos. Ich klopfe: „Ein Mann muß Wohnung frei machen!“ Ein spaltbreit geöffnetes Hinterfenster: „Ich Spezialist für Wohnungen in Moskau, 1.000 Dollar …“

Ich nicke langsam, stecke 500 Dollar in die schwarze Autohöhle: „Morgen Café Eisvogel. 12 Uhr."

„Wieviel Personen?"

„Eine sehr alte Frau, fast hundert Jahre. Aljona Robathin."

Der Mörder nickt: „Du willst diese Wohnung? Viel Profit?" Er mißtraut Benedikter: „Wo finde ich die zweiten 500 Dollar?"

„Barmherzigenkirche, Taborstraße, Zeitschriftenstand. Dort ist ein Buch über den Heiligen Johannes, auf Seite 25 steht ‚Es ist schrecklich, in die Hände des lebendigen Gottes zu fallen.' Dort steckt Geld."

„Was ist mit Gott?"

Ich packe ihn durchs Autofenster an der Schulter: „Wenn Aljona nicht allein ist, wenn ich bei ihr sitze, dann erledige auch mich …!"

„Alles klar, Chef. 2.000 Dollar. Wohnungen werden schmerzlos frei."

Der andere Traum: Ich trage Anna Robathin behutsam die drei Stufen hinunter in den tausendjährigen Kirchenraum von St. Anna ob Schwanberg. Ich flüstere: „Wie ein Taufbecken."

Sie strahlt mich an: „Bin wie neugeboren."

Ich zeige meiner Nachbarin ihre Namenspatronin: „Anna, Schutzherrin der riesigen Koralpengemeinde Garanas. Dort im Fresko Joachim, ihr Gemahl!"

Sie schluckt: „ … erinnert mich an den 1938 aus der Glockengasse vertriebenen alten Juden. Er hauste auf Stroh, segnete im Abgeführtwerden die Umstehenden … "

„Garanas ist der Name für Schützen, Bergen, Hegen." Ich lenke mit der Linken ihren Zeigefinger über das Rundbild unseres Ausblicks: „Im silbrigen Frühnebel verlaufendes Hügelland, das sich zum fernen Dämmerkogel aufwirft. Ostwärts die hell- und dunkelgrün gefleckte Ebene."

„Ja", ruft sie mit dünner klarer Stimme, „ich sehe ferne Fischteiche funkeln. Dort nistet noch der Eisvogel."

Hans Benedikter ging zur öffentlichen Telefonzelle auf dem Karmeliterplatz, um Auskünfte über den Eisvogel einzuholen. Mehrere Seiten wissenschaftliche Institute. Ein freundlicher Dr. Brandl verstand ihn sofort: „Ja, der Eisvogel kommt noch bei uns vor. Leider ist er aus dem Wiental verschwunden. Er braucht Gewässer mit Übergängen zwischen seicht und tief, er muß zur Nahrungsaufnahme ins Wasser hineinsteigen, lebt von kleinen Fischen und Insekten. Alcedo atthis: gedeiht bestens nahe von Mühlen, wo sich Wasserbecken, Staue, Mulden finden. Eisvogel, blauer Ufervogel, bewohnt tief in das Ufer-Erdreich gegrabene

Nisthöhlen, gefüllt mit Libellenköpfen und Fischgräten, schmale lange Erdröhren, aus denen er sich nicht vertreiben läßt ... " Benedikter fragte, wo in der Nähe Wiens das Tier zu sehen wäre. „Dort, wo es die Wasseramsel und die Gebirgsstelze gibt, in den Laubwaldsenken um Baden, im Helenental."

Hans Benedikter suchte Anna Robathin auf. Wieder lag ein unverstandener Brief auf ihrem Tisch: Ein Kreditschutzverband bot seine Dienste zur Schadensminderung an. „Ich habe doch nie einen Kredit gehabt", klagte Anna. „Gustav hat jahrelang gespart, ehe wir etwas angeschafft haben. ‚Was würde denn aus dir, Annerl, wenn mir etwas zustieße?' hat er immer gewarnt."

„Sie brauchen das Schreiben nicht zu beantworten", sagte Benedikter. Dann bat er sie, Straßenschuhe und Mantel anzuziehen für einen kleinen Spaziergang. Er führte die Greisin am Arm um den Häuserblock Glockengasse, Rotensterngasse, Zirkusgasse, Blumauergasse. Aus dem Novaragassentrog der Blick auf das Riesenrad. Die Greisin konnte nichts erkennen, doch ihr Gesicht erhellte sich vor Freude: „Kann mir vorstellen, wie der große Kreis sich über den Dächern dreht. Morgen nehme ich meine Ferngläser."

Hans beugte sich zu ihr hinunter: „Wir müssen das Wandern üben. Nächste Woche fahren wir ins Helenental. Dort lebt noch der Eisvogel."

Glocken-Litanei

Anna Robathin war die Witwe nach dem Kinooperateur von Stadlau – „Erstes Stadlauer Lichtspieltheater" stand heute noch hoch oben auf der Fassade des Miethauses am Genochplatz, dort, wo jetzt eine große Selbstbedienungskette ihre Lebensmittel anbot. Die Greisin Anna erinnerte sich an alle Filme seit 1930. Ein entfernter Neffe sollte sie in ein Altenheim bringen, wer das alles zahlen sollte, wüßte sie nicht zu sagen … Benedikters andere Leidensgenossen: DI Bodorov, gebürtiger Bulgare, Architekt, hier bestens eingelebt, hatte sogar zwei Wohnungen gekauft. Abteilungsleiter in einer Wiener Baufirma, wollte er tagelang diese Schweinerei nicht wahrhaben: Jetzt habe er verstanden, was der Abgrund unter dem Boden des Westens sei. – Dann der Klavierstudent Stauchner, der schon einige Konzerte als Pianist gegeben, sogar eine CD bespielt hatte, aber ohne den tragenden Durchbruch, arbeitete nun als Korrepetitor mit kleinstem Einkommen, übte täglich nachmittags unbehindert, ungestört, in voller Lautstärke, schwieg dafür nachts. – Der gemütliche balkanstämmige Hausmeister Poreski, der zu allen Parteien „Du" sagte, aber wöchentlich das ganze Stiegenhaus herunterwusch: „Du, paß auf, Seife!" – Die Frau Potzl im Parterre mit den vier Hunden, die sie zweistündlich unter aufgeräumtestem Wortschwall spazieren führte, wogegen sie mit den Nachbarn kaum redete. – Die Verrückte vom fünften Stock, die monatlich Vandalenakte beging: Hoffenster und Stiegenlampen zerschlug, auf die Treppen urinierte, den Aschenbecher in der Fensterleibung entleerte, das Kellerschloß mit Zahnpasta verschmierte, die Haustor-Gegensprechanlage dreimal zerstörte; Unterschriftensammlungen der Hausbewohner zwecks Behandlung der Gestörten verkamen in Gallunters sogenannter Hausverwaltung, die ja – wie sich später zeigte – anderes zu tun hatte, als die Liegenschaft anständig zu führen. – Die adrette, aus Salzburg zugewanderte Frau Riedel, die im Vertrauen auf die vertraglich zugesicherte Renovierung in dieses vernachlässigte Haus hinein eine blitzsaubere Wohnung gebaut hatte. – Der einsame, uralte, magere Mann im ersten Stock rechts mit dem wertvollen alten

Messingtürschild „Mündel"; er öffnete auf kein Läuten oder Klopfen, kaufte jeden zweiten Tag einen Liter Milch, einen Wecken Brot. – Die marokkanischen Studenten Abetti, Alami und Iftani, die oftmals mit lustigen Mädchen in ihrer Wohnung feierten. – Die brave Familie Sehnal mit dem studierenden Sohn, der sein Rennrad täglich in den dritten Stock zu seinem Zimmer trug, vor dessen Gangfenster er es ankettete. – Das Liebespaar Küstel, besonders lebensfroh, arbeitsam und freundlich, grüßte stets mit einigen launigen Wörtern trotz Eile. – Die zwei indischen Familien, nachdenklich schweigende dunkelhäutige Hagestolze, hinter denen die Frauen im Sari die Einkäufe hertrugen. – Der wegen Beckenbruchs frühpensionierte Elektriker Kollmann mit den beiden braven Söhnen, Gewerbelehrlingen, und der nach einer Pockenimpfung verblödeten dreißigjährigen Tochter, die er und seine Frau heben und legen mußten, füttern und in Windeln bergen, und dessen Selbstbeherrschung zerplatzt war, als er sie von einem zweiwöchigen fremdbetreuten Erholungsurlaub mit dunkelblau unterlaufenen Oberschenkeln, verletzter Scheide und schwer verstört wiederbekam: Er blieb in seinem Bestreben um Aufklärung erfolglos. – Der tüchtige Installationsmeister Reuchl im Geschäftslokal Glockengasse, der eines Morgens nicht aufsperrte – Herzinfarkt, erklärte seine rasch eingesprungene Frau, und erzählte von einem ihrer Mitarbeiter, der bei den Kunden abkassiert und das Weite gesucht hatte. Nach dem Auffliegen von Dr. Gallunters Haustotalbetrug – während Reuchl noch auf Herzkur war – unternahm die Gattin alles, um ihm diese Enteignung zu verschweigen. – Das kreuzbrave Tischlerehepaar Linhart aus Grödig bei Salzburg hatte für seinen in Wien studierenden Sohn die kleine Wohnung gekauft. Immer wieder rief die Mutter verzweifelt an, sie könne nicht zu den Hausversammlungen fahren, wolle ihre Rechte aber nicht verlieren. Wer könne sie vertreten? – Der rothaarige Bankbeamte Mag. Pollerer, der immer noch akademisch dozierte, als der irreversible Monsterbetrug Gallunters an den gutgläubigen Käufern längst feststand. In seiner Verzweiflung suchte sich Pollerer über seine Bankbuchhaltung Zugang zu Kontonummern und Kontoständen des Gallunter-Imperiums – und fand tatsächlich bei einer Schneereinigungsfirma eine Viertelmillion Habensaldo. Pollerer konnte der Versuchung nicht widerstehen, sich gegen das ihm von Gallunter angetane Unrecht zu wehren: Er manipulierte dieses Judasgeld schließlich bankintern in seinen Zugriff und Besitz. Das kostete ihn schließlich seine Anstellung und eine saftige gerichtliche Vorstrafe – denn Recht und Ordnung müssen selbstverständlich walten! – Die Kinder aller Stockwerke tollten weiter ahnungslos durch das veruntreute Gemäuer, keiner der Eltern brachte vor ihnen über die Lippen, daß sie kein Zuhause mehr hatten, daß Mutter und Vater sich bestehlen ließen, alle Sparsamkeit sinnlos war und niemand, absolut niemand, diesen Gallunter-Schaden ausgleichen würde. Die Rechtsanwaltskammer verwies auf die Treuhandversicherung, bei der Dr. Gallunter für genau vier Millionen gedeckt war, das war nur etwa ein Prozent seiner Raubbeute. „Wir bedauern, Ihnen keinen besseren Bescheid zustellen zu können. Hochachtungsvoll." – Die stille Krankenschwester vom Barmherzigenspital, gebürtige Südburgenländerin. – Eine Kindergärtnerin von der Karmeliterpfarre. – Die Museumskassierin vom Zirkus- und Bezirksmuseum Leopoldstadt.

Benedikter erinnerte sich an die alljährliche Jänner-Bestürzung über die Nachforderungen der Hausverwaltung, im Flur angeschlagen samt befristeter „Belegeinsichtseinladung in unseren Büroräumen"; die damals schon ohnmächtige Wut der hierauf unvorbereiteten Zahlungsverpflichteten. Und wie sie tagelang die Nachricht über das Verbrechen des Dr. Gallunter überhaupt nicht verstanden hatten. Manche könnten wohl bis heute nichts anderes aussagen, als „daß eine Bank von ihnen ein zweites Mal den Kaufpreis für ihre Eigentumswohnung verlangt". Mehr durchschauten sie nicht. Mit ihren Kaufverträgen sind sie im Stiegenhaus zusammengekommen, „alles vom Advokat gestempelt", alle Unterschriften notariell beglaubigt, schwarz auf weiß stand da: „Lastenfrei" haben sie gekauft, jeder Art von Zubau oder Umbau des Hauses zugestimmt. Renovierung und Aufzugeinbau innerhalb eines Jahres stand dort. Der Verwaltung durch die Gallunter-Gruppe wurden uneingeschränkte Vollmachten erteilt, der Hausreinigung und Schneeräumung, Instandhaltung und künftigen Nutzung durch das Gallunter-Imperium zugestimmt – was sollte denn da nicht passen? Diese Dutzenden kleinen weißen Fähnchen hielten sie einander vor die Augen: die Zahlungsbelege, die ordentliche Begleichung der Kaufpreise. Nicht wenige fragten, was denn ein Grundbuch sei. Und daß Liegenschaftseigentum erst begründet würde durch die dortige Eintragung, hörten sie jetzt erstmals – aber das machte doch alles der Rechtsanwalt, hier und hier, da, schauen Sie!

Als nach tagelangen aufgeregten Ganggesprächen endlich die Bewohner mit deutscher Muttersprache den Bewohnern mit fremdsprachlicher Herkunft klargemacht hatten, daß sie alle zusammen gar keine Eigentumswohnungen besaßen, sondern im Grundbuch auf ihren vermeintlichen Anteilen jeweils riesige Schulden einer ihnen bisher unbekannten Bank festgeschrieben waren, an die sie nun alles noch einmal bezahlen müßten – oder eben ausziehen! –, als dieser schwierige Sachverhalt endlich allen so deutlich geworden war, keine Ausflucht, kein Mißverständnis mehr vorzuschieben war, begannen die Tumulte vor und hinter den Wohnungstüren … Die Zeitungsausschnitte mit den Berichten über Dr. Gallunters spurloses Verschwinden wurden in jedem Stockwerk an die Wand geklebt. Die entsetzten Blicke der Inder und der Bosnier, die sich in Österreich im Himmel wähnten, die nun ungläubig einen derart hinterhältigen Betrug erst einmal verstehen, für möglich halten und schließlich als wirklich begreifen mußten ... Die marokkanischen Studenten organisierten einen islamischen Aufstand in der Glockengasse vor dem Haustor, stundenlange Verkehrsbehinderung im zweiten Bezirk zwang die nur hiefür zuständige Polizei zu dessen gewaltsamer Auflösung. Auf die Schreie, doch den Dr. Gallunter vorzuführen, zuckten sie nur die Achsel. Die Österreicher hatten Rechtsanwälte aufgesucht, die verständnislosen Ausländer waren zur Polizei gerannt, die Leute vom zweiten Stock wollten sich vor dem Regierungsgebäude am Ballhausplatz in Zelten niederlassen, ähnlich wie die Obdachlosen Moskaus vor dem Kreml, um auf Unrecht hinzuweisen. Doch alle langen, verschlungenen, schmerzhaften Lernprozesse endeten bei der unvermeidlichen Aussage: Alle Wohnungen des Hauses gehörten nach wie vor der grundbücherlichen Eigentümerin Tyrolcash, das Geld war verschwunden, für diesen Betrug würde Dr. Gallunter zehn Jahre eingekerkert, wenn man ihn verhaften könnte. An den Millionenverlusten der wohlmeinenden Käufer, der um ihre Wohnungen Geprellten, änderte das nichts!

Die Frau des Hausmeisters Poreski warf sich vor einem ahnungslosen Polizisten in der Praterstraße auf die Knie, schob laut kreischend ihre beiden kleinen Kinder vor ihn hin, erwartete irrtümlich, daß er mit Staatsmacht ein solches Unrecht aufheben könne. – Viele Tage lang konnte der Korrepetitor Stauchner nicht mehr Klavier spielen. Die Entsetzten konnten nicht mehr schlafen. Schüler konnten nicht mehr lernen. Die islamischen Studenten, deren Eltern in Marrakesch für die kleine Studierwohnung ihrer Söhne in Wien gespart hatten, bekamen nun ein wahres Bild der Christen. Und plötzlich tauchten lässige, goldbehangene Burschen mit zudringlicher Gönnermiene auf, gingen von Tür zu Tür und boten für stundenweise Schlafzimmerbenutzung durch wechselnde Gäste hohe Beträge: „Mit diesen Privateinnahmen können Sie in ein paar Jahren Ihre Wohnung leicht noch einmal kaufen!" Herr Mündel vom ersten Stock erzählte, wie unsympathisch der Rechtsanwalt Dr. Gallunter ihm immer war: „Niemand wußte, wann und warum er jeweils das Haus Glockengasse aufsuchte, eine schwarzglänzende Limousine mit Chauffeur stand dann halb auf dem Gehsteig. Und der protzige Herr durcheilte mit abschätziger Miene die Räumlichkeiten, seine Hausverwalter und Baumeister schwänzelten hinter ihm her, empfingen ein seltsames Augenzwinkern, nahmen Befehle entgegen, Wohnungszusammenlegungen, Delogierungen, lautstark abgehandelte Dachausbau- und Aufzugplanungen – aber wenn es ein Bewohner wagte, ihn anzureden, auf die zerbrochene Dachrinne und den Wasserfleck hinzuweisen, auf die fehlende

Beleuchtung und den Sumpf im Keller, brüllte Gallunter ihn an: ‚Ihr Name …? Nehmen Sie zur Kenntnis, daß meine Geduld mit dieser Liegenschaft zu Ende ist! Mit der Vertragserrichtung habe ich genug für Sie geleistet!'"

In der dritten Woche nach Galllunters Verschwinden erhielten alle Bewohner von der wahren Hauseigentümerin, der Tyrolcash, einen Brief, in dem den Geschädigten ihre eigenen Eigentumswohnungen ein zweites Mal zum Kauf angeboten wurden, wobei „die Direktion im Verständnis für die besondere Lage einen Zehnjahreskredit einräumt, Verzinsung einen halben Prozentpunkt unter den üblichen Konditionen." Es war jedem Empfänger dieser Nachricht freigestellt, die auf seiner Wohnung lastende Hypothekarschuld zu tilgen oder diesen Sonderkredit anzunehmen oder die geräumte Wohnung der Bank – Immobilienabteilung, Herr Dr. Loibel, Zimmer 331, Klappe 655 – binnen vier Wochen mit dreitägiger Voranmeldung zu übergeben.

Das ganze Haus rechnete die ganze Nacht, unter welchen Opfern, mit welchen neuen Verdienstmöglichkeiten diese unerwartete riesige Dauerzahlung zur Rettung der Wohnungen geleistet werden könnte. Für Hans Benedikter war die Entscheidung klar: Da er unvermeidlich den bereits aufgenommenen Bausparkredit bedienen mußte, konnte er nur die Rückübertragung seines Eigentums an die Bank wählen.

Rückhaltlos eröffneten einander die Gallunter-Opfer ihre finanzielle Lage sowie die unglaublichen, unsäglichen Rettungspläne, manchmal auch jenseits aller Moral.

Der Klavierspieler Stauchner erklärte auf die Frage, wieso man ihn tagelang nicht mehr üben höre, er könne seit dieser Hintergehung nicht mehr musizieren: „Nicht nur aus Sorge um mein Unterkommen, irgendwie werde ich wieder ein Dach über den Kopf und vier Wände um meinen Tisch, mein Bett und mein Klavier haben, nein, daß ich in diesen Tagen nicht Klavier spielen kann, hängt nicht mit meiner absehbaren Delogierung zusammen: Es ist eine Trübung, Verdunkelung meines Bewußtseins! Was bin ich doch für eine lächerliche Figur, die hier wochenlang Beethoven-Sonaten, Klavierkonzerte von Mozart und Liszt einstudiert, voll Hingabe die Kunst erschließen will, während gleichzeitig ohne mein Wissen oder auch nur Ahnen in der wirklichen Wirklichkeit die plumpste Raubmechanik ablaufen kann, die mich zuletzt als wehrlosen Idioten in die Straße hinausspeit. Nicht einmal eine Plache für mein Klavier habe ich. Tschaikowsky hin und Schubert her, ich bin ein Irrläufer in einer Welt, wo ein mieser Rechtsanwalt meine Existenz mit einem Fingerschnalzer vernichtet! Bin ein tönesüchtiges Halbwesen, das nicht imstande ist, seinen winzigen Lebensplatz zu sichern. Ich schäme mich vor meinem Klavier."

Mitten in diese entsetzlichen Tage platzte ein Bescheid der Baupolizei, wonach der Dachstuhl in der Westneigung – also Richtung Taborstraße – schleunigst erneuert werden müsse, widrigenfalls die Nutzungsgenehmigung erlösche. Da die Galluntersche Hausverwaltung nicht mehr erreichbar war, wurde der Bescheid am Haustor außen und innen angeschlagen. Ein paar Telefonate klärten leider: Die aus den monatlichen Betriebskostenzahlungen der Bewohner angesammelte Reparaturrücklage von etwa drei Millionen Schilling war selbstverständlich auch verschwunden ... Der Konsumentenschutzverband stellte immerhin gratis einen Rechtsbeistand.

Beim Abschiedsbesuch mußte Benedikter für die fast erblindete Frau Robathin – seine ahnungslose Leidensgenossin im Wohnungsverlust – in zehn Nähnadeln die Fäden einziehen, ehe er sich verabschiedete und wieder einmal mit dem vollbeladenen Auto nach Garanas fuhr. An der Küchentür Annas steckten die eingefädelten Nadeln in Gesichtshöhe im kleinen Wandteppich.

Stunden später nach den ersten Steigungen und Kehren in Garanas anhalten: saftige Kräuter und Sträucher unter schwellendem Geäst weißblühender Wildkirschen, violettgrüner Lärchen, leuchtendgrüner Jungbuchen. Und ein milder frischer Hauch, ziseliert von nicht endendem Vogelgesang. Die Fülle nie mehr verrinnender Stunden. Die Labung nie mehr anstoßender Wege. Die Allunwissenheit in der Allohnmacht.

Zissers Tastatur: Warum verfassen Sie nicht einfach eine trockene Anklageschrift mit Fakten, Daten, Beweisliste? Hat die Beschreibung des seelischen Schmerzes, die Bekenntnis von Wut und Verzweiflung einen zusätzlichen Erkenntniswert? Ja, doch, denn der Strafakt illustriert nicht nur nicht, er ignoriert alles Persönliche: Streitwert, Schadenssumme, Beweisaufnahme, Strafausmaß – ein sachlicher Befund, unter dem sich die Öffentlichkeit nichts vorstellt. Die dreihundert Millionen des Gallunter und die zehn Jahre Gefängnis rutschen unzerkaut, ungeschmeckt durch die Medienkehlen in den fühllosen Zeitgeschichtebauch. Aber das Entsetzen des neunundfünfzigjährigen Buchhalters vor seinem mittellosen Alter, seine Demütigungen für kostenlosen Unterschlupf – denn zuletzt glaubt doch jeder, der Arme sei selbst an seiner Not schuld wegen Faulheit oder Dummheit –, geschweige die Tödlichkeit zerbrochener Selbstachtung, die Tödlichkeit unstillbaren Hasses!

Die ihre Kinder schreiend einem fremden Polizisten in der Praterstraße zuschiebende unterstandslose Mutter; der in den Wahnsinn getriebene Pianist, der sich vor seinem eigenen Klavier schämt; die in diesem Schweige- und

Schluchzhaus verdämmernde Anna Robathin; die die Räume als Stundenzimmer heimsuchenden und so alle Bewohner moralisch mitvernichtenden Zuhälter, deren hautnah gerücktes Unwesen den sparsamen Eltern, die ihren Sohn an der Technik studieren lassen wollen, das Herz abdrückt, das Leben verdirbt und verkürzt; der Doppelselbstmord des Studentenehepaars Küstler, das sich mit dem vorausempfangenen Erbteil ihrer bäuerlichen Eltern ihre kleine Wohnung von Dr. Gallunter gekauft hatte, um in Wien mit geringsten Ausgaben und unsäglichem Fleiß ihr Sprach- und ihr Geographiestudium zu beenden – was sie nun, von Gallunter in den Abgrund gestürzt, auch taten … anders freilich, als sie selbst und ihre Eltern es sich vor zwei Jahren beim Verkauf ihres Waldstücks im Kremstal draußen gedacht hatten; nein, das alles ist in der blanken Anklageschrift und sogar in der späteren Urteilsbegründung mit der Vokabel „Betrugssumme dreihundert Millionen" zu einem toten Begriff reduziert. Benedikters Durchleben dieser Qual, die wahre Konstruktionszeichnung der Kriminalität muß sein sachfremd erscheinendes Landschaftserleben einschließen, ebenso wie die holprige Wiederaufnahme der durch Not wieder aktuell gewordenen existentiellen Letztfragen, deren Behandlung eigentlich eine Zumutung ist, ein Leid, eine Beschädigung, eine Überforderung, die über Benedikter und weitere Hunderte Menschen verhängt, strafrechtlich nicht erkannt oder gar genannt würde.

Rechnungsfachmann Zisser geht als Zeuge vor Gericht, bedient diese methodisch blinde Tretmühle, sein Benedikter aber darf und muß als Verbrechensopfer über Waldwände, Almanmut, Gipfelkreuze und letzte Dinge reden, die sich vor seiner zerrissenen Seele auftun …

Das Kalkül

Während eines Pflichtheurigen nach der Pressekonferenz der Omniabank kamen Hans Benedikter und Freund Christian Primsch gegenüber von Bankdisponent Dr. Klaus Eigner zu sitzen. Obwohl die beiden Industrieleute ohnehin nur für gelegentliche Auskünfte an der diesjährigen Erfolgsverlautbarung des Geldzentrums teilgenommen hatten, mußten sie auch zur Redakteursbewirtung mitkommen. Primsch hatte die Gefährdung inländischer Herstellung durch unüberlegte Niedriglohnzukäufe öffentlich beklagt, aber die heutigen Erfolgskennzahlen der Omnia waren allen Berichterstattern erwartungsgemäß wichtiger. Der Stabsmann und Sonderbeauftragte Dr. Eigner schwelgte in seinem nicht plump, sondern schlau angelegten Eigenlob: Was er der Bankdirektion doch wohl wieder für profitable Geschäftszüge eingefädelt hatte ...!

Ringsum Journalisten im Wohlgefühl schwergewichtiger Nachrichtenhappen für ihren Wirtschaftsteil und schmackhafter Fleischhappen vom Weingroßhaus Bisamberg. Eigner war mit sich zufrieden: „Wissen Sie, meine Herren von Byloff&Nandor“, wandte sich der jungenhafte Bankstäbler leutselig an Primsch und Benedikter, „daß fünf Minuten von hier mein neues Hanghaus an der Kuppe oben steht – Blick über das Donautal von Korneuburg, Klosterneuburg bis zur Leopoldsbergspitze samt malerischem Nasenweg im Gefels.“

„Aha“, war die gemessene Antwort.

„Eure Fabriken in Wien-Zwischenbrücken übrigens, meine Herren, das wißt ihr ja selbst“, kam es unvermittelt, „haben selbstverständlich keine Zukunft!“

Die Grausamkeit eines schlimmen Kindes zerschnitt die Kehlen von Primsch und Benedikter, die einen Übelkeitsschub bestehen mußten.

Der Fratz mit dem Messer stocherte weiter: „Mit all eurem Fleiß – den räume ich euch ja ein! – verdient ihr nicht einmal eine zeitgemäße Mietenrendite. Heutige Grundstückspreise verlangen eine Vergnügungs- und Handelsnutzung, nicht Guß- oder Schweiß-, Blas-, Bohr- oder Schraubplätze ... Das ist euch Blitzgneißern sicher auch längst klar.“

Primsch und Benedikter wechselten kurze Blicke: Spielt der Dr. Eigner mit uns in hemmungsloser Eitelkeit oder sind diese Sprüche bereits ernst gemeinte, wohlberechnete Vorbereitung auf die nächsten Schritte und Schnitte der Mehrheitsbank? Dieser raschzüngige Bursche sonnte sich in seiner Wichtigkeit unweit seines Chefs, Präsident Lesky, vergewisserte sich minütlich mit einem Schnellblick von dessen wohlwollender Beachtung seiner allseitigen Beredsamkeit. Er hing halb über den Tisch, das Weinglas in der Linken: „Ich habe das schon errechnet und dem General Lesky als Megadeal vorgeschlagen: Die Omnia stößt das ganze Byloff-Gelände samt aller Betriebsstätten und den Taborfabriken einfach ab!"

Primsch, dem anzumerken war, daß er eigentlich mit Eigner überhaupt nicht und schon gar nicht über Leben und Tod seiner Firma reden wollte, fragte gequält: „Wer kann denn Byloff&Nandor kaufen? Solche großen Mittel schwirren ja nicht frei umher."

Dr. Eigner grinste. „Passen Sie auf: Ich verkaufe nicht. Ich verschenke!"

Entsetztes Schweigen der so hinterrücks Informierten. Dr. Eigner lachte immer breiter: „Schauen Sie, rechnen Sie mit: Euer Kurswert ist vielleicht drei Milliarden. Doch die 4 bis 5 Prozent Dividende vom Aktiennominale haben mir noch nie mehr gebracht als 100 Millionen im Jahr. Und wie ihr genau wißt, mußte ich in jedem Februar dafür auch noch zittern. Ha, ha."

Benedikter warf schnell und scharf ein: „Und die ständig weit überhöhten Bankbedingungen für das laufende Geschäft brachten Ihnen jährlich weitere gesicherte 100 Millionen hintenherum."

Dr. Eigner stockte einen halben Augenblick: Dieser Benedikter könnte peinlich werden. Der gehört abdekoriert. Aber rasch und künstlich unbetroffen setzte er fort: „Wenn ich also eure Bude einem tüchtigen Geldmacher schenke, indem ich ihm die 3 Milliarden als Kredit einräume mit – sagen wir nur – 10 Prozent Zinsen, komme ich auf absehbare Zeiten jährlich auf über 300 Millionen, also mindestens das Dreifache von jetzt."

Primsch schüttelte kaum merklich den Kopf, die Ablehnung verdüsterte sein Gesicht. „Rechenfehler", flüsterte Benedikter. „Viel ärger", flüsterte Primsch zurück. Dr. Eigner musterte die Mienen seiner Opfer, nickte mehrmals, Zustimmung, ja Beifall heischend. Dann blickte er über Primsch und Benedikter hinweg auf herankommende Zeitungsmenschen, beantwortete bereitwillig deren Fragen, tauschte Visitkarten aus, sagte die Zusendung weiterer Unterlagen zu. Benedikter spürte trotz der unernsten Rundumstimmung, daß in dieser Minute völlig ankündigungslos, unvorbereitet, unerwartet Furchtbares über seinen Freund Christian und ihn hereingebrochen war. Das schnellfertige Wesen dieses

Dr. Eigner war ihm zur Genüge bekannt gewesen. Aber hier beim blöden Presseheurigen so nebenbei die Vernichtung der Taborwerke abzuhandeln ...

Hans Benedikter ließ sich schon längst nicht mehr von der oberflächlich witzigen Miene Eigners täuschen. Dieser Herr war immer schon ein schlaksig tänzelnder Henker! Jetzt rannte er zu Lesky hinüber, erteilte ihm eine Auskunft, verabschiedete mit kumpelhafter Schulterklopferei eine Journalistengruppe, nicht ohne jedem noch eine offensichtlich nur ihm allein gewährte Vertraulichkeit zuzuraunen.

Christian Primsch hatte an seinem Mineralwasser nicht einmal genippt. Hans Benedikter drehte zitternd sein halbvolles Weinglas in der rechten Hand. Das Bild des mörderisch plaudernden Eigner schwamm noch vor seinen Augen: der Bursche, dessen Mund sich beim Reden nie wirklich schließt, ein Mund, der als elliptisches Loch fortwährend spuckt und brodelt, Speichel in den Winkeln. Eigner ist ein für nichts verantwortlicher Schlaumeier, der immer grinst, bei allem und jedem, das er von sich gibt, grinst, unverständlich, nicht nachvollziehbar. Als wollte er jedes Gegenüber von seiner alleswissenden, von allem belustigten Überlegenheit überzeugen.

Auch jetzt, als er sich wieder auf seinen Platz klemmte und sein Geselchtes mit Kren mampfte, floß er vor Stolz über. „Einmal muß ich Ihnen mein wunderbares Berghaus da oben zeigen. Die Aussicht von dort bringt mir die besten geschäftlichen Einfälle! Ihr als tüchtige Industrielle werdet das doch würdigen können – ha, ha – Milliarden verschieben geht nur mit großflächiger Vogelschau. Ich lasse mich von Einzelheiten und Kleinigkeiten in der Frage nach dem höchsten Geldertrag nie ablenken. Wie hätte ich sonst Chefberater der Omnia werden können? Und mir in meinem Alter schon die schönste Bisambergvilla dort oben errichten? Okay? – Aber das sage ich Ihnen: Für den Entwurf meines Anwesens habe ich nicht einen einzigen Schilling ausgegeben, ha, ha! Wissen Sie, wie ich das gemacht habe? In der Planungszeit spazierte ich wochenlang an allen Sonn- und Feiertagen im ganzen Hügelland entlang der Donau umher, in Bisamberg, Engersdorf, Stetten, Leobendorf, bis zum Rohrwald hinauf Richtung Ernstbrunn, und habe mir alle im Bau befindlichen Häuser angeschaut: Und wo mir ein Detail besonders gefallen hat, bin ich heimlich in den Rohbau eingestiegen und habe ihn vermessen. Die Erker, Veranden, Terrassen, die runden Vorbauten, Auffahrten, die beheizten Stiegenübergänge vom Hang in die Diele, die Hauptwohnhallen, die hübschesten Garagenlösungen – alles habe ich mir aus wohl zwei Dutzend fremden Hausplänen in natura heimlich und gratis geholt, ha, ha, ha." Dabei schlug sich Dr. Eigner mit beiden Händen flach auf die Oberschenkel. „Von eurem technischen Direktor, Ing. Schantl, ließ ich mir sogar zur Aufsichtsratsitzung zwei Blöcke Millimeterpapier schenken, so daß ich zuletzt ohne einen Groschen Ausgaben mit all diesen Skizzen und Maßen mein Traumhaus, eigentlich fast ein Schlößchen, aufzeichnen konnte ... Der Rest war eine Sache für den billigsten Baumeister, der mir – dreimal dürft ihr raten! – eine sündteure Bankgarantie von der Omnia legen mußte, ehe er beginnen durfte ... Leider ist es heute zeitlich nicht mehr möglich, Sie, meine Herren, zu mir hinauf zu bitten, es wären ja nur einige Minuten mit dem Wagen, aber einmal wird es schon passen."

Benedikter war es so übel, daß er sich an der dicken hölzernen Tischplatte festklammern mußte. Primsch verließ mit kurz gemurmelter Entschuldigung seinen Platz. „Na, was sagen Sie, Herr Rechnungswesenmann, zu meinen gewinnsteigernden Ausführungen?" wandte sich Eigner, plötzlich unangenehm ernsthaft, an Benedikter. Dieser antwortete, daß bisher auf allen Ebenen das Verständnis galt, dauerhafte industrielle Kompetenz sei nur durch das Zusammenwirken von Entwicklung, Konstruktion, materieller Anfertigung und persönlicher Errichtungsleistung zu erhalten: „Wichtige Anstöße für technische Forschung kommen nur aus Rückmeldungen vom eigenen Betrieb sowie von Messungen und Erfahrungen aus den Baustellen, den Betreibererkenntnissen und Garantieerfüllungen. Realitätsferne Ingenieurbüros trocknen aus. Mir fehlt, Herr Doktor, die Vorstellungskraft, worin ein anderer Unternehmenszweck für die Taborwerke bestehen könnte als in der Herstellung nützlicher Güter. Und zwar in ganzheitlicher Qualität."

Dr. Eigner hatte schon während dieser Worte den Kopf zu schütteln begonnen: „Eure braven Betriebe arbeiten auf dem globalisierten Weltmarkt und sind der krassen geographischen, technischen, juristischen sowie Devisenanspannung ausgesetzt. Ihr müßt ständig tolle Leistungen erbringen, unter Gefahr produzieren, transportieren und montieren und dann auch noch jahrelang Haftungen tragen, müßt die Schädel hinhalten, euch blutige Nasen holen, Kopfstücke einstecken ... brauchen wir denn das? Nein! Mit dieser frischen Liquidität gehe ich an die Weltbörsen. Die Omniabank wird nur für ihr eigenes Bilanzergebnis gelobt. Ihre industriepolitischen Vorgaben, Herr Benedikter, sind aus meiner Sicht überholte Hirngespinste, die ich mit unbelohntem Risiko finanzieren müßte."

Benedikter platzte heraus: „Ja, wie soll denn Österreich im nächsten Jahrhundert nur von Banken, Kleinkreditnehmern und Börsen allein leben können? Es müssen doch echte, nützliche Werte geschaffen werden! Im eigenen Land und in aller Welt sind dringende Bedürfnisse durch Bestleistungen zu befriedigen. Nur mit industrieller Arbeit werden doch jene Werte geschaffen, deren Anteilsscheine, Geldnoten Sie in den Banken ja nur verwalten."

Dr. Eigner betrachtete sein Gegenüber mit gespieltem Ernst, lang und mitleidig: „Mag schon sein, Herr Kollege." Und mit langer Dehnung: „Doch in welchem für meine Entscheidungen maßgebenden Kalkül springt Ihre Vorhaltung als Gewinn heraus? – Na eben, in keinem! Nirgends! Also handle ich, wie ich handle. Okay?"

Primsch kam mit weißem Gesicht von der Toilette zurück. Er mühte sich um eine aufgeweckte Stimme im Hinwenden an den Sonderbeauftragten: „Ich habe Sie eben ganz gut verstanden, Herr Doktor. In Ihrem Plan ist freilich eine mir unvorstellbare Unbekannte: Wer soll denn plötzlich aus den ihm von Ihnen geschenkten Byloff&Nandor-Unternehmungen die jährlichen 200 Millionen für den von Ihnen erwarteten neuen hohen Gewinn erwirtschaften können? Das ist doch eigentlich ein Ansatz ohne redliche Begründung."

Dr. Eigners schlimm-noble Visage zerlief zu einer fast teuflischen Grimasse. „Habe ich von redlich gesprochen? – Unserem Käufer sind die Hände nicht so gebunden wie vielleicht Ihnen und jedenfalls uns von der Omnia … Unser Käufer jedoch ist unbelastet von geschichtlichen Verdiensten – Wiederaufbau-Heldentaten und dergleichen –, aber er ist auch unbelastet von allen industriepolitischen und wirtschaftsethischen Vorurteilen, verstehen Sie mich? Ich bin mir ganz sicher, daß er die Zinsen für den von mir vorgegebenen Kreditvertrag pünktlich herausziehen und überweisen können wird. Damit ist mein Sonderauftrag bestens erfüllt. Klar? Ob der auf Ihren Tabor-Gründen einen Flugplatz, einen Eislaufplatz, einen Fußballplatz, einen Rummel- oder einen Parkplatz macht oder ein verdecktes, verstecktes Lager für problematischen Transit, eine Autorennbahn oder ein Disneyland – das ist eine reine Frage des Kalküls."

Benedikter versuchte krampfhaft zu lächeln und wandte sich an Freund Primsch: „Während du draußen warst, habe ich Herrn Doktor Eigner schon auf die Jahrhundertverantwortung des Kapitalsektors hingewiesen, die ja zuerst qualitative Langfristziele verfolgen soll – und dafür auch die entsprechenden staatlichen Privilegien genießt – und erst in zweiter Linie nach quantitativen Kalküls in Einzelprojekten vorzugehen habe. Ich verstehe jedenfalls dieses Heurigen-Planspiel heute nur als strenge Aufforderung, unsere Wirtschaftlichkeit noch strenger zu verfolgen."

Da rief Eigner dazwischen: „Nichts da, nichts da, meine Herren! Hier ist kein Sandkasten! Wir von der Omnia wollen doch nicht unsere Chancen verspielen. Wer ist denn schon der Staat? Die paar Minister, die heute unangreifbar bleiben wollen, unkritisiert, möglichst populär bei der ahnungslos gehaltenen Mehrheit?

Wir jedenfalls verlassen mit dieser Abstoßung eurer Taborfabriken keinen Schritt breit die uns eingeräumten rechtlichen Möglichkeiten."

Primsch sagte leise: „Und ich habe verstanden, daß Sie alle Arten von Rechtsbrechungen völlig korrekt einem nachfolgenden Besitzer überlassen und ihm nachsehen wollen, wenn der Ihnen nur die gewünschte Profitrate einbringt."

Dr. Eigner parierte kühl: „Ich habe schon einen tüchtigen neuen Unternehmer an der Hand oder, besser gesagt, unter Vertrag, der selbstverständlich mit keinen wie immer gearteten Vorgaben an seinen Optimierungen und Desinvestitionen behindert werden darf."

Generaldirektor Lesky war von seinem Tisch aufgestanden, hatte begonnen, die einzelnen Gruppen aufzusuchen. Im lauten Saal, der von Gläserklirren, Sesselrücken, Zurufen, Gemurmel, Bratendünsten, Käsegerüchen und Weindüften erfüllt war, erhob sich verständnisinniges Gelächter, wohin immer Lesky sich beugte.

Christian Primsch, dem das Entsetzen im Gesicht stand, fragte Dr. Eigner, wer denn nun eigentlich jener Glückliche sei, der mit den Byloff&Nandor-Milliarden beschenkt würde.

Nun war die Minute Eigners gekommen. Der eben noch so gönnerhaft Redselige lehnte sich im Vollbewußtsein seiner Macht überlegen lächelnd zurück, trank sein Glas leer, stellte es auf den Tisch zurück und füllte es genießerisch neuerlich bis an den Rand. „Das, meine Herren, wissen nur ich und der General Lesky! Nur so viel für heute: Stellen Sie sich darauf ein, daß meine Vorverhandlungen voll und ganz dem Level meiner Planung entsprechen ...!"

Benedikter hatte endlich verstanden, daß man mit diesem Menschen weder über eine gesamtwirtschaftliche Verantwortung der Omnia noch über die Zukunft der Arbeit noch über Mitarbeiterschicksale zu reden brauchte. Der Doktor Eigner litt nicht. Seine Kalküle behagten ihm sogar: „Die Zeiten einer Sowjetunion und einer DDR, wo die versteckten Arbeitslosen in den unproduktiven Betrieben umherstanden, sind eben vorbei. Und überhaupt sind die österreichischen Arbeitsmarktstatistiken nicht schlechter, sondern sogar besser als die anderer Industriestaaten. Was wollen Sie also?" Hier endete somit Dr. Eigners Weltbild.

Primsch flüsterte nur noch tonlos: „Was soll denn das nun wieder? Hier ist niemand bankrott. Dieser Vergleich gehört nicht zu unserer Sache!"

Doch Eigners durch keinen Zweifel belasteter Aufstieg zur verheerenden geistlosen Allgewalt war unaufhaltsam. Das Bürschchen, das nicht müde wurde zu erzählen, wie es angeblich als vielbegehrter Tanzlehrer sein Studium finanziert und als cleverer Rohbautenkopierer seine Bisambergvilla entworfen hatte, diese von niemandem jemals kritisierte oder korrigierte Figur in feinstem Nadelstreif, die sich alle Attribute eines großen Wirtschaftsführers aufgeklebt hatte, ohne in ihrem ganzen bisherigen Leben auch nur einen einzigen Sessel zusammengeleimt zu haben, dieser widerliche Fatzke, nie öffentlich geprüft und gewählt, hatte also soeben als de facto höchste Instanz die ganze Taborindustrie zum Tod verurteilt.

Und während Eigner sich noch an den bestürzten Mienen seiner Gesprächspartner weidete, spielte Hans Benedikter, der langjährige Bilanzbuchhalter, seine letzte Karte aus: „Wissen Sie denn nicht, Herr Doktor, daß Ihre aus unseren Büchern abgeleitete Bewertung der Byloff&Nandor in völliger Übereinstimmung mit den gesetzlichen Vorschriften für Anlagenverbuchung mindestens eine Milliarde stille Reserven enthält? Grundstücke zum alten Einheitswert, Gebäude zum längst überholten seinerzeitigen Errichtungswert, und Maschinen nach Sonderabschreibungen sogar unbewertet: Da stecken doch riesige Sicherheiten in unserer Vermögensaufstellung. Diese würden Sie unberücksichtigt mitverschenken!"

Ein zweites Mal an diesem Nachmittag bohrte sich Eigners Blick kurz und scharf in den Benedikters: Wieder hat ein Einwand des Buchhalters ihn getroffen! In diese Pause hinein stieß Benedikter sogar nach: „So gesehen könnten Sie sogar mit dem gleichen Rentabilitätseffekt für die Omnia die Taborwerke – einfach der Belegschaft schenken! Und wir würden durch die völlig legitime Umwertung und Auflösung der stillen Reserven alle Ihre Zinsforderungen erfüllen können. Sie hätten den Vorteil, die Firma in den Händen von wirklich engagierten Leuten zu wissen, ganz abgesehen von der sozialen Großtat."

Mit einem Ruck sprang Dr. Eigner halb hoch, warf sich quer über den Tisch – sein Weinglas zerbrach – und packte Benedikter mit der Linken am Oberarm. „Passen Sie auf: Sie halten die Gosche! – Die stillen Reserven erwähnen Sie nie mehr, okay? Sie zerstören mir mein Projekt nicht! Halten Sie die Gosche, oder …" Die letzte Äußerung verstand Hans Benedikter nicht, möglichweise kam das Wort Job vor.

Eine Lachsalve dröhnte eben durch das Heurigenlokal. Omnia-Generaldirektor Lesky holte nun mit großer Geste seinen Sonderbeauftragten, der sich bei seinem Annähern erhoben hatte, hinter dem Holztisch hervor. Er legte seine Rechte um Dr. Eigners Schulter und erhob zu weit ausholendem Winken und Grüßen die linke Hand. Breit und verbindlich lachend gingen die beiden rückwärts füßelnd im Gleichschritt, weiter nickend und winkend, zum Ausgang.

Dr. Eigners verschütteter Wein rann in Benedikters Hemd und Hose, saugte sich bis an die Haut. „Komm, Hans“, sagte Christian Primsch, Schmerz im Blick, „ich lege eine Decke über den Autositz.“

Der Vater

Hans Benedikter begegnete am frühen Nachmittag im Aufzug dem Betriebsrat DI Holzner. Dieser zog ihn im sechsten Stock aus der Kabine, stellte sich mit ihm in die Rohrpostnische: „Vorstand Fruhmann wird vermißt! Er ist heute früh um halb neun, ohne etwas zu sagen, aus dem Haus gegangen. So etwas hat er noch nie gemacht."

Die beiden Männer eilten ins Zimmer des Personalchefs Dr. Hempl: „Wissen Sie, wo sich Vorstand Fruhmann befindet?"

„Ich weiß nur, daß er vorgestern die Entwicklung unserer Personalstände seit drei Jahren, alle Unfallanalysen sowie die Barwerte der Unterstützungszusagen für Rentner von mir verlangt hat."

Benedikter dachte an den Heurigen am Bisamberg und die Begegnung mit dem Einflüsterer der Omniabank, Dr. Eigner, dessen hirn- weil herzloser Spitzfindigkeit Fruhmann, der „Firmenvater", nun eben ausgeliefert sein mochte.

„Vielleicht braucht er Hilfe?" meinte Holzner.

Zu dritt stürmten sie durch das Stiegenhaus in den siebenten Stock, betraten eilig das Verkaufsbüro, platzten in eine Finanzierungssitzung bei Dkfm. Primsch. Dieser entschuldigte sich bei seinen Mitarbeitern, gab noch einige Anweisungen, bat sie, an ihren Plätzen allein weiterzurechnen.

„Was gibt es, meine Herren?"

„Vorstand Fruhmann ist, erstmals ohne eine Nachricht zu hinterlassen, heute morgen aus seinem Büro verschwunden."

Primsch wählte am Telefon das Vorstandssekretariat von Dr. Schoppler, das Direktor Fruhmann mitbetreute: „Frau Mangold, was wissen Sie vom Verbleib unseres Herrn Fruhmann?" Nach Anhören einer längeren Erklärung legte Primsch auf: „Gestern war er mit Schoppler in der Omnia bei Dr. Eigner. Schoppler ist heute in Krakau und Kiew. Frau Mangold glaubt, daß Fruhmann jetzt bei Generaldirektor Lesky in der Bank ist. Und: Er ist tatsächlich wortlos nach einem Anruf Eigners aus dem Zimmer geeilt."

„Mir scheint", flüsterte Holzner, „es ist soweit! Ich könnte Rosa Zweiner, Betriebsratsvorsitzende der Omniabank, anrufen. Wir sollten unverzüglich eine gemeinsame Abordnung in die Bankdirektion schicken, unser Mitbestimmungsrecht einfordern. Oder eine spontane Betriebsversammlung mit Arbeitsniederlegung ansetzen."

„Ich fürchte, Herr Holzner", meinte Hempl, „Frau Zweiner würde sich nicht betroffen fühlen. Und eine Arbeitsniederlegung unterstützt sogar die Pläne der Liquidatoren!"

Wieder einmal bauten die Hoffnungen der Taborwerke auf dem nun fast siebzigjährigen Vorstand Franz Fruhmann: Dieser Mann war als Vierzehnjähriger in die damalige Tabor-Gießerei eingetreten, hatte als Lehrling den Schlosserberuf ergriffen und 1945 als Jüngling die im Werksgelände umherliegenden Kriegstoten begraben, die im Betrieb ausgeharrt hatten, Opfer der Kämpfe am Donaukanal und an der Zwischenbrücker Bahnlinie geworden waren. Mit bloßen Händen hatte er beim Wiederaufbau der Betriebsstätten geholfen. Und er war einer der Tüchtigsten bei den Instandsetzungsarbeiten für die Stadt Wien: Gaswerke und Gasleitungen, Stromverbindungen, Straßenbahnlinien, Dachstühle, Fenstergläser.

Im Herbst 1950 hatte sich Fruhmann erfolgreich als Mitglied der Bauarbeitergewerkschaft jenem kommunistischen Putschversuch widersetzt, der durch Stoßtrupps, die auf russischen Militärlastwagen Stadtzentren besetzten, Österreich in eine „Volksdemokratie" verwandeln wollte.

Dr. Hempl erzählte von Meldungen in Schriftstücken des Personalakts Direktor Fruhmanns, wonach er sich 1951 als sozialistischer Betriebsrat und Montagemeister dem Abtransport von Schmelzöfen, Glasformen und Schleifmaschinen aus der Tabor-Preßglashalle durch östliche Räumkommandos nicht nur politisch, sondern auch körperlich widersetzt hatte. Fruhmann war damals in das Hotel Imperial am Ring bestellt worden, wo die Kommandantur ihren Sitz hatte. Da dort in jenen Tagen zahlreiche Österreicher mit Zivilcourage spurlos verschwanden, war die Vorgangsweise Franz Fruhmanns nicht nur in seine persönliche, sondern auch in die Firmen- und sogar Zeitgeschichte eingegangen: In der Aktentasche nahm Betriebsrat und Verlegemeister Fruhmann auf dem Weg ins Hotel Imperial auch seine verschmierte Arbeitskluft und den Hammer mit. In einer Verhörpause suchte Fruhmann die Waschräume auf, kleidete sich um und verließ als schmutziger Handwerker mit dem Werkzeug in den Händen zwischen der Wachmannschaft das grausige Hotel …

Holzner berichtete, daß Fruhmann anschließend selbstverständlich Wien verlassen mußte und als Isolierer an jener Tiroler Großbrücke eingesetzt war, die drei Arbeiter der Taborwerke das Leben gekostet hatte. Beinahe auch dem Franz Fruhmann selbst: Ein unerwarteter Windstoß hatte genau in jenem Augenblick die nach freiem Vorschub über den Talgrund ragenden Seitenstücke des Brückenkastens auseinandergetrieben, in dem die soeben eingelegte sichernde Bodenplatte hätte verschraubt werden sollen. Das tonnenschwere Bodenstück sauste mit den Monteuren in die Tiefe, Fruhmann konnte sich an einem aufragenden Holzträger festklammern und wurde gerettet.

„Ob er wohl auch heute einen öligen Overall samt Hammer in seiner Tasche hat?" lächelte Holzner bitter. Benedikter erwähnte, daß 1959, zum Zeitpunkt seines eigenen Eintritts in die Firma, Fruhmann eben zum Vorstand ernannt worden war. Und wie seine Achtung vor diesem damals noch jungen führenden Industrie-Mann immer weiter gestiegen sei. Dieser redete wenig. Und das direkt. Er sagte ja und nein. Oder „Abwarten" oder „Da brauche ich Beweise". Bei Betriebsratsforderungen genügte eine einzige Aussprache; er entschied: „Dieser Wunsch ist berechtigt und anständig, wird erfüllt", oder „So geht das nicht." Er hatte sich nie ein eigenes Sekretariat oder einen persönlichen Chauffeur genommen. Sein in zahlreichen Auslandsbaustellen geübtes Englisch hatte er bis zur Exportverhandlungsreife weiterentwickelt. Redlich, tatkräftig, ja mutig, scheinbar wortkarg, doch warmherzig, erfüllte er sein Arbeitspensum, täglich von halb sieben Uhr früh bis halb neun Uhr abends im Einsatz. Zeit nahm er sich für jeden, der zu ihm kam. Seine Menschenkenntnis war überzeugend, von manchen gefürchtet: Aufgesetzte Wichtigmacher durchschaute er, Gecken und Selbstdarsteller, Schadenmacher kamen bei ihm nicht an. Er studierte die Post so genau wie kein anderer, erkannte Gefahren und Fallen, die andere übersahen, pflegte eine anständige, berechenbare Beziehung zu allen Mitarbeitern und zum Betriebsrat. Er hielt niemals Reden, doch er genoß die Achtung des wechselnden Aufsichtsrats mehrerer Funktionsperioden, arbeitete umsichtig, weitblickend, aber ohne den neckischen, hohl-reizvollen Wortschatz der Manager-Neuquaker.

Inzwischen war eine weitere Stunde vergangen, ohne daß vom Vorstand ein Lebenszeichen gekommen wäre. An der Bedrohlichkeit seines Ausbleibens konnte kein Zweifel mehr bestehen. Dr. Hempl brachte mit leiser Stimme noch eine Beobachtung vor – und zwar seine bedeutsamste: „Herr Fruhmann hat sich von mir gestern abend den Barwert seiner eigenen Vorstandsabfertigung und Vorstandspension errechnen lassen. Bitte, meine Herren, nach 55 Dienst-, davon 35 Vorstandsjahren! Und die Art und Weise, wie er mir erklärte, dies sei nur für seine persönlichen Einteilungen, hat mich stutzig gemacht."

Holzner erwog noch einmal, ob und welche Betriebsratsmöglichkeiten in dieser Stunde einzusetzen seien.

„Tut mir leid, lieber Freund Holzner“, bedauerte Primsch, „unentwegt werden in Betrieben Zeichen und Versprechungen der Dauer des Zusammengehörens ausgetauscht, die nie eingelöst werden. Wenn die Kostenlisten es erfordern, dann sind alle eingebrachten Leistungen, alle äußeren und inneren Hingaben vergessen, null und nichtig. Der Betrieb fordert Ganzhingaben und bietet dafür … Stundenlöhne. Eine Fabrik, das müssen wir in diesen Tagen bitter lernen, kann menschliches Bergungsbedürfnis, sogar ihren eigenen Sicherungsanspruch nicht erfüllen. Gejagt, gewürgt, gepeitscht, oftmals seelisch gebrochen und übernarbt fügen sich Lohn- und Gehaltsempfänger täglich wieder diesem Mahlgang. Eure gewerkschaftliche Mitbestimmung, Holzner, ist weggebrochen wie ein Kartenhaus. Niemand will unsere schutzlose Lebensform – aber die primitiven Rechen- und Entscheidungsmuster bewirken sie unbarmherzig. Solang pfiffige Dummköpfe wie die Eigners das Sagen haben – und wir alle gemeinsam sie nicht rechnerisch-juristisch widerlegen und bremsen können –, nützen Ihre Protestversammlungen leider gar nichts.“

Nachmittagslicht fiel hellgrau und trüb über die Leopoldstadt, die Gleisanlagen über dem Tabor starrten ungenutzt aus dem Altschnee, Krähen scharrten in den Schwellen oder ließen Eisstücke aus den reglosen Kransparren prasseln.

Dr. Hempl zog einen Bericht aus der Rocktasche, wonach soeben die Arbeitslosigkeit als die gefährlichste aller Berufssituationen erwiesen wurde: „Weder Rennfahrer noch Seiltänzer, weder Taucher noch Abbrucharbeiter riskieren eine stärkere Lebensverkürzung als Arbeitslose! Kein Beruf ist gefährlicher als deren Lebenssituation: Herztod, Selbstmord, Mord, Leberzirrhose, Kriminalität und Geisteskrankheit setzen ihnen vernichtend zu!“

Benedikter wandte sich mit einer Richtigstellung an Primsch: „Aber selbst die jetzt gültige Rechnungsweise erbrachte in den Byloff&Nandor-Abschlüssen niemals einen Verlust! Unsere Arbeitsplätze sind also nicht etwa wegen Schadensabwendung gefährdet, sondern nur zwecks irgendeiner vorgeblichen Gewinnsteigerung … ich wüßte nicht einmal zu wessen Gunsten.“

Sollte jemals aus ihren Gesichtern Arbeitsfreude, Lebenskraft, geballte Leistung, schwungvoller Einsatz gestrahlt haben, so stand jetzt blankes Entsetzen in ihnen zu lesen. Gelähmtes, erstarrtes Wahrnehmen gänzlicher Wehrlosigkeit. Unfähig, über das Wichtigste ihres Lebens selbst zu bestimmen: die berufliche Stellung. An ihnen war seit vielen Jahren nichts mehr privat gewesen. Nun war ihnen die anerzogene, durch hundertfache Bewährung gesicherte Meisterschaft im Angehen und Bewältigen einer Aufgabe schlagartig vergangen.

Das Telefon schrillte in die drückende Stille. Primsch hob ab, horchte einige Sekunden, legte den Hörer auf: „Hans, du wirst von der Telefonzentrale schon im ganzen Haus gesucht. Für dich kommt ein Gespräch von Vorstand Fruhmann!"

Benedikter sprang auf, stellte sich neben den Apparat. Und schon ertönte das Signal. „Benedikter bei Primsch!"

„Hier Fruhmann!"

Benedikter riß Mund und Augen auf. „Ja, bitte, Herr Fruhmann!"

Die Stimme des Vorstands war ruhig, gefaßt, dennoch spürbar belastet: „Herr Benedikter, verzeihen Sie eine ungewöhnliche Bitte, eine ganz persönliche nämlich: Können Sie mich heute noch, möglichst bald, in meiner Wohnung aufsuchen?"

„Ja, selbstverständlich, Herr Fruhmann. Worauf soll ich mich vorbereiten? Was soll ich an Unterlagen mitbringen?"

„Sie brauchen nichts mitzubringen. Wenn Sie nur etwas länger Zeit hätten. Ich wohne in der Heinestraße auf Nummer 43, im Hochhaus am Praterstern. Fahren Sie in den fünfzehnten Stock, Tür eins. Ich danke Ihnen. Auf Wiedersehen."

Benedikter erklärte tonlos: „Ich muß zu Vorstand Fruhmann in seine Wohnung kommen ...!"

Hempl, Primsch, Holzner sprangen auf, blickten Benedikter wortlos an. Sie nickten nur verständnisvoll, bestätigten einander so das nun erwiesene Zutreffen ihrer Vorahnungen.

„Sonst noch nichts", sagte Benedikter hastig, rannte in sein Büro, raffte seine letzten Berichte, die Statistikmappe in den großen Aktenkoffer, zerrte den Mantel über, lief durch die Gänge Richtung Aufzug, glitt abwärts, stürmte in die Taborstraße hinaus.

Die Gespräche dieses Mittags zuckten ihm durch den Kopf. Die ungeklärte Abwesenheit Fruhmanns, das stundenlange, fast den ganzen Arbeitstag anhaltende Rätsel seines Aufenthalts und die Befürchtungen der ahnungsvollen Kollegen jagten ihn voran, ließen ihn auch bei Rot über Straßen eilen, brachten ihn auf den Nebenfahrbahnen der Heinestraße in Trab, ließen ihn sich von den feuchten Stämmen der Alleebäume abstoßen, die breite Schneise zwischen Augartenpark und Praterstern keuchend durchqueren.

Im atemlosen Lauf bohrten sich Benedikters Denkklingen immer von neuem in das Rätsel seines Verhängnisses: Wieso bin ich wiederholt, immer neu, unter äußerste Prüfung gestellt? Was stößt mir zu, wozu ich unwillentlich doch einlade?

Fast wie bei Sterbeschilderungen lief während dieses unerwarteten Straßentrabs sein bisheriges Leben ab: Volksschule in Garanas, die Hauptschule in

Schwanberg, die Mittelschule in Graz, die Hochschulkurse in Wien, das erste Dienstjahrzehnt in den großen Bürosälen der Lohnverrechnung, Kostensammlung, hinter den Schreibverschlägen für Arbeitsscheine der Fertigungshallen mit den Fenstern zu den kreischenden Druckgußautomaten, rauchenden, blitzenden Schleifplätzen.

Der rot-weiße übervolle 21-er, Schwedenplatz – Praterkai. Die mannhohen, hellbraunen Schilfstauden auf der verkehrsumtosten Grünfläche vor dem Julius-Ofner-Denkmal ragten aus dem glasig niedergepreßten Altschnee. Ein lichtblinkendes Kinderschaukelauto. Ein weißer Citroën BX beschädigte beim Einparken zwischen graubraun aufgetürmten Eisschollen einen dunkelgrünen Audi am rechten Scheinwerfer. An der Halteverbotsstange der Novaragasse war ein rostendes Fahrrad angekettet, Sattel und Lenkstange fehlten. Schwedenplatz – Praterkai, wieder eine rot-weiße Straßenbahn 21. Gegenüber dem Hotel Blaue Donau eine Fußgängerampel, ein Bücherschaufenster: „Geheimnisvolles aus Wien“, „Schattenjagd“, „Im Angesicht des Feindes“, „Die Farben der Gerechtigkeit“, „Der Tag, an dem ich ermordet wurde“ ...

Rennend, rutschend, beinahe stürzend nach rechts in die Heinestraße. Übervolle Abfallkübel, leere Kartonverpackung einer „doppelseitigen Schreibtafel“. Glaserei Murhammer erinnerte an die weltenferne steirische Heimat. Rosenhotel am Augarten. Grüne Fahrradwegweiser: Reichsbrücke 1,75 km, Praterstern 450 m. Dick aufgeplusterte Amseln hockten reglos auf der Firndecke im Gestrüpp des runden Kleinparks gegenüber der Zirkusbar. Wieder einmal hatte es ihn in die Darwingasse getrieben ... Die Litfaßsäule kündigte den „Flug des Drachen“ an ... Eine Greisin holte aus der Christbaumhalde neben der Creditanstalt in den Ästen vergessene goldene Glaskugeln heraus. Und nun: Direkt neben der Apotheke zur Hoffnung stieg das Hochhaus vom Pratersternrand himmelwärts, hier auf seiner Nordseite mit verwitterten gelben Eternitplatten verkleidet. Neben der Kleinen Stadtgutgasse parkte mit blinkendem Gelblicht ein schwerer Montagewagen mit einer dreimetrigen hölzernen Kabeltrommel von Pengg aus Breitenfeld, weiß-grün gestrichen; in einen geöffneten Straßenschacht hing ein armdicker Kabelschlauch, Postler mit gelbem Schutzhelm und Sprechgerät wateten in hohen Gummistiefeln durch Pfützen und Matsch.

Die Einmaligkeit dieser Minuten, die Unumkehrbarkeit brannten in seiner Stirn: Warum ruft mich Fuhrmann zu sich nach Hause? Wie werde ich ihm begegnen? In welcher Verfassung wird er sein? In welches Verhängnis verstrickt? Was wird er mir eröffnen müssen? Ich weiß es! Alle Kollegen wissen es!

Kalter Schweiß durchfeuchtete seine Kleider. Benedikter öffnete den Hemdknopf, lockerte die Krawatte, eilte über den aus Novara- und Stadtgutgasse gebildeten Vorplatz auf die ihm genannte Adresse zu. Heinestraße 43 war weitum der höchste Bau, mit dem Eingang gegenüber dem Österreichischen Normungsinstitut. Immer wieder hatte er während dieses Dauerlaufs Dr. Eigners Heurigenkalkül halblaut vor sich hingemurmelt: „Nicht verkaufen – verschenken, verschenken ...!“

Das Eingangstor des Hochhauses war nicht verschlossen, Benedikter fuhr mit dem Aufzug in den fünfzehnten Stock. Das Stiegenhausfenster zeigte in voller Breite die Praterstraße, die Nepomukkirche, den mächtig hochstrebenden Stephansdom. Hunderte Wohnungsfenster schimmerten im winterlichen Westlicht. Sein Blick fiel auf eine gelbe Tafel an der Treppenwand: „Sirene, Betreten des Daches nur mit Gehörschutz zulässig.“

Ehe Benedikter läutete, öffnete sich die Tür. Fruhmann lud ihn mit einer Handbewegung in das Wohnzimmer. Der drahtige und starke Mann in dunklem Anzug, hellgrauem Hemd, mit dem ernsten, schweren, gütigen und eben dadurch fast allwissenden Gesicht, keineswegs greisenhaft trotz seiner bald siebzig Jahre, schien Benedikter um einen Anflug von Entschlossenheit, Entschiedenheit gefaßter als sonst. Im Absetzen des Aktenkoffers vor der Terrassentür und im Darüberlegen des gefalteten Mantels fiel Benedikters Blick auf die riesige Aussicht über Praterstern, Zwischenbrücken, Hauptallee, Donauwälder: das weite Stadtgelände strahlte in düsterem Schneewiderschein. Dann saß der Rechnungswesen- und Versicherungsleiter Benedikter allein seinem verehrten alten Vorstand gegenüber.

Ohne Hast und Nachdruck eröffnete ihm Fruhmann: „Die Omnia hat heute die Taborwerke an die Pekunia des Dr. Icht abgestoßen. – Ich konnte es nicht verhindern. Ich betrete die Räume dieser Bank und auch unserer Taborstraße nicht mehr. Ich möchte Ihnen, lieber Herr Benedikter, den Verlauf schildern und Sie bitten, den Kollegen darüber zu berichten. Weiters ersuche ich Sie, einige persönliche Dinge aus meinem Arbeitszimmer zu räumen und mir zustellen zu lassen.“

Hans Benedikter hatte sich während dieser Worte vom Sessel erhoben, schaute seinem Chef wortlos ins Gesicht.

„Für unsere Betriebe“, setzte Fruhmann langsam fort, „ist das eine schlimme Aussicht. Leider, Herr Benedikter, auch für Sie selbst! Für die Icht-Partie sind Sie nicht der richtige Bilanzmann. Verlieren Sie keinen Tag, sich um eine andere Stellung umzusehen. Sie sind Ende fünfzig? Leider kann ich kaum helfen.“

Benedikter wandte verständnislos ein: „Aber die Pekunia des Dr. Icht kann doch gar nicht ...“

Fruhmann hob die Linke, lachte traurig: „Sie braucht auch nicht zu können ... Sie kann aber, lieber Freund, etwas ganz anderes, woran Sie nie gedacht hätten. Sie sind der einzige, der die folgende Geschichte versteht. Das war mir ein Grund, gerade Sie hieher zu bitten: Generaldirektor Dr. Lesky von der Omnia und sein Stabsmann Dr. Eigner trafen sich heute vormittag zu Abschlußverhandlungen mit Dr. Icht und seinem Geschäftsführer Mag. Subaric – Sie wissen schon, dieser aufgeblasene Gockel mit goldenen Hemdkragenkettchen, ein Serien-Pleitier und Hans-Dampf-in-allen-Gassen. Für später war noch ein Notar Dr. Merl geladen. Die Unterschrift meines Vorstandskollegen Dr. Schoppler lag schon blanko vor, er ist ja heute in Polen und in der Ukraine, Sie können sich denken, wozu. Der Lesky will nur eines: heraus aus der Industrie. Mir scheint, der hätte dem Dr. Icht noch Geld dazugeschenkt, damit er selbst nie mehr unter den Druck wirklicher Arbeit kommt. Die Bewertungsgutachten haben sie gar nicht angeschaut. General Lesky redete nur über sein Ansehen in der Öffentlichkeit: ‚Das muß als Zukunftskonzept dargestellt werden.‘ Auf den Einwand des Subaric, daß die Pekunia ja nur eine Finanzdrehscheibe sei – mir ist dabei die Fliehkraft eingefallen –, wurde Lesky sogar laut: ‚Sie werden doch noch irgendein industriepolitisches Palaver für die Presse zusammenbringen.‘ Da grinste der dicke Icht mit seinem roten Biergesicht, streckte den Stiernacken vor, schmähte die beiden Bankfüchse: ‚Ihr beiden Omniapräsenten, von wegen Arbeitsplatzgarantie, Entwicklungskonzept, Zukunftssicherung – das ist euch doch ganz wurscht, okay! Wir garantieren gar nichts, ist das jetzt verstanden!? Ich persönlich erkläre den Betriebsradeln, daß ich immer alles Mögliche probiere, um gut zu verdienen, das gilt immer, verpflichtet zu gar nichts. Wir sind keine Wohltäter, ganz im Gegenteil.‘ Der Präsident Lesky verstummte darauf. Ich konnte ihm ansehen, wie er den Dr. Icht verachtet. Aber der Eigner-Plan zum Verschachern von Byloff&Nandor war ihm wichtig genug, sich diese Frechheiten anzuhören. Da unser Schoppler schon unterfertigt hatte, meinte Dr. Eigner, wäre meine Vorstandsunterschrift jetzt fällig. Ich berief mich auf meine Sorgfalts- und Treuepflicht als Geschäftsführer und verlangte eine Vertragsbestimmung über Fortsetzung aller Unternehmenszweige von der Forschung bis zur Endmontage sowie die Zusicherung bestehender Betriebsvereinbarungen einschließlich der Rentenzuschüsse für unsere Mitarbeiter.“

Fruhmann holte aus der Küche zwei Glas Wasser, stellte eines vor Benedikter auf die Tischplatte, trank das andere, am Südfenster stehend, aus. Nach längerer Pause sprach er, ohne sich umzudrehen, weiter: „Bei diesem Stichwort begannen die vier anderen ein hinterhältiges Verschwörergelächter. Subaric sagte zu mir: ‚Herr Fruhmann, wir garantieren ein Vorgehen genau nach dem Buchstaben des Gesetzes, mehr nicht.‘ Ich fragte, ob er damit die Einhaltung meiner Bedingung meint. ‚Nein‘, schrie Lesky dazwischen, ‚verderben Sie mir nicht mit irgendwelchen Auflagen den Deal, dazu fehlt der Betriebserfolg.' – ‚Aber wir sind doch eine eindeutige Gewinnfirma', rief ich zurück. Da erhob sich Dr. Icht halb von seinem Sessel, brüllte mir ins Gesicht: ‚Gewesen, Herr Fruhmann, ge-we-sen! Was glauben Sie eigentlich, wieso ich mir die Plage mit so einer Industriefirma wie euren Taborwerken antue!?' – Ich habe ihn wirklich nicht verstanden. Also wandte ich mich an den Eigner: ‚Erklären Sie mir das, Herr Generalsekretär?' Und dann, lieber Freund Benedikter, kam die Katze aus dem Sack: ‚Die Pekunia, Herr Fruhmann', säuselte er mich an, ‚hat unter der umsichtigen Leitung der Kollegen Dr. Icht und Subaric über zwei Milliarden Schilling Verlustvorträge zur Disposition angereichert, mit deren Hilfe es möglich sein wird, durch Firmenverschränkung – sprich Fusion – auf Jahre hinaus die Byloff&Nandor-Gewinnbilanzen zu verhindern, stille Reserven aufzulösen und auszuschütten sowie Steuer- und Sozialbelastungen gänzlich abzubauen ... Das verstehen Sie doch, nicht wahr?' – Ich gebe zu, Herr Benedikter", der alte Direktor drehte sich wieder zum Besucher, „daß ich dann aufgestanden bin und diese Gangster angeschrien habe: ‚Sie können mir nicht die Spekulationsverluste dieser Herrschaften als weitblickende Vorkehrungen zugunsten der Taborwerke einreden! Jetzt habe ich begriffen, daß Sie drei Fliegen mit einem Schlag treffen wollen: Mit dem Firmenverschränkungstrick hängen Sie uns Ihre Verluste an, hinterziehen Steuern, bezahlen auf Kosten des Staates ratenweise den lächerlichen Kaufpreis für unsere Betriebe und streichen scheinbar vertragsgemäß mangels Erfolgs die Firmenpensionen. – Merken Sie sich eines', habe ich gerufen, ‚von Herrschaften, die einen Schraubenschlüssel von einem Schraubenzieher nicht unterscheiden können, lasse ich mich nicht hineinlegen. Meine Unterschrift wird es nicht geben.' Der Omniageneral Lesky ist aufgesprungen, hat mich unwirsch am Ärmel gepackt, ist zur Polstertür des Konferenzzimmers gerannt. Dr. Icht hat ihm vom Tisch her nachgerufen: ‚Herr Lesky, schlagen Sie ein, null Komma sieben Milliarden, bevor ich es mir überlege. Da fährt die Eisenbahn drüber, und Sie sind sorgenfrei!' Lesky schüttelte nur den Kopf, zog mich in einen kleinen Nebenraum: ‚Was fällt Ihnen eigentlich ein, Herr Fruhmann, sich gegen mich, Ihren Aufsichtsratspräsidenten, zu stellen?' Ich erklärte ihm: ‚Das Hereinfusionieren von Milliardenverlusten, die Dr. Ichts Pekunia im Ausland gemacht hat, damit unseren Arbeitern ihre Firmenunterstützung nicht mehr bezahlt werden muß – da diese ja vertragsgemäß bei Verlustbilanzen zu streichen wären! –, dafür gebe ich mich nicht her.' ‚Aber Herr Kollege', hat er mir zugezwinkert, ‚das machen doch nicht wir! Das macht doch ein ganz anderer Eigentümer, für den wir wirklich nicht zuständig sind. Das ist dessen eigene Bilanzgestaltung und Steuerverhinderungsplanung. Daß er sich dabei ein paar hundert Millionen Sozialkosten erspart, ist sein Kaffee. Wir, unter unserer Führung, mit unserer Fraktion, werden es nicht gewesen sein, verstehen Sie denn das nicht?‘ Ich bin dabei geblieben: ‚Nur um auf Jahre hinaus Steuern zu vermeiden und die Firmenrenten unter Anwendung einer Regel zu streichen, der ein ganz anderer Geist zugrunde liegt, darf diese Verschleuderung nicht geschehen: Das ist kein unternehmerisches Ziel! Das ist eine Weglegung zu kurzfristigem Omnia-Vorteil, aber Industrie- oder gar Wirtschaftsführung – wofür wir ja eigentlich eingesetzt wären! – ist das nicht! Hier nebenan sitzen fremde Leute, die vom Machtgerücht und Schmähgeruch leben, Abstauber und Ausbeinler, damit Ihnen das klar ist.‘ General Lesky wollte mir mit seinem gekonnt überlegenen Lächeln völlige Unangreifbarkeit zeigen, doch seine Augen lächelten gar nicht, die erschossen mich. Ich schrie: ‚Die Taborwerke sind ein erfolgreicher Industriebetrieb, und Sie sollten eigentlich wissen, was die Omniabank jährlich wirklich an ihnen verdient.‘ ‚Das ist jetzt nicht das Thema‘, schnitt Lesky mir das Wort ab. ‚Ich brauche heute die Unterschrift des Vorstands für den Verkaufsvertrag!‘ Darauf habe ich ihm erklärt: ‚Setzen Sie mich ab! – Ich leiste keinen Widerstand. Ernennen Sie unseren Verkaufschef Christian Primsch zu meinem Nachfolger. Vielleicht kann er das Ärgste verhindern.‘ Ohne weiteres Wort, ohne Gruß, ohne mich von der Schlimmen-Buben-Partie nebenan zu verabschieden, habe ich das Omniagebäude für immer verlassen, bin nach Hause gegangen.“

Benedikter war fassungslos. „Das hat Omnia-General Lesky zugelassen? Ihre Deutlichkeit hat ihn nicht beeindruckt?“

Fruhmann erhob sich und ging zur Terrassentür: „Ganz gefühllos. Der sieht nur eiskalt seinen Sofortvorteil: rasches Bargeld, um drei Ecken der Republik abgeluchst, Börsekursbewegung. Das ist nicht unsere Welt, Benedikter.“

Die beiden Industriemänner traten auf den das Hochhaus umgebenden Balkon hinaus. Fruhmanns Blick traf den Scheitelpunkt des vor ihnen liegenden Riesenrads: „Es ist eben hundert Jahre alt, erinnert an den Beginn großer Eisentechnik.“ Langsam umschritten sie den Gebäudequader hoch über dem Verkehrszentrum der Leopoldstadt. „Herr Benedikter, wenn Sie ins Werk kommen, setzen Sie sich mit Betriebsleiter Schantl zusammen: Er soll alle meine Aktenordner über Unfallverhütung von Frau Mangold abholen und diese Aufgabe weiterbetreuen. Seit fünfundzwanzig Jahren bekämpfe ich Betriebsunfälle. In dieser Zeit gelang es, daß nicht mehr jährlich jeder Vierte, sondern nur noch jeder Zehnte verunglückt. Und vor allem seit jetzt genau sieben Jahren kein Todesfall!“ Fruhmann ergriff Benedikter mit der Rechten am Oberarm, um ihn aufmerksam zu machen: „Mit technischen Vorkehrungen und unablässiger Aufklärung konnten so jährlich 30.000 Schmerzstunden, 30.000 Stunden Leidenszeit verhindert werden, in 1.250 glückliche, gesunde Lebenstage rückverwandelt. Freund Schantl soll bitte weitermachen. Zugleich ist nämlich unsere Wirtschaft um 65 Prozent gewachsen. Herr Benedikter, ich gehe jetzt voraus in die Wohnung hinein, schreibe einen mir wichtigen Brief, den Sie in die Taborstraße bringen müssen. Umrunden Sie inzwischen diese Turmkrone, betrachten Sie unsere Stadt und Firma. Noch 1946 standen dort links von den Nordbahngleisen unsere Pferdestallungen, alles Schrott- und Baumaterial schleppten unsere braven Rösser mit Langwagen durch die Pflasterstraßen. Ich könnte sogar heute noch fachgerecht einspannen und verladen.“ Fruhmann trat in die Wohnung zurück.

Hans Benedikter blieb mit seinem brennenden Leid allein:

Weiße Furche der Praterhauptallee, weit über das Lusthaus hinaus zur Donau. Beflaggtes Handelskaihotel, braunweiß geflecktes Dachgewirr der Vorgarten-Ybbsstraßen-Verdichtung. Neuromanische Jubiläumskirche aus 1898, mit dem aus dem steirischen Stift Seckau hierher übertragenen Hochaltar. In die Hochnebelschwaden schneidender Donauturm. Neue Donaustadtbrücke mit ihrem seilverspannten Pylon. Planetariumkuppel. Wuchtiger Stahlbalken für Schnellbahn und Wien-Nord-Station quer über den Praterstern mit seinen rotgrau gestreiften Betonfahrbahnen. Unentwegt schieben sich Hunderte Autos durch die riesige, unendliche Linkskurve ohne oder mit Scheinwerferlicht, dazwischen einige Wagen blaublinkend, sirenenumtönt, immerfortwährendes, nie unterbrochenes, tosendes Kreisfahren. Einmündend, ausscherend, immer rund um das Tegetthoffdenkmal, zweimal unter der breiten Bahnbrücke hindurch. Die sichtbare Dauerrundbewegung ist eine Täuschung: Der pausenlose Kreisverkehr als irreführendes Bild – die Platzfläche ist minütlich neu gemischt, niemals wiederholt sich das Fließbild. Jeder Augenblick einmalig, jede Schrittfolge, Wende eine erste und letzte. Pulsierende Beständigkeit, gleichbleibendes Gewoge – doch die vergänglichen, verschwindenden Reisenden sind unterwegs, scheren aus, werden ausgewechselt, verfehlen ihren Anlauf oder brechen ab, kippen aus der Bahn.

Benedikter dachte: Jetzt verstehe ich die fast unglaubliche Standhaftigkeit Vorstand Fruhmanns besser, der seit Jahren inmitten der hektischen Bedrohungen und wechselnden Lasten Byloff&Nandor führt. Wie oft mag er wohl von dieser Warte auf unsere Forschungs-, Zeichen-, Verwaltungs-, Betriebs- und Lagergebäude hinuntergeblickt und sich die fast hundertjährige dramatische Unternehmensgeschichte kraftgewinnend vergegenwärtigt haben?

Fruhmann kam wieder durch die Glastür, diesmal im Mantel. „Für meinen Büroraum in der Taborstraße bitte ich Sie um drei Erledigungen: Links in der untersten Lade meines Schreibtisches liegen vier Urteilsausfertigungen mit meinen Freisprüchen nach tödlichen Baustellenunfällen. Als Bauleiter war ich immer von Amts wegen angeklagt. – Dann nehmen Sie bitte das Bild meiner verstorbenen Frau Grete von der Wand. – Die Pendeluhr habe ich selbst von meinem Vorgänger geerbt. Sie hat den Bombenangriff auf das Taborgelände zu Weihnachten 1944 überstanden. Ich schenke sie unserem Freund Christian Primsch. Er soll in mein Zimmer ziehen, wenn die neuen Eigentümer es gestatten. – Ihm übergeben Sie bitte auch meine soeben verfaßte Erklärung, daß der Gegenwert meiner Abfertigung und Alterszuwendung vollständig der Bedeckung der Rentenzuschüsse an unsere Arbeiter gemäß Betriebsvereinbarung zuzuweisen ist. Die Kontoumbuchung nehmen Sie selbst vor, Herr Benedikter!"

„Herr Fruhmann!" entfuhr es Benedikter. „Ihre persönliche Altersversorgung ...?"

„Ich brauche nicht mehr herauszuretten als alle anderen. Mir bliebe jeder Luxusbissen im Mund stecken beim Gedanken an meine dann auch von mir verratenen und verlassenen Kollegen."

Wie wenig Benedikter doch über diesen ihm aus über dreißig Dienstjahren so vertrauten, so nahegekommenen Mann wußte! Unzählige Entscheidungen hatten Kerben, Schrunden, Schürfspuren hinterlassen – aber auch freigeglühte Vorfelder in der Seele dieser so einladenden, einnehmenden Persönlichkeit! Dieser feste, wuchtige Industriegründer ließ in seinem geläuterten, weitblickenden Auftreten, seinem geballten Aufschauen die Erfahrungsfülle, Geprüftheit eines schwer Bedrückten erkennen. Benedikter konnte nur in Ehrfurcht diesem so tatenreichen Mann gegenübertreten. Er wunderte sich, wie Vorstand Fruhmann stets dem jeweiligen Augenblick so scharfes Aufmerken schenken kann.

Durch Benedikters Vorstellung wirbelten die Fratzen der Eigners und Ichts, die maliziösen Visagen der Leskys und Subarics, die nicht einmal einen Sessel leimen, geschweige einen Staudamm in Indien bauen könnten. Halblaut sagte Benedikter: „Das sind keine Kapitalisten, das sind Lumpen; das sind keine Unternehmer, das sind Rotzbuben; das sind keine Kaufleute, das sind Strauchdiebe."

Wie zur Antwort schob Fruhmann Benedikter zur Südwand des Hochhauses, wies auf das den unter ihnen liegenden Praterstern beherrschende Tegetthoff-Denkmal: „Was uns dort unten so winzig erscheint, ist die immerhin dreieinhalb Meter hohe Bronzegestalt des siegreichen Admirals auf der elf Meter hohen Marmorsäule. Seit hundertzehn Jahren steht das Denkmal hier zur Erinnerung an die von ihm gewonnene Seeschlacht von Lissa gegen Italien 1866. Nur wenige wissen, lieber Freund, daß der so hoch geehrte Admiral seinen Sieg menschlich bitter büßen mußte: Der berühmte Rammstoß, den er mit dem Bug seines eigenen Flaggschiffs in die Flanken des gegnerischen Flaggschiffs Re d' Italia trieb – die splitternden Bordwände, knickenden Masten, tosenden, gurgelnden Wasserfluten, die Angst- und Todesschreie hunderter Matrosen – diese entsetzlichen Augenblicke, in denen er sein schlachtentscheidendes Vernichtungswerk wie in Zeitlupe von der Kommandobrücke aus beobachten mußte, haben ihn seelisch gebrochen! Geistig verstört ließ er in den wenigen Jahren, die er noch lebte, wissen, daß er eine solche Tat nie wieder setzen könnte ... Und mit vielen Bittbriefen setzte er sich für ein Unterkommen der überlebenden Krüppel ein ... Ein solcher Sieg, verstehen Sie, Benedikter, mit mir als so kaputtem Sieger – und wenn das noch so gepriesen würde – kann nicht mein Ziel sein. Die Säulensiege sind ein Irrtum."

Sein tiefbeeindruckter Zuhörer fragte langsam: „Also kampflos vor der hohlen Gelddrehscheibe weichen?"

„Das sicher nicht!" antwortete Fruhmann leise, aber entschlossen. „Darum bitte ich auch, wenn Sie jetzt weggehen, keine weiteren Beziehungen zu mir aufrechtzuerhalten, weder Besuche noch Anrufe, das gilt auch für die Freunde Primsch, Hempl, Holzner, Sedlak, Schantl: Es darf nicht der Hauch einer Untreue, einer Verschwörung aufkommen! Macht euch um mich keine Sorgen. Ich werde die Vorgänge ausschließlich über öffentliche Nachrichten verfolgen. Es genügt, diese an meinem Wissensstand von heute, dem Tag meines Austritts, zu messen. Vorgänge gegen die Rechte der Betriebsangehörigen werde ich bekämpfen. Ich bin jahrzehntelang einen genauen und geraden Weg gegangen, davon werden diese Herren mich nicht abbringen."

„Haben die Lügner gewonnen?" dachte Benedikter. „Ich stehe das nicht durch. Kann ich nie mehr gutgläubig behaupten, daß Hinterhalt und Tücke und Betrug nicht die weltläufige Wirtschaftsweise sei? Ich weiß nichts mehr zu antworten. Ich vergehe ohne weitere Meinung. Ich kann nichts zurechtrücken."

Fruhmann drückte Benedikter im Wohnzimmer freundschaftlich an sich: „Sie werden mir kein Fälscher! – Ich begleite Sie zur Straße hinunter." Die letzten Unternehmensberichte aus Benedikters Aktenkoffer lehnte er ab: „Ich bin heute ausgeschieden. Unser Verhalten muß untadelig bleiben."

Benedikter schob den großen Umschlag mit der Pensionsverzichtserklärung Fruhmanns zu diesen Papieren.

Der Aufzug glitt langsam mit den beiden Schweigenden hinunter. Benedikter ahnte, daß diese Minuten der Beginn einer Vergangenheit waren, neben der es keine andere mehr geben würde bis zu seinem Tod.

In der Heinestraße wandten sich die beiden Männer nach rechts. Die Kabelrolle war inzwischen weggebracht worden. Aus der Christbaumhalde funkelten keine vergessenen goldenen Glaskugeln mehr. Die geplusterten Amseln saßen nun nicht mehr in dem vereisten Park, sondern unter den noch warmen Motoren frisch zwischen dem Preßschnee eingeparkter Feierabendautos.

Fruhmann war, um Abschied zu nehmen, stehengeblieben. Benedikter fragte stockend: „Woher nehmen Sie eine solche Kraft, Herr Fruhmann?"

„Ich habe in fünfundfünfzig Dienstjahren gelernt, unvorstellbares Unglück auszuhalten, aufzuarbeiten, durchzustehen. Das gilt auch für mich privat. – 1983 ist meine Frau Grete an Krebs gestorben. Und 1989 wurde mein damals neunundzwanzigjähriger Sohn in Polen ermordet."

Der so schockartig ins Vertrauen gezogene Benedikter ließ den Aktenkoffer fallen, packte seinen alten Vorgesetzten an beiden Händen: „Um Gottes willen, niemand weiß davon ..."

Fruhmann erklärte: „Doktor Ferdinand Bernleitner – er trug den Mädchennamen meiner Frau, wir haben erst viel später geheiratet – war als Betriebsberater im Schulungshaus der Warschauer Regierung am Weichselstausee von Serock tätig. Er war besonders fleißig. Als Betriebswirt lehrte er überdies Wirtschaftsethik und Arbeitszukunft. Dreihundert Meter vom Vortragsgebäude entfernt, abends, auf offener Straße, wurde er von unbekannt gebliebenen Burschen ... grauenhaft erschlagen ... offene Gesichts- und Schädelbrüche ..."

Benedikter flüsterte: „Niemand von uns in der Firma ..."

Fruhmann sagte ruhig: „Ich wollte kein Aufsehen. Keinen Schaden für unsere Firma, für die Polenverträge. – Ich begleite Sie noch einige Schritte, es ist zu kalt zum Stehen. Ich schicke Ihnen, wenn Sie wollen, Ferdinands Vortragsblätter. Sie werden ihn als Ökonomen würdigen können."

Im Gehen beantwortete Fruhmann nun erst Benedikters frühere Frage: „Wissen Sie, lieber Freund, ich bin kein Philosoph oder so etwas Ähnliches. Habe nicht studiert. Und mit der Religion habe ich auch nichts am Hut. Aber von jedem Schlag bin ich stärker geworden, nach jedem Unglück genauer, sorgfältiger; im Leid irgendwie rücksichtsvoller, verantwortungsbewußter. Ich kann Ihnen darüber mit meinen Wörtern nichts sagen. Ich sehe Ferdinand als Erschlagenen am Weichselufer vor mir. Seine letzten Minuten kann ich mir leider genau vorstellen: das ungläubige, zögernde, erst zuletzt entsetzte Wahrnehmen der zuschlagenden, blanken, tödlichen Teufelei ... seine Todesangst, ein, zwei

Minuten, Angst, hilfloses Sterben an diesem erbärmlichen Ort. – Seine Jugend, seine Leistungen spüre ich wie ein Licht, ein für mich unvergängliches. Meine Frau mußte diesen Mord an unserem Sohn nicht mehr erleben.

Ich füllte mit allem Einsatz meinen Platz. Grete und Ferdinand und euch alle, die Mitarbeiter, die Kunden, die Partner, denke ich mir als zusammengehörige Einigkeit … – Glück auf, Benedikter!"

Fruhmann wandte sich rasch zurück zum Praterstern. Benedikter sah über seiner aufrecht durch das Schneedunkel schreitenden Gestalt die Marmorsäule des unfernen Siegerdenkmals aufragen.

Zissers Tastatur: Figur Benedikter war wie ihr Autor Zisser ein guterhaltener Sechziger. Die jahrzehntelange geistige Anspannung im Jahreskreis der Betriebsführungstermine hatte ihn buchstäblich zeitlos durch diese unendlichen Dienstfluchten gejagt. Benedikter hatte medizinisch gesehen sein Leben eigentlich außerhalb seines alternden Leibs geführt, und das berufsbedingte Desinteresse, das ihn allerlei privaten Bedürfnissen gegenüber stets erfüllt hatte, war seinem Habitus durchaus zugute gekommen: groß, schlank, drahtig, jene Nuance Vernachlässigung der eigenen äußeren Erscheinung, die einer wirklich intellektuell konzentrierten Person zukommt. Benedikter unterschied sich äußerlich nicht von Zisser, der typische disziplinierte, von Terminen getriebene, von der permanenten Problemkomplexität und dem alltäglichen Arbeitsstau Zermürbte, routiniert alle tausendfach geläufigen Unlösbarkeiten überspielende, gereifte Verwaltungsmensch. Unauffällige Kleidung, die Korrektheit sichtlich nur lässig vortäuschte, täglich ein frisches weißes Hemd zum blauen oder grauen Anzugtuch, täglich wechselnder Halbschuh, sommers mit Leder-, winters mit Gummisohle. Da Zisser und mit ihm Benedikter diese Kostümlinie nie verließ, war er für die Hälfte aller Anlässe angemessen und für die andere Hälfte teils over-, teils underdressed. Gemütliche farblose Hornbrillen für den Alltag wechselte er gelegentlich gegen schmissig randlose Gläser, ansonsten war Benedikter immer der gleiche, jahraus, jahrein, und als solcher ein optischer Fixpunkt in der Firma. Viel wichtiger freilich war er als persönlicher und kollegialer Fixpunkt! Seine jahrzehntelange Erfahrung inmitten ständiger Projektdramatik und der angemessenen Beherrschungsroutinen hatten ihn für Hunderte Kollegen zu einer Hilfe, Stärkung gemacht. Seine Gutwilligkeit, ja Herzlichkeit – dennoch nicht frei von unbehebbarem Vereinnahmungswiderstand auch gegen Allervertrauteste – waren legendär, waren seinem Gang, seinen Bewegungen, seinem Gesicht aufgeprägt. Bei aller unzweifelhaften Menschenfreundlichkeit beherrschte seinen Blick eine Schwere, entfloß seinen Pupillen ein Überdruck, der Zisser in jeder Gesellschaft größte Achtung brachte. Freilich, manche Höherrangige, die sich solcher menschlicher Rangsignale nicht erwehren konnten, ihrer formalhierarchischen Höherstellung aber nicht entraten zu können meinten, versuchten zuweilen in leicht wegwerfendem Unterton, belächelnd, travestierend, Benedikter auf den ihnen ihrer Meinung nach zustehenden Abstand zu halten. Längst hatte Zisser das durchschaut, abgetan und keine Gedanken, kein Gefühl an solches real irrelevante Unrecht verschwendet. Ehrgeizig und empfindlich war der in Wien immer fremd Gebliebene aus der Steiermark nur noch hinsichtlich seiner Bestleistung in Arbeit und Ratschlag gewesen. Er hatte längst begriffen, daß es eine Perfektion gibt, die mißtrauisch macht. Und deswegen oft genug seine längst feststehende Problemlösung stundenlang verschwiegen, bis andere Konferenzteilnehmer seine innere Vorausentscheidung eingeholt hatten. Zisser hatte sich mit seiner mittelmäßigen Stellung völlig abgefunden, materielle Begierlichkeiten waren ihm fremd geworden; doch die schmachvolle Enteignung unmittelbar vor dem Alter hatte ihn doch derart unerwartet heftig empört, geschmerzt, persönlich zuinnerst verunsichert, daß seine langsam anlaufenden, jedoch umfassenden Gegenmaßnahmen einen weit über bisherige Selbsteinlassungen hinausgehenden Schwung erreichten. Es war, als ob ein zweiter, vom ersten unabhängiger Charakter Zissers selbsttätig durchbräche und die Qualität Benedikters aus den heißesten Eingeweiden Zissers speiste. Seine Verteidigungs- und Gegenangriffs-Aktivitäten nahmen jedenfalls lawinenhafte Ausmaße und Auswirkungen an, die seine Feinde und damit die Feinde seiner Freunde schließlich viele Millionen kosten sollten!

Daß nun Benedikter für Zisser stellvertretend alles Unrecht und Unglück durchlitt, daß Benedikter die große Erzählung trug, für die Zisser sich selbst nie entblößen würde, gab jedoch seinem Erfinder jenen langen Atem, jene mächtig ausholende Breite und vor allem jene treffsichere Genauigkeit, die ihm, dem früher namenlosen Rechenknecht, alle Aufrollungskraft gab: Denn nur die Benedikter-Erzählung gab Zisser jenen Namen, der unüberwindlich machte. Anders konnte Zisser sich das erstaunliche Zurückweichen der Direktoren von Tyrolcash nicht erklären, als er in der Bank auftauchte und die Mitschuld dieses Instituts an Gallunters Wohnhäusergroßbetrug in Wien drohend zur Sprache brachte. So drohend und für Zisser ungewohnt beredt, daß der von ihm zunächst moralisch angelegte Mitschuldvorwurf noch während seiner Ausführungen allmählich, aber deutlich zu einem juristisch greifbaren Sachverhalt wurde: Ob sich die Millionenkredite einräumenden Herren denn nie die Geschäftsgebarung dieses Wiener Rechtsanwalts angeschaut hätten, ob sie vielleicht absichtlich weggeschaut hätten angesichts der von ihnen zu plazierenden lukrativen Hypothekardarlehen? Daß diese mangelnde Sorgfalt in eine gerichtlich zu untersuchende Nähe zur Vorschubleistung und Mittäterschaft an gigantischen Betrügereien geraten war, vermochte Zisser namens der Delogierten und unter dem Eindruck der eiskalten Zahlungsaufforderungen aus Tirol persönlich klarzumachen. Doch nein: Derjenige, der diese Sprache zu führen vermochte, war nicht Zisser, das war seine wiederauferstandene Garanas-Seele, das war Benedikter, das war nach all den Kalkulationsjahren sein Herkunftsfleisch, das war nicht Buchhaltungsmathematik, sondern Menschenprosa. Und die schlauen Wenigredner von der Bank zogen sich zu kurzer Beratung zurück – und ließen es auf die Benediktersche Anklage gar nicht ankommen, sagten Zisser namhafte Kreditererstreckungen für die betrogenen Wohnungsinhaber unverbindlich zu.

Deshalb wehrte sich Benedikter gegen die distanzierte Beobachterhaltung seines Autors: „Wie kann ich tief und kämpferisch leben, wenn jeder Schritt, jedes Gefühl von Zisser geprüft wird? Ich muß von meinem Verfasser fordern, daß er mich meine eigenen Ahnungen verfolgen läßt – auch in seinem eigenen Interesse, denn wozu hätte er mich sonst erfunden, verfaßt, als aus seinem Selbstungenügen? Ich muß das Leid auskosten, das er meidet. Deshalb braucht er meine Verwachsungen nicht zu kommentieren, meine Entstellungen nicht zu beäugen! Denn ohne mich würde er einseitig verfallen, zerfallen. Ich bin nämlich sein Lot, und er muß seine Gestalt immer wieder an mir ausrichten. Ohne mich wäre mein Verfasser eine Ungestalt. Ich fülle sein Privatvakuum. Ich bin die unsichtbar bleibende Personmasse, deren Anziehungskraft seine Fluchtkörper, seine fliehenden Körperteile zusammenhält." Zisser durchschaute, Benedikter liebte. Zisser deckte auf und entblößte, Benedikter haßte. Zisser schob weg, schob ab, Benedikter verfolgte, rechnete ab. Zisser setzte sich ein, Benedikter opferte sich. Zisser bewältigte riesige Stoffmassen durch Abstraktion, Benedikter versammelte und beseelte die konkreten Namen und Gesichter. Zisser blieb im Recht und unangreifbar, Benedikter machte sich schuldig, zweifelhaft, verfolgbar. Benedikter war die dritte Person Einzahl – er –, die zwischen der ersten Person Einzahl – ich – und der zweiten Person Mehrzahl – ihr – vermittelte, dort, wo sonst blanke

Stummheit, kalte Wut, Todesstarre wären. Überhaupt erfüllte Benedikter die dritte Funktion der Personexistenz: nach Erkennen und Urteilen das Entscheiden, wogegen Zisser nur die erste Funktion ausübt – Sein. Zisser sprach, dozierte, Benedikter erzählte, lispelte und schluchzte, fluchte. Benedikter konnte sich nicht vorstellen, wie ein Lebensgefühl ohne seine Übersiedlung nach Wien, ohne diesen schicksalhaften Lebensortswechsel geworden wäre. Immer lebte er hinter seinem Blick, immer beobachtete er in Zeitlupe. Und mit taxativer Präzision. Immer schlich er auf Erkundung über den jeweiligen Platz, durch den jeweiligen Raum. Wie die Last eines Auftrags verfolgte ihn der Zwang, jedweden Gegenstand zu sammeln, einzuordnen, zu würdigen. Für das Erfüllen der unzweifelhaften Sehnsucht des Menschen – ein Streben nach Licht und Leben, das ausnahmslos alle eint –, für das Stillen dieser Sehnsucht, das Erfüllen angeborenen Vollendungsstrebens ist eben dieser Zisser-Mensch in seiner Grundlage, Verfassung, Gegebenheit untauglich!

Nichts da, Schluß damit, punktum: Benedikter ist ein Traum Zissers. Ein Überlebenstraum. Der Lebenstraum. Ab jetzt galt den Omnia-Plänen äußerstes Mißtrauen, nachhaltiges Widerstehen: Das Mozartlied „Üb' immer Treu' und Redlichkeit … und weiche keine Finger breit von Gottes Wegen ab …" wurde zum Überlebensplan schlechthin.

Das Verwinden

Die Sekretärin des Rechtsanwalts in der Rauscherstraße, wo der arbeitslose Hans Benedikter seine Abfertigungsansprüche vertreten ließ und belegen mußte, blickte von den Papieren auf: „Sie arbeiteten früher für Byloff&Nandor, sehe ich? – Der Vorstand dieser Firma ist kürzlich erst verstorben. Er hieß Priebsch oder Primsch. Haben Sie den Mann gekannt, Herr Benedikter?"

„Das muß eine Verwechslung sein. Mit Christian Primsch habe ich noch kürzlich gesprochen." Benedikter erbat das Telefon, rief den Portier an: „Herr Kastner, hier Benedikter. Ist der Direktor Primsch bei uns … bei euch im Haus?"

Kastner antwortete langsam: „Der Herr Primsch lebt nicht mehr, Herr Benedikter. Vor einer Woche begraben."

Nach betroffener Stille keuchte Benedikter: „Ein Unfall?"

„Nein, Bauchkrebs", flüsterte Kastner.

„Das habe ich befürchtet."

Schweigend leistete Benedikter seine Unterschriften, verließ die Rechtsanwaltskanzlei, ging durch die Altersheimpforte in den Augarten: „Ich weiß alles, ich schweige über alles", hämmerte es hinter seinen Schläfen. „Christian ist gestorben, ich weiß, woran …" Er sah seinen langjährigen lieben Arbeitskollegen vor sich. Die sich dunkel von den Parkalleen abhebenden Spaziergänger fixierte er unwillkürlich, weil er Christian auf sich zukommen zu sehen meinte. „Nein, Christian kommt mir nie mehr entgegen, der so kenntnisreiche und nachdenkliche Freund ist gestorben." Trennungsschmerz zerriß Benedikters Brust.

Christians letztes Lebenszeichen waren einige handschriftliche Zeilen, an Hans Benedikters alte Adresse in die Glockengasse gesandt, voll Dank für eine erbetene genaue Buchungsbegründung zum letzten Jahresabschluß vor Benedikters Entlassung. Was Hans an Christian immer so wohl getan hatte, war die Anerkennung auch seiner Leistung im Rechnungswesen. Christian freilich war ein überzeugender Weltmann, internationaler Vertriebsexperte und vielfacher

Umsatzmilliardär für die Taborwerke. Seine Beobachtungen, Sorgen, Ausblicke teilte er mit allen Angestellten seiner Abteilung sowie mit Kollegen anderer Fachrichtungen.

In einer so banalen, unerwarteten Szene bei einem fremden Rechtsanwalt mußte also Hans den Tod des Freundes erfahren. Dem schlanken, fast schmächtigen, stets sorgfältig gekleideten Mann mit dem scharfen Verstand, traurigen Blick und der leisen Stimme durfte Hans nun nie mehr begegnen, zuhören, Fachfragen stellen. Zu allem anderen bedeutete Christian ihm auch eine tiefe menschliche Bindung an Byloff&Nandor.

Hans Benedikter zog den Mantel fest um sich, ließ sich auf eine Augartenbank fallen. Er starrte in den niedrigen, dunkelgrauen Himmel, in die donauwärts ziehenden Krähenschwärme. Die schwärzlichen Vogelwolken mischten sich in schwärzliche Erinnerungswolken:

Vor über drei Jahren kam Christian Primsch, damals noch nicht Vorstand, abends in mein Büro. Er war eben, aus Riad kommend, in Schwechat gelandet. Ich stand auf, wollte Kaffee besorgen. Er winkte müde ab, fiel in den Sessel am Nebentisch. „Wir werden deine Planzahlen nicht erreichen, Hans. Wir verlieren Lieferaufträge, die wir als sicher angenommen hatten. Viele andere Anbieter haben schon die eigenen Betriebe geschlossen, ihre Leute gekündigt, lassen in Billigländern arbeiten."

Fabriksirenen heulten auf, Schichtwechsel in den letzten Werkshallen unten. Christian Primsch stellte sich ans Fenster. Minutenlang betrachtete er schweigend die heimwärts strömenden Männer. Plötzlich drehte er sich um: „Wir müssen etwas unternehmen, Hans. Du mußt mir helfen!" Ich schaute ihm aufmerksam ins Gesicht, wartete schweigend. Er deutete linkisch in Richtung Waschräume: „Ich komme gleich", flüsterte er. Er schien mir blaß. Er blieb lang weg.

Ich hatte mich schon seit Monaten um Primsch gesorgt: Er war immer angespannt, Tag und Nacht im Einsatz; sorgfältig gekleidet, Umgangsformen aller Kulturkreise, Glaubensregeln aller Weltzonen im Kopf. Ringen um jahrelang gepflegte Kundenbeziehungen, Großprojekte an raffiniertere Anbieter verloren, ‚timing and pricing and clubbing …', Minister als Bekannte, Weltbankleute im Telefonbuch, Scheichs zu Freunden; in seinem Zimmer hängen deren Porträts; hunderte Briefe zu Neujahr, stets human mit melioristischem Anspruch, unübersehbar an seinem Wesen, zwar unerfüllt, dennoch sein Auftreten prägend.

Und vor allem: ein beständiger Freund! Jedes Treffen mit ihm brachte einen Verständnisschub. Seine eigenen Lasten freilich trug er ziemlich allein. Immer nur ein kurzes Halblächeln, das eigentlich wie ein Schluchzen klang, dieses unfreie, schattige Lachen dafür gar nicht so selten. Ein diskretes Rechtsgefühl, dem sich kein Mitarbeiter entziehen konnte. Gebildet, geschmeidig, rastlos für die Firma tätig. Zuerst Verkaufsreferent für den Nahen Osten, dann Verkaufsleiter aller Branchen bis China, Japan. Er wußte von zukünftigen Geschäftsmöglichkeiten und -unmöglichkeiten mehr als andere, auch weitaus Höhergestellte. Die Drohung der Betriebsunterauslastung war ihm stets bewußt, und mit schmunzelnder Skepsis gab er die für mich nötigen Planzahlen bekannt; allerdings mit einer Bandbreite von eins zu drei! Er sei kein Schelm, der mehr gibt, als er hat …

Lautlos trat Christian Primsch damals an meinen Schreibtisch, die späte Abendsonne fiel vom Leopoldsberg durch die Donaukanalschneise in mein Fenster, auf die Umrisse des Gebeugten: „Paß auf: Das wichtige Vorhaben einer Bauxitschmelze neben dem Hafen von Katar wird nicht bei uns bestellt werden!" – Ich biß mir auf die Lippen, blickte in seine strengen Augen. Er erklärte stockend: „Das Byloff&Nandor-Angebot ist zu teuer. – Die Franzosen lassen in Rumänien arbeiten, die Deutschen fertigen in Polen, die Italiener in Tunesien. Auch das große Glaswerk von Karachi wird trotz technischer Anerkennung nicht an Österreich vergeben, wenn wir nicht unsere eigenen Gießer, die eigenen Keramiker kündigen, die Selbstkosten durch billigste Auswärtsleistungen senken. Die nächste Jahresauslastung ist dadurch verloren! Einkaufschef Sedlak sagt, er habe sich schon kundig gemacht: Er wüßte eine Fabrik in der Ukraine, eine in Bulgarien, eine in der Slowakei. Dort betragen die Löhne ein Zehntel von unseren Personalkosten. Zwar arbeiten diese Betriebe schlechter, trotzdem ergibt sich eine Kostensenkung um ein Fünftel für den Arbeitsanteil. Der Gesamtpreis wird dadurch etwa vier Prozent niedriger. Ich könnte vielleicht jetzt noch unser Angebot nachbessern, Verkäufe abschließen … aber …" Er schüttelte den Kopf. „Du mußt mir helfen, Hans. Denken wir das durch, jetzt noch!"

Christian wandte sich jäh um, drehte mir den Rücken zu, blickte schweigend durch das Fenster über die Taborstraße hinweg in die dämmrige Fabrikslandschaft mit dem Betriebsgelände des zweiten Wiener Bezirks hinaus. Seine Augen schweiften über Kran- und Mischanlagen nach der eben erfolgten Schleifung der einst größten Glaspresserei Europas aus 1901 – jetzt ein Freigelände voll wildwachsender Gebüsche, flach verwurzelt in zermahlenem Ziegelschutt; verwitterte Maschinenfundamente mit Bolzen und Gewinden ragten aus dem bröslígen Boden; Spuren aus über achtzig Jahren härtester Arbeit mit Eisen und Feuer. Christian murmelte: „Sogar die Umrisse der früheren Stallungen für Zugochsen und Wachhunde sind noch erkennbar." Eine öde Stätte, über der eigentümlich schwere Luft flimmerte.

Wir schwiegen. Christian erwähnte die Zugochsen, Arbeitsrösser, die hier zur letzten Jahrhundertwende gehalten wurden, um die Riesenbauten des Neuen Wien zusammenzuschleppen; und an die Kettenhunde, die nachts freigelassen wurden, die Arbeitsstätten zu bewachen ...! Er dachte an die frostigen, weiß-schwarzen Wintermorgen längst versunkener Jahre, in denen die ärmlichen Gestalten durch die Fabriken stapften, mit den schweren Bausteinen hantierten, Fußfetzen in den feuchten Schuhen, Handfetzen über Frostfingern, gefrorenes Blut auf den Nägeln.

Christian setzte fort: „Doch sogar öffentliche österreichische Abnehmer bestellen jetzt bedenkenlos in den unentwickelten Volkswirtschaften: Großinvestoren kaufen in armen Oststaaten, ignorieren Inlandskapazitäten. Fünfzig Jahre lang – seit 1945 – haben unsere besten Leute das Gleichgewicht zwischen privater und öffentlicher Nachfrage, zwischen deren Bezahlbarkeit durch das Steueraufkommen, den Betriebserfordernissen der Hersteller sowie den Einkommen der Arbeiter und Angestellten und ihrer sozialen Absicherung hergestellt – in sorgfältigen Berechnungen, harten Auseinandersetzungen zwischen Branchen und Berufsvertretern, vor allem aber in Fleiß und Sparsamkeit, Unternehmergeist und gewerkschaftlicher Umsicht. Dieses empfindliche Gleichgewicht wird jetzt gestört. Unser System läßt sich nicht verbessern durch Heranziehen von fremden Niedriglohnleistungen für inländische Anschaffungen. Arbeitsverfall, Wertschöpfungsstopp, Steuerausfall, Sozialversicherungspleiten, Budgetdefizite – eine Absturzspirale fällt diesen Trickmeistern auf den Kopf; nein, denen weniger als den tüchtigen Betriebsmenschen."

Erstmals meldete ich mich zu Wort: „Aber die vom Kommunismus hinterlassenen Wirtschaftswracks müssen doch eine Geschäfts- und Aufbaumöglichkeit bekommen. Willst du sie aussperren?"

„Selbstverständlich nicht, ganz im Gegenteil! Wir müssen Rat und Hilfe und Geld anbieten. So schnell wie möglich sollen sie ein vergleichbares Lebensniveau haben. Aber was ist uns im Westen denn hiefür bis jetzt eingefallen? Ihre grotesk niedrigen Löhne in unsere Kalkulationen einzusetzen, so durch niedrige Arbeitskosten Vorteile für hiesige Geschäfte zu erzielen! Unser Einkäufer Sedlak hat schon Lieferbetriebe ausfindig gemacht, bravo. Aber wer hätte denen dort das ganze Wissen unserer Sozialpartnerschaft, Gewerkschaftsbewegung, Versicherungswirtschaft, Budgetvollziehung, Investitionsfinanzierung vermittelt?"

Ich fragte skeptisch: „Wird sich das nicht alles von selbst entwickeln? Hauptsache, die Grenzen sind offen, die Wirtschaft ist frei?"

„Das gilt doch nicht für die Einzelnen hier und dort. Wir kündigen Tausende, schließen intakte Betriebe, und die dort werden weiter zu Hungerlöhnen ausgebeutet. Das hat mit gesundem Wettbewerb nichts zu tun. Das ist ordnungspolitisches Versagen."

„Aber, Christian", sagte ich, „du wirst doch nicht Zollschranken errichten wollen, nachdem endlich der Eiserne Vorhang gefallen ist."

Darauf war er gut vorbereitet: „Wenn ich die Einnahmen daraus den Reformländern für ihren Aufbau zur Verfügung stelle und den Wettbewerb nur unter humanen Verhältnissen zulasse – das Ganze mit zehnjährigem Übergang –, wäre für beide Seiten das Beste getan. Aber so hirnlos? Eine Fehlleistung, eine Nichtleistung der Politik! Rasierapparate und Kochtöpfe testen, Flugreiseangebote und Privatschulen vergleichen, Konsumentenschutz hierzulande ist gut und recht, aber bearbeitet denn keiner die völlig ungelenkte Nichtbewältigung kommunistischer Hinterlassenschaft?"

„Christian", rief ich, „ich muß doch unsere Geschäftspläne einhalten. Und du mußt die internationalen Marktbedingungen, so wie sie eben gegeben sind, erfüllen."

Er schaute mich lang an, schüttelte den Kopf. „Nein, genau das muß ich nicht! Wir leben hier nicht nur in der Stadt der Musik und der Psychoanalyse, Hans, wir leben hier auch in der Stadt der Volkswirtschaftslehre! Wie kann ich als Diplomkaufmann mit meiner Einsicht und Erfahrung zu dieser Verrücktheit schweigen? Du mußt mir heute noch helfen, Hans! Du kennst die Leute der Wirtschaftskammer, ich kenne Arbeiterkammerfunktionäre und den Nationalrat Schindelka von der Gewerkschaft."

„Was willst du denn bei denen erreichen?" fragte ich.

Christian setzte sich endlich wieder an den Tisch: „Zumindest, daß sie so viel wissen – und leiden! – wie wir."

Ich griff zum Diktiergerät: „An den Betriebsratsvorsitzenden DI Holzner, Kopie an Nationalratsabgeordneten Schindelka, Fachverbandvorsteher Mag. Kandlhuber: Der wegen des riesigen Lohn-, Sozial- und Umweltschutzabstandes ‚billigere' Osten wird seit der Öffnung 1989 zunehmend auch von öffentlichen Auftraggebern bevorzugt herangezogen bzw. wird dies österreichischen Generalunternehmern zur Preissenkung ausdrücklich vorgeschrieben. Nachsicht hinsichtlich Qualität, Termintreue, Haftung und Service wird gewährt. Dieses Vorgehen zeigt schwere Denkfehler: A) Die Beschäftigung von Ostimmigranten auf dem ‚Arbeitsstrich' wird von den Behörden streng geahndet – denn inländische Kollektivvertragslöhne werden unterlaufen, Sozialabgaben und Steuern hinterzogen; die Beschäftigung illegaler Einwanderer bewirkt für Firmen den Entzug öffentlicher Aufträge. B) Jedoch erteilen andererseits öffentliche und staatsnahe Stellen direkt Großaufträge an Oststaatenbetriebe, deren Lohn-, Sozial- und Umweltschutzniveau ungenügend, teils auch für Österreich bedrohlich ist. Durch solche Auftragsvergaben wird das inländische Lohnniveau genauso unterlaufen, werden Sozial- und Staatsabgaben verkürzt, im Inland vorgehaltene Kapazitäten nicht genügend ausgelastet zum Schaden der Gesamtwirtschaft."

Inzwischen war es draußen dunkel geworden. Vereinzelt sprangen Lichter der Taborstraßen-Geschäfte an, im Ostfenster des Buchhaltungsbüros leuchtete der Lampenkreis des Riesenrads auf. Christian Primsch stand wieder heftig auf, stürzte wortlos mit einer hilflosen Handbewegung zu den Waschräumen.

„Zwischen A) und B) ist kein Unterschied, doch wird auf den gleichen Sachverhalt krass ungleich reagiert. Vorschlag: Eine Entwicklungsabgabe hat bei Einkäufen aus Oststaaten mitkalkuliert zu werden. Dieser Quasi-Zoll wird jedoch vollständig diesen Ländern zum Aufbau ihrer Infrastruktur zur Verfügung gestellt. Die Verfasser – Primsch und Benedikter – sind bereit, ihre Beobachtungen und Unterlagen ordnungspolitischen Gremien zur Verfügung zu stellen."

Christian Primsch kam eben langsam wieder ins Zimmer und warf sich matt in den Sessel: „Dieses Schreiben können wir nur absenden, wenn wir den Vorstand informieren. Dann muß ich wohl auch sofort berichten, daß ich die Bauxitanlage in Katar nur verkaufen kann, wenn ich sechs Monatskapazitäten Werkseigenleistung durch ukrainische Zukäufe ersetze. Unsere Arbeiterkündigungen müssen also gleich morgen vorbereitet werden, ist das klar? Alles andere wäre fahrlässige Geschäftsführung."

Quälende Minuten verstrichen in dem einsamen Buchhalterbüro der Industrieverwaltung an der Taborstraße. Wieder begann Christian Primsch halblaut zu überlegen: „Die Arbeitslosigkeit als Dank für unsere jahrzehntelang dem Aufbau dienenden Arbeiter. Wie lang soll denn hier überhaupt noch eine Leistung erfolgen? Welche denn? Leistungsferne Faktorenkombination läßt sich auch in Kuwait oder Ägypten oder Indonesien veranstalten. Wie das Zivilisatorisch-Sozial-Kalkulatorische rings um die Kostenbestimmung überhaupt nicht zueinanderpaßt: Um deren Löhne und Lebensbedingungen dürfte man niemanden arbeiten lassen, das entspricht Sklaven- und Kinderarbeit. Was wir dadurch einsparen, wird dann hier für inhumanen Luxus ausgegeben! Unser Bemühen hätte der Verbesserung der Lebensbedingungen in den Reformländern gelten müssen – nicht der Ausnutzung dortiger Schandlöhne, real fehlender Renten- und Krankenversicherungen, wodurch ja alle diesbezüglichen Umlagen entfallen, was die Arbeitskosten so niedrig macht. Doch das wurde sofort für unsere Verbilligung aufgesogen und damit das mühsam entwickelte gesellschaftliche Kosten-Preisgefüge gebrochen – für vorübergehende Vorteile. Was jetzt zerstört wird, ist unwiederbringlich."

„Und wenn wir diese verhängnisvollen Exportaufträge nicht nehmen?"

Er gab zurück: „Und deine Umsatzprognosen?" – Nach langer Pause: „Es gibt niemanden, der diese Welt lenkt wie ein guter Hausvater. Niemanden. Alles, was geschieht oder unterlassen wird, liegt weit außerhalb der Einsicht und der Fähigkeit, die wir Menschen gemeinsam sehr wohl hätten!"

Primsch lehnte an meinem Stahltresor, schaute auf die verödete Industrieschlucht der Brigittenau hinunter. Er sah die Arbeiter nach Hause gehen. Er ahnte, daß sie in einem Jahr arbeitslos sein werden, wenn nicht sofort durch Makrofunktionäre sachkundige Politik betrieben wird. Er meinte, daß er mit dem Präsidenten der Bankenaufsicht reden müsse, die Arbeit vor dem Kapital zu schützen. Er wollte vorschlagen, eine Förderungsabgabe zugunsten der Reformländer zu machen.

Plözlich scharfes Klopfen, herrisches Türöffnen. Der neue Vizedirektor Dr. Schoppler betrat das Büro. Er rief erstaunt: „Sie sind schon wieder im Land, Herr Primsch?" Dann sachlich: „Herr Benedikter, die Ergebnisvorschau für den Aufsichtsrat übermorgen!"

„Es fehlt nur noch die Auftragserwartung."

„Dann sind ja die Richtigen hier beisammen", lachte Schoppler.

Christian Primsch blickte mir ins Gesicht, während er nach einer für den Generaldirektor irritierend langen Pause Schoppler nachdrücklich ansprach: „Was ich jetzt erkenne, verändert unser Unternehmen für immer! – Wenn der Gesetzgeber keine Übergangsregeln erläßt, die Geldeigner nicht zu uns halten, wenn die Politiker das Land den Bankern überlassen, bleibt am Tabor kein einziger Asphaltmischer, Glasformer, Ofentechniker, kein einziger Monteur. Zuletzt auch kein Chemiker oder Konstrukteur. Ob Finanzjongleure und Vertragsjuristen allein ein Unternehmen rechtfertigen, ist zu bezweifeln."

Dr. Schoppler musterte Primsch mit überlegener Miene: „Brauche ich Belehrungen von meinem Verkäufer?" fragte er.

Er bräuchte wohl Rückmeldungen auch von jedem Laboranten, Isolierer, Mischer, Gießer und von deren Lohnverrechnern.

Benedikter kauerte auf der Bank im Augarten. Für ihn lebte Christian Primsch weiter. Benedikter war immer noch kaum fähig wahrzunehmen, auf sich selbst anzuwenden, daß es seine Fabrik inzwischen nicht mehr gab. Daß er nur noch die natürliche Person eines Namen- und Arbeitslosen war, die gegen die juristische Person einer Byloff&Nandor-Teilnachfolgerin um ihre Abfertigung gerichtsanhängig rang. Seine Erinnerung war voll Hunderter Begebenheiten, Namen und den dazugehörigen Gesichtern, Meinungen, Schicksalen. Daß die mit allen Informationen und Machtbefugnissen Ausgestatteten Versagende waren, manchmal sogar Verräter, war ihm klar. Doch er mußte auch sich selbst Vorwürfe machen. Er hatte gegen Fehlentwicklungen zu wenig getan, zu wenig riskiert. Er hatte zwar in aller Form seine Bedenken vorgebracht, aber leidenschaftlich, wütend, drohend hatte er nie geredet. Schlechter als es ihm jetzt ging, hätte es dadurch auch nicht kommen können.

Benedikter durchschritt, von seinen unzähmbaren Gedanken gejagt, den Augarten: Wasserallee, Seufzerallee, Taborgang, Kaisergang, Brigittagang, Lindenallee, Kastanienhauptallee. Eingang Nordpolstraße. Sorgfältig gestutzte Baumreihen, die Kies- und Asphaltwege gekehrt, das blattlose Waldgestänge über dichtem Laubboden. Die sternförmig angeordneten Parkbaumschluchten öffneten am Horizont markante Durchblicke: Rathausturm, Spittelauer Müllverbrennung mit der goldenen Hundertwasser-Kugel, Ringturm, Leopoldskirche, Galaxiehaus, Schloßfassade. Als Benedikter auf eine Bank stieg, sah er hinter kahlem Pappelgeäst das oberste Stockwerk des Byloff&Nandor-Hauses, Taborstraße, jetzt ‚Pekunia-Center'. Dieser Name löste bei ihm immer noch Abscheu aus. Ein Dr. Icht hatte die in einem Jahrhundert geschaffenen Werte mit nichts als Polittricks in seinen Besitz gebracht – seine Machenschaften wurden von den ahnungslosen Medien keiner politischen Partei zugerechnet, weshalb sich deren schlaue Banker ihn als Hinauswerfer hielten. Er brach alle Betriebsvereinbarungen, foppte alle Betriebsräte, die entsetzt erkennen mußten, daß sie von keiner Seite mehr – auch nicht von der ihnen vermeintlich nächststehenden! – eine Unterstützung erfuhren. Dann plünderte er die Bestandskonten, verschacherte ohne Rücksicht auf Menschen die verwertbaren Marktlücken, bereicherte dabei nur sich selbst. Eine zukunftsweisende Industriestruktur brachte dieser ahnungslose Geldhai niemals zustande. Er war der Vollstrecker cleverer Risikovermeider der Bankfüchse, die den Braten der Globalisierung frühzeitig rochen – ach wie tüchtig! – und nichts Gegenlenkendes taten, sondern einfach die alten Betriebe schleunigst zerschlugen, vertauschten, verschenkten! Bis nur noch Stellplätze für Autowracks und Ringelspiele übrigblieben.

Ein Kinderspielplatz mit Knusperhäuschen und Feldherrnhügel. Der gewaltige runde Flakturm, die Bekrönung metertief verwittert, gesprungen, abgebröckelt, zerfurcht; eine schimmelnde, übersudelte braungraue Betonwand mit weißlichen Fallschlieren …

Der östliche, vierkantige Flugzeugabschußturm zeigte eine kreisrunde Einschußstelle in der Betonwand, wodurch die innere Stahlbewehrung freilag. Die

Taubenschwärme hoch in den Mauerfugen und Löchern belebten als schwirrende Pünktchen den blind starrenden, überkippenden, satanisch verschlossenen Todesfels über dem Augarten. Das bösartigste Memento mori Wiens.

Hans Benedikter trat an den aus dem Parkrasen senkrecht aufsteigenden Betonklotz heran, legte seine Finger auf die Maserung, Holzdurchzeichnung, die heute noch von den einstigen Schalungsbrettern in der ganzen unabsehbaren Höhe des Turms erkennbar geblieben sind. Er mußte an die weltfernen Wälder seines heimatlichen Garanas denken.

Es standen sich damals also die drei Byloff&Nandor-Männer gegenüber: Buchhalter Benedikter, Verkaufschef Primsch, Vizedirektor Schoppler. Nach dem Satz von der überflüssigen Belehrung durch den Verkäufer kam die sofortige Replik Christians: „Nachrichten dürfen Sie aber nicht verdrängen. ‚Allerhöchstes Ruhebedürfnis' war eine verheerende Führungsweise in der Hofburg eines Weltreiches. Sie wissen ja, Systeme, deren Subsysteme opportunistisch reagieren, gehen mangels Informationsverarbeitung zugrunde. Daher Außenhandelsreform, Strategie zur Aufrüttelung politischer Instanzen, Beschäftigung muß vor Profit, Arbeit vor Kapital gelten …"

Schoppler rief: „Schluß! Nichts da! Wir verhalten uns genau so wie alle anderen Firmenleitungen: ganz still! Ja? – Es ist nicht unsere Aufgabe, Ordnungspolitik zu betreiben. Wir müssen im Rahmen alles nicht ausdrücklich Untersagten unsere Sofortgewinne steigern. Alles Übrige ist Larifari. Also auf dem Boden von Positivrecht, Formalrecht, nicht Naturrecht. Und selbst das ist inmitten der Mafiawelt schon ein Luxus! Klar?! Letztlich wird nur nach den nächsten Dividenden gefragt. Diese bringen Tantiemen und Prämien, nicht Beschäftigtenzahlen."

Schoppler – vom eisigen Schweigen seiner Mitarbeiter beeindruckt – meinte Verständnis heischend, er habe nicht den Hochmut, sich für die wohltätige ‚Unsichtbare Hand' zu halten. „Wir sind nicht überparteilich, nicht gemeinnützig, nicht karitativ. Das können sich meinetwegen diejenigen leisten, die von unseren Steuergeldern leben. Bedenken Sie immer, meine Herren, wofür Sie Ihr Gehalt bekommen. Jedenfalls nicht für Ihren Grundsatzbrief hier auf Benedikters Bildschirm."

Erregtes Atmen füllte minutenlang den dunklen Raum. Dann brüllte Schoppler, als wäre ihm der ganze Irrwitz seiner beiden Hauptabteilungsleiter noch deutlicher geworden: „Hände weg! Da können wir uns nur schaden. Wir verhalten uns wie alle anderen! In Aufsichtsratssitzungen wird gegenwärtig nur noch ein Berichtspunkt gewürdigt: ‚Wieviel Kapazitätsdruck haben Sie abgebaut?', ‚Wieviel Arbeiter und Angestellte weniger als vor einem Jahr?' Als Erfolgsmeldung gilt, daß ohne öffentliches Aufsehen wieder ein Viertel weniger Mitarbeiter zu entlohnen sind."

Primsch fragte sehr leise: „Weitblickende Wirtschafts- und Industriepolitik macht wohl niemand?"

„Wir müssen uns konform verhalten. Ethik ist Luxus. Diese sollen jene verbreiten, die dafür bezahlt werden. Weitblick sollen Makroökonomen, Politiker, Staatsmänner beweisen, nicht wir gehetzten Fabriksdirektoren. Wir halten uns da heraus. Herr Primsch, es reicht mir nun! Kalkulieren Sie heute nacht noch mit Einkäufer Sedlak die niedrigeren Zukaufskosten für die Glasdächer in Katar und Karachi, bieten Sie telegraphisch neu an. Mit Personalchef Dr. Hempl bespreche ich morgen früh die Kündigungen. Benedikter, liefern Sie sofort irgendeine positive Bilanzprognose, ja!"

Aber Dr. Schoppler kam nicht wie beabsichtigt zu seinem starken Abgang. Wer Christian Primsch wirklich war, hatte Hans Benedikter in jener Stunde erkannt: „Selbstverständlich folge ich Ihrer Weisung, Herr Doktor Schoppler", sprach er ruhig, „doch unsere Einsicht behalten wir dennoch nicht bei uns. Es ist unsere moralische Verpflichtung, Maßgebende, Gesetzgebende zu verständigen. Langfristig nützt nur Wahrheit." Trotz seines auch den beiden anderen spürbaren Schwächeanfalls blieb Christian stehen, lehnte sich nur wieder gegen die stählerne Tresortür: „Schade, daß man für diese nicht nur grenzenlose, sondern auch hirnlose neue Ausbeutung das Wort ‚Globalisierung' mißbraucht. Wenn zwischen Kulturkreisen nichts ausgetauscht wird als Arbeitskostenunterschiede, wenn nur Berechnungen angestellt, aber keine kulturellen Dialoge geführt werden, wenn eine menschenwürdige Lebensordnung für alle nicht einmal gemeinsames Ziel ist, dann wären Machthaber Verräter! Und auch wir Manager, weil wir die fiktive Gewalten- und Arbeitsteilung zwischen Ordnungspolitikern und Wirtschaftsethikern einerseits, Umsatzhyänen und Profitmaximierern andererseits zulassen. Dann müssen wir unseren Mitarbeitern, unseren Mitmenschen eingestehen: daß sie nicht verwaltet, geschützt, versichert sind, daß sie nicht regiert werden. Daß ihre Rechte wegbrechen, sobald ihre Dienste irgendwo günstiger abzurufen sind." Er wurde lauter: „Da wir hier in der Taborstraße stehen, erinnere ich Sie an das Türkenmassaker in unserer Leopoldstadt vom Juli 1683: Am 8. Juli war nämlich der kaiserliche Feldherr Herzog Karl von Lothringen in der Tabor-Au eingezogen. Er ließ der Bevölkerung verkünden, daß seine 10.000 Mann kaiserlicher Reiterei diese Insel gegen die Türken verteidigen werden. Deshalb blieben die Menschen hier, arbeiteten fleißig an Schanzen und Bollwerken. Bei Annähern der Türken zog sich jedoch der Herzog am 14. Juli über die Donaubrücke nach Wien zurück ... Die gutgläubigen Menschen, die sich wegen der Täuschung nicht in Sicherheit gebracht, die ihr Hab und Gut am Ort gelassen hatten, waren verloren. – Der Befreiungsangriff am 12. September 1683 vom Kahlenberg herunter zur Rettung Wiens kam für die Leopoldstädter zu spät. Auf dieser Insel, diesem Leichenfeld hier unten lag kein Stein mehr auf dem anderen. – Behandeln wir die uns Anvertrauten besser? Statt für alle Regionen die Realwirtschaft zu stärken, profitieren wir kurzfristig von Sklavendiensten, generieren lebensfernes Spielkapital."

Hans Benedikter, von der Erinnerung an seinen für ihn erst heute verstorbenen Arbeitskollegen übermannt, rannte durch die kahlen Augartenalleen. Er vermeinte ringsum das Lodern der Feuerbrände nach dem Wüten der türkischen Senger und Brenner zu sehen, das rauchende Kaiserschloß, das Niederglühen der Leopoldstädter Hausräte; über ihm torkelten Aschen- und Rußschwaden aus hitzeflimmernder Luft bodenwärts. Was Christian Primsch auch noch in jenen Tagen sagte: „So wie Haustiere keine Ahnung haben, welches Schicksal sie erwartet, so ähnlich geht es Dienstnehmern auch. Trotz der Illusion von Informiertheit und Mitbestimmung: Dort, wo sich das konkrete Einzelleben vollzieht, nämlich in den Labors, Werkshallen, Konstruktionssälen, hinter den Lenkrädern, vor den Bildschirmen und über den Buchhaltungskonten, ist die dschungelhafte Ausgesetztheit unverändert. Im Bewußtsein der Financiers, die die Betriebsvermögen vertauschen, verschränken, verflüssigen, haben die betroffenen Menschen keinen anderen Stellenwert als Haustiere, leider sogar vermindert um die Trennungskosten."

Nach fast vier Jahrzehnten brachte Benedikter aus der Fabrik sein Inventar nach Hause: ein kleines Batterieradio, auf dem er zuweilen das Mittagsjournal hörte, eine Werbe-Tischuhr aus Plastik der Wiener Städtischen Versicherung, einen Briefbeschwerer vom Firmenjubiläum der Byloff&Nandor, ein Kalender-Wandbild der Schwanberger Josefskirche, zwei große Schachteln roter DIN A4-Hefte, Stehkalender seit 1960 mit täglichen Arbeitseintragungen; Kopien seiner Trostbriefe an kranke Kollegen, an Witwen; eine ausgebleichte Zeitungsausschnittsammlung über zukünftige Arbeitsformen, einen Ordner mit seinen alten Reiseabrechnungen.

Hans hatte das Begräbnis des Kollegen versäumt. Zwar war Byloff&Nandor zerschlagen, verschachert, aber sogar in den Resten immer noch von Erinnerungsfäden durchzogen, mit einstigen Arbeitsfreunden besetzt. Die Unmöglichkeit, jenen zu danken, die voreinander Bestleistungen erbracht hatten!

Benedikters Entlassung und die Unternehmenszerschlagung widerlegten seine innere Lebensgeschichte: Erwachen aus jahrzehntelanger Täuschung. Die gemeinsam geschaffenen Werte, das riesige Vertrauensvermögen, das Christian Primsch geschaffen hatte, besaßen nun Unwürdige, verramschten es. Niemand war mehr jemand.

Mit dem Tod des Christian Primsch war eine traurige Geschichte beendet, der Vorgang der Byloff&Nandor-Auflösung in Hans Benedikters Seele abgeschlossen. Jetzt erst war er ganz herausgetreten aus dem Geschehen. Benedikter hatte den Auszug vom Rechnungswesen, den Abschied von der Firma nicht zelebriert, um die Kollegen nicht zu schwächen, weil sie verteidigungsfähig bleiben mußten. Aber im Inneren vollzog er eine Abschiedssegnung. Hier hunderte kleine Leute, die immer ihr Bestes gaben – dort ein Dutzend großspurige vermeintliche Macher, die das alles vergeudeten, redelustige Seilschaften …

An seinem letzten Arbeitstag, nach dem Verlassen seines Arbeitszimmers mit zwei Aktentaschen voll privater Dinge, benutzte Benedikter nicht den Aufzug, sondern ging durch die Stahltür des sechsten Stockwerks in das menschenleere Stiegenhaus hinaus, stieg Stufe für Stufe, Wende um Wende, Fenster um Fenster bis zur Verkehrsebene der Taborstraße hinunter. Und während dieses seines langsamen Abgangs, Auszugs spürte er hinter den Mauern das brave Weiterarbeiten vieler langjähriger Kollegen. Als er seine Taschen vor dem Ausgang auf den Boden gestellt hatte, um dem freundlichen Portier Kastner zum Abschied die Hand zu geben, als er daraufhin neuerlich schwer bepackt durch die selbstöffnenden Glasflügel des Hochhaustores in die Taborstraße hinaustrat, war ihm eines deutlich geworden: Seine Geschichte mit den ehemaligen Kollegen war noch nicht zu Ende.

Byloff&Nandor-Litanei

Zissers Tastatur: Eine Litanei summen, anstimmen, sprechen, beten, singen. Eine Litanei ertragen. Einer Litanei folgen heißt, einen Hohlraum füllen, eine Sonne umkreisen, einen nie handhabbaren Wert verfolgen, Umkreisen des Begehrten, Erfassen des Scheuen, Finden eines Wortes. Aber das alles unter jener Selbstschonung, die ein blitzartiges Verbrennen bei ruinösem Selbsteinsatz unterbindet: nicht das durch Entrückung gefährdende Gedicht, nicht der entkräftende Roman, nicht die Wissenschaft tödlichen Selbstversuchs, sondern Anrufungen im Gleichgewicht endlos herangespülter Benennungen, Sehnsuchtsgesten, ängstlicher Beweisführungen.

Litanei der besonderen Wohltaten, deren Benedikter sich lebhaft erinnerte, abgesehen vom Glück, jahrzehntelang mit so vielen tüchtigen Leuten gemeinsam in der Arbeitswelt unterwegs gewesen zu sein: das Funktionieren der Post, der Stromversorgung, des Kopierdienstes, der Hausboten, der Sanität, der Wachdienste, der Telefone, Computer und Faxgeräte. Wie vielen gewissenhaften Straßenbahnern, U-Bahn-Fahrern, Lokführern, Tankwarten, Flugzeugpiloten er doch seine Sicherheit verdankte; die sorgfältigen Bäcker und Fleischer und Köche, die ihm abertausende Male zuträgliche Speisen bereiteten; die Hunderttausenden seine Wege kreuzenden Verkehrsteilnehmer, die jeden Zusammenstoß mit ihm vermieden; die Preisauskünfte, Telefonauskünfte, Rechtsberatungen, Wegweisungen, die ihm stets zuvorkommend erteilt worden waren; die unzählbaren freundlichen und herzlichen Grüße, die ihm entboten worden waren, Morgengrüße, Mahlzeitwünsche, Wiedersehenshoffnungen, Gute-Nacht-Sprüche; die ins Alltagsgewirk eingewebten hellen Fäden der Späße, Witze, lustigen Anspielungen und so manche Notlage bereinigenden Heiterkeiten: Das alles meinte er nicht. Er dachte an unmittelbare Zuwendungen, Wahrnehmungen, Liebesbeweise, Ermahnungen, die ihm persönlich gewidmet waren. – Wie es dem alten Herrn Jauk jeden Mittwoch wieder hätte gelingen sollen, ihn mit ernster Miene zur Lagerhalle, in die Revisionsabteilung oder ins Wirtschaftsministerium zu schicken und auf die Frage, was denn los sei, triumphierend aufzulachen: „Die Wochenteilung!“ – Wie der uralte Bilanzbuchhalter der Besatzungsrussen, Herr Prasser, nach Benedikters Serie hektischer Telefonate, weil mehrere Teilabschlüsse fehlten, die Hand auf seine Schulter legte und begütigend meinte: „Sie sind aber nervös. Wir werden das alles schaffen.“ – Ähnlich Vorsitzer Töglhofer im Flugzeug nach New York, wegen der Mafia-Drohung unterwegs zu Verkaufsmann Russ, die schwere Hand begütigend auf Benedikters Knie: „Alles läßt sich lösen, solang man selbst keine miese Schuld auf sich lädt. Nichts und niemand kann uns kippen!“ – Freund Gerngroß hatte wiederholt auf anständiges Benehmen vor Frauen gedrungen. – Dr. Harkamp hatte ihn vor Schedlbauers Vorwurf in Schutz genommen, ein steirischer Sonderling zu sein. – Freund Plach, Obertechniker, lud ihn, den „faden Bleistifthalter“, zu einem Betriebsausflug an die Baustelle Autobahnkleeblatt Mondsee ein, und Kuschnik tat dasselbe bei der Exkursion an die Fermentation Wels; damals wurden ihm die ersten Du-Worte angetragen. – Vorsteher Kandlhuber erkundigte sich angelegentlich nach dem Fortschritt des Studiums und mahnte die Einhaltung von sieben Stunden Schlaf ein. – Frau Findeisen, die im Wartezimmer seine endlosen Hustenanfälle hörte, schickte ihn kurzerhand mit dem Dienstwagen zum Lungenarzt und sagte den Termin bei Vizepräsident Peilsteiner ab. – Frau Schwaller hatte zufällig von seiner ärztlichen Verordnung gehört, zweistündlich eine Diätjause einzunehmen, seither servierte sie täglich zweimal einen Imbiß. – Frau Eisner sorgte für die immer volle Kanne Kamillentee. – Die Buchhalter Ninaus, Pirsch, Junghans arbeiteten wegen eines Computerabsturzes bis drei Uhr früh durch, um seinen Berichtstermin in der Aufsichtsverwaltung zu retten. – Kollege Glinserer hat ihn dem neu installierten Vorgesetzten Dr. Brenda mit den Worten vorgestellt: „Das ist unsere steirische Koralm–Tanne, der sturmgewohnte Wetterbaum, fast ein Wahrzeichen der Taborwerke.“ – Etliche Male wurden ihm von aufmerksamen, warmherzigen Frauen rasche Näharbeiten geleistet: Knöpfe, Nähte, auf Reisen unvermeidliche Risse. – Direktor Sprungl hatte ihn nach einer Konferenz beiseite genommen, seinen Bericht gelobt, allerdings deutlichere Overhead-Folien mit größeren Schriftzeichen eingemahnt. – In den letzten Jahren war der Händedruck aller Arbeitskollegen nach dem Bekanntwerden seiner fortschreitenden Handtellerverkrümmung immer leichter, sanfter, zärtlicher geworden.

Ein letztes Septemberfest für alle einstigen Kollegen aus dem aufgelösten Betriebsratskassenrest: Auf dem Kiesplatz mit den geteerten Lichtmasten hinter der Betriebsratsbaracke Frau Eisner, die „stählerne Rose“, drahtige, tüchtige, genaue Arbeitskraft, die ich in den sechziger Jahren einmal einem Besucher mit dem vermeintlichen Lob vorgestellt habe, daß sie in Tempo und Präzision jeden Computer schlage; später bat sie mich nachdrücklich, aber immerhin lachend, sie künftig mit keiner Maschine zu vergleichen! – Der wortkarge händische Umlagenrechner und Freizeitsegelflieger Herr Kahr mit seiner rassigen Frau, einer rumänischen Ärztin. – Herr Held, der rührige Briefmarkensammler, der vor Urzeiten einmal bei meinem Anruf das Telefon wegen Termindrucks nicht übernehmen konnte. – Die kettenrauchend den gesamten Boten- und Fahrdienst leitende Frau Doleschal mit ihrer miniberockten, besonders warmherzigen Kollegin Schäfer, die das auf ihren Namen bezogene stündliche Wortspiel lächelnd abtat. – Das Servomotoren-Weltgenie, Konstruktionschef Dr. Harkamp, der sich zu solchen Anlässen stets mit Redeschwall und um viele Schultern gelegtem rechten Arm bei den Altkollegen einfand. – Personalchef Dr. Hempl, bemüht leutseliger Hagestolz, einst täglicher Vierzehn-Stunden-Leister. – Altvorstand Fruhmann saß schweigend am Ehrentisch, redete mit jedem, der zu ihm kam. – Von Verzinkereileiter Gröbl erfahren, daß der inzwischen achtzigjährige Herr Riavitz bei einer Gipfeltour in Tirol gestorben war. – Angestelltenobmann Stubenrauch, sogenannter Weltbetriebsrat, hörte es gern, wenn er als Erbauer des neuen Zentralgebäudes genannt wurde, das zehn Jahre auf seinem Forderungsprogramm stand. – Der immer noch in Lenin-Look auftretende Arbeiter-Altvorsitzende Manninger, der zumindest einmal je Treffen seine schneidende Stimme so erhob, daß die hundertfältig durcheinanderredende Versammlung minutenlang schwieg. – Montagemeister Kröpfl beichtete, daß er demnächst nach einem schweren Autounfall für sechs Monate ins Gefängnis geht, Mitte Oktober. – Der unvergeßliche Blechverwalter und Werksvertreter Lagler, der zum Ende seiner Grabrede für Direktor Pumpernig die Wendung fand: „... und wir wünschen Ihnen ...“, worauf er nicht weiterwußte, dem Toten nichts zu wünschen wußte und nach einer peinlichen Minute vom Erdhaufen zurücktrat. – Der immer fröhliche Gratkorner Belegschaftsvertreter Fill lobte mich für die Niederschrift des Arbeitsflusses. – Frau Arzberger, Redakteurin der Firmenzeitung, sammelte leere Bierflaschen ein. – Herr Sedlak, bis zum Quarz- und Chemieeinkäufer hochgedient, blieb eine runde, warmherzige, unverstörbare Erscheinung. – Herr Janach rauchte nicht mehr, das wollte leider Schlimmes heißen. – Von ferne den Oberlümmel und Maulreisser DI Knauer beobachtet, einen Supertechniker, der sich schwerst selbstschädigend kein Blatt vor den Mund nahm. – Der kreuzbrave Herr Junghans mit seinen zwei kleinen Söhnen und seinem alten Vater, ehemaligem Werftmonteur. – Schleusenwärter Kunzfeld mit dem schiefen Gesicht nach der Gehirnoperation, von seiner Frau geführt. – Gesprächsthema: Dkfm. Christian Primsch ist tot, Ende April an Bauchspeicheldrüsenkrebs gestorben. Erstmalige Erkrankung vor etwa einem Jahr. Sein letzter Brief an mich war vom vergangenen Mai. Er war ein weltweit tätiger Verkäufer von millionenteuren Großanlagen, mit riesiger Welt- und Menschenkenntnis, der dennoch zu Hause in der Taborstraße eine völlig unprätentiöse kollegiale Verhaltensweise zeigte. Er sagte immer: Neunzig Prozent seiner Anstrengungen zum Vertrieb von Glasdächern, Zementfabriken, Rührwerken, Schmelzöfen seien vergeblich, man wisse nur zuvor nie, welche zehn Prozent erfolgreich werden, daher rückhaltloser Totaleinsatz.

Schon eine Stunde vorher waren in den Straßen rings um den verödeten Fabrikseingang schön gekleidete Greisinnen und Greise zu sehen, die sich dem Ort ihrer langjährigen Tätigkeit scheu näherten. Knapp vor Beginn traten sie ein, suchten den Schatten der ausgeräumten Betriebshalle auf, wo viele Bänke und Tische aufgestellt waren sowie Ausgabestellen für Speisen und Getränke: Kaffee, Kuchen, Würstchen, Wein, Bier, Limonaden; auf einem Podium eine Zweimannkapelle mit viel zu laut eingestellten Verstärkern; und eine eigene Tischreihe für Ehrengäste, an der ehemalige Abteilungsleiter und Meister beisammensaßen. Auf der Tanzfläche fanden sich meistens drei bis fünf ungenierte Paare, auch alte Frauen tanzten miteinander.

Viele Rentner saßen stumm und teilnahmslos auf ihren Plätzen und verspeisten die gegen Gutschein ausgegebenen Genußmittel, andere wieder waren sich in ausgelassener Fröhlichkeit zugetan.

Der Eisenmann Lagler, Arbeiterbetriebsrat Spraiz, Herr Manninger. – Das fröhliche Allerweltsmädchen, Serviererin, Köchin, Botin, Frau Wolf, Mopedfahrerin, Sturzhelm-Trägerin, braungebrannt, auch jetzt wieder als Würstchenverteilerin übermütig – sie sagte „junger Mann“ zu mir –, ihr und Frau Eisner gratulierte ich plump, aber mit Erfolg, zu ihrer Feschheit. – Frau Dkfm. Musger erzählte mir, daß man Dr. Brenda bereits ein Jahr vor der Versetzung einen Vorstandsposten im Chemiewerk Langenlebarn angeboten hatte, damit er bei der Liquidierung der Taborwerke keine Schwierigkeiten, das heißt keine vernünftigen Einwände mehr mache. – Herrn Janach erzählte ich, daß ich soeben von ihm geträumt hatte; er litt an schwerem Asthma, konnte keinen Spaziergang mehr machen. – Man munkelte von einer Revolte im Rechnungswesen wegen der Abhalfterung des sorgfältigen Herrn Ninaus; typischer Überfall, während er auf Urlaub war: Widerwillen seiner Mitarbeiter, ins Büro zu gehen zu dem linkischen, hinterhältigen Nachfolger. – Frau Kilb war bei Bezirksrat Kapsroitner, der hat sie „eingeseift“, sie ist jetzt wieder bei der Partei, trotz Verrats an den Taborwerken durch die Omniabank an die Dr. Icht-Clique. – Herrn Seckilli, den einstigen Werbefilm-Pionier und heutigen Erzieher zweier Enkelkinder wegen der Todeskrankheit seiner Tochter, sah ich nur von hinten. – Der einhändige Fotograf und Fallschirmspringlehrer Stampfl schlüpfte durch die Reihen und fertigte seine Schnell-Karikaturen an. – Portier Kastner mit nur einem Arm, der mir bleibende Gesundheit wünschte. – Fruhmann hatte ich vom traurigen Anruf der Frau Zacic aus Laibach erzählt, ich war als loyaler Tabor-Mann meiner Slowenien-Berater-Funktion entbunden worden; das war jetzt nicht mehr gefragt. – Die warmherzige Freundschaftlichkeit der alten Arbeitskollegen, die offene Gelöstheit kamen leider freilich weniger von der Genugtuung über gemeinsam geschaffene Werke, sondern über die kaum verwundene Erfahrung der Ohnmacht gegenüber Eigentümerhochmut und Eigentümeruntreue. In allen Umarmungen, Schulterschlägen und Wangenküssen der Entlassenen steckte unausgesprochenes Einvernehmen über zerstörte Würde, beleidigte Anhänglichkeit, verschüttete Loyalität.

„Man verläßt die Welt, und nichts ist geordnet." Mißtrauisch schlüpften daher die Erschöpften im Spätsommer in schönes Gewand, aßen die gestifteten Würstchen, schlürften den bitteren süßen Wein. Wird es uns zu Weihnachten noch geben?

Dr. Harkamp ergriff, vorzeitig Abschied nehmend, im Stiegenhaus meinen Ellbogen: „Gewiß war das heute das letzte Mal. Die Ideologen versagten selbstverständlich als Unternehmer und sie versagten schließlich auch an der sach- und menschengerechten Überführung der abgestoßenen Wirtschaftszweige zu ehrlichen Geschäftsleitern. Sogar dieser letzte Schritt blieb ein mieses Politikum zugunsten schräger Gestalten, die auf den Hintertreppen fast gratis zu milliardenschweren Industriebetrieben gelangen. So verkommt unser Arbeitsstandort."

Der Herbstabend drehte sich über die Leopoldstadt. Wir spendeten einander übermütig schillernde Beweise, daß es uns gibt. Unter den flimmernden Irrlichtern die grellen Blitze der Totenerinnerungen: Freund Wolfgang Haydn, ein leiblicher Nachkomme des großen Musikers, er wurde wegen langen Wegbleibens vom Schreibtisch auf der Toilette gesucht und – gefunden, tot! – Der junge, für den Sozialdienst freigestellte Freund Walcher raste auf dem Handelskai gegen einen Strommast, weil er für einen Bürotermin zu spät dran war. – Semlitsch, dessen langatmig-eigensüchtige Wesensart in seinem zerfurchten Gesicht deutlich geworden war, beschwor lang unsere frühere angebliche Rivalität – „Ich habe etwas gekonnt und Sie haben etwas gekonnt"; er habe mir 1980 im Floridsdorfer Spital Abbitte geleistet, als ich ihn während seiner Herzkrankheit besuchte. – Dann der ruhige, ölige Herr Jöstl, jahrelang im Einkauf. – Ferner der kleine, zarte Ingenieur Fink und der alte Betriebsrat Flori, mit denen wir über den Kollegen Brandl redeten, der ohne jede Vorwarnung still und leise, wie er immer war, aus dem Leben geschieden war.

Die Spaltpilz- und Zersetzungsfunktion des Übergangsvizedirektors Dr. Schoppler wurde mir immer deutlicher: Als er einmal in der Vertriebssitzung verkündete, die Taborwerke könnten ja untergehen, er selbst werde sicher nicht scheitern, ging ich nachher in sein Zimmer und bat ihn, nicht so zu reden! Seine kühle Antwort: „Daß sich der tüchtige Schiffskapitän in seinem ganzen Leben keinen Gedanken macht über das unberechenbare Adhäsions-Verhalten der Wassermoleküle … Wie sich Myriaden von Wassermolekülen auf vergeblicher Gleichgewichtssuche befinden. Wie das Befahren von Gewässern reinste Pragmatik ist, also das Wesen des Stoffs nicht erfaßt, nicht einmal erfassen will. Ich bin ein Kapitän!"

Den ehemaligen Chauffeur von Präsident Kandlhuber sah ich auch auf dem Freundestreffen, unverändert meine Vorsicht gegenüber Chef-Lenkern, ich kannte deren Vertrautheit mit den Mächtigen, die oft genug ihre Meinung über Personen von den Fahrern bezogen. – Kandlhuber etwa hinterließ eine Liste der von ihm zu seinem eigenen Begräbnis erwünschten Trauergäste. Sollte wohl heißen: „Gelichter wird sich auch an meine Leiche nicht anbiedern!" – Das erinnerte an den Stadtrat, der sich sterbend eine Grabrede des Bürgermeisters verbeten hatte. – Den Grazer Dr. Ptak, das heißt im Tschechischen Vogel, traf ich auf der Murbrücke. Als die maschinelle Gehaltsverrechnung eingeführt wurde, hatte er eine Tafel auf seinen Schreibtisch gestellt: „Sie sprechen mit Nr. 8.403". Ein kauziger Techniker, der zu allen nichttechnischen Gebieten eine witzelnde Überlegenheit zeigte. – Es gab in Gratkorn den Herrn Ptacek, das heißt Vögelchen, der Prospekte und Werbeblätter verwaltete, stets unter dem Schreibtisch eine Doppelliterflasche Wein stehen hatte. – Übrigens, auch Herr Semlitsch mußte zuletzt tagsüber mehrmals – mit gespielt dienstlichem Gehabe – beim Wirt Wein trinken gehen. – Und auch der athletische Verkaufsreisende Fischl war nachmittags wegen Dusels nicht mehr wirklich zu gebrauchen. – Auf dem Frankfurter Hauptbahnhof vor der Abfahrt nach München sah ich völlig unerwartet und tief erschrocken zwischen Tausenden Reisenden vermeintlich den verstorbenen Herrn Linditsch noch einmal! Was stimmte in dem Gesicht des fremden Mannes unter schwarzer Baskenmütze mit den Gesichtszügen des toten Kollegen Linditsch überein? Es waren die ruhigen, starren Augenhöhlen, die maskenartigen Wangen. Ich konnte mich eine Stunde lang nicht beruhigen. – Der alte Werksverwalter Ackerl, Chef der Lastwagenchauffeure und Portiere, Putzfrauen und Instandhalter, zeigte theatralisch serviles Getue vor jedem Höheren. Gravitätisch schreitend, dann wieder plump vertraulich, hatte er alle seine Rollen als hellroter, brauner, „kummerlroter“ Streber irgendwie überlebt. Und doch: Von den U-Bahn-Isolatoren bis zu den Leuchtkörpern hatte diese seine nun ausgestorbene Werkstätte vieles hergestellt, das heute noch die Stadt zusammenhält.

Freund Szabo, dem ich zu seinem Versicherungsmaklerschein verholfen hatte, flüsterte mir beim Besuch vor Allerheiligen zu, daß die abgespaltene Tullner Lackfabrik große Verluste mache. Und ich dachte sogleich, die alten Freunde zu fragen, welche Geschäftsfälle das sind und ob man nichts retten kann …

Von Frau Eisner erfuhr ich, daß eine Tochter des langjährigen Betriebsratsvorsitzenden Manninger in Linz als Prostituierte lebte, nach einer verunglückten Ehe. Aber unbeirrt ließ er nicht ab davon, energisch seinen Kollegenklub zu leiten, Ausflüge zu veranstalten, vielgeprüfter Spätheimkehrer.

Frau Grete Kilb, die nach der verlogenen Ansprache des Bezirksrats Kapsroitner aus der Partei ausgetreten war, der sie seit Jahrzehnten angehört und als Betriebsrätin gedient hatte. Wie der mächtige Bezirksrat Kapsroitner vor der vollen Halle die Abstoßungsabsicht der Omnia pathetisch leugnete. Die verschwitzten, verschmutzten Proleten applaudierten … „Wenn die ganze Gesellschaft unsere Byloff&Nandor AG einem zweifelhaften Jongleur – denn ein guter Werksleiter ist der Dr. Icht ja nicht – ausliefert, überantwortet, von dem jeder weiß, daß ihm nicht die geringste sachlich-unternehmerische Fähigkeit oder gar sozial-moralische Absicht zu eigen ist, und wenn dann dieser Plan auch noch vor der Not-Vollversammlung auf meine Anfrage hin von höchster Stelle durch den Gastredner frech bestritten wird, obwohl die Verträge schon geschrieben sind, dann trete ich aus!“ – Es gab dann noch drei weitere Notzusammenkünfte, auf denen Sand in die ängstlichen Augen der Ölverschmierten geschleudert wurde. Bis damals war der Name Icht in den Taborwerken fast überhaupt nie genannt worden, und wenn, dann nur mit Verachtung und Abscheu wegen seiner undurchsichtigen Geschäfte, Massenkündigungen und Firmenausschlachtungen.

Der Bezirksrat Kapsroitner hatte Grete Kilb dann ins Bristol eingeladen, im Vorsalon mürbewarten lassen, dann aber überfreundlich empfangen – er war aus seinem Saal heraus ins Nobelfoyer geeilt, hatte sie fast umarmt, „eingeschäumt“ und zum Partei-Wiederbeitritt bewogen … „so charmant“. Er wußte doch, daß sie eine Meinungsmacherin für mehrere tausend Leute war.

Kursierende Zeitungsnotiz über die Pressekonferenz eines neuen, bisher unbekannten Dr. Icht-„Sanierers“ namens Subaric aus dessen anrüchiger „Pekunia“-Holding, daß die Produktion nach Kroatien ausgelagert und das steirische Werk geschlossen werde. „Das wollen Wirtschaftsführer, Unternehmer sein, deren einzige Leistung darin bestand, in Niedriglohnländern produzieren zu lassen ohne Produkterneuerung, ohne sich um die von ihren Entscheidungen betroffenen Länder oder Menschen in irgendeiner Form zu kümmern?“

Dr. Harkamp sagte nach dem Begräbnis von Betriebsleiter Künzl: „Die Kalkulation der Banken ist einfach: Dieselbe Milliarde bringt ihnen, auf Kleinkredite aufgeteilt, hundert Mille Gewinn jährlich netto nach Berücksichtigung des Ausfallsrisikos; ihre Vertragspartner sind vergleichsweise schwache, kleine Figuren, nicht vergleichbar einer Industriefirma: Diese arbeitet nämlich auf dem Weltmarkt, ist der vollen geographischen, technischen, kommerziellen Realität ausgesetzt, muß echt etwas unter Anspannung und Gefahr herstellen, aufstellen, hinstellen, einstellen, nicht nur überdrüber plaudern, sondern Schädel hinhalten, blutige Nasen holen, das wirkliche Leben meistern eben. Wollen die das? Mitnichten! Und was die nicht brauchen, stoßen sie ab! Klar? Was schert es die, ob das jemand anderer braucht, vielleicht eben das ganze Land, damit es durch Güterherstellung lebt? Sie sind die Geldzähler, basta! Nur für ihre eigenen Bilanzen werden sie gelobt, prämiert. Für Industriepolitik fühlen sie sich nicht mehr zuständig.

Und Kapital in den Taborwerken zu belassen, könnte der Omnia ja auch einmal nichts einbringen in einem schlechten Jahr. Bei Kleinschuldnern ist das freilich ausgeschlossen. Die produzieren zwar nichts für Österreich, sie konsumieren nur zukünftiges Einkommen – aber das geht die Banker eben nichts an. Daher aussteigen. Grundsätzliche Überlegungen finden nicht statt! Wer ist schon der Staat? Die paar Minister, die keine Haftung tragen wollen, unkritisiert bleiben, möglichst populär bei der ahnungslosen Mehrheit. Soll Kapitalcroupier Lesky seine Chancen verspielen? Er gibt dem Dr. Eigner nur den Befehl: Byloff&Nandor abstoßen – das heißt ganz geheim: auch verschenken –, Frist zwei Jahre. In Leskys Hirn kommt kein einziger Mensch vor. Kein einziges Schicksal. Und schon gar kein ökonomischer Plan für Österreich. Erpreßbar durch Fabriksführung macht sich der doch nicht. So wird er der stärkste Mann: Wohnungskredite, Privatdarlehen, Autoleasing, Immobilienvorschüsse, das bringt etwas, aber Forschung und Entwicklung ermöglichen, die Realwirtschaft steuern, die Osterweiterung gewissenhaft finanzieren – nein, dazu ist er zu clever. Sein Dr. Eigner räumt der Icht-Pekunia einen Scheinkredit ein, damit sie unseren Industriebereich glatt übernehmen und ausschlachten kann. Über die stillen Reserven in der Bilanz ist zu schweigen. Niemand wird sich aufregen. Alles fließt in arbeitsferne, spekulative Veranlagungen, Finanzmanöver.“

Eigners ärgerlicher ewiger Lachmund, den er auch beim Sprechen nie schloß, auch bei jedem Mitlaut blieben die Zähne sichtbar. Den Dr. Eigner sah ich innerlich stets grinsend vor mir bei seiner lustig gemeinten, oft wiederholten Erzählung, wie er pfiffig in fremde Rohbauten eingestiegen war, diese heimlich besichtigt und vermessen hatte, damit er sich den Architekten ersparte.

Vizedirektor Schoppler war die Vorhut der Zerschlagung. Ihn begleitete eine belastende Totschlaggeschichte, die ihn als rabiaten Trainer mit Letalfolge entlarvte. Das machte viele seiner Schreiszenen im Besprechungsraum klar. Der alte Fabriksdirektor Fruhmann hielt – ohne dies je auszusprechen – Schoppler für einen aus dem Nichts aufgetauchten Blender, einen prahlenden Selbstberauscher.

Auf dem großen Vorplatz des Zentralfriedhofs leises Reden im Regenwind: Der kreuzbrave, stets ernste Ing. Erich Lind ist gestorben, Installationsleiter des Schwechater Flughafens und der sibirischen Raffinerie. – Der Behörden-Verkäufer Prosser hatte einen Schlaganfall gehabt, erkannte niemanden mehr. – Hartnäckig wie immer Altvorsitzender Manninger, mit ihm der freigestellte Wienerliedsänger Kulmer, der rundliche Marchfelder Asphaltmeister Cerni, Frau und Herr Schanes, der es als Zeichnungsarchivar gewagt hatte, einmal den gewalttätigen Mastbauchef Knauer die Mappen vor die Füße zu werfen, mit der Warnung, daß er ihn nicht länger anschreien werde. – Seilspanner Haubenwallner erzählte, wie der pensionierte DI Janach den Umgang mit einem PC nicht mehr schaffte, weshalb er bei seinem Sohn, einem selbständigem Architekten, nicht mitarbeiten konnte. – Dr. Harkamp erwähnte seine Expertenreise zu chinesischen Wasserkraftwerken. – Werkmeister Salfellner, der Parkinson-Operierte, mit der Sonde im Hirn, dem Steuerungsapparat an der Hüfte, die Drähte unter der Haut zum entscheidenden Schaltpunkt hingeführt, weltweit demonstriert von seinem dänischen Spezialarzt. – Herr Holzner, Verglasungsspezialist und Angestelltenobmann; Frau Posch vom Betriebsrat; Herr Stampfl zeigte die Werbefotos aus Sibirien mit Erich Lind; Herr Stubenrauch, immer noch sportlich. Sie zeigten Urlaubsbilder, sprachen von ihren Krankheiten. Über den gegenwärtigen Zustand der Firma wollten sie nicht reden. Manninger hat eine sehr traurige, bittere, polemische Ansprache gehalten. Seine Enttäuschung über die Gewerkschaft. Stichwort Gummi. Am Ende vorzeitig weggegangen. Die Sehnsucht nach Fortsetzung der kameradschaftlichen Projektarbeit, die Liebe zu den tapferen Mitstreitern, die Dankbarkeit war nicht auszudrücken, zufriedenzustellen. Stoßgebet für Erich Lind!

Im alten Werbefilm sah man die Schweißerblitze und die Schleifscheibenfunken und die Installateure festgeschnallt auf den noch am Kran hängenden riesigen Lichtsäulen.

Arbeitsvorbereiter Ing. Ozko war an einem Nierenversagen gestorben, ein großer Bergsteiger; seine zierliche Frau bewirtete uns einmal in den sechziger

Jahren mit einem köstlich zubereiteten Brathuhn, sein Söhnchen war ganz verwundert, weil ich das Essen so lobte. Spätere Einladungen hatte ich aus Zeitnot nie mehr angenommen, Ozko war befremdet, ich blieb in seiner Schuld. – Der herrische Verwalter Robert Pils, angeblich herzleidend, spazierte mit seinem Dackel durch Inzersdorf. – Wenn der Gußberechner Georg Hoffellner mit seiner Frau einen Ski-Urlaub in der Schweiz antrat, führte er aus Sparsamkeit in seinem VW-Golf den gesamten Proviant für zwei Wochen mit sich. – Frau Pfeil hatte kopfschüttelnd gesagt, unser Herr Hoffellner war doch ein Feigling, sie verstand nicht, wie er im Hochgebirge verunglücken konnte. – Gleismeister Peterlin, Hafenvormann in Alexandrien, Ägyptenexperte, hat mit der Kultursektion des Außenministeriums zusammengearbeitet, trägt eine Verdienstmedaille. – Der Kärntner Eberhard aus Mallnitz war ein begnadeter Turbinenauswuchter, aber die Belohnung der Almbauern, damit sie sich nicht länger über das kilometerweite Dröhnen der gewaltigen Rohrleitung im Hochgebirge beschwerten, war nicht seine Sache, obwohl er ein herzensguter Mensch war.

Eberhard war ziemlich befreundet – was durchaus als Wunder gelten mag – mit dem großmächtigen Staumauerboß DI Schedlbauer, einem wohlbeleibten Admonter, der sich von Kaprun bis Peking und von Frejus bis Assuan weltweite Anerkennung, aber auch Starallüren geholt hatte, dieser prächtige Weltmensch, über den zahllose Geschichten liefen, bis hin zur Auslösung des mittel- und dokumentenlosen Österreichers in einem brasilianischen Vergnügungslokal durch den Botschafter, dieser Herr Schedlbauer war in Jahrzehnten die einzige Figur, von der bekannt war, daß der Herstellungsleiter Sprungl mit ihm kein einziges Wort redete. Wer Sprungl kannte, mußte hinter dieser Feindschaft eine ungeheuerliche Gemeinheit Schedlbauers vermuten. Als über Nacht die Aktien der Byloff&Nador AG, zu der die Taborwerke gehörten, durch die Omniabank von der Börse genommen waren und die Verschwörung Dr. Leskys mit Dr. Icht durchsickerte, stand Schedlbauer von seinem Schreibtisch auf, übergab alle seine Projekte dem loyalen Bauführer und Verglasungsspezialisten Holzner, verließ abschiedslos die Firma. Eberhard erzählte später, daß Schedlbauer, aus einem obersteirischen Elternhaus kommend, täglich die großen Orgeln des Stiftes Admont und der Wallfahrtskirche Frauenberg bespielte – seine immer schon großen Gesten paßten zum Auftritt als Orgelvirtuose. Das ihm nachgeschickte grandiose Dienstzeugnis hatte er der Personalabteilung kommentarlos zurückgesandt.

Die späte Genugtuung, als mein ehemaliger Mitarbeiter, Herr Ninaus, es sich nicht versagen konnte, mir die Szene zu berichten, wie ein Jahr nach meinem Hinauswurf und nach der Einstellung aller meiner Buchungsverfahren und

Kostenrechnungen die neuen Herren den Schaden erkennen mußten, der ihnen dadurch entstanden war. Die Dreijahresvorsorgen je Sparte, die Angebotskostenführung, die Vertriebsaufwandsplittung nach In- und Ausland, das gefächerte Forschungs- und Entwicklungsbudget; die differenzierte Preisfindung – alles, das die saloppen Makroplauderer als Unfug eines Betriebwirts bezeichnet hatten, mußten sie jetzt mühsam wieder einführen, Tausende Daten waren unwiederbringlich verloren. Die großspurigen Macher mußten genau die Arbeitsabläufe wieder installieren, die sie bei meiner Entfernung für überflüssig erklärt hatten. Zu spät leider.

Altbetriebsrat Manninger: „Die den Braten der Globalisierung frühzeitig rochen – und nicht etwa Lenkendes, Ordnendes dagegen taten, sondern einfach die Unternehmen zerschlugen, ohne irgendeine Sorgfaltsleistung, sind ihre Zehn-Millionen-Jahresgagen nicht wert. Jeder Ladendieb ist eine moralische Instanz gegen sie!"

Dr. Harkamp, kühl, trocken, bitter lächelnd über die neuen Obermacher: „Steuertricks und Börsegänge halten sie für Wirtschaftskompetenz, Erbsenzählen für Gärtnerarbeit. Notorische Nicht-Unternehmer!"

Die Tragödie von Herrn Ing. Jaklitsch, dem feschen, kräftigen Salzburger, der einst kurzentschlossen nach Wien gezogen war mit seiner jungen Frau und zwei kleinen Töchtern, im Verkauf die berufliche Aufstiegsmöglichkeit spürte, tüchtig arbeitete, jahrelang vollen Einsatz in Fernost leistete. Mir Besorgtem erklärte er noch stolz: „Meine Frau ist ein Kumpel!", ehe er, so arbeitend, seine Familie zerstörte, seine Frau verlor und – nun zurückgekehrt – als zerrütteter und geschiedener Vierzigjähriger von der Firma gekündigt wurde. In der Werksküche sagte er mir, wie viele Milliarden-Verträge er für das Unternehmen abgeschlossen hatte. Nun saß er als völlig Gescheiterter auf der Straße. Irgendwo in Thailand oder Indonesien oder Nepal gab es durch ihn reines Trinkwasser.

Für Altdirektor Fruhmann dieses Wort tiefster Anerkennung: Er hatte mit vierzehn als Lehrling begonnen, jetzt, mit sechsundfünfzig Dienstjahren, erlitt er die Qual einer Stellung ohne Rechte und ohne Arbeit! Doch er mußte die Rolle monatelang weiterspielen, durfte niemanden in Verlegenheit bringen, mußte für die Vertrauenden die Fassade wahren, sonst liefen die letzten Wissensträger weg. Ohne Bitterkeit wahrte Fruhmann mit seiner Demut die letzte Chance. Wegen der Zeitungsmeldung, daß die Pekunia für die Produktion in den Taborwerken der Leopoldstadt keine Zukunft sehe, wollte Fruhmann sofort ein Planungs- und Entwicklungsprojekt starten, das wurde blitzartig abgewürgt: Für seine Qualifikation gab es keine Aufgabe, die nicht den Liquidationsplänen schaden könnte! Diese dümmliche Kampfwelt konnte einen sachkompetenten

Mitwirkenden nicht brauchen. Nur: Das formale Zeichnungsrecht, die Unterschriftshoheit als Byloff&Nandor-Geschäftsführer bewahrte der widerstandsbereite Fruhmann bis zu seiner gewaltsamen Abberufung. Das war sein Durchhaltemotiv!

Gedanken beim Begräbnis von Franz Koritnik: vor vielleicht zwanzig Jahren noch der kraftstrotzende, tüchtige Allerweltskerl in der Gußputzerei, Liebling von Produktionschef Sprungl, weil ein wahrer Künstler in der Wiederherstellung unvollkommener Gußstücke. Rettung wertvoller kostenintensiver Bauteile, Isolatoren. Koritnik rettete sowohl die teure Ware wie die Liefertermine. Er verstand es immer wieder, schier unlösbare Aufgaben zu erfüllen.

Der hagere, vogelgesichtige Rezepturchemiker Dr. Schilti, Fechtlandesmeister, vermittelte stets dem Dienstgesprächspartner, daß er eigentlich von einer anderen Welt sei, ohne freilich seine Pflichten zu vernachlässigen. – Der dickliche DI Kassegger, Keramikstatiker, nun Seniorstudent der Kunstgeschichte, betätigte sich als Archäologe. – Dachstuhlingenieur Stolzmann, ernster, karriereloser, verschlossener Fachmann, dem ich einmal im Wienerwald mit seiner Familie begegnete. – Oberbuchhalter Neuhauser, den ich einmal ärgerte, als ich ihm während einer Besprechung die Tabellen vorlegte, damit er sich den Vorschlag besser vorstellen könne … „Ich kann mir das schon gut vorstellen." – Herr Zöhrer, Gratkorner Gesundheitsapostel mit einem genau ausgezirkelten Mittagspausenspazierpfad, Apfelesser. – Herr Riavitz, tüchtiger, draufgängerischer Deutsch-Slowene mit sympathischen Deutschfehlern. – Herr Darowitsch, zierlicher, quecksilbriger Gratkorner Magazinleiter. – Herr Koch, der mir einmal von der Caritas zugewiesene Firmling, dem ich später die Stelle bei Darowitsch verschaffte. – Frau Embacher, Pferdenärrin, schmissige Sekretärin von Töglhofer. – Betriebsleiter DI Arnulf Schantl, dick und flink, raste immer mit dem Fahrrad durch das Werksgelände; daher „Kugelblitz" genannt. – Dr. Werbanschitz, zentraler Leitstellenmann, großer Musikkenner und -liebhaber; gemeinsame Bahnreise zu Lizenzverhandlungen nach Holland, Vorzugsschülerbenehmen, plötzlicher Herztod. – Direktor Jaklitsch, burschikoser bis zynischer Gießereichef, Gießen ist eine Kunst, kein Gewerbe; frühzeitiger Raucherbeintod. – Sein redseliger Kostenrechner Hudina, ein atemberaubender Umstandsmeier, der die Inventurbewertung halbfertiger Gußstücke niemals zu Ende brachte. – Dessen Mitarbeiter Hoffellner, der hinter den Papieren immer von sonnenübergossenen Schneegipfeln träumte; furchtbarer Bergtod am Glockner. – Frau Tost, die ihrem Chef Jaklitsch die Tageszeitung ins Klo nachtrug. – Herr Lugert, bulliger Gießereiverkaufschef, sein Bruder gleichen Namens füllte eines Tages die Zeitungen als Doppelmörder. – Der brave steirische Betriebsleiter Koritnik von der Gußputzerei, elend an einer Lungensilikose zugrunde gegangen. – Die Gießerei-„Medizinmänner“ Heppe, Dr. Hochstrasser, die jahrelang eine neue Sandaufbereitung für die Modellformerei forderten und, als diese Mega-Investition getätigt war, die Gießerei schließen mußten. „Modellbauer sehen alle Dinge der Welt verkehrt als Hohlformen, für sie ist ein Kirchturm ein Loch.“ – Frau Kulz, verheiratete Feger, „Zeugin Jehovas“ mit beträchtlicher Redegabe. – Herr Schirza mit der dunklen, leisen Stimme, lebenslänglich beleidigt als einst borniert-kultivierter Nazi, vom Reichsmythos verblendet. – Herr Serdinschek, Korrosionsschutzkalkulant und eifriger Weltinterpret. – Fräulein Starchl, die hektische Sekretärin von Vorstand Dr. Brenda, die mir gegenüber eines Abends in Tränen ausgebrochen war, weil sie eigentlich eine schmale, gefaßte, ernste Frau sein wollte, nicht ein derart schwellendes Weib, wie sie es tatsächlich war. – Frau Dkfm. Moser wartete täglich auf ihre Kündigung, damit sie die Abfertigung nicht verlor, statt dessen mußte sie den ganzen Firmenzerfall im ohnehin so empfindlichen und ausfluchtlosen Rechnungswesen durchleiden. – Die hochgespannte und anspruchsvolle Frau Fenewein, Vorstand Sprungls Sekretärin, wurde Bergwirtin. Manche Kollegen erzählten, wie sie sich von ihr dort bedienen ließen. – Die neu aufgenommene Frau Dr. Zechner, die kurz nach dem Antritt der Stelle als Leiterin der Rechnungsprüfung für eine Woche in eine Klinik ging, samt Arbeitsakten, dort eine Abtreibung vornehmen ließ; nach einem halben Jahr ging ihr Name durch die Presse wegen des Selbstmords ihres Mannes. – Herr Moriz, umtriebiger Mann für das Grobe, erledigte schon einmal eine dringende Ersatzteilsendung am Zoll vorbei. – Herr Pospischil, heillos überforderter Lohnbürochef, dem die von den Außenbezirken anmarschierenden zu Unrecht Lohngepfändeten auf den Leib rückten. – Und seine rabiate Mitarbeiterin Skerbot, Lohnschreiberin, die alles noch schlechter machte, weil sie partout ein Selbstverschulden der Betrogenen konstruieren wollte. – Herr Heitinger von der EDV, der sein ganzes Geld an eine betrügerische Eigentumswohnungsfirma verlor, bald darauf an Krebs starb. – Fräulein Rath, Arbeitsvorbereiterin im Tullner Zweigwerk Dammstraße, fand trotz ihres gelösten, burschikosen Umgangs in der Fabrik keinen Mann. – Frau Forstner, seelisch versteinerte Kassierin, trauerte lebenslänglich um ihren im Krieg gefallenen Bräutigam. – Die blonde, kräftige Postausträgerin, Jausenholerin mit den riesigen hellblauen Augen, die eines Morgens lachend mein Zimmer betrat: „Heute habe ich von Ihnen geträumt“. – Die Tabor-Kassierin Eicher hieß mit Vulgonamen „Nervosdam“, weil sie von einem russischen Besatzungssoldaten während des Gedränges vor einem Armeelastwagen so genannt wurde wegen ihres Geschreis, daß sie jetzt in die Leopoldstadt zur Arbeit in die Taborwerke müsse statt Schutt zu schaufeln. – DI Cervenka, der sektiererische Frömmler mit seiner aufsässigen internen Briefflut, die Firma müsse einer indischen Familie für das Opfer eines Baustellenunfalls unter Cervenkas Leitung ein Millionenvermögen überweisen. Auch mein Versuch, ihn von einer allseits redlichen Lösung zu überzeugen, mißlang. Cervenka verschwand verwirrt aus der Branche. – Fritz Scheucher, dessen Dienstfahrt mit einem Frontalzusammenstoß und Kopfverletzungen endete, war seither ein verbitterter Kritiker. – Wegen des unaufmerksamen Dr. Kulmer mußte eine fertige und bereits dem Aufsichtsrat vorgelegte Bilanz umgestoßen werden, weil die von Kulmer geleitete Materialwirtschaftsstelle die Einkaufspreise nicht marktgerecht abgewertet hatte, wodurch sich der ausgewiesene Gewinn verringerte. Dr. Kandlhuber tobte und versetzte Dr. Kulmer zu mir. Ich nahm den Weinenden – dem einst das Studium von einem Wohltäter spendiert worden war – mitleidig in meine Abteilung auf und hielt ihn bis zur Rente dort versteckt, das heißt, entsandte ihn zu keinen bereichsüberschreitenden Entscheidungssitzungen. – Eine gefährliche Versuchung bestand ich, als mir der Bürobesuch eines eleganten fremden Herrn mißfiel, der sich für alles Datenmaterial der Byloff&Nandor-Gruppe interessierte, insbesondere für jeden neuen Auftrag – scheinbar für weltweite Werbung –, der irgendein internationales Kontaktinstitut als Adresse angab, zuletzt aber verschwörerisch meinte: „Diese Zusammenarbeit mit uns für die gute Sache wird Ihr Schaden nicht sein, Herr Benedikter!" Der Spion im hellen Kamelhaarmantel entschwand hinter nobler Duftwolke. Kandlhuber riet, ihn beim nächsten Auftritt verhaften zu lassen. Aber er kam nie wieder. – Der Gratkorner Werksdirektor Gugl mit seiner stark rauchenden Pfeife hinterließ nach dem Morgenrundgang durch die Ofenhallen seine Duftspuren. – Der alte, skurrile Indienmann Lukovich mit seinem böhmischen Englisch hatte durch seine einstige Tätigkeit für die Kolonialverwaltung gute Kenntnis indischer industrieller Bedarfsfälle. – Herr Bock, beleibter, schwitzender Versandleiter von Kagran, begegnete mir eines heißen Juliabends zwischen den Waggons, ich war über seinen völlig erschöpften Gesichtsausdruck erschrocken. Minuten später ereilte ihn der Herztod zwischen den Schienen, wie ich am nächsten Morgen erfahren mußte. – DI Sackl, großer Musikkenner und Kommunist, verschmerzte stoisch seine Absetzung als von den Russen ernannter USIA-Direktor. – Herr Hollomey, Jude und Kommunist, wollte bei jeder Begegnung endlos Grundsatzdebatten bis hin zu weltpolitischen Endwerten führen, so lange, bis man unter der anstehenden Arbeitsfülle – dem tausendseitigen Übernahmsinventar – unhöflich werden mußte.

Herr Urleb kam grotesk servil zu meiner ersten Magazinkontrolle, titulierte mich Studenten frivol mit „Herr Direktor", ein peinlicher „Scharwenzler". Aber die anschließende Neuorganisation schaffte er übereifrig mit. – Profilkarteiführer

Makotter, schmächtig, verschreckt, linkischer Stotterer, wurde in der kleinen Wohnung des Personalhauses von seiner ehrgeizigen Frau oftmals lauthals wegen Untüchtigkeit beschimpft, war tags darauf das Bürogespräch; dann wurde er sogar Betriebsrat, freilich einer ohne jede Forderung, steuerte bei Vorsprachen nur verzweifelte Blicke bei. – Frau Gasperschitz, Debitorenbuchhalterin, also Geldeintreiberin bei Schuldnern, kunstblonde Walküre und Referentenfresserin. Wehe, sie konnte dem Auftragsführer ein Versäumnis in der Abwicklung nachweisen, klagte sie ihn schon vor der Bereichsleitung an: „Wie leichtfertig gehen Sie mit unserem Geld um?“ Erst ihr neuer Chef, Herr Glinserer, der Nachfolger des schwachen Neuhauser, konnte sie einbremsen. – Der ungemein tüchtige Oberingenieur Kurt Halbwirth schaffte jahraus, jahrein eine stampfende, drängende Arbeitsmasse und blieb dabei stets warmherzig und witzig. Ein Prachtmann mit vielen Nacheiferern! – Ludmilla Tanzmeister bestreute allmorgendlich die Straße vom Bahnhof bis zur Fabrik in Gratkorn mit Taubenfutter. – Der alte Fakturenschreiber Jauk, Vertriebener aus Eger ohne Pensionsanspruch, beteiligte sich nie am Bürogeschwätz oder gar Politisieren; seine winzige Frau, auch aus Eger, kochte gut, lud mich in ihre Einzimmerwohnung zum Rahmbraten, zeigte mir dann Schächtelchen mit dem eingeteilten Haushaltsgeld. – Fräulein Starchl, die zickige Sekretärin von Dr. Brenda, eine tickende Vitalbombe, die auch tatsächlich losging, als sich wochenlang zudringliche Freier von der Straße an ihrem Arbeitsplatz abwechselten. – Frau Felber, herzensgute Büroleiterin von Schedlbauer, deren Mann eines Sonntagmorgens im Schlaf gestorben ist. – Frau Reischl, zierliche Sekretärin von Riavitz, beschwerte sich über meine launig gemeinte theatralische Ermahnung, die Mittagspause nicht so zu überziehen. – Der Englischdolmetsch und Freizeit-Dramatiker Hager mit dem sein Leben füllenden Mozart-Salieri-Drama, das immerhin einmal von einer Laienbühne aufgeführt wurde. – Herr Kunzfeld, liebenswürdiger Programmierer und Lyriker. – Herr Mlady, Märtyrer der ersten Hollerith-Generation, als keine Lochkartenanwendung klaglos stimmte. Er hatte diese Belastungen auch als Sprachaufgabe verstanden und mit genauester Wortleistung überwunden. – Frau Usleber hatte sich daran mit ihm nervlich aufgerieben. – Herr Hederer, nach dem Studium in den USA volontiert, seither von Pampigkeit geprägt, wurde mit innerbetrieblichen Transportwegen beschäftigt; die Arbeiter nannten ihn Buffalo-Bill. – Ing. Trummer erzählte, wie er als Bub so arm war, daß er von seinen Eltern nur eine gebrauchte Hose bekommen hat, die in der Nähe des Schrittes vom Urin gelblich verfärbt war.

Prokurist Dr. Gottlieb Katscher, von dem ich eine Dankpostkarte aus Bad Tatzmannsdorf besitze aus seiner letzten Lebenswoche; immer im Frühling und

Herbst lief er durch Gänge und Stiegenhäuser, um an sonnigen Vormittagen die unnötige Beleuchtung abzuschalten. – Die stets besonders freundliche Telefonistin von Gratkorn, Frau Lerch, die mich im Dezember 1965 mit der üblichen frohgemuten Stimme anrief, daß mein Vater in Schwanberg heute nacht gestorben sei. – Fräulein Süsser, als herziger Elektrolehrling eine hellblau leuchtende Blume zwischen den kantigen Kranen und Stellwerken, später leider als Frau Zmurk breit auseinandergelaufen, aber immer noch strahlend liebenswürdig. – Der fleißige Bürolehrling Annalena Söls, die spätere Frau Ninaus, Tochter einer unauffälligen Putzfrau. – Herr Pogner, ein Auto-Rallye-Pilot, alle Kollegen staunten auf dem Parkplatz sein jeweiliges Wettbewerbsauto an. – In der Lackiererei Herr Meixner, ein besonders netter Salzburger, anstellig und unverdorben zupackend, glücklicherweise ahnungslos über die politischen Verstrickungen und Belastungen der alten Wiener Mitarbeiter. – Ing. Lipp, übertrieben lockerer Dampfplauderer – auf steirisch „eine leere Mühle" – mit zwei überstandenen Herzinfarkten, hatte auf dem Werksgelände einen lästigen Autozusammenstoß mit einem Hilfsarbeiter, den er nicht verfolgen wollte; er erzählte mir, daß sein Arzt geraten hatte, bei Brustschmerzen mit der flachen Hand auf die Herzgegend zu drücken; starb bald danach. – Herr Hofstätter von der Gratkorner Kostenrechnung, verbitterter Kriegsteilnehmer, Frontsoldat, der nicht redete, sondern tonlos zischte; der sich nie mehr mit irgendwelchen Menschen oder Verhältnissen versöhnte. – Im selben Zimmer Frau Romich, ebenfalls traumatisierte, versteinerte, völlig unzugängliche Kriegerwitwe. – Der martialische Isolierpolier Linhart, der sich lauthals über mein zu leises Grüßen beschwerte, Weltkriegsoffizier, hatte mit dem drahtigen, kantigen Altmädchen aus der Schreibstube ein uneheliches Kind. – Der steirische Chauffeur Kriegl mit dem Skoda-Dienstwagen, der meisterhaft bei Glatteis mit zwei Fingern rutschfrei über den Semmering lenken konnte. – Der gequälte Russenbuchhalter Prasser, der nicht mehr wußte, wie er kaufmännisch ahnungslosen russischen USIA-Majoren verständlich machen sollte, daß in den Kagraner Werkstätten kein Gewinn abzuschöpfen war, „obwohl dort lauter Kommunisten tätig sind". – Der gemütliche, vierschrötige Ing. Stampler, Russischdolmetsch für die USIA, Weltkriegsoffizier in der deutschen Wlassow-Armee aus übergelaufenen Russen. Einmal wurde er zu Hitlerstellvertreter Hermann Göring gerufen und scharf getadelt, weil seine russischen Soldaten mit deutschen Frauen schliefen; er gab zur Antwort: „Herr Reichsmarschall, wenn deutsche Frauen in den Fenstern liegen, was soll denn ich da noch machen?" – Der Kettenraucher und Leitstellenmann Pumpernig, der für die Arbeitsverteilung zwischen den Betrieben Leopoldstadt, Zwischenbrück, Tulln und Gratkorn sorgte, von dem berichtet wurde, wie er

1938 mit der ganzen Belegschaft durch die beflaggte Taborstraße hinter der Hakenkreuzfahne in die Wiener Innenstadt marschiert ist. Die ganze Byloff&Nandor AG wurde damals für sieben Jahre dem Leipziger Verbund eingegliedert. Pumpernig konnte damals Hunderte Arbeiter und Angestellte für unabkömmlich erklären und vor Fronteinsätzen bewahren. Er starb an vierwöchigem, pausenlosem Schluckauf. – Dr. Kubin, mit der ersten Computerstatikberechnung für die Hochbauten, der Mathematikkopf, erklärte mir, daß ganz unterschiedliche Rechenweisen zu richtigen Ergebnissen führen können. Er wagte es, weitgespannte Eisenbahnbrücken in unterschiedlichen Materialgüten je Abschnittslast statisch und kostengünstig differenziert zu bestimmen. Dafür wurde er später Universitätsprofessor, rundes, glänzendes, immer lockeres Knabengesicht, stets grundlos lachend. Ich sei, so sagte er, mit dem Bäckergleichnis zur Deckungsbeitragsrechnung in seine persönliche Wissenschaftsgeschichte eingegangen: Wie der Weißbrot- und der Schwarzbrotbäcker einander ruinieren, wenn sie nach Ende der ordentlichen Produktion in den noch jeweils heißen Öfen während der Abkühlzeit noch einige je artfremde Schwarz- bzw. Weißbrote herstellen und ohne Energiekosten zu außerordentlichem Schleuderpreis verkaufen – schließlich sind für beide Bäcker die Märkte kaputt. – Dr. Harkamp, der es vom radfahrenden Werkstudenten zum Technik-Vorstand gebracht hatte, gratulierte mir nach dem medienwirksamen Gewinn einer internationalen Auszeichnung für industrielle Planungsmethoden so: „Man bleibt so oft unerkannt und unbedankt, daß man einen solchen öffentlichen Zufallstreffer ruhig genießen darf!"

Und dieses ganze lebendige, kraftvolle Unternehmen hat es vor zehn Jahren noch unantastbar, unanzweifelbar gegeben! Es war ein Eckpfeiler der österreichischen Wirtschaft, vor allem auch des Exports, und niemand konnte ahnen, aus welcher Seite, von welchem Hinterhalt ein Todesstoß leise, langsam, aber wirksam gegen den riesigen Schiffskörper dieses Betriebs weit unter der Wasserlinie unmittelbar am Kiel geführt werden würde. Die Grundstückpreise an der Taborstraße haben sich im Zug der Stadterweiterung Wiens, der allgemeinen Wohnraumstandarderhöhung, der neuen Gebietsplanung, der besten Verkehrserschließung so erhöht, daß plötzlich ein neues Kalkül der Kapitaleigner aufgekommen war: So fleißig konnte man auf dem Fabriksgelände gar nicht arbeiten, daß damit mehr Gewinn zu bewirken wäre als durch leistungs- und risikolos erzielbare Zinsen für den Grundstücksumwertungs- und -abverkaufserlös. Klar? Für den abgehobenen Geldmenschen blieb dies sein drei Jahre lang heimlich betriebenes Kalkül, bis es zur fixen Idee in Finanzkreisen wurde. Auch konnte er sich mit einer solchen Gewaltaktion als makroökonomischer Macher erweisen. Durchaus verlockend! Aber so einfach ging das nicht. Die Fabriksbelegschaften, auch die leitenden Angestellten wehrten sich! Die Politiker wollten mit diesem Arbeitsplatzvernichten nicht in Zusammenhang gebracht werden. Lösung: Dafür hielt man sich scheinbar unpolitische Kettenhunde, deren Betriebsmassaker politisch „unter der Tuchent" – copyright Kreisky – erfolgten und bei Wahlen der Partei nie angerechnet, nicht heimgezahlt wurden! Alle Proteste richteten sich auf die als solche maskierten Privatunternehmer, die dafür milliardenfach entlohnt wurden. Erzgruben, Schiffswerften, Glasöfen, Kranfabriken, Waggonhallen, Reifenwerke, Aluschmelzen, Stahlöfen konnten so parteiunschädlich binnen zwei bis drei Jahren verklopft werden. Und der Zorn der Massen richtete sich nie gegen die Nichtunternehmer in den namentlichen Instanzen, sondern gegen eine namenlose Wirtschaft. Hempl flüsterte, daß Fruhmann bei einer zufälligen Begegnung auf dem Schwedenplatz in traurigem Zorn einbekannt hatte: „So etwas hätten sich die Schwarzen nie getraut!"

Freund Glinserer philosophierte: „Zugegeben, die durch industrielle Nutzung der Betriebsgründe ins Verdienen zu bringenden Renditen sind tatsächlich niedriger, als gegenwärtig deren Belustigungs- und händlerischer Gebrauch Profit abwirft. Was kann man dem Dr. Lesky also vorwerfen?"

„Immerhin doch das schuldhafte Ausnützen der kurzfristigen Halbwahrheit und langfristigen Ganzlüge, daß die hohen Grundstückspreise Am Tabor über attraktive Wohnungs- und Kinopalastmieterlöse für immer maximiert werden könnten, ohne daß die potenten Mieter und Kinobesucher jemals irgend etwas auf der Welt Nützliches real produzieren! Das gedankenlose Verlassen der Güterwelt zugunsten schlaumeierischer Spiegelfechtereien hat keine Zukunft. Nicht viel später werden die teuren Wohnungen keine Mieter mehr finden, die Vergnügungszentren und Spielkomplexe und luxuriösen Autobahnen keine Benutzer. Die Ökonomen werden außer Theorien und hohlen Konzepten nichts beisteuern, die verbliebene Zettel- und Monitorwirtschaft wird weder dem Inland noch dem Ausland die Lebensgüter erzeugen können, um die es eigentlich immer ganz allein geht … Auch die smarten Info-Dienstleister brauchen Nahrung, Wohnung, Möbel, Heizkessel, E-Werke, Operationssäle, Tunnelbohrmaschinen, Lagerhallen."

„Das Thema müßte also lauten: Ist diese hirnlose kurzfristige Kapitalrendite das richtige Steuerungsinstrument? Welche Entscheidungen würde ein hochgebildeter, umsichtiger, gewissenhafter Hausvater namens Österreich-Regierung treffen, wenn er seine Familie liebte und wenn es ihn gäbe? Sicher nicht zum

Beispiel die Überantwortung der Byloff&Nandor-Taborwerke an einen Ausschlächter und die Verklopfung der Grundstücke an Zins-Spekulanten."

Frau Liniditsch mit ihrer geduldigen Redeweise, gezeichnet von der unsäglichen Komplexität der Konzernjahresabschlüsse. – Herr Trimbur, der mit dem Nachbuchen der Anlagenzugänge immer erst im August des Folgejahres fertig wurde. – Frau Nierhaus, sehr attraktive Gehaltsverrechnerin, besonders warmherzig und freundlich, gleichzeitig eine frappierende Schönheit, seltene Mischung; ihr Mann verstarb an Herzversagen in ihren Armen; nach dem Trauerjahr hat sie ganz korrekt wieder geheiratet. – Der alte Zentralprokurist Merl in seiner unbezwingbaren Aktenfestung, verbittert aktiver Altsozialist, wollte 1945 in Gratkorn mit den Nazis aufräumen, wurde dort von Direktor Sprungl hinauskomplimentiert. – Herr Genser, in der Zuschlagstoffverwaltung, barackenartiges Büro oberhalb der Magazinräume, genialer Restmischungsverwerter und Jongleur von Quarzreservierungen. – Herr Mlekus, der mich vor meiner Übersiedlung nach Wien tagelang an den kiloschweren Bedarfsmeldungen ausbildete. Dies gemeinsam mit Herrn Steinkleibl, dem ewigen Spaßvogel, der mit seinen fuchtelnden Händen einen aus der Luft niederstoßenden, beutefangenden Habicht imitierte, wenn er ein Karteiblatt aus dem Trog zog. – Herr Kahlbach, der Kupferdrahtingenieur, wegen meiner verheerenden Lagerwirtschaftsberichte über zuviel unverbrauchte Reste und zu lange Lagerdauer für die Drähte als Reformer freigestellt; immer auffälliger müde, maßloser Kaffeetrinker, plötzlich an Krebs gestorben. – Dr. Magerl, Leiter der Forschung, unterzog sich einer Hüftoperation auf der Stolzalpe. – Seine technischen Jungtürken Dr. Leitner und DI Altleitner, gute Assistenten, einmal am Faakersee mit ihren Familien getroffen. Die Verlegenheit der Akademikergattinnen beim getrennten Kochen in der winzigen Gemeinschaftsküche des Betriebsratsbadehauses. – Herr Strubel, bodenständiger, gutmütiger Kerl aus dem Marchfeld, Chauffeur ohne die geringsten Standesunterschiedsskrupel vor seinen hochgestellten Fahrgästen. – Frau Schäfer in der Standortmeisterei, mit den bunten Sommerkleidern an der undankbaren Schmutzarbeit, und die Doleschal, hektisch rauchende Vielarbeiterin, die alle Erledigungen spontan „schupfte". – Herr Tomschitz, Rohrleitungsbauer, rundlich, weich, freundlich, sein Spartenkollege Weigl, asketisch-angreifend, ein unduldsamer, ungeduldiger Mönchtyp. – DI Pongratz ließ sich nach Wien versetzen, wurde glückloser Glasbruchverwalter. – Der aufgeschwemmt wirkende Umspannwerksleiter DI Loschat hatte sieben Töchter, was er durch besonders straff männliches, ruppiges Benehmen ausgleichen wollte; die letzten beiden Jahre nach seinem mit knapper Not überlebten Herzinfarkt arbeitete er „freiberuflich", da er schleunigst formal gekündigt und voll abgefertigt wurde, damit seine große Familie nicht nach dem bald darauf eingetretenen Herztod kollektivvertragsgemäß nur die halbe Abfertigung bekomme. – Dkfm. Gerngroß, ein vertriebener Volksdeutscher, einschlägig vereinstätig, warnte vor unstatthafter Behandlung der Arbeitskolleginnen, „Privat und Dienst nie mischen.“ – Dr. Keimel, kleinkarierter I-Tüpfel-Reiter, Schwiegersohn eines Sektionschefs, blieb trotz Protektion vor den interessantesten Aufgaben ohne Biß. – DI Lambauer, steirisches Urgestein, unlenkbarer Querkopf, nur durch fernen Auslandseinsatz zu bändigen. – Sein Nachfolger, Dkfm. Teubl, windiger Schwächling, Terminverschlamper, geistiger Durchhänger, erst nach einer Grundsatzaussprache gebessert. – Leitungsspanner Peterlin, nach jahrelangem erfolgreichen Nigeriaeinsatz ausgeglüht, verbraucht, kraftlos, quirlig-oberflächliche Plaudertasche, freundlich, aber unlenkbar. – DI Janach, dritte Generation von Ingenieuren im Byloff&Nandor-Dienst, als Kettenraucher frühzeitig an Sauerstoffmangel gestorben, letzte Erzählung, daß er keine Ausflüge mehr machen könne. – DI Felgitsch, Beleuchtungspapst, Ausstatter aller Fußballstadien, Stadthallen, Festspielhäuser, pausenlos zigarrenrauchende, riesige Fleischmasse mit großleuchtendem Blick aus weit aufgerissenen Augen; der Kettenraucher ist von der Lungenkrebsoperation nicht mehr zurückgekehrt; ich war eines heißen Sommernachmittags sein letzter Gesprächspartner im Büro, als es um die Nachforderungen an St. Pölten ging, Felgitsch sammelte noch mühsam alle einschlägigen Belege für mich, räumte dann den Schreibtisch umständlich und gedankenverloren gründlich auf, begleitete mich bis zur Aufzugstür; der fragende, angstvolle Abschiedsblick auf den abwärts Weggleitenden. – Der Hochgebirgsmonteur, Baustellen-Held DI Zweifler, kleiner, tiefernster Steirer, mit verdächtig glänzenden schwarzen Augen, seine Seilbahnstützen und Fernsehmasten errichtete er mit genialen Vorrichtungen und Arbeitsfolgen ohne jede Kostenüberschreitung; folgerichtiger Herztod in der Bauhütte. – Herbert Mirnig, lustiger, kräftiger, kluger Reparaturdisponent. – DI Russ, Vorgänger von Loschat, ein schöner, gepflegter, weißmähniger Nobelgreis, weltmännischer Exportleiter – er hatte einst den ersten VW-Käfer nach dem Krieg, dunkelblau. Russ gründete die Byloff&Nandor-Niederlassungen in Mexico-City und Chicago; dort wurde er ohne Ankündigung von zwei schwarzhaarigen, schwarzgekleideten Gentlemen aufgesucht, die ihm für 150.000 $ den Schutz unserer Hochofenreiniger vor Abstürzen vom Arbeitsgerüst anboten … Russ schwieg und zahlte. Mit Frau Dr. Findeisen, Gattin eines auf Fischfiguren spezialisierten Bildhauers und Sekretärin des Vizepräsidenten Peilsteiner, wurde er einmal eng umschlungen, im Kuß versunken, angetroffen. – Frau Eisner, die sich in jungen Jahren im Donau-Überschwemmungsgebiet von einem Luftikus schwängern ließ und ihr ganzes weiteres Leben im Kampf sowohl mit diesem Unvater wie auch mit ihrem Unsohn, Spieler und Alkoholiker, dafür büßen mußte. – Im Gratkorner Einkauf der massige Teer-, Kies-, Zement-Referent Möstl, ein Rohling, der das zarte, blutjunge Lehrlingsmädchen Mosel, fast ein Kind noch, zu seiner Geliebten machte: wahrlich ein fabriksweit sichtbarer Vollbesitz, wenngleich vielen Kollegen unverständlich. – Herr Reicher, Motorradrennfahrer und Sonderling, raste täglich durch das Murtal in die Fabrik. – Obermeister Glatz, kerniger Schlossereichef, stolz auf die berufsbedingte Schwerhörigkeit, starb an Zucker. – Herr Bullmann, ordentlicher Auftragsverwalter und Fakturist, besiegte seinen Kollegen Stelzer im Schaumrollenwettessen. – Das Original im Langsamsprechen und kluger Werbearbeit, Herr Fahrenholz, ein weiterer Kollege aus dieser Gruppe, viel belachter Kreisky-Imitator, saß neben dem großspurigen Impresariotyp mit mächtiger Mähne und ausladenden Gesten, einem dunkelgebräunten Adonis und Frauenhelden, Prokurist Eberhart, Liebling von Vorsteher Kandlhofer, dem er von weltweit drohenden Geschäftsgefahren berichtete, die er nach der nächsten Dienstreise für gebannt erklärte; er blieb anläßlich eines langwierigen Geschäftsfalls für immer in Neuseeland. Unsere bildschöne Reiserechnungsbearbeiterin kündigte und folgte ihm nach. – Der dicke alte DI Schwar, Hochbauleiter mit schwerem Nierenleiden, trank jeden Tag mehrere Flaschen Mineralwasser, war daher mehr in der Toilette als im Schreibzimmer, führte einen peinlichen Dauerstreit mit dem Präsidium, weil er wegen seiner Krankheit einen Sechs-Zylinder-Dienstwagen wollte, teurer als die besten Direktionsfahrzeuge. Seine Großtaten – Auswechslung eines riesigen Transkontinental-Eisenbahn-Viadukts in nur sieben Nachtstunden sowie die Hebung eines U-Bootes im Golf von Triest – zählten zu den höchsten Referenzen der Taborwerke. – Adolf Neubauer, gewitzter Arbeiterbetriebsratsobmann, peinlich berührender Geck und Maulheld, besaß eine jederzeit abrufbare Empörungssprache und -stimme; taktischer Berufs-Krakeeler, der seine so erwirkten Privilegien breit auskostete: macht- und lustvoll gemeisterte Biertischpolemik. – Ivo Kollar, Gratkorner Betriebsratsobmann 1945, hochgebildeter Kommunist, Freund von Ernst Fischer, Landtagsabgeordneter, begnadeter Redner, geniale politische Zusammenarbeit mit dem bürgerlichen Werksführer DI Sprungl zur Rettung der Fabriksruine von 1945 vor dem gänzlichen Schleifen gemäß der Entscheidung der englischen Besatzungsbehörde. – Herr Hollomey, unterwürfiger Jude und Kommunist im Magazin, wollte immer die Weltläufe besprechen. – Stahlbauer Heumann und Englisch-Dolmetscherin Weber, sympathisches Liebes- und Ehepaar. – Der Graphiker Predotter, der für seine Mitarbeiterin die Stempelkarte einschob, wenn sie zu spät kam – dafür gleichzeitig mit ihr versetzt wurde. – Der Masseur und psychologisch gebildete Sanitäter Frenzl, der schließlich nach der zweiten Firmenteilung und dem Verschwinden Hunderter Kollegen an schweren Depressionen erkrankte und ausschied; er wurde später beobachtet, wie er gestikulierend über die Gleisanlagen und durch die Schrebergärten lief, die sich zwischen die Industriegründe und Vorstädte schieben.

Die Litanei? Waren das alle und ist das alles? Benedikters unablässiges Erinnern, Rufen, Ergreifen. Die Namen hielten nicht inne, in Brust und Hals immer neu aufzuleben.

In der Unternehmensplanung DI Lauer, ein Schubertkopf, schnell und hell, ein begabter Pianist, der in der Freizeit für Musikgruppen spielte und beruflich weltweit Firmenverbindungen zwecks Übernahmen, Zusammenlegungen aufnahm, die einschlägigen Bewertungen erstellte, hatte sich nach der Zerschlagung um die Unterbringung ganzer Abteilungen an gute Unternehmen in Südtirol, Bayern, England verdient gemacht. – Wie der Dr. Gaube von der Pekunia-Aufsichtsverwaltung in die Controllersitzungen zu platzen pflegte: zeigte mit Gesicht und Gesten, wie weit er über den Anwesenden und dem Gesprächsstoff stand, holte Akten und Zeitungen aus dem schwarzen Glanzlederkoffer, las und paraphierte nebenbei. Keiner der Sprecher wußte, ob und wie genau er zuhörte, alle fürchteten sich; dann plötzlich eine wütende, drohende Einmischung Gaubes, wenn er – sei es auch von ihm willentlich mißverstanden – ein Stichwort gehört hatte, das ihm Beschimpfungen und Drohungen ermöglichte. Für welch eine geniale Führungspersönlichkeit er sich wohl hielt? Wen er wohl nachäffte? Man müßte seine Kindheits- und Jugendgeschichte kennen! – Die maßlose Wut des Dr. Schoppler, der auch tatsächlich zwei Jahre später, noch nicht fünfzigjährig, an einem Schlaganfall starb. – Das zarte, tänzelnde Männchen Dr. Brenda, der seine gänzliche Uninspiriertheit mit fast krankhafter Pitzelei ausgleichen wollte – durchaus nicht immer ohne Erfolg, wenn er mit einem aufgedeckten Rechenfehler im Konzept eines großzügigen Welteroberers in dessen Parade fuhr. – Buchhaltungsleiterin Kahler erinnerte stark an die ihr selbstverständlich völlig unbekannte Berufskollegin Frau Liniditsch, zwanzig Jahre früher tätig, ebenfalls von der Überfülle an Verstrickungen des Rechnungswesens in Termin- und Gesetzesfragen gezeichnet: Abschlußfristen, Buchprüfer, Steuerprüfer, dazwischen wochenlange Vorstandsmeinungsbildung, weiterlaufendes Tagesgeschäft, Dividendenpolitik, Bilanzpolitik, Firmenpolitik, widersprüchliche Rechtssprechungsfortwälzungen; wechselnde Bestätigungspraxis, Kontierungsfehleranfälligkeit, Computerausfälle, Zahlungsausfälle, Personalausfälle … und alles im ständigen Druck, persönlich in Frage gestellt zu sein, der Stellung als Buchhaltungsleiterin nicht gewachsen zu sein, ganz abgesehen von der ständigen juristischen Ausgesetztheit des Buchhaltungsverantwortlichen. Dieser müde, traurige, immer wieder einlenkbereite Frauen- und Sklavenblick. – Dr. Geltner, aalglatter Holding-Astralleib, alles überplaudernder Anpasser, der auf allen Wassern schwimmende, hüpfende Korken, völlig meinungs-, ziel- und absichtslos, mit einer Ausnahme: das Gerücht in den politischen Machtzentren zu nähren, er habe irgendeine Fähigkeit. – DI Schulgi, der nur schweizerisch zweideutige Witze erzählen konnte, das aber kraftvoll. – Dr. Greiner hatte mit seiner ehrgeizigen Frau einen fast tödlichen Autounfall auf einer Dienstfahrt, seither unantastbar trotz geringer Brauchbarkeit. – Herr Friedinger von der Beschaffung: „Was sich diese alle paar Monate wechselnden neuen Herren eigentlich vorstellen: Jeder bekommt neue Möbel und ein neues Auto – mitten im krachenden und splitternden Firmenuntergang. Und wir müssen das kommentarlos durchführen." – Während eines Besuchs in der schaurig leeren, entseelten Fabrik ein Gespräch mit den Herren Ing. Marchel, Dr. Gugl, DI Kuschnik. Alle drei gaben sich in der Niedergangs- und Zerschlagungszeit keine Blößen, hatten den Parvenus und Menschenfressern eine Nützlichkeit signalisieren können, waren deshalb – mit Gehaltskürzungen zwar – fast allein übriggeblieben und hatten das Pensionanspruchsalter beinahe erreicht. – Riesige, reglos ausgreifende Krane auf unkrautüberwucherten Abstellplätzen voll rostenden Gerätschaften; der gewaltige Aluminiumtafel-Kran mit den nun starr hängenden schwarzen Saugglocken, Baujahr 1967, achtzehn Tonnen, verwaister Kommandostand in leerer, glasverkleideter Kranführerkabine, er überbrückte unbewegt eine schmutzige steinige Fläche mit vermodernden Auflagehölzern. Herr Tomschitz erkannte mich, kam her: „Ich arbeite noch mit Ihren Tabellen, wir reden oft von Ihnen!" – Durch Zufall fand ich die ausgeräumten, zerbröckelnden Arbeitszimmer meiner Einstellzeit von 1959 in den langen dunklen Gängen, ohne daß mir jemand begegnete: Zimmer von Kostenrechner Hofstätter und Mitarbeiterin Romisch; Zimmer von Buchhaltungschef Schirza; Zimmer von Stelzer und Bullmann und Tanzmeister und Glanz und Kaul und Dr. Stangl und mir! Das erstaunte Wiedererkennen der besonderen Helligkeit dieses Ortes: Nach fast vierzig Jahren unveränderter, von den nahen Hallengiebeln gebrochener Lichteinfall – auf die Sonne ist Verlaß.

Litanei war das Aufzählen von Namen, die alle in eine bestimmte Richtung wiesen, ohne daß das Ziel benannt werden konnte. Das Ziel hatte eine solche Anziehung, daß der Drang zu den Anrufungen nicht nachließ.

Der kleine, schusselige, überfreundliche und überbemühte einarmige Portier in der Innstraße. – Und der ebenfalls nette, aber stillere Großgewachsene, dem die Kinderlähmung beide Arme verkümmern ließ. – Dann der Papiermagazineur, den ich einmal auf dem Bahnhof von Tulln während seiner Präsenzzeit als Soldat getroffen hatte, dort herzlich begrüßte, auf ein Bier einlud, worauf wir die nächsten Jahrzehnte bei jeder Begegnung augenzwinkernd unsere geheime Freundschaft bekräftigten. – Der von der Leitstelle zur Werksleitung beförderte DI Schantl, der dicke Schantl, wie er genannt wurde, weil es auch einen langen gab; Schantl lebte seine Robustheit tagtäglich aus, durchraste als sprichwörtlicher Kugelblitz auf dem Fahrrad mehrmals täglich das Werksgelände; keine Sorge, kein Notfall seiner Mitarbeiter entgingen ihm, er packte überall zu, entschied und übernahm die Verantwortung. Als Vorgesetzter mußte er schließlich die massivsten Abbaumaßnahmen durchziehen, kämpfte mit vernünftigen Argumenten unwissentlich auf verlorenem Posten: Die Schließung der Produktion auf inzwischen teuer gewordenen Grundstücken Wiens war längst bankmäßig als höchst rentabel berechnet und vorentschieden worden. – Die kleine Frau Schwaller, mit den tiefen dunkelbraunen Augen, die nach einigen stillen Arbeitsjahren im Einkauf einen Vertreter heiratete und mehrere Kinder bekam, in einen alten Bauernhof nach Poysdorf zog. – Bereichsdirektor Vorauer, Fachingenieur, der vom Konzeptzeichner über Projektleiter bis zum Bereichschef aufstieg, von beeindruckender Stringenz im Erkennen pragmatischen Vorgehens, Durchziehens; alles außer der schnellstmöglichen verlustlosen Errichtung einer bestellten Großanlage mit ihren zehntausenden Einzelteilen und Zulieferungen war für ihn eine Abschweifung! Einladungen zu extern organisierten Strategiekonferenzen schlug er schriftlich aus, „Das ist nur Barock!“ Seinetwegen wagte ich sogar die Vorsprache bei Bankvorstand Dr. Tscheppe und befürwortete Vorauers Ernennung zum Geschäftsführer – ohne Erfolg; Kollege Vorauers Ruf war wegen seiner harten, unbeugsamen Leistungs- und Erfolgsbezogenheit – ohne pfiffiges Eigenlob-Geraune – in den verblendeten Bankkreisen zerplaudert worden: „Ein Mann ohne Phantasie!“ Diese Killerphrase wirkte immer, wenn eine Person gemeint war, die von visionärem Dilettantismus nichts hielt und dies nicht klug verbarg! – Herr Körner, nach jahrelangem Indonesien-Glasfabrikseinsatz gänzlich hierarchie- und organisationsimmun zurückgekehrt, unbrauchbar in den gedrillten Abteilungen, seinen Vorgesetzten eine Verlegenheit. – Ing. Marchel berichtete von seiner Absetzung als Einkaufschef durch den Übergangsdisponenten Schoppler, der von ihm verlangte, die Lieferanten total zu erpressen, aufs äußerste auszuschlachten, sie mit mörderischen Einkaufs-, Zahlungs- und Haftbedingungen zu belegen und dann beinhart gerichtlich zu verfolgen, in den Konkurs zu treiben. Marchel antwortete gemäß jahrzehntelanger Einkaufserfahrung sachkundig: „Herr Schoppler, Sie wissen wohl noch nichts von weltweit erfolgreichem Großanlagenbau. So geht das nicht, denn wir selber sind auch nicht perfekt, wir machen gelegentlich Konstruktionsfehler, überschreiten die gebotenen Termine für Naturmaßangaben und Qualitätsnormen – daher müssen wir mit den Lieferanten redlich zusammenarbeiten, sind auf deren Entgegenkommen angewiesen. Ohne gegenseitige Toleranz könnte der Betrieb nicht aufrechterhalten werden.“ Schoppler sprang auf, wandte sich ans Fenster, blieb stumm dort stehen. Nach fünf Minuten fragte Marchel, ob sein Hearing beendet sei? Mit einer wütenden Handbewegung wurde er weggeschickt. Revisor Dr. Keimel und der zweite Technikchef, DI Zimmermann, waren erstarrt, wußten, daß Marchel recht hatte, halfen ihm aber nicht. – Als Schoppler Vizedirektor wurde, fragte er auf einer Zugreise Marchel, was er davon halte, nachdem in der Firmenzeitung seine Ernennung begrüßt worden war: „Ich teile diese Meinung nicht, weil Sie nicht nur extern taktieren – das wäre normal –, sondern weil Sie auch intern lügen.“ Einen Monat später war Ing. Marchel abgesetzt, abgepreist und abserviert in eine Hilfsstelle. Marchel war tapfer und ungebrochen, hielt seelisch das alles mit burschigem Humor durch. – Dr. Gugl, ehemals Chef des größten Werkstättenkomplexes, dann schaurig allein zurückgeblieben inmitten von 100.000 Quadratmetern leeren Hallenflächen in seinem alten Direktionszimmer. Hier saß er und war für die Qualitätskontrolle fiktiver Fremdzukäufe zuständig. Schrieb emsig ein umfassendes Qualitäts- und Prüfungshandbuch für irgendeine unvorhersehbare Zukunft ... Aber er wollte bis zuletzt redlich arbeiten für sein Gehalt. – DI Kuschnik, sorgenzerfurchtes Gesicht, tiefe Augen, wollte zum Jahresende in Pension gehen, ebenso wie Berghold und Dr. Tomaschik. Diese bewährten Herren unterhielten gute Geschäftsbeziehungen zu Indonesien und auf den Philippinen. Doch zwei neue Abschlüsse ohne ihr Mitwirken erwiesen sich als Millionengräber: Ihnen stockte der Atem bei dem Gedanken, diese Geschäftskatastrophen könnten von höchster Stelle wissentlich ausgelöst worden sein, als tückisches Vorspiel für die lukrative Zerschlagung. Man hatte Aufträge hereingenommen, die man nicht beherrschte, etwa als Gratisnebenleistung einen ganzen Hafen zu bauen, das war weder technisch noch kalkulatorisch verantwortbar. – Dr.

Keimel, Höllerbauer und Zimmermann sind inzwischen gefeuert. – Der ehrliche Dkfm. Dollinger von der Aufsichtsverwaltung – ein loyaler Verteidiger der Byloff&Nandor AG – war angeblich krankheitshalber ausgeschieden. – Kollege Pongratz wurde wegen Kollektorverlusten einfach gekündigt. – Die Herren Schilti, Franzitsch, Dornfried, alle Vorgänger Kuschniks, lebten noch, ringsum zerstreut, wortkarg. Jeder trug die splittrigen Trümmer seines Firmenbildes in der Seele.

Die Litanei: Zum Unterschied vom Fotoapparat nahm das Gehirn nicht Informationen, sondern Deutung auf. Das seelische Ungleichgewicht suchte nicht Antworten – diese gab es durch Wissen nicht –, es zwang nur unablässig zu nicht kontrollierbaren Gegenbewegungen und Ausgleichsversuchen: Namensnennungen, Leistungswürdigungen, Schicksalsbeschwörungen. Das Ungleichgewicht blieb. Es erschien nur zwischendurch kurz befristet erträglicher. Dieses stete Lavieren war Lebensinhalt.

Die aberhunderten beflissenen Gesichter, aufmerksamen Blicke, die Milliarden von geübten Handgriffen an Zeichenmaschinen, Telephonen, Tastaturen, Lenkrädern, Schaltstangen, Drehbänken, Steuerpulten, Zangen, Hämmern, Schraubschlüsseln, Schweißbrillen und -helmen, damit zehn bis fünfzehn Millionen Arbeitsstunden jährlich im Auftrag hochrangiger Besteller geleistet werden können! Werbung, Vertrieb, Angebot, Vertrag, Finanzierung; Entwurf, Konstruktion, Stückliste, Bedarfsmeldung, Bestellung; Lagerhaltung, Freiflächen, Hallenflächen, Beleuchtung, Beheizung, Gas und Strom und Preßluft, Werkzeuge, Maschinen, Roboter, Drehscheiben, Krane, Montagegruben; Ausbildung, Unfallverhütung; Korrosionsschutz, Signieren, Bündeln, Verladen, Versenden, Versichern, Papiere, Dokumente, Formulare, Pro-forma-Rechnungen; Anzahlung, Teilzahlung, Restzahlung; Haftung, Garantieleistung, Referenz. Und stets nach dreihundertfünfundsechzig Tagen die Rechenschaft darüber, ob der Ertrag dieser Anstrengungen deren Kosten deckt? Alljährlich Ausgaben und Einnahmen, Aufwand und Ertrag, Vermögen und Schulden vergleichen: Bestehen oder Untergehen. Eine redliche volle Bewährung! Not mit Arbeit bezwingen! Menschen unterweisen, überzeugen, zueinanderführen.

Hans Linditsch, Sohn einer armen polnischen Witwe in Wien, Wäscherin nach dem Ersten Weltkrieg; kam als Kostenrechner zu Byloff&Nandor, wurde dort in drei Jahrzehnten zum Abteilungsleiter der Betriebsbuchhaltung: zeitlebens übergenau, pedantisch, Kettenraucher, starb mit einer apfelgroßen Lungengeschwulst. Ich weinte bitterlich um ihn bei der Totenmesse in Erdberg. Wegen meiner erfolgreichen EDV-Entwicklungen verlor er nämlich seine führende Stellung – nachdem er mich gut ausgebildet hatte! – und kam in meine Stabsabteilung. Dort führte ich ihn herzlich ein, verschaffte ihm dafür die Ehrenstellung, die er früher gar nicht genoß. – Herr Glinserer, der auf viele Monate hinaus jede Arbeit vorausplante und damit nicht nur sich selbst beruhigte, sondern auf alle Mitwirkenden Zeitdruck ausüben und den Vorgesetzten ein bißchen unberechtigt imponieren konnte. – Herr Flori, der Betriebsrat, der sein neues, selten benütztes Auto in der Garage täglich einen halben Meter vor und zurück schob, damit das Öl in Getriebe und Kreuzgelenken nicht erstarrte. – Der stille, freundliche Ingenieur Brandl, Betriebsrat zwar, aber ganz antriebslos, sanft, fehlte plötzlich: Es war Selbstmord. – Friedhelm Pils, NAPOLA-Zögling, Faschist durch und durch, Menschenängstiger und -schinder, brüllte immer unter vier Augen die Mitarbeiter an, zeugenlos brach er ihren Stolz, genoß dann seine Vormacht. Er sprach schlauerweise zwanzig Jahre lang kein einziges politisches Wort, brachte es so immerhin bis zum Maschinenverwalter. – Freund Lind, die brave Arbeitslok, rund um die Erde einsetzbar, installierte jenes Islamische Konferenzzentrum, das dann im Regionalkrieg zerbombt wurde. – Entwurfchef Dr. Dworschak, der schweigsame Typ, der nie eine Vertraulichkeit erlaubte, ließ sich die Nichtbeförderung schweigend gefallen. – Herr Aloys Mlady, schwerst behindert, mit kaputtem Rückgrat, alljährlich noch krummer, ein Geduldskontinent! Von der Arbeits- und Risikokomplexität seiner Computergroßanwendungen unterschiedlichster Programmsysteme hatten seine Vorgesetzten keine Ahnung. Zwischen Hardware- und Software-Lieferanten, unverläßlichen Mitarbeitern, ungeduldigen, aufsässigen Abteilungsleitern stand er immer als Schuldiger da, verbrachte ganze Nächte im Rechenzentrum, um mit immer neuen Tricks die stets zu schwache Maschine zu überlisten, die zugesagten Abschluß- und Ausdruckstermine einzuhalten. Sein besonderes Arbeitsleid erzwang fast schriftstellerischen Scharfsinn. – Frau Usleber, für die Lohn- und Gehaltsabrechnung verantwortlich, gefährdete deshalb ihre Ehe, saß schließlich schluchzend vor Mlady, beruhigte sich erst auf dessen höchstes Lob. – Herr Kunzfeld, der hell strahlende Franziskus zwischen dem allen! Immer leise lächelnd, freundlich, überaus bewandert in diesem Geheimfach. Eines Montags fehlte er. Sein letztes Wort vor dem Frontalzusammenstoß war: „Was macht denn der?" Das berichtete seine Witwe nach dem Begräbnis, wohin sie, verunstaltet, mit einem metallischen Gesichtsgestell samt Wund-Drainagen, gekommen war. – Frau Predl und Frau Senger, zwei beleibte, vor Fett fast gelähmte Krückengeherinnen, konnten, an ihre Stühle geklebt, ganztägig stapelweise Belege kontieren. – Herr Lorber widerstand als kühler Schönling, Innenrevisor und Schadensaufdecker der Versuchung nicht, gegenüber den geplagten Projektingenieuren besserwisserisch aufzutrumpfen: Statt gemeinsam Verlustquellen zu stopfen, beschimpfte er die technischen Referenten, redete nur zynisch über sie und die ganze Firma. Da seine Hochrechnungen meist zutrafen, blieb er jahrelang in dieser Stellung. Wahrscheinlich betrug der von ihm durch Mobbing verursachte Schaden das Mehrfache seines eigenen Gehalts. – Kurt Gassner, umsichtiger Verkaufsabwickler, Dutzende problematische Durchführungen täglich – fehlende Einfuhrgenehmigungen, fehlende Bankdokumente, keine Zeichnungsfreigabe durch den Consultant, erster Versandtermin vor Eintreffen der Kundenanzahlung, gröbste Garantieforderungen des Endabnehmers – alles klug und flott geglättet mit seinem freundlichen kärntnerischen Singsang. – Herr Stelzer, schwerverwundeter Weltkriegsoffizier mit gewaltiger Stirnnarbe, ging im Stechschritt durch die Bürogänge, ließ alle Zivilisten wissen, daß sie Spreu vor seinem Erfahrungswind seien. – Ihm gegenüber saß Frau Schirza, ein nicht unhübsches Dämchen, das den Sohn des Abteilungsleiters „herumgekriegt" hatte, unübersehbar kommentiert durch die Miene Stelzers. – Dr. Greiner fuhr samt Stößen von Aktenordnern mit seinem Privatauto nach Gratkorn, verunglückte schwer am Semmering, war seither ein bemitleidetes und unkündbares Arbeitsunfallsopfer.

Litanei: Dem Daseinsrätsel durch endloses, unersättliches Beschreiben menschlicher Schicksale nahe kommen wollen. Der notwendig scheiternde Versuch, einer Qualität mit Quantität beikommen zu wollen. Andererseits, so hoffnungslos ist das auch wieder nicht: Ignaz Semmelweis hat um 1848 jahrelang Abertausende an Kindbettfieber verstorbene Mütter und Säuglinge obduziert, bis er endlich die durchgehende Ursache an seinen Tabellen erkannte: die Leichengiftverseuchung durch unreine Hände der untersuchenden Frauenärzte! Semmelweis hat nicht nur die Toten zerschnitten und die erkrankten Organe jahrelang minuziös beschrieben, sondern eine gigantische Statistik, getrennt nach den Abteilungen des Wiener AKH, nach den Zimmern, nach den Tages- und Jahreszeiten, nach den behandelnden Ärzten und Helfern und Helferinnen geführt – ein Gebirge von Unwissen zerschichtet, ein übergroßes, überkritisch dichtes Litaneiensystem! – und so nach Jahren besessener Beobachtung plötzlich erkannt, daß jene Abteilung, in der die Schwangeren vor der Niederkunft nicht von Medizinstudierenden, sondern von Laienschwestern betreut wurden, keine Kindbett-Toten aufwiesen ... Die Schwestern hatten nämlich während ihrer ganzen Arbeit niemals in der Pathologie zu tun und deshalb saubere Hände ... Also, wenn die Beobachtungen lang und groß und gründlich genug sind – litaneihafte Beobachtungs- und Erinnerungsschübe –, kann der quantitative Suchansatz schließlich in einer blitzartigen Enthüllung den folgenreichen qualitativen Wissenssprung bewirken. Aus rollenden Litaneien wird fester Wissensbesitz. Litaneien umstellen das Rätsel, erkratzen einen Schlitz zur Durchsicht.

Tomasini hieß jene „Tippmamsell", die vom alten Haudegen Linhart das ledige Kind bekam. Mit welchem Stolz, welcher Unangreifbarkeit sie damals ihren großen Bauch durch die Gänge, Stiegenhäuser und Schreibzimmer getragen hatte! – Herr Kahr, einer, der beim Reden den Mund nicht öffnete, beim Gehen die Füße nicht hob, beim Arbeiten keine Fragen stellte, Stöße von Verteilerlisten mit winziger an- und ausdrucksloser Bleistiftschrift anfertigte und gegebenenfalls gleichmütig das alles wiederholte, wenn er die Bestimmungen doch mißverstanden hatte, dieser unscheinbare Herr Kahr entfaltete sich als Segelflieger- und sogar auch Motorfluglehrer in Langenlebarn. – Ähnlich Herr Stampfl, der einarmige Fallschirmspringer, mehr noch, sogar Fallschirmspringlehrer; dienstlich stellte er die Bauteil- und Objektfotos für die Werbeblätter her, dies mit Einhandbedienung an seinen Apparaturen. – Herr Seckilli, sein Kollege im Herstellen von Werbefilmen, ging doch einmal tatsächlich auf einem in der Halle zur Probe zusammengebauten Trägersegment rücklings filmend so weit, daß er sechs Meter tief bis zum Werkstattboden auf den Rücken stürzte. Einer ausländischen Delegation führte er auf Krücken diesen Präsentationsfilm vor, freilich ohne die letzten Meter mit seinem Absturz. – Vinzenz Halbwirth, Konstrukteur, ewiger Witzvogel, überall geschätzt, mit dem plötzlichen Herztod: Er bekam im fröhlicher Runde ein tiefrotes Gesicht, beugte sich über den Festtisch, fiel vornüber, brach, alles umreißend, tot zusammen. – Betriebsrat Walcher, jung, fesch, ehemaliger EDV-Operator, eine Lichtgestalt, wollte für eine Kollegenehrung in Tulln nicht zu spät kommen – überholte eine lange Reihe im Stau stehender Autos, lenkte wegen eines entgegenkommenden Wagens nach links, in den Baum einer Kastanienallee, war sofort tot. – Der Kommunist und Carl-Orff-Bewunderer Sackl, der die maßvolle Zurücksetzung vom USIA-Direktor zum Reparaturleiter menschlich meisterhaft bewältigte. Nach wenigen Monaten war er im neuen Führungskreis völlig integriert. Dies war wohl 1955 ganz im Sinn der Weisung des Kanzlers Julius Raab, alle nach dem Russenabzug zurückbleibenden Österreicher bestens zu behandeln. – Herr Bock, beleibter Versandleiter im weiten schwarzen Mantel, dem ständigen Terminstreß und der Verantwortung für die richtige Versorgung der Transportzüge nervlich und körperlich nicht gewachsen. Er lief mir eines heißen Sommernachmittags durch den staubigen, knarrenden Barackengang entgegen, ich sah sein verzerrtes, gehetztes Gesicht und erschrak, grüßte aber nur freundlich. An diesem Abend starb er am Herzschlag im Waaghaus vor dem beladenen Waggon. – Der dunkle, kleine Herr Hasler, immer mit schiefem Tirolerhut zum blauen Overall, schupfte die Materialien quasi mit dumpfer Leidenschaft aus den Stellagen, Paletten, Freiplätzen, Hubstaplern, Drahtrollen, Lastwagen, Schiebetruhen zu den Waggonladeplätzen, schrie mit den „lahmarschigen" Hilfsarbeitern herum, trieb die Packzettelschreiberinnen an. Ich glaubte, daß er sein Häuschen in den Donauauen aus lauter Nägeln, Winkelträgern, Blechen, Pfosten, Teerpappen und anderen alten Lagerstücken aus dem Personalverkauf gebaut hat. – Frau Eisner, schmächtige Arbeitertochter aus Floridsdorf, deren Vorgängerin nach einer Irritation mit dem Stabstellenleiter Hals über Kopf versetzt wurde, weshalb Frau Eisner plötzlich völlig unerwartet Chefsekretärin war – und diese Chance mit übermäßiger Leistung nutzte. So blieb sie schließlich fast zwanzig Jahre souverän in dieser Spitzenposition, immer trocken, ohne jeden Charme, aber unersetzlich! – Frau Felber, mütterliche Glasbaubüroleiterin, deren Mann eines Sonntagsvormittags im burgenländischen Landhaus, „sich einmal ausschlafend", an Herzschlag verstarb. Die Witwe weinte noch wochenlang im Büro, im Aufzug, an der Zentralkassa vor jedem Gesprächspartner. – Jurist Passath, der jahrelang nicht Rechtsanwalt wurde, weil er nie die Kraft aufbrachte, zu konzipieren. – Ing. Haydn aus dem Einkauf, wohin er wegen Entwurfsmängel vom Technischen Büro versetzt worden war. Oft sprach ich mit ihm über seinen berühmten Ahnen, wenn wir in der Werksküche aufeinandertrafen. – Vilma Kaschowitz, sehniger, dunkelhäutiger, südländischer Bürolehrling, voll aufdringlicher Durchsetzungskraft. Wer von Vilma in den Blick genommen wurde, konnte sich nicht entziehen. Sie blieb viele Jahre in der Firma angestellt, wirbelte stets durch alle Gebäudeebenen und das ganze Werksgelände. Ich glaubte, daß sie in ihrer Unrast jede innerbetriebliche Nachricht sofort nach dem Niederschreiben selbst zustellte. – Frau Fließl, spätere Planisek, Jahrgangskollegin der Kaschowitz, blond, schlank, mußte wegen unerträglicher Putzsucht gekündigt werden, weil für eine so anmaßende Dame im Fabriksumfeld keine Stelle geeignet war. – Ähnlich war es mit Frau Schöngrundner, einer wohlbeherrschten Schönheit in Wuchs, Gang und Kleidung, die schließlich aus dem schmutzigen Hofversand ins Betriebsleiterbüro zum alten Herrn Tissek versetzt wurde, der gottlob bestens verheiratet war. – Frau Embacher, die Sekretärin des technischen Bosses Töglhofer, sehnige alte Jungfrau und Intrigantin, die mir ungefragt immer die Streitereien im Vorstand berichtete. – Dr. Irene Findeisen, hochgebildete Nymphomanin, Sekretärin des Vizepräsidenten Peilsteiner, eine Gesprächstechnik wie ein Fleischwolf, nach jedem Treffen mit ihr war man zerstampft und zerfasert. An ihren Lippen hing mancher vom ständigen Dienststreß entkräftete höhere Herr, der sonst für Liebe wenig Zeit aufbringen konnte – obzwar er sich hierfür wegen besonderer Berufserfolge sehr wohl für berechtigt hielt! – Die Sekretärin des Produktionsvorstands Sprungl, Frau Fenewein, nicht unhübsch, aber aufgedreht, kreischend, anmaßend, kündigte und heiratete plötzlich einen Gastwirt am Semmering! Kollegen erzählten, daß sie dort tatsächlich von ihr ziemlich devot bedient worden waren. – Das tragische Fräulein Wallner von der Buchhaltung, unverheiratet, aber voll Sehnsucht, nicht häßlich, aber ohne Pfiff, jahrelang noch schwankend zwischen krampfhafter Männersuche und kraftsparendem Erschlaffen. Zuletzt eine vorwärtspeitschende Arbeitsmaschine im wogenden Ziffernschlick des Rechnungswesens. – Frau Romich, schweigsame Kriegerwitwe, klein, zierlich, mit elektrischen Bewegungen, ein Zeisig, völlig entseelt, unzugänglich, abgehoben, jede wärmere Geste ihr gegenüber erstarrte im Eis ihrer flinken Augen.

Ende Dezember: Dr. Schoppler am Schlaganfall verstorben. Erinnerung an sein Bekenntnis, daß er gar nicht schlafen gehen möchte, seit er Konzernsprecher geworden ist. Ihm fehlte zur sportgestählten Energie und zur entfesselten Durchschnittsintelligenz die „Coolness". So vergaloppierte er sich immer wieder an seinem unangepaßten, selbstschädigenden Tatendrang ohne Augenmaß. Über seine Todeskrankheit wußte er schließlich Bescheid, konnte jedem Interessierten den Befund und die Behandlung genau erklären – mit Ausnahme des unmittelbar bevorstehenden, schwerthiebartigen Blitztodes während des wie nebenbei, „zwischendurch" eingeleiteten Tiefschlafs im Krankenhaus. Dieses Zwischendurch war sein unfaßbar jähes Ende. Mit riesigem – auch körperlichem – Kraftaufwand hatte er die Byloff&Nandor AG aufgesogen, krass ichbezogen. Er hatte seine junge, bildhübsche und übertüchtige Mürzzuschlager Sekretärin mitgebracht, aber er „fuhrwerkte" zu heftig, riß das Steuer mehrmals monatlich so herum, daß der Ozeanriese Byloff&Nandor nicht nur in allen Spanten krachte, sondern tatsächlich leckte; für die Wassereinbrüche fand seine halt- und lieblose Sprechweise freilich immer einen Schuldigen. Wenn Fachreferenten zum strategischen Rapport geladen waren, machte er sie wegen winziger Deutsch- und Stilfehler im Vortrag „zur Schnecke". Zum Beispiel den dicklichen Maschinenbauer DI Pranger, eine prustende Dampfmaschine von schwerer Dauerleistung, der im Redefluß berichtete, daß er dem zögernden Kunden ein „geeignetes Angebot“ senden werde, brüllte er an, er verbiete sich, solchen Blödsinn anhören zu müssen, er werde doch wohl nicht beabsichtigen, ein „ungeeignetes Angebot“ zu verfassen. Pranger verstummte augenblicklich; stand, die Lippen stumm bewegend, leicht schwankend vor seiner Schautafel; dann ging er wortlos aus dem dichtgefüllten Sitzungssaal. – DI Weixler, fescher, junger Projektant, immer lustig, ja übermütig, war eines Tages erkrankt, nichts dachte ich mir dabei, ein Schnupfen vielleicht. Weixler blieb im Spital, verstarb dort. – Herr Nutz, Steirer, aus unerfindlichen Gründen stets mit norddeutschem Akzent sprechend, lebenslänglich mit Herrn Hofstätter verfeindet, weil dieser seinen Namen zu „Nichts-Nutz“ verballhornte. – Frau Bobrich, Vorgängerin von Frau Felber bei dem zynischen Staumauerboß Schedlbauer, eine kantige Matrone, die ihren Chef imitierte, aber noch bissiger, bedenkenloser als er. – DI Franzitsch, ehemaliger Jagdflieger, schwere Beinprothese, zerschossenes Gesicht voll Narben, konnte sich nur schwer an die zivil gebotene Detailgenauigkeit gewöhnen, wollte immer in Tausenden Höhenmetern über der Betriebsordnung dahinbrausen. Militärischer Kommando- und Deklassierungston gegen alle Mitarbeiter. – Katzbeck, romantischer, frömmelnder Untersteirer, Hilfsbuchhalter, Kostenrechner, salbungsvoller Weltverbesserer, führte in seinen beiden letzten Dienstjahren ein Arbeits-Alltagsbuch, das er bei Rentenantritt samt vielen alten Anlaßfotos an zahlreiche Firmenkollegen mit gefühlvollen Dankesworten und Segenswünschen verschickte. – In einer übermütigen Morgenstunde sprach Oberingenieur Töglhofer mit seiner Projektverwalterin Lancay mindestens eine halbe Stunde lang in wohlgesetzen Versen: „Meine gute Arbeitsbiene, / setz' dich an die Schreibmaschine. / Heut noch fahr' ich euch davon / mit der neuen Konstruktion. / Doch ich brauch' als Blitzableiter / unsren besten Mitarbeiter. / Und so weiter ‚/ und so weiter.“

Eine Litanei. Noch eine Litanei. Eine weitere Litanei. Die nicht zu unterdrückende Litanei. Die Immer-wieder-Litanei. Eine der letzten Litaneien. Die letzte Litanei. Die Litanei nach der letzten Litanei.

Lohnbürochef Petutschnig rang jahrelang mit den unverarbeitbaren Zeitscheinen der hunderten Auslandsmonteure mit ihren Sonderbedingungen, so daß manche bis zu dreißig Stunden täglich bezahlt bekommen wollten. – Frau Pink, Tabellantin in der Betriebsrechnung, mußte erleiden, daß ihr Mann, Kontist in der Materialverwaltung, eines Abends tot in der Fußhöhle unter seinem Schreibtisch lag. – Herr Darowitsch, Magazineur, „zerspragelte“ sich unablässig um die richtige Vorbereitung der Versandpackungen für die Baustellen. – Die Herren DI Pensold, Vater und Sohn, meldeten sich unbeirrt so am Telefon: „Ja, hallo, Byloff&Nandor, Glas-Anlagenbau-Vertriebsabteilung, Pensold hier.“ Das waren immer sieben Wörter zu viel, jährlich also ziemlich genau zehntausend überflüssige Wörter. – Otto Verdnik, Kärntner in Wien, gestreßter Verkäufer, erlitt auf einer seiner vielen Heimweh-Wochenendreisen nach Villach einen tödlichen Autounfall. – Herr Stubenrauch, der Welt-Betriebsrat, „ceterum censo, ein neues zentrales Firmengebäude würde die geistige Kraft aller Kollegen bündeln.“ Da tatsächlich dieser Büroturm später errichtet wurde, galt dieser ihm als sein oft beschworenes Lebenswerk.

Der Bademeister von Schwanberg, Herr Körbler, ehemaliger Byloff&Nandor-Baustellenboß; er war in Sibirien, Kuwait, in Teheran und in Oslo jeweils mehrere Jahre Leiter einer Großerrichtung mit hundert bis zweihundert Dachmonteuren, Glaserern und Isolierern. Vor ihm traten damals nach einigen Wochen der Abgeschiedenheit in den Baubaracken manche entnervten Burschen auf, die seine quasi dienstliche Mitwirkung beim Finden von Frauen forderten. Legendär sein rastloses briefliches Ringen mit den Referenten, den heimatlichen Probezusammenbauern, den schlampigen Signierern, die die Platten nicht punktgenau mit Kreide benummerten und bepfeilten, mit der ewig säumigen Versandabteilung und den Verpackungslistenführern zu Hause: „Die Trümmer sind zwar irgendwie an den Errichtungsort gelangt, aber allzuoft so, daß vielfache Arbeit anfiel, an der Lichtkuppel, dem Leuchtturm, der Raffinerie, der Stauschleuse weiterzubauen – die Arbeitsreihenfolge war oft durch das Fehlen nur eines Bauteils unterbrochen.“ Aus Zeitgründen war die heimische Probeverbindung unterlassen worden, und er mußte an der Baustelle neue, versetzte Schraublöcher bohren – und das ärgste, offenbar nie zu behebende Problem waren fehlende oder unvollständige oder erst eine Woche später eintreffende Schrauben, Muttern, Beilagscheiben, Nieten, Schmiermittel oder Grundlacke. „Es ist zum In-die-Luft-Gehen: Da standen endlich die Pfetten, Schachtschüsse, Hosenrohre, Stiegenkonstruktionen und Querstützen im Sand, im Morast, in der Tundra, die angeheuerten örtlichen Helfer lungerten herum, die Baukrane reckten sich reglos über die Gegend – nur weil dreitausend Schrauben in zehn schlecht beschrifteten Kisten irgendwo irrliefen. Und Stunde für Stunde verrann unsere Lieferzeit, schmolz das kalkulierte Geld!“ Körbler rettete mehrere Tage Bauzeit durch seine Idee, mit dem Lastwagenkonvoi eine zu schwache türkische Brücke ohne Höchstgewichtsüberschreitung derart zu überqueren, daß der Anhänger abgekuppelt und an einem zweihundert Meter langen Seil nachgezogen wurde, wodurch die Zugmaschine bereits am anderen Ufer war, ehe der schwere Anhänger die schwache Brücke belastete. Körblers seitenlange handschriftliche Baustellenberichte waren berühmt, auch gefürchtet. Aber jetzt, zweiundfünfzigjährig, gekündigt, arbeitete er als Bademeister an dem riesigen kreisrunden Teich des Kurortes Schwanberg, pflegte die Parklandschaft, reparierte zersplitterte Bretter der Sonnenpritschen, schmierte die Kinderschaukeln, verteilte die Minigolfschläger und pumpte allmorgendlich mit dem Kompressor den riesigen gelben Gummidrachen auf, verzurrte ihn quer über der Wasserfläche für die stundenlang auf ihm springenden, lachenden, kletternden, johlenden, rutschenden kleinen Badegäste. Den längst überfälligen neuen Anstrich des Springturmgerüsts unterließ er schon das dritte Jahr …

Litanei: Jeder Gedanke an sie eine Fulguration! Jeder Satz über sie eine Extrasystole! Jeder Name ein Blitz, schlagartiges Erhellen, jedes Erinnern ein Herzstoß.

Der Selbstmord des hochprotegierten Omnia-Managers Frotzhuber. Es ist durch seinen Abschiedstext das elfpunktige Protokoll einer geheimen Bankkartellsitzung herausgekommen: Mindestzinssätze für Betriebsratsaktionen, einheitliche Mindestkontogebühren, gemeinsam geheim hochgehaltene Beratungs-, Überziehungs-, Garantie- und Kreditkonditionen. Die Europäische Union schlug jetzt gegen diese verbotenen Absprachen zu, verhängte schwere Strafen. Aber freilich: Frotzhubers Motiv war nicht etwa Einsicht und Scham wegen solcher taschendiebischer Praktiken der arroganten Bankschnösel. Nein, es war der Hochmut, der vor der sprichwörtlichen Drohung, zu Fall zu kommen, den Freitod einem anständigen, schlichten, sparsamen Leben wie von drei Millionen anderen Österreichern vorzog! Erbärmlich! Weil er einem aus der Parteihierarchie in die Omniaführungsebene „entsorgten“ Spitzenfunktionär weichen zu müssen vermeinte, vergiftete er sich in seinem Mahagonipalast! Sieben Jahresmillionen Schwindelgage vielleicht nicht mehr zu kriegen, war Motiv genug für ihn, sein junges, gesundes, in jeder Hinsicht privilegiertes Leben hinzuwerfen – ein beklemmender Einblick in das abwegige, ja anstößige Bewußtsein und monströse Selbstbild in den Köpfen dieser ungläubigen Nadelstreif- und Bügelfalten-Karrieristen.

Und auch des prominenten Dr. Icht-Helfers Subaric' Selbstmord: Daß er ausgerechnet mit einer Armzange den dicken Schutzdraht des Wiener Donauturms zerschnitt und sich hinunterstürzte, war so bezeichnend, daß es, von einem Filmemacher erdacht, schon kitschig wäre. Eine arrogante Allerweltsfigur mit goldenen Vatermörder-Hemdklemmen – sogar Schoppler nannte ihn einen „stolzen Gockel" – ein Management-Sprüche-Modestroh dreschender, von Tüchtigkeitsgerüchten profitierender Leuteverächter – taxfrei von allen Zeitungen immer wieder „der Sanierer" genannt! –, der außer Zerschlagungsplänen und Geldbedarfsforderungslisten an das Finanzressort absolut nichts geschaffen hat, ist derart im Überwertigkeitswahn verkrampft, verhärtet, daß er lieber bricht, als sich biegt, eher stirbt, als lernt. Seine eigene unternehmerische Blutspur – Millionenschäden seit Jahrzehnten –, beginnend von seinem eigenen Tennisclub über seine Steinbrüche und Baustoffbetriebe bis zur zahlungsunfähigen Autoverleihkette, legte wohl die Frage nach der Schuld seiner gewissenlosen Besteller und Berufer nahe. Nicht nur, daß man diesem zweifelhaften „Zampano" Zehntausende Arbeiterschicksale anvertraute, man erfaßte auch nicht jene charakterliche Verstümmelung des so herausgehobenen, übermäßig ermächtigten Hohlkopfs und Blenders, die den eines Tages unweigerlich Entlarvten in seinen eitlen Selbstmord treiben mußte. Aber wo und wie und durch wen wäre ein solches nationales Fanal wahrheitsgemäß und lehrreich öffentlich dargestellt und abgehandelt worden? Ein paar belanglose Zeitungsmeldungen. Ende. Blödes Achselzucken. Eine Gesellschaft ohne Denkschärfe und Erkenntniswillen.

Alle beobachteten, in welch beflügeltem Schritt Schoppler in Gratkorn über die Werksstraße rannte, als neuer „Vizeboß". Er war immer irgendwie „high", überdreht, „in Fahrt" oder besser im allzu freien Fall, im Blindflug, abgehoben und rotierend, instabil, ohne faßbaren Kern. Aber dafür ein Menschen-Material-Vielfraß, ein hektisch schwimmender Wal mit offenem Maul, das mit dem winzigen Alltags-Allerwelts-Meeres-Krill nicht zu füllen, nicht zu stopfen, nicht zu stillen ist. „Hier stehe ich, ich kann auch anders!" Oftmals täglich, in jeder der vielen Sitzungsfolgen mit wechselndem Personal, spielte er einen anderen, doch in jeder Rolle maßlos um perfektes Imponiergehabe bemüht, immer aber ein Nuancen-Lügner. Freilich waren seine Lügen meist eben genau um jene Nuance zu dick, die ihn verriet, insbesondere, wenn von Treffen zu Treffen doch einzelne Teilnehmer sitzen blieben, also vergleichen konnten.

Und alle dreihundertfünfundsechzig Tage die Ausscheidungsprüfung, der Überlebenstest: Ausgaben und Einnahmen, Kosten und Ertrag, Vorrätebewertung, Garantierückstellung, Abfertigungsrückstellung, Forschungsbudget. Die Organisation, die das alles leistete, machte die zielgezogenen Einzelschicksale namenlos, verband sie zu einem Gesamtausstoß, einem Gesamt-Mehrwert, der alle, auch die höchsten persönlichen Fähigkeiten so weit überstieg, daß es als wunderbar empfunden, als schöpferisch erlebt wurde. Benedikter verstand, daß die Namen der ersten Städte in der Geschichte gleich waren mit dem Namen „Gott": Diese schickalshafte Verbindung von ganzem Selbsteinsatz mit der so geschaffenen Gemeinschaft, die ein überpersönliches Eigenleben, eine existenztragende Hoheit annimmt: die Firma, die Brotgeberin, die Arbeitsplatzschafferin, die lebentragende Sippe, das Tor zur Welt, das Bewährungsfeld, der Daseinsraum, die sättigende Wirklichkeit. Die ersten Städte der Erde, Ur, Larsa, Babylon, Ninive, geheimnisvolle, durch Arbeitsteilung, Selbstentäußerung, Ich-Übersteigung entstandene strahlende Lebensrettungsgemäuer, eigengesetzliche Kunstgebilde zur sicheren Bergung zehntausender Frühmenschen, diese Städte erhielten von ihren Erhaltern und Bewohnern den Titel „Gott"! Das Gegebene, Erhaltende, Tragende.

Schlosserlehrlinge, Dreherlehrlinge, Elektrolehrlinge, Lackiererlehrlinge, Zimmermannlehrlinge, Tischlerlehrlinge, Former, Bläser, Schlosser, Dreher, Schweißer, Nieter, Bohrer, Zusammenbauer, Monteure, Chauffeure, Kranführer, Hubstaplerfahrer, Lokführer, Schmierer, Signierer, Verlader, Asphaltierer, Betonierer, Zimmerleute, Maurer, Zugbegleiter, Nachtwächter, Instandhalter, Magazineure, Heizer, Stellwerkmeister, Waagemeister, Elektriker, Installateure, Laboranten, Dachdecker, Deichgräber, Künettenschaufler, Baggerfahrer, Rettungszillenruderer, Sanitäter, Konstrukteure, Statiker, Programmierer, Zeichner, Arbeitsvorbereiter, Anreißer, Zuschneider, Punktierer, Zeitvorgeber, Meister, Obermeister, Betriebsleiter, Chefingenieure, Schreibkräfte, Lichtpauser, Kopierer, Korrespondentinnen, Übersetzerinnen, Vertragjuristen, Versicherungsexperten, Kalkulanten, Spediteure, Werbefachleute, Vertriebsstellenleiter, Verkäufer, Revisoren, Betriebswirte, Bereichsleiter, Finanzexperten, Rechnungswesenkräfte, Bilanzbuchhalter, Steuersachbearbeiter, Mahnwesenreferentinnen, Einkäufer, Devisenreferenten, Materialverwalter, Hausverwalter, Fuhrparkverwalter, Patentreferenten, Lohnverrechner, Gehaltsverrechner, Pensionsverrechner, Schulungsleiter, Betriebsräte, Vorstände für Technik und für Kommerzielles, Stabsfunktionäre für Planungen und Berichte.

Und alle dreihundertfünfundsechzig Tage: Sein oder Nichtsein? Haben sie mehr geschaffen als verbraucht? Waren weltweite Bedürfnisse und Nachfragen sachkundig und erfolgreich, kostendeckend erfüllt worden?

Hautner, Braun, Storker, Lehofer, Bartak, Jerolitsch, Hacker, Baltuschenko, Powetz, Berghuber, Partucek, Schluck, Martinic, Kliebhofer, Sporrer, Dollegig, Hochhauser, Coppolini, Schwarzl, Doriser, Wittwil, Rampauer, Greiner, Habalt, Liedl, Deinhart, Beheim, Kriebaumer, Gageriff, Brunoro, Paltenegg, Kaiser, Denk, Engelbert, Blaha, Puttinger, Ebenthaler, Stiftler, Fröhlich, Gottschlich, Seidl, Neidhart, Toblmann, Vujovic, Richter ...

Litanei – eintöniges Gerede. Tatsächlich hatte Benedikter nur einen einzigen Ton: den Schmerzlaut, die Klage. Litanei als aufgeräumte Schutthalde, Mauerbruch, alte Ziegelsteine, hingeschlichtet zu winzigen Türmchen.

Ing. König mit seinem religiösen Obskurantismus: das Gespräch mit ihm angesichts der mitten auf seinem Schreibtisch zwischen unerledigten Anfragen aufgeschlagenen Bibel, buntgefleckt durch seine Leuchtstiftunterstreichungen anzüglicher Textstellen, die alle darauf hinausliefen, daß er, der Dauerleser König, jener Gerechte sei, vor dem die „List seiner Widersacher einst zu Schanden werden müsse". Solches in hunderten Variationen bis zur Aufforderung an seinen Gott, ihm die Feinde als Schemel unter die Füße zu schieben. Da ich eine etwaige echte Frömmigkeit in ihm nicht verletzten, sondern sogar ehren wollte, zeigte ich ihm den Unterschied auf zwischen altorientalischer Redeweise und echtem Wunsch nach Verehrung und Danksagung für das Schöpfungswunder. Meiner zarten Warnung, Gott zum Kumpanen seiner Interessen zu machen, konnte er zwar nicht widersprechen, aber von dann an mied er mich. Zugegeben: Seinen Dienst an der Dioxinschutztechnologie beherrschte er halbwegs.

Die lieben Köchinnen, zugleich Serviererinnen der Werksküchen: Rotgesichtig, abgehetzt, sommers oft arg verschwitzt, fast keine Pause zwischen dem Zubereiten der Gerichte ab sechs Uhr früh und deren Auftragen in den menschenwimmelnden, auf dem weiten Fabriksgelände verteilten Speisesälen ab 11 Uhr 30. Die Witze, denen die Frauen ausgesetzt waren, die kleinen Schmähungen, wenn die Mahlzeiten nicht schmeckten – unter der großen Menge von aufgeräumten Mittagspausierenden waren immer einige, deren Leibspeise eben gerade nicht getroffen wurde, und die meinten, den lobenswerten Umstand, daß diese Ausspeisung beinahe gratis war, dadurch als völlig selbstverständlich hinzustellen, daß sie sich besonders kritisch darüber äußerten, also eine Art überdeckte, weil doch gänzlich unpassende, ungewohnte Dankbarkeit. Aber das konnten die braven Frauen nicht durchschauen. Manche Zudringlichkeit in dieser Massenlust kurzer Halbzeit-Entspannung und des wohlverdienten Konsums wurde belacht. Gutwillige, fleißige Frauen, deren durchaus freundlichen Gesichtern – als Amateurkellnerinnen – doch anzusehen war, daß ihre Leistungsbereitschaft bei allzu lockerer Vertraulichkeit der Hundertschaften in blauen Overalls, die ihre ölverschmierten Kappen beim Löffeln nicht abnahmen, ihre Grenze hatte. Der Daumen in der Suppe, der Gulaschsaft auf der Schürze, Schaufel und Besen zur schnellen Hand, wenn Trinkgläser und Geschirr zu Bruch gegangen waren, gehörten zum allmittäglichen Bild. Etwa um fünfzehn Uhr, wenn alle Verköstigten längst wieder an ihren Werkstücken hantierten, sah man die Frühaufgestandenen im Gänsemarsch langsam aus dem Küchentrakt torwärts schlendern. In ihren privaten Kasserollen trugen sie als Deputat die Abendmahlzeit aus Kochresten für ihre Ehemänner mit nach Hause.

Herr Stubenrauch, der schmächtige, einst einflußreiche Angestelltenobmann in alter Beredsamkeit, die aus überwundenem Stottern hervorbrach, die sich stets wiederholend in großen „eiernden" Kreisbögen dem Thema näherte, der unfaßbaren Mitte, kleine Drehung in großer Drehung, niemals im Zentrum. Das wußte er auch, weshalb er ja das Wort nie auslassen konnte im richtigen Gespür seiner Unangekommenheit, Zielverfehlung, Abgeschweiftheit. – Herr Bullmann, plötzlich mit nur einem Stimmband, weil das zweite wegen Krebsbefalls blitzartig entfernt werden mußte. Seine Stimme war noch dieselbe, aber dünn, kernlos, das „geknickte Rohr" aus dem Evangelium. Herr Bullmann litt stark an der Vernachlässigung seiner beiden Enkelkinder durch ihren Vater, seinen Sohn, der Primar war, und seine Schwiegertochter, die ebenfalls Ärztin war. „Die Schwiegertochter schleppt buchstäblich täglich Unmengen sinnlosen Spielzeugs daher, kümmert sich sonst aber nicht um die Kleinen. Der schwerreiche Herr Sohn hat heute nichts anderes zu sagen, als daß es im Elternhaus immer nur Fleischlaibchen zu essen gegeben und daß er als Kind keinen Plattenspieler geschenkt bekommen hätte." – Frau Pfeil, einstige Betriebsbuchhalterin der Gießerei, berichtete immer wieder von ihrer Jugendarmut und dem heutigen Großmutterglück. – Gespräch über die Dünnhäutigkeit des Herrn DI Quas, Zeitplaner, der nach einem schiefen Wort seiner Untergebenen diese wochenlang mied. – Letzte Begegnung mit Montagechef Janach, konnte wegen Atemnot nicht einmal mehr spazieren gehen, geschweige einen Ausflug machen. Lebenslang Kettenraucher, kurz darauf verstorben. – Herr Gsellmann fragte ernsthaft und nachdrücklich – nicht als Verlegenheitsthema –, wie es mit dieser Weltwirtschaft weitergehen sollte. „Wovon werden denn alle zukünftig eigentlich leben, wenn es fast keine Betriebe mehr gibt?" – Herr DI Plach, überfreundlicher, innerlich gänzlich entspannter hübscher Greis mit Jünglingsfigur und knabenhaftem Lachen, einst geachteter Konstruktionschef, nun so gekonnt warmherzig, daß leichtes Mißtrauen in seine Gefaßtheit aufkam. Und tatsächlich: Niemand konnte damals ahnen, welches Martyrium Kollege Plach zu erleiden hatte. Nachdem er seine drei Kinder hingebungsvoll und väterlich über alle Schulhürden in ein erfolgreiches Erwachsenenleben geleitet hatte, geriet seine Tochter – sogar mit seiner fürsorglichen Hilfe! – über eine Partnervermittlung an einen Heiratsschwindler. Dieser brachte aus Wut über den Mißerfolg seines Bereicherungsplans Plachs Tochter so weit, ihren guten Vater wegen Inzests, ja sogar wegen Mordversuchs anzuklagen! Im Lügensumpf jenes Verleumders watete Freund Plach durch seine Greisenjahre. – Herr Spraiz, buckliger Arbeitervertreter, der in seiner schlichten Geradlinigkeit, geduckt, die Sturmböen persönlich unbeschädigt durchtauchte. – Herr Manninger, USIA-Fossil, geläuterter Kommunist, zerfließendes Altersgesicht – aber etwa stündlich Ausbrüche der alteingelernten, allerschärfsten Politstimme. – Frau Schäfer, Frau Doleschal, Herr Friedinger, Herr Cerni, die vier aus der Standortmeisterei: Heizung, Reinigung, Möbel, Dienstwagen, Wachdienst, Werksküche, Eilboten, Instandhaltung, Behörden. – Der alte Zweigstellenleiter List, Chef der benachbarten Omniabank-Filiale, der in der Pension Theologie studiert hatte, jetzt als Diakon in Enzersdorf Begräbnis-Liturgiedienst verrichtete. – Herr Kleinrath, Montagemeister, legendärer „Elegant" einer verwegenen Truppe, undurchsichtig perfekt wie eh und je. – Herr Loishacker, Kraninstallationsmeister, eine Seele von einem gutmütigen Kerl trotz unablässiger „troubles". – Die Gebrüder Sedaj, stramme Schweißereiexperten mit feschen Gattinnen aus dem Betrieb, ihr „Familienbetrieb" also, allseits sehr geachtet. – Und der uralte, über neunzigjährige Herr Senkl, eingeschrumpft, nur Haut und Knochen, aber gelenkig und zäh, mit hellwachem Luchsblick, stark klassenkämpferischer Betriebsratsobmann schon in den dreißiger Jahren, hat die Nazizeit mit totaler Raffinesse überlebt, anschließend die USIA-Herrschaft in Kagran durchaus differenziert gemeistert, das heißt, obwohl die Betriebsherrschaft von den ihm nahestehenden Kommunisten ausgeübt wurde, hat er für die Arbeiterrechte und -interessen hart gegen russische Wirtschaftsmajore und Planungsblödmänner gekämpft, und sogar nach 1955 blieb Senkl maßgebend, weil er immer persönlich integer geblieben war. Senkl mischte sich ins Pensionistentreffen wie ein unscheinbares Stückchen Magneterz unter Feilspäne: alle wurden von der Kraft seines brennenden Blicks erfaßt und aufgerichtet. Trotzig berichtete der Uralte, daß er soeben eine Lungenentzündung überstanden habe.

DI Feichtinger, den breitgesichtigen Projektingenieur mit der Bypassoperation, auch wieder gesehen, in jahrelangem Zwist mit seinem ihm ziemlich ähnlichen Hochbetonleiter Schedlbauer lebend – das ganze Unternehmen war in diesen Haß eingeweiht –, Feichtinger überging geflissentlich seinen Vorgesetzten und verkehrte nur direkt mit dem Vorstand – und hielt dies tatsächlich durch. Große Liebesbeziehung mit der bildhübschen Verkaufsreferentin Clara Sampl, eingegangen während schwerer gemeinsamer Auslandsreisen. – Liebespaare Mosel und Möstl, Xandi und Lang, Feichtinger und Sampl, Schoppler und Mangold – in diesen Fällen handelte es sich um jeweils großartige, helle, freundliche Frauen, deren unkomplizierte Verläßlichkeit und Vertraulichkeit besonders wohltuend war. – Die Geschichte von Linditsch und seiner Mittagspausenliebe um die Ecke: Da er – wie er treuherzig versicherte – das Kantinenessen nicht vertrug, verschwand er jeden Mittag auf eine Stunde im Leopoldstädter Gassengewirr. Er besuchte seine Tagesliebe.

Die Taborwerke hatten Kathedralen gedeckt, Metropolen beheizt und beleuchtet, Weltströme überbrückt, Aquädukte über Nacht ausgewechselt, Hangars für Transatlantikflugzeuge errichtet, Welthäfen mit Kränen ausgestattet, die Abfälle von Weltstädten entsorgt und verbrannt, Länder elektrifiziert, Parlamentsgebäuden, Weltausstellungspalästen, Opernhäusern, Fußballstadien Glasdächer aufgesetzt! Unterdruckoperationssäle in berühmten Kliniken aufgestellt, Seilbahnen, Konferenzzentren, Fernsehstudios, Drehtürme, Staudämme, Luftreinigungsanlagen errichtet, Schiffe gebaut, Flüsse umgeleitet, Abwässer geklärt, Lebensmittelmaschinen gebaut und Deponien saniert.

Litanei: Die unbeherrschbaren Blitzbilder-Springfluten, tagsüber und allnächtlich. Benedikters achttausend Arbeitstage ergeben mit täglich nur einem Sonderereignis achttausend unvergeßliche Szenen im Hirn. Und dazu noch die gewöhnlichen Vorgänge und Begegnungen im wohl zehnfachen Ausmaß, also achtzigtausend Inschriften, Kerben, Ritzungen, Narben, dazwischen auch noch offene, sickernde Wunden.

Dr. Icht – ein feiner Unternehmer, der den Mitarbeitern des soeben ergaunerten Betriebs nichts anderes mitzuteilen hatte, als daß es diese Firma und die Arbeitsplätze eben nur dann geben wird, wenn sie fünfundzwanzig Prozent Gewinn vom Umsatz machen. Sonst shiftet er sein Kapital zu rentableren Branchen. „Denn wenn Sie keinen Gewinn machen, meine Herren, dann gibt es Byloff&Nandor eben nicht mehr." Was daran so falsch war? Der Unternehmer ist nicht der Scharfrichter der Firma, sondern er soll der planende, tragende Hausvater sein. Doch seine Rede ging so: „Euch wird es nur geben, wenn ihr Gewinn macht. Wenn nicht, drehe ich euch zu! – Die Regeln der Gewinnermittlung bestimme ich, eh klar; die Allokation der Ressourcen, eh klar; internationale Renditen, eh klar; Aufbrechen alter Strukturen, eh klar; Einzelschicksale interessieren nicht, eh klar; wer einen Verlust baut, kommt auf die Parkbank, wo er nachdenken kann, was er falsch gemacht hat, eh klar; ich bin nicht die Caritas, eh klar."

Fast hundert Jahre Unternehmenskultur waren zerstört. Im nachhinein waren wir alle Trottel! Die in aller Welt nützlich, verläßlich und funktionstüchtig aufragenden Ergebnisse der sorgfältigen Bauleistungen jetzt noch zu beachten und die Menschen, die sie erbracht haben, zu würdigen, kam diesen Lausbuben von der Pekunia überhaupt nicht in den Sinn. Diese Rasse hatte nur noch äußerlich menschenähnliche Züge. Innerlich war es eine seelen- und geistlose Abart. Sie hatten kein Gesicht, sondern ein Geblend.

Daß jahrzehntelanger Volleinsatz im nachhinein entwertet war, daß die Früchte Millionen geleisteter Arbeitsstunden nicht, wie stets geglaubt, der Weiterentwicklung unserer Gesellschaft dienten, weil doch der augenscheinliche Arbeitsmehrwert mittelbar der Gemeinschaft zufloß, sondern daß der Überschuß nach aller Leistung und Sparsamkeit in die Verfügung dieser Spekulanten gelangte, bei denen jede höherrangige Zwecksetzung auszuschließen war, blieb empörend … deshalb hatten wir jahrzehntelang für Groschen um Groschen, Vertragspunkt um Vertragspunkt gerungen?

Hundert Schilling Gehaltserhöhung für einen tüchtigen Arbeitsfreund waren ein Ansinnen über Monate hinweg. Den Schweißern wurde unentwegt eingeschärft, die teuren Schweißstäbe an ihren Zangen bis zum letzten Zentimeter zu verwenden. Blechabfälle, Holzstücke, Lackreste, Glasbrüche, Übergüsse wertvoller Legierungen, alte Getriebeöle, Asphaltblöcke – alles wurde umsichtig gehortet und wiederverwertet. Aus dem Dienstagbraten in der Kantine wurden die Mittwoch-Fleischlaibchen. Um den Beitrag zur Werksküche wurde buchstäblich jahrelang schillingweise im Speiseausschuß gerungen. Für Dienstreisen mit dem eigenen Auto wurde nicht etwa das hohe amtliche Kilometergeld, sondern der niedrige Zweite-Klasse-Bahn-Tarif bezahlt. Überstunden wurden mit Zeitausgleich abgegolten – dafür aber hatte die Byloff&Nandor einen gut dotierten Unterstützungsfonds in Eigenverwaltung der Mitarbeiter, so daß jedem Arbeiter- und Angestelltenrentner ein merkbarer Ruhezuschuß gewährt werden konnte.

Aber ein alter, rein formaler Stiftungsparagraph, wonach bei Bilanzverlusten der Fonds ausfällt, hatte dem Dr. Icht und seinen Molchen nach dem willkürlichen Hereinfusionieren ihrer Pekunia-Firmenwracks die Handhabe geboten, alle Byloff&Nandor-Konten auszuräumen und die hilflosen Mitarbeiter vertragsgemäß „in die Wüste zu schicken", zu bestehlen, „die sollen sich doch über die Häuser hauen". Danke, Herr Präsident Lesky, Herr Dr. Eigner, für die fahrlässige Verschacherung eures Sklavenhaufens an diese Taschendiebe.

Es waren seither erst zwei Jahre vergangen, und in ganz Österreich standen die gähnenden Byloff&Nandor-Ruinen herum; in den Wohnungen der siebentausend ehemaligen Byloffianer waren eure Namen wohl an die hunderttausendmal verflucht worden! Zwei Gebete fielen mir ein: „... wie auch wir vergeben unseren Schuldigern" – das galt bei mir für euch nicht! Und: „ ... von dannen du kommen wirst zu richten die Lebenden und die Toten" – das wollte ich hoffen!

Seine Kündigungen, ohne jene Machthaber damit zu belasten, die ihm die Betriebe zugeschoben hatten. Volle Macht der Pekunia-Holding und ja keine Fachkenntnisse und schon gar kein Gewissen – das war das Täterprofil, berechenbare Brutalos als Hüter des Landes.

Litanei: Im nachhinein waren frühere Trennungen durch Tod mitten aus gemeinsamem Arbeitsleben zwar traurig, aber ernst und groß und läuternd. Dieses sinnlose Abreißen aller Bindungen wegen boshafter Zerschlagung zerschnitt jedoch das Herz.

Herr Paulitsch, Frau Küchler, Herr Weidel, Frau Eberhard, Herr Mlady, Herr Linditsch, Herr Glinserer, Herr Neuhauser, Frau Liniditsch, Frau Gasperschitz, Herr Trimbur, Herr Meichenfeld, Herr Schedlbauer, Herr Vorauer, Frau Findeisen, Herr Russ, Herr Loschat, Herr Triebl, Herr Tomschitz, Herr Hammer, Herr Primsch, der so jung gestorben ist. Herr Zöhrer, Herr Ranner, Frau Walch, Frau Eisner, Herr Ninaus, Herr Pirsch, Herr Junghans, Herr Sprungl, Herr Töglhofer, Herr Harkamp, Herr Greiner, Herr Keimel, Herr Gerngroß, der uralte Herr Jauk, „das Jaukerl" aus Eger, Flüchtling ohne Rentenanspruch, mußte für sich und seine Frau bis ins höchste Greisenalter arbeiten, sein bißchen Monatsgeld in Schächtelchen einteilend. – Herr Kaul, die Herren Schirza, Vater und Sohn, Herr Oberbuchhalter Schirza kam während eines Wolkenbruchs, der uns alle daran hinderte, bei Dienstschluß um 17 Uhr nach Hause zu gehen, aus seinem

Chefkammerl in den Arbeitssaal heraus und sagte, alle mögen eine Stunde weiterarbeiten und diese auf dem Überstundenformular zum Zeitausgleich einreichen. Dafür waren alle dankbar. – In der Plankostengruppe der junge Mag. Pirsch, eine ruhige, wohlgeordnete Persönlichkeit, freundlich, gewissenhaft, sachkundig, emsig: Ausgerechnet ihm fehlte Eisen im Blut, er war immer käseweiß, der Arbeitstag forderte seine ganze Kraft. Erst nach vielen Monaten wurde bekannt, daß er bei seinen uralten Eltern wohnte, die er hingebungsvoll pflegte. Das Absterben seines Vaters begleitete er aufopfernd bis zuletzt, und mit seiner gelähmten Mutter fuhr er sonntags im Behindertentaxi nach Schönbrunn. – Freund Bullmann wurde aus der Tullner Verkaufsabrechnung nach Wien versetzt. – Dann die ungemein tüchtige Halbwirth-Dynastie, die Brüder Kurt, Vinzenz, Gustav. – Herr Pospischil vom Wiener Lohnbüro, Frau Skerbot, das kämpferische Weib neben dem schwachen, schwammigen Pospischil. – Die alte Frau Forstner aus der Innstraße erinnerte sich nur an ein einziges Händehalten mit ihrem bald darauf im Feld gefallenen Freund. – Die unförmige, gutmütige Frau Scherer aus der Statistik – ausgebildete Opernsängerin – verbarg nicht, sondern verkündete wohl zu oft, daß sie Organistin in der unweiten Karmeliterkirche war und dort den Chor bis zu Haydn- und Schubertaufführungen gebracht hatte. Sie wurde dafür ungebührlich verhöhnt. Zweimal monatlich brachte sie persönlich die neueste Auftragsstatistik zu mir ins Büro, um meine Erkundigung nach dem nächsten Konzertprojekt dankbar zu genießen.

Die Litanei: Über jeden einzelnen könnte Benedikter eine Oper schreiben! Strahlende Hauptgestalten, keine einzige Nebenrolle. Jeder ein Heldentenor und Verklärungssopran voll Narben. Welch eine Musik wäre das doch! Leise Offenbarungsklänge, erregtes Atmen als Schlachtenlärm! Die Arbeitsoper, Alltagsoper, Menschenmusik, stille Echtmusik.

Und binnen eines unbeschreiblichen, unauslotbaren Tages wurde aus diesen Dauergesprächen und persönlichen Beziehungen eine zerfallende, sich selbst fälschende Geschichte, die nicht fortgesetzt werden konnte, die auch nicht getrost verlassen werden und ihrer eigenen Entfaltung überlassen werden durfte, denn alle ihre Teilhaber waren verjagt, verwundet. Eine verläßlich kreisende Galaxie war zerplatzt. Es wuchs eine Schwelle, die nicht überschritten werden durfte: Nie mehr schadlos die Bindung, Liebe empfinden, dies wird mit Verstörung bestraft. Auch wenn bei zufälligen oder geplanten späteren Begegnungen ein persönlicher Kontakt entstand, dieses Wiedersehen ohne Leistungsziel war fast peinlich, zwar freundlich begrüßt, aber man teilte offensichtlich nicht mehr den Arbeitsdruck, die konkrete Existenzsorge mit den früheren Kollegen. Die anfängliche Freude wich bald Verlegenheit, angestrengter Höflichkeit.

Herr Hederer, Herr Kassegger, Frau Tomasini, Direktor Linhart, Prok. Katscher, der tragikomische Sekretär Tomschitz, Herr Nemeth, Herr Semlitsch, Herr Pils, Frau Planisek, Direktor Künzl, Herr Janach, Herr Schwar, Herr Sadjak, Herr Kleinrath, Herr Urleb, Herr Hasler, Herr Hollomey.

Auf der Raach am Semmering ebenso unverhofft einen nur vom Sehen und Grüßen bekannten Kollegen aus dem Schablonenbau getroffen: zur Morgenmesse in der unvergeßlichen romanischen Bergkirche. Ing. Brandl, stiller, großäugiger Obermeister und Betriebsrat, war eines ganz gewöhnlichen Tags von eigener Hand gestorben. – Bader, schmächtiger Betriebsleiter in der Innstraße, das ganze Gesicht eine einzige Brandnarbe, kam allmittags ins Lohnbüro, bekam von Frau Forstner eine Tasse Kaffee, den er stets ein „Labserl“ nannte, das Wort Labsal verulkend. – Und Herr Roßkogler, ehemaliger Nazi, der seinen Sohn im Krieg verloren hatte. Der alte Mann schlief täglich während der Mittagspause weit zurückgelehnt im Arbeitssessel mit offenem Mund, bewacht von Frau Pußwald. – Herr Ing. Ozko, anspruchsvoller Bergsteiger, der zwar sehr tüchtig war, doch die ganze Woche nur im Hinblick auf die nächste Gipfelbesteigung fleißig arbeitete. – Fräulein Rath, mit dreißig noch zu jung, um das Alleinsein hinzunehmen, doch zu unansehnlich, um von einem verläßlichen Mann begehrt zu werden, versank verzweifelnd in den sinnlosen Dienstjahren.

Freund Hoffellner fiel mir ein, fleißig, anstellig, willfährig, die schöne, winzige, gestochene Schrift, perlenartige Ziffern auf leintuchgroßen Tabellen, herzlichst in den Ruhestand verabschiedet, in der Abschiedsrede mit Gras verglichen, Gras wie Weizen wie Brot im Gegensatz zu blendenden Sumpfblüten und Schleckereien. Dann die dreizeilige Notiz im *Kurier*: Ein Georg Hoffellner war auf dem Großglockner Hunderte Meter über ein Eisfeld in den Abgrund gestürzt. Stundenlang telefonierte Frau Posch vom Betriebsrat quer durch Österreich, um herauszufinden, ob nicht vielleicht ein anderer Georg Hoffellner das Opfer wäre, nicht unser Kollege, „Georg ist ja nicht so selten“.

Durch meinen Kopf liefen abertausende Begegnungen, Szenen, Jahreszeiten, Aufgabenstellungen, Bedrohungen, Fristen, Mienenspiele, Körpersprachen, jene Arbeitszuwendungen, die den eigenen Zeitsturz vergessen lassen. Und völlig unsinnig erschien es mir, daß trotz unveränderten Weltbedarfs jene Gemeinschaft vernichtet wurde, die um ihre Bewährung im Leistungsbereich rang. Diese Schicht war wegverwaltet, paragraphenkonform verjagt, ausgetilgt worden. Ganzseitige Zeitungsartikel mit Aufschrei-Überschriften halfen nichts, die Abzocker begehrten nicht einmal Widerrufe, Profis schweigen und kassieren.

Litanei: Nicht nur alle Namen gab es noch in Benedikters Gehirn, sondern auch die Menschen dazu, die Arbeitsplätze könnte er aufzeichnen, bis zum letzten Hammer oder Kleiderhaken oder Bildschirm oder Schweißplatz. Die Art der täglichen Anforderungen an jeden einzelnen ließe sich silbenweise vorsingen.

Er war außerstande, den Tumult in seiner Brust zu bändigen, sein Hirn vergessen zu lassen, welcher Mißachtungen es Zeuge geworden war. Der jahrzehntelang oberste Lebenswert war von bübischen Mündern zernagt und ausgespien.

Alle Menschen, denen er einmal gefallen wollte, denen er einmal gern gehorchte, die er nachahmen wollte, die er als Maßstäbe seines Tuns genommen hatte – um ihre Achtung ringend –, waren verschwunden.

Dennoch führte Benedikter immer noch ein Leben für sie und verantwortete sich stündlich vor ihren hellen, ihm weiter zugewandten Gesichtern.

Um 15 Uhr auf der Europabrücke, ein Straßenstück der Römerstraße ist hier einige Meter verlegt und eingezäunt, große Steinplatten mit eingeschliffenen Fahrrillen. – Seit Jahrtausenden ist der Brennerweg eine der wichtigsten Verbindungen von Norden nach Süden über die Alpen. Wo in grauer Vorzeit nur Saumpfade gingen, läuft heute die Autobahn. „In den Tagen, da die freien Völker Europas sich immer enger zusammenschließen, soll die Brennerautobahn mit der Europabrücke nicht nur ein Mittel des Verkehrs, sondern auch Symbol einer glücklichen Zukunft sein." Unter Bundeskanzler Ing. Julius Raab wurde der Spatenstich für den ersten Abschnitt am 25. 4. 1959 vom Minister für Handel und Wiederaufbau, Fritz Bock, sowie vom Landeshauptmann von Tirol, Tschiggfrei, vorgenommen. Am 17. 11. 1963 wurde dieser Abschnitt dem Verkehr übergeben. Arbeitsunfälle: Herbert Henning, Dr. Hermann Stauf, Josef Rudig, Franz Linhart, DI Hans Geidoschik, Hermann Wirt, Leopold Bittner, Johann Penkö, Erwin Hammer, Robert Gabriel, Carlos Natelitinig, Wilhelm

Herzele, Viktor Winkler, Robert Tabernik, Reinhold Ronnacher, Ferdinand Baucher, Helmuth Pircher, Peter Wirt, Karl Zeissenböck, Albert Lenz, Tomislav Grubesits, Josef Blechinger, Thomas Petschernig. Dreiundzwanzig Opfernamen, schöne architektonische Kapellenanlage, breite Treppe, der Turm besteht aus drei Stahlelementen, „Für Frieden und Freiheit Tirols in Norden und Süden", Kapellenwände, die sich von außen nach innen hinter Glas sichtbar fortsetzen, Hirten und das Christophorusmotiv. Links das letzte Bild ist die Aufzeichnung des Unfalls: der freie Vorbau mit dem Kran und die hinunterstürzende Bodenplatte, unten die Leichen …

Ein strahlend heller Hochgebirgstag über Tirol. Die Schneegipfel gleißten, die Wälder prangten, die weit unten blinkenden Täler waren voll winzig bewegten Lebens. Die Morgenbrise trug ferne Glockenklänge mit sich. Der Vorbaukran hatte soeben die beiden senkrechten Stahlwände vor dem letzten festen Brückenschuß in das Nichts hinausgesetzt: Trotzig reckten sie sich, vorläufig angezurrt mit der gebotenen Überhöhung, dem jenseitigen, noch weit abliegenden Berghang, der nächsten Riesenstütze durch die Morgenluft zu. Am äußersten Ende des Brückenfragments standen die beiden Richtmeister, hatten ihre gelben Schutzhelme weit ins Genick zurückgeschoben, winkten den Vorbaukran mit der großen Bodenplatte so ein, daß die mächtige Stahlfläche genau zwischen die beiden bereits vormontierten Seitenwände einfuhr, abgesenkt werden konnte und als Grundplatte auf den untersten schmalen Tragewinkeln punktgenau zu liegen kam. Ein Schürfen, ein Rasseln der Kranketten, ein donnerndes Einrasten des gewaltigen Bauteils verloren sich in dem grenzenlosen Luftraum ringsum. Jetzt galt es, diesen Unterboden sofort zu fixieren, die vorbereiteten Verschraubungen zwischen den Seitenwänden und der Schlußfläche auf dem Grund dieses jetzt noch provisorischen Trogs anzubringen. Leitern wurden hinabgelassen, Schraubenkisten und Werkzeug zugereicht. Und die hundertfältig gestählten Männer schwangen sich in diesen neu entstehenden Vorbaukasten hinunter, fingerten nach den bestmöglich vorbereiteten Paßlöchern für die ersten Sicherungsbolzen. Und wieder säuselte der Morgenwind über die tief unten wippende Nadelwipfellandschaft. Ein etwas stärkerer Winddruck schob nach, kurvte hochfauchend um die halbfertige, riesige, kantige Freibrücke. Niemand achtete besonders auf diese Luftbewegung am hellen frischen Vormittag, dann aber plötzlich: ein einziger mächtiger Sturmschub, die ganze gigantische Bergschlucht herunter, die Wälder jaulten und sägten und zischten auf – und langsam, gänzlich unerwartet, unglaubwürdig, undenkbar trifteten die beiden massigen Stahlwände fingerbreit, handbreit, sich stoßartig schulterweit spreizend auseinander. Die gerade noch nicht befestigte Grundplatte rutschte ächzend und feilend aus der Führung, verklemmte sich noch einmal schräg an einem spitzwinkligen Vorsprung der Halterung, dann kollerte sie mit schrillem, lautem Schrämmen und Kreischen aus dem rohen Bauwerk samt den Arbeitern in die Tiefe. Die Helfer auf der Vorbaunase warfen sich in die schwankenden Konstruktionswinkel, klammerten sich in das frei ausbebende Brückengerüst und starrten schockgelähmt ihren sekundenlang im freien Fall dem zweihundert Meter tiefen Talgrund zurasenden Freunden nach. – Ihre Namen sind jetzt auf dem Denkmal verzeichnet. Die Akten aus dem Gerichtsprozeß gegen Montageleiter DI Schwar sind längst geschlossen.

Die Wochentage zogen vor den Hallenfenstern vorbei, es wurde Tag, es wurde Nacht, der Sommer dunkelte nach, das letzte Hitzegewitter verschwamm zu tagelangem Landregen, Hochnebel hing schlierig in der Trübnis der Wiener Nordbezirke. In all diesen bangen Wochen wollten ganze Arbeitspartien, ja Abteilungen, sogar Spartenbereiche am liebsten gemeinsam die Taborwerke fliehen. Hunderte waren nur durch den drohenden Verlust der Abfertigung – die ja bei Selbstkündigung verfällt – in der Firma zu halten. Jeder hielt durch im Angewiesensein auf rechtliche Ansprüche. Frau Dkfm. Moser flüsterte, daß es ihr den Magen umdrehe, wenn sie morgens durch das Tabor-Fabrikstor geht, und daß sie erleichtert wäre, wenn sie doch schon endlich den blauen Brief bekäme. Alles umsonst.

Inzwischen wurde in unzugänglichen fernen Sälen auf geheimen Reißbrettern mit spitzfindigen Berechnungen das Unternehmen planerisch zerstückelt, der schließliche Geldgewinn für alle Mittäter aufgezinst und zugewiesen. Schnell ging das freilich nicht, denn immer neue Querverträge versprachen immer mehr Kassa, solange noch irgendwo fernab der Tabor-Industrie bei den Verschwörern früher irgendwo entstandene steuerliche Verlustvorträge hereinzuziehen waren. Aber einmal mußte Schluß sein! Das war der 16. Dezember, acht Tage vor Weihnachten.

An einem frostigen Dezemberabend in der S-2-Station Wien-Mitte beim Zusteigen Herrn DI Bohmann, den Patentreferenten, getroffen. Jahrzehntelang beobachtet als stillen, linkisch genauen, emsigen Betreuer aller Erfinder bis zum gesetzlichen Schutz ihrer Ausarbeitungen. Da wir einander schon durch das Waggonfenster gesehen hatten, stand er bereits, als ich den Sitzplatz ihm gegenüber erreichte. Mit dem Hut in der Linken, reichte er mir die Grußhand entgegen.

„Wie geht's Ihnen?"

Er bestätigte mir, noch immer die gleiche Tätigkeit auszuüben, aber nur mehr bis zum Jahresende. Ich fragte, bis zu welchem? Sein Erleichterungsruf: „Na, jetzt, in vierzehn Tagen!" Ein Jahr nach mir verließ also auch er das Unternehmen. Er sprach erstmals den Verdacht aus, daß Dr. Icht absichtlich Schwachköpfe zu Geschäftsführern gemacht hatte, weil sein Endziel tatsächlich der Untergang der Taborwerke war – zur lukrativen Grundstücksverwertung, aber das konnte er aus politischen Gründen nicht direkt anstreben, sondern nur indirekt. Das Unternehmen mußte nach außen hin wegen untragbarer Betriebsverluste gesperrt werden, sollte eben ein Opfer der internationalen Marktentwicklung sein – „Rußlandkrise, Asienkrise, Bananen- und Fleischkrieg und so …" – aber eben nicht ganz einfach allen durchschaubar nur zwecks Spekulationsbereicherung. Nebenwirkung: „Anschließend, nach dem programmierten Konflikt mit seinen Pseudovorständen, holt er sich auf dem Prozeßweg auch noch die Bezüge der von ihm schmähhalber installierten depperten Disponenten zurück! Super!" Das war die stille Post in den ohnehin bereits gelichteten Reihen der Byloff&Nandor-Mitarbeiter, der letzten, verbliebenen „Pfeif-drauf-Partie".

Als Bohmann sich verabschiedet hatte, am Südbahnhof, drehte er sich in der offenen Waggontür noch einmal um und rief über alle Sitzreihen hinweg: „Träumen auch Sie eigentlich noch vom Dienst?"

Und ich rief zurück: „Ja, freilich, fast allnächtlich."

Aloys Mlady hatte in seiner Jugend zuerst Germanistik studiert, wurde dann Computerexperte, kannte Oswald Wiener, als dieser noch bei Olivetti war, erinnerte sich an dessen seltsame Produktpräsentation.

Mlady war in der Pionierzeit der Datenverarbeitung EDV-Chef, ein wahrer Leidensmann zwischen beinhart ihre fristgerecht und fehlerlos gelieferten Unterlagen einfordernden Fachabteilungsleitern. Die Arbeiter aus den Betriebsstätten in den Außenbezirken zogen in Protestmärschen zur Taborstraße, da die Lohnzahlungen wegen irritierender Computerfehler ausfielen … Das früh weiße Haar Mladys hatte solche Ursachen.

Ing. Trummer, der nun auf einer Einschichthütte in den Fischbacher Alpen seine Uraltjahre verbrachte. Weit über achtzig immer noch das peinliche Grinsen im Gesicht, für das ihn Vizedirektor Schoppler einmal in einer Betriebsleitersitzung niedergeschrien hat: Der riesige Schaden in Mestre durch poröse Schweißnähte an einer Ölleitung wurde von Ing. Trummer zwar sachgerecht berichtet, aber nie ohne sein seltsames Lächeln, das Schoppler schließlich so erboste, daß er ihm ein anderes Mienenspiel verordnete: „Sonst muß ich davon ausgehen, daß Sie nicht zurechnungsfähig sind!" Ing. Trummer war ein geachteter Prüfexperte. Mit mobilen Röntgengeräten ist er um die Welt gereist und hat den höchstrangigen Consultants die Qualität der Byloff&Nandor-Produkte bewiesen. Von diesem Beweis hing stets die vertragsgemäße Bezahlung ab. Ein wichtiger Mann also. Ein ernstzunehmender Ingenieur. Zugleich aber ein unruhiger Freigeist – „Ungläubige, werdet nicht kleingläubig!" –, ein hochengagierter Religionshasser und profunder Kenner des ganz und gar eigentümlichen philosophischen Werks von Friedrich Nietzsche. In seinen letzten Arbeitswochen verbrauchte Trummer viele Tage dafür, mit dem Fotoapparat von Zimmer zu Zimmer, von Halle zu Halle, von Schweißplatz zu Schweißplatz zu gehen und alle Arbeitskollegen zu fotografieren. Dann zog er sich in die Fischbacher Berghütte zurück.

Der weinende Dr. Ircher, der aus Mürzzuschlag von seinem Familien-Wochenende zurückkam und berichtete, daß ihn seine Frau aus der Wohnung gejagt hat, als er ihr von seiner bevorstehenden vorzeitigen Frühpensionierung erzählte. Jetzt erst, nach über fünfunddreißig Jahren Ehe, wußte er, wofür er jahrelang „während der Arbeitswochen allein in Wien gedarbt hatte, nur um Geld zu verdienen. Als Entlassener bin ich zu Hause nicht mehr willkommen."

Der Salzburger Projektleiter Sadjak, der für von den Nordkoreanern absichtlich verschleppte Verkaufsverhandlungen nach der ganzen Adventzeit auch noch Weihnachten als einsamer Hotelgast fern von Frau und Kindern in Fernost verbrachte.

Der Ressortchef Vorauer mußte die Entscheidung treffen, dem Inbetriebsetzungsmeister Buresch auf der Baustelle des Kalkbrennwerks in Mexiko-City eine Woche lang verschweigen zu lassen, daß seine Frau daheim bei einem Autounfall tödlich verunglückt war. Erst als der Kunde – die dortige Stadtbaubehörde – die ordnungsgemäße Übernahme der Großanlage bestätigt und damit 16 Millionen Dollar Restzahlung freigegeben hatte, erlaubte Vorauer die Benachrichtigung des zuvor unabkömmlichen Witwers und seinen sofortigen Heimflug vor der Platzräumung.

Benedikters heimliche, einsame Begehung der Abrißobjekte in der Taborstraße: Schaurig halbleere Zimmerfluchten, tief in das uralte Linoleum eingedrückt die Spuren der Schreibtischfüße und Aktenkästensockel. Der Steinboden des Gangs war völlig unverändert, er erkannte alle tiefen Sprünge wieder, über die er unzählige Male geeilt war, diese Bodenmuster im Blick, unverwüstlicher Grund unter Myriaden von Schritten ... Die völlig ungenutzten Freiflächen, mit schweren Kranen überbrückt, die gewaltige Lasten tragen, drehen und wenden könnten … Es roch immer noch nach Rost, verbranntem Eisen, geröstetem Sand, Öl, Lack, Staub, Asphalt. Und der Hallenboden war von abertausenden Kerben, schwersten Arbeitsspuren, gezeichnet; Schürfungen, Löcher, Kanäle, Kreise, eingeschrämmte Figuren, Fundamentabdrücke, eine einzige 15.000 Quadratmeter große Gravur, froststarre Eisfläche, Moräne, rasch erkalteter Lavastrom, plötzlich versteinerte Bewegung, ein steckengebliebenes Laufbild tausendfältiger Arbeitsbewegungen: hunderte auf dem Boden verstreute Beilagscheiben, verbogene Riesennägel, Schläuche; schwarz verschmierte Schutzhandschuhe; Rohrstücke, Warntafeln, Drehspäne, angebrochene Schweißdrahtpackungen, Schweißgasflaschen und die zweirädrigen Karren für sie; Schienenstücke, Winkeleisen; Tragbahre an der Wand hängend; bekleckstes schwarzes Telefon in Mauernische mit hölzerner Lärmschutzglocke; Preßluftschläuche samt Kupplungen; Vorhanggestelle gegen Schweißverblitzung; Glasscherben, Putzlappen, Transportstricke; sorgsam beschriftete Schlüsselbretter mit vielen Schlüsselbünden; Holz- und Ziegelabfälle; Formerei-Modelle, Zuschlagstoffe, Leitern und Stufenpodeste bis zu zwei Meter hoch aus Winkeleisen und Blech, einst sichtlich rasch als schnelle Behelfe zusammengeschweißt; an uralten Bohrwerken sind noch Schürf- und Kerb-Eintiefungen der Bombensplitter aus dem Zweiten Weltkrieg, damals war das Werk so zerstört, daß die Besatzungsmacht seine Schleifung angeordnet hatte, die Zufahrtsstraßen waren von Bombentrichtern zerbohrt, selbst für Fußgänger unpassierbar; ein Fahrrad mit großer Blechschachtel auf dem Gepäckträger für den innerbetrieblichen Zustelldienst, Sattel abgeschraubt; angesengte Baumstämme, zerbrochene Paletten, massenhaft zertretene Kugelschreiber; Kalenderbilder nackter Frauen; Taubenkot, Taubenfedern, erkaltete Feuerstellen; verlassenes Waagehaus, ein roter Regenschirm hinter dem Karteikasten, riesige gedruckte Bedienungsanleitung; zahlreiche gelbe Sicherheitshelme in allen Lagen achtloser Hingeworfenheit; zu Haufen geschleuderte leere Lackdosen; unter dem hohen stählernen Pfettendachgerippe die großen Rohrschlangen zur winterlichen Hallenheizung, noch vor zwanzig Jahren war die Einrichtung dieser teuren Heizung für die Riesenhallen ein jahrelanges, widersprüchliches Entscheidungsproblem; „Das Verweilen unter schwebender Last ist verboten!“. Die versperrte Tür eines Meisterbüros. An der Wand ein letzter Unfallspiegel aus den Jahren 1996/97, größter unfallfreier Zeitraum waren neunundzwanzig Tage!

Die verlassenen Blech-, Faß- und Holzlagerplätze sahen aus, als wären sie in wenigen tumultuösen Minuten von den Arbeitenden im losgebrochenen Weltuntergang fluchtartig verlassen worden …

Der Aufruhr

Am späten Nachmittag war der Briefträger auf Maxens Hof gerattert und hatte zwei Umschläge für Benedikter gebracht. Das Postamt 1020 in der Wiener Weintraubengasse hatte dem Nachsendeauftrag entsprochen: Zwei unerwartete Botschaften hatten ihn erreicht. Der Tabor-Projektingenieur und Konstruktionsstatiker Bollin hatte folgenden Hilferuf verfaßt: „Da ich Sie und Ihre Arbeitsweise kenne, sehr geehrter Herr Benedikter, zweifle ich nicht daran, daß Ihr plötzliches Ausscheiden – von dem ich erst nach einer Woche erfahren habe – Sie moralisch nicht belastet. Die von Ihnen verfaßten Kalkulationsregeln für den Byloff-Nandor-Konzern sind inzwischen längst außer Kraft gesetzt. Neue, andere oder gar bessere gibt es nicht. Im Gegenteil, ich war zu zwei Abteilungsleitersitzungen geladen, in denen uns der neue Eigentümer höchstpersönlich seine Weisung erteilte: ‚Alle Angebotspreise müssen zwanzig Prozent Gewinn beinhalten! Die Sparten müssen diese Gewinne abwerfen oder es wird sie nicht mehr geben.' Da diese Weisung branchenunüblich, ja weltfremd ist, breitete sich unter den Zuhörern Entsetzen aus. Ich meldete mich zu Wort, beschrieb meine aktuellen Großprojekte im In- und Ausland, die allesamt starkem Wettbewerb ausgesetzt sind und solche Gewinnaufschläge niemals vertragen. Know-how und freie Kapazität der Byloff&Nandor würden uns für die Ausführung dieser Aufträge qualifizieren, doch die Preisgestaltung müßte über schichtenweise Beiträge zur Kostendeckung erfolgen. Da schrie mich Präsident Dr. Icht an, verbot allen Abteilungsleitern, Deckungsbeitragskalkulationen vorzunehmen. Mein schüchterner Einwand, daß nur mit diesem Recheninstrument der Firmenerfolg optimiert werden könne, löste Wutanfälle und Hinausschmißdrohungen aus. Da ich die theoretische Unhaltbarkeit dieser Eigentümerposition vermute, und da nicht zuletzt mein eigener Glasbaubereich unter solcher Bedingung kein einziges Angebot mehr legen könnte, muß ich diese Sache mit Herrn Dr. Icht durchfechten. Ich kann mir nämlich nicht vorstellen, daß er sein eigenes Unternehmen mit derart falschen Befehlen vernichten will. Deshalb bitte ich Sie, Herr

Benedikter, mir eine Liste jener Fachbücher zu senden, die ich studieren muß, um bei der nächsten Versammlung erfolgreich argumentieren zu können."

Während Benedikter über die taunassen Almkurven langsam durch die Morgendämmerung talwärts, wienwärts lenkte – große Wassertropfen klatschten von den überhängenden Baumästen gegen das Autofenster, spiralig tauchte er aus der Garanaser Hochfläche in den diesigen Nebelsee des Sulm- und Feistritztals hinunter –, bedachte er die zweite Nachricht, jene, die ihn jetzt zu dieser sofortigen einsamen Frühfahrt bewogen hatte. Die langjährige Mitarbeiterin Frau Eisner hatte geschrieben, daß an diesem Morgen „wegen der vielen schockierenden Meldungen über unsere Taborwerke eine Protestversammlung aller ehemaligen Bediensteten, besonders der in den letzten Monaten entlassenen, vor dem Hauptgebäude in der Taborstraße" stattfinden sollte. „Um neun Uhr gibt es ein Vorbereitungstreffen im Hotel Stefanie, an dem ehemalige und gegenwärtige Betriebsräte sowie Altvorstand Fruhmann und auch Sie, Herr Benedikter, anwesend sein sollten, um den Schriftsatz für das Bundeskanzleramt mit Unterschriftenlisten vorzubereiten."

Die ohnmächtige Trauer, die Seelenplage des litaneihaften Aufarbeitens eines Schicksalsschlags wie des Lesky-Icht-Bubenstücks gegen Byloff&Nandor hatte Benedikter in den schlaflosen Stunden der vergangenen Nacht überwunden: Nun zog er mit zunehmender Geschwindigkeit durch die immer breiteren Täler der West- und Oststeiermark dem Wechselpaß, der riesigen Wien-Ebene zu. Graz, Gleisdorf, Hartberg, Friedberg, Aspang – Benedikter erlebte seine Reise wie die Phasen einer Marslandung, als schicksalhafte Begegnung mit der bis in den letzten Winkel wohlvertrauten Byloff&Nandor-Welt, unerreichbar geworden, unbetretbar – und nun zum Greifen nahe, zum nochmaligen Eingreifen vor seinen eben noch gebunden gewesenen Händen. Wiener Neustadt, Wöllersdorf, Inzersdorf – Benedikter, der sich nach langem wieder dienstlich korrekt gekleidet hatte, lenkte seinen alten Citroën in eine Parklücke auf dem Wiener Laaerberg. In der Endstation Reumannplatz betrat er die Hallen der U-Bahn-Linie 1. Er hatte vor, nach der Protestversammlung in die Wirtschaftsuniversität zu Professor Frieß zu gehen, seinem Lehrer, und dort Bücher für Bollin zu besorgen.

Auf dem Bahnsteig begegnete Benedikter seinem langjährigen Mitarbeiter Ninaus. Die beiden Rechnungs- und Planungsleute begrüßten einander.

„Herr Benedikter, jetzt sind wir Schicksalsgenossen!"

„Wieso das?"

„Auch ich bin strafweise dienstfrei gestellt, seit gestern mittag. Obwohl ich viele Monate lang sorgfältig meine Worte abwog, konnte ich am gestrigen Total-Crash nichts ändern."

„Was ist geschehen? Und wohin gehen Sie jetzt?"

„Jetzt gehe ich ins Hotel Stefanie, um dort noch vor der heutigen Demonstration unseren Obmann Holzner zu treffen. Ihn muß ich genau informieren."

„Wieso sind jetzt auch Sie gefeuert, Herr Ninaus?"

„Gestern war eine Besprechung bei Omnia-General Lesky mit Pekunia-Präsident Dr. Icht; von der Bank waren Dr. Eigner und von der Pekunia Mag. Schleiss dabei, von Byloff-Nandor unser Taborbetriebsleiter Schantl und ich. Es ging um die Entlassung der letzten neunhundert Arbeiter in der Leopoldstadt. Ja, der letzten! Das bedeutet die Schließung der Taborwerke. Sie können sich vorstellen, Herr Benedikter, in welcher Verzweiflung Freund Schantl dort saß. Lesky und Dr. Icht wußten selbstverständlich, daß ihre Maßnahme die Öffentlichkeit aufschrecken, aber auch ihre politischen Gönner irritieren wird. Daher hatte Dr. Eigner eine Sprachregelung für die Sperre der Eigenfertigung, für die Schleifung der Betriebe Taborstraße vorbereitet." Ninaus zog den *Kurier* aus der Tasche. „Schauen Sie: ‚Aus für Byloff&Nandor!'" Und die *Krone* titelte: „Pekunia trennt sich von Verlustbringern!".

„So einfach, so deutlich, so falsch. Und den Herrschaften ging es darum, sich hinter angeblichen Marktgesetzen und Sachzwängen zu verstecken. Eigner hatte seine bunten Overhead-Folien aufgelegt, die Umsatz- und Kostenstrukturen der letzten Jahre zeichnerisch erläutert, kam dann zum Hauptpunkt: ‚Da ein Fünftel der Gesamtselbstkosten für die Eigenfertigung Am Tabor aufgeht, diese jedoch im Vergleich zu der Herstellung in Polen oder Tschechien, Ungarn, Rumänien, Kroatien nicht mehr konkurrenzfähig ist, müssen die Werkstätten im Interesse des Gesamtfirmenerfolgs in Wien zugesperrt werden.'"

Die U-Bahn passierte die Station Keplerplatz.

Benedikter erinnerte: „Aber es gab doch eine Arbeitsplatzgarantie, als die Omniabank Byloff&Nandor an die Pekunia verklopfte?"

„Da haben wir nicht gut aufgepaßt: Schriftlich wurde damals das Wort Standortgarantie der schon damals mißtrauischen Öffentlichkeit entgegengehalten. Standort, nicht Arbeitsplatz! Und der Standort für Werbung, Verwaltung, Finanzwesen steht heute nicht in Frage … Wieder einmal sind wir übertölpelt, Herr Benedikter."

„Aber was ist jetzt mit Ihnen, Herr Ninaus, wieso sind Sie auf die Straße ge setzt?"

„Der Dr. Eigner hatte seine letzten Bildchen aufgelegt, wonach neunhundert Arbeiter fünfhundert Millionen jährlich kosten, das ist eben ein Fünftel des Gesamtaufwands, dessen Einsparung jenen zwanzigprozentigen Spielraum ergäbe, der zum Teil für Preissenkungen, zum Teil für die Gewinnsicherung verwendet wird … Kollege Schantl und ich warteten auf weitere mathematische Ableitungen – doch zu unserem Erstaunen war Eigners Vortrag zu Ende und Dr. Icht beantragte nun die Beschlußfassung hierüber sowie die amtliche Kündigungsvoranmeldung samt Presseaussendung des Eignerschen Inhalts. Der Pekunia-Buchhalter Schleiss murmelte etwas von ‚überfälligen und entscheidenden Sanierungsschritten', und General Lesky forderte die Beiziehung seiner Presseabteilung, damit diese Fabrikschließung als ‚weitblickende marktkonforme Wirtschaftsförderung' dargestellt wird. Die Graphiken des Dr. Eigner sollten an das Fernsehen und an betroffene Politiker zur Untermauerung der Aussagen mitgeliefert werden. Ich saß auf Nadeln! Während sich Icht noch mit Verschwörermiene zu Lesky beugte – er hätte jetzt einen sehr fähigen und loyalen Vorstand über die Byloff-Nandor gesetzt, der genau nach Plan vorgehen werde –, meldete ich mich mit meiner Frage zu Wort, was schon deshalb mißgünstig aufgenommen wurde, weil die Herren das Sitzungsziel für erreicht hielten und Schantl wie ich hier eigentlich nur als Befehlsempfänger saßen. Ob ich eine Folie in dem Referat übersehen oder eine Schlußrechnung überhört hätte, fragte ich, denn die Zwanzig-Prozent-Quote für die Eigenfertigung werde zwar – wie ich verstanden habe – zur Gänze ausgekündigt, die Wiener Fabriken sollen geschlossen werden, doch die Herstellungsfunktion als solche könne doch nicht ersatzlos entfallen. Immerhin müßte irgend jemand irgendwo unsere Fertigbetonteile real anfertigen, die Stahlgerüste verschweißen, die Behälterböden einnieten, die Rohrschlangen biegen, die Fahrbahndecken oder Gleisträger abdichten, die Träger und Leitern und Geländer anfertigen und lackieren, kurzum, in dem Vortrag des Herrn Doktor seien die Einnahmen der Byloff-Nandor unverändert angesetzt, die Ausgaben um die gesamte Eigenfertigung vermindert, so als ob alles, was derzeit in der Taborwerken gearbeitet wurde, künftig gratis zur Verfügung stünde …"

Während die U-Bahn aus der Station Südtirolerplatz rollte, wurde Ninaus durch die Beschleunigung ganz nah an Benedikter gepreßt: „Am Gesicht Eigners erkannte ich, daß er durch meine Frage seinen schweren Rechenfehler erkannte. Lesky und Dr. Icht meinten, patzig über mich hinwegfahren zu können: ‚Es wurde doch erwähnt, daß man Arbeit heute billigst aus dem Osten beschafft, Herr Ninaus. Halten Sie uns nicht unnötig auf!' Da bat ich Eigner, noch einmal die Folie der neuen Erfolgsvorschau aufzulegen. Ich rief, voll Hoffnung, den schicksalhaften Irrtum aufzuklären, der einer so gravierenden Entscheidung zugrunde lag: ‚Hier wird ein volles Fünftel Kostensenkung versprochen, so als ob die Fremdverlagerung unserer Herstellung nicht auch ihren Preis hätte. Gemäß meiner Erfahrung kommt das Endprodukt durch die Anfertigung in Niedriglohnländern einschließlich der zusätzlichen Hin- und Rücktransporte sowie der zusätzlichen Verlagerungsorganisation, Kontrollkapazität und Reklamationsabwicklung letztlich um zehn Prozent billiger als die Fertigung im Inland. Wenn ich diese zehn Prozent Einsparung auf die zwanzig Prozent Herstellungsanteil der Gesamtkosten umlege, so sprechen wir heute und hier bei einer Kündigung der neunhundert Arbeiter von einer Kostensenkung der Byloff-Nandor um zwei Prozent, nicht wie hier referiert wurde, um zwanzig Prozent! Das ist eine Desinformation mit einer Zehnerpotenz!'

Nun schauten Dr. Lesky und Dr. Icht entgeistert auf ihren Einflüsterer Dr. Eigner, der tatsächlich nach langer peinlicher Pause stotternd die Ausrede fand, die ‚zwanzig Prozent Einsparung seien eben das Spielkapital, mit dem man dann andere Dispositionen treffen könne.' Schantl und ich waren aufgestanden. Ich fixierte Generaldirektor Lesky bei meinen Worten: ‚Sie sind hier irrtümlich von einer zwanzigprozentigen Kostensenkung der Byloff-Nandor ausgegangen, es handelt sich aber tatsächlich um eine zweiprozentige Erfolgsverbesserung, womit selbstverständlich niemals die Kündigung der letzten neunhundert Arbeiter in der Taborstraße zu rechtfertigen ist.' Da sprang auch Dr. Icht auf, brüllte los: ‚Zwanzig Prozent oder zwei Prozent – das ist mir ganz egal. Ich will einfach den Kapazitätsdruck weghaben, und Ihre Spitzfindigkeiten, Ninaus, werden meine Strategie nicht behindern, okay! Selbstverständlich werden die Abbaumaßnahmen hiermit beschlossen und heute eingeleitet.'"

Schweigend saßen die beiden alten Taborwerkler Benedikter und Ninaus da, als der U-Bahn-Zug in der Station hielt, die beziehungsvoll Taubstummengasse heißt. Vor so viel Frivolität und Zynismus erstirbt das Reden. In der Karlsplatzhöhle fragte Benedikter Ninaus nach dem Ende dieser Szene.

Ninaus berichtete: „Während Freund Schantl nur mit großen Augen wie ungläubig zuhörte, wie diese schlechten Hirten, diese illoyalen Mietlinge seine Arbeiter grundlos killten, war meinem Gesicht zweifelsfrei anzusehen, wofür ich diese Bande hielt. Nicht Eigner, nicht Schleiss, nicht Icht, nicht Lesky hatten auch nur einen einzigen sachdienlichen Gedanken der unternehmerischen Bewährung gewidmet. Sie hatten nur die für sie persönlich straflose, folgenlose Liquidierung im Sinn! Ich zischte: ‚Da ich als Kostenrechner ja nur für die Details zuständig war, bin ich jetzt wohl überflüssig.' Damit verließen Schantl und ich grußlos den Konferenzraum. Als ich wenige Minuten später im Erdgeschoß den Bankpalast verlassen wollte, rief mich der goldbetreßte Wächter in die Rezeption, reichte mir den Telefonhörer. Dr. Eigner meldete sich: ‚So, Herr Ninaus! In Absprache mit Generaldirektor Dr. Lesky läßt Präsident Dr. Icht Ihnen durch mich ausrichten, daß Sie per sofort dienstfrei gestellt sind. Das Verwaltungsgebäude Taborstraße dürfen Sie nicht mehr betreten. Ihre Schlußabrechnung wird Ihnen schriftlich zugesandt. Sie übermitteln eine Liste etwaiger Privatgegenstände in Ihrem Büro.' Da Sie, Herr Benedikter, erst heute früh aus der Steiermark angekommen sind, werden Sie nicht wissen, daß Angestelltenobmann Kollege Holzner heute nacht in den Fernsehnachrichten geweint hat, daß ihm die Stimme gebrochen ist, während er sagen wollte, daß wir jahrzehntelang immer gehofft hatten, Byloff&Nandor einmal als leistungsfähige Weltfirma unseren Nachfolgern übergeben zu können."

Die beiden Männer verließen am Schwedenplatz den U-Bahn-Waggon. Schweigend fuhren sie mit der Rolltreppe zur Straßenbahnlinie 21, die sie in die Taborstraße bringen sollte.

Inzwischen war es halb neun Uhr geworden, gerade richtig für die Vorbereitungssitzung. In der Haltestelle trafen sie auf den einstigen Motorenchef Dr. Harkamp, den ehemaligen EDV-Chef Mlady sowie auf Frau Eisner, die an Benedikter geschrieben hatte. Er begrüßte sie: „Danke für Ihre Nachricht, heute nicht hier zu sein, hätte mir sehr leid getan!" Während sie über die Schwedenbrücke ihrem Treffpunkt zufuhren, dem Hotel Stefanie, schluchzte Frau Eisner: „Daß ich so etwas mitansehen mußte, wie unser Freund und oberster Gewerkschafter wegen dieser schändlichen Firmenpolitik in die Nachrichtenkamera weinen mußte!"

Im großen Extrazimmer des Hotels saß der ehemalige Betriebsratsvorsitzende Manninger an der Schmalseite des langen Tisches, ihm zur Rechten Altvorstand Fruhmann, neben ihm Konstruktionsleiter Plach, dann Betriebsleiter Schantl, zu seiner Linken der gegenwärtige Angestelltenobmann Holzner, diesem zur Seite DI Bollin, aktiver Projektchef; die nunmehr eintretende Gruppe Ninaus, Eisner, Benedikter, Dr. Harkamp, Mlady nahm nach stummem Händeschütteln die nächsten Plätze ein. Nur der lang verschwunden gewesene Benedikter wurde trotz des traurigen Anlasses herzlich begrüßt.

Diese elf Menschen erreichten gemeinsam leicht ein Dienstalter von weit über dreihundert Jahren bei Byloff&Nandor!

Manninger dankte den Erschienenen, erklärte seinen Unwillen, länger über die Vorgänge in den Taborwerken zu schweigen. Was ihm Arbeitsfreunde aus den Werkstätten erzählten, was die aktiven Betriebsräte berichteten, und was nun fast täglich die Medien über den Niedergang der Firma berichteten, sei für den Kenner der wahren Situation unerträglich. „Was wir alle seit fast drei Jahren mit dem Hirn zwar gewußt haben, aber mit dem Herzen weggehofft, fortgewünscht hatten, ist nun eingetreten: Die unfähigen, nur pekuniär denkenden, sonst an keiner Sache technisch oder industriell Interessierten haben die Firma zerstört.

Denn finanzielles Gleichgewicht, finanzieller Überschuß ist erst die Belohnung einer fachlich guten Leistung. Eine solche wird aber nicht von Rentabilitätskennzahlen ausgelöst, sondern von Leidenschaft für gute Arbeit, für technische Bestlösungen. Viele unserer Fachkollegen, die es konnten, und das waren die besten, hatten sich binnen Monaten mit Grausen von der neuen Firmenleitung abgewendet. Die verbliebenen Geängstigten wurden in zweifelhafte Projekte getrieben. Meine Losung für heute lautet ‚Byloff&Nandor darf nicht sterben!' Ich habe seit einer Woche alles vorbereitet. Hunderte Kollegen sind verständigt, unsere Altersrentner, aber vor allem unsere jungen Arbeitslosen. Wir werden ab elf Uhr eine polizeilich genehmigte Protestversammlung abhalten, die an der Kreuzung Taborstraße – Heinestraße – Klanggasse beginnt, dann Am Tabor vorbei vor das Zentralgebäude der Byloff&Nandor ziehen wird. Ich habe herausgefunden, daß der Pekunia-Präsident und Taborwerke-Eigentümer Dr. Icht zu dieser Zeit anwesend ist, da er Termine mit der Arbeitsmarktverwaltung und mit den omnianahen Immobilienmaklern hat. Ich habe nur das eine Ziel, Frau Eisner und liebe Kollegen: Mit der Sachzwang-Lüge, mit der Konkurrenzunfähigkeits-Lüge und mit der Marktgesetzmäßigkeit als Begründung für die Massenkündigung wird er in der Öffentlichkeit und in der Politik nicht durchkommen. Das garantiere ich!"

„Die Frage ist", meldete sich Dr. Harkamp, „ob wir damit an der Tragödie objektiv noch etwas ändern können?"

Mlady argumentierte, daß der sogenannte Verkauf der Firma von der Omnia an die Pekunia deshalb sittenwidrig war, weil eine Milliarde Schilling stille Bilanzreserven für die nicht dem echten Preis angepaßten Grundstücksaktiven verschwiegen worden waren. Die gesetzliche Formel der „Verkürzung über die Hälfte" für Vertragsungültigkeit trifft glatt zu.

Plach stimmte dieser Einschätzung zu. „Nach der vollzogenen Eigentumsübertragung waren die neunstelligen Beträge plötzlich auf der Welt und in Ichts Verfügung. Alle seine illiquiden und dubiosen Firmen konnte die gute Byloff&Nandor aufkaufen und so diesen Abstauber sanieren. Die gerichtliche Anfechtung wegen Verkürzung über die Hälfte wäre angebracht, aber nur die Ämter könnten diese Anklage erheben – die existentiell geschädigten Arbeitnehmer der Taborwerke sind keine Partei! Sie sind juristisch nicht vorhanden, nicht aktenkundig. Erst wenn sie sich aufregen, protestieren, streiken, blockieren, werden sie aktenkundig, und zwar als Angeklagte, rechtlich verfolgt wegen übler Nachrede, Sachbeschädigung, Hausfriedensbruch und so weiter. Der Verfassungsschöpfer Dr. Hans Kelsen dreht sich im Grab um!"

„Also, zimperlich brauchen wir in der heutigen Kundgebung Am Tabor unten wirklich nicht zu sein", rief Manninger dazwischen, „ich werde mir kein

Blatt vor den Mund nehmen, das bin ich meinen Kolleginnen und Kollegen schuldig."

Bollin fragte in plötzlichem entsetzten Erkennen: „Hat man uns Projektleitern diese unerfüllbare Kalkulationsvorgabe von zwanzig Prozent Gewinn vielleicht nur deshalb gegeben, damit wir keine weiteren Aufträge gewinnen? Liegt vielleicht der Profit für diese Drahtzieher ganz woanders? Vielleicht wollten sie absichtlich die Auslastung senken, dadurch die Stundenkosten erhöhen und so ihr Alibi zur Schleifung herbeiführen?"

Mlady bedauerte den „aktuellen Sachzwang", aber „daß die Sachen heute solchen Zwang ausüben können, ist die Schuld dieser Raffer, die zuvor das ganze Firmenvermögen für den ruinösen Kauf der Pekunia-Wracks verschleudert hatten". Herr Direktor Fruhmann habe schon gewußt, wieso er bis zur letzten Minute, bis zu seiner Absetzung seine Unterschrift zu diesem Schurkenstreich verweigert hatte.

„Liebe Freunde", meldete sich Fruhmann leise zu Wort, „ich empfinde keine Genugtuung, weil ich recht hatte! Viel lieber wäre mir, das Unternehmen wäre in guten Händen, wäre seinen Mitarbeitern und der Leopoldstadt erhalten geblieben."

Da konnte Ninaus sich nicht mehr zurückhalten und berichtete von der entsetzlichen Szene, die Kollege Schantl und er am vergangenen Tag im Sitzungsraum Leskys erleiden mußten: „Neunhundert Mann kündigen, angeblich notwendige zwanzig Prozent Rationalisierung so begründen – und dann der erbärmliche Denkfehler Eigners: Wir haben durchschaut, daß es nur zwei Prozent sind, also eine Zehnerpotenz gelogen! Die haben aber nicht etwa zurückgezogen und ihren Plan abgesetzt, sondern uns mit Gewaltgeschwafel überrannt."

Da rief der Altvorsitzende Manninger: „Das muß der Kanzler wissen! Dafür werde ich selbst sorgen! Der Dr. Eigner von der Omniabank schon wieder, dieses verdammte Arschloch!"

In die darauffolgende betretene Stille hinein bat Frau Eisner, an Angestelltenobmann Holzner gewandt, ihm jetzt und hier ihr Mitgefühl, ihre tiefe Anerkennung, den Dank vieler Kolleginnen sagen zu dürfen, die in dieser Nacht sein tränenersticktes Verstummen im Fernsehen gesehen haben. Holzner schwieg, nickte nur, stand auf und reichte Frau Eisner die Hand. Sie erhob sich ebenfalls, preßte ihre Wange an seine. Alle Anwesenden klopften zustimmend mit den Fingern auf die Tischplatte. Der alte Plach wollte die näheren Umstände hiezu erläutern: „Nicht nur, daß gestern abend die Betriebsschließung verkündet und in allen Medien kommentiert wurde – ‚Aus für Byloff&Nandor', ‚Traditionsfirma am Ende', ‚Spezialsanierer drischt zu' –, der Dr. Icht erklärte unseren lieben Kollegen Holzner sogar zum Schuldigen für den Verlust. Icht sagte wörtlich: ‚Der Obmann, der sich nicht freistellen ließ, hat als Auftragsführer die Verglasungen an den Gewächshallen in Kanada zu einem Verlustdesaster geführt.‘ Dies wiederholte er öffentlich, obwohl Kollege Holzner das in der Direktionsbesprechung glatt widerlegen konnte. Holzner hatte damals geantwortet: ‚Ihre uns von Ihnen aufgezwungene englische Aluminiumfirma Metalgrid, die im Eigentum der Pekunia steht, hat weder Qualitäten noch Termine eingehalten. Ich hatte gewarnt. Mir jetzt diesen Flop anzulasten, ist unbillig.‘ Doch den Herrn Holzner als Sündenbock zu haben, paßte dem Icht in den Kram.“

Betriebsleiter Schantl erhob sich, zeigte auf die Uhr, verwies darauf, daß es nur noch eine Stunde bis zum Beginn der Demonstration sei und er seine Leute sammeln möchte: „Hundert bis zweihundert meiner entlassenen Arbeiter verbringen ihre Tage jetzt im Augartenpark hinter dem Eisentor auf der Liegewiese. Dort, wo die große Tafel steht ‚Ruhezone, bitte nicht Ball spielen‘, schlummern sie auf den Bänken oder sitzen tief vornübergebeugt, den Kopf zwischen den Knien, nur wenige Gehminuten von ihren verwaisten Schleifmaschinen, Kränen, Formanlagen, Versandplätzen. Wir werden uns, wie von Herrn Manninger vorgesehen, an der Kreuzung Taborstraße – Heinestraße an der Grünanlage Klanggasse sammeln, so daß wir den Straßenbahnverkehr der Linien N und 21 nicht behindern. Und ein paar Dutzend Taborwerkler kommen täglich vor den drei großen Ahornbäumen Ecke Taborstraße – Blumauergasse bei dem Imbißstand zusammen, das sind jene, die zu Hause ihren Frauen nicht zu erzählen wagen, daß sie entlassen sind. Die unschuldigen Opfer schämen sich! Sie gehen morgens aus ihren Wohnungen, lungern dort den ganzen Tag in den Metallsesseln herum, trinken Bier, diskutieren, kehren abends erschöpfter als nach jedem ehrlichen Arbeitstag nach Hause zurück. Fragen Sie mich nicht, was diese bewährten Byloff-Nandor-Leute dort miteinander reden!“

„Wenn ich daran denke“, sagte Fruhmann, „wie behutsam wir seit 1945 das Gleichgewicht zwischen Löhnen, Preisen, Konsum, Investition, Steuern, Familien- und Kulturbudgets, Importen, Exporten in kleinen Schritten sozialpartnerschaftlich der wirtschaftlichen Leistung, den Produktivitätssteigerungen, der gesellschaftlichen Tragfähigkeit angepaßt haben, bis mit der anfänglichen Marshallplanhilfe unsere allen zumutbare Lebensform erreicht war, dann kann ich die gegenwärtige kurzsichtige Selbstzerstörung nur ablehnen.“

Obmann Holzner meldete sich mit der Erklärung zu Wort, daß die noch ungekündigten Mitarbeiter ihre Dienstplätze nicht verlassen dürfen: „Dies ist kein gewerkschaftlich gedeckter Streik, sondern eine polizeilich angemeldete Demonstration der Entlassenen. Wir dürfen den Ausschlächtern keine juristische Handhabe für ihre Entlassungsabsichten geben."

Dr. Harkamp lachte bitter: „So spricht unser anständiger Obmann Holzner, wie er leibt und lebt."

„Solche Nerven muß man erst einmal haben", rief Frau Eisner, „korrekt zu bleiben vor gröbstem Unrecht."

Plach meinte: „Diese Profiteure würden jeden Formfehler sofort für frist- und geldlose Trennungen mißbrauchen."

Manninger ergriff seine Transparentstangen: „Wir werden den Eigners und Dr. Ichts und Leskys heute keine Deutlichkeit ersparen. Wir werden uns für unsere aktiven Kollegen so laut zu Wort melden, daß man es bis zum Ballhausplatz hört."

Die Gruppe erhob sich, Fruhmann beglich die Zeche, und man wandte sich vom Hoteleingang nach rechts in Richtung Heinestraße.

Während Benedikter schweigend neben Frau Eisner am Barmherzigenspital, am Hirschenhaus, am riesigen Karmeliter-Wandbild vorbeiging, rechts vor sich die Abzweigung zur Glockengasse, wunderte er sich über sein wie selbstverständliches Wieder-Hiersein: als ob die einsamen Tage auf Garanas seit seiner ungerechten fristlosen Entfernung ihn nur noch besser vorbereitet hätten für den heutigen Einsatz. Seine Vertrautheit mit den früheren Arbeitskollegen, seine Zuneigung für sie hatten noch zugenommen. Jahre und Jahrzehnte war er durch diesen Bezirk gegangen, Winterstürme, Schneeverwehungen, Sommerhitze, Wolkenbrüche, Verkehrsunfälle, Festumzüge, endlose Reihen mühsamer Arbeitswochen hatte er zwischen diesen Mauern durchlebt. In jedem Vorfrühling die harten Abschlußzeiten samt Bilanzprüfern, Steuerprüfern, Bankrevisoren standhaft durchschaufelt. Und immer wieder das wirklich Wichtige: Ringen um Bestleistung der Firma auf allen Gebieten der Konstruktion, Rezeptur, in Einkauf und Lagerhaltung, Arbeitsvorbereitung, Herstellung, Transport, Aufbringung oder Errichtung, Probebetrieb, Übergabe. Die Frage lautete: Wie man vor der Ruine der Fabrik, in der man vierzig Jahre gearbeitet hatte, den Sinn seines Lebens bewahrt? Entweder war dieser Dienstzweck stets eine Täuschung oder er konnte durch den noch so schmählichen Untergang nachträglich nicht verfehlt werden. Galt der Hinweis auf den Wiederaufbau, an dem man mitgewirkt hatte? Hatten die Jahrzehnte guter Arbeit auch einen Wert, wenn sie eben nur die damalige Generation ernährt hatten, jedoch kein lebendes Erbe hinterließen? Jede Genugtuung zum Lebensende war den jetzt öffentlich Protestierenden geraubt, nicht nur die geldliche Altersversorgung. Dieser Entwürdigung galt Freund Holzners Schluchzen …

Inzwischen war das Komitee an der Kreuzung Taborstraße – Obere Augartenstraße – Blumauergasse angekommen. Unmittelbar neben der Straßenbahnhaltestelle der Linien N und 21 lag die kleine Grünanlage, eingefaßt von drei hohen weißen Metallportalen, von roten Rosen überwuchert. Weiße Metallstühle im Schatten dreier riesiger Ahornkronen waren von vierzig, fünfzig Taborwerklern umlagert: Hier verbrachten die entlassenen Laboranten, Bläser, Keramiker ihre Werktage. Alle hier schämten sich, ihren Frauen daheim zu beichten, daß sie arbeitslos waren. Alle ahnten, daß sie tragische Figuren in einem üblen Spiel waren.

Als die Gruppe die Grünanlage betrat, begann allgemeines Begrüßen und Händeschütteln. Alle waren von Schantl informiert, worum es heute ging. Altvorstand Fruhmann kannte jeden beim Namen. Dr. Harkamp war mit dem Dreher befreundet, der die exaktesten Kurbelgehäuse ausgeschliffen hatte. Bollin versicherte wiederholt, daß er zwar noch nicht entlassen sei, aber die heutige Demonstration mittrage. Während der wortreichen Wiederbegegnungen zog Ninaus Benedikter vor den kleinen Park, wies ihn auf den blumenumrankten schwarzen Gedenkstein hin, der diesen Platz prägte: „Hier fand 1892 die Gründungsversammlung der SPÖ Leopoldstadt statt." Und über dieser eingemeißelten Inschrift prangte eine in den Stein geschlagene rote Nelke. Ninaus raunte: „Die Parteiherren, die sich heute einen Lesky und einen Icht halten, hätten gestern beim verlogenen Eignerbeschluß dabei sein sollen und sollten jetzt die Freunde hier sehen und hören!"

Die lange Menschenreihe bewegte sich nun rasch Richtung Heinestraße – Augarten. An Bankgebäuden marschierte sie kommentarlos vorbei.

Mlady gesellte sich zu Benedikter und Ninaus: „Allen Menschenrechts- und Verfassungssprüchen zum Trotz signalisiert ihnen die Chrom- und Lackwelt, daß es besser wäre, wenn es sie gar nicht gäbe! Wenn sie sich problem- und rückstandslos auflöste! Sie ist ein lästiges Kostenproblem für die Instanzen. Alle anderen Behauptungen sind leider kulturell-illusionäre Vorurteile."

Ninaus fügte hinzu: „Der von mir aufgedeckte Zehnerpotenz-Rechenfehler, wonach nicht zwanzig, sondern zwei Prozent Einsparung durch neunhundert gekündigte Arbeiter erzielt werden, hat an ihrem längst vorgefaßten Beschluß nichts geändert. Damit ist für mich die Lumperei erwiesen."

Nun hatten sie den Sammelplatz Ecke Taborstraße – Heinestraße erreicht. Die große Verkehrsfläche in der Klanggasse war bereits von vielen ehemaligen Taborwerklern besetzt. Frau Eisner, Tochter einer in dritter Generation für die Taborwerke arbeitenden Familie, begrüßte konsterniert entlassene Freunde: „Das darf doch alles nicht wahr sein! Ein Alptraum!" Ganz ähnlich empfand Benedikter diese Stunde: Gestern um diese Zeit war er noch einsam vor dem fast dreihundertjährigen Allerheiligenbild des Schwanberger Kapuzinerklosters gesessen, hatte jedem der vielen Portraits ein ihm bekanntes Kollegengesicht zugedacht, nicht ahnend, daß er binnen vierundzwanzig Stunden seinen verlorenen Freunden die Hände drücken würde. Er betrat den Augarten durch das Eisentor an der Klanggasse, erkannte sofort hunderte alte Mitarbeiter auf der Liegewiese rings um Manninger versammelt. Dieser stand auf einer Bank und rief: „Wir dürfen die Arbeit nicht behindern, selbstverständlich nichts beschädigen, dafür garantiere ich euch, daß der neue Herr Eigentümer im Zentralhochhaus anwesend sein wird. Dreimal dürft ihr raten: Er hat Besprechungen mit Grundstücksmaklern!“ Pfuirufe schallten durch den Park. „Kollegen, wir gehen jetzt geordnet über den Tabor vor den Haupteingang von Byloff&Nandor. Ich bitte um eure Disziplin.“ Nach diesen Worten setzte sich die Menge in Marsch. Das von Manninger besorgte Transparent „Byloff&Nandor darf nicht sterben“ trugen zwei ehemalige Schmelzer über den Gehsteig der äußeren Taborstraße.

Als sie die rechts abzweigende Darwingasse passierten, ergriff Dr. Harkamp Benedikters Arm: „Wie würde wohl Darwin – dessen Lehre nun etwa so alt ist wie unsere Fabrik – unseren Kampf erklären? Besiegten hier wirklich die Tauglicheren uns Untüchtige?“

Mlady mischte sich ein: „Wir kommen vielleicht in einem Hinterhalt um, aber langfristig gewinnen werden die Fallensteller nicht.“

Benedikter antwortete: „Ich glaube auch nicht an den Sieg der Täuscher, allerdings erfolgt ihre Selektion in Zeitschritten, die unsere Lebensfrist überdauern. Darwin tröstet uns als einzelne Opfer kaum.“

„Gemäß der Naturkunde gebe ich euch beiden recht“, meinte Mlady, „insoweit das Darwinsche Modell aber mit Sprache, ja sogar mit Moral eine Beschleunigung erfährt, wirkt es auch aktuell und unmittelbar: Denn wenn ich mich nicht täusche, wird der heutige Aufruhr das Ende der Günstlingswirtschaft einleiten.“

Als das Werksgelände von Byloff&Nandor in Sicht kam, drängten sich auch dort bereits Hunderte einstige Arbeiter und Angestellte vor dem hohen blauen Verwaltungsturm. Minütlich vergrößerte sich der riesige Halbkreis um die beiden seitlichen Werkseinfahrten und das schöne Mitteltor, die jetzt geschlossen worden waren. Die Polizei hatte vereinbarungsgemäß die äußere Taborstraße von der Nepomukkapelle bis zur Nordbahnstraße mit je einem quergestellten Einsatzwagen abgesperrt. Tatsächlich stand auf dem Direktionsparkplatz zwischen einigen schönen Autos der großen Extraklasse der schwarze Mercedes Dr.

Ichts unmittelbar neben dem Vordach zur Empfangsauffahrt. Nun prangte der riesige Bitt- und Trotzsatz auf dem hochgereckten Transparent breit gegenüber der hohen Machtzentrale: „Byloff&Nandor darf nicht sterben!" In der Nebenfahrbahn vor dem Mitteltor stand Manningers alter Ford-Escort-Kombi, Manninger hatte daneben einen Klapptisch mit Unterschriftenlisten aufgestellt, daneben eine Stehleiter zur Holzplattform auf seinem Autodach. Als er über der vielhundertköpfigen Menge einstiger Taborwerkler stand, das Megaphon in der noch herunterhängenden Hand, wurden zwei weitere riesige Losungsfahnen entrollt: „Österreich schön aufgebaut – jetzt dem Schieber hingehaut!" und „Die Perle aus der Gründerzeit – schmeißt ihr vor die Säue heut'!" Viele Fenster der dem Byloff-Nandor-Hauptgebäude gegenüberliegenden Wohnhäuserzeile waren mit Zuschauern besetzt. Verstohlen schauten auch aktive Kollegen aus den Büros. Benedikter erkannte im achten Stock Schleiss, der hinter den Vorhängen eines Präsidialfensters fotografierte, wohl im Auftrag eines Pekunia-Rechtsanwalts ... Manninger hatte jetzt das Megaphon zu den Lippen geführt, mit der Begrüßung begonnen: „Wir haben uns versammelt, um der Öffentlichkeit weithin sichtbar zu zeigen, daß heimlich, still und leise, hinterrücks und unauffällig die Taborwerke geschlossen werden sollen. Byloff&Nandor darf nicht sterben, weil alle Teilbetriebe immer gut gearbeitet haben, weil hunderte zufriedene Kunden in aller Welt unsere Produkte brauchen und weil Tausende, Leopoldstädter, Wiener, Steirer, Oberösterreicher, von ihrer Byloff&Nandor-Arbeit leben. Ich danke euch für die Solidarität mit unseren aktiven Kollegen. Ich danke den Reportern und dem Fernsehen. Ich danke der Bezirksvorstehung, der Gewerkschaft. Ich appelliere von diesem Platz an unseren Nationalrat Schindelka sowie an die Zentralbetriebsratsvorsitzende Rosa Zweiner von der Omniabank und an Bezirksrat Kapsroitner, unseren gerechten Kampf zu unterstützen! Besonders für sein Kommen danken möchte ich unserem langjährigen Chef und Firmenvater Fruhmann!"

Sprechchöre unterbrachen Manninger, hallten über den Riesenplatz: „Wir müssen für die Zukunft werben – Byloff-Nandor darf nicht sterben!" Manninger rief seinen einstigen Betriebsratskollegen Stubenrauch, der sich zehn Jahre lang für den Bau dieses zweckmäßigen und schönen Büroturms eingesetzt hatte: „Was ihr geleistet habt, war nicht umsonst. Unsere Sparsamkeit galt nicht der Bereicherung heutiger Finanzhaie!"

Holzner las anschließend seine geschriebene Erklärung: „Die Belegschaft bot zum Erhalt der Firma freiwilligen Lohn- und Gehaltsverzicht. Sie bot zweimal jährlich unbezahlte Zwangsurlaube. Und Verzicht auf Überstundenentgelt gegen Zeitausgleich, um Kündigungen zu vermeiden. Damit bellten wir leider einen Baum an, auf dem keine Katze saß! Keine Antwort! Es ging den Besitzern überhaupt nicht um einen rationellen Betrieb. Es geht ihnen einzig um Schleifung und um Grundstücksspekulation!"

Nun kletterte der Bezirksvertreter auf Manningers Autodach: „Wir werden nicht zulassen, daß Las-Vegas-Kapitalisten unseren verdienstvollen und lebensfähigen Industriebezirk zu Grund richten!"

Lang anhaltende Bravorufe schallten gegen die blaue Hochhausfassade: „Diese Falotten – wollen Byloff&Nandor verschrotten!", „Herr Direktor Dr. Icht – geben Sie die Fabrik zurück!"

Benedikter stand in der Menge eingeklemmt. Ringsum viele vertraute Gesichter, das warmherzige Zunicken und Winken nahm kein Ende. Ein alter Lokführer rief Benedikter zu: „Zuerst haben sie unser Geld gestohlen, jetzt sind wir beim kleinsten Problem schon pleite." Benedikter nickte.

Überraschend stand eine Gruppe von Omniabank-Angestellten aus der benachbarten Filiale unter den Demonstranten. Bollin fragte sie, ob sie denn das überhaupt dürften.

„Wir haben nicht gefragt. Die meisten unserer Kunden stammen aus eurem Betrieb."

„Aber die Arbeitsplatzgarantie eures Generals war ein Schmäh!"

„Finanzleute, die nichts von einer Sache verstehen, können gar keine Arbeitsplätze garantieren", meinte der Filialleiter. Inzwischen war Grete Kilb der Aufforderung Manningers gefolgt und hatte das Megaphon ergriffen: „Viele von uns haben gestern abend Kollegen Holzner im Fernsehen gesehen. Ich möchte dem von Dr. Icht so Verleumdeten unsere Solidarität bekunden!" Zustimmung brandete auf. Kilb weiter: „Liebe Kolleginnen und Kollegen, ihr wißt, ich habe seinerzeit von Bezirksrat Kapsroitner dort drinnen in der großen Halle das Versprechen erwirkt, unsere Taborwerke niemals an Dr. Icht auszuliefern. Er hat das Versprechen gebrochen. Deshalb fordere ich ihn angesichts des Scherbenhaufens auf, dieses politische Verbrechen rückgängig zu machen!"

Laute Jawohl-Rufe. Nun schwollen die Sprechchöre zu lang andauernden Protesten auf: „Pekunia olet! Pekunia olet!", „Lesky-Amigos – bleibt in den Casinos!", „Diese Falotten – wollen Byloff&Nandor verschrotten!", „Lesky und Konsorten – bleibt auf den Aborten!", „Pekunia olet!", „Österreich schön aufgebaut – jetzt dem Schieber hingehaut!"

Zunächst unbemerkt in diesem Tumult hatte sich im neunten Stock des belagerten Byloff-Nandor-Hochhauses ein Fenster geöffnet, während herunten gleichzeitig ein fescher Funktionärstyp das Podium erklomm: „Genossinnen und Genossen!“ Hohngelächter war die Antwort. „Im Auftrag des Herrn Bezirksrat Kapsroitner, der leider verhindert ist, möchte ich euch um weiteres Vertrauen zu …“

Zu wem die verratenen Taborwerkler Vertrauen haben sollten, war nicht mehr zu hören, da ein ohrenbetäubender Aufschrei der Kundgebungsteilnehmer den Demonstrationsplatz erfüllte: Im Fenster des neunten Stocks erschien, von vier Männern gemeinsam hochgehoben, jener große schwarze Gedenkstein aus der unweiten Blumauergasse zur Erinnerung an die sozialistische Gründungsversammlung von 1892. Eine Minute schwankte der gewaltige dunkle Steinblock mit der eingemeißelten roten Nelke auf dem hohen Fensterbrett. Manninger und Holzner waren auf die Plattform gesprungen, winkten mit erhobenen Armen abwehrend und kopfschüttelnd den Demonstranten zu, die aus großer Höhe schrien: „Du hast uns alle angeschmiert – von dir wird niemand mehr saniert!“

In der Nähe Benedikters standen die ehemaligen Transportarbeiter und erläuterten den Umstehenden den Weg des Parteigründungsgedenksteins in den neunten Stock: Dort oben lag der Speisesaal mit dem Wirtschaftsraum, wo die Servierwagen, Trinkgefäße und Besteckcontainer aufbewahrt wurden. Den unter Zeitdruck kochenden und aufdeckenden Frauen fiel nicht auf, daß der Aufzug im neunten Stock anhielt, vier Arbeiter mit dem Palettenroller durch den Gang fuhren. Das Fenster des menschenleeren Wirtschaftsraums lag genau über dem Präsidial- und Gästeparkplatz neben der Auffahrtsrampe. Hier vorn waren die drei Tore zwar geschlossen, doch die Schiebeschranken beim hinteren Gleisanschluß hatte man vergessen.

In dieser Sekunde neigte sich das finstere Denkmal langsam wie gezielt aus der blauen Fassade, schob sich immer weiter heraus – ein tausendstimmig gellender Aufschrei während des langsamen Auskippens –, und dann der viele Sekunden währende Sturz des kantigen Minerals, Stockwerk um Stockwerk eng entlang der Turmwand durch die geschockte, gelähmte, atemlose Stille: Mit großer Wucht und lautem Krachen und Splittern schlug das schwere, scharfe Gefels auf die Luxuslimousine des Pekunia-Präsidenten Dr. Icht.

Das hohe Speisesaalfenster war wieder geschlossen. Die erfolgreichen Demonstranten waren sofort nach dem Fenstersturz mit dem Aufzug in den Keller gefahren und von dort unbemerkt durch den Hintereingang, wo die Möbel, Computer, Papierpaletten zugestellt wurden, über die Gleisanlage wieder zu den Versammelten gestoßen. Die Prunkkarosse kauerte mit zerschlagenem Aufbau, steil aufragender, zersplitterter Motorhaube, eingeknickter Vorderachse in einem Ölsee voll Glas- und Lacksplittern. Und plötzlich begannen zuerst einzelne, dann Hunderte Hände zu klatschen, schließlich skandierten alle: „Freund-schaft, Freund-schaft, Freund-schaft, Freund-schaft!"

Die Transportpartie schrie: „Am Auto wird dir vorgeführt – so hast du unser Leben ruiniert!"

Manninger kletterte noch einmal auf seinen Rednerplatz, gebot mit großer Handbewegung Schweigen: „Diesen Fall habe ich nicht vorhergesehen oder gar geplant. Aber ich billige die Tat unserer kühnen Kollegen und übernehme die Verantwortung!"

„Freund-schaft, Freund-schaft!" rief die Menge.

„Sollte wider Erwarten der Eigentümer oder die Versicherung für das Auto des Casinoprinzen nicht aufkommen, werde ich aus den Ersparnissen meines einundfünfzigjährigen Arbeitslebens diese Instandsetzung bezahlen. Und ich erinnere daran, daß unser Altvorstand Fruhmann die ihm vertraglich zustehende Vorstandspension zurückgewiesen hat. Geld genug für den Signalschaden. Wir lassen uns nicht enteignen, alle Verantwortlichen und alle Mitbürger sollen uns verstanden haben. Die Versammlung ist geschlossen. Ich danke der Polizei für Genehmigung und Sicherungsdienst."

Über den Hallenfirsten und Kranmasten des Taborwerks zeichneten sich die freundlichen Umrisse des Leopoldsbergs und Hermannskogels ab. Rechts rollten die lautlosen blau-gelben Schnellbahnzüge über den Gleisdamm der Nordstraße. Ein großer Taubenschwarm zog mit breitem, leisem Flügelfauchen über die Konfliktstätte. Das heftige Gemurmel verströmte zwischen dem heißen Stadtgemäuer.

Manninger, Holzner, Fruhmann, Plach und Stubenrauch versammelten sich vor dem immer noch verschlossenen Haupttor, um der Polizei, die sie selbst verständigt hatten, für die Erhebungen wegen des zerstörten Autos und des beschädigten Gedenksteins zur Verfügung zu stehen. Auch die arbeitslosen Transportarbeiter drängten sich um diese Gruppe. Fruhmann fragte Benedikter leise, ob er bei ihm übernachten wolle, wenn er in Wien bleibe. Frau Eisner redete auf Frau Kilb ein. Dr. Harkamp, Ninaus, Benedikter und Bollin gingen langsam im Verband der abziehenden Demonstranten stadteinwärts. An Bollin gewandt, lud Benedikter den Projekttechniker ein, eine Schachtel der gewünschten Fachbücher über Betriebsführungslehre und Kalkulationssysteme gemeinsam im Keller seines ehemaligen Wohnhauses in der Glockengasse abzuholen: „Dieser Aufruhr war überfällig. Und von gewissenhafter Facharbeit lassen wir uns nie abbringen."

Da hakte Dr. Harkamp ein und beendete das vormittägige Darwinismus-Gespräch: „Daß der Bezirksrat Kapsroitner gemäß dem Antrag von Frau Kilb irgend etwas rückgängig machen könnte – ohne den Profit zu vernichten, den die Omnia schon geschluckt hat –, glaube ich nicht. Aber eines steht für mich seit heute fest: Byloff&Nandor war der letzte Betrieb, dem so mies mitgespielt wurde."

Zissers Tastatur: Zisser könnte Mlady sagen lassen: Der Gedenkstein für 1892 wurde im Jahr 1992 von der SPÖ-Bezirksorganisation Leopoldstadt, dem zweiten Wiener Gemeindebezirk, im Beisein des Bundeskanzlers gesetzt. In seiner Festrede würdigte der damals in seinem sechsten Regierungsjahr stehende Parteivorsitzende die kulturgeschichtliche Bedeutung der Arbeiterbildungsvereine für den Aufstieg zur themenbeherrschenden Gesellschaftsgruppe. Das Denkmal steht heute unbeschädigt an seinem Platz und wurde seit der Errichtung nie von dort entfernt. Die Romanszene ist demnach irreal und als Schmähung der Sozialdemokratie ausgeheckt und hingeschrieben. Damit deklassiert sich dieser angeblich dem analytischen Realismus verschriebene Text als Machwerk gegen die Mehrheit.

Benedikter müßte antworten: Letzteres ist sofort zu widerlegen. Ob eine einseitige, also halbblinde Zeitgeschichte und Epochenbeschreibung vorliegt, kann nur nach der Litaneilektüre und jener der Gespräche mit Altvorstand Fruhmann eingeschätzt werden.

Die Wahl und die Konstruktion der Szene des Gedenksteinabwurfs samt Zerstörung der Mafialimousine ist durch die Tatsache gedeckt, daß eine ganze Seilschaft aus der Parteiriege über Kapsroitner, Lesky, Eigner, Icht, Schleiss keinen einzigen Gedanken an sachgerechte Realwirtschaft „verschwendet" hat. Ihnen allen ging es ausschließlich um einen unauffälligen Rückzug aus anspruchsvoller Anlagenindustrie zwecks Sicherung vermutlich risikoloser Kapitalrenditen, wobei in dieser Vokabel beziehungsvoll das Wort Rente steckt. Die arbeits- und risikolose Rente als Wirtschaftleitbild der Staatseliten! In diesem Bereich dominieren nur noch schlaksige Bankfüchse, formalrechtlich immer knapp diesseits der Kriminalität, materiell weit in menschenverachtender Mega-Malversation tätig.

Die Vernichtung anspruchsvoller Arbeitsplätze oder gar die dadurch entrechteten Arbeiter selbst interessieren nur insofern, als sie in Wahlbewegungen lästig werden könnten. Und genau dieses sträfliche Desinteresse hat die einstige Bildungs- und Kulturleistung zugunsten eines permanenten volksverblödenden „Donau-Insel-Festes" verdrängt. In diese politische und ökonomische Leere stößt erfolgreich die dumpfe Vitalpolemik. Der rote Leskysmus ist Basis der blauen Wahlgewinne.

Die Gedenkstein-Story ist ‚literarisch' wahr. Sie ist textpolitisch verantwortbar. Den vier schlauen Arbeitslosen, denen dieser aufsehenerregende Coup geglückt ist, hat der Autor für ihre besonders humane Tat zu danken: Denn wäre es nach ihm gegangen, hätte der Stein nicht das leere parkende Auto des Ausbeinlers, Ausbeuters getroffen, sondern ihn selbst.

Mlady äußert Zweifel, ob Benedikters harsches Urteil über Lesky und Icht gerecht ist. Vielleicht läßt Zisser Benedikter die Vorgänge einseitig aus der Sicht sentimentaler und beleidigter verwöhnter Gehaltsempfänger sehen, die in einem Schlaraffenland-Faulbett liegen wollen und die gebotenen Strukturänderungen gemäß der neu geordneten internationalen Arbeitsteilung nicht bewältigen können. Das wäre dann ein Racheroman, dem kein Erkenntniswert zukäme.

Doch nein, im Gegenteil: Aus ästhetischen und moralischen Gründen sind die Charaktere der Machthaber in dieser Prosa sogar nobel stilisiert. Was über ihr Privatleben nicht berichtet wird, bleibe auch hier unangedeutet. Die Fundamentalkritik an dieser drittklassigen Industrieführung fußt auf der völligen Inspirationslosigkeit der grotesk zu Spitzenführern hinaufgemendelten Figuren. Von Rache kann keine Rede sein. Haß wird allerdings eingestanden – bis auf weiteres freilich objektiv und subjektiv selbst beherrscht.

Im letzten Jahr der Taborwerke zerfiel das Weltbild der Mitarbeiter: Bisher war alles Tun in einem vernünftigen Zusammenhang gestanden, ableitbar von einer guten Ordnung: Da waren der Bundespräsident, ein Bundeskanzler, ein Vizekanzler, ein Wirtschaftsminister, ein seriöser Finanzpräsident, die vom Aufsichtsrat unter Mitbestimmung des Betriebsrats berufenen Vorstandsmitglieder, die Bereichsleiter für Entwicklung, Konstruktion, Rezeptur, Verkauf, Herstellung und Bilanzen, die Abteilungs- und Gruppenleiter, Meister und Vorarbeiter – und schließlich war man selbst. Man war irgendwer. Und wenn Fernsehen und Zeitungen von den weltweiten Staatsbesuchen berichteten, in deren Rahmen auch Wirtschaftsgespräche geführt wurden, konnte man hoffen, ein paar Monate später selbst und unmittelbar an der Anfertigung einer großen nützlichen Sache mitzuarbeiten, die irgendwo auf der Welt besseres Menschenleben ermöglichte und absicherte. Nun aber war es kaum zwei Jahre her: Unauffällig, so nebenbei, war die Bemerkung gefallen, daß betriebsfremde Gremien beschlossen hätten, aus der Industrie auszusteigen. Zuerst klang das derart abwegig, daß man sich darunter nichts vorstellen konnte. Und einige Wochen lang blieb auch alles unverändert, sogar die Bankmitarbeiter auf derselben Arbeitsebene waren ahnungslos. Eines Tages jedoch tauchten zwei, drei neue Namen auf, Stäbe vom Geldzentrum, die sich mit den großen Umgestaltungen befaßten, Strukturreformen hieß das. Sie hatten das Recht, Berichte und Unterlagen anzufordern, die bisher nur an die Direktion der Taborwerke gegangen waren. Fremde Trüppchen mit scharfen Blicken und betulichem, halbleisem Reden wanderten durch Büros und Fabrikshallen. Ein gewisser Dr. Eigner erschien plötzlich täglich in den Sitzungszimmern der Bereichsleiter. Von da an waren alle Tätigkeiten in den Taborwerken bedroht. Jene Ordnung löste sich auf, die jahrzehntelang für alle Bewährung maßgebend war. Jetzt entschied die pfiffige Mimik dieses Dr. Eigner über Wert oder Unwert aller Leistungen. Die wohltuenden Berechenbarkeiten galten nichts mehr. Die Andeutung alter Verdienste wirkte ärgerlich! Niemand würde sich mehr an einstige Großtaten erinnern wollen. Die vertrauenswürdige Welt begann zu glosen. Aber – und dies war der schneidende Schmerz jener zweigleisigen Monate – zunächst änderte sich an den täglichen Aufgaben nichts: dieselbe Anspannung, Terminpflicht, dieselben technischen Risken, mit viel Einsatz bewältigbaren Probleme – doch herausgekippt aus der bisher jeden Mitarbeiter bindenden Bewertung.

Der vorlaute Dr. Eigner führte alles über seinen zweidimensionalen Tabellen auf den Rentabilitätsvergleich des aktuellen Leopoldstädter Bodenwerts zwischen Werkstättennutzung und zukünftiger Handels-Luxusnutzung zurück. Jeder Taborwerkler fühlte sich entwertet. Jeder war zum nachrichtenlosen, mitwirkungslosen, wehrlosen Gegenstand von Meinungen unbekannter, ungreifbarer, schleimiger Mächte geworden.

Aber noch immer war jede Kundenanfrage ernst zu nehmen, jedes Angebot mit ganzem Einsatz vorzubereiten und zu verfolgen. Tabor-Briefpapier wurde sogar noch nachbestellt und jeder Auftrag mit der Sorgfalt des ordentlichen Kaufmanns ausgeführt, damit der Bestand für die nächsten zehn, zwanzig Firmenjahre sichergestellt wäre. Doch das alles war nicht mehr wahr, die Handgriffe saßen nicht, die Wörter stimmten nicht, die Freude über Gelungenes war bitter, die abgewendeten Schäden stärkten womöglich nur die spekulierenden Hintermänner. Und die Anerkennungsbriefe zufriedener Kunden hinterließen zerbissene Lippen. Hier wurde eine Leiche geschmückt. Denn die Beschäftigten der Taborwerke stärkten mit ihrem Einsatz nur die Verhandlungsposition derer, die sie verschacherten.

Und selbst wenn jetzt harte Verteidiger der Leskys und Eigners aufträten und ein Auslaufen der Industrie hierzulande wirtschaftspolitisch für richtig hielten, dann müßte man ihnen zurufen: Aber doch nicht so! Doch nicht so menschenunwürdig! Ohne sorgfältige Abwägung, ohne Übergangsregeln, ohne Schadensabwendung von Sachgütern und Personenordnungen, Lebensplänen, menschlichen Geborgenheiten; ohne soziale Rücksicht und volks- wie weltwirtschaftlichen Durch- und Weitblick. Was real und empirisch tatsächlich geschieht, bestimmen nicht die Denktrusts aller Universitäten von der Technischen bis zur Wirtschaftsuniversität, nein, das bestimmt eine Clique raffinierter Steuerhinterzieher und Aktionärsabzocker nach den simpelsten kurzfristigen Gewinn- und Vorteilskalkülen der ihnen de facto völlig gesetzlos ausgelieferten Einzelbetriebe! Dort waten sie geldschaufelnd durch die Bilanz-Eingeweide, pressen ihre Profite aus filetierten Betrieben und bringen die Killerprämien für sich beiseite; Firmenkadaver stinken hinter ihnen auf dem Kridafeld; kein öffentliches Medium stört diese Lautlosigkeit, alle redaktionellen Versuche mit noch so großen Fahndungsfotos der Herren Spezialsanierer sind naives Gezeter ohne Wirkung auf diese tatkräftigen, gewitzten Connaisseurs.

Zisser räumt Benedikter weitgehendes Zutreffen dieser Darstellung ein, vermerkt jedoch, daß sie dennoch – oder gerade deshalb, nämlich eben wegen dieser Trefflichkeit – von voller Vermittlung der Wirklichkeit weglockt. Sogar in eine Richtung, die die Schuld der Mächtigen in solchem Text deshalb eher verkleinert, weil zwar ihr Zynismus treffend skizziert ist, die mechanistisch zwanghafte Eiseskälte kalkulatorischer Unpersönlichkeit und formaljuristischer Unangreifbarkeit aber um Abgründe schlechter einzustufen ist als noch so essayhaft beschriebene Schurkerei.

Aber der Gedenkstein-Fenstersturz ist gerechtfertigt.

Max-Litanei

Während der vier Tage, die Benedikter wieder in Wien verbracht hatte, war Vetter Max im Wald gewesen, um die ihm in diesem Jahr von der Forstverwaltung gratis zugewiesenen verdorrten Bäume zu schlägern. Mutterseelenallein fällte er stundenlang die Riesenstämme, entastete, zerklob und stapelte sie in weltverlorenen Lichtungen bis zum Heimführen in den Schwaighof. Alle braunen Bäume und alle grünen Bäume mit braunen Wipfeln gehörten ihm.

In Maxens Stube lag neben den Tellern im Geschirrschrank ein Haufen Bombensplitter, die seit dem Zweiten Weltkrieg in den Baumstämmen gesteckt waren, seit jenem damals täglichen Granathagel über den Wäldern der Koralpe. Vetter Max hatte sie stets aufbewahrt, wenn wieder einmal sein Sägeblatt an den fransig-scharfen Stahltrümmern im Holzfleisch zerbrochen war.

Jetzt, nach acht Uhr früh, hämmerte und feilte er in seiner kleinen Werkstätte auf der anderen Hofseite neben dem plätschernden Quellbrunnen. Der übernächtige Benedikter meldete sich aus seinem Wiener Kampfeinsatz zurück, rief ihm zu: „Hast wieder einen Werkzeugschaden, Max?"

„Ja, ein Riesensplitter." Max wies auf das handtellergroße Stück zerrissenen Metallmantels einer schweren Fliegerbombe; es lag auf dem Sandboden, während von seiner Säge die Funken über die Schleifscheibe flogen. Und wieder überfiel Benedikter unerwartet der vertraute Geruch dieser Schmiede: herb, süßlich, rauchig, rostig, brandig, salzig. So schmeckte früher auch der Geruch in der Instandsetzungshalle seiner Wiener Taborwerke …

Seit der Unterschriftsleistung für die Grundbuchsbelastung seines Schwaighofs hatte Max Benedikters Verarmung, diese schlimme Geschichte, nicht mehr erwähnt. Er wusch die Hände im Brunnentrog, schüttelte die Tropfen ab, wandte sich zum Hauseingang: „Ich denke immer wieder an dich, Hans, und an deine Freunde. Kommst du durch?"

Benedikter, der immer den Wunsch seines Vetters und Wohltäters beachtet hatte, von der ganzen Wiener Schweinerei nichts wissen zu müssen, antwortete kurz: „Für den Wohnungsbetrug wird, denke ich, die leichtfertige Bank mithaften wegen fahrlässiger, fast schon konspirativer Kreditgewährung an den Bauhai Gallunter. Die Taborwerke werden allen Ausgesperrten eine Abfindung zahlen müssen. Das verkleinert ihren Vorteil. Und der Oberdieb der Schiffseilbande wird verhaftet werden; es schaut so aus, als ob wir ein Gerichtsverfahren gewinnen werden."

„Ist dann alles wieder gut, Hans?"

Benedikter lachte bitter: „Erstens, wenn überhaupt, werden Geldschäden nur teilweise behoben, zweitens bleiben Kränkung, Wut und Lebensverkürzung der Betrogenen."

Max schüttelte mißbilligend den Kopf, hob die Schultern, lächelte dabei aber nachsichtig. Er begann einzuheizen und Erdäpfel zu schälen: „Die Irrbomben auf die Wälder haben Unbeteiligte getroffen. Der Schmied von Rassach ist so umgekommen; den Kuhhalter auf der Glitzalm hat die aufgescheuchte Herde in Panik zertrampelt; einsame Forstarbeiter hat es im tiefen Dickicht verbrannt. Phosphorklumpen, in nasse Tücher gehüllt, fielen in die Wälder, entzündeten sich nach dem Austrocknen in zwei, drei Tagen, entfachten riesige Brände. Der Fuchshof und der Müllerhof sind so im Feuer vernichtet worden. Und warum, Hans, sollten wir kein Unglück haben? Das wäre ja ungerecht vor unseren Eltern. Wir sind ja nicht besser oder gescheiter als sie." Und nach langer Pause: „Dürft ihr vielleicht gar nicht eine so große Wut haben über euren Schaden, wie ihr sie habt?"

Benedikter setzte sich in den Herrgottswinkel und schwieg.

Max murmelte während des Kochens vor sich hin: „Neben der Straße in Trahütten ist eine viermotorige amerikanische Maschine auf das Schneefeld gestürzt. Der verbrannte Pilot ist noch in der Kanzel gesessen. – Auf der Wiel ist ein abschmierender Bomber noch einem Bauernhaus ausgewichen, der Flieger wollte mit dem Fallschirm aussteigen, aber der linke Flügel streifte die Bäume, da hat es den Mann an seinen Seilen wie mit einer Schleuder in den Waldboden gedroschen; wochenlang ist dort sein Körperabdruck zu sehen gewesen … ich erkenne die Mulde heute noch. – Die Partisanen haben die Koralmkämme beherrscht, die deutsche Wehrmacht regierte die Täler. Die unschuldigen Leute in den Einschichthöfen sind ausgeplündert, gefoltert, umgebracht worden. Bei jedem Verdacht, die Bauern hätten den jeweiligen Gegnern zu essen gegeben oder gar eine Unterkunft, sind die Höfe umstellt worden, in Brand geschossen, die Herausrennenden haben sie mit Maschinenwaffen niedergemäht. Kein Bauer hat Plünderungen angezeigt aus Angst vor Rache. In Todesängsten haben die einschichtigen Korälpler alle Eindringlinge bewirtet, gelabt, Verwundete beherbergt. Jeder Kirchplatz, jeder Gasthof, jede Viehhütte, jeder Stall sind hier Plätze grausamer Kämpfe gewesen. Deutsche Gefallene sind immer nackt gewesen, weil die Gegner die Uniformen gebraucht haben – zum Anziehen sowieso, aber auch zum Täuschen."

Max hatte inzwischen ein Stück Fleisch gesotten, die Erdäpfelscheiben gebraten, Sauerkraut gewärmt, lud seinen Verwandten, den ausgeraubten Flüchtling, mit einer Handbewegung zum Eßtisch: „Eigentlich will ich dich stärken, Hans, trösten. Du und deine früheren Mitbewohner, Arbeitskollegen, Spargenossen, ihr müßt doch wohl auch nicht mehr erleiden als unsere Eltern damals hier. Ihr werdet nicht bombardiert, abgefackelt, verschleppt, nackt ausgezogen und erschossen. Wieso kränkt und ärgert ihr euch fast zu Tod?"

Benedikter, der Maxens Vergleich schon zu Anfang verstanden hatte und nun seit einer halben Stunde dessen Berechtigung und seine Entschuldigung bedachte, war hierin noch nicht weit gekommen: Daß der gute und hilfreiche Vetter dies nicht als Vorwurf, sondern als Trostversuch vorbrachte, war ihm klar. Doch minderte diese Einsicht seinen Haß auf die gegenwärtigen Betrüger, die jetzt sein Schicksal zerstörten, nicht. Warum?

Die beiden Vettern aßen schweigend ihr frühes Mittagmahl. Max wollte dann mit der reparierten Säge wieder in den Hochwald aufsteigen. Benedikter suchte für sich selbst nach einer Erklärung, warum er genauso verzweifelt war wie die Menschen seiner Heimat hier vor sechzig Jahren. Aber er suchte auch nach einer ehrlichen und verständlichen Antwort für Max. Denn – und das spürte Benedikter deutlich – grundlos oder abwegig war dessen tröstlicher Vorwurf nicht.

„Kommst mit?" fragte Max, der sich rasch vom Tisch erhob. Benedikter dankte, griff nach seinem alten Hut und begleitete den Vetter zur Waldarbeit. Auf schattigem Steig vorausstapfend, flüsterte Max: „Im April 1945 sind vierzig Freiheitskämpfer von Garanas nach Schwanberg hinuntergestürmt, von hinten in das Rathaus eingedrungen und haben den Nazi-Ortsgruppenleiter gefangen. Sie haben ihn gezwungen, dort das große Hitlerbild aufzufressen. Als es ihn würgte, haben sie ihm ein Achtel Wein dazugegeben. Dann haben sie ihm seine Parteiuniform angezogen, einen Rucksack voll Steinen umgehängt und stundenlang bis nach Oberfresen bergauf getrieben. Dort haben sie ihn schreiend verhört, zuletzt im Jungwald erschossen. Weil: Ein Jahr früher hat er einen Garanaser Waldarbeiter hinrichten lassen, der nicht gegen Rußland kämpfen wollte als Sohn eines russischen Kriegsgefangenen vom Ersten Weltkrieg ..."

Schritt für Schritt strebte Max der dichtesten Waldhöhe zu, Bodenunebenheiten, farnüberwuchert, tümpelige Gruben konnte er als Bombentrichter erklären. Der sonst meist schweigende, in sich gekehrte, friedfertige alte Torfstecher, der weitum für seine stille Hilfsbereitschaft bekannt war, lebte innerlich nur in ferner Vergangenheit: Die Geschicke Fremder und Familienangehöriger, die sich vor Jahren und Jahrzehnten erfüllt hatten, liefen in seinem Kopf weiter. Max kannte und bedachte stundenlang wie in Selbstgesprächen die Kriegs- und Fluchtgeschichten aller Benedikters, Schmutzers, Bosteiners, Hölzls, Reichs, Oblaks weiter bis zu deren erschöpftem, aber natürlichem Absterben, wenn man den Suff als gewöhnliche Todesursache annimmt.

Niemand teilte heute mehr diese seine Wirklichkeit. Niemand kannte noch die Namen, die ihm etwas bedeuteten. Benedikter erschien es, als ob Max die Gegenwart nicht mehr als seinem Schicksal zugehörig wahrnahm. Und zwar aus innerster Entscheidung, nicht aus Denkschwäche. Doch auch eigentümliche Begebenheiten und Ansichten aus den viele Gehstunden entfernten bäuerlichen Nachbarschaften hörte und bedachte Max ständig: Im Regen eingestürzte Baugruben; unverborgene Bitterkeiten, die Ehetragödien erkennen lassen; ungarische Wirtsleute auf der Weinebene; der zweifelhafte Erhängungsfreitod eines Altbauern in seiner Scheune, wahrscheinlich vom Schwiegersohn, einem Grobian, ermordet; der leberkranke Wirt im Spital Deutschlandsberg, der das strikte Alkoholverbot mit vier Flaschen Bier durchbrach, sich nachts aus dem Krankenzimmerfenster stürzte, von Mitpatienten so lang an den Knöcheln gehalten wurde, bis der kopfüber Hängende vom Personal hereingezogen wurde; die unsichtbare Armut der praktisch einkommenslosen Kleinkeuschler im Vorhügelland; der unerklärliche Selbstmord eines jungen Jägers und Familienvaters in St. Anna; die ausländischen Sportfischer an den versteckten Forellenteichen im Goslitzgraben, Touristen, die als Köder die ausgestochenen Augen der Forellen verwendeten. Lebens- und Sterbegeschichten in den Höfen, Schmieden, Lederhandlungen, Weinkellern, Bäckereien, Mühlen, Schweinezuchten, Rinderstallungen kannte Max gut. Etwa die jenes Müllers, der einen Traktor besaß, ihn aber nicht einem im Schnee steckengebliebenen LKW-Fahrer zum Herausziehen borgte, worauf dieser stundenlang nach einem Paar Ochsen suchen mußte; in dieser Zeit kam der Müllersohn auf dem schnellen Motorrad nach Hause und erschlug sich an dem quergestellten Lastwagen …

Nach einem steilen Wegstück hielt Max rastend an, setzte seine leise Erzählung fort: „Mein Vater hat helfen müssen, die Kirchenglocken abzunehmen, angeblich, damit man die feindlichen Flieger besser hört. Und für den Pfarrer hat er im Keller einen Eisenkäfig bauen müssen, in den der Pfarrer seinen geisteskranken alten Vater sperren konnte: damit ihn die Nazis nicht wegschaffen und umbringen … Noch während mein Vater diesen Stahlkerker im Keller des Pfarrhofs zusammenschweißte, haben sie die Möglichkeit besprochen, den Wunderlichen ins Spital zu bringen – ‚Um Gottes willen nicht!‘ hat mein Vater geschrien. Mit einem schweren Knüppel hat der Geistliche seinen tobenden Alten ruhiggestellt, während oben auf der Straße die SA marschiert ist. Weißt ja, mein Vater hat sich auf dem Feld beim Jausnen nie niedergesetzt, sondern ist hin und her gegangen. Ich habe für ihn schon mit zwölf Jahren den schweren Vorschlaghammer genau auf den einem Schmiedestück angelegten Formhammer fallen lassen müssen, wegen des glühenden Eisens sogar ganz schnell.“ Benedikter erinnerte sich, daß Vetter Max noch seines Vaters Mauleisen für Pferde besaß, mit dessen Feder man blitzschnell den herunterhängenden Gaumen eines Pferdes aufsticht, damit das Blut abrinnt, das Tier wieder fressen kann. Der Onkel hatte auch Halsgewächse durch Abbinden zum Absterben gebracht, Wunden mit Schnaps gereinigt und vernäht. Auf dem Dachboden im Garanaser Schwaighof lagen noch die vielen Bruchbänder sowie der Feuerwehrhelm des Onkels.

Max blickte seinen Vetter direkt an: „Und die Geschichten mit deinem Vater, meinem Onkel Pepi, dem sie die Arbeitsrösser vom Haderberg weggeholt haben, kennst selbst: Wie er fürs Schimpfen sechs Wochen verletzt und fast verhungert in Lannach eingesperrt war, nachher ins Lager Peggau gekommen ist. Denk einmal an das alles, Hans, erinnere dich, wie es denen allen ergangen ist … !“

„Ich habe dich verstanden, Max, und ich frage mich auch selbst, ob meine Wut nicht quasi eine Gotteslästerung ist, wenn ich an die Höllenzustände denke, die unsere Eltern erleiden mußten.“

Und halblaut setzte er fort: „Nein, Max, man kann unsere heutige Existenzvernichtung durch Wirtschaftsverbrecher tatsächlich nicht mit der Kriegsfurie der vierziger Jahre auf unserer Koralm vergleichen. Deine gutgemeinten Bedenken und Ermahnungen stimmen, es ist nicht die blanke Todesangst, nicht der jahrelange Blutterror, den wir jetzt in Wien erleiden müssen. Und dennoch würgt uns alle kalter Zorn! Peinigt uns das höhnende Unrecht. Für uns steht nicht der Kontinent sichtbar in Flammen. Wir sind nicht Zeugen und Opfer eines weltgeschichtlichen Infernos. Uns ereilte eine ganz andere Folter: Wir leiden allein in einem wohlstandstrunkenen Umfeld. Ich und meine einstigen Mitbewohner, meine ehemaligen Arbeitskollegen und meine Sparvereinsfreunde wurden ohne Aufhebens, lautlos, verwaltungstechnisch, papiermäßig ins Nichts befördert! Nicht himmelschreiender Völkermord, sondern miese, schäbige, hinterhältige, widerwärtige Enteignung, Entwürdigung. Hans, es ist das Miese, das

Dreckige, das abstoßend lauernd Bübische, das uns Betrogene zur Raserei bringt. Vorsorgen aus Jahrzehnten Arbeitsfleiß und Entbehrung einfach weggestohlen. Das hast du doch am ersten Tag meiner Ankunft verstanden, Max." Benedikter begann langsam den schattigen Steilpfad weiter aufwärts zu schreiten. Er trug jetzt die große Säge. „Insofern ist auch unsere heutige Erfahrung der Blick in einen Abgrund von Menschenverachtung, Schäbigkeit, juristisch unsühnbaren Missetaten. Diese Verachtung zeichnet diejenigen, die ihr ausgesetzt waren, für immer, schwächt sie, verwundet sie. Nein, glaube mir, es ist wirklich nicht Wehleidigkeit einer vom Schicksal verwöhnten Generation, es ist sehr wohl ein geschichtlich gewichtiges Unglück, das meine Kameraden und ich – zwar ohne äußere blutige Wunden, dennoch schwer verletzt – abwenden wollen. Ohnmächtig der Auslöschung ausgesetzt zu sein, ist tödlich. Dieser Ohnmacht zu entkommen, ist ungeachtet der Geldfrage unser Überlebenskampf. Dir, dem ich so viel Dank schulde, weil du mich mittellos und buchstäblich als Flüchtling in dein Haus genommen hast und verköstigst, kann ich es nicht anders erklären. Du hast recht, einerseits ist die Erinnerung an das Leid unserer Elterngeneration sehr wohl ein Trost und auch eine Mahnung zur Mäßigung. Andererseits sind auch wir von einer menschenverachtenden Fratze betäubt, gelähmt, nach deren Anblick es keine glückliche Stunde mehr geben wird."

Inzwischen waren sie an einer hellen Schneise zwischen Jungwald und Altbestand angekommen. Hans schleppte die Säge heran. Max blieb vor einer großen, uralten Fichte stehen, die alle Nadeln abgeworfen hatte. Er bestimmte die Einschlagrichtung und die Sturzkluft, nahm die schwere Hacke zur Hand, ließ sie aber mitten im Schwungnehmen wieder sinken: „Immer wieder habe ich mit Absterben und Tod zu tun. Mein erster Toter war ein junger, blonder Soldat auf dem Bahndamm nahe Hollenegg: Ein Tiefflieger hat den Zug beschossen, die Lokomotive zerstört und von allen Fahrgästen nur diesen einen Burschen getötet. Ein Unteroffizier hat seine Erkennungsmarke aus der Bluse gezogen, das ovale Aluminiumblättchen auseinandergebrochen, abgelesen und laut gesagt: ‚Er war noch nicht achtzehn!' Gleich darauf ist das Flugzeug beim nächsten Anflug mit der linken Tragfläche gegen den Lichtmast neben dem Bahnübergang geprallt, hat sich in den Bodiselitsch-Acker gebohrt. Der Pilot und der Schütze hingen blutig aus dem brennenden Wrack, das vom Dampf der getroffenen Lok eingehüllt war. – Ich bin in dem beschossenen Zug gesessen, habe mich den Bahndamm hinunterrollen lassen, dann beim Bergen der toten Angreifer geholfen. – Als nächstes bin ich dazugekommen, wie es den alten Almsimmerl in der Fresenlichtung erwischt hat: Seine Kuh war dort in einen Schützengraben gestürzt, konnte allein aus dem schmalen Loch nicht heraus. Mit Stricken und

Riemen hat der Alte samt seiner Frau versucht, das verschreckte Vieh zu heben. Als das nicht gelungen ist, hat er begonnen, einen schiefen Aufgang zu schaufeln. Als er eben tief hingebückt beim Graben war, kam der Tiefflieger und zerfetzte mit einem kurzen Feuerstoß den Bauern und seine Kuh. – Von Garanas aus haben wir oft die Tiefflieger unten durchs Tal brausen gesehen mit Feuer, Rauch und Dampf unter und hinter ihrer Flugschneise. – Der Perner-Lois hat eben Fronturlaub gehabt, als man ihm erzählt hat, wie sie einem deutschen Soldaten beim Brendlwirt Waffen, Uniform und Schuhe abgenommen haben. Das hat den Lois so empört, daß er sein Gewehr gepackt hat und die Täter suchen gegangen ist. Er hat nicht gewußt, daß eine deutsche Militärstreife – von der Brendlwirtin verständigt – nun auch das Gebiet durchstreifte: Als der Perner-Lois eben die Brendlalm mit seinem Gewehr in Hüftanschlag überquerte, hat die Streife ihn wegen seiner deutschen Uniform von weitem für den verkleideten Partisanen gehalten und erschossen. – Der Kaplan von Wiel hat sich mit ausgebreiteten Armen schützend vor die versteckten Frauen gestellt, als eine betrunkene Horde in die Sakristei gestürmt ist, um zu vergewaltigen. Er wurde mit Maschinenpistolenschüssen zerfetzt. Er hat Stanislaus Held geheißen, schon durch seinen Vor- und Nachnamen ist er zu diesem Opfer vorbestimmt gewesen, glaube ich: Verteidiger der Frauenwürde. Ich habe dann später geholfen, die Gedenktafel für den Märtyrer vor der Kirche anzubringen. – Immer wieder bin gerade ich dafür dagewesen, Sterbenden die letzte Suppe zu geben: Unsere brave Dirn-Rosl hat sich bis zuletzt an mir festgeklammert. – Meinen Vater habe ich aus dem Klosett tragen müssen, wo er nach der ersten freien Gemeinderatsitzung 1945 am Herzschlag gestorben ist. – Meiner lahmen Mutter habe ich über dem Bett ein Gerüst gebaut, damit sie sich umrollen konnte. Und als es zu Ende ging, habe ich ihr noch danke sagen können für alles Gute. Weißt, Hans, beim Torfstechen habe ich mir oft gedacht, daß das Heilmoor, das heute den Kranken in Schwanberg unten so guttut, vor Tausenden Jahren reines Leben auf der Berghöhe heroben gewesen ist: Daß das so lang schon Abgestorbene noch immer weiter wirkt, das ist ganz eigen."

Was Max an diesem Tag über die Lippen brachte, war eine einzige kreisende Litanei. Und er hatte recht: Alles, was bei solchen Erinnerungen mehr sein will als ein Aufzählen, ist lächerlich, wäre anmaßend.

Max nahm Hans die Säge wieder ab. „Hans, ich habe dir noch lang nicht alles erzählt, was ich weiß. Und ich will von dir auch nicht alles wissen. Irgendwie wirst du – werden wir! – durchkommen …"

Benedikter hob die Schutzhelme auf. „Gehen wir weiter Bäume schneiden, trotz der Angst vor Bombensplittern im Holz."

Zissers Tastatur: Benedikter hat es in seiner Max-Erzählung verabsäumt, das einzige immer wiederkehrende Thema seines sonst schweigsamen Vetters zu schildern: Wie war die Verfassung, wie fanden sie ihre Fassung, wie konnten sich jene Kamikaze-Piloten und Einmanntorpedo-Kapitäne, die bis zum Kriegsende 1945 nicht mehr zum Einsatz kamen, überhaupt wieder im gewöhnlichen Leben fassen, zurechtfinden? Durch das plötzliche, quasi ungeplante, ungewünschte Kriegsende waren sie abrupt arbeitslos geworden – nein, nicht arbeitslos, sondern opferlos, ehrlos, selbstmordlos, todlos –, gänzlich unvorbereitet zu vorderhand unbefristetem, eben lebenslänglichem Leben verurteilt. Wie konnten sie das überleben? Immer wieder versetzte sich Max mit einigen wenigen Fragesätzen aus wochenlangem Schweigen heraus in die Lage jener unglücklichen Glücklichen, die zwar unvermutet und unvorhergeahnt ihrem unmittelbaren Selbstvernichtungseinsatz entgangen waren, nun aber die einzige Aufgabe, zu der sie ausgebildet waren und von der sie ihr Selbstbewußtsein bezogen, verloren hatten: sich aus Pflicht selbst zu sprengen. „Wie sich die wohl vorgekommen sind, als sie auf einmal aus ihren Quartieren wieder auf die Leutegassen hinausgehen haben müssen, und keine Helden mehr gewesen sind, und über das nächste Essen haben nachdenken müssen?“ Dieser Tausch der tödlichen Unsterblichkeit gegen tödliche Banalität und lebendige Sterblichkeit beschäftigte Max oftmals: Haben sie früher oder später dennoch Selbstmord begangen? Haben sie sich auf die Suche nach einem neuen, anderen lohnenden Ziel gemacht? Ist ein Kamikaze-Pilot später Flugkapitän einer Verkehrslinie geworden? Oder haben die bestinstruierten Steuerleute der deutschen Einmanntorpedos nach ihrer schockierenden Freistellung an der nächtlichen Kaperung millionenschwerer Luxuskreuzfahrtschiffe teilgenommen?

Daß Benedikter die Beschäftigung seines Vetters mit dieser Frage nicht in die Max-Litanei aufgenommen hatte, könnte an seiner Verunsicherung darüber liegen, daß seine eigene Lage jener der Selbstaufopferungsverhinderten nicht unähnlich war: Die durchaus reale und folgenschwere Selbstvergessenheit seines Berufslebens, das ganz der Absicherung seines Unternehmens gewidmet war, ist ebenfalls nicht mehr erwünscht. Daß so viel verstoßene Leistungsfähigkeit, wie Benedikter sie immer noch besaß, nicht einem zerstörerischen Projekt gewidmet werden durfte, nicht Racheakten, war durchaus eine Prüfung.

Zweifellos berührte das Thema „Mißbrauchte Tugend“ den Mittelpunkt sowohl von Vetter Maxens wie von Benedikters Biographie.

Die Zusammenkunft

Drei Wochen nach dem von Altbetriebsrat Manninger angeführten Aufruhr in der Taborstraße vor der Byloff&Nandor-Zentrale trafen sich über Anregung Benedikters sieben Kenner der Sachlage in der Wohnung des Altvorstands Fruhmann hoch über dem Praterstern. Fernseh- und Zeitungsnachrichten hatten in den letzten Tagen über jene mächtige Protestversammlung und den Fenstersturz des Denkmals für die Parteigründung zwar ausführlich berichtet, doch kein Redakteur ging dieser Firmentragödie auf den Grund. Immerhin hatte diese Beachtung der äußeren Vorgänge bei Benedikter das Bedürfnis geweckt, seine und seiner engsten Kollegen Möglichkeiten zu erkunden, die Malversationen zur Firmenvernichtung so zu verdeutlichen und zu verallgemeinern, daß eine Wiederholung mit den in ihrem Kreis sattsam bekannten handelnden Personen auszuschließen war.

Bestärkt wurde Benedikter durch eine kurze Bemerkung der Omniabank-Betriebsratsvorsitzenden Rosa Zweiner, die ihm nach der Protestversammlung in der Rotenturmstraße begegnet war. Ihre Hand an seinem Ärmel sagte sie nur: „Ich habe jetzt den schriftlichen Beweis, daß der Pekunia die Fabrik unterbewertet überlassen wurde. Als Gegenleistung ist das Mitschneiden der Omnia bei den anschließenden Finanztransaktionen vereinbart worden."

Sein verehrter früherer Chef, der Widerstandsheld gegen die Zerschlagung der Taborwerke, Altvorstand Fruhmann, den Benedikter vom Schwanberger Postamt aus angerufen hatte, war bereit, in seiner Wohnung einen Gesprächskreis zu beherbergen. Benedikter, dem der einsame Altvorstand die theoretischen Schriften seines ermordeten Sohnes Dr. Ferdinand Bernleitner anvertraut hatte, war vom Studium dieser Blätter tief beeindruckt. Mit dieser immer noch aktuellen Unterlage und den eigenen Wahrnehmungen der ehemaligen Arbeitskollegen wollte die Gruppe jene Gesamtdarstellung erarbeiten, die ihnen für die eigene Festigkeit fehlte. Omnia-Obfrau Rosa Zweiner, einzig noch in Dienst, und die vom Tabor vertriebenen Kollegen Holzner, Harkamp, Brenda, Mlady,

Ninaus hatten mit Benedikter die Vortragstexte des ermordeten Ökonomen Bernleitner auf ihre jüngsten Erfahrungen hin durchgearbeitet. Sie alle sowie der Gastgeber, Altvorstand Fruhmann, tauschten ihr Wissen, aber auch ihre Gefühle, Absichten aus.

Dr. Brenda referierte zuerst: „Bernleitners Schriften enthalten die Kritik an gültigen Bilanzregeln: Das Unterlassen aufwendiger unternehmerischer Maßnahmen zur Zukunftssicherung der Betriebe wird kurzfristig formal belohnt, weil ja Kosten vermieden wurden, denen augenblicklich keine Erlöse gegenüberstehen – dasselbe gilt für unterlassene Personalentwicklung oder vermiedene Grundlagen- und Marktforschung. Das ist die Versuchung aller auf ungute Weise zu Betriebseigentümern gewordenen Nicht-Unternehmer, deren verhängnisvolle ‚Künste' ausschließlich in primitiven Sparmaßnahmen bestehen."

Ex-Betriebsrat Holzner rief dazwischen: „Dafür erhalten diese Strauchritter den Medientitel: Paradesanierer!"

Brenda fuhr fort: „Persönliche Werte – Zutrauen der Mitarbeiter, Vertrauen der Kunden – sind nicht in bilanziellen Geldgrößen ausgewiesen, daher dürfen sie kurzfristig ungestraft ausbluten. Wem die Menschen in der Firma ohnehin nichts bedeuten, wer mit dem Unternehmen ohnehin nichts anderes vorhat, als es zu verscherbeln, dem kommt die Halbblindheit des gültigen Bilanzrechts sehr zustatten. Die Bankgewinne kommen immer weniger aus dem Firmenkundengeschäft, immer mehr aus dem Spiel im Finanzkasino! Allein, ohne daß sich im wirklichen Wirtschaftsablauf und Wirtschaftsausstoß etwas ändert, entsteht nur durch das Erzeugen von Gerüchten ein Handel von Firmenanteilsscheinen – Aktien – mit Umsätzen und Gewinnen, die die Summe aller echten Arbeitsergebnisse bis zum Dreißigfachen übersteigen."

Betriebswirt Ninaus warf ein: „Auf uns bezogen, war das sonnenklar: Die Taborwerkler und ihre Familien sind verarmt, haben ihre Existenz verloren. Aber die Lesky-Eigner-Icht-Schleiss-Clique ist um viele Millionen reicher geworden – Leutchen, die zwar keinen Asphalt mischen können, sich aber ganze Stadtteile samt Grund, Boden, Häusern und Maschinen nur durch Konspirieren unter die gepflegten Nägel reißen."

Dazu Mlady bissig: „ In ‚konspirieren' steckt das Wort Geist: Es sind böse Geister, die hier kopulieren."

Dr. Harkamp folgte Bernleitners Studien weiter: „Während die Realwirtschaft durch das gesetzte Recht, technische Normen, Gewerbeordnungen, Kollektivverträge und Sozialbestimmungen – vor allem aber durch die Naturgesetze! – ihre Begrenzung, Aufsicht, Steuerung erfährt, die das Führen eines Betriebs im Rang allgemeiner Kultur erlaubt, gibt es für die Scheinwelt der Finanzwirtschaft ähnlich schlüssige Grenzen nicht."

Rosa Zweiner nahm ihren Berufszweig in Schutz: „Die Koppelung zwischen Finanz- und Realwirtschaft sollte eigentlich wohltuende Wirkungen zeitigen: Bereitstellung von Geld für Innovationen in den Fortschritt; Investitionen zur Herstellung nützlicher Güter und zur rationellen Abwicklung von Dienstleistungen; angemessene Belohnung der diese Vorausleistungen ermöglichenden Sparer; Überbrückung von Zeitabständen zwischen Aufwänden und Erträgen; Vorfinanzierung gesellschaftlich wünschenswerter Vorhaben – Flußregulierungen, U-Bahnen, Ausbildungsstätten, Gesundheitszentren."

Fruhmann wandte ein: „Verhielte sich die Finanzwirtschaft gemäß diesen Zielen, könnte ihre Entwicklung stets nur – zwar zeitverschoben – in Größenordnungen verlaufen, die dem Wachstum der Realwirtschaft ähnlich sind. Da dies nicht der Fall ist, wird der Sektor gefährlich."

Dr. Harkamp zitierte: „ Mehrere Jahre lang vorbereitete Basisinnovationen bewirken die etwa alle zehn Jahre wechselnde Kernkompetenz eines Unternehmens, von der es dann wieder ein Dezennium anständig leben kann. Freilich müssen dafür die jeweils erwirtschafteten Mittel in das Aufbereiten künftiger Fähigkeiten gelenkt werden."

Benedikter erfaßte jetzt den Bezug zu ihrem gemeinsamen Thema: „Genau hier werden die Todsünden der Börsenfüchse und ihrer Handlanger begangen: Sie ergreifen in einem beliebigen firmengeschichtlichen Zeitpunkt die Macht – durch Geldhahn-Drehen ganz leicht –, ereifern sich polemisch über jene Ausgaben, die nur mittelbar den Firmenbestand sichern, kappen dieselben, weisen in der nächsten Bilanz die erwünschte Profitsteigerung aus. Nach drei Jahren bricht die ausgebeutete Firma zusammen, wird liquiditätswirksam ausgebeinelt, das freischwebende Kapital ist strategiegemäß gewonnen – das heißt dann ‚weitblickende Ressourcenallokation'. Zahllose Vorstandssitzungen werden den perversen Erfolgsmeldungen über Personalabbau gewidmet: ‚Der Umsatzzwang und der Kapazitätsdruck müssen von den Aufsichtsräten genommen werden …'"

Holzner rief erregt: „Die besten Arbeitsplatzvernichter bekommen die höchsten Stellen. Millionengagen für Figuren, die außer dem obigen Satz und dem Abspulen einer Tagesordnung kein Know-how besitzen – sondern nur die zynische Robustheit, massenhaft Leute hinauszuschmeißen."

Harkamp ergänzte: „Es ist ja bezeichnend, wohin sie ihren privaten Reichtum lenken: nicht etwa in die Gründung einer Forschungsgruppe, der sie Aufgaben stellen könnten; nicht in die Veranstaltung länderübergreifender Zusammenkünfte verantwortungsvoller Denker oder in das Schaffen einer Plattform für Ethiker mit Umsetzungskompetenz, auch nicht in das Entwickeln neuer sozialer Konzepte, geschweige denn in das Fördern von Erfindern durch menschliche Zuwendung und wirksame Gespräche – nein, nein, allesamt verwenden sie ihre vertragskonform beiseite geräumten Millionen zum Erwerb längst sinnlos gewordener Reichtumszeichen wie Parkvillen, Jagdschlössern, Protzautomobilen, Hochseejachten, Reit- und Rennstallungen, spekulativen Kunstsammlungen, Gold und Juwelentresoren. Doch ihre Beiträge zu den Themen Arbeitslosigkeit, Arbeitsplatzbeschaffung, Arbeitsentlohnung, Arbeitszeitverkürzung, Arbeitsethik, Arbeitsfreude, Arbeitsleben, Arbeitsergebnis, Arbeitswelt, Arbeitszukunft sind an Schlichtheit nicht zu unterbieten."

Der Belegschaftsvertreter Holzner zitierte: „Die hochqualifizierten, wertschöpferischen Gebilde der Mikroökonomie – unsere Betriebe eben! – wurden mit fürchterlichen Schlägen zertrümmert, als die Wahnideen globalisierender Spekulanten das Kapital von der Arbeitswelt in die Börsenwelt hinüberbeförderten. Die Metzker für diese Schlächtereien wurden bestens belohnt, die entlassenen Arbeiter verkrümelten sich im zivilisatorischen Substandard und in der Arbeitslosenstatistik, die herausgeschlagenen Milliarden verflüchtigten sich in der Börsenrotation."

Benedikter diktierte mit Blickkontakt zu den Kollegen: „Ich wünsche mir, daß viele Mitdenkende unseren Zerschlagungsbericht, diese Leidensgeschichte, lesen, damit sich eine Sicht durchsetzt, die die Wissenschaft, die Politik und die Medien motiviert, eine der Realwirtschaft analoge Gewerbeordnung für das Finanzgewerbe zu erlassen. – Hatte sich nicht auch eine Mehrheit aller Wahlberechtigten mit legistischen und praktischen Folgen gegen die Atomtechnik gewandt? Genauso wäre die todbringende Finanzwirtschaft normativ zu bezwingen! Denn derzeit sind die politischen Machthaber ohnmächtige Akzeptanten und Interpretatoren der Leskys, Eigners, Ichts, müssen sich vor dem Wahlvolk fürchten, müssen nicht vorhandene Kompetenzen vortäuschen, würdelos taktieren, das Feld verlegen lächelnd den Leskys und Ichts überlassen, dafür die allgemeine Wut über die steigende Existenzunsicherheit ertragen."

Ninaus schrie: „Abgewählt werden sie, punktum! So schaut es aus!"

Benedikter beendete: „Mangels Aufklärung wissen nicht einmal die Politiker, welche heimlich agierende Kaste zu Lasten von Bevölkerung und Regierung ihr Spiel treibt."

Freund Mlady, früher Leiter der EDV-Abteilung – er kaute jetzt lustlos an der zugestellten Pizza –: „Die Schuldigen werden wohl mangels sprachlicher Erfassung ihrer Untaten, mangels rechtlicher Normierung wohldotiert aus den Fenstern ihrer Paläste den Kollaps beobachten."

Rosa Zweiner berichtete von dem Geheimvertrag Lesky-Icht, wonach als Gegenleistung für die verdeckte Schenkung sämtliche Zahlungsströme der Pekunia über die Omnia fließen … von den überhöhten Konditionen sollte nicht geredet werden … Außerdem gab es einen Plan, wonach einzelne Produktlinien statistisch geschmückt und verkauft werden sollen, zugunsten der Pekunia, die Bauplanung würde zu einer neuen, anonymen Gesellschaft umgegründet, der Rest der Byloff&Nandor würde schließlich in Konkurs geschickt. „Selbstverständlich ist das ein hinterhältig angelegter Gläubigerbetrug. Denn die guten Teile, die ja auch von den Gläubigern vorfinanziert worden sind, werden dem Dr. Icht-Vermögen zugeschanzt, bis die ausgehöhlten alten Taborwerke überschuldet zurückbleiben und als Insolvenzfall – wahrscheinlich unter dem Titel ‚internationale Marktkrise', ‚Industrie-Restrukturierung' – den so wehrlos gemachten Vorlieferanten, Finanzämtern und entrechteten Pensionsempfängern aufgehalst werden."

Dr. Brenda mutmaßte: „Lesky vermeidet es tunlichst, diese Fakten im Kreise derer, die ihn ernannt haben, klarzustellen. Er webt einen Sprücheschleier zwischen seinem machtvoll vorangetriebenen Großkalkül und den in der ahnungslosen Tagespresse punktuell auftauchenden Unglücksmeldungen. Den Zusammenhang zwischen den Bonitätskennziffern der Omniabank samt steigenden Börsenkursen und den ganz anderswo abgehandelten Insolvenz- und Arbeitslosenzahlen durchschaut niemand: pfiffige Umwandlung nützlichen Realkapitals – Forschungsstätten, Produktionshallen, Kräne, Maschinen, Fahrzeuge – in schädliches Spielkapital – Derivative, Optionen, Futures, Swaps. Den Vorteil haben die anonymen Spieler. Den Nachteil haben verarmte Nachbarn, ahnungslose ehemalige Arbeitskollegen. Die namentliche Litanei der Verjagten ist schier endlos."

Ninaus zitierte aus einem Bernleitner-Blatt: „Auf den internationalen Finanzmärkten wird täglich ein Volumen von drei Milliarden Dollar bewegt, das sind neuntausend Milliarden oder neun Billionen österreichische Schilling jährlich. Fünfundneunzig Prozent davon gibt es nur auf dem Papier. Es sind die Rückwirkungen auf die Realwirtschaft, die uns mit Besorgnis erfüllen müssen: Da dieses Kapital in seiner eigenen irrealen Sphäre kreist, bleiben Zuwendungen für technologische Nutzung und Lernvorgänge aus. Die Finanzwelt unterläßt es also, Voraussetzungen für weiteren Fortschritt zu schaffen. Diese Unterlassung der Entwicklungsarbeit am Wissensschatz ist die eigentliche Sünde der Spieler. – Allen ihren Dispositionen wird nicht die Entwicklung der Realwirtschaft, werden nicht Unternehmensleistungen zugrunde gelegt, sondern Anschauungen der Meinungsmacher hinsichtlich der Erwartungen, die eine Mehrheit der Spielgeldbesitzer über die Entwicklung – damit Bewegung der Aktienkurse – hegen könnten ... So fließen die Geldströme in andere Richtungen, als es dem Bedarf nach Gütern und Arbeitsplätzen entspräche. – Verläßliche Unternehmer bekommen daher kein Geld."

Mlady warf ein: „Darum mußte unser Vorstand Fruhmann weg! Keiner unter uns wäre nicht von der unvergeßlichen Szene geprägt, mit der Lesky brüllend den treuen Geschäftsführer der Taborwerke gefeuert hat! Gewitzte Maulreißer ohne Produktionsabsichten werfen ihm mehr ab."

Ninaus zitierte weiter: „Kapitaleinkünfte wachsen rascher als Arbeitseinkommen, das ist nicht zu Ende zu denken. Finanzmärkte expandieren illusionär. Am Ende stehen immer Währungsreform, Massenelend, Bürgerkrieg."

Holzner schrie dazwischen: „Für ein paar Jahre Luxusleben nehmen die Schlawiner und begüterten Rückversicherer das in Kauf. Zahler für diesen Kauf sind wir."

„Stimmt", setzte Ninaus fort, „die Buchprofite werden zunächst als reale Gewinne betrachtet, in dieser Phase verwandeln die Spielmeister ihre mit Börsenschnitten abgezockten Gelder schleunigst in Sachwerte, ehe der nächste Crash ihre erschwindelten Kapitalblasen platzen läßt. Es sind höchstens ein bis zwei Prozent der Bevölkerung Geldvermögensbesitzer, wogegen sich die reziproken Schulden auf die achtundneunzig bis neunundneunzig Prozent der Bevölkerung – auch über die Staatsverschuldung – verteilen. Zwei Drittel aller Kalkulationskosten sind daher nicht Herstellungkosten – Material, Lohn, Energie, womit sich die Betriebswirtschaftslehre beschäftigt –, sondern Transaktionskosten, also Aufwendungen für Tausch-, Übergangs- und Durchreichevorgänge. Die Summe der Kurswerte übersteigt die Summe der Unternehmenswerte um das Zehnfache!"

Dr. Harkamp, der das Tonbandgerät bediente, eine neue Kassette einlegte, sagte: „Und in dieses unanständige Karussell hinein sind die unserer Byloff&Nandor AG ausgepreßten Werte zwecks Blitzbereicherung von ‚Blitzgneißern' geflossen. Tatsächlich ging es dabei um die solcher ‚Verflüssigung' stets folgende Kursrallye. Obwohl kein Ziegel gehoben, kein Nagel eingeschlagen, keine Wohnung eingerichtet wurde, hat sich die fiktive Goldhaube über dem Ganzen wieder vergrößert. Und die Fiktionsmanager schöpfen den Zuwachs ab."

Dr. Brenda ergänzte: „Es dürfte nicht mehr durchgehen, daß der clevere Banker Lesky dem Ausbeinler Icht eine Fabrik überläßt zwecks späteren Mitprofitierens an dessen Geldverschüben, ein Sachverhalt, den inzwischen sogar das kleinste Bezirksblatt argwöhnt. Und es dürfte auch nicht durchgehen, daß Dr. Icht rechtlich unbehinderbar seinen Spartenleitern nach Firmenübernahme sofort die Anwendung von zeitgemäßen Deckungsbeitragskalkulationen verbietet und prohibitive Mindestgewinne von fünfundzwanzig Prozent vorschreibt: Ein Arzt wird bei analog letalem Verhalten wegen Kunstfehlers angeklagt! – Der Trickser hat absichtlich den Geschäftsgang erwürgt, um zwei Jahre später der Öffentlichkeit Sand in die Augen zu streuen: Taborwerke im Zuge der Asien- und Rußland- und Mexiko-, Brasilien- und Indonesienkrisen, bla-bla-bla, leider liquidationsreif …"

Holzner polterte: „Jawohl! Doch verflüssigt wurde aus ganz anderen Gründen das Realkapital – Grund und Boden, Gebäude, Geräte –, um es in Finanzgeld zu verwandeln, mit dem man sich bereichern kann, ohne von einer Sache etwas zu verstehen, ohne irgendeine Haftung zu übernehmen, ohne Menschenrechte zu beachten. Der Lustgewinn im Machtrausch des Durcheinanderwerfens von Grundstücken, Gebäuden, Menschen, Sparwerten ist der wahre Antrieb solcher Bonzen."

Verbitterung, Erschöpfung, aber auch Erkenntnis erfüllten die alten Arbeitskollegen. Sie hatten über Vorschlag Holzners eine Stunde Unterbrechung vereinbart. Die Teilnehmer waren mit dem Aufzug zum Praterstern hinuntergefahren, hatten sich geteilt: Fruhmann, Harkamp, Brenda gingen auf einen Kaffee in die Konditorei Aida; Ninaus, Zweiner und Holzner machten einen flotten Spaziergang durch die Prater-Hauptallee zum Lusthaus; Benedikter und Mlady zog es durch die Heinestraße an den Äußeren Tabor, um wieder einmal ihre alte Arbeitsstätte, das Byloff&Nandor-Hochhaus, von ferne zu betrachten. Als sie alle um siebzehn Uhr wieder in Fruhmanns Wohnzimmer beisammen waren, teils über ihre Mitschriften gebeugt, teils aus den Fenstern die über Wien untergehende Sonne beobachtend, beschlossen sie, aus der Summe ihres Erlebens mit dem heute erarbeiteten Hintergrundwissen eine Aussage zu verfassen, die mittelfristig jenes Unwesen beenden sollte, dessen Opfer die Taborwerke geworden waren.

Dr. Brenda war es wichtig, die Firmenzerstörung mit erzählerischer Genauigkeit so zu beschreiben, daß Menschen mit Gesichtern, Schicksale mit Namen, Zustöße mit Zeit und Ort von den Lesern erlebt werden konnten. Keinem Informationsträger war es bisher gelungen, den Irrwitz der Abläufe allgemein bekanntzumachen. „Unsere Erzählung muß so packend sein, daß Wissenschaft, Politik, Justiz sich herausgefordert sehen, solche Fehlentwicklungen zu beenden."

Gastgeber Fruhmann steuerte Statistiken bei: „Allein in den fünfundzwanzig Jahren von 1974 bis heute haben sich die Beschäftigten unserer Industrie von 700.000 auf 450.000 vermindert, das sind über 35%! Industriefirmen sind von 55.000 auf 40.000 gesunken, dazu kommt noch der krasse Verlust inländischer Firmenleitungen."

Dr. Harkamp verwies auf die schon derzeit gültigen, qualitativ wertenden Gesetzestexte, die etwa die „Sorgfalt des ordentlichen Kaufmanns" als eine durchaus praktikable Meßgröße für unternehmerisches Vorgehen nutzten. Dieser leicht einsichtigen und brauchbaren Norm – deren Übertretung für einen Richter klar feststellbar und zu ahnden war – wären zwei ähnliche Normen für das Geldwesen anzufügen, nämlich: „Verpflichtung für die Realwirtschaft" und „Unmittelbares Einwirken auf den Leistungsbereich". Diese Gebote wären ebenso deutlich wie die „Sorgfalt des ordentlichen Kaufmanns", verständlich und nachvollziehbar. Deren Einführung würde das Herumschicken von fluktuierendem Kapital in schädlicher Produktionsferne verbieten. Jeder kaufmännisch Tätige müßte sich diesen drei Normen unterwerfen oder bei Abweichung bestraft werden. Forschung, Entwicklung, Produktion, Handel und Dienstleistungen würden gefördert, Spieler und Spekulanten behindert werden. Diese demonstrative gesetzliche Weisung wäre unschwer durchsetzbar, würde den Gangstertrick des Zerredens und Taktierens über taxativen Paragraphen ausschließen.

Frau Zweiner und Herr Ninaus hatten in den Schriften Bernleitners zahlreiche Hervorhebungen mit Rotstift gemacht. Sie brachten für die Schlußerklärung folgende vier Punkte ein: „Ökonomische Nachhaltigkeit wird erreicht, wenn in jeder Generation nur das verbraucht wird, was erarbeitet wurde; Geld darf nur das Abrechnungsmedium, die Bewertungseinheit für wirkliche wirtschaftliche Vorgänge sein; die Globalisierung muß gleichwertig mit Subsidiarisierung und Regionalisierung gesehen werden; der Gegensatz zwischen Arbeitern und Unternehmern ist überholt durch den Gegensatz zwischen Wertschöpfenden und Spielern".

Benedikter bekräftigte diesen Beitrag: „Wenn wir dafür sorgen, daß unsere Geschichte weitererzählt wird, werden diese Grundsätze als lebenserfüllt angenommen."

Mlady ergänzte: „Hinsichtlich der Finanzwirtschaft müssen wir uns strikter äußern. Das ist keine Geschmacksfrage oder ein Ausfluß von Neid und Antipathie: Die Finanzblase treibt in ein Weltunglück! Die fiktiven Kapitalien und Verschuldungen sind zu stornieren. Das ist die politische Herausforderung zur Jahrtausendwende. Es ist für alle – auch für die Besitzer von Kapitalvermögen! – besser, wenn Kapitalrotation drastisch besteuert, als wenn es in einer gesellschaftlichen Katastrophe vernichtet wird."

Fruhmann dankte seinen ehemaligen Kollegen und Mitarbeitern. Er versprach mitzuwirken, daß viele Leute erfuhren, was hier an Einsichten gesammelt worden war. „Nach dem, was wir mitgemacht haben, dürfen wir so leidenschaftlich sein, wie wir es heute waren." Ninaus machte sich erbötig, gemeinsam mit Mlady die Niederschrift zu verfassen.

Zuletzt wurden durch Zuruf jene Institutionen und Personen gesammelt, an die demnächst das Ergebnis dieser Zusammenkunft gesendet werden sollte.

Im Vorraum, als alle auf den Aufzug warteten, reichte Altvorstand Fruhmann jedem die Hand: „Ich danke euch. Die heutige gemeinsame Arbeit habe ich auch als eine Wiederauferstehung meines Sohnes Ferdinand empfunden."

Die Faust

Unmerklich und schmerzlos hatte sich Benedikters rechte Hand im letzten Jahr so eingekrümmt, daß sie sich nicht mehr öffnen ließ. Das alltägliche Schreiben, das Telefonwählen, das Schließen der Hemdknöpfe und Schuhbänder waren ihm zusehends schwerer gefallen, sein Händeschütteln war behutsam geworden. Zuletzt vermochte er nicht einmal mit der starken linken Hand seine rechten Finger geradezubiegen, ihre Kuppen blieben starr gegen den Handteller gedrückt, einwärts verkrampft. Nur der Daumen bewegte sich noch ein wenig, ließ den Schreibstift festklemmen, so daß Benedikters Aufzeichnungen sowie das Lenkradhalten und -drehen möglich blieben. Nach wenigen Wochen Zurückgezogenheit in Garanas erwies sich die Klaue als so verhärtet und jedem Fortkommen hinderlich, daß tiefe ärztliche Schnitte unvermeidbar geworden waren.

Nüchtern fuhr Benedikter um fünf Uhr früh die Waldstraße abwärts Richtung Deutschlandsberg, in dessen Krankhaus um neun Uhr die Operation angesetzt war. An der Eckweberkehre, die im Schrittempo zu durchrollen war, begegnete er der Briefträgerin, die auf ihrem vollbepackten Moped bergwärts fuhr. „Sie sind doch der neue Inwohner vom Schwaighofer-Max oben? Da wäre eine Nachsendung für Sie.“ Damit reichte sie Benedikter durch das Autofenster einen Umschlag, auf dem die Weiterleitung durch sein Wiener Postamt Leopoldstadt-Weintraubengasse vermerkt war. Als Benedikter den Absender Nauticord erkannte, freute er sich, denn ein Halbjahresbericht über den Nutzen, den die von ihm erworbenen Schiffseiltrommeln weltweit stifteten, war zu erwarten. Er steckte den Brief in die Jacke, dankte, winkte, fuhr weiter zu seinem Chirurgietermin.

Das moderne Krankenhaus rechts auf dem Berghang, an dem er schon so oft vorübergefahren war, war heute sein Ziel. Nur wenige Minuten nach dem Durchqueren Schwanbergs und des Hollenegger Walds zog er vor der Deutschlandsberger Senke nach rechts auf den Patientenparkplatz zwischen freundlichen Linden- und Birkenterrassen. Das Sockelgemäuer des mächtigen Baues zeigt noch die Holzfaserungen und Astlöcher der einstigen Schalungsbretter, die vor fünfzehn Jahren den flüssigen Beton gefaßt hatten und nun längst verheizt waren.

„Ich bin Schwester Franziska", begrüßte ihn auf der Station im zweiten Obergeschoß die weißgekleidete Helferin, führte ihn zu seinem Bett ins Krankenzimmer. Sein Nachbar kauerte mit hochgehängtem Gipsbein vor dem Frühstück, stellte sich als im Dienst verletzter Gendarm vor. „Haben Sie sicher nichts gegessen?" fragte die Schwester. Sie gab Benedikter das Operationshemd, zeigte ihm den Kleiderschrank. „Ziehen Sie sich um, wir fahren in zehn Minuten zum Vorbereitungsraum."

In der weißen Kutte, deren Halsschnur er nicht binden konnte, stand der Wartende am Fenster: Grüne Blechdächer und hellgraue Kiesdächer breiteten sich unter dem Krankenzimmer aus. Aus der Stadtsenke hob sich der gelbe Kirchturm mit der schwarzen, schlanken Spitze, die Dächer – in zahlreichen Winkeln, Neigungen, Schnitten zueinander geneigt – wurden von hervorbrechenden Baumkronen überwachsen. Der Freilandhügel drüben stemmte sich vor das Waldgebirge, trug oberhalb einer engzeiligen Weinbergfläche die klobige Burg Landsberg. Die Abriegelung gegen Norden bot der wuchtige, wie unberührbare Reinischkogel, gegen den sich von weit her Bergwogen drängten. Die näheren Freilanddriften auf der gegenüberliegenden Talwölbung, genau jenseits des Weichbilds der Stadt aufsteigend, waren buntgefleckt aus Waldschneisen, dunklen Gräben, strahlend grünen Almflächen und hellstreifigen Weingärten, alles durchwirkt mit Wegbiegungen, Hecken, hunderterlei rot und weiß herausleuchtenden Häuserflecken. Darüber, weit hinten, wie ein Schutzwall der Hochwald von Trahütten.

Heute also sollte die geballte Faust, zu der seine Rechte geworden war, mit Messern geöffnet werden: Die Dauerkrümmung der Finger durch Schrumpfung der Sehnenplatte in der Handfläche war zu seiner verborgensten Wut- und Widerstandshaltung geworden. Während der hektischen Monate im ständigen Ausarbeiten neuer Abwehrtexte gegen den Verrat an den Taborwerken hatte er die allmähliche hakenförmige Beugung und Versteifung des vierten und fünften Fingers nicht beachtet. Mit dem fast gleichzeitigen Verlust der Wohnung und des Arbeitsplatzes, mit dieser unsäglichen Ohnmacht, hatte sich plötzlich die Verkrampfung seiner rechten Hand vollzogen: In Knoten und Strängen zog seither die Hohlhand einwärts. Die Faust, die er nie willentlich geballt hatte, diese Waffe hatte sich nun sein Körper selbst gebildet – zu spät wohl für einen erfolgreichen Kampf. Als verstümmelter Verlierer, vom verschlossenen Vetter geduldet, war er an den Koralmdriften als Unterlegener, Ausgeworfener gelandet. Sein

Leib hatte das Zeichen dafür gesetzt, wozu bisher sein Geist nicht bereit war: einen Faustkampf auszutragen, mit unmittelbarem Einsatz für sich zu streiten.

Schwester Franziska führte ihn aus dem Krankensaal. Sie bückte sich in der Türöffnung und hob Benedikters Poststück von diesem Morgen auf: „Das haben Sie beim Umziehen ausgestreut." Sie steckte im Weitergehen den Brief in ihre Schürzentasche.

Im Narkoseraum, wenige Minuten vor dem Eintreffen der Anästhesistin Dr. Forner, begann Schwester Franziska Benedikters rechten Arm von der Schulter bis zur Faust mit einer kühlen Flüssigkeit einzupinseln, bettete ihn dann auf eine breite fahrbare Liege mit Auslegern, auf die er seine ausgestreckten Arme stützen konnte. Im Warten auf die Vorbereitungsärztin bat Benedikter die Schwester, ihm kurz den von ihr eingesteckten Nauticordbrief vorzulesen. Schwester Franziska öffnete den Umschlag, beugte sich vor dem Punktstrahler über das Papier, sagte zögernd: „Genau verstehe ich das nicht, hier steht, Sie sollen sich selbst um Ihre Werte kümmern ..., diese Firma sei im Konkurs ..." Benedikter konnte diese Erklärung nicht glauben, stotterte: „Bitte, Schwester, sagen Sie ... lesen Sie mir die wenigen Zeilen vor, wörtlich." Nochmals hob Schwester Franziska das Blatt vor die Augen, las mit sichtlichem Widerstreben: „Anspannungen in der Planerfüllung ..., Überschuldung ..., völlige Umgliederung ..., gezwungen, für Nauticord Österreich den Konkurs anzumelden ..., daher keine weitere Geschäftsführung ..., hinsichtlich Ihrer Anteile bleiben alle Schritte Ihnen überlassen ..."

Ein Schock traf Benedikter. Wie ein Schlag aus dem Hinterhalt traf diese unerwartete Nachricht seine in all diesen letzten Vernichtungswochen mühsam aufrechterhaltene Fassung: Seine seit zehn Jahren angesparte Altersrente sollte also auch verloren sein! Ab dem 65. Lebensjahr durfte er wöchentlich tausend Schilling, zehn Jahre hindurch, von jenen fünfzehn Hochseeverkehrsseilen erwarten, die er bei Nauticord für eine halbe Million Schilling gekauft und zur weltweiten Vermietung als Transportbehelf freigegeben hatte. Zuletzt war für das Jahr 2012 ein ansehnlicher Restwert zu erwarten, den er als dann Fünfundsiebzigjähriger für den späten Lebensunterhalt nutzen wollte. Das alles sollte plötzlich verloren sein? Diese letzte Absicherung seiner Existenz nach allem soeben erlittenen Unglück war ihm auch genommen? Viele Jahre Sparen waren vergeblich. Nun drohte ihm nach über vierzig Jahren ehrlicher Arbeit vollends die blanke Altersnot! Schwester Franziska stammelte etwas von „Wiedergutwerden" und „Auf-den-Grund-Gehen", doch es blieb und galt ab sofort der Blitzschlag dieses Morgens: diese unverdrängbare Wiener Aussage „Konkurs!" Überschuldung, Konkurs, das heißt: Benedikters Enteignung, Verarmung.

Die Anästhesistin betrat den Raum, begrüßte ihren Schützling freundlich und bog seinen rechten Arm weit zur Seite, ja überstreckte ihn, bis die Achselhöhle blank und gespannt im Scheinwerferstrahl lag: „Sie müssen während der Handschnitte Befehle ausführen, weshalb ich Sie zwar gefühllos mache, aber nicht einschläfere." Hiebei stach sie zuerst mit einer winzigen Nadel, dann mit einer starken elektrischen Sonde tief in das Achselhöhlengewebe, ließ sich von Benedikter die Stärke der Stromstöße bestätigen, drückte schließlich in diesen Nervenbereich das Narkotikum, wodurch der ganze rechte Arm bis zur Fingerspitze lahmgelegt wurde. Langsam rollten die beiden weißgekleideten Frauen den Patienten durch die Schleuse in den Operationssaal, wo der Chirurg mit bereitgehaltenem Besteck unter den gleißenden Lichtkronen wartete: „Bewegen Sie die rechte Hand", bat er, fand seine Annahme offenbar bestätigt. „Können Sie den Daumen abwinkeln?" Dann beugte er sich wortlos tief über Benedikters weit rechts hinaus gereckte Faust.

Benedikter spürte nur ein andauerndes seltsames Streicheln. Qualvoll aber waren die Gedanken, die auf ihn einstürmten. Die Anästhesistin stand hinter seinem Kopf, prüfte die Reaktionen, verstand die übermäßige innere Erregung ihres Patienten nicht: „Sie spüren doch nichts. Wir sind schon mitten in der Arbeit", versuchte sie ihn zu beruhigen.

Er aber rang mit flutenden Bildern: weite Meeresbuchten, ein hellgraues Handelsschiff im Vordergrund, hoch aufgeschichtete weiße und grüne Seiltrommeln auf dem Oberdeck, ferne Hafenanlagen, Hochhäuser, freundlich grüne Hügelbezirke von Handelsstädten im Hintergrund. – Die Großaufnahme eines sonnenüberfluteten Sattelschleppers auf mächtiger, einen Meeresarm überspannender Kettenbrücke mit verzurrter roter Seiltrommel auf dem Kranausleger, auf blauem Feld den großen weißen Schriftzug „Nauticord". – Der Bordkran eines silbrigen Transportschiffes ließ Frachtgut über dem gelben Hubstapler der Hafenmannschaft schweben, die diese Entladung aufmerksam, aber lachend mit erhobenen Händen einwies. – Nauticord-Büros, die diesen völkerverbindenden Verkehr ordneten, befanden sich in Antwerpen, Curaçao, Genua, Hamburg, Hong Kong, Rio de Janeiro, San Francisco, Seoul, Singapur, Sidney, Taipei, Tokyo. Der günstige Wasserweg benötigte diese festen Seile in immer gleicher Abmessung, weltweit einsetz- und austauschbar. Diese großen Trommeln, etwa dreißigtausend bis fünfzigtausend Schilling je Stück wert, warfen für ihre Besitzer in fünfzehnjähriger Nutzung eine rund zehnprozentige Jahresrente ab …, doch Froschmänner tauchten aus den Fluten, erklommen die Bordwände, klebten Haftladungen an die Rollenachsen, stürmten die weiße Kommandobrücke. Riesige Explosionen zerrissen die Verzurrungen auf dem Oberdeck, das Frachtgut prallte brennend gegen Schiffsmasten und -taue, Hafengebäude, wartende Lastwagen: Düngersäcke, Fernsehmonitore, Orangen, Autoreifen, Tiefkühlfleisch, Möbelstücke, Kabelrollen, Apparate, Operationstische wirbelten in schwarzqualmenden Rauchsäulen durch die Dunstglocke über dem Hafenbecken. Eine Flutwelle warf die vertäuten Schiffe in voller Breitseite gegen die Kaimauern, Matrosen klammerten sich an frei pendelnde Leitern, Feuerwehrwagen, Rettungsautos rasten die Dammstraßen herunter, Feuerlöschschiffe schleuderten Fontänen über das Chaos. Der Schiffsbug senkte sich rasch unter den Meeresspiegel, triefend hob sich das Heck samt Schiffsschraube aus den Fluten, im spitzen Winkel, hoch aufgereckt der gewaltige Schwimmkörper, wie ein knickender Turm über den Wellen, hunderte Tonnen Ladung kollerten über die Planken, zerbarsten in dem schlierigen, öligen Abgrund. „Rette sich, wer kann!" dröhnte es aus den Bullaugen.

„Heben Sie Ihren rechten Zeigefinger", rief eine Stimme. Benedikter schwamm durch das kochende Brackwasser uferwärts, doch die schwarz vermummten Taucher umfaßten immer wieder seinen Hals, seine Handgelenke. „Heben Sie den rechten Finger", tönte neuerlich der Befehl. Benedikter rang mit den mörderischen Tauchern, trat und schlug die triefenden Kapuzenmänner, wo er nur konnte. Atemlos, gänzlich durchnäßt, voller Brandwunden versuchte er immer wieder diesem Zuruf zu entsprechen. Er hob den rechten Arm über die Fluten, streckte die Finger, glitt durch die Dunkelheit zwischen seine absackenden Seilrollen, ergriff ein brennendes Kabel, das er nun als seine Rettungsfackel mit letzter Kraft schwimmend über die Wogen hob.

Zwei starke Hände faßten seinen Kopf an den Schläfen, eine Retterin beugte sich von weit oben her über seine Augen, er wurde aus dem heißen Schlick gehoben, ein sanfter Griff befreite ihn von der Fackel, die Stimme fragte teilnahmsvoll: „Wollen Sie schlafen, Herr Benedikter?"

„Ja", flüsterte er und sank hintenüber …

Der Gendarm auf dem Nebenbett setzte sich auf, hängte sein hochgerecktes Bein aus dem Gestell. Im Schein der Nachtlampe erkannte der erwachende Benedikter, daß Mitternacht vorbei war. Auch andere Kranke wälzten sich unruhig auf ihren Lagern. Auf dem weißen Kästchen lag der aufgeschlitzte bedrückende Enteignungsbrief.

„Der Schmerz ist zu groß", flüsterte der Nachbar, „ich muß kurzfristig ungehorsam sein, für mein Durchhalten selbst sorgen."

Benedikter zeigte mit dem Kinn auf seine in Gips gehüllte, gegen einen hohen Polster steil gelehnte Rechte: „Es brennt und schneidet und hämmert."

„Sie haben im Tiefschlaf geredet, daß Ihr Schiff versinkt." Posch massierte seinen Schenkel.

Benedikter mußte immer wieder das verhängnisvolle Poststück anschauen, um das Unglück, das ihn so blitzartig getroffen hatte, fassen zu können: kein Vorzeichen, keine Warnung, plötzlich der Konkurs! Er antwortete leise, und das erleichterte ihn, obwohl der Gendarm ein Fremder war: „Habe soeben erfahren, daß in Wien meine Ersparnisse verschwunden sind!"

„Gestohlen?"

„Nein, eine Konkursansage."

„Betrug?"

„Ich weiß nicht, ich sitze hier fest. Bin bei einer Weltfirma beteiligt für meine Altersvorsorge …"

„Die Behörden werden schon eingreifen. Jetzt geht es nur um die Gesundheit! Ihre und meine." Der Gendarm streckte sich flach aus, schlief ein.

Schmerz in der Hand peinigte Benedikter, dessen Ohren alle Nachtgeräusche, jedes Räuspern und Stöhnen im Krankensaal aufnahmen. Er versuchte durch unterschiedliche Liegepositionen den Schmerz zu lindern. Die Angst um sein verlorenes letztes Geld wurde von der Selbstbezichtigung verschärft, daß er vielleicht eine ethisch fragwürdige Anlage getätigt hatte. War er mitschuld am Zusammenbruch? Was hieß in diesem Fußtrittstext: „Alles Weitere bleibt Ihnen überlassen?" Wer sah denn jetzt in der Wiener Niederlassung nach dem Rechten? War diese Krida fahrlässig oder gar betrügerisch entstanden? Waren die Anlagewerber und treulosen Verwalter auch in diesem Moment noch die alleinigen Macher?

Es war drei Uhr früh. Eine Schwester ging durch den Saal, zog die Tür wieder hinter sich zu.

Benedikter wußte, daß viele hundert österreichische Sparer Nauticord-Mitglieder geworden waren. Auch viel einflußreichere als er selbst. Wahrscheinlich hatten sie alle vorgestern dieses Schreiben bekommen, das ihn – nachgesendet – gestern erreicht hatte. Doch wie viele von ihnen sind Buchhalter? Wie viele sind so voll getroffen von diesem Schaden? Hunderte würden zu ihren Rechtsanwälten laufen, die die Sache erst einmal prüfen mußten … Und nächste Woche würde die Nauticord-Pleite von den Wirtschaftsblättern berichtet werden. Vierzig Jahre lang war Benedikter in den Taborwerken gedrillt worden, jede Aufgabe selbst zu erkennen und zu lösen: Und wenn er der einzige wäre, der heute diesen Niederschlag nicht tatenlos hinnahm?

Benedikter schüttelte seinen Leidensgenossen wach: „Herr Posch, Sie sind doch Gendarm, was haben Sie damit gemeint, die Behörden werden schon eingreifen?"

Schlaftrunken murmelte Posch: „Ich meine die Gerichte, die suchen die Schuldigen."

„Und wo bleibt das Geld?"

„Wenn sie es noch nicht ausgegeben haben, müssen sie es zurückgeben."

Benedikter starrte zum Fenster in die Morgendämmerung: „Wenn es aber verschwunden ist ...?"

Posch bat ihn, sein Gipsbein wieder an dem Stangenhaken aufzuhängen. Benedikter erhob sich, fädelte mit der Linken die Schlaufe ein. Dabei bemerkte er, daß sein eigener Gips an der rechten Hand wie ein Behälter war, aus dem er herausschlüpfen konnte, man mußte nur den Daumen durch die Öffnung drücken. Er legte sich nochmals nieder, sein Herz raste bei der Vorstellung, daß er die entscheidenden Schritte genau jetzt versäumen könnte. Er erhob sich und ging zum Kleiderschrank, noch ehe sein Entschluß gefaßt war: Er schob und zog mit der Linken die Socken und die Trainingshose über die Fersen, preßte den Gipsklumpen durch die Ärmel des Unterhemds, des Pullovers, warf seine Lodenjacke um die Schultern, versuchte vor dem dunklen Spiegel mit der Linken das Haar zu glätten.

Posch schreckte auf: „Wo gehen Sie hin?"

„Ich fahre nach Wien. Ins Handelsgericht ..."

Der Gendarm herrschte ihn an: „Sie dürfen aber nicht selbst lenken!"

„Es geht um mein Leben, um den letzten Notgroschen ... Zum Schalten und Lenken kann ich die Hand aus der Gipshülse ziehen. Sagen Sie Schwester Franziska, ich bin nachts zurück." Benedikter verließ das Gebäude durch den Küchentrakt, warf sich in sein taunasses Auto, streifte langsam und vorsichtig den Handgips ab, schob den Lenkersitz ganz nach vorn, drehte den Startschlüssel mit der übergreifenden Linken und rollte durch das im Morgendämmern liegende Deutschlandsberg Richtung Wien. Auf dem rechten Sitz lag der Nauticord-Fluch.

Unbeirrbar, langsam, aber ohne Pause fuhr er über den Wechselpaß auf die ferne Hauptstadt zu. Selten und behutsam schaltend, das Lenkrad vorsichtig drehend, in voller Aufmerksamkeit, verbissenem Schmerz trieb er sein Auto bis vor den Eingang des Handelsgerichts in der Riemergasse, Wien, Innere Stadt. Die frisch operierte Hand stopfte er wieder in die Gipshülle, knüpfte mit einem Schal aus dem Handschuhfach eine um den Hals zu legende Tragschleife, mischte sich in die eilige Menge, die von allen Seiten – aus der Wollzeile, der Stubenbastei, der Singerstraße – dem Gericht zustrebte. Durchwegs zielbewußt ausschreitende Personen in dunklen Anzügen, weißen Hemden, schwere Aktenkoffer tragend.

Die riesigen Amtstafeln und Wegweiser in der Vorhalle boten Benedikter keinen Anhaltspunkt auf seiner Suche. Daher wandte er sich an den Pförtner, der ihm achselzuckend riet, es versuchsweise im Erdgeschoß auf Zimmer neun zu versuchen.

Dem erstaunten, ja befremdeten Gesichtsausdruck der ernsten Dame hinter dem aktenbeladenen Schreibtisch mußte Benedikter sein schockierendes Aussehen ablesen. Das Türschild wies als diensthabenden Richter Frau Dr. Hemma Kontur aus, daher eröffnete er sein Vorbringen mit der gebotenen Entschuldigung: „Sehr geehrte Frau Rat, ich habe seit achtundzwanzig Stunden nicht wirklich geschlafen, bin vor genau vierundzwanzig Stunden im Krankenhaus Deutschlandsberg an der rechten Hand operiert worden – und soeben zweihundertfünfzig Kilometer zu Ihnen gefahren." Dabei reichte er mit der Linken die Nauticord-Nachricht der Richterin.

Sie nahm den Brief, bot Benedikter zögernd einen der Sessel an, die ihrem Platz gegenüber standen: „Somit haben Sie keinen Termin, kommen auch ohne schriftlichen Antrag? Können Sie sich ausweisen?" Während sie Benedikters Papiere prüfte, erbat sie sein mündliches Vorbringen.

Benedikter wußte, daß jetzt die alles entscheidende Minute angebrochen war, seinem Schicksal in den Arm zu fallen, das über ihn und hunderte andere Sparer offenbar beschlossene Verhängnis aufzubrechen. Er schilderte Frau Dr. Kontur seine frühere berufliche Stellung, die vieljährige Ansparphase, die augenscheinliche Sinnhaftigkeit einer solchen Vorsorge. In den fast zehn Bestandsjahren dieser Firma waren bisher keine Unregelmäßigkeiten bekannt geworden. „Ich selbst habe vor vier Jahren fünfzehn Seilrollen um eine halbe Million Schilling teils mit Kredit erworben."

Dr. Kontur unterbrach ihn: „Wen aus diesem Kreis kennen Sie persönlich?"

„Ich habe nur den in Caen, Frankreich, wirkenden Vorsitzenden Dr. Profantl anläßlich einer Werbeversammlung vor meinem Beitritt gesehen. Bei den Jahresabschlüssen traten Buchprüfer auf."

„Was erwarten Sie jetzt von mir?"

„Daß die Österreich-Verantwortlichen der Nauticord umfassende Erklärungen über die reale Vermögenslage abgeben, nicht nur diesen schnoddrigen Trennungstext, und daß die Büroräume am Handelskai sofort beschlagnahmt werden, um Buchhaltung, Belege, Kassabestände sowie Beweismittel sicherzustellen. Solange ich diese Unterlagen nicht in redlichen Händen weiß, fürchte ich, daß wir stündlich weiter betrogen werden. Frau Rat, es handelt sich um eine gute Milliarde Schilling Sparvermögen österreichischer Staatsbürger. Ich bitte um Ihre Hilfe!"

Die Richterin lehnte sich nachdenklich zurück, ließ ihren Blick lang auf ihrem seltsamen Besucher ruhen. „Wissen Sie eigentlich, Herr Benedikter, daß Parteien mit einem solchen Anliegen wie dem Ihren hier mit vier Rechtsanwälten und einem zwanzigseitigen, feinst ausgearbeiteten Antrag erscheinen? Nicht mit leeren Händen." Der Fehlgriff dieses letzten Wortes tat ihr leid, sie blickte verlegen auf Benedikters schweren, vermummten Arm.

„Frau Rat", murmelte Benedikter erblassend, „ich habe vor einem halben Jahr durch die Grundbuchsfälschungen des Rechtsanwalts Dr. Gallunter meine Eigentumswohnung verloren, ich habe kurz darauf durch Wechsel des Firmeneigentümers meine Arbeitsstelle und Betriebsrente verloren und stehe heute vor dem Verschwinden meiner Ersparnisse. Ich muß kämpfen!"

Dr. Kontur griff zum Telefon: „Fräulein Wulz, bitte bereiten Sie für eine kranke Partei, die mit einem Schwächeanfall hier sitzt, ein Frühstück, und bringen Sie den Firmenbuchauszug über Nauticord, Handelskai, mit." Wieder blickte sie lang auf Benedikter: „In meinen fast zwanzig Gerichtsjahren ist mir so ein Fall, so eine Szene wie heute noch nicht untergekommen. Daß ich jetzt alle meine Zuständigkeiten ausschöpfe, hat Ihr persönliches Auftreten bewirkt."

Benedikter erhob sich mühsam vom Sessel, preßte die Lippen zusammen, um so sein Gesicht zu beherrschen und die innere Bewegtheit zu verbergen. Er machte eine gemessene Verbeugung, stieß „Danke, Frau Rat" hervor.

Dr. Kontur ließ die für diesen Vormittag anberaumten Tagsatzungen umleiten und sich mit der Wirtschaftspolizei verbinden: „Ich brauche heute um vierzehn Uhr vier Mann für eine Hausdurchsuchung und Beschlagnahme am Handelskai." Sie ergriff ihr Diktiergerät, begann die Niederschrift: „Es erscheint Herr Hans Benedikter, gemäß seinen eigenen Angaben derzeit wohnhaft in Garanas ob Schwanberg, Steiermark. Er gibt folgenden Sachverhalt zu Protokoll und stellt den abschließenden Antrag ..."

Die Sekretärin brachte den Imbiß, legte der Richterin den Firmenbuchauszug vor. Während der Geschwächte das Frühstück einnahm, wuchs das unter der Ansage Dr. Konturs entstehende Schriftstück, genauest ausgeführt, zu jener Überzeugungskraft heran, die für das Erwirken des von Benedikter erbetenen Gerichtsbeschlusses erforderlich war.

Die Hoffnung, daß durch sein heutiges Vorgehen der von Nauticord schriftlich verhängte Vermögensverlust womöglich nicht eintreten würde, wagte Benedikter gar nicht zu hegen. Zu gut wußte er, daß mangels Masse kein Recht durchsetzbar wäre.

Dr. Kontur unterbrach ihr Diktat, wandte sich an Benedikter: „Sie waren beruflich Bilanzbuchhalter?"

Benedikter nickte.

„Und Sie sind unbescholten gekündigt worden?"

Benedikter nickte nachdrücklich.

„Ich muß aus formalen Gründen in Ansehung des Briefs, den Ihnen die Nauticord geschickt hat, mit der Aussage, keine weitere Vermögensverwaltung mehr vorzunehmen, gerichtlich einen Notgeschäftsführer einsetzen. Da Sie die Voraussetzungen hierfür mitbringen, frage ich Sie, ob Sie diese Ernennung annehmen?"

Die sonnenübergossene Kuppe von Garanas mit der beschirmenden Wetterföhre, die sternenhimmelüberwölbte Kuppe mit der leise rauschenden Wetterföhre, der unbedrohte, einsame Bergbauernhof seines Vetters, die zärtlich um die Hänge gelegten Pfade, die tälerübergreifenden Ausblicke, der redliche Hochmoorabbau, die gotische Predigtkanzel der Gipfelkirche St. Anna standen ihm vor Augen, als er sich aus tiefster Müdigkeit zu dieser neuerlichen Pflicht aufraffte: „Danke, Frau Rat, und bitte mit der Anschrift: Postlagernd Schwanberg."

Dr. Kontur beendete die Formulierung ihrer Schriftsätze, entnahm die Tonbänder, entschuldigte sich bei Benedikter: „Ich muß jetzt bei meinem Vorgesetzten für diese sofortige Beschlußfassung werben. Bleiben Sie ruhig hier sitzen."

Benedikter, der eben noch die so belastende Entscheidung zu einer neuerlichen Verantwortung getroffen hatte, versuchte sich zurechtzulegen, wie er diese Last redlich tragen könnte. Gewiß war eines: Jetzt, in dieser Stunde der geradezu wunderbaren Hilfe durch diese ihm bisher unbekannt gewesene Richterin, wäre eine Verneinung nicht angebracht gewesen. Er kauerte nun allein in dem dämmrigen Amtszimmer, ringsum die Geräusche des riesigen Gerichtsgebäudes. Er strich schmerzlindernd mit der linken Hand über seinen rechten Arm. Und er schlief im Sessel wartend ein.

„Hier sind Ihre Gerichtsbeschlüsse", weckte die Sekretärin den Hochschreckenden. „Sie können mit den Wirtschaftspolizisten zum Handelskai fahren. Die Frau Rat läßt sich entschuldigen, sie hat Verhandlung." Zugleich trat ein Zivilbeamter ein, stellte sich vor, griff zum Telefon, wählte die Nauticord-Nummer, schaltete den Lautsprecher zu. Eine dünne Mädchenstimme meldete sich: „Nauticord-Holding."

„Hier WIPO, Major Daum, bitte die Geschäftsleitung!"

„Es ist niemand da, es ist keiner unserer Herren erreichbar … wir sind in Konkurs."

„Wie lang haben Sie Dienst?"

„Bis sechzehn Uhr."

„Danke."

Benedikter stieg in den vor dem Gerichtstor wartenden Kleinbus. Vier Herren, davon zwei in Polizeiuniform, sowie der Lenker fuhren mit ihm. Er sah eine Fotoausrüstung, Diktaphone, noch leere Aktenbehälter. „Sind Sie selbst ein Betroffener", fragte Daum, „kommen Sie eben aus einem Pflegeheim?"

Benedikter schilderte den wahren Ablauf. Der Wagen zog schnell an der Urania vorbei, durch Praterstraße, Lasallestraße über den Mexikoplatz zum Handelskai. Am hohen hellblauen Eckhaus gegenüber dem Schiffahrtszentrum direkt am Donaustrom glänzte die Chromtafel: Nauticord – zehnter Stock. Eilends zwängten sich alle sechs Männer samt Ausrüstung in den Aufzug. Das verschreckte Mädchen öffnete sofort.

Seit über dreißig Stunden hatte Benedikters angstvolles Denken um diesen Augenblick gekreist: Jetzt führten ihn die nächsten zwei Schritte in das Zentrum der seit dem vergangenen Tag beargwöhnten Firma. Er war somit der erste Anleger, der nach der Enteignungsdrohung keine Minute verloren hatte, unmittelbar zu handeln. Jetzt würde sich zeigen, wie diese Hiobsbotschaft zu verstehen war.

Die Uniformierten sichteten bereits die Schreibtischladen und Büroschränke, ein weiterer Beamter quittierte die übernommene Handkassa, die vorhandenen Kontoauszüge. Major Daum schaltete alle fünf Personalcomputer ein, eilte von Bildschirm zu Bildschirm, rief die Inhalte ab. „Hier, eine Anlegerliste!" Er fand sofort den Namen Hans Benedikter: „500.000 Schilling, stimmt das?"

Benedikter ließ die Tabelle durchlaufen, er fand seine früheren Arbeitskollegen Aloys Mlady und Gerhard Pirsch. Während die Polizisten jeden einzelnen Ordner durchblätterten, schritt Benedikter langsam durch die Gänge, betrachtete die Riesenfotos von Transportschiffen mit Nauticord-Verzurrseilen auf allen Weltmeeren. Der Blick aus dem Archivfenster fiel auf die Wiener Anlegeplätze des Donauhafens neben der Reichsbrücke, davor die Donauterrasse mit dem Café Tegetthoff, Promenadestrecken neben den verankerten Schiffen – Vindobona, Schlögen, Diana. In der schwarzgläsernen Fassade der Stromaufsicht spiegelte sich das Nauticord-Haus. Links flußaufwärts die Landschaftslinie Leopolds- und Bisamberg, dazwischen die Klosterneuburger Doppeltürme, der Floridsdorfer Kirchturm, das Donaupark-Papstkreuz von 1983, rechts der UNO-Komplex, die neuen Hochhäuser. Am gegenüberliegenden Ufer waren schwarze Schleppkähne verankert, dahinter erhoben sich die weißen Terrassengebäude des Kaisermühlendamms. Die Oberleitungen der Donauuferbahn verloren sich flußabwärts unter Autobahn und Ölrohrbrücke.

Hinter einem schweren Vorhang fand Benedikter den Zutritt in den pompösen Sitzungssaal: Große Uhren zeigten die jeweiligen Tageszeiten in den großen Hafenstädten rings um die Erde. Eine vielfarbig glänzende Bürobar spiegelte die Lederfauteuils, Kristallgläser und -aschenbecher standen auf der langen Rauchglasplatte. Neben der Telefonanlage vollgekritzelte Notizblöcke, dahinter ein überquellender Papierkorb. Benedikter rief Daum, der sofort die eingespeicherten Fernsprechnummern zu notieren begann. Benedikter entleerte mit der Linken den Abfall über der Konferenzplatte, las die Zettel. Auf mehrere waren Pfeile und Kontonummern gezeichnet, Kreisbahnen mit Abzweigungen, Stichworte wie „Achtung Valuta" oder „Verpfändet!" Ein Blatt enthielt nur die Wörter: „Jetzt den Stecker ziehen!" Auf dem roten Blatt waren Flugzeiten Wien-Genf-Curaçao, Wien-Frankfurt-Honolulu, Paris-Budapest vermerkt. Und am Ende einer Namensliste – Pawoutz, Brus, Rusky, Wing, Profantl – stand mehrmals hervorgehoben: „Wien – Riesenloch – Liquidation …" Benedikter legte den Zettel „Jetzt den Stecker ziehen!" darunter, saß wie versteinert vor seiner Entdeckung, vor dieser untrüglichen Erkenntnis: Hier lagen die Spuren für die Gründe zur Konkursentscheidung der Nauticord-Leute.

Während die Durchsuchung ablief, die Männer alle Computer zum Dienstwagen hinunterschafften, öffnete Benedikter die breiten Sockelkästen der Bürobar. Ein roter Kunststoffbehälter, offensichtlich eine Karteikiste, fiel ihm ins Auge. Sie war schwer und verschlossen. Benedikter, der Notgeschäftsführer, zweifelte nicht an der Notwendigkeit und an seiner Berechtigung, diese Box zu öffnen: Er holte mit dem Gipsverband an seiner Rechten aus, drosch, ohne seinen Schmerz zu beachten, mit aller Wucht gegen die Verschlußkante. Der Kunststoff zersprang, der Deckel fiel ab, eine Kartei mit zahlreichen Namen, Adressen, Kontonummern, Daten ihm bisher unbekannter Firmen entfaltete sich: „Evolutrans" als Konzeptionsgesellschaft; „Transnautica" als Beschaffungsfirma; „Marterra" und „Seacable" für die Seilherstellung; „Districont" und „Transrope" als Vertriebsunternehmen; „Rentaport" als Finanzierungszentrale; „Globaqua" besorgt die Vermietung; „Transadmin" verwaltet die Umsätze, Erträge, Ausschüttungen. Alle diese Briefkastentitel standen zueinander mit lukrativen Verträgen in Verbindung – Honorare, Provisionen, Vorstreckgebühren, Verwaltungskosten, Managementfees, Good-will-Quoten flossen reichlich, freilich immer in die Taschen der obigen, stets gleichen Personen, die einmal als Gesellschafter, dann als Geschäftsführer oder auch als Marktkonsulenten, Rechtsberater auftraten.

Benedikters Faustschlag hatte dieses Geheimnis aufgebrochen. Er rief Oberst Daum herbei: „Hier liegt ganz gewiß der Leitfaden durch den Irrgarten. Ich hoffe inständig auf die Wirtschaftspolizei.“

Daum beugte sich über die Blätter: „Wahrscheinlich werden wir den Durchblick schneller gewinnen als den Wettlauf zur Festnahme dieser Burschen – oder gar zur Auffindung von deren Millionenverstecken.“

Inzwischen war die sechsunddreißigste Stunde seit Benedikters Aufbruch im fernen Garanas angebrochen. Der Abtransport der gesamten Nauticord-Büroausstattung war in vollem Gang. „Darf ich mich für heute zurückziehen, Herr Oberst? Mein Dankgefühl für Ihrer Einsatz ist grenzenlos.“

„Wollen Sie nicht mit dem Auto …?“

„Nein, ich ziehe mich still zurück.“

Das tat Benedikter rasch. Er überquerte den Handelskai, schlenderte über die Mole. Erschöpft legte er sich auf eine Uferbank. Er, der Ausgesetzte, der aus Wien Vertriebene, schon in Vergessenheit, war heute jene winzige Klinge am feingesponnenen Netz der globalen Entwender, die schärfste, splittrige Bruchklinge, die das Netz an einer einzigen Masche zerschnitt: Von diesem Riß aus soll es zerfallen und für alle Betrogenen das Diebsgut wieder freigeben …

Denn daß er ein Verbrechen aufgedeckt hatte, war Benedikter klar. Das war der einzige Gewinn dieses Schmerz- und Kampftags. Die linke Hand umspannte den gesprungenen Gips, der seine chirurgisch gelöste, vernähte Faust barg. Seine Garanaser Gipfelföhre wippte ihn in den Schlaf. Niemand beachtete diesen Stromer.

Zissers Tastatur: Das Gelübde ist in einem unerfaßten Zeitspalt der letzten Tage entstanden: Daß Benedikter nach dem Durchstehen dieser Prüfung, nach einem heute noch nicht absehbaren Überleben vor sich selbst und nur als Monolog auf der Annenkanzel eine Bilanz ziehen wird, die alle Verbrechen, Schäbigkeit, deren Zeuge er geworden war, einschloß, alle seine Ängste, Unschlüssigkeiten, Vorgangsweisen darlegte – und zwar so, daß auch Gallunter, Icht, Profantl trotz ihrer Versündigungen gerecht beurteilt würden. Wenn Benedikter diese Vernichtungsschläge überstand, nicht entschädigt, aber mit bescheidendster Versorgung, dann wollte er ein Glaubensbekenntnis ablegen, dem niemand widersprechen würde. So zutreffend müßte dieses Credo sein. Ohne Opfer kein Gelübde! Die akute Not sollte gegen eine theoretische Not ausgetauscht werden.

Zisser merkte an, daß Benedikter nach der erfolgreichen Nauticord-Besetzung zwar tatsächlich den Handelskai überquerte und sich auf einer Hafenbank zur Ruhe gelegt hatte, vorher aber der unmittelbar neben dem Nauticord-Haus stehenden Franz-von-Assisi-Kirche einen Besuch abgestattet hatte. Nein, er hatte nicht wirklich ein Dankgebet verrichtet – erstens weil dazu tatsächlich noch kein Anlaß war, zweitens weil er vor jedem in seine Sprache gefaßten Gebet zurückschreckte –, sondern er folgte mit diesem frühabendlichen Eintritt dem Bedürfnis, nach so viel kaum beherrschbarer Dramatik wenigstens kurzfristige Andacht, guten Willen zu verspüren. Daß hier am Handelskai dem Armutsheiligen noch zur letzten Jahrhundertwende eine Kirche gebaut worden war, empfand Benedikter schon immer als beachtlich: Ob nicht inneres Freibleiben von Gier, ob nicht Abstand vom Bereicherungszwang erst jene Durchschlagskraft gewährt, die ökonomische Kompetenz bewirkt? Wahre Weltferne, sehende Schöpfungsverehrung, dadurch aber auch von Eigentumsbesessenheit und Verlustängsten erlöste Entscheidungsfreude hatten jene Kultur hervorgebracht, die auch effiziente Leistungsplattform wurde.

Freilich, indem Benedikter einerseits eine völlig unangemessene Nähe zu dem Erleuchteten von Assisi zeitweise verspürte, andererseits die Machenschaften der Nauticord-Schieber lückenlos nachempfinden konnte und seine Wut über den verlorenen Groschen gar nicht beherrschen wollte, war er selbst lebendiges Beispiel dafür, welche Entartungsgefahr solche dialektische Kultur barg, welcher Versuchung sie Vorschub leistete: Aus Erlösten wurden Entfesselte!

Zisser prüfte, warum diese Zwischenandacht nicht erzählt wurde. Benedikter meinte hierzu, daß der erfolgreiche Verlauf seiner Selbstverteidigung nicht den entferntesten Ansatz für etwaige Frömmigkeit böte. Daher passe eine solche spontane Privatmeditation in der neuromanischen Kirche nicht zu diesem Prosastück. Zisser allerdings beharrte zumindest auf seiner Unsicherheit: Tatsächlich haben Sie aber, Benedikter, nach dem abrupten Abschied von Oberst Daum das riesige Rundportal durchschritten und sind – zugegeben, gefühllos, doch durchaus sehnsüchtig – in diese heilige Aura getreten. Immerhin! Und was im Leben echt vorgeht, dürfe doch sein literarisches Plätzchen haben. Dem wollte Benedikter nun keinesfalls zustimmen: Die gebotene ästhetische Gestaltung verbiete es im Interesse der zweckdienlichen Mitteilung, weit abliegende Querbeziehungen hereinzuholen, auf die saubere Auswahl zu verzichten. Zisser polemisierte: Wenn diese textpolitische Position Ihr letztes Wort ist, Benedikter, dann wähle ich das disparate Leben statt der homogenen Kunst.

Und leugnen Sie nicht, daß Sie beim Anblick der gütestrahlenden Gnadenstatue in der Assisikirche – diese Mariengestalt als Friedenskönigin ist ein Papstgeschenk an Wien aus 1920 – blitzschnell die unerwartet hilfreiche Richterin in der Riemergasse assoziiert haben. Die abschiedslose Unzugänglichkeit Frau Dr. Konturs bleibt eine Irritation vor soviel Dankgefühl.

Irren-Litanei

Der Irre, der Benedikter auf dem Schwanberger Marktplatz anlaßlos mit Gebrüll, drohenden Armbewegungen begegnete, verfolgte und vertrieb, hatte gespürt, daß dieser ihm Fremde eine kochende Seele durch diesen arglosen Ort trug. Selbst als Benedikter floh, verfolgte er ihn schimpfend, rief ihm unverständliche, doch unmißverständliche Laute nach, drohte immer wieder mit geschwungenen Fäusten.

Die deutliche Einsicht Benedikters, daß jedes der hiesigen Irrenschicksale leicht sein eigenes sein könnte: Viel zu gut, als daß dies unbedenklich wäre, konnte er jeden Verrückten verstehen, sein Geschau deuten, sein Benehmen nachempfinden, wenn schon nicht als eigene Möglichkeit, Selbstgefährdung wiedererkennen. Vom unvorhersehbaren Messerstecher angefangen über den orientierungslos durch die waldigen Eisschluchten abstürzenden Flüchtigen oder einen in seiner Leuchtjacke tagaus, tagein das Gebiet in Eilmärschen durchquerenden Armlosen bis zu dem Verkriechsüchtigen, der sich in jedem Gebäudeloch und Geländespalt verbarg. So wie also Benedikter selbst ein latenter Pflegling war, war jeder der Schloß-Inwohner ein potentieller Arbeitsmensch, die Übergänge waren hauchdünn.

Die Schwanberger Pflegeanstalt lag hoch über dem Ort auf einer dominierenden Felsnase. Das Gebäude stammte aus 1581, war seit 1892 ein Spital für Geisteskranke: 171 Betten in kleinen, wohnlichen Zimmern, 80 Mitarbeiter, offen geführt mit Beschäftigungstherapie und Tagesstrukturierung, Ausflügen.

Eine schwachsinnige Frau und ein ihr ähnlicher Mann hatten Benedikter schon weit vor dem Schloßpark um Geld angeredet. – Ein verloren wirkender Greis mit Stock bat ihn vor dem Hotel Schwan um die Mittel für eine Mahlzeit, er sei eben entlassen worden und müsse noch lang bis Eisenerz unterwegs bleiben. – Ein vernünftiger Alkoholkranker meinte, hier habe er sein bequemes Ableben! Frauen gebe es genug! Ihm gehe nichts ab. – Sieben Uhr Frühstück, dann

Basteln, Arbeiten in Garten, Küche, Schlosserei, Tischlerei, Teppichflechten und -weben, Nähen. Mittagessen. Visite, ob etwas vorgefallen sei, dann wieder arbeiten oder eben fortgehen. Die Strafe für Alkoholgenuß über ein halbes Promille bestehe aus Verminderung der Mahlzeiten, Ausgehverbot von einem Tag bis zu einer Woche, „Pyjamazwang", das heißt gestreifte Anstaltskleidung mit Hausschuhen. In ganz Schwanberg wurde immer wieder an die Bevölkerung appelliert, den Irrenhausinsassen keinen Most, Wein, Schnaps, auch kein Bier zu verkaufen.

Um seinen Verstand gesoffen hatte sich jener Großbauer aus Raaba bei Graz, auf dessen ehemaligen Grundstücken das weitläufige Autobahnkleeblatt Graz-Ost angelegt war. – Eine ehemalige Stallmagd erzählte ständig von der klugen Kuh, die während der ärgsten Sommerhitze mit ihrem Horn so lang den Saufautomaten eindrückte, bis ihr ganzer Standplatz überschwemmt war, worauf sich das Tier ins Wasser legte und die Kühlung genoß. – Einer der Insassen setzte überall Blumen. – Einer hackte ständig Holz. – Einer schnitt täglich Knoblauch in seinen Kaffee. – Einer hatte seiner Frau mit Kette und Vorhangschloß die Nähmaschine abgesperrt. – Eine schritt stets im Wintermantel mit aufgespanntem Regenschirm zur Kommunion. – Einer hielt den kleinen Ministranten minutenlang aus dem Glockenstubenfenster des Kirchturms über den Friedhof.– Einer sprang von dort in den Tod, nachdem seine gesunde Schwester jahrelang um seine Beurlaubung in der Anstaltsleitung angesucht hatte, aber als die Genehmigung plötzlich kam, den irren Bruder nicht bei sich aufnehmen wollte.

Die Kranken wurden mit Medikamenten ruhig gehalten. Einst – Benedikter erinnerte sich an seine Kindheit – tönte, hallte tage- und nächtelang Gebrüll über die Berglandschaft. Die Therapie forderte strenge Diät, wer am wenigsten aß, durfte sonntags als erster in die Kirche einziehen. Nur wenige hatten Ausgang.

An den umherwandernden Geisteskranken, die zu allen Tageszeiten auf den Straßen und Wegen beobachtet werden konnten, war ihr besonders geschäftiger Gang auffällig: Obwohl sie ziellos unterwegs waren, meinten sie, vorgeben zu sollen, einem wichtigen Zweck zu folgen, ein bedeutendes Geschäft zu erledigen. Hielte man sie an und fragte man sie, wohin sie eilten, wüßten sie wohl keine Antwort. Ihre Gehweise nach dem Muster der Getriebenen war ihre Maske. Aber dies galt für sehr viele Menschen, auch weit außerhalb von Schwanberg, wußte Benedikter.

Benedikters Aufwachsen angesichts und im Umgang mit Geistesschwachen hatte ihn geprägt: Die schreiende Unvernunft der angeblich Gesunden einerseits, die Folgerichtigkeit der überführten Irren anderseits hatten ihn alle seine

Dienstjahre in jenem Zwischenreich verbringen lassen, in dem er ohne Scheu seine Zweifel an der Zurechnungsfähigkeit vieler Mitspieler wahrnehmen und durchdenken konnte, ohne diesen innerlich unrecht zu tun. Mühe, Selbstbeschädigung zu durchschauen, hatte Benedikter nie. Im Gegenteil: Analogien drängten sich oftmals auf. Etwa Kollege DI Bollin, der besonders adrette und korrekte Statiker, war Benedikter schon vor Jahren als völlig auf sich gestellter Fachmann aufgefallen, der sich niemals auf irgendwelche persönlichen, meinungsabhängigen, stimmungsbezogenen oder andere als rein technische Klärungen eingelassen hatte. Er wandelte sozusagen immer über den Existenz-See – mit Zirkel, Lineal, Rechenschieber. Er schwebte über dem Sumpf des Untermathematischen. Er war von untadeliger Genauigkeit, Aufmerksamkeit, Freundlichkeit, nahm sich niemals irgendeine Anspielung oder gar einen vorwurfsvollen Unterton heraus. Auch seine Mimik und Kleidung, sein Gang und Auftreten kennzeichneten eine gefaßte, unangreifbare Person. Bollin war nach der Taborkatastrophe aus Benedikters Blickfeld verschwunden. – An dem Übergangsboß Schoppler hatte Benedikter stets die grassierende Selbstberauschung gewittert. Dessen Sucht fand immer erst ihre Scheinerfüllung, wenn er den Überwältigungstrieb freigelassen hatte: Schreiausbrüche bis zu Boykotts seitens der Spitzenfachleute und Ausladungen von wichtigen Konferenzen.

Benedikters Vorstellung, daß so einer wie er selbst, ein stets Gefaßter, sein Leben in einem Märchengespinst verbringt, das unterschiedliche Formen annimmt, das Glaubensmärchen, das Wissenschaftsmärchen, das Kunstmärchen, das Gesellschaftsmärchen, das Berufsmärchen, das Ehemärchen, das Kindermärchen, das Naturmärchen, das Weltmärchen: ein fransig schwebendes Gewebe, Strähnen, aus denen befristet gültige Lebensnetze geflochten werden.

Woher die unstillbare Trauer beim langsamen Durchrollen des weststeirischen Berglandes auf bitterer Wienfahrt um sieben Uhr früh? In den Schatten der fernen Laubwälder schlummerte noch die Nacht, und über den hellgrünen Feldern jubilierten Vogelschwärme.

Benedikters Selbstdiagnose: Beständigkeit bis zur Versteinerung, Berechenbarkeit bis zur Selbstaufgabe, Selbstverleugnung, angedrillte Langfristsparsamkeit. Tugenden wurden ihm zu Lastern umgedeutet, als Anlässe für Keulenschläge. Warum hatte er denn nicht dem Schleiss gehorcht, die Bilanz geschönt? Jahre später wäre alles routiniert zu zerreden gewesen. Warum hatte er denn die Einladung Schindlings ausgeschlagen, als Konsulent Dr. Ichts eine Million jährlich für Nichtstun und Nichtssagen zu kassieren?

Zeigte seine Gemütsverfassung Lebensgefahr an? Selbst auf dem Speikgipfel stehend voll Heimweh, von dem er wußte, daß es unstillbar war. Tränen bei fernem Kirchengesang. Eine Wegbiegung, ein schattiges Bächlein, die anmutigen Gesten der Bäume, das freundliche, arglose „Guten Morgen" eines Fremden oder gar ein lustiges Gespräch in einem Geschäft mit der Brot-Kassierin oder bei Bezahlung der Telefonkarte mit der Postbeamtin, mit dem flotten Tankwart, der ihm einen Putzlappen für das Auto schenkt, oder der Anblick einer Werkstätte, Betriebshalle, eines sorgsam mit Baumstämmen beladenen, kettenverspannten Lastwagens machen seine Kehle eng. In jede schattige Laube möchte er sich setzen, in jede einsame Waldhütte möchte er einziehen. Die Abwesenheit eines eigenen Gottes war gewaltig.

Zur Bilanzpressekonferenz der Omniabank war Benedikter nach Wien gefahren, mit einem langen Brief an Generaldirektor Lesky in der Tasche. Ohne jemandes Auftrag, nur im eigenen Namen hatte er nochmals versucht, zu Gunsten der Taborwerke und aller Filialbetriebe dem Vernichtungsrad in die Speichen zu greifen, als er aber im Prunksaal des Wiental-Hochhauses diese polierte Glasgestalt hinter den Mikrophonen in all ihrer spröden Fleischlosigkeit endgültig durchschaut hatte, warf er sein Bittschreiben zerknüllt in den Müllcontainer vor der hohen Bankfassade.

Einen zweiten Brief hatte Benedikter ebenfalls verfaßt, an den im In- und Ausland für Industrietheorie und -praxis bekannten Professor Dr. Gschier von der Wirtschaftsuniversität. Für ihn hatte er eine minuziöse Chronik des Fabriksuntergangs verfaßt, aus Motiven ähnlich jenen eines seriösen Pathologen: künftige letale Ausgänge zu verhindern und dem Wissenschafter ein Fallbeispiel – im wahren Wortsinn! – für seine Vorträge und Bücher zu bieten. Gschier sollte den notorischen Nicht-Unternehmern das Handwerk legen! Auf dieses Schreiben erhielt Benedikter immerhin eine empfangsbestätigende Antwort des Inhalts, daß die wissenschaftliche Kommunität nur sehr indirekt die Empirie beeinflusse …

Eine winzige, gekrümmte Greisin beschäftigte sich das ganze Jahr schweigend in einer abseitigen Laubhütte mit Staudenhacken: Alle Äste, Zweige, Wurzeln, die bei der Sulmuferpflege anfielen, wurden ihr hingekippt, sie zerkleinerte sie zu Spänen und Stäbchen, Vorratspyramiden für alle Feuerstellen des Ortes. – Herr Pongratz, der den ganzen Sommer reglos gegen die Grundmauern gedrückt vor sich hinstierte, lebte im Winter auf, wenn er zum Zerschlagen und Wegstoßen der Eisplatten vor dem Wehreinlauf des Sulmkraftwerks eingesetzt wurde. – Einer hatte als junger Mann vor dem Nazi-Wehrkommando so erfolgreich den Verrückten simuliert, daß sie ihn kastrierten; der Achtzigjährige putzte jetzt unablässig die endlosen Fensterfluchten der Anstalt. – Eine junge Frau und Mutter fuhr mit ihrem bis obenhin mit Bettzeug vollgestopften Kleinauto in den Schloßhof ein: Tränenüberströmt bat sie, hier aufgenommen zu werden wegen der Verfolgungen ihrer Schwiegermutter. – Eine halbblinde Greisin ersuchte die Passanten, ihre mitgetragenen Zwirne in die an der Bluse aufgereihten Nadeln einzufädeln. – Ein wortkarger Aquarellist versicherte allen Zuschauern wiederholt, daß er im Wald eine Flasche Cognac und eine Packung Schlafmittel für den Fall seiner schweren Erkrankung versteckt habe … – Der Schleusenwärter von Gralla hatte sich nackt in den tosenden Hohlraum hinter dem ewig stürzenden mächtigen Wehrfall gehockt, gegen die gischtende Wasserwand angebrüllt. – Einer trippelte bis Hollenegg und bis Wies, dankte allen, lobte alle für ihre Arbeit: „Brav, wie du die Briefe zustellst! Gut, wie du die Kühe melkst! Brav, wie du das Grab schaufelst! Gut, wie du den Zaun streichst! Gut, wie du die Fische fängst!" – Ein einstiger Lehrer, der nichts vergessen kann, dessen Wissensmassen täglich zunehmen: „Bitte mich nicht anzusprechen, schon die nächste Silbe kann das Lawinennetz zum Reißen bringen." – Einer hatte den Papst brieflich aufgefordert, das Einfangen der Singvögel in Italien zu verbieten. – Über seine Verlorenheit klagte der schöne, weißmähnige Mönch: Nachdem er nicht mehr nach Hause gefunden hatte, mußte ihm seine Pfarre aberkannt werden. „Nur im Beichtstuhl sitzen darf ich noch." Dann zog er Benedikter neben sich auf eine Nischenbank, entwickelte seine Frömmigkeit. – Einer ist auf dem steilen Waldweg unmittelbar neben dem Schloß Anfang Jänner gestürzt und erfroren, wurde tagelang nicht gefunden. – Einer hat im Schlafraum völlig unvorhergesehen seinen Nachbarn erstochen. – Einer hatte die Manie, sich zu verstecken – in jeder Kammer, in jedem Winkel, unter den Treppen, in Heizhöhlen, unter Geräten –, er wurde immer wieder aufgestöbert, bis er endgültig verschwunden blieb: Feuerwehr, Rotes Kreuz, Suchhunde durchkämmten die Waldhänge, Hubschrauber überflogen die Gipfelregionen jenseits der Waldgrenze – nichts zu finden. Nach Wochen zogen Gestank und kreisende Vogelschwärme die Aufmerksamkeit zu den Brombeerbüschen an der Grundgrenze des Irrenschlosses – unter bodentief überhängendem Astwerk hatte sich der vor Furcht Bebende sterbend in die Erde verkrallt.

Trauer während Benedikters Gängen durch Schwanberg. Die heimeligen Häuser und Gärten, die einladenden Gasthöfe, die üppig wuchernde Natur, die Schafweiden, das „Haus der Braut" mitten im Blumenfeld, die Uferwege entlang der glasklaren Sulm, das seit jeher verläßlich schnurrende Wasserkraftwerk in der Waldlichtung, der launige Wirt der Strandterrasse, die mild über den Marktplatz herunterstrahlende Josefskirche, die sauberen Gassen, die blütenbunten Innenhöfe. Das alte Schwanberg war seiner Seele unerreichbar, auch wenn er hier umherstreifte. Selbst mit Fotoapparat, Zeichenmappe und Notizbuch ergriff er es nicht. Es lag nicht nur in unwiederbringlicher Vergangenheit – das wäre normal –, sondern es leuchtete aus seiner einst hellen Weltsicht herüber, die ihm jetzt für immer verschlossen, verdüstert war. Wer so viel Lüge und Tücke leiblich erlitten hat, bleibt lebenslänglich lichtscheu, menschenscheu. Schwanbergs friedliche Ordnung war für Benedikters heutiges Wissen ein Märchen, unbehebbar, unbelebbar, schockierend. Der Ort vermittelte ein Menschenbild, das für ihn nicht mehr galt und wirkte. Seine Restwelt bevölkerten Ichts, Leskys, Eigners, Gallunters, Profantls, Kohlenbrenners, Schleissens, Schindlinge …

Der einstige Lehrer, der sich alles merkte, dieser an Hirnbrandungen Leidende, der sonst nicht angeredet werden wollte, beobachtete den einsam die hohe Waldalm überquerenden Benedikter, verfolgte ihn: „Darf ich zur Illustration der Menschennatur an die Folgen des legendären New Yorker Stromausfalls vom 13. und 14. Juli 1977 erinnern? Zertrümmerte Schaufenster, Plünderungen, Autodiebstähle, Brandstiftungen, Körperverletzungen, Vergewaltigungen. Weit über dreitausend Aufrührer wurden verhaftet, nur ein kleiner Anteil der Entfesselten."

Immer wieder verfing sich Benedikter in der Denkschleife, wie ein unschuldiges Kind geboren und von da an immer schmerzhafter in den Strudel dieser Wahnwelt gezogen wird. Mädchen und Frauen bleiben wirtschaftlich und seelisch abhängig, werden ausgebeutet und mißbraucht. Knaben und Burschen finden sich plötzlich im Millionenheer der Habenichtse, dem sie nie mehr entkommen.

Am Bartholomäuskirchtag in Bad Gams eine Frau kennengelernt, roter Leinenrock, weiße Bluse und rotes Halstuch. Sie arbeitete bei Chrysler in Graz, montierte die vordere Stoßstange an die Autos an. Sie fuhr jeden Tag mit einem Gemeinschaftsautobus in die Firma und war ziemlich zufrieden. „28 Schilling kostet die Werksküche, man kann sogar zwischendurch mit den Kollegen ein bißchen plaudern, obwohl alle vier Minuten eine Stoßstange montiert sein muß. Alle fünf Minuten rollt ein fertiges Auto vom Band, und es wird ständig versucht, diese Zeit noch zu verkürzen."

Die Begebenheit am Schwaighof bei Vetter Max mit dem Irren, der von Schwanberg nach Graz-Feldhof überstellt werden sollte, sich erinnerte, daß Max ihn stets gut behandelt hatte – und plötzlich samt Wäschebündel vor der Tür stand, hier einziehen wollte. Er ließ sich nicht zur Rückkehr überreden, schlief in der Scheune, machte sich verzweifelt mit einfachen Arbeiten nützlich, wollte als Knecht beschäftigt werden. Aus dem Irrenhaus kam keine Hilfe, sondern nur der Vorwurf: „Warum geben Sie sich mit unseren Kranken ab?“ Die Gendarmerie war nicht zuständig: „Er hat nichts angestellt.“ Seine Sachwalterin war auf Urlaub. Blieb der Gemeindearzt, er bestellte einen Rettungswagen, und der führte den Irren mit seinen Schachteln und Säckchen weg … Was mag doch in seiner Seele abgelaufen sein, als er sich zu dieser Heimatsuche entschlossen hatte? Dem auf ihn einredenden Arzt hatte er nur eine Bedingung gestellt: „Keine Zwangsjacke!“

Vorsprachliches Allgemeinwissen, daß Wahrheit nur der Verwundung zugänglich ist.

Einer gab zu Protokoll: „Ich gehe durch die Straßen, und alle Vögel geben mir recht.“

Das Gelübde

Vom gefährlichen Wiener Alarmeinsatz und von den Deutschlandsberger, die Handsehnen lösenden Faust-Einschnitten zurück – verletzt, verbunden, entkräftet – durchirrte Benedikter, rastlos Landschaftsbilder vor seinen Blick ziehend, seine Garanaser Wälder.

In zwei Stunden Fußmarsch war er im heißen Nieselregen bis zur Marienkapelle hoch über Garanas aufgestiegen. Aus dunkler Waldgasse kam ihm durch die Gegendämmerung ein riesiger Raubvogel mit langsamen Flügelschlägen entgegen, kurz vor ihm drehte er mit heftigem Flügelschlag rechtsab ins Unterholz.

Nach einer ihm nicht bekannten Ordnung des Gasfernleitungsnetzes hockte er laut riesiger schwarzer Ziffer in gelber Platte genau am Zählpunkt 246: mit dem Blick hinaus auf Dämmerkogel, Kitzeck, Sausal, das graue Bachernmassiv. Unter seinen Füßen die Kämme, Wände, Triften, Grate, Kuppen, Rücken und Sättel starker Gebirgsausläufer. Zwischen dunklem Gehölz, das alles Bergmassiv beherrscht, inmitten hellgrüner gerodeter Almflecken blinkten weiße Gehöfte. Aus dem Tal stieg unablässig Rauschen und Zischen in die Luftkuppel über Garanas, gesiebt durch Nadelgehölz.

Wie in den letzten Kehren der Steilstraße von Garanas zur schwarzen Sulm hinunter die Hänge sich verkeilen, wie die Waldsteilwände einander durchdringen, anbohren, anbeißen, überwölben, durchwachsen, wie Kräuter und Sträucher einander beschatten und bewässern, Äste einander peitschen. Ein letztes Aufwogen saftiger Waldwucherung in den schäumenden Schluchten vor dem Ausebben im heißen Flachland. Aufgetürmtes, letztmals zurückkippendes Geschiebe erkalteter Steinkrusten.

Schweißbedeckt vom stundenlangen Fluchtlauf lehnte Benedikter erschöpft auf der Bank vor der Marienkapelle. Tief unten auf dem letzten Bergvorsprung über der Ebene das weiße Gemäuer des Irrenschlosses: Doch die Flucht war vergeblich, die Fratze des Nauticord-Gauners Dr. Profantl grinste auch über diese Einschicht.

Zwar hatte Benedikter seinem Antrieb zur Verteidigung tapfer Folge geleistet, war in der Wiener Riemergasse im Handelsgericht, hatte die Nauticord-Büros beschlagnahmen lassen, die Vereinigung aller Anleger veranlaßt, doch nach diesen Aufregungen zurück in Garanas – über Moose rennend, in den weißen Wolkenfluten Trost suchend, in hundert immer neuen Denkanläufen, unsicheren Rechenansätzen, Wahrscheinlichkeitserwägungen, schwachen Annahmen – blieb der Würgegriff um seinen Hals ungelockert: Armut! Sein Leben lang waren Geld und Geiz kein Inhalt seiner Zuwendungen, immer standen eine Sachaufgabe, ein Leistungsziel, die nächste fachliche Herausforderung vor ihm. Und immer war ihm der Geldbetrag auf seinem Gehaltskonto nur die indirekte Folge ehrlicher Anstrengung. Reich wollte Benedikter nie werden. Niemandem zur Last zu fallen, unabhängig zu bleiben, seine Familie zu ernähren, hatten ihm genügt.

Aber jetzt dieses furchtbare graue Kuvert mit dem Mordwort „Konkurs"! Der Lastesel wird in die wasserlose Wüste hinausgeprügelt.

Benedikter rannte durch die Garanaser Schluchten – Edelkastanien, Eichen, Fichten, Birken, Föhren, riesige Farne, still aus dem Unterholz leuchtende weiße, gelbe, blaue Büten, Vogelgezwitscher in den feuchten, riesigen Lufträumen –, doch jeder Zweig der lichtwärts ragenden Stämme rief ihm zu, daß er nicht lebensfähig war! Nicht den kleinsten Platz auf dieser Erde konnte er mehr füllen, verteidigen.

Herrliche schattige Hauseinfahrten, blumenüberhangene Balkone, üppig prangende Hausgärten, bunt bemalte Kinderspielgeräte, weiß flatternde Wäsche vor Silbertannen, hell lasiertes Lärchenholz an den Fensterläden und Dutzende einladende, bergende, schützende Haustore, Wohnungseingänge, die ihm alle verschlossen waren. Nicht eine einzige Hütte könnte er kaufen! Nicht ein Aussichtszimmer könnte er mieten, ohne den Vertragspartner zu betrügen. Hier wankte ein lebensunfähiger Sechzigjähriger mit glasigen Augen vorbei an sauberen, duftenden Heimstätten seines unerreichbaren Geburtsortes …

Keinen Apfel dürfte er pflücken, keine Nuß aufheben, keinen der holzverschalten Hausbrunnen anpumpen, ohne zum Dieb zu werden, der kein Entgelt zahlen könnte. Unter den Terrassen, Weinlauben, Kastanienkronen standen die hübschesten neuen Modelle von Opel, Renault, Volkswagen, Ford. Schattleiten: Unter manchem efeuumhangenen Holzgebäude glänzte ein Mercedes, BMW, Citroën. Das alles hatte er verspielt. Aber daß er je ein Spieler gewesen wäre, war ihm nie bewußt geworden. Wahr ist wohl, daß sein Hirn jahraus, jahrein gefüllt war mit dienstlichen Großprojekten, mit den Bedürfnissen seiner Arbeitskollegen. Jahr um Jahr, Bilanz um Bilanz, Prüfung um Prüfung, von Entlastung zu Entlastung war seine Dienstexistenz gespannt. Und niemals wäre ihm eingefallen, hier auf der Schattleiten für ein eigenes Haus zu sorgen, das auf frischem Grund zwischen Glocken- und Butterblumen, hinter Lupinen und Berghyazinthen stünde, von Vogelgesängen und Bienengesumm eingehüllt … Und das den Blick freigäbe auf die hellgrünen Weindriften des Sausals, gekrönt vom weißen Kirchenpünktchen Kitzeck. Nichts davon, gar nichts hatte er erworben, geschaffen.

Am Weg lag eine entwurzelte Roßkastanie mit rot-weiß-roter Wegmarkierung: Diese Baumleiche wies niemandem mehr ein Ziel.

Keine viertausend Schilling Sparertrag monatlich für ihn: So lautete also die Schlußabrechnung nach seiner kindlich-bäuerlich-gehorsamen Dienstzeit. Daran gemessen, daß Benedikter niemals habgierig gewesen war, war sein Schmerz, seine Panik wegen des geraubten Nauticord-Guthabens schockierend. Erstmals stand er vor dem Nichts! Nicht vor dem philosophischen, sondern vor dem körperlichen Nichts! Und keine Chance mehr, noch jemals Eigentum zu erwerben. Nur die ganz geringe Erwartung, von seinem längst Verdienten einen kleinen Teil zurück zu erstreiten. Doch kämpfen wollte er. Überall und für alle.

Wie durch die Nauticord-Vorgänge sein Gehirn verpestet wurde! Mit welchen widerwärtigen Machenschaften und Unterschleifen er sich nun beschäftigen mußte, sie nachvollziehen, voll Ekel angreifen, bekämpfen. Erdrückende Folgehaftungen hatten sich herausgestellt! Verschuldungen waren den Anlegern über Kleingedrucktes in den Verträgen auferlegt worden – sie überstiegen die Anteilswerte um ein Vielfaches. Ein Geflecht von Tarn- und Scheinfirmen quer über alle Kontinente hatten die Keiler ausgelegt, um nach allen Zwischengeschäften, Kettengeschäften das ihnen anvertraute Vermögen verschwinden zu lassen: Keine Behörde, kein nationaler Justizapparat wäre leistungsfähig genug, diese zehnbödigen Malversationen aufzudecken.

Profantl und Pavoutz hatten am Wiener Handelskai „den Stecker gezogen", mit dem Kalkül, daß Hunderte einfache Anleger diesen Schlag nicht wehrhaft überstehen würden. Hunderte, tausende Sparer würden sich in diesen Sackgassen aus Bankgeheimnissen, Fremdsprachen, abweichenden Rechtsordnungen, geschickten Fehlinformationen, Vertragsfallen verirren, würden an der eigenen wütenden Verzweiflung ersticken. An dem Drahtverhau der Wirtschaftsgangster könnten lautstarke Anleger rütteln, Tagesschreiberlinge ihre zahnlosen Papierschlangen anbringen, ausgetrickste Treuhandbüros ihre Honorare zurücklegen – aber trotz aller Rettungspläne und Rachevorhaben sollte niemand die Rauchwolke dieses inszenierten Firmenuntergangs überleben …

Profantl residierte jetzt wohl in weißer Marmorvilla auf den Antillen, sein Rechtsanwalt Pavoutz logierte im Honolulu-Intercontinental und ließ sich mit Präsident titulieren. Ersparnisse von fünfzigtausend Arbeitsjahren verpraßten sie ohne jede Achtung vor den Entbehrungen der Angeworbenen und ihrer Familien zum Aufbringen der Seiltrommelpreise, und ohne Mitleid für die unzähligen schlaflosen Nächte, die ihre Opfer seit dem Konkurs durchwacht hatten. Selbstredend ohne Schuldgefühl wegen der so verursachten verhängnisvollen Brüche von Lebensläufen mit der Folge von Studienabbrüchen, Delogierungen, Ehekrisen, Ehrverlust, Herzanfällen, frühem Tod.

Wie Benedikter die schöne Landschaft nicht mehr als Tröstung empfand, wie sich ihre prangende Langsamkeit nicht auf seine Seele übertrug. Blökende Schafe, ein in der Morgensonne turtelndes hellgraues Waldtaubenpaar, die über die Gärten heranrollenden Töne der Morgenglocken erfreuten Benedikter nicht, sondern erfüllten ihn mit Mißtrauen. Der friedliche Markt, die gutmütigen Menschen, das ganze glückliche Land ringsum, alles war ihm peinlich! Jahrzehntelange Selbstlosigkeit hatte ihn nirgendwohin geführt.

Nun saß er hier am sonnenüberfluteten Steilabhang, die Augen vollgesogen mit diesem in Rot, in Grün, in Blau flirrenden Paradies, von Schmetterlingen und Libellen umgaukelt – gehetzt, ungeduldig. Er möchte ohne Verzug in sein Auto kriechen, sich wieder hinter das Lenkrad klemmen und wienwärts rasen, in das riesige Straßengewirr, hinter die Mauern, wo seine gestohlene Altersversorgung versteckt worden war. Benedikter ahnte bitter, daß er in dieser Armut, in diesem Haß seine Sterbestunde erreichen würde. Der schöne Spruch „Versöhnt mit Gott und der Welt“ würde auf sein Ableben nicht zutreffen.

Ein angespülter toter Karpfen schwamm vor steinigem Ufer, den Rücken schräg sonnenwärts unter dem Wasserspiegel, die rechte Bauchseite in brennheißer Luft vor der Sonne: Die rechte Kiemenflosse stand aufwärts, über und über bekrochen und besaugt von grünschillernden Schmeißfliegen. Eine dicke Straße solcher Aasflügler bedeckte auch den Unterbauch des Fisches, dort, wo er an der Wasserlinie leicht aufgesprungen ist. Die Fliegen umschwirrten den Kadaver, setzten sich immer wieder für einige Sekunden auf das faulende Fleisch. Langsam drehte sich der Leichnam im reglosen grüngrauen Teichgesüpp. Sein himmelwärts weisendes Auge war mit Schlick und Algen bedeckt, es war nicht zu erkennen, ob es offen war. In den unbewegten Waldwänden ringsum endlos jubilierendes Vogelgezwitscher.

Sollte die Auslöschung durch seinen Kampf gebremst werden können, so wollte Benedikter die verbleibende Kraft einer Zusammenschau widmen, die den Wert all seiner Leidensgenossen und damit den Wert seiner Epoche würdigt: die geschlagenen Mitbewohner in der Glockengasse, die vertriebenen Mitarbeiter der Taborwerke, die gebrochenen Mitglieder des Anlegervereins. Fast wie ein Gelübde löste sich diese Bejahung aus Benedikters verbittertem Mund: alle Verstörung niederzuringen, eine Zustimmung zu erarbeiten, die es wert wäre, von der Freikanzel an der Gipfelkirche über die Bergweiten hinausgerufen zu werden. Inmitten der gegenwärtigen Würgung sehnte sich Benedikter nach einer solchen Tat.

Nauticord-Litanei

Die Nauticord-Opfer konnten schon monatelang keinen Tag leben, ohne an ihren Verlust zu denken. Ohnmächtig vor den in hunderten Monaten mühsam abgesparten, versteuerten Vorsorgen, vor der Erinnerung an das verstrichene Leben voll Entsagung, die sogar den Kindern viel Freude vorenthielt. Nie würde Benedikter das Aufschreien fassungsloser Männer und Frauen während der ersten Notversammlung vergessen: „Wo ist das Geld? Wer hat das Geld? Wo ist unser ganzes Geld? Irgendwo müssen die von uns bezahlten Werte ja sein! Wo, wo, wo ist dieses Geld?"

Im vollen Vereinsversammlungssaal waren zwei Gruppen von Geschädigten zu erkennen: die Stillen und die Lauten. Die Stillen waren gebildete ältere Menschen, kultivierte Leute, Wissenschafter, Freiberufler, Mittel- und Hochschullehrer, wirtschaftsfremde Fachleute, Restauratoren, Musiker, hoch- bis höchstrangige Justizbeamte, sonstige Beamte sowie Pensionisten. Diese leisen Menschen hatten ihre Nauticord-Mappe in genauester Ordnung, viele handschriftliche Gedächtnisnotizen waren eingeheftet. Sie schauten mit großen Augen, verfolgten aufmerksam den Sitzungsablauf, nahmen nie Einfluß auf ihn. Ihren Gesichtern und Körperhaltungen war anzumerken, daß ihnen eigentlich vor dieser Geldthematik ekelte. Sie schämten sich, daß sie heute und hier ihrem schon längst verdienten und ersparten Geld nachlaufen sollten. Sie schämten sich überhaupt, von Geld zu reden. Sie betrachteten die Verbrecher sogar jetzt noch quasi als Autoritäten. Die Tagesordnung störten sie nie. Sie schrieben alles mit, hoben bei Abstimmungen die Hände. – Die zweite Gruppe, die Lärmenden, waren Angestellte in der Privatwirtschaft, kleine und mittlere Gewerbetreibende, Einkäufer, Verkäufer, Buchhalter, Praktiker, die durchaus für sich beanspruchten, in Geldfragen bewandert zu sein. Sie beherrschten mit Wortmeldungen die Vereinsversammlung: „Wieso konnten jahrelang ausgeglichene Bilanzen vorgetäuscht werden? Schon in der ersten Klasse Handelsakademie lernt man, daß Vermögensbestände nur nach körperlicher Aufnahme und Prüfung in die Bilanzaktiva eingesetzt werden dürfen. Wer hat wo eine Inventur unserer Seiltrommeln gemacht? Wir müssen die prospektprüfende Bank zur Verantwortung ziehen. Wir müssen die bilanzprüfenden und -bestätigenden Treuhandbüros zur Verantwortung ziehen. – Die Verkäufer, Berater, Keiler, die Jahr für Jahr mit Hochglanzbildchen die Einleger verführten, sollen ihre Provisionen zurückzahlen." Vielerlei Vorschläge zu Demonstrationen wurden gemacht: „Vor dem Nauticord-Büro am Handelskai. Vor dem Justizministerium. Vor der französischen Botschaft." All die lauten Vereinsmitglieder benützten die Versammlungen auch, um ihrer Wut freien Lauf zu lassen. Meinungsverschiedenheiten ergaben sich aus der Frage der Honorierung ihres eigenen Rechtsanwalts: Eine Gruppe wollte keinen Schilling mehr ausgeben, „Dr. Hörandner soll sich sein Honorar über erfolgreiche Kämpfe verdienen." Die andere Gruppe sah ein, daß die riesige Kanzlei des Wirtschaftsanwalts anständig bezahlt werden mußte. Eine Gruppe wollte haarklein seine künftige Vorgangsweise planen und genehmigen. Andere machten aufmerksam, nicht öffentlich die rechtlichen Schritte abzuhandeln, weil die Feinde dies erfahren könnten. Dr. Hörandner: „Sehr geehrte Damen und Herren! Die Kauf- und Vermietungsverträge der Nauticord-Austria enthalten den Gerichtsstand Paris. Vergleichen Sie: Wenn unser Rechtswesen eine Rechenformel ist, ist das dortige eine ausschweifende Erzählung. Ich stunde meine Anwaltskosten bis zur nächsten Generalversammlung. Dann werde ich berichten, und Sie werden entscheiden."

„Eines steht fest", riefen einige Meinungsmacher, „wir nehmen kein gutes Geld mehr in die Hand."

Viele Wortmeldungen galten Fragen, was Geschädigte bereits unternommen hatten: Anzeigen gegen Unbekannt; Schreiben an den Justizminister; eine Sammlung österreichischer Nauticord-Zeitungsmeldungen an den französischen Staatspräsidenten, die Königin von England; Schenkung der faulen Anteile an die Caritas mit der Erwartung einer Hilfe vom Himmel.

Die Namen seiner früheren Arbeitskollegen Aloys Mlady und Gerhard Pirsch hatte Benedikter bereits anläßlich der Nauticord-Büro-Versiegelung auf dem beschlagnahmten Bildschirm gesehen. Während der allerersten Opfer-Notversammlung in der Volkshochschule Floridsdorf waren die beiden Freunde auch tatsächlich anwesend. Mlady hatte vor drei Jahren ebenfalls fünfzehn Seiltrommeln gekauft und der viel jüngere Pirsch war stolzer Besitzer von drei Seiltrommeln, die als Grundstock für künftiges Vermögen anzuschaffen ihm klüger erschien, als hunderttausend Schilling für ein neues Auto auszugeben.

„Was macht Ihr Blutbild, Herr Pirsch, haben Sie jetzt genug Eisen?"

Der immer Blasse lächelte zurück: „Ich trage immer ein paar Nägel in der Tasche."

Mlady war über Bitte Benedikters bereit, bei sich zu Hause die Wiener Zustelladresse der Vereinigung zu bieten und als Ansprechpartner zu dienen. Seit dem Verlust seiner Anstellung machte er gelegentlich Elektronik-Beratung, versuchte sich als Fachjournalist.

Mladys Leib hatte sich seit ihrem letzten Beisammensein weiter verkrümmt. Sein Anblick tat Benedikter weh: Jahrelang hatte Mlady seinen schweren Fabriksdienst tief vornübergebeugt geleistet und ließ alle Kollegen wissen, daß er keine Schmerzen, nur eben eine verkrümmte Wirbelsäule habe. Sein Aufblicken zu Gesprächspartnern durch Überdehnen der Halsmuskeln und Aufwärtsdrehen der Augäpfel war herzzerreissend. Aber mit seiner ernsten Miene und kompetenten Sprache glich er alle Stellungs- und Größenunterschiede aus, genoß höchsten Respekt.

Selbstverständlich war die Dreierbande – Profantl, Kohlenbrenner, Pavoutz – die wahre Eigentümerin auch der aufgelösten Nauticord-Österreich, Wien-Handelskai, aber die Firmenkonstruktion täuschte die Unabhängigkeit von Nauticord-Caen so vor, daß nach dem Anlocken hiesiger Sparer für Seiltrommelkauf und nach der direkten und indirekten Transferierung von deren Zahlungen in die Verfügungsgewalt der Dreierbande die Österreich-Firma in Konkurs geschickt werden konnte, ohne daß auf die wirklichen Machthaber und Defraudanten zurückgegriffen werden konnte. Dr. Pavoutz hatte dies durch das Einsetzen des Geschäftsführers Ignaz Strini bewirkt: Er war ein einfacher Mann, auffällig langsam, umständlich, still, zurückhaltend, wodurch er von vielen Anlegern überschätzt wurde, weil seine ölig-behäbige Art ihnen vertrauenswürdig erschien. Er war jedoch seinen Dienstgebern besonders ergeben, ja willfährig. Zum Teil deshalb, weil Strini wußte, eine ähnlich gut bezahlte Stelle kaum noch jemals zu ergattern, zum Teil aber auch, weil er tatsächlich die ungeheuerlichen Machenschaften dieses Triumvirats nicht durchschaute, sondern sie jahrelang, von Abschluß zu Abschluß, von Ausschüttung zu Ausschüttung, samt der ganzen Loch-auf-Loch-zu-Politik für meisterhafte oder gar geniale Unternehmensführung hielt: Auch ihm hatte Profantl vorgegaukelt, daß die riesigen Abzweigungen aus den Beteiligungsgeldern nicht Diebstähle wären, sondern renditesteigernde oder gar vermögenssichernde Zwischendispositionen. So kam es, daß der Geschäftsführer am Handelskai willenlos telefonisch durchgesagte Fremdkonten ohne zu hinterfragen mit Hundertmillionen-Zahlungen dotierte. Mit der Bestellung Strinis als Alleinverantwortlichen für den Handelskai war Profantl ein luziferisches Meisterstück gelungen. Dieses biedere Männchen stellte sich alljährlich im Festsaal des Hotels Intercont am Wiener Stadtpark vor die Anlegerversammlung, spulte die eingelernte, nichtssagende Erfolgsmeldung ab, erklärte glaubwürdig das Ausbleiben der vertragsgemäßen Mieteinnahmen mit immer neuen plausiblen Umständen, die bereits die Erwartung für künftige Mehrerfolge enthielten. Alle Drahtseile seien vorsorglich einem korrosionsschützenden Tauchbad unterzogen worden; die Seiltrommeln bekämen ein neues Achsensystem; der Schiffstransport habe kriegsbedingt nachgelassen usw.

Und jetzt, nach seiner Unterzeichnung des Konkursbriefs, argumentierte er genauso ungerührt und monoton mit dem Kleingedruckten in den Verträgen – „Erfolgsgarantien wurden nie abgegeben" –, er bedauerte formell die wesentlich verminderten, dann schließlich ganz ausbleibenden Zahlungen der Welt-Seiltrommel-Zentrale in Caen. Darüber könne er keine Auskünfte geben. Es war bald offenkundig, daß Strini von den Abzockern für das stumme Abspulen des lästigen Wiener Konkursverfahrens hoch bezahlt wurde. Freilich, mit dem Widerstand der zu scherenden Lämmer durch eine blitzartig gerichtlich eingesetzte Notgeschäftsführung und eine schlagkräftige Anlegerschutzvereinigung hatten die Gangster nicht gerechnet.

Zitate aus Zeitungsnachrichten: Seiltrommel-Besitzer-Verein tumultuös gegründet – Wut und Tränen im Brigittenauer Haus der Begegnung – Verdacht auf Anlegerbetrug – Neue Hoffnung für Geschädigte? – Schwerer gewerbsmäßiger Betrug mit Geldern von Anlegern – Drahtseil-Erlöse von Seefrachtlinien den Besitzern vorenthalten – Werbezynismus: „Keine Nachschußpflicht!" – Wiener Anwalt machte den Systemdiebstahl juristisch wasserdicht – Bildunterschrift eines Fotos mit seilverzurrtem Frachtschiff: „Eine Ladung Nepp".

Benedikter, als Vereinsgründer, bat Mlady, den einmaligen Mitgliedsbeitrag von tausend Schilling und zwei Zehntel Prozent des Sparbetrags öffentlich zu vertreten, aber keine derzeit unbegründbaren Hoffnungen zu verbreiten. Mit bitterem Lachen quittierten sie, daß durch die schnelle Kontosperre ein Restbetrag von beinahe sechshunderttausend Schilling sichergestellt worden war, genug, um die Selbstorganisation der Geschädigten zu decken. Freund Pirsch machte sich erbötig, auf seinem Privatcomputer die Einnahmen-Ausgaben-Rechnung des Vereins zu führen. Pirsch lebte mit seiner sechsundachtzigjährigen Mutter allein in Langenzersdorf, „sie führt immer noch den Haushalt, aber endlich habe ich sie so weit gebracht, daß sie auf keine Leiter mehr steigt. Eine Kur konnte ich ihr nie bezahlen, habe sie immer nur an schönen Tagen die Donau entlang spazieren geführt, aber jetzt sind die 100.000 Schilling für meine drei entwendeten Seiltrommeln verloren. Ich habe absichtlich weder Steuerminderung noch Spekulationseinsatz gewählt, sondern direkt eine nützliche Investition in die Realwirtschaft vorgenommen – und gerade wir sind nun so geschädigt!"

Benedikter sagte: „Wenn ein Betrunkener gegen die Felswand rast oder den Postzusteller ein Felssturz trifft, schauen zwar die Wracks gleich aus, die Moral freilich unterscheidet sich."

Mlady fügte hinzu: „Hoffentlich auch die Folgen ..."

Benedikter: „Zumindest im Gewissen der Betroffenen, somit in der Bewältigung des Unglücks."

Traurig durchblätterten die drei jene Prospekte, deren Angaben sie einst zur Wahl dieser Sparform und Investition bewegt hatten. Das Motto lautete: „Nauticord ist auf Draht!" „Verbindungen, die halten!" Nauticord als Kurzform für Nauticord and Seacable. Connection by ropes, cables, Verbindungen mit Seilen.

Schiffseile nach den Vorschriften des British Lloyds Register of Shipping werden verwendet für Schiffshebezeuge, Schiffskräne, Frachtbefestigung unter Deck, Frachtverzurrungen über Deck, Ankerspulen, als Zugseile für Schleppschiffe und Lotsenschiffe.

Lieferform in Ringen auf Sonderpaletten und auf Trommeln. Trommeldurchmesser ein Meter, zwei Meter, drei Meter, vier Meter in Preisstaffeln von 25 bis 100 Schilling je Kilogramm, abhängig von Durchmesser, Qualität, Konstruktion, Korrosionsschutz und Endverguß. Kontinentale Zentrallager in Caen, La Rochelle, Marseille.

Das Trommelgewicht schwankt zwischen fünf und 50 Tonnen. Eine Schiffseiltrommel durchschnittlicher Handelsmenge hat einen Meter Durchmesser, 40 Zentimeter Stärke, 250 Meter Länge, 20 Millimeter Seildurchmesser, kostet etwa 50.000 Schilling.

Hievon gibt es Verpackungs- und Handelseinheiten zu drei, sechs, neun Trommeln.

Dickverzinkte Drähte werden zusätzlich von innen heraus Lage für Lage während des Verseilvorgangs mit Zinkstaubpaste bestrichen. Hochwertige Endvergüsse. Kupplungen mittels metallischem Verguß. Seilprüfungen: Zugversuch, Verwindeversuch, Hin- und Her-Biegeversuch, Prüfung der metallischen Überzüge, Strangzerreißversuch, Dauerschwingversuch.

Hebezeugseile, Kabelkranseile, Zugseile, Förderseile, Tragseile, Takelageseile, Spannseile, vorgereckte Seile, Hängekonstruktionen, Antennentragwerke, Schlotabspannungen, Stiegen- und Bordwand-Geländerseile, Unterdeck- und Oberdeck-Verzurrungen, Frachtgutsicherungsseile, Windenseile, Baggerseile, Adjustagen für Befestigungstechnik.

Die Vermietung an Reedereien und Frachtflotten ist eine weltwirtschaftlich nützliche Tat und wirft dem Besitzer eine jährliche Rente von etwa 8 bis 10 Prozent ab. Wenn die Erlöse nicht gestohlen werden ...

Eine besondere Gruppe von Nauticord-Opfern waren weder die Leisen noch die Lauten, sondern die Stummen, die Nachzügler, die Spätlinge, die Informellen, die Besonderen, die eines individuellen Gesprächs bedurften und jeweils nach Ende einer Tagung, auch nach dem Punkt „Allfälliges", nach der Verabschiedung auf Benedikter und Mlady und Pirsch und Hörandner zukamen. Sie wollten ihre jeweils ganz eigene Sonderlast abtragen: Testament- und Erbschaftsfragen, Finanz- und Lebensplanungen, Möglichkeit einer Zession, eine Bestätigung des Vereinsvorstands, daß sie an dem Unglück unschuldig waren. „Mitarbeitsangebote statt Mitgliedsbeitrag." – Zwei Polizeibeamte machten sich erbötig, in ihrer Freizeit das Rechtsanwaltsbüro des Dr. Pavoutz und die Nobelabsteige des Dr. Profantl zu beobachten.

Von Mitglied Kurtsak wurde bekannt, daß er seine Abfertigung für fünfundvierzig Dienstjahre über den Rat seiner das Gehaltskonto führenden Bank in Seiltrommeln angelegt hatte. – Und Herr Mahorko berichtete, daß seine Frau nach dem Verlust von zwei Millionen Schilling – ein Betrag, den sie durch den Verkauf ihres elterlichen Gasthauses eingenommen und bei der Nauticord angelegt hatte – lebensgefährlich schwermütig geworden war. – Das Mitglied Mag. Kemeding war Beamter in jener Bankfiliale, die Dr. Pavoutz' Konten führte. Als dessen teuflische Rolle im Abzocksystem allen Opfern klar geworden war, überwies Kemeding besinnungslos vor Wut seine gestohlene Nauticord-Einlage von einem Pavoutz-Konto auf das eigene Sparbuch. Binnen vier Wochen war er fristlos entlassen, seelisch gebrochen. – Eine Witwe flüsterte: „Mein Kurt war so sparsam, erst nach fünfzig kaufte er ein Auto, stellte es in die Garage, las tagelang das Bedienungsbuch, dann fuhr er einmal wöchentlich um Mitternacht ohne Licht um den Häuserblock." – Selbstmord begingen ohne Vorzeichen ein adretter, leiser, gewissenhafter Druckereibuchhalter, eine alleinstehende Mittdreißigerin und ein pensionierter Kinderarzt.

Schließlich gab es noch eine vierte Gruppe von Geschädigten, die vollkommenen Schweiger: Sie gehörten weder zu den Stillen noch zu den Lauten noch zu den Spätplauderern, sie hörten und schauten und schwiegen nur, sie waren immer da, verfolgten genau die Nachgespräche, gingen erst grußlos weg, wenn die allerletzte mündliche Abhandlung irgendeiner Sonderfrage beendet war, wenn der Saal und die Garderobe finster geworden waren und die letzten Grüppchen am Ausgang sich aufgelöst hatten. Diese Schweiger waren wohl die Traurigsten aller Bestohlenen.

Und dann gab es viele, deren Gesichter sich Benedikter während der stundenlangen Vereinsversammlungen eingeprägt hatte, deren Namen er aber nicht kannte: Der rundliche Kluge, dessen Miene der Schmerz abzulesen war: „Nicht nur das verlorene Spargeld zerfrißt mir den Magen, sondern die völlige Mißachtung unseres Daseins, unsere physische Abschaffung, Vernichtung, diese wegwerfende Geste über unser Leben, als ob wir Sparer wegzuscheuchendes Ungeziefer wären.“ Aber zugleich ein bittendes Vertrauen in die Vereins-Funktionäre. – Der pensionierte einstige Rechtsanwalt, der sich immer gegen Ende der turbulenten Sitzungen ordnend zu Wort meldete. – Die resche Witwe, die ihre kritische Prüfung jetzt ersatzweise gegenüber dem Verein ausübte statt früher gegen die Nauticord, so daß sie sogar einmal erinnert werden mußte, daß nicht der Verein der Schuldige war. – Der stumm Ergebene, der gebückten Rückens auf seinen Platz schlich, die wertlos gewordenen Anteilsscheine in Händen, immer entsetzt über den Saal blickend; es war nicht erkennbar, ob er den verworrenen Schilderungen und langatmigen Plänen folgen konnte, vielleicht wartete er nur auf das Wunder, daß sich jemand zu ihm niederbeugt und ihm seine lebenslang ersparten Tausenderpackungen wieder in die Hand drückt. – Das adrette Stehaufmännchen, routiniert in formvollendeten Wortmeldungen: „Meine sehr geehrten Damen und Herren, liebe Mitgeschädigte und Leidensgenossen! Hohes Vereinspräsidium!“ Was folgte, war etwa der illusionäre Antrag, die Finanzämter aller Raubopfer zu rückwirkenden Steuererleichterungen zu bewegen, weil ja immerhin der Staat es verabsäumt habe, seine sparsamen Bürger vor diesen Abzockern zu schützen. – Dann viele Familienväter, mit und ohne Ehefrauen, greise Kaufleute, hochbetagte Geistesarbeiter, mit Vertretungen betraute Rechtsanwaltskonzipienten, Industrieangestellte, überwiegend Ingenieure, dann Leute, die Schmerzensgelder, Abfertigungen, Erbschaften, lang erwartete Lebensversicherungssummen in Seiltrommeln angelegt hatten in Erwartung einer sicheren Rente aus den laufenden Vermietungen. Wie ja überhaupt diese Vorstellung, daß ihre Schiffseile den Erdball umschifften, das Lebensgefühl steigerte. Der weißhaarige Buchprüfer – auch er verlor seine Abfertigung – berichtete nach der ersten Einschau im Polizeiarchiv: „Auf jedem Kontinent stehen denen durchtriebene Anwälte zu Diensten, ein Firmengeflecht von den Antillen bis zu den Kanarischen Inseln, das sich so lang gegenseitig mit fiktiven Dienstleistungsfakturen belastet, bis niemand mehr den wahren Verbleib der österreichischen Sparschillinge auszumachen vermag. Und findet man die Verrechnungsgründe, so handelt es sich um völlig nebulose Texte wie ‚Beistellung einer Logistiksoftware‘, ‚Distributionsassistenz‘, ‚Seilumrüstungskonzept‘, ‚Konkurrenzbeobachtung‘ und so weiter. Und die jeweiligen Geschäftsführer all dieser Briefkastenfirmen sind und bleiben gänzlich unbekannte, unauffindbare Exoten.

Wir kennen nicht einmal eine Anschrift, an die wir unser Entschädigungsbegehren senden könnten.“

Und nach den Notversammlungen, wenn die Mitglieder des Vereins zu Hunderten in die frostige Nacht hinaustraten, Gesäß und Beine vom langen angepannten Sitzen verkrampft, mit zugeschnürter Kehle, kochendem Gehirn, dann standen die riesigen, uralten Wohnhäuser der Stadt Wien dunkel und reglos im fahlen Mondschein, parkten die Autos verlassen in den abschüssigen Straßen, führte ein rauchender Jüngling schlendernd sein Hundebaby äußerln, drehte sich das unberührbare, allem Leid abgewandte Leben der gewaltigen Großstadt eben wieder um diese eine Nacht weiter. Die Betrogenen verloren sich murmelnd in den Gassen und U-Bahn-Röhren, ihre Rachegelüste niederkämpfend.

Es bedurfte überhaupt keiner besonderen Phantasie, die Profantl-Pavoutz-Machenschaften als kalt berechnend verübte Mörderei zu erkennen, zwar nicht formaljuristisch, aber real: mentale Verletzungen mit eindeutiger Todesfolge, schlaflose Nächte, ruhelose Tage, Herzrasen, Herzinfarkte, Schlaganfälle, psychosomatische Leiden von Magengeschwüren bis zu Muskellähmungen; verzehrende Depressionen, entkräftende Selbstbezichtigungen, Ehekrisen, Scheidungen mit Scheidungswaisen, Scheidungsenkeln; wegen Geldmangels unterlassene Kuraufenthalte und Erholungsurlaube, gesteigerter Kaffee-, Alkohol-, Zigaretten- und Drogenkonsum; auf Monate hinaus zerstörte Lebensfreude, vergiftete Feste, nachhaltig, ja endgültig zerstörtes Weltvertrauen.

Vereinsmitglied Mahorko nahm Benedikter nach einem Sitzungsende beiseite: „Ich hatte Ihnen schon angekündigt, daß ich Sie allein, Herr Obmann, jetzt noch eine Stunde brauche." Mahorko hatte soeben in einer letzten Wortmeldung empört berichtet, daß seit neuestem Nauticord-Opfer verhöhnt werden, sogar vor Gericht. In Zeitungsartikeln kamen die Wörter „Deppensteuer", „Mitleidsgrenzen", „Großschaden für Betuchte" vor, und Mahorko selbst war von einem Richter süffisant gefragt worden, was er sich denn gedacht habe, wenn zehn Prozent Zinsen versprochen wurden. Dieser Spott zum Schaden sei ungerechtfertigt, sagte Mahorko; bei einer Durchschnittseinlage von 200.000 Schilling könne man nicht von reichen Anlegern sprechen. Und zehn Prozent Rendite enthielten ja nicht nur die Zinsen, sondern auch die Abnützung der Seile, deren schließlicher Restwert gering sein würde. Mahorko war sicher, daß die Dreierbande diesen Hohn in Umlauf gesetzt hatte. Er packte Benedikter am Arm: „Von unseren Mitgliedern, den Polizisten Absenger und Zacherl, bin ich informiert, daß Dr. Profantl in den letzten vier Wochen dreimal mit seinem in Wien zugelassenen Jaguar nach Ungarn gefahren ist. Vorher war er jedesmal nach der Landung in Schwechat etwa eine Stunde auf dem Cobenzl, wo sein Auto eingestellt ist, raste dann ostwärts."

„Wir wissen nicht, was er dort treibt."

„Aber ich war in Budapest: Als Zacherl mich anrief, daß Profantl wieder unterwegs sei, setzte ich mich auf die Autobahn. Der Jaguar überholte mich knapp vor der Hauptstadt. Ab dort konnte ich ihm folgen. Ich weiß jetzt, daß Profantl zwei Stunden in der Bankzentrale der Ungarischen Kommerzkasse, auf der Vaci Utca, verbrachte."

„Aber es wird schwer werden, von diesem Haus eine Auskunft oder gar eine Auszahlung zu erwirken."

Mahorko lachte: „Daher bin ich zwei Tage in Budapest geblieben, habe ein Inkassobüro ausfindig gemacht."

„Dazu hatten Sie keinen Auftrag des Vereins!"

„Unseren Verein habe ich nie erwähnt, sogar mein Name blieb ungenannt. Ich handle anonym im Auftrag meiner Frau – und nach eigenem Urteil!"

„Ihr Schaden beträgt zwei Millionen Schilling, der Erlös für das Restaurant Ihrer Schwiegereltern, nicht wahr?"

„Ja, und meine geschockte, unheilbar verstörte Ehefrau!"

„Was erwarten Sie jetzt von mir?"

„Dort drüben steht mein Wagen. Wir haben jetzt ein Treffen mit zwei Verhandlern des Budapester Instituts für Forderungseinzug im Hotel Donauzentrum."

„Das hatten Sie mir nicht angekündigt."

„Um eine Stunde Gesprächszeit mit dem Obmann nach der Versammlung hatte ich Sie doch gebeten."

„Was soll das Ziel dieser Begegnung mit den Ungarn sein?"

„Das Übereinkommen, mit dem ein Vorgang ausgelöst wird, der ausschließlich im Ausland abläuft, niemals einen Rückschluß auf uns zuläßt."

Benedikter fragte: „Wieso sollte die Ungarische Handelskasse eine Forderung gegen ihren Kunden erfüllen?"

„Die Bank wird vom Inkassobüro nicht einbezogen, Profantl selbst soll sein Guthaben abheben und den Exekutoren aushändigen."

„Ohne Interpol, ohne Beweisverfahren, ohne Gerichtsbeschluß?"

„Hat denn der Profantl irgendein Recht beachtet, als er uns bestahl?" Mahorko öffnete für Benedikter die Autotür, warf sie hinter ihm zu, setzte sich hinter das Lenkrad, rollte durch die dunkle Donaufelderstraße zum Kagraner Platz: „Meine Partner wissen schon, wie das geht! Ihre Zahlungsaufforderung an Profantl wird unmißverständlich sein. Er wird dort auch keine Ausflüchte machen können, verstehen Sie, Herr Benedikter, er wird auch physisch keine Ausflüchte machen! Sein Jaguar wird zu diesem Zeitpunkt nicht fahrbereit sein."

Benedikter unterbrach Mahorko: „Zu welchen Leuten bringen Sie mich jetzt eigentlich?"

„Das Budapester Institut vermerkt zwar nirgendwo seine Auftraggeber, aber es erwartet selbstverständlich eine Anzahlung."

„Ich soll aus Mitteln unserer Mitgliedsbeiträge ..?"

„Eine bessere Verwendung gäbe es gar nicht! Hunderte Freunde werden jubeln, wenn der Zweck erfüllt ist!"

„Sie erwarten, daß Profantl im Ausland unsere Schadenssumme anschafft?"

„Dort wird seine Trickkiste gegen unsere Trickkiste ausgetauscht ... !"

Benedikter sagte ungläubig: „Er wird doch, wie immer, jeden ihm unerwünschten Kontakt verweigern."

Mahorko, auf dem Kagraner Platz rechts in die Wagramerstraße lenkend, erwiderte: „Das Inkasso-Institut ist mit mehreren Neben- und Unterinstituten verbunden, diese lose kooperierenden Firmen unterscheiden sich allerdings im Grad der Eindeutigkeit, mit der sie auf die Schuldner zugehen ..."

„Auch mit Drohungen?"

„Wir bedienen uns eines genehmigten Inkasso-Instituts, ist das klar, Herr Obmann? Dessen nachgeordnete Vollzieher arbeiten jeweils selbständig. Was immer zuletzt herauskommt: Eine Beweiskette von den österreichischen Nauticord-Geschädigten über das Ungarische Inkasso-Institut bis zum letzten Vollstrecker besteht nicht!" Inzwischen war Mahorko auf dem Parkplatz der U-Bahn-Endstation angelangt: „Der ganze Vorgang kostet nur eine Million. Die Herren dort im Hotel erwarten unsere Zusage, morgen eine halbe Million Schilling in Dollar als Anzahlung zu erhalten."

„Und wenn Profantl unseren Schaden nicht deckt?"

„Mit der Million ist alles bezahlt! Jeder Ausgang der Aktion!"

Benedikter beugte sich unvermittelt zu seinem Vereinsmitglied: „Wie geht es Ihrer Frau, Herr Mahorko?"

„Sie ist seit einer Woche in der Klinik. Sie hatte sich seit früher Jugend in der Gaststätte ihrer Eltern abgerackert. Um fünf Uhr früh aufstehen, aufräumen, Frühstücksgeschirr aufdecken, Frühstück zubereiten, die Rechnungen für Abreisende vorbereiten, Fleisch, Gemüse, Zutaten einkaufen, dann vier Stunden in der Küche; und wieder putzen, aufräumen, das Abendgeschäft vorbereiten. Jahraus, jahrein. Beide Eltern inzwischen tot, Betrieb verkauft, was ist der Lohn? Das Satansgrinsen des Profantl!"

„Ihre Frau braucht Sie doch, nur Sie können die blanke Not von ihr abwenden! Sie müssen Ihre Frau beschützen, dazu müssen Sie auch sich selbst schützen, Herr Mahorko!"

„Wir müssen jetzt hinübergehen, Herr Obmann. Die Herren warten auf Ihre Zusage im Hotelfoyer."

Benedikter fuhr ruhig fort: „Wir werden sofort aus dem Auto steigen. Aber wir werden nicht in das Hotel gehen. Was Sie mir seit einer Stunde entwickelt haben, war nichts anderes als ein Plan für eine Entführung, Erpressung, Ermordung ..."

Mahorko zischte: „Alle Opfer würden uns preisen! Die Hinterbliebenen der Selbstmörder unter unseren Mitgliedern würden uns die Hände küssen ..."

„Ich zweifle nicht, daß euer Plan umzusetzen wäre. Die ungarische Schlagkraft ist bekannt dafür: Profantls verkohlter Jaguar auf einem Budapester Boulevard würde sehr wirksam sein. Doch die Gefahr, daß eine Geldrückerstattung nicht stattfindet, wohl aber das blitzschnelle Niederstrecken des Schuldners Profantl in einer Telefonzelle, während er Pavoutz anrufen will ... – Herr Mahorko: Unsere Erbitterung ist beinahe grenzenlos, doch die Grenzen liegen bei gesetzlichem und moralischem Unrecht. Denn das wäre der Sieg dieser Übeltäter: uns in ihre Schlingen zu locken. Das ist ihnen mit unserem Geld gelungen ... Aber mit unserer Seele nicht! Wir gehen jetzt nicht ins Hotel hinüber, sondern ins benachbarte Polizeikommissariat Donaustadt. Sie erstatten freimütige Selbstanzeige. Ihre verständliche Erregung wird Sie vor harter Strafe schützen."

Eine Litanei: Alle Betrugsopfer – die Lauten, die Leisen, die Schweiger, die Beschämten, die Beredten, die Briefeschreiber, die Witwen, die Bevollmächtigten, die Erben, die Aktiven, die Rabiaten, die Hasser, die Gedemütigten, die Verunstalteten, die Gebrochenen, die Verfolger, die Verächter, die Verdammer, die Bescheidenen, die Sparer, die Geizigen, die Kämpfer, die Bedenker, die Geläuterten, die Selbstbezichtiger, die Einsichtigen, die Büßer, die Schimpfer, die Ergebenen, die Wissenden, die Beter – alle diese Beleidigten, um ihren Notgroschen Geprellten trafen einander immer wieder zu neuen Entscheidungen. Ihre angespannten Gesichter blickten zu ihrem aus Garanas angereisten Obmann hinauf: Alle diese Mitmenschen waren Empfänger von Schlägen. Ausgeteilt hatten sie keinen einzigen Schlag.

Zissers Tastatur: Zwar wäre es zuviel verlangt, sich jetzt auch noch mit der Biographie der Herren Doktoren Profantl, Pavoutz, Kohlenbrenner zu befassen. Benedikter hatte genug damit zu tun, seinen eigenen Lebenslauf nicht als Bettler zu beenden. Dennoch gebietet schriftstellerische Genauigkeit, deren Entwicklung zu beleuchten. Mlady vermutete einen Hergang mit diesen drei

Herren, die aus einst erfolgshungrigen Studenten zu weltoffenen Absolventen geworden waren, sich als geschäftstüchtige, vorwärtsdrängende Angestellte bewährten, folgerichtig den Sprung zur Selbständigkeit machten, wo sie sich und ihrer Umgebung angestrengt beweisen mußten, daß ihre Pläne aufgingen: Profantl war Versicherungsmakler. So kam er über die Lebens-Polizzen-Einmalerläge zum Beteiligungsmodell an Wohnbauten, Skiliften, Ferienanlagen, Gocart-Rennbahnen – und eben auch an Seiltrommeln für Seetransporte.

Nachdem Profantl als Makler nebenbei plötzlich für einen französischen Kleinbetreiber fünfzig Seiltrommeln seinen österreichischen Versicherungskunden hatte verkaufen können, und er dabei die schlagende Einfachheit dieses Geschäfts erlernt hatte, kam ihm die zündende Idee: Er konzentrierte sich voll auf diese Linie, besetzte mit einem eigenen Verkäuferstab im ganzen Land diese nicht nur kaufmännisch befriedigende, sondern auch die Phantasie der Sparer beflügelnde, ihrem Stolz schmeichelnde Anlageform. Der Erfolg war so durchschlagend, daß Profantl mit einigen Millionen angezogenen Spargeldern aus Österreich den französischen Lager- und Seilbetrieb zuerst stark beeindrucken, später unternehmerisch dominieren, schließlich sogar als Mehrheitseigentümer übernehmen konnte.

Damit aber waren alle Schleusen gebrochen: Während in Österreich sein Seiltrommel-Vertrieb überaus erfolgreich weiterlief, jährlich hundert bis zweihundert Millionen Umsatz machte, verlegte der ehemals kleine Versicherungsreferent seinen Wohnsitz nach Caen, begann den Ausbau jenes übernommenen Kleinbetriebs. Profantls bewährte Erfolgsformel wirkte auch hier: Mit gewinnträchtigen Plänen, attraktiven Konzepten, schillernden Prospekten so viel Fremdgelder anzulocken, daß immer neue Ausweitungen, Zukäufe, Übernahmen – für ihn selbst bargeld- und risikolos! – getätigt werden konnten. Profantl wurde zum mächtigen Mitspieler in dieser Branche. Binnen Jahresfrist hatte er seinen Firmenhaufen, diesen „Fleckenteppich", in eine Holding AG eingebracht, die mit riesiger Propaganda in Paris und New York an die Börse ging …

Ein Milliardenimperium, zu dessen Präsidenten er sich selbst gemacht hatte, stand ihm zu Gebot. Der Nauticord-Boß hatte weder von Drahtseilen noch von der Nautik auch nur die geringste Ahnung. Sein Wissen war auf Gesellschaftsgründungen mit Fremdgeld sowie vor allem auf Haftungsausschluß beschränkt. Hierin aber befiel ihn ein Rausch. Goldrausch im engsten Wortsinn.

Daß man mit dem im Hörsaal der Wiener Hochschule erworbenen Papierwissen in kurzer Zeit ohne Mitteleinsatz zum milliardenschweren Kon-

zernherrn werden konnte, ließ Profantl nicht nur die gewöhnliche kaufmännische Sorgfalt vergessen, sondern auch die Achtung vor jenen Zehntausenden weltweit, die jene Werte, mit denen er jonglierte, erschufen und erhielten. Schlimmer noch: Seine besessenen Expansions- und Bereicherungspläne schlossen schon im Ansatz die künftige Illiquidität der ihm vertrauenden Anleger ein! Sein Kalkül erlaubte ihm die Neugründungen auf allen Kontinenten einschließlich Neuseeland nur unter Vorwegnahme der bald eintretenden mißbräuchlichen Verwendung von Seiltrommelmieteinnahmen für seine Eigenexpansion. Die Einnahmenerwartungen der Anleger waren von vornherein eine Täuschung.

Was folgte, war die übliche Pyramidenspiel-Logik: Es mußten immer neue Sparer zu Seiltrommelkäufen verführt werden, um den Altsparern wenigstens symbolische, gegenüber den Prospekten krass verminderte, aber mit viel Werbeaufwand verpackte Zahlungen anweisen zu können.

Spätestens zu diesem Zeitpunkt war aus dem großsprecherischen Draufgänger und von seinen Anfangserfolgen verblendeten Firmengründer ein Megaverbrecher geworden. Die Grenze zwischen legitimer visionärer Faktorenkombination des genuinen Unternehmers und gewissenloser Aneignung fremden Eigentums war überschritten.

Freilich hockten sein dämonisch genialer Anwalt Dr. Pavoutz und sein kongenialer internationaler Filialengründer Dr. Kohlenbrenner nächtelang beisammen. Immer neue Winkelzüge zum Hinausschieben jener Stunde der Wahrheit heckten sie aus, die sie instinktiv herannahen spürten und gern als gewöhnliches Unternehmerrisiko internalisierten! Doch in all ihren raffinierten Unterschleifen – etwa Verpfändungen, Vertauschungen, sogar Zwischenspekulationen – kam ihnen ein einziger Gedanke niemals: jener der reinen Wahrheit, einen Konzernstatus zu bestimmen, vor die tausenden Einleger hinzutreten, die abgezweigten Kapitalien rückzuführen, die Verminderung und Verlangsamung der Auszahlungen einzubekennen sowie zum seriösen Betrieb des Grundgeschäfts zurückzukehren.

Dies rechtzeitig und mit demselben Kommunikationseinsatz betrieben wie anfänglich die Verführung, hätte die Sparer wahrscheinlich zwar zur Wahl einer strengen Betriebsaufsicht aus ihrer Mitte bewogen, zu einer Revision ihrer Lebensplanung, aber nicht zu jenem Milliarden vernichtenden totalen Konflikt, nicht zu dem persönlichen Haß, der nun nach der Österreich-Insolvenz des Profantl-Imperiums ausgebrochen war.

In den Gehirnen dieser drei hinterhältigen Geldscheffler fehlte jene Sicherung, die bei der großen Mehrheit redlicher Bürger immer dann anschlägt, wenn eine Handlung weit ins Unbeherrschbare, Unverantwortbare hineinreicht. Spätestens dann zuckt der Zurechnungsfähige zurück, so sehr er vielleicht jene Handlung auch setzen möchte. Nicht so diese Geldhaie, die den Sicherungskasten aus ihrer Innenkonstruktion entfernt hatten, um die satanischen Wonnen schrankenlosen Machtrauschs auszukosten.

Doch in diesem ihrem Makrowahn blieb leider ihre Mikrologik intakt, mehr noch, sie wurde stimuliert, sie befähigte diese Systemräuber zu unerhörten destruktiven Leistungen. Vor ihren juristischen Winkelzügen erlahmten die geschockten Opfer, unter den Gerichtsfurzen der Nauticord-Anwälte blieb der Justiz der Atem weg. Allein die Vertagungs- und Aufschubstrategie deckte bereits eine mittlere Lebenserwartung ab, hielt jedes Endurteil und jede Schlußabrechnung unabsehbar fern.

Die Forderung

Anton Merkl, der Betreiber des Garanaser Hochmoorabbaus, hatte Benedikter für diesen Morgen zur Besichtigung seines Betriebs eingeladen und um einen Rat für seine Buchhaltung gebeten. Also fuhr Benedikter im Frühnebel auf jener Schotterstraße durch den Wald, die nur zum Transport des gestochenen Torfs in dieser Berghöhe angelegt worden war. Das Zufahrtstor auf einer hellen Jungwaldlichtung stand weit offen. Benedikter lenkte tief ins Schürfgelände bis vor ein freundliches Holzhaus, in dem Anton Merkl ihn erwartete.

„Danke, daß Sie gekommen sind“, rief er, aus der Tür tretend, Benedikter entgegen. „Ihr Cousin Max, der jährlich ein paar Wochen bei mir heroben arbeitet, hat mir erzählt, daß Sie ein Fabriksrechner sind. Kommen Sie, ich zeige Ihnen zuerst die Torfstecherei. Gut, daß Sie eine Lederhose und starke Bergschuhe angezogen haben.“

Der große, freie Waldplatz, über den sie jetzt rasch gingen, lag auf einer Kuppe. Sie näherten sich einer riesigen, die ganze Sichtbreite füllenden, fünf Meter hohen schwarzen senkrechten Wand, einer kantigen Geländestufe, vor der sich ein Bagger hin und her bewegte. Rechts und links auf der almigen, von Buschwerk und Jungbäumen bewachsenen Fläche standen mehrere Reihen langer Holzgestelle, in die braungelbe fasrige Klumpen geschlichtet waren. „Das sind unsere Trockenanlagen für die oberste Moorschicht, den gelben Torf. Dieser wird mit der Hand gestochen, abgetragen und für Gärtnereien sonnengedörrt. Unter dieser Deckschicht liegt das Heilmoor, sehr feucht, fast schwarz. Es wird mit dem Traktor in das Klosterbad Schwanberg hinuntergeführt.“

Inzwischen waren sie am Gewinnungsort angelangt. Ein Arbeiter schrämmte mit dem Frontlader aus der steil aufragenden Moorwand riesige teigige Brocken und hob sie in einen bereitstehenden Anhänger. Zwei Arbeiter glätteten mit Stechschaufeln die Bruchstellen, sorgten für gleichmäßige Entnahme. Am Grund der Moorschicht, erdwärts, wurden die Faserpackungen immer feuchter, schwitzten und schmatzten wie Schlick, endeten in Sickerungen, stetig tropfenden Wasseraustritten, winzigen Fasersträhnen aus zerpreßten, verwesten Wurzeln.

Anton Merkl nahm Benedikter am Arm: „Den Grund dieses gewaltigen Moortrogs bilden armdicke, fast versteinerte Urwaldwurzeln, die wir herausarbeiten und dort drüben zu einem Lager aufschlichten. Das von uns gewonnene Heilmoor ist fünftausend Jahre alt. Es wird unten in der Kuranstalt Schwanberg fein zermahlt, wirkt erwärmend, blutbeschleunigend, belebend, heilend für Muskeln, Sehnen, Gelenke, innere Organe."

Auf einer Holzleiter erkletterten sie die Hochfläche über dem noch nicht abgebauten Moorvorrat, umwanderten in der Lichtungsmitte einen schwarzfunkelnden Teich, das Moorauge.

„Wieviel Arbeitskräfte beschäftigen Sie hier, und seit wann?" fragte Benedikter seinen Führer.

„Wir sind elf Leute. Außer dem Abbau und Abtransport betreiben wir auch die Rückbringung des abgebadeten Stoffs mit Tankwagen auf den Berg zurück! Dort drüben hinter dem Fichtenwäldchen sehen Sie den Absetzteich."

Benedikter lachte.

„Die anregenden Stoffteilchen der jungsteinzeitlichen Alpinkräuter und Bergblüten haben sich während fünftausend Jahren in jenes Heilpeloid verwandelt, das binnen einer Stunde im Bad heutigen Schmerz lindert, das die Kräfte der Blumen eines fremden Zeitalters abgibt – und zuletzt wieder zu seinem Ewigkeitsort zurückkehrt."

Merkl berichtete weiter: „Im Jahr 1958 haben wir mit dem Abbau begonnen, 1965 war die Heilwirkung unseres Garanaser Moores wissenschaftlich erwiesen, und seit 1973 wird im ehemaligen Kapuzinerkloster von Schwanberg das Moorbad geführt, gelobt und bedankt von vielen Kurgästen. Ja", lachte auch Merkl, „auf diese Stunde Berührung kommt es an! Wenn unser Stausee voll ist, wenn die zurückgeführten Schwebstoffe sich abgesetzt haben, leiten wir das überstehende Wasser auf unser Mühlrad im Pauritschgraben unten, wo wir die Säge betreiben. Ein Lastwagen voll sauber gefällter und entasteter Bäumen, abgelängt und signiert, bringt etwa dreißigtausend Schilling für achtzigjährige Fichten ... Tonnen von Steinen mußten in die einstigen Hohlwege und Schlammrinnen hineingearbeitet werden, Bauern haben mit Pferden durch den Morast die Felsbrocken herangeschleppt, damit wir heute das Wegenetz haben für unser wirtschaftliches Überleben in der Einschicht. Dort unten rinnt die Goslitz. Wenn sie aus dem Almgebiet heraustritt, heißt sie Schwarze Sulm. Und diesseits des Bergrückens rinnt der Garanaser Bach."

Während die beiden Männer über die Moorkuppe zum Betriebsblockhaus zurückgingen, schauten sie links zur Weinebene, zum Großen Speik, rechts zum fernen Bacherngebirge, davor lagen der Radlpaß, die Soboth, die weiße Bergkirche in der Wiel, ganz nahe dem Moor die Schirchleralm und die Brendlhütte.

Merkl wandte sich beim Betreten der Holzstube – mit Landkarten, Tageslisten, Gewichtstabellen an den Wänden und Arbeitspapieren auf dem schweren Tisch – an Benedikter: „Von Ihrem Verwandten Max, der immer wieder in meiner Schmiede arbeitet, die Moorpresse instand setzt, Pumpen herrichtet, Sägeblätter schleift, habe ich gehört, daß Sie ein Fabriksbuchhalter sind. Ich möchte Ihnen gern meine Betriebsumsätze und Jahresabschlüsse zeigen, die Steuererklärung und Sozialversicherung. Meine Bitte lautet: Was muß ich vorsorgen, und wie muß ich das verbuchen, wenn ich sicherstellen möchte, daß meine zehn Wald- und Schlammarbeiter, die alle schon seit vielen Jahren fleißig bei jedem Wetter die Torf- und Moorwirtschaft ermöglichen, einmal, wenn wir schließen müssen, einen ordentlichen Geldbetrag als Abfindung bekommen? Sollte die Kuranstalt in Schwanberg unten nicht mehr besucht werden, sollten die Krankenkassen das nicht mehr bezahlen, sollten andere, einfacher bereitzustellende Heilmittel erfunden werden, dann wäre unser Betrieb von einem Tag auf den anderen am Ende."

Die beiden setzten sich an den mit Schriften übersäten alten Schreibtisch. Bei den Worten des tüchtigen und biederen Torfstechers brach in Benedikters Herz eine Wunde auf. Hier in entlegenster steirischer Waldeinsamkeit plante ein ehrlicher Betriebsleiter die Vorsorge für seine vielleicht arbeitslos werdenden Mitarbeiter. Draußen im Wiener Pekunia-Industrieverwaltungsbüro wurden tausende Existenzen vernichtet, ohne daß die Pekunia-Leute einen einzigen menschlichen Gedanken faßten, im Gegenteil, sogar Tricks erdachten, gesetzliche Mindestabfertigungen zu vermeiden.

„Können Sie mir raten, Herr Benedikter, wie ich einen Wert ansparen kann, ganz gesetzgemäß, damit ich im Fall einer Kündigung jedem Arbeiter außer der Normabfertigung etwa einen Betrag von vier Wochenlöhnen je Dienstjahr auszahlen könnte?"

Benedikter erhob sich. „Dabei berate ich Sie gern. Ich überlege mir das einige Tage, aber eine versteuerte Rücklage bleibt Ihnen immer unbenommen oder eine saubere Versicherungslösung. Sie müßten mit Ihren Arbeitern eine schriftliche Vereinbarung treffen. Ich finde Ihre Überlegung sehr schön. Warum machen Sie das?"

Merkl erwiderte rasch: „Mit dem Stundenlohn ist ja nur die Arbeit der Stunde bezahlt. Der Wahl, hier und so sein Leben zu verbringen, liegt aber eine unausgesprochene Vereinbarung zugrunde, daß der Betrieb das bleibt, was er zu sein scheint – dauerhaft, daß der Betrieb das hält, was sein jahrelanges Verhalten verspricht – ein Lebensplatz zu sein. Wenn dies nicht zutrifft, entsteht nach meinem Gefühl eine zusätzliche Verpflichtung gegen die Mitarbeiter, finden Sie nicht, Herr Benedikter?"

„Herr Merkl, ich bringe Ihnen in einer Woche die Lösungsmöglichkeiten. Vier Wochenlöhne für jedes Jahr Betriebszugehörigkeit würde Sie etwa zwei Millionen Schilling kosten, die man sorgfältig in fünf bis sieben Jahren ansparen könnte."

Mit einem festen Händedruck vor dem Holztor am Rand der großen Garanas-Lichtung verabschiedeten sich die Männer.

Beschämt, aufgewühlt, zornig lenkte Benedikter sein Auto die Waldstraße abwärts Richtung Schmuckbauerwirt, wo er scharf links zum Schwaighof abbiegen müßte, wenn er in seine Dachkammer bei Max zurückkommen wollte. Die Zerstörung des Lebensplans, dessen Unerfülltbleiben muß also laut Merkl abgegolten werden! Der unverschuldete Verlust des Mitlebens und Mitwirkens in einem langfristig angelegten, sinnreichen Betriebsgebilde und Arbeitsfeld war – nach Merkls Meinung unabhängig vom früher bezahlten Lohn – bei einem Bruch der berechtigten Erwartung von Dauer, bei einem Bruch des durch jahrelanges schlüssiges Firmenverhalten gebildeten Vertrauens wenigstens durch einen namhaften Betrag abzugelten. Dem – wie auch immer begründeten – Vertrauensbruch mußte eine menschlich anerkennende Vermögensgeste gegenüberstehen, wobei klar war, daß seelischer Schaden nicht mit Geld behoben werden konnte. Der Torfstechermeister von Garanas, auf 1.300 Meter Höhe in der Bergeinschicht arbeitend, wußte etwas, das die hochrangigen Milliardenverderber in Wien nicht wußten.

Beim Schmuckbauerwirt lenkten Benedikters Hände plötzlich nicht nach links in den Waldgraben hinunter zum Sandsteffel, den Scheucherbach zu überqueren, um dann die dunklen Kehren bis zum Schwaighof hinaufzuziehen – nein, obwohl sein Blick kurz den gebotenen Weg prüfte, lenkten seine Hände nach rechts auf St. Anna zu! Er blieb auf der Höhe des Bergrückens, glitt ohne Verzögerung über diese Hochebene – überblickte von hier die ganze weststeirische Weite – links Hollenegg, rechts leuchtete weiß aus den Waldwogen St. Oswald ob Eibiswald – vor sich tief unten das Laßnitztal, St. Florian, Leibnitz, mit der

Murmündung in Tillmitsch; und weiter südlich das parallele Sulmtal, das bei der Landscha-Allee auf die ferne Mur traf. Doch alle diese bemühten Beobachtungen konnten Benedikters Erkennen nicht verdrängen, daß er jetzt ungeplant, aber unabwendbar nach Wien unterwegs war! Daß er nach diesem Gespräch am Garanaser Hochmoor einem inneren Zwang folgend die nächsten zwei Stunden über die Autobahnen bis vor das Glasportal der Byloff&Nandor-Zentrale in der Wiener Taborstraße rasen würde: Jetzt, erst jetzt, nun aber in gänzlicher Gewißheit und innerer Stärke wußte er, was sein letzter Arbeitsgang für diese sterbende Fabrik sein würde.

Er passierte die einsame Freikanzel an der Bergkirche St. Anna, rechts die mächtige Almwölbung mit den drei hohen Bittkreuzen. Mit starkem Linksschwung steil abwärts tauchte die Serpentinenstraße in die felsige Waldtiefe hinab, die achthundert Meter weiter unten am Wasserwerk der Schwarzen Sulm in das Freiland auslief. Benedikter raste wienwärts. Unrasiert, in Leder und Loden gekleidet, Bergschuhe an den Füßen, den Filzhut auf dem Kopf, ohne ein Blatt Papier. Allerschärfsten Blicks, mit zusammengepreßten Lippen und kräftig um das Lenkrad gespannten Fäusten trieb er seinen Dieselmotor über die endlose Rollschneise, zerschlitzte die Landschaften. Johngraben, Lannach, Lieboch, schon glitt er über den Weißbeton an den Verkehrsellipsen von Graz vorbei, die Weiten von Laßnitzhöhe, Gleisdorf, Hartberg brachten ihn bis zur Wechselpaßhöhe. Von dort stieß er über die Ebenen von Wiener Neustadt, Theresienfeld bis zum brausenden Einfahrtsdelta Wiens hinunter.

Erst drei Wochen waren seit jener Zusammenkunft auf dem Praterstern bei Altvorstand Fruhmann vergangen, die ihm Einblick in die Ursachen der Fabriksvernichtung gewährt hatte. Nun aber, nach dem Anstoß, nach der Erleuchtung dieses Morgens am Heilmoor, waren alle seine Erfahrungen, Fachkenntnisse und Kameradschaftsgefühle zu einem einzigen, überklaren Zugriff verdichtet worden: Er würde ganz allein vor den neuen Eigentümer hintreten und das Gebotene fordern – einen milliardenschweren Sozialplan!

Schon kurvte Benedikter die Schüttelstraße praterwärts, bog von der Heinestraße vor dem Augarten rechts ab, lenkte durch das Haupttor vor das Byloff&Nandor-Zentralgebäude, das er zum letztenmal anläßlich der großen Protestversammlung gesehen hatte, und hielt unmittelbar vor dem Eingang auf dem Gästeparkplatz an. Das Kirchenlied „Wir sind nur Gast auf Erden" schoß Benedikter durch den Kopf, als er rasch auf die Pförtnerloge zuschritt.

Es war 11 Uhr 45. Der alte Torwart Kastner sprang auf: „Grüß Gott, Herr Benedikter, daß Sie wieder einmal zu uns kommen …"

„Ist Dr. Icht im Haus?"

„Der Herr Präsident ist nicht da, aber der neue Prokurist Schleiss sitzt im achten Stock."

„Danke. Und wie geht es Ihnen, Herr Kastner?"

„Die Bergwanderung, von der Sie eben kommen, Herr Benedikter, kann ich nicht machen, und sonst ... na ja, wöchentlich einsamer in diesem immer leerer werdenden Haus, warte ich auf meinen blauen Brief."

„Welche Abteilungen arbeiten hier noch?"

„Präsidium und Direktion, Personal- und Rechnungswesen, die Maschinen- und Grundstückverwertung von Herrn Schindling. Die Produktsparten sind verkauft oder aufgelöst, hunderte Chemiker verschwunden. Die Werkstätten sind menschenleer, zwei Hausmeister, der Schierz und der Vihnalek, geistern durch das tote Gelände. Die haben mir erzählt: Ein Vergnügungsparkbetreiber will eine Halle mieten, ein Reiseunternehmen will für die Busse eine Halle mieten, eine Go-cart-Rennbahn will eine Halle mieten, ein Reitverein will eine Halle mieten, ein Tennisclub will eine Halle mieten, eine Elektrokette will Fernsehapparate einlagern, ein Obdachlosenhilfsverein will in einer vorderen Halle sein Notlager aufschlagen, eine Musikband will eine Halle mieten, die benachbarte Wurstelprater-Verwaltung will ihre Ringelspiele hier einwintern, und die Polizei braucht eine Halle zur Ansammlung abgeschleppter, falsch geparkter Autos. Doch alle zu Sondermieten für besenrein ausgeräumte Gebäude ..."

Benedikter schüttelte mißbilligend den Kopf. „Ich fahre jetzt hinauf, Herr Kastner."

„Soll ich Sie anmelden?"

„Nein", erwiderte Benedikter und drehte sich zu Aufzugtür.

Magister Schleiss, der Pekunia-Finanzchef, Dr. Icht-Handlanger, stand in seinem Sekretariat bei Frau Horch, der er eben seine Telefonverbindungswünsche für die kommende Stunde ansagte. Die Namen der beiden Neubesitzer der Taborwerke sah Benedikter auf dem Schild, als er vom Gang durch die offenstehende Tür vor seinen Nachfolger trat.

„Mein Name ist Hans Benedikter, ich möchte Herrn Dr. Icht sprechen."

Schleiss und Frau Horch starrten ihn zunächst sprachlos an, wegen seiner unangemessenen Kleidung, wegen der eigenartigen Entschlossenheit seiner Stimme, schließlich jedoch wegen seines tatsächlich nicht unbekannten Namens.

„Sind Sie jener Benedikter, der früher die Bilanzen der Taborwerke gemacht hat?"

„Ja, das bin ich. Wann erwarten Sie Herrn Dr. Icht?"

„Haben Sie eine Terminvereinbarung, Herr Benedikt?“ fragte die Sekretärin.

Schleiss verbesserte: „Benedikter! – Was wollen Sie denn vom Vorsitzenden des Präsidiums? Einen schriftlichen Antrag können Sie gern mir überreichen.“

„Ich stelle keinen schriftlichen Antrag, sondern erhebe eine mündliche Forderung.“

Die Sekretärin sprang auf, wollte durch die Polstertür in das nebenan liegende Büro laufen.

Benedikter stoppte sie: „Frau Horch, warnen Sie Dr. Icht nicht vor mir! Es ist besser, wenn wir einander heute begegnen.“

Mag. Schleiss fuhr Benedikter an: „Ich lasse Sie hier entfernen! Sie tauchen ohne Termin und Funktion auf und erteilen auch noch Anweisungen!“

„Ohne Termin, aber gewiß nicht ohne Funktion, Herr Schleiss. Und mit dem guten Rat, Herrn Dr. Icht nicht umzuleiten, um mir auszuweichen.“

„Soviel ich weiß, genießen Sie nicht das Vertrauen des neuen Eigentümers. Sie wurden wegen Unstimmigkeiten bei der Bilanzerstellung im Übernahmsjahr abgesetzt. Von Ihrer gerichtlichen Verfolgung wurde über meinen Rat Abstand genommen.“

„Verstehe ich Sie richtig? Sie winken mir mit dem Bilanzrecht? Sie wissen genau, warum Sie mich nicht klagen! Erwiesene Untreue ist strafbar, Treue nicht! Einen für mich ehrenvollen Vergleich mit den Jahresabschluß-Regeln und der verpflichtenden Offenlegung zwischen Ihrer Pekunia und meiner früheren Byloff&Nandor stelle ich allemal her.“

Frau Horch warf ein: „Herr Prokurist, soll ich zur Polizei …?“

Schleiss unterband das mit einer heftigen Handbewegung, maß Benedikters Waldläufergestalt mit verächtlichem Blick. „Sie lächerlicher Phantast, ich habe Ihren Taborwerke-Berichts-Schmarrn überflogen, wissen Sie, was Sie sind? Ein Dichter, ein Spinner. Von dynamischer Vermögensbildung haben Sie keinen Schimmer!“

„Vermögensbildung ist aber mein Fachgebiet, nicht Ihres. Vermögensbildung ist nämlich nicht Geldmachen!“

Schleiss wandte sich an die Sekretärin: „Schreiben Sie mit! – Herr Hans Benedikter, von Beruf arbeitslos, soweit ich informiert bin: Die Jahrzehnte Ihrer Bilanzgrundsätze, Geschäftsberichte, Kalkulationsrichtlinien, Schulungsschriften und Werbetexte sind vorbei. Sie sind ein gefährlicher Träumer, der alles Bestehende schöpferisch verteidigt. Gefragt sind aber Konversion und Innovation.“

„Das heißt“, sagte Benedikter, „Verschleuderung und Sofortprofit. Ich weiß, Sie haben sich auf die Schenkel geklopft, als Sie die verbrieften Firmenrenten der alten Taborwerkler gestrichen haben, ohne die dafür von mir gebildeten Rücklagen anzugreifen, weil Sie Ihre riesigen Pekunia-Schäden so lang trickreich hereinfusioniert haben, bis auch Byloff&Nandor mit Verlust bilanzierte, worauf die Renten hinfällig wurden."

„Benedikter, Sie sind ein blutleerer Fachmann ohne Geschäftssinn. Verstehen Sie endlich!"

„Ich bin kein schneller Abzocker, sondern ein sorgsamer Gründer. Und blutleer bin ich nicht, ich stehe nur zum Unterschied von Ihnen unblutig hier …!"

Die beiden Zahlenmenschen standen einander erregt gegenüber. Die Telefonanlage läutete und blinkte, doch die Sekretärin hockte wie gelähmt auf ihrem Drehstuhl und starrte auf die schwarzen Schlicksträhnen, die Benedikters Schuhwerk auf dem wertvollen Teppich hinterlassen hatte.

Ein in beiden Händen Aktenkoffer tragender Chauffeur mit goldbetreßter Tellermütze trat ein. Die Sekretärin sprang auf und riß die schalldichte Tür ins Allerheiligste auf. Dr. Icht, einen Stoß Zeitungen unter die linke Achsel geklemmt, folgte schnellen Schrittes, zu schnell für seine Figur: Der behende Gang paßte nicht zu der dicken Gestalt mit dem runden Schädel und fetten Gesicht, der scharfe Gang war wohl eine eingelernte Geste, der Umgebung Schlagkraft vortäuschend. Hörbar schnaufend hielt Dr. Icht in seinem Lauf vor der Tapetentür inne und fixierte fragend Schleiss. Dieser unterrichtete seinen Boß dienstbeflissen, es handle sich bei diesem Bauern um den unangemeldeten ehemaligen Tabor-Buchhalter, der ihn sprechen wolle.

Dr. Icht knurrte: „Das erledigen Sie, Schleiss."

Über die hilflose Geste des Pekunia-Finanzchefs hinweg rief Benedikter dem Dr. Icht, der bereits den Türflügel hinter sich zuziehen wollte, nach: „Ich rate Ihnen, mich anzuhören, Herr Dr. Icht!"

Icht trat einen Halbschritt zurück ins Sekretariat und winkte Chauffeur, Horch und Schleiss mit Benedikter zu sich herein.

„Nein, die drei Minuten für meine Nachricht müssen wir allein sein!"

Als letzte Widerstandsgeste ließ Dr. Icht Benedikter nicht in sein persönliches Büro, sondern ging zurück hinaus in einen fensterlosen Nebenraum mit Kugellampe, rundem Besprechungstisch und sechs Sesseln.

„Für Ihre Dienste habe ich keinen Bedarf, Herr … Benedek oder wie."

Der Eindringling blieb an der hinter ihm zugezogenen Tür stehen. „Ich heiße Benedikter, habe über vierzig Jahre hier gearbeitet, wurde vor dem Rechnungsabschluß in ihrem Kaufjahr durch die Pekunia entfernt. – Ich fordere hiermit für alle ehemaligen Byloff&Nandor-Mitarbeiter hier im Wiener Taborwerk und in den Werken Innstraße, Gratkorn, Kirchdorf sowie Tulln eine Entfertigungszahlung von vier Wochenlöhnen für jedes in diesen Firmen geleistete

Dienstjahr. Die Kosten für Ihre Pekunia-Dachfirma – oder etwa auch für die Omniabank, das überlasse ich euch – belaufen sich auf etwa eine Milliarde Schilling, je nach Wirkung von Lehr- oder Vordienstzeiten. Die Abwicklung soll innerhalb dreier Monate beendet sein."

Dr. Icht war nach zehn Schrecksekunden wie ein Kugelblitz losgerast und polterte in diesem abgelegenen, kargen Zimmer umher. Keine Sprechanlage, kein Telefon stand ihm zu Gebot. Benedikter verharrte ungerührt an der Tür. Schwer keuchend lehnte Dr. Icht schließlich in der gegenüberliegenden Ecke. „Wie kommen Sie dazu? Wer oder was sind Sie eigentlich? Alle Spartenbereiche und Herstellungsbetriebe sind wegen der weltweiten Marktschwäche stillgelegt worden. Wir von der Pekunia versuchen, die Reste ..."

„Nein, Herr Dr. Icht, es war nicht eine schlechte Weltnachfrage, schon gar nicht eine fehlende Leistung unserer Leute. Es war eine weitab von jeder industriellen Bewährung getroffene Entscheidung, Ihr ohne jede betriebswirtschaftliche oder produktfachliche Begründung gefälltes Urteil ... Todesurteil! Ich bin unterrichtet, daß Sie allen Spartenleitern abstruse zwanzigprozentige Angebotsgewinne auferlegt haben, um jedes weitere Geschäft zu verhindern."

Dr. Icht krümmte sich in der Mauerecke, die Walzenfinger nestelten bebend an den Sakkoknöpfen, rollten immer wieder die Krawattenspitze auf und ab, der Stiernacken wand sich in eine schräge Halbdrehung unter der nun gänzlich unbeherrschten Grimasse. Die breit auseinanderstehenden, leicht schielenden Augen hinter Tränensäcken und Fettpölstern irrlichterten Benedikter an, während der einwärtsgestülpte, verwöhnte, machtgewohnte Mund Haßgeräusche hervorstieß. „Sie blöder, gescherter Sandler ohne Anspruch, ohne Befugnis, ohne Macht, Sie kriechen daher und wollen meine Millionen?"

„Nein, nur einen Teil unserer Millionen, Herr Dr. Icht."

„Niemals, niemals! Alles ist abgehandelt, alles ist mit Bankgeneral Lesky und seinem Team abgestimmt und beschlossen. Betriebsratseinsprüche sind arbeitsgerichtlich abgewiesen worden. Und jetzt verschwinden Sie für immer von hier ... Stehlen Sie mir nicht meine Zeit! Für Ihre Forderung werden Sie keinen Richter finden."

Benedikter flüsterte: „Ich kam ganz gewiß zum ersten und letzten Mal in meinem Leben unter Ihre Augen. Was die gestohlene Zeit betrifft, verweise ich auf die dreißigtausend Dienstjahre, die die von Ihnen tückisch entlassenen Byloff&Nandor-Arbeiter gemeinsam abgedient hatten – für anständige Bezahlung und für den Anspruch auf fachkundige Firmenführung, Firmenweiterführung. Letztere aber wurde ihnen von der Pekunia vorenthalten. Dafür weiß ich sehr wohl einen Richter."

Dr. Icht gurgelte hervor: „Der unbrauchbare Buchhalter will mir drohen!"

„Sie sollten davon ausgehen, daß ich alles weiß, was Sie wissen, alles, jeden Dreh, jeden Schmäh, verstehen Sie mich recht? Das Kalkül der Omniabank, Ihr Milliarden-Killerlohn durch die unterbewertete Firmenübernahme und scheinbar politikferne Liquidierung unter falschen öffentlichen Angaben und die schlaue Täterschaft der Betriebsstillegungen wegen vorgetäuschter Unwirtschaftlichkeit. Siebentausend Einzelhaushalte zerstört, die heimische Fabrikswelt schwerst geschädigt, den Außenhandel krass verschlechtert, tausendfältiges Fachwissen für immer vernichtet, Fabrikshallen, Krananlagen und Bearbeitungsmaschinen zu Schrott entwertet – aber Milliardenprofite und Vorstandstantiemen für die Kursgewinne bei Omnia und Pekunia in Erwartung der Grundstücksumwertungen, Kapitalzuwächse durch schnelle Spekulationsrenditen. Ganz direkt, Herr Dr. Icht: Schon Ihr Geschäft mit dem Bank-Fuchs Lesky und seinem Büttel Eigner – aus dem alle Ihre Folgeprofite aus der Firmenzerschlagung erflossen sind – ist rechtlich ungültig, anfechtbar, weil man Ihnen den Betrieb ohne Anrechnung des Verkehrswerts der stillen Bilanzreserven überantwortet hat. Die Folgen für mich und siebentausend Kollegen waren verheerend. Die Sache ist noch nicht verjährt. Ich werde die Richter finden ... Und vor den Richtern werde ich die Zeitungen und Fernsehanstalten finden, die unserer Darstellung einer verfehlten, menschenfeindlichen und staatsfeindlichen Bank- und Industriepolitik reichlich Platz einräumen werden."

Benedikter löste sich von der Tür, ging auf den Besprechungstisch in der Zimmermitte zu, beugte sich weit über die runde Platte unmittelbar vor die entgeisterte Fratze der bloßgestellten Kapitalqualle: „So wie Sie die Gewinnausschüttungen für Ihre Pekunia-Partner in ganzseitigen Zeitungsanzeigen bekanntmachen und zur Vorlage der Kuponabschnitte einladen, so werden Sie binnen zwei Wochen mit ganzseitigen Zeitungsinseraten alle ehemaligen Byloff&Nandor-Mitarbeiter aufrufen, unter Vorlage der Entlassungspapiere den Abfindungsbetrag in allen Filialen der Omniabank zu beheben."

Dr. Icht begann zuerst leise, dann immer lauter werdend ein Röcheln auszustoßen und den hochroten Kopf zu schütteln.

Benedikter vergewisserte sich, daß ihn der Tobende sehr gut hörte und verstand. Er wiederholte: „Vier Wochenlöhne mit dem Lohn der letzten Arbeitswoche je geleistetem Dienstjahr. Das kostet Sie für eine durchschnittliche Firmenzugehörigkeit von fünf Jahren eine Milliarde Schilling. Und das ist noch nicht die Hälfte des von Ihnen mit diesem Raubzug gemachten Geldes."

Benedikter ging zur Tür, öffnete sie und drehte sich um: „Sie und Lesky können diese Zahlungsankündigung gern als freiwilligen Sozialplan bezeichnen. Ich lese täglich die Kundmachungen in der amtlichen *Wiener Zeitung*! Ich warte."

Zissers Tastatur: Zwei Einwände drängen sich Zisser auf: Der Augenschein beim Gang durch die Straßen bestätigte nicht die von Benedikter so wortreich beklagte Abwegigkeit der Wirtschaft. Und weiters fällt ihm die Abwesenheit dieses Stoffs bei den zeitgenössischen Literaten auf.

Was nun den täuschenden Augenschein betrifft, besteht Benedikter darauf, sich nicht am bunten Treiben der Wiener Mariahilferstraße, der Grazer Herrengasse, der Linzer Bahnhofstraße und der Innsbrucker Maria Theresienstraße, der Salzburger Getreidegasse zu orientieren, sondern zumindest dort auch die jeweils örtlichen Bahnhofswartesäle, Obdachlosenstätten, Arbeitsämter, Caritashilfsstellen und Altersheime sowie Spitäler zu beachten. Und wieviel materielle Enge und Not hinter den überfüllten Abflughallen für Charterreisen und hinter den berstenden Gebrauchtautomärkten steht, erschließt sich nur genauerem Hinschauen.

Zisser wendet ein, daß sich Notfälle und Armut nicht vermeiden ließen, solange die Menschen frei und dumm sein dürfen. Darauf wird Benedikter ungeduldig: Unser aller große Routine im Anpassen, Verdrängen und endgültigem Verzicht ließ uns erblinden vor der Unzumutbarkeit selbst der avanciertesten Zivilisation und der allermeisten Lebensformen in ihr. Von Wohlstand reden wir, weil wir nicht nachdenken wollen, was uns wirklich wohl täte. Die Übereinkünfte, welche Zuwendung, welcher Aufwand für welche Bedürfnisse ausreichen, sind willkürlich, gelten nur in engsten Grenzen. Wie schnell das Weltvertrauen und die Glückseligkeit eines vierjährigen Kindes geknickt und zerbrochen werden, wie rückhaltlos unser aller Lebenshoffnungen abgeschrieben und unsere schönen Erwartungen eingestellt werden müssen, für einige kurze Zeitabschnitte unmittelbarer Unbedrohtheit, um alsbald in die Dauerangst vor Alter, Krankheit, Ausgeliefertheit, Not, Scham überzugehen, müßten Sie, Herr Zisser, eigentlich Ihrem Weltbild noch einfügen. Nein, was ich erzähle und ausführe, ist nicht beleidigtes Nörgeln. Wenn Sie mir den Luxuskonsum entgegenhalten, erwidere ich mit unserem Übermaß an Betäubungsmitteln und Selbstmorden. Wir haben nicht einmal eine Diktion für die Lebensschäden aus der mißbrauchsanfälligen Wirtschaft. Auch kein Meßverfahren für Kennwerte, die den Unsinn aufdecken, daß ein sichtbares Jahrmarktgewimmel eine humane Gesellschaft bewiese. Glückli-

che, angstfreie Menschen, deren Begabungen und Sehnsüchte wohlbereitete Betätigungsfelder vorfänden, nicht bedroht von Natur- und Neidgewalt, eingebunden in ein weltweites Vorsorge- und Austauschsystem, getragen von realwirtschaftlichen Fähigkeiten und Ordnungen: Das wäre Frucht einer Wirtschaft, über die man so wenig kritische Romane schreiben müßte wie derzeit etwa über die Klavierherstellung.

Zum zweiten: Die entgleisten Züge sind auch literarisch allgegenwärtig, aber die Stellwerksfehler bleiben den von Unfällen Betroffenen zumeist verborgen. Die Tretmühle alltäglichen Arbeitslebens müßte man vorbehaltlos ohne Schutzschild und Mentalreservation durchmachen und dann immer noch die Energie und Distanz aufbringen, darüber glaubwürdig zu erzählen. Zu überwinden ist hierbei außerdem die unpoetische Aura, die diesen Stoff umgibt. Welche dichterische Begabung glaubt schon, dieses profane und banale Geröllfeld schriftstellerisch durchschreiten zu können? Bleiben noch jene Einschleichautoren, die in keinem Lebensabschnitt vorbehaltslos das Arbeitsleid wirklich als ihr eigenes unvermeidliches Schicksal empfinden mußten, daher nicht authentisch sind, trotz gegenteiligem Auftritt. Mit ihrem inneren Abstand und selbstschonenden Beobachterblick ändert sich diese Wirklichkeit in sterile redaktionelle Stoffmasse.

Zisser argwöhnt, daß die Versammlung dreier Monsterbetrügereien durch Benedikter tendenziös sein könnte, ähnlich überzeichnet wie die frappierend typischen Gestalten der bierernsten Zentralverbrecher mit ihrer aufdringlichen Motorik. Auch scheint Zisser in die Erzählungen mehr Fachkunde einzufließen, als es dem Roman zukomme. Und schließlich ist diese Anziehung des ganzen Ungemachs auf nur eine Opferfigur – Benedikter – schlichtweg übertrieben und unglaubwürdig. Und überhaupt: Bei so viel kaufmännischem Wissen bleiben Benedikters schwere Benachteiligungen eigentlich unglaubwürdig: Wieso hat er bei Dr. Gallunter nicht darauf bestanden, daß seine Bezahlung der Eigentumswohnung Glockengasse Zug um Zug mit der lastenfreien Grundbucheintragung erfolgte? Wieso hat ihn vor der Nauticord-Veranlagung keine Nachricht erreicht, daß noch nie prospektgemäße Ausschüttungen erfolgten? Rückfragen bei drei Altanlegern hätten dies ergeben. Wieso haben ihm die Profantl-Erklärungen bei der Werbeversammlung genügt? Und spätestens bei Auftreten der ersten Gerüchte, Dr. Icht übernehme die Taborwerke, hätte er folgerichtig mit ganzem Kraftaufwand eine neue Berufstätigkeit aufnehmen müssen und so in den Byloff&Nandor-Übergangsmonaten gerade noch als einer der letzten seine Abfertigung kassieren können, bevor die Dr. Icht-Malversationen wirksam geworden sind. Aber nichts davon!

Zisser ätzt: Vielleicht ist dieser Benedikter-Text ein polemisches Konstrukt, eine Räubergeschichte eben.

Benedikter fürchtet seinen Erfinder. Als ob dieser nicht wüßte, daß Benedikter diese prophetisch-mahnenden Erzählungen verfassen muß.

Und als ob Zisser nicht wüßte, daß jedem umgreifenden erzählerischen Erfassungsversuch in jeder bestehenden Sprache eine Abweichung, Entstellung gegenüber jeglicher undargestellter Wirklichkeit unterläuft! Eine sprachimmanente Polemik entsteht durch wortwörtliche Feststellungen des in Wirklichkeit wortlos Weiterfließenden! Es gibt nirgendwo nur einen einzigen Satz, der nicht in seiner Zerschlitzung des Gegebenen, in der Neuzusammenfügung der Fasern den Weltstoff verfälschte. Was die Straße zeigt, ist niemals die Landschaft.

Wahr ist wohl, daß Benedikter in vierzigjähriger Hingabe an die tagtäglichen Herausforderungen der Taborwerke seine Kompetenz ausschließlich in der Wahrnehmung und Verteidigung der redlichen Firmeninteressen entfaltete. Eine private Identität hatte er längst abgelegt. Und auf eine nachgerade unverständliche, durchaus als peinlich einzubekennende Fehlhaltung ist ehrlich zu verweisen, daß nämlich Benedikter sogar in seinem geheimsten Inneren davor zurückschreckte, jemals private Eigeninteressen energisch zu verfolgen. So als ob dies sein Selbstwertgefühl zerstörte. Als ob er dadurch aus der Teilhabe am objektiven Ganzen tödlich herausfiele.

Aber, sei es drum: Frei von präventivem Zorn und nachgeholter Ermannung sind Benedikters Berichte selbstverständlich nicht. Für ihn ist das kein Problem, damit soll sich – wenn ihn das belastet – Zisser befassen. Und die Leser wissen jedenfalls, daß alles Geschriebene verdichtet, verfälscht ist, das zur späteren vorsprachlichen Nutzanwendung wieder verdünnt, entmischt gehört.

Das Bild

Schwanberg – eine Stadt der Giebel, der dichten Verbauung auf den Sulmhängen. Der Blick vom Eingang der Kapuzinerkirche zum Marktplatz hinunter zeigt die Hinterseite eines riesigen, kräftigen Gitters, das in der Biegung des Stiegenaufgangstores hängt, sieben Spitzen weisen nach unten und nehmen den Marktplatz wie unter ein großes Gebiß …

Der Ambthof, von 1383 bis 1681 im Besitz der Burgherrschaft, gerät in Brand, bleibt unverkäuflich, wird 1706 den Kapuzinern geschenkt. 1714 wird hier ihre Klosterkirche eingeweiht. Von 1860 bis 1938 beherbergt das Kloster die Novizen der Ordensprovinz. 1890 weiht Bischof Schuster die Lourdesgrotte-Kapelle. Doch 1940, am Ostersonntag, ist die letzte Heilige Messe, die Patres werden vertrieben: Arbeitsdienstmaiden, Titotruppen, englische Soldaten bewohnen die Klosterräume. Beim Eingang rechts in der Ecke Ehrenfotos für den letzten Mönch, Pater Wolfgang, den Achtzigjährigen. In der Lourdeskapelle hat jemand geraucht, zwei Zigarettenstummel liegen auf dem Boden.

Die beklemmende, durch die leere Kapuzinerkirche strahlende Schrift am großen Zentralrundbogen vor dem Hochaltar: „Himmel und Erde werden vergehen, aber meine Worte werden nicht vergehen.“ Und darüber der riesige segnende Christus in weißer Tunika mit dem offenen Buch Alpha und Omega. Wer liest das, hört das, erkennt oder ahnt, was für eine – das Weltall tragende – Aussage das ist? Einige Schritte aus dem einsamen Raum hinaus, nur hundert Meter östlich, jenseits des stummen Gemäuers, liegt der offene, verkehrsreiche Marktplatz …

Das Altarbild ehrt die heiligen Schutzengel.

Gottvaters linker Arm ruht auf der blauen Erdkugel, der rechte Arm hält die Krone über dem Haupt Mariens. Links der Auferstandene, das Kreuz in seiner Rechten, mit der Linken die Krone von der anderen Seite haltend. Gemeinsam heben die beiden göttlichen Personen die Insignie über die mit gekreuzten Armen kniende Jungfrau. Die weiße Taube schwebt mit ausgebreiteten Flügeln vor hell aufstrahlendem Hintergrund über der Gruppe. Der siegreiche Messias ist in ein flatterndes rotes Gewand gehüllt, Gottvater trägt einen goldenen Umhang, Maria über weißem Kleid einen faltenreichen blauen Mantel. Ihr zu Füßen eine große Schar aufwärts gerichteter Gesichter: wie die Durchschau auf einen Hintergrund zahlloser namenloser, betender Erlöster, die nur an dieser Stelle des Gemäldes als lichte Menge durchscheinen.

Unmittelbar unter der Dreifaltigkeit mit der Krönung Mariens, dem Betrachter näher gerückt, die obere Hälfte des Bilds beherrschend, die rot gewandete Gestalt des Erzengels Raphael. Seine Flügel weit ausgebreitet, den rechten Arm erhoben, den kleinen Tobias im linken Arm, blickt der mächtige Bote Gottes freundlich erdwärts, während sein rechter Zeigefinger zur Göttlichkeit über der Mondsichel weist. Links über ihm in kupferfarbener Rüstung, blauem Helm, blauem Ärmel und schimmerndem Flügel, das Gesicht aufwärts zur Himmelsgruppe gewandt, Erzengel Michael, Fürst der himmlischen Heerscharen, Bekämpfer der gottfeindlichen Mächte, das Flammenschwert in seiner gestreckten Rechten. Ihm gegenüber im goldenen Kleid, die rechte Hand an der Brust, in der linken einen Strauß Lilien, der Verkündigungsengel Gabriel, eng und unverwandt die gekrönte Gottesmutter betrachtend.

Diesen drei Erzengeln in der oberen Bildhälfte, die hellstrahlende Dreifaltigkeit umrahmend, stehen in der unteren Bildhälfte, den Augen des Betrachters somit am nächsten und im Vordergrund, die drei Märtyrerinnen Katharina, Barbara, Margaretha in angeregtem Gespräch, jede ihren Palmzweig ewigen Lebens in der Hand, Margaretha mit Krone und Buch, Barbara als Nothelferin in der Sterbestunde mit dem Hostienkelch, Katharina mit dem Folterrad. Links nahe oberhalb dieser Dreiergruppe blickt groß und bleich die heilige Klara von Assisi mit dunkelbrauner Kutte und schwarzer Weihel geradeaus aus dem Bild, eine herrliche goldene Monstranz mit weißer Hostie in beiden Händen fast bis zur Gesichtshöhe hochgehoben. Links zu ihren Füßen das schöne Antlitz Teresas von Avila, der Mystikerin mit dem vom Pfeil der göttlichen Liebe durchbohrten Herzen in der Hand. Und in der rechten Ecke ganz vorne leuchtet das wunderschöne Gesicht der jungfräulichen Märtyrerin Cäcilia, ihre beiden Hände ruhen auf den Tasten einer Orgel, das dunkelblaue Samtkleid ist mit einem goldenen Kragen geschmückt.

Vor und neben und hinter ihnen drängen sich viele bedeutende Gestalten aus den weit über zweitausend Jahren Heilsgeschichte: Die rechte Hälfte versammelt im obersten Abschnitt die Großen des Alten Testaments, die linke Hälfte spiegelbildlich jene des Neuen. Darunter die große mittlere Spange: Sie beginnt links mit den Heiligen Drei Königen, zeigt dann die vier Kirchenväter und umgreift in dichter Reihe die heiligen Ordensgründer. Der herrliche Schlußbogen im Vordergrund reicht von Kaiserinmutter Helena über Maria Ägyptica bis zu den Nothelfern, Bewahrern des Glaubens und Märtyrerinnen wie Ursula und Agatha. Ein bunter, strahlender Lichtstrom und ein packender, unerschöpflich überwältigender Gedankenstrom fließen aus diesem Allerheiligenbild auf die Andächtigen in der verlassenen Klosterkirche. Die alten, unzerstörten Farben umfangen, erheben, trösten alle wissenden Betrachter. Diese werden hineingezogen in diese Erlebnis- und Erfahrungsschätze, die Vorbildgnaden, die Weltprägungen, die Heldenleistungen, als wirksam und lebendig angeboten bis zum heutigen Tag, bis zu dieser Stunde der Versenkung an beklemmend vereinsamtem Ort.

Oben rechts noch innerhalb des Dreifaltigkeitsbogens Aaron, Bruder des Moses, erster Hoherpriester der Juden, mit goldener Mitra. Unter ihm Moses, Prophet und Führer Israels, der barhäuptige, weißbärtige Gesetzgeber. Überhell hervorleuchtend der königliche Psalmensänger David und dunkel vollbärtig neben ihm das Asketengesicht Johannes des Täufers. Darunter das schöne klare Antlitz Josefs des Nährvaters, er trägt die Lilie der Keuschheit in der Rechten und unterhält sich mit den Eltern Johannes des Täufers, Elisabeth und Zacharias. Bis zur Mitte hin, unter dem Flügel Raphaels, Maria Magdalena mit dem Salbgefäß und ihre Schwester Martha von Bethanien mit der Getränkekanne. Unmittelbar anschließend in rotem Hemd der Märtyrerdiakon Laurentius mit dem Feuerrost.

Links oben im Bogen hinter und unter dem Erzengel Michael die Apostel: Petrus, den Zeigefinger der rechten Hand hochgestreckt, hinter ihm der Evangelist Matthäus, zu seiner Linken Paulus mit dem Schwert, zu seiner Rechten der Evangelist Johannes mit Buch und schwarzem Adler. Ganz außen am Rand der Evangelist Lukas mit dem Stier. Oberhalb von ihm der Evangelist Markus mit kennzeichnender Händehaltung. Unter den Aposteln und Evangelisten, der Bildmitte zu, Papst Leo der Große, links von ihm mit roter Mitra der Staatsmann und Bischof Ambrosius – er gebrauchte erstmals das Wort Messe für die Eucharistiefeier – und rechts von ihm mit golden schillerndem blauen Umhang und goldener Mitra, einen kunstvollen Hirtenstab in der Rechten, die Linke hocherhoben mit dem gleißend brennenden Herzen der heilige Augustinus. Sein Blick fällt aus scharfgeschnittenem, schwarzbärtigem Gesicht quer über die Mitte des Allerheiligenbildes über die andrängenden Auserwählten: Rechts neben ihm der vierte Kirchenvater, der greise Einsiedler Hieronymus mit erhobener Schreibhand. Links von den Kirchenvätern zum Rahmen hin die drei Könige Kaspar, Melchior und Balthasar, der weißgekleidete Mohr Rücken an

Rücken mit der roten Kasel des Ambrosius. Auf der rechten Seite des mittleren Halbkreises zu Füßen des Erzengels Raphael die eindrucksvolle Versammlung der Meistbegnadeten: Als erster rechts Dominikus, Stifter des Predigerordens, einen kleinen, hellgelb leuchtenden Stern über dem Haupt, den Rosenkranz in der Linken, ein Patriarchenkreuz in der Rechten. Neben ihm der Einsiedler Antonius, hilfreicher Wüstenmönch mit der Flamme aus dem Fuß. Zu seiner Seite Antonius von Padua mit der Lilie und einem Buch. Dahinter Thomas von Aquin mit Tonsur und dem leuchtenden Stern auf der Brust. Die Gruppe rechts davon zeigt im schwarzen Habit mit weißem Bart zuerst Benedikt von Nursia im Gespräch mit dem weißgekleideten Mönch Bernhard von Clairvaux, sein Leidenswerkzeug waagrecht weggestreckt in der Linken. Über den Köpfen dieser beiden leuchtet das liebreiche Gesicht des Franz von Assisi, demütig bodenwärts blickend. Zu seiner Rechten mit dem Flügelherzen Kajetan vor einem Bischof mit brennender Kerze, Blasius. Seitwärts im schwarzen Habit, den Blick zur Mitte emporgerichtet, Ignatius von Loyola, Gründer des Jesuitenordens. Am Bildrand der Märtyrer Georg mit römischem Helm. Darunter in der nächsten Reihe unter schwarzem zweiflügeligen Birett der rotbärtige Johannes Nepomuk, eng daneben Johannes Capistran, der Prediger mit der rotweißen Kreuzfahne, das Kruzifix in der Hand, einen Stern über der Stirn. Rechts von beiden in blauer Rüstung mit blauem Helm Florian, der römische Märtyrer von Lorch. Und schließlich links davon, zu den drei großen Frauen im Vordergrund überleitend, die Königstochter Ursula, eine Krone mit roter Spitze auf dem Haupt, den Marterpfeil in der Rechten erhoben. Neben ihr die sizilianische Märtyrerin Agatha, die Folterzange mit der Linken gegen den Mund drückend. Unmittelbar hinter Katharina mit der weißen Rosenkrone Dorothea und links von ihr, ebenfalls mit einer Rosenkrone auf der Stirn, die jugendliche Franziskanerin Rosa von Viterbo.

Das Gemälde findet seinen Abschluß links unten mit Maria von Ägypten, büßende Wüsteneinsiedlerin mit langem blonden Haar, den Blick auf das Kruzifix gerichtet, und rechts neben ihr, auf einer dunklen Hirschkuh reitend, Genoveva, über das Kind gebeugt, mit blauem Schultertuch. Der rechte Abschluß im Vordergrund zeigt zu Füßen der orgelspielenden Cäcilia einen ins Geigenspiel vertieften Engel.

Benedikter hatte während seiner Kindheit und Jugend allsonntäglich, im Mai und Juni allabendlich, dieses Allerheiligenbild der Schwanberger Kapuzinerkirche vor sich gehabt. Die Mitmenschen in den Kirchenbänken und die vom Hochaltar herunterblickenden Gestalten vereinigten sich für ihn zu der Vorstellung einer ineinanderwirkenden Welt. So wie er die Kirchgänger nur von ihrem Äußeren, ihren Bewegungen bevorzugten Sitzplätzen und Gebetshaltungen her kannte und immer wiedererkannte, wußte er zu dieser Zeit auch nichts über die Namen oder Lebensgeschichten der gemalten Heiligen. Doch immer hatte sich sein kindlicher Blick, sein zutrauliches Gemüt im Betrachten dieser Gesichter gesammelt: Das ernste, große Gesicht der schwarzen Dame im Vordergrund mit der Hostie, die große Geste des goldenen Bischofs mit dem hochgehobenen Herzen, der lichtumflossene helle Jüngling mit den niedergeschlagenen Augen neben dem schwarzgekleideten weißbärtigen Greis, im Gespräch mit dem gelbbehemdeten Mönch, dessen Haupthaar kreisrund ausgeschnitten war. Der gewaltige rote Engel mit den ausgebreiteten Flügeln, dessen rechter Arm hochgestreckt auf die ganz oben in Weiß und Blau gekleidete, kniende, verklärt ins Jenseits blickende Frau wies, von der der junge Hans Benedikter bereits wußte, daß es die heilige Maria war. Die beiden höchsten Figuren, Gottvater und Gottsohn, wagte er nicht in den Blick zu nehmen. Dafür studierte er stundenlang die größte Figur des Gemäldes unten im Vordergrund, eine schöne, in ein blaues Kleid mit riesigem roten Umhang gehüllte Frau auf einem Wagenrad, einen langen grünen Zweig in der herunterhängenden rechten Hand, die linke zu einer deutlichen Geste mit mahnendem Zeigefinger erhoben. Am allerschönsten freilich fand er ganz unten rechts außen das anmutige, ja himmlische Gesicht der ihn unverwandt aus dem Bild heraus anblickenden Frau mit hoher Goldbandfrisur und goldendem Halsausschnitt, eine überirdische Schönheit, deren schlanke Hände auf einer Orgel lagen. Mit den Jahren hatte der junge Benedikter zu fast jeder Gestalt eine vertraute Beziehung gewonnen. Und ganz allmählich, mühelos, waren ihm die Namen und die Leistungen dieser längst Vertrauten zugeflogen, begann er die Sterne und Kelche und Pfeile, Fahnen, Schwerter, Hirtenstäbe, Bücher, Kerzen, Tiere, die zu ihnen gehörten, zu verstehen. Auch außerhalb der Kirche, in der Schule, beim Spiel, bei Stall- und Feldarbeit, begleitete ihn diese vertraute Gemeinschaft. Und als er aus Schwanberg fortgezogen war, über Deutschlandsberg und Graz nach Wien zu Studium und Fabriksdienst, verlor sich zwar sein kindliches Seelenpersonal aus dem Tagesbewußtsein, doch im Innersten blieben die Botschaft und die unverrückbar gebliebene Beständigkeit dieser wahrhaft gottvollen Antlitze Benedikters Kraftquelle und Wegweisung.

Nein, nicht etwa, daß er bigott gewesen wäre. Ein überklarer, jeweils zur nächsten Aufgabe gerichteter Blick, ein Drang zu praktischen Lösungen schwierigster Herausforderungen erfüllten ihn stets. Und ein unbeirrbares, untrübbares Verständnis für seine sorgenbeladenen Gesprächs- und Arbeitspartner. Nein, keine vorschmeckende Frömmigkeit prägte Benedikter, sondern nur eine sonnenklare, alles Unerledigte, Unfertige durchdringende Ernstnahme ausnahmslos aller Menschen, denen er begegnete, aller Menschenschicksale, in die er Einblick gewann, und solche wurden ihm ohne sein Zutun immer und immer wieder geoffenbart. Diese umfassende, umgreifende ernste Annahme alles Gegebenen war das Erbe des Allerheiligengemäldes von Schwanberg: ein untilgbares Vertrauen in alle Menschen, ja sogar Liebe zu ihnen, herbe, berechenbare, unaufdringliche, verläßliche Zuneigung wegen jener überwältigenden Selbstlosigkeit, Welthingabe, Gottesgehorsamkeit, welche die Heiligen von Schwanberg ihm für immer geschenkt hatten ...

Heute glaubte Benedikter zu wissen, bei aller Hochachtung für die zur Ehre der Altäre Erhobenen, daß Abertausende seiner Mitbürger – lebten auch sie in einem Jahrhundert ausschließlich in religiöser Sprache erschlossener Wirklichkeiten – ähnliche, vergleichbare Bewährungen aufzuweisen hätten. Derselbe Augustinus, derselbe Thomas, derselbe Dominikus, derselbe Ignatius, dieselbe Klara, dieselbe Katharina, dieselbe Elisabeth und dieselbe Dorothea würden heute mit derselben Selbsthingabe und Aufopferung ungeheure Leistungen für gegenwärtige Ziele vollbringen.

Kurzum: In Benedikters Vorstellung hatte sich das Schwanbergische Allerheiligenbild endlos weit geöffnet. Die Gestalten mit den hochheiligen Namen in der Bildmitte waren nun von Scharen weltlich namenloser, aber deshalb vor Gott nicht wertloser, jedenfalls ebenbürtiger, ja anbetungswürdiger Menschen umringt, die in der Vielstimmigkeit, unangreifbaren Widersprüchlichkeit des gegenwärtigen Zeitalters gleichgeartete Tugenden vor gänzlich andersartigen Prüfungen geübt hatten. Mlady, der hilfsbereite Literaturkenner, Informatiker, ehemaliger Computerchef des Konzerns, der viele verzweifelte enteignete Anleger und Opfervereinsmitglieder stundenlang tröstete und alle Kampfjahre hindurch persönlich betreute. – Dr. Hemma Kontur vom Wiener Handelsgericht, deren tätiges Entgegenkommen erst die Aufrollung der Nauticordverbrechen ermöglicht hatte. – Rechtsanwalt Dr. Hörandner, der abertausende Seiten beschlagnahmter Akten und Belege Monate hindurch nächtelang durcharbeitete, die Betrugsabläufe freilegte und so der Justiz die Beweise für die Anklage lieferte. – Dr. Ferdinand Bernleitner, Vorstand Fruhmanns Sohn, der in den Oststaaten gratis wirtschaftsfördernde Vorträge hielt, Rechtssicherheit als Grundlage für den Aufschwung forderte und bei Warschau während eines Abendspaziergangs am Ufer der Weichsel erschlagen wurde. – Fruhmann selbst, der von den neuen Eigentümern, die das Unternehmen nur in Grund und Boden führen und ausschlachten wollten, seine vertragliche Alterspension nicht annahm, sondern das Schicksal der Entrechteten, Entlassenen teilen wollte. – Betriebsratsobmann

Holzner, der wegen des industriepolitischen Wahnsinns und sozialen Unrechts in die Fernsehkamera hineinschluchzte. – Industrieanlagenverkäufer Christian Primsch, Kenner der Kulturkreise und Konfessionen, konkreter Friedensstifter, starb jung an Bauchspeicheldrüsenkrebs. – Frau Embacher, Frau Diedel, Frau Tost, Frau Eberhard, Frau Bobrich, Frau Mangold, die sich für ihre überlasteten Chefs als Sekretärinnen verausgabten. – Herr König, der den Umweltschutz als religiöse Berufung betrieb. – Magazinsleiter Urleb, der überfreundlich bediente und beriet, der tausende Vorratsartikel mit Warennummer, Mindestbestellmenge und Lagerort im Kopf hatte. – Ingenieur Franzitsch, der als Bomberpilot Städte zerstörte und nach dem Krieg dreißig Jahre lang Straßen baute. – Der redegehemmte Linditsch, Abermillionen Kostenbuchungen im Kopf, Ordnungskraft, verlebte sein Dasein ausbruchslos unter Dauerdruck der Abstimmungs- und Abschlußtermine, Erfolgsschätzungen, gehetzten Blicks, zigarettenrauchend bis zur apfelgroßen Lungengeschwulst. – Herr Katzbeck, der bei einer Wiedersehensfeier entlassener Byloff&Nandor-Leute wegen der großen Traurigkeit ringsum unvorbereitet das Mikrophon ergriff und auf die immer noch funktionierenden Qualitätsprodukte hinwies, die seit der Wiederaufbauzeit in den Taborwerken erzeugt wurden und vielen Menschen im In- und Ausland weiterhin nutzten. „Niemand kann uns diesen Lebenssinn stehlen!“ rief er, und alle erhoben sich, applaudierten.

Der mausgraue, unscheinbare Gießereilohnschreiber Pollanetz, der seine Seele im Floridsdorfer Männergesangsverein aufblühen ließ. – Ähnlich der kommunistische Werksdirektor Sackl, bedrückend gehemmt, stahl sich kommentarlos allwöchentlich in Symphoniekonzerte, Meßaufführungen. – Der verstörte Angsthase Mahotter, der zuletzt ein gutwilliger, stotternder Betriebsrat wurde. – Der anerkannte Schweißereifachmann Trummer, Nietzsche- und Freud-Leser, viel zu heftiger Glaubensgegner, Wahrheitsfanatiker, ständig ungefragt agitierend, liebevoller Ehemann einer wesentlich älteren Frau, zog sich verwitwet als Einsiedler in die steirische Waldheimat zurück. – Bankfilialleiter List erwarb nach seiner Pensionierung den Magistertitel aus Theologie. – Der ruhelose Gußputzereileiter Koritnik holte sich in jahrelanger Hingabe für technische Perfektion seiner Gußstücke die tödliche Staublunge. – Verbandsvorsteher Kandlhuber leitete mit all seiner Strenge, Intelligenz und Menschenkenntnis den Wiederaufbau der Wirtschaftsstrukturen Österreichs von 1945 bis 1970. Hinterließ bei seinem Ableben eine Liste erwünschter Trauergäste. – Der in völlig menschenleerer Fabrik allein zurückgebliebene Betriebsleiter Gugl verfaßte auftragslos bis zu seiner Entfernung ein vielbändiges Qualitätsicherungshandbuch, für irgend etwas müsse es ja einmal gut sein … – Der Großprojektexperte

Vorauer arbeitete trotz bitterster Zurückgesetztheit in gewohnter Umsicht und Freundschaftlichkeit weiter, ja er beriet sogar seine abstrus inkompetenten Vorgesetzten. – Der großmächtige Staumauerchef Schädlbauer mit dem opernsängerhaften Auftreten wurde Zelebrantenchauffeur und Dorforganist. – Oberingenieur Plach erlitt jahrelang die Nachstellungen seines verbrecherischen Schwiegersohns, ohne im Dienst darüber zu reden. – Der emsige Hilfsbuchhalter Hoffellner erstieg in seinem Entlassungsmonat aus lang verdrängter Himmelssehnsucht den Großglockner und stürzte hunderte Meter in den Tod. – DI Bollin wollte arglos mit den mächtigen Ausbeinlern fachlich korrigierend reden, inskribierte daher gewissenhaft an der Wirtschaftsuniversität Kalkulationswesen. – Konstrukteur Cerwenka hatte es nie verwunden, büßte unablässig, daß ein indischer Hilfsmonteur an seiner Chemieanlage zum Krüppel wurde. – Betriebsrätin Grete Kilb wagte sich im Ringen um den Firmenbestand ängstlich in die Höhle des politisch taktierenden Löwen, unterlag ungebrochen. – Der blasse Prognosespezialist Pirsch betreute und pflegte seine hochbetagten Eltern. – Vorstand Dr. Brenda, ein Feingeist zwischen Haudegen, überwältigte mit stiller Genauigkeit, unverdrängbarem Detailwissen die brutalen Prahler. Seine Gerechtigkeit und sein Langmut gegenüber Mitarbeitern waren legendär. – Seckilli opferte seine Altersruhe dem Aufziehen der zwei Kinder seiner krebskranken Tochter. – Das zarte Mädchen Ilse Ettl war als blutjunger Bürolehrling in die Taborfabrik gekommen, Tochter eines bitterarmen Molkereiarbeiters mit sieben Kindern; sie entwickelte vom ersten Tag an größte Aufmerksamkeit und Verläßlichkeit während der Arbeit, blieb dabei still und bescheiden; nach zwei Jahren heiratete sie den Kranführer Anton Fortmüller, der einen Monat nach der Hochzeit so unglücklich aus der Krankabine auf den Werkstattboden stürzte, daß er querschnittgelähmt blieb. Seither pflegte Frau Ilse Fortmüller, die immer noch junge Angestellte, geduldig ihren verkrüppelten Mann. Kurze Privatgespräche kreisten ausschließlich um Pflege, Transport, Aufheiterung ihres gelähmten Gatten. – Frau Pußwald mit gänzlich zerschnittenem, fleischlosem Gesicht im Krankenhaus sterbend, zeichnete ihrem lebensuntüchtigen Mann die Gänge und Regale des Supermarkts auf, wo er nach ihrem Tod seine Lebensmittel finden konnte.

Wie dieser Kirchenbau in all seiner Ausdruckskraft über dem Marktplatz prangte, mahnte, tröstete, und wie seine bemühte Botschaft, an alle gerichtet, kaum noch verstanden wurde: Wie ein Khmer-Tempel im Dschungel, von Sümpfen, modernden Bäumen, Lianen, wuchernden Moosen umschlossen, setzte er seine Ritzungen und Runen, Spalten und Gestalten dem stummen Raum aus, der ohne Verständnis ringsum döste, ohne Antwort auf so vielsagende, ja, alles sagen wollende Zeichen. Benedikters Vergleich: Die Goldgräberstadt wurde verlassen, ehe die Hauptader gefunden wurde. Und was wäre nun dieses reine Gold, das die Verblendeten verschmäht haben und das selbst heute noch mit Verstand und Geduld zu gewinnen wäre? Die Leichtigkeit, Losgelöstheit, Gewißheit des Frommen, der den Schub hinter allen Schriften, den Druck hinter allen Pinseln, den Luftstrom über allen redenden Lippen und singenden Kehlen auch als eigenen, innersten Schub verspürte.

Eigners Denkfehler

Die Geschichte mit dem unentdeckten Rechenfehler – Freund Ninaus hatte sie in der U-Bahn auf der Fahrt zur Großversammlung in der Taborstraße erzählt – ging Benedikter nicht und nicht aus dem Kopf. Die Konferenz der Geistesabwesenden als Usus, Normalfall, ja sogar als beabsichtigte Norm, als Reputationsbasis, als Statussymbol, nach dem Motto: Das wäre ja noch schöner, wenn ich auch mitdenken oder gar mitrechnen soll. Mein Gnadenakt, höchstselbst anwesend zu sein, muß genügen. Hauptsache, man gehört zu den Auserlesenen, die an dieser Schicksalsbesprechung teilnehmen, die Bedeutung und Wichtigkeit der eigenen Person ist das einzige Motiv – und davon abgeleitet – äußerst nützlich! – die frühestmögliche Wahrnehmung irgendeiner Gefährdung der eigenen Macht –, während in den Sitzungen durch Körpersprache und betonte Unaufmerksamkeit die Rangunterschiede der Anwesenden signalisiert werden: je unaufmerksamer, desto höherrangig – bis zu ostentativem und provokantem Zeitunglesen, während vorgetragen wird. Schließlich ist überhaupt keiner mehr dabei, der aufpaßt. Freilich und hauptsächlich: Bezahlt werden sie, als ob sie für jede Entscheidung allein und persönlich mit ihrem Privatvermögen haften würden, doch sie verstecken sich permanent hinter einem Kollektiv, haften letztlich niemals und für gar nichts! Denn der Nachweis einer wissentlich schädlichen Handlung ist praktisch unmöglich, dafür sorgen schon die juristisch gefinkelten Protokollknechte. Nicht wiederbestellt zu werden, mit einer Millionenabfindung vertragsgemäß auszuscheiden, wäre die äußerste Folge ihrer Untätigkeit, falls sie aufkäme. Die Konvention der Gehälter dieser Typen ist abstrus schief! Sie leisten nichts, sie haften für nichts und sie liefern auch nicht Arbeitsmotivation oder gar Lebenssinn für die ihnen unterstellten Menschen. Im Gegenteil. Der propagandakonforme Managerstreß ist fallweise tatsächlich zu bewältigen – allerdings nicht angesichts schier unlösbarer Sachprobleme und sozialer Verantwortung oder gar Erneuerung, sondern wegen der persönlichen Revier-, Rang-, Honorar-, Tantiemen- und Wiederbestellungsstreitigkeiten. Ihr Streß besteht darin, täglich neu kaschieren zu müssen, daß sie nichts tun. Und dann unterläuft bei so einer Controllersitzung der Rechenfehler, nein der Denkfehler, daß nach den eingesparten Lohnkosten für neunhundert Arbeiter, vor Ermittlung des Rationalisierungseffekts, die Einkaufskosten für die ausgekündigte Eigenkapazität dem reduzierten Aufwand erst noch zugeschlagen werden müssen! Logisch, sollte man meinen! Und es entsteht daher maximal eine Gesamtkostensenkung von zwei Prozent statt der von Eigner referierten zwanzig Prozent! Und nun passierte in dieser Konferenz tatsächlich aus lauter Stolz der GAU: Keiner war bereit, nach der korrigierenden Wortmeldung des kleinen Niemands Ninaus seine Unaufmerksamkeit und seine Inkompetenz indirekt zuzugeben, indem er eine neue Überlegung anstellte oder wenigstens anstellen ließ, sondern jeder beharrte auf der vorgefaßten – und abgesprochenen – Meinung, daß eben die neunhundert Arbeiter aus wirtschaftlichen Gründen sofort zu kündigen seien. Ungeachtet des praktischen Wegfalls jedes kalkulatorischen Nutzens dieses Massakers. Im Gegenteil, indigniert reagierten Lesky und Icht – und nach kurzer Darnachrichtung massivst auch Schleiss – auf die Ruhestörung durch das einflußlose Kostenmännchen. Mit Macht und rhetorischer Drohung, mit gefährlicher Körpersprache wurde deutlich gemacht, daß dieser erbärmliche und entsetzliche Prämissenfehler gar nicht mehr zu erwähnen war! Wenn schon die Rentabilität durch diesen Personalabbau nicht stieg, so stieg jedenfalls die Flexibilität. Und das war immerhin auch ganz fein. Basta. – Überhaupt war Flexibilität ein Wunderwort, die gängige Parole schlechthin, durchwegs positiv besetzt, jeder, der widerspräche, geriete ins Odium der Verzopftheit, Verknöcherung, Konservativität, Reaktion. Man muß doch flexibel sein, nichts ist wahr, alles ist erlaubt, okay! Man hätte meinen können, es wäre zu entscheiden gewesen, ob irgendein Direktor als nächstes einen Mercedes oder einen Audi oder einen BMW oder gar einen Jaguar als Dienstwagen bekomme, das wäre ja nun tatsächlich shitegal, aber nein: Zu entscheiden waren neunhundert Entlassungen, die Ausmerzung der restlichen Belegschaft in den Taborwerken. Diese Kündigungen wurden ausgesprochen, ungeachtet des Zusammenbruchs der hierfür vorbereiteten und auf Eigners Folien präsentierten falschen Argumente. – Dazu gibt es eine Fabel: Ein Wolf steht am Bach und trinkt. Vier Steinwürfe bachabwärts trinkt ein Schaf. Der Wolf schnauzt es an: Du verunreinigst mein Trinkwasser! Das Schaf sagt: Ich trinke doch unterhalb von dir, daher ist das nicht möglich. Der Wolf schnaubt neuerlich: Du verunreinigst mein Trinkwasser! Das Schaf fragt: Wie könnte ich doch, die Wellen kommen von dir und fließen an mir vorbei bachabwärts. Da springt der Wolf zähnefletschend auf das Schaf zu: Bachaufwärts, bachabwärts, was soll's, ich fresse dich!

Und dabei haben wir noch gar nicht darüber geredet, wie grundfalsch die Entscheidung auch dann gewesen wäre, wenn Eigners Berechnungen und Argumente gestimmt hätten! Dann wäre erst bewiesen gewesen, daß die Kündigung der neunhundert Arbeiter tatsächlich zwanzig Prozent der Herstellkosten eingespart hätte. Nun stellte sich aber erst die ganz andere Frage, die letztlich entscheidende, nämlich die über die unternehmerische Funktion der versammelten Herren bestimmende: ob sie in langfristig vorauslaufender geistiger Arbeit die sachlich und menschlich beschädigungsfreie Überführung der ihnen anvertrauten Betriebe in neue Leistungsbereiche, Dienstangebote bewirkt hatten? Ja, ob sie überhaupt erfaßt hatten, daß sie ihre Positionen und Privilegien eigentlich nur zur Erfüllung genau dieser Pflicht eingeräumt bekommen hatten? Es rechtfertigte doch niemals eine Führungsstellung, halbjährlich von einem Unterläufel Ausgaben und Einnahmen gegenüberstellen zu lassen, und im Fall eines Ausgabenüberschusses die diesem Betrag entsprechenden Löhne und Gehälter per Entlassungsbeschluß zu kürzen. Diese Schlußrechnung könnte wirklich jeder Hauptschüler der zweiten Klasse anstellen. Die nicht erbrachte Kernleistung dieser schlechten Wirtschaftsführer hätte im leidenschaftlichen Anstreben folgender Ziele bestehen müssen: Betreiben technischer Innovationen und Optimierungen an den Produkten und an der Herstellungsweise; engagierter Austausch der weltweit anwachsenden Theorie des unternehmerischen Bewährungsfeldes; tatkräftiges Verfolgen internationaler Kooperationen zur Anbotsumsetzung aktueller Anfrageprofile; betriebsinterne organisatorische, pädagogische, soziale Erneuerungen; Pflege des denkbar höchstrangigen gesellschaftlichen Dialogs zur verlustfreien und angstfreien Transformation aller Subsysteme des Staatswesens; kurzum, intensive geistige Arbeit an der eigentlichen unternehmerischen Herausforderung: Faktorenkombination! Zueinanderführen aller Disziplinen, Kapazitäten, Sektoren, Potentiale zwecks Erreichen der jeweils mit neuestem Erkenntnisstand beschriebenen legitimen Lebensziele aller Menschen. Aller, das heißt der Kunden, der Bedarfsträger und Nachfragenden, der Forscher und Entwickler, der Konstrukteure, der Materiallieferer, der Hersteller, Transporteure, Monteure, Ausbildner, Meßwarte, Wissenschafter, Versuchsingenieure, Marktforscher, Wirtschaftsprüfer sowie aller staatlich Begünstigten der von Byloff&Nandor zu bezahlenden Steuern und Abgaben …

Benedikter mußte über sich selbst lachen angesichts dieser ihm soeben im Nachdenken spontan so zugeflogenen Definition. Im Kreis der Leskys, Ichts, Schleissens und Eigners wäre er spätestens jetzt mit dieser Wortmeldung als absolut unbrauchbar hinausgeflogen, hätte er seinerzeit seine Bilanzfälschungsweigerung überlebt … Dr. Eigners Lippenstellung während dieser Szene hätte durch Kneifen in der Mitte und Zucken in den Winkeln signalisiert, für wie abseitig, verstiegen, falsch, ja mehr noch, karrierehinderlich er solche Vorstellungen hielte. Hinter Eigners Denkfehler stand Denkverweigerung. Selbstsüchtige Wahrheitsabstoßung. Aber Leskys Presseleute verkauften dieses Bubenstück als weitblickende Strukturanpassung.

Der Verein

Benedikter, der erst vor zwei Tagen spätnachts nach anstrengenden Vereinssitzungen aus Wien zurückgekehrt war, war schon am frühen Morgen über die Garanaser Waldrücken bis zum hohen Bergvorsprung vor der Josefskirche oberhalb Schwanbergs gewandert. Kirchturm, Kloster- und Rathausturm ragten aus der morgenhellen Ortstiefe Schwanbergs zu Benedikters Aussichtsplatz herauf. Daß seine Pension in die Rückzahlung des Kredits für seine verlorene Wohnung floß und daß seine eigene Sparvorsorge verschaukelt wurde – wie der Verein bitter treffend den Schiffseiltrommelraub nannte –, hinderte ihn daran, sich dieses glücklichen Ortes zu erfreuen. Benedikter wüßte nicht, wie er dessen Schönheit annehmen könnte, mittellos, wie er geworden war, geduldeter Gast seines schweigsamen Vetters.

Wieder einmal saß er also nach nervenzehrenden Stunden hier – die vom Nauticord-Verein veranlaßten Gerichtsgutachten über verfälschte Seiltrommelbücher waren auszuwerten –, und wieder einmal stand er vor den drei riesig überhöhten Kruzifixen an der Kirchenostwand, die nur von der Ebene herauf, aus der tieferen Ferne, das richtige, menschengerechte Ausmaß annehmen. Von den verwitterten Kreuzstämmen war jener des linken Schächers so krass verdrillt, daß er wie ein Bohrer ins Gefels geschraubt erschien – letztes Verkrallen des noch angesichts seines Retters unbußfertigen Empörers: Den linken Schächer verschlingt die Unterwelt.

Es hätte nur einer einzigen Umkehr Profantls bedurft, der Einsicht in begangenes Unrecht und der Bereitschaft, es sachkundig, weitere Schäden vermeidend, gutzumachen, daß Profantl, Pavoutz und Kohlenbrenner ihrer Verdammung entgangen wären. Aber genau dieses Einsehen, diese Umkehr, diese Lebensrettung ihrer Opfer hatte ihr böser Wille nie zugelassen. Im Gegenteil, Benedikter erinnerte sich, während sein Blick über die Dachflächen Schwanbergs streifte, wie er am Versuch, Nauticord-Zusammenhänge aufzuzeichnen, gescheitert war: Hiezu bräuchte man nicht das übliche Dreieck, sondern ein riesiges dreidimensionales Knäuel, dessen Fransen ins Nichts schlingern ... Vereinsmitglieder, aber auch fremde Experten hatten mitgeholfen, aus geretteten Beweisstücken ein Indiziengebilde zu skizzieren, das dem Rechtswesen verständlich wurde.

Näherkommende Laufschritte ließen Benedikter aufhorchen. Schon im Umschauen hörte er den Ruf: „Hans, ich bin es, der Aloys. Hans, es ist soweit!" Erstaunt erkannte Benedikter den einstigen Arbeits- und jetzigen Vereinskollegen Aloys Mlady. Dieser lief hinkend aus dem schattigen Waldhohlweg auf den freien Vorplatz heraus, streckte dem völlig Überraschten die Rechte entgegen: „Der Profantl ist in Wien. Jetzt müssen wir ihn fassen! Unser Plan läuft an! Du mußt sofort mit mir ins Landesgericht fahren. Ich bin deshalb gekommen, dich abzuholen."

Benedikter zwang ihn für einige Minuten auf die Aussichtsbank: „Von hier überblickst du die der Koralm entspringenden Flüsse Laßnitz, Weiße und Schwarze Sulm, mit allen ihren Talortschaften bis zur großen Mur bei Leibnitz hinaus. Rechts Eibiswald, Radlpaß, links St. Florian, oben am Horizont Kitzeck, dort unten in der fruchtbaren Ebene St. Martin."

„Dort arbeitet eine Wolframhütte", wußte Mlady, „zur Gewinnung des härtesten Stahls aus Wolframocker." Er lachte. „Etwa für Preßwalzen in Stahlwerken, sechstausend Grad hitzebeständig, auch Bohrer, Sägen, Messer, hochfeste Drahtseile ... Komm, Hans, wir brechen auf, heute müssen auch wir uns mit Wolframpulver aus St. Martin beschichten. Der Kampf, den wir so viele Monate vorbereitet haben, beginnt jetzt."

Benedikter ging auf Mladys Vergleich ein: „Wenn wir schon die seelische Rüstung von St. Martin anlegen, dann wollen wir für den Fall des Siegs eine Nachahmung des Heiligen geloben, nämlich jemals Zurückgewonnenes mit den Ärmsten zu teilen."

„Einverstanden, Herr Obmann. Wir sausen jetzt los. Dein Verwandter, der mir verraten hatte, wo ich dich finde, hat mir deine Kleider und Taschen für Wien gleich mitgegeben."

Durch den steilen, feuchtdunklen Waldsteig – ein uralter, überwucherter Kreuzweg – stolperten sie zum Schwanberger Marktplatz hinunter, wo Mladys Auto stand.

Mlady berichtete: „Unser Mitglied, der Polizist Zacherl, war eben in seiner Freizeit auf Wache, als in der Nacht von Donnerstag auf Freitag Profantl am Cobenzl ankam. Zacherl hat sofort den Kollegen Absenger informiert. Dieser ist nach Plan vorgegangen: Er hat unseren Freund Pirsch in die Landesgerichtsstraße vor das Büro von Untersuchungsrichter Dr. Schauenstein geschickt, mich hat er nach Garanas gesandt, dich abzuholen, und dem Schwechater Gendarmerieoberst Kerschitz hat er den Start der Aktion angekündigt. Absenger selbst hat Zacherl abgelöst und verfolgt derzeit Profantl auf seinen Wiener Stadtfahrten."

Benedikter fragte: „Kennen wir seinen Rückflug nach Paris?"

„Diese Auskunft kriegen wir nicht, wahrscheinlich ist es eine Abendmaschine, aber ob heute oder Samstag oder Sonntag, wissen wir nicht. Absenger und Zacherl lassen ihn jedenfalls nicht aus den Augen."

Den Bergablaufenden schaute im dichtfeuchten Waldsteig eine aufwärtsblickende Jesusfigur entgegen – eine uralte Kreuzweggestalt, die sich unter der Last gekrümmt zur Hinrichtung schleppt, aber die Schulter war leer, die Hände griffen hochgespannt in hohlen Waldraum, der Leidensbaum fehlte, der Steinfigur war das Holzkreuz weggemorscht.

Die beiden Vorüberhetzenden konnten trotz ihrer Eile den Blick nicht von dem Bild lassen.

Der Literaturkenner Mlady kommentierte abwärts hastend: „Also schleppt hier das Opfer in der Dämmerung sein unsichtbares Todesholz. Sichtlich peinigt es seinen Träger auch jetzt noch. Der unter seiner weggfaulten Last immer noch demütig gekrümmte, ins Nichts ringende Leib bedeutet etwas Tiefes, ich weiß noch nicht, was."

„Dann denke nach, es könnte hilfreich sein."

Schmerzvoll genossen die beiden Männer die ahnungslose Freundlichkeit von Benedikters Landsleuten, während sie auf dem Marktplatz einen Reiseimbiß kauften und zum Parkplatz eilten. Mlady steuerte schleunig wienwärts, Benedikter las die mitgebrachten letzten Sachverhaltsdarstellungen gegen die untreuen Nauticord-Disponenten: Schon bei der Drucklegung falsche Werbeprospekte, um Seiltrommelkäufer anzulocken; gebrauchte und veraltete Schiffseile wurden zu Neupreisen den Anlegern verrechnet; gewinnträchtige Schachtelgeschäfte identer Zwischenfirmen mit nacheinander wechselnden Namen, die alle immer nur dem Profantl gehörten; überfallsartig mit Falschmeldungen vorbereitete Abschichtungs-Kaufangebote, deren Annahme durch die Sparer ihrer Enteignung gleichkam; heimliche Verpfändung der den Kunden gehörenden Seilbestände zwecks Geldbeschaffung für fiktives Eigenkapital börsennotierter Nauticord-Gesellschaften. Kohlenbrenner, Pavoutz und Profantl waren wechselweise stets Geschäftsführer, Konsulenten, Hauptaktionäre, Aufsichtsräte, Verwaltungsräte, Anwälte, Vertragskonzipienten ihrer Scheinfirmen. Zugleich waren sie stets Letztempfänger der im Kreis geschickten Anleger-Spargelder, wobei sich diese auflösten. Systematische Fälschung der halbjährlichen Abrechnungen für Anleger, unter Ausweis erfundener Seilrollenabgänge durch Schwund wegen Unfällen, Rissen, Untergängen und so weiter. Die so ohnehin angeblich stark verminderten Mieterlöse wurden jedoch jeweils von neuen Seiltrommelanlegern bezahlt, weil die wahren Erträge längst entwendet waren. Die Nauticord-Gehirne hatten eine gewaltige Kulissenlandschaft scheinkorrekter Formalismen errichtet, die nicht nur die Raubopfer, sondern auch die jeweiligen staatlichen Instanzen der von ihnen heimgesuchten Länder irrezuführen wußten.

Benedikter schüttelte beim Lesen immer wieder den Kopf. Mlady bekräftigte seine besondere Verachtung wegen des abgefeimten Mißbrauchs des Rechtssystems. „Für jeden Raubzug gab es in scheinkorrekter Juristensprache exakte Protokolle, noble Verträge mit glaubwürdigen Präambeln, beglaubigten Unterschriften, amtlichen Saldobestätigungen, unterfertigten Bankauszügen: Dadurch konnte den allmählich immer dichter auftretenden Verdachtsmomenten nie erfolgreich nachgegangen werden. Die von unserem Verein engagierten Sachverständigen mußten buchstäblich zehntausende Belege sichten, umgliedern, mit Grund- und Firmenbüchern vergleichen, um schließlich beweisen zu können, daß die eingezahlten Kundengelder eine Woche nach Überweisung auf Privatkonten von Profantl und Konsorten gelandet waren. Sogar die Schadensbestätigungen angeblich versunkener Seiltrommeln haben einander die Scheinfirmen gegenseitig unterschrieben, wobei die amtliche Bestätigung ja nur die Unterschrift beglaubigte, nicht die Behauptung. Mit derart fabrizierten Dokumenten wurde eine monströse Scheinbuchhaltung zur Täuschung der Anleger geführt. Irgendwo stehen dieser freilich jene Aufschreibungen gegenüber, in denen die Diebe ihren eigenen, raffiniert entwendeten Reichtum für sich selbst darstellten."

„An diese Gaunerkonten wird unser Verein nie herankommen", meinte Benedikter.

„Aber in wenigen Stunden werden wir an Profantl selbst herankommen", tröstete Mlady eisig.

Benedikter ließ sich von Mlady erklären, welches Delikt den Untersuchungsrichter schließlich bewogen hatte, einen Haftbefehl zu erlassen. Mlady lachte bitter: „Ich bin zwar nur Germanist und EDV-Mann, doch der Streit um meine Ersparnisse hat mich die Mühsal des Rechtswesens gelehrt: Die Detektivleistungen des Vereins haben zwar dic Verbrechen Profantls verdeutlicht, doch die Übergröße des weltweiten Schiebungskarussells – Raffinerieröhren und Rührwerken ähnlich – ließ sich weder rechnerisch noch zeichnerisch noch sprachlich in jene mundgerechten Häppchen zerkleinern, für die Gesetze geschrieben sind."

„Glücklicherweise kam uns hier das ‚Versehen' eines kleinen Mitarbeiters der Kommerzbank in Caen zu Hilfe", erinnerte Benedikter. „Am selben Tag bekam der Verein auf die Anfrage nach dem Verbleib von vierzehn Millionen Schilling, die aus Wien an die Nauticord-Zentrale Caen zum Seilankauf überwiesen wurden, zwei Antworten: Eine von der dortigen Bankdirektion, die über drei zurückliegende Kontobewegungen keine Auskünfte geben zu können vorgab; und den Brief eines kleinen Sachbearbeiters, der geradeheraus mitteilte, die vierzehn Millionen Schilling seien auf einem Privatkonto des Dr. Profantl verbucht und einen Tag später von einer Dame in bar abgehoben worden, die zeichnungsberechtigt sei. Dieser Umstand war so eindeutig, daß hierüber nur einfachste Voruntersuchungen mit Anklageaussicht aufzunehmen waren."

„Zweimal ist uns der Dieb vor wichtigen Vernehmungen schon durch die Lappen gegangen. Es muß jemanden geben, der ihn nach der Ausstellung eines Haftbefehls warnt, sobald dieser in der Computerfahndung steht. Beide Male ist Profantl statt per Flugzeug ab Wien im Auto über die ungarische Straßengrenze verschwunden und aus Budapest nach Paris geflogen. Jetzt aber gibt es noch gar keinen unterschriebenen Haftbefehl, somit auch keine elektronische Verbreitung in Fahndungslisten: Der Haftbefehl wird erst ausgefertigt, wenn wir Profantl vor Augen haben!"

Auf Mladys Handy meldete sich Polizist Absenger: „Der Jaguar stand jetzt eineinhalb Stunden vor der UMLEI-Bank in der Stromstraße, jetzt parkt er soeben vor der UMLEI-Filiale Sieveringerstraße. Das kann eigentlich nur Kontoschließungen und -eröffnungen bei der ‚Bank für Umsatz und Leistung' zwecks Spurenverwischung bedeuten. Nur für hohe Beträge kommt samstags jemand in die Geschäftsräume. Wann werden Sie mit Herrn Benedikter in Wien sein?"

Mlady kündigte die Ankunft vor dem Justizpalast für etwa vierzehn Uhr an.

„Das trifft sich bestens", antwortete Absenger, „Pirsch hat an diesem arbeitsfreien Samstag den Untersuchungsrichter Schauenstein planmäßig zu Hause erreicht, bringt ihn jetzt mit seinem Auto ins Amt. Wenn der Vereinsobmann ihm den Originalüberweisungsbeleg für die vierzehn Millionen und den Originalauskunftsbrief aus Caen für die widmungswidrige Abhebung vorlegen kann, wird er den Haftbefehl sofort ausstellen."

Schweigend sausten die beiden über die Autobahn.

Unvermittelt ergänzte Mlady – er hatte beide Hände fest am Lenkrad, den Blick angespannt auf dem herankippenden Betonband voll Hindernissen – seine Äußerung vor dem scheinbar lastlosen Kreuzträger im Waldsteig vom Josefsberg: „Der mühselige, gebeugte Getriebene im Schwanberger Wald ist ein Wahrbild, das umso zutreffender ist, als das Gewicht auf ihm unsichtbar bleibt, unstofflich."

Benedikter war erfreut über diese Beachtung der verborgenen heimatlichen Statue durch seinen Freund: „Was ist das Wahre daran?"

Mlady probte eine Erklärung: „Das Immer-Weiterschreiten unter Druck, Schlägen, Folter, ohne blinde Wut, ohne Täuschung, ohne Stolz, ohne Lüge. Gehen, niederbrechen, aufstehen, tragen, also den Auf-trag annehmen, erfüllen. Und daß die beiden Holzbalken auf dem so Beschwerten jetzt fehlen, hebt den Gebückten, Gehorsamen, hebt dessen Geste, Demutsgeste, ins Allgemeine. Demut ist das Gegenteil von Feigheit. Sie erst verleiht den umfassenden Blick, die Besiegung des Blendwerks Hochmut."

Benedikter und Mlady standen schon vor dem Amtstor, als Pirsch mit Untersuchungsrichter Schauenstein vorfuhr.

Auf dem Schreibtisch des Richters lagen vier riesige Stapel Nauticord-Akten. Die Gegendarstellungen – nur unter Brechreiz zu lesen – klangen wie die Schädigung der Nauticord durch die Anleger! Die beiden Staranwälte Profantls schütteten das Gericht mit Massen von pseudoseriösen Eingaben zu. Oder doch nicht zu? Denn Schauenstein war nicht nur bereit, diese verwirrenden Papierberge durchzuarbeiten, er hatte auch mit Frau Dr. Kontur vom Handelsgericht Riemergasse gesprochen und den Verein zur Bekanntgabe einer eindeutig von sonstiger Lügenverschlingung losgelösten Straftat aufgefordert. An diesem Tag genügten zwei Blätter: der Wiener Überweisungs- und der Caen-Entwendungsbeleg!

Schauenstein prüfte die ihm von Benedikter unterbreiteten Vorlagen, diktierte: „Es erscheinen die Funktionäre des Vereins der Nauticord-Geschädigten, erstatten Zusatzanzeige, legen folgende Originalbeweise vor …"

Während der Richter protokollierte, mußte Benedikter immer wieder an den famosen Glücksfall denken, daß ein Angestellter der französischen Kommerzbank routinemäßig die Anfrage der Wiener Zahler nach dem Verbleib des Geldes beantwortete, während gleichzeitig dessen Vorgesetzte – selbstverständlich mit ihrem Großkunden Profantl verschworen – ihre affige Antwort sandten.

Mlady wies auf die Aktenstöße: „Vergessen wir kurz diese fünfzig Kilo Verwirrspiel, Herr Rat. Hier ist ein schlüssiger Betrugsfall, zwar nur ein Bruchteil des Schadensausmaßes, aber senkrecht erwiesen. Der berühmte kleine Fehler jedes Großverbrechers. Bitte geben Sie uns die Chance, damit den innersten Höllenkreis aufzubrechen!"

„Ich mache das weniger literarisch", schmunzelte der Richter und zog einen Haftbefehl aus der Schreibtischlade, „doch wünsche ich Ihnen und mir tatsächlich die Gelegenheit, aus berufenstem Mund etwas über den Verbleib der Millionen zu erfahren …"

Inzwischen war planmäßig Polizist Zacherl in Uniform erschienen, die Kappe unter den Arm geklemmt. Er nahm das richterliche Blatt entgegen, machte kehrt und eilte zum Flughafen Schwechat. Absenger observierte weiter die konspirativen Wege Profantls in Wien: „Nun sitzt er schon eine Stunde bei Dr. Pavoutz", lautete seine letzte Durchsage.

Pirsch brachte Schauenstein in sein Privathaus zurück. Er sollte anschließend Profantls Wohnung auf dem Cobenzl bewachen. Mlady fuhr mit Benedikter nach Schwechat. Dort parkten sie so, daß ihr Blick auf die große Zufahrtsrampe fiel – den Jaguar konnten sie nicht übersehen. Zacherl hatte Mlady am Handy noch unterwegs erreicht: Der Haftbefehl samt Pressefoto sei bereits an Oberst Kerschitz von der Flughafengendarmerie übergeben. Zacherl selbst stehe ab jetzt bis zur Festnahme vor der Paßkontrolle – und wenn es Montag würde … Diesmal konnte der Übeltäter nicht von seinen Kumpanen vorgewarnt sein.

Es war nun Samstag, siebzehn Uhr. Erstmals nach langen, bangen Monaten, zahllosen Vereinsversammlungen, Behördenwegen, Durchsuchungen des Handelskai-Büros, Schriftsätzen, Sitzungen mit Gutachtern, Nächten über tausenden Einzahlungsbelegen der Sparer waren Benedikter und Mlady jetzt unmittelbar am Ziel: Mit der Macht des Rechts würde Profantl gezwungen werden, den Verbleib der Spargelder bekanntzugeben. Im mündlichen Verhör würden keine Ausflüchte, Winkelzüge, Verdunklungen möglich sein. „Wenn wir ihn kriegen", sagte Benedikter, „dann ist das der Lohn für harte Vereinsarbeit."

Mlady ergänzte: „Und der langsame Sieg unserer genauen Sprache im Beschreiben der Vorfälle."

„Meinst du das Juristendeutsch, Aloys?"

„Vor allem unsere Fähigkeit, selbstlos, trotz des eigenen Betrogenseins sogar interesselos, das Unglück wirklich ganz zu überblicken, zu benennen. In dieser Stärke haben wir, du, Hans, und ich, den Kampf tiefer, langsamer, reiner, zugleich schärfer geführt als unsere trotz Intelligenz und Macht verblendeten kriminellen Gegner."

Unentwegt schauten sie zum großen Verkehrsschlund, der alle Fahrzeuge von der Wien-Autobahn zum Flugplatz ausspie.

„Er könnte vielleicht erst morgen oder sogar noch später zurückfliegen", argwöhnte Benedikter.

„Wir müssen nur noch warten, dürfen keinen Fehler machen", beruhigte Mlady.

Ein riesiger Mercedes mit ungarischer Nummer parkte gegenüber vor dem Novotel ein. Die Stunden verrannen.

Mlady redete plötzlich wieder vom Schwanberger Waldsteig zur Josefshöhe, vom verwitterten Kreuzträger ohne Kreuz: „Daß der gekrümmte Steinheiland immer noch weiterschleppt, obwohl das Holzgewicht abgefallen ist, läßt etwas Nützliches wissen: Wir brauchen die sichtbare Marter nicht für die richtige Haltung, es genügt die Geste. Es genügt vielleicht schon die Verehrung der Geste. Oder die Kenntnis der Geste. Zumindest die Erinnerung an diese Kenntnis. Um richtig zu handeln, zu leben, genügt die unausgesprochene Ahnung, daß allein diese rührende Durchhaltebiegung, Handaufhebung etwas Wahres zeigt. Wenn von dem Vorbild jenes Gerechten nichts bleibt als unsere sanfte Nackenneigung, eine hauchdünne Lidsenkung, die Verlangsamung der Wortfolge, ist es immer noch seine gültig bleibende Geste."

„Bald werde ich hoffentlich wieder über diesen Kreuzweg gehen", sagte Benedikter. „Mit dir, Aloys, könnte ich beten lernen. Vielleicht gibt es morgen sogar einen besonderen Grund dafür …"

Absenger meldete sich: „Ich fahre auf dem Rennweg stadtauswärts. Profantl hat im Café Schwarzenberg eine Dame abgeholt. Ankunft am Flughafen in etwa zwanzig Minuten."

Mlady verständigte Zacherl, dieser war in Kontakt mit Pirsch, der nun im Abflugrestaurant saß und alles beobachtete. Mlady stieg aus, ging auf dem Rasen zwischen den Fahrbahnen. Da: Der Jaguar – er zog, von einer blonden Schönheit gelenkt, bis zum Novotel Airport Plaza, neben den ungarischen Mercedes. Das Pärchen entstieg, die Frau mit Koffer, der massige Profantl mit schwerer Aktentasche, verschwand hinter der Glasdrehtür des Luxushotels. Nun fuhr Absenger vor, stellte sein Auto auf das Parkdeck, hörte von Benedikter, wo Profantl sich jetzt aufhielt.

Mlady entschied knapp: „Du, Hans, gehst hinein, er kennt keinen von uns persönlich. Absenger, bitte beobachten Sie den Jaguar. Ich versuche Oberst Kerschitz im Hauptgebäude zu treffen. Hans, du rufst im Notfall Zacherl an oder triffst ihn vor der Paßkontrolle."

Beim Betreten des Hotels sah Benedikter sofort in einer Nische des Foyers Profantl mit drei Herren über einen Stoß weißer Blätter konferieren. Voll tiefer Erregung schob sich Benedikter bis zur nächstgelegenen Lederbank, ergriff ein Journal. Rasch konnte er erfassen, daß hier eine Besprechung mit ungarischen Geldleuten über große Kapitaltransfers zwischen Frankreich, der Schweiz und Ungarn stattfand, wobei eine riesige Seiltrommel-Inventartabelle als Pfand für einen Yen-Kredit diente. Die blonde Begleiterin Profantls war nicht zu sehen.

Der offensichtlich wichtigste Ungar zog eine goldene Füllfeder aus dem Sakko, Profantl winkte einen Kellner herbei, bestellte Sekt. Niemand hatte Benedikter beachtet, der ebenso langsam, wie er gekommen war, das Hotel wieder verließ. Im Vorbeigehen flüsterte er Absenger zu: „Unbedingt hierbleiben, wir wissen nicht, ob er abfliegt." Dieselbe Frage beschäftigte in der überfüllten Vorhalle dann auch Mlady und Zacherl gemäß Benedikters Beobachtung: Da der Flughafen an der Budapest-Autobahn liegt, könnte die Wahl dieses Treffpunkts für die ungarischen Banker getroffen worden sein, nicht für Profantls Abreise. Mlady bat Zacherl, mit seiner Wiener Polizeidienststelle die eventuelle Festnahme am Cobenzl vorzubereiten, falls Profantl wieder in die Stadt zurückfahren sollte.

Absenger meldete jetzt telefonisch die Abreise der Ungarn in ihrem schwarzen Mercedes. Es war 19 Uhr 30. Zur 20-Uhr-Maschine nach Paris kam Profantl nicht. Der Jaguar war allerdings vor dem Hotel geparkt geblieben. Nun bereitete der Verein zwei Verhaftungsabläufe vor: vor dem letzten Frankreichflugzeug um 22 Uhr oder vor der Villa am Cobenzl bei deren Betreten.

Um 21 Uhr 45 meldete Absenger, daß eine Dame mit Koffer allein den Jaguar bestieg und offensichtlich nach Wien fuhr. Mlady flüsterte: „Legen Sie jetzt nicht auf. Beobachten Sie das Hotelportal. Profantl müßte jeden Augenblick in die Abflughalle herüberkommen." Das Handy am Ohr, nickte Mlady Benedikter und Zacherl zu, gleichzeitig winkte er mit der anderen Hand Pirsch heran, bedeutete ihm, rasch Oberst Kerschitz herzuholen.

In diesem Augenblick zischte Absenger in die Muschel: „Er kommt!"

Der schwere Mann mit offenem weiten Mantel, aus der Stirn geschobenem schwarzen Hut, rotem Machtgesicht hinter Goldbrillen, den großen schwarzen Aktenkoffer schlenkernd, näherte sich mit kantigem wie unaufhaltsamem Schritt der Prüfkabine. Kerschitz brauchte die Augenhinweise der schweigend versammelten Vereinsabordnung nicht, er ging auf den Klotz zu.

„Herr Doktor Profantl?"

Profantl mischte seine Empörung über die Zudringlichkeit in sein obenhin gesprochenes „Ja?"

„Ich muß Sie bitten, mich zu begleiten!"

„Das ist ausgeschlossen. In zehn Minuten geht meine Maschine nach Paris".

„Ich muß Sie leider ersuchen, mitzukommen!"

„Belästigen Sie mich nicht länger! Wissen Sie eigentlich, wer ich bin? Ich bin der Präsident eines riesigen internationalen Konzerns! Habe morgen eine Aufsichtsratssitzung, Bilanzpressekonferenz und wichtige geschäftliche Entscheidungen. Ich werde Sie für meinen Schaden haftbar machen, wenn Sie mich weiter stören! Halten Sie mich nicht länger auf!" Dabei drängte er – seine offenen Flugscheine in der Rechten – einige am Paßschalter wartende Passagiere beiseite und wollte, ohne sich weiter um Kerschitz zu kümmern, durch die Kontrolle. Nun mußte Kerschitz einschreiten. Zacherl sprang hinzu. Profantl stand mit dem Rücken zur Glaswand. Kerschitz hielt das von Schauenstein unterschriebene Papier vor das Gesicht Profantls, hob seine Stimme nicht: „Sie sind hiermit gemäß Haftbefehl des Landesgerichts Wien festgenommen!"

Pirsch, Zacherl, Absenger, Mlady und Benedikter blieben wort- und reglos mitten in der Halle stehen, blickten dem Gendarmerieoffizier nach, der mit zweien seiner Beamten den Verbrecher abführte.

„Morgen berufen wir eine Vereinsversammlung ein", sagte Benedikter. An Pirsch gewandt, bat er ihn, heute noch dem Vereinsmitglied Mahorko das soeben Geschehene mitzuteilen.

Auf der Heimfahrt fiel Mlady noch ein Wort zum kreuzlosen Kreuzweg von Schwanberg ein, der sie heute mehrmals beschäftigt hatte: „Wie findest du das, Hans: Gebeugt, aber nicht gelähmt. Nach freimachender Langmut ohne Last …"

Landschafts-Litanei

„Ich bin so wund, gedrückt und habe so verschiedene schmerzliche Losreissungen mit mir selbst in der Stille abzumachen … Ich bin heiter, denn die Natur hat mir unendlichen Trost gegeben.“

Adele Schopenhauer

Vom Schwanberger Hauptplatz weg links, an der Sulmwehr vorbei, in der Waldschlucht fallen am Sommermittag einige Sonnenstrahlen bis zum Wasser hinunter. Dichte Wälder, tiefe Schluchten, steile Almwiesen, üppige Farne und Blüten am Wegrand. Die Forellenfischer nehmen vom ersten gefangenen Fisch das Auge als Köder für den nächsten. Der Grindlhof steht im Steilhang, der tief und weit zur Sulmmulde hinunter fällt. Oberhalb und unterhalb des Hauses herrliche, frei schwingende Grasflächen, an deren Grenzen Birken, Lärchen, Fichten, Tannen, Föhren stehen, üppige Kräuter zwischen den Stämmen. Die hohen Gräser tanzen im kühlen Wind. Auf der gegenüberliegenden Seite in Gressenberg steigt eine riesige Bergschräge auf, Waldwipfelzähnungen, dazwischen große hellgrüne Wiesen um heimelige Häuser, obstbaumumstanden, mit Balkonen, Erkern, blumenüberhangen. Auf dem Grund der Hangsenke liegt ein glasklarer Forellenteich, umstanden von Tannen und über das Wasser gebeugten Erlen: der Himmel als ein kleines Kreisrund über kühler Dunkelheit.

Silbrig schäumt der Gebirgsbach hinter dem Erlengeäst in hunderterlei Zacken, Winkeln, Abstürzen, Vergabelungen, Eintiefungen und Verflachungen zwischen Steinverkantungen, Felsvorsprüngen, Schlammtümpeln tiefenwärts … weltwärts. Das sprudelnde Weiß, endlos aufgehende Bläschen, Schaummatten, drängt in die Höhle, unterspült Baumwurzeln, schwingt in blankwässrigen Bögen zur Kippe, stürzt neu aufgischtend über querliegendes Geäst und tropfende Moospölster übernäßten Schieferterrassen zu, über die es in neuen Stauungen, Sprüngen zu endlos abwechselnden Wasserfallformen abrinnt. Die Kloaken, Brackwasser, Schmutzkanäle, einige Tagereisen weiter, werden von diesen reinen Gebirgsquellen gespeist. Freilich, die dort aufsteigenden Dämpfe fallen später als tagelange Regenschwaden in diesen Waldboden ein und speisen wiederum die Quellen.

„Habe mein ganzes Leben lang über Wirtschaft nachgedacht, dennoch bleibt sie mir ein Rätsel. Versuche immer wieder den Zusammenhang zwischen meiner Arbeit und meinem Verbrauch zu erkennen, die Verzweigung über Austäusche, Umwege von der ländlichen Selbstversorgung – die ich gerade noch verstehe – über die Arbeitssplittung. Die Vorstellungskraft versagt bei der Verhältniszahl von einem Landwirt zu zwanzig Essern aus Industrie, Handel, Versicherung, Verwaltung. So wie die Wirtschaft jetzt funktioniert, will ich sie nicht! Ich will nicht niedrigpreisige Lebensmittel, nicht Bauern in Not. Will nicht eine materielle Konsumschwemme bei immateriellem Investitionmangel. Ich will nicht, daß laufend menschliche Zeitkapazität in Jahrtausendmengen für Jux und Tollerei vergeudet wird. Aber außer mich selbst solcher Entscheidungen zu enthalten, kann ich nichts tun. Warum steuern die kulturellen und ökonomischen ‚Kalkulationsregeln' das nicht?"

Zwecks Werbung öffnete die Omniabank ihren Festsaal für eine Prunkveranstaltung, während die Taborwerke verödeten. Durch einen gedankenlosen Verwaltungsakt kam Benedikter zur Festeinladung in das luxuriöse Hauptgebäude im Wiental. Während das Streichquartett fidelte, sah Benedikter das Elend in den Fabrikshallen, einst sinnreiche, nun vor sich hinrostende Geräte, schockierte, verlorene Menschen: Die Ordnung und die Zwecke, denen sie ihr ganzen Leben untergeordnet hatten, galten plötzlich nicht mehr. Allen Menschenrechts- und Verfassungssprüchen zum Trotz signalisierte ihnen die Welt, daß es besser wäre, wenn es sie gar nicht gäbe, wenn sie sich problem- und rückstandslos auflösten!

Beim Hochmasser schmuckes Holzbauernhaus, ringsum der Wald, dort warten Geier: Diese fallen auf den Hof ein, zerhacken die Hühner, können sie aber nicht wegheben.

Benedikter erkannte im Wiental die Vorhalle jener Räume wieder, wo er noch vor drei Jahren mit Schoppler gerungen, mit Eigner gekämpft hatte. Alles in dunklem Edelholz, drei Meter hohe Türen mit Messingbeschlägen, teuerste Teppiche. Zuletzt drängten sich die Genießer vor dem üppigen Büffet, mit der Leibspeise des Walzerkönigs: Erdäpfelnudeln mit Weinbeeren. Niemand hatte hier eine Ahnung von der Frivolität, mit der dieser Reichtum erwirtschaftet – nein, nicht erwirtschaftet: erschwindelt – wurde. Die Leute auf den Straßen Wiens warteten geduldig, bis an den Verkehrsampeln das Fußgängergrün aufleuchtete, nachdem die Nobelkarossen der Dunkelmänner vorübergerauscht waren: Ein neapolitanischer Mafiamillionär riskierte wenigstens seine Ermordung; die hiesigen parfümierten Pfiffikusse riskierten nichts außer den Niedergang dieses Staats. Und der war ihnen „wurscht", solang die Republik direkt oder indirekt für ihre obszönen Pensionen haftete. Dafür lohnte sich gelegentlich ein zynisch als „Gesichtsbad" bezeichnetes joviales Erscheinen auf irgendwelchen Parteitagen …

Vom Kochgregor bergauf die Linkskurve, die sonnenüberflutete Hochalm, unterbrochen von mehreren landschaftlichen Merkpunkten: Die Lärche an der Waldecke, die Wetterfichte an einem Almknick, ein Lärchen- und Birkenhain am östlich hinausragenden Kammvorsprung, rechts und links schwingen die Grasmatten steil abwärts, ein dunkelgrauer Findling neben dem Pfad zur hellgrünen Kuppe des Glashüttenkogels. Benedikter wollte seinen Hemdkragen aufreißen, seine Brust freimachen, Augen und Mund weit öffnen, dieses Bild einzulassen.

„Ich muß zugeben, daß ich nicht frei von Neid bin, von ganz privatem Geldneid gegen den Büttel Icht: Diese unwürdige Person schwimmt ideenlos in Reichtum – und ich lebe mühsam in Enge und Armut, hätte kein Budget für Grundsatzprojekte, wissenschaftliche, legistische Entwicklungen. Mein Arbeitseinsatz war jedenfalls größer als seiner. Über die unterschiedlichen Zielsetzungen will ich gar nicht reden. Ich verachte ihn."

Wieder in Schwanberg, so erschöpft und entkräftet, daß sogar der altvertraute Ort weh tat. Die Freundlichkeit der Menschen schmerzt: „Ihr Redlichen habt keine Ahnung von der Wirklichkeit jenseits der blumengeschmückten letzten Marktbiegung. Eure Herzlichkeit kann mich nicht mehr erreichen, schon gar nicht trösten. Ich trage ein Wissen von Bösartigkeit und Verbrechertum in mir, das ich einerseits in meinem Gesicht nicht verbergen, anderseits nicht erzählen oder darstellen kann …"

Bohrende Unvertrautheit des alten Heimatortes wie nach Jahrzehnten aus Meerestiefen gehoben: Häuser, Erker, Türme, Kirchen, Stufen, Wegbiegungen, Gaststätten, Schulen, Museen. Nichts paßte wirklich zu Benedikters lautlosem Suchen: vom Marktplatz weg, an der alten Klostermauer vorbei, über die Stahlrundbogenbrücke die Waldstraße entlang, leicht aufwärts, rechts die wildromantische Sulmschlucht, tief eingeschnitten in den Waldboden mit riesigen freigespülten Felsbrocken; kleine Lichtung mit einem dürftigen Maisacker; rechts steil aufwärts gerodete Flächen mit Sicht auf den überragenden Bergkamm samt einigen versteckten Häusern; schließlich der Steilanstieg nach Garanas. Die Sulm bleibt in der Senke zurück, das Sträßchen windet sich an den steilen Waldhängen aufwärts. Von links aus dem dunklen Hang zahlreiche Gerinne – Bäche und Wasserfälle. Nach einem Steilstück beginnt die erste Ortssiedlung von Garanas; eine Tafel zeigt nach rechts: Prattes, Bürgermeister, Kinzer; nach links Better und Wildbacher.

Der Name Garanas kündet Ruhe, Sicherheit, Geborgenheit, Umfriedung, Einzäunung, Umhegtsein. Während Benedikters Weitwanderungen immer wieder das Garanas-Motiv: „Ins-Nichts-hinein-Stellung-Beziehen", in der sonst schutzlos hingebreiteten Landschaft einen Hain, einen Dornbuschkreis, eine dornbuschumstandene, dornbuschbewehrte Wohnmulde, Standfläche, Sammelstätte schaffen. Garanas als Standort, Bestandsort vor fegenden Sturmböen, saugenden Abgründen.

Anton Lehmdens Messerstechergemälde blitzte durch Benedikters Erinnerung: In den Hügelwogen grünwuchernder Natur winden sich aus unauffälligen Verästelungen geduckte Mörderfiguren, rammen einander ihre Dolche in die Lenden. Die große Landschaft auf diesem Ölbild täuscht den Betrachter, der sich aufatmend der Idylle nähert, um dann geschockt das Gemetzel erkennen zu müssen ...

Die drei Kreuze auf der weitgeschwungenen Hochebene vor der Kirche von St. Anna sind Erntekreuze – eines für Heu, eines für Getreide, eines für Obst: Anstoß zu Benedikters Erwägung seiner Lebensernte nach der zerstörten Dienstvergangenheit.

Sein Besitzwunsch, Eigentumsdurst finden keine Stillung. Kein dieser Welt entrissenes kleinstes eigenes Stück! Uneinnehmbar die Wirklickeit, umstellt von teilnahmslosen Ziegenherden. Grellbissiges Geheul einer Motorsäge im ferneren, hochliegenden Dickicht. Ein hellgrauer Fischreiher zieht mit langsamen Schwingen gegen die Abendsonne, steilt breit auf und fällt in eine ufernahe Tanne ein. Der Flugräuber äugt über die spiegelnden Teiche, fixiert die über den Wasserspiegel schnellenden Fische ...

Die Bauern sagen „in der Gronòs" ...

Jahresabschlußpräsentation der Omnia: dreihundert Besucher, vor Beginn wieder Musik. Propagandafilm auf der Videowall und aus der Wand ragenden Monitoren. Anspruchslose Rede von einem übergroßen Rednerpult aus, gleichzeitig eine Powerpointpräsentation von Statistiken, viele hohle Willenskundgebungen: unsere Erfolge, abgesehen vom leidlichen Thema Umstrukturierung, Hustenanfall, Glas Wasser, keine gute Sprechtechnik. Fragestunde, drei uniformierte Damen in roten Kleidern, Schal über der Schulter, mit Mikrophon zu Handhebern. Das erste funktioniert nicht. Ein bohrender Nachfrager will die Kaufsumme der Pekunia für Byloff&Nandor wissen. Er wird vom Redner gefragt, ob er ein intimer Sachkenner sei. Er wurde zu einem persönlichen Nachgespräch eingeladen … Büffet: Biere und Weine, Wiener Schnitzel, Appetithäppchen mit Miniatur-Österreichfahnen!

Blick auf den Norden Wiens: An einem frostigen Jännertag, nach vielen Wochen Nebeldunkelheit tiefblauer Eishimmel, zwei quadratische Schotterteiche, schneeverkrustete Vorstadtäcker im Übergangsgebiet zwischen Zentrum und Weinhügeln. Fünf Krähen scharren in den bräunlichen Brocken der von Stürmen fleckenweise freigefegten Krume, kahle Gestrüppzweige fächeln im Vormittagswind. Am Horizont der gewaltige Müllberg vom Rautenweg, begrenzt im Osten vom Süßenbrunner Wasserturm. Über die Müllhalde ragt bildbeherrschend die Spitze des Rinterzelts. Weiter rechts, westwärts, der schlanke Turm einer Windstromanlage mit stillstehendem, dreiflügeligem Propeller. Aus der Ferne die drei Schlote des Wärmekraftwerks am Donauufer, weißlich wallende Dampffahnen. Schließlich die kantigen Umrisse der Rennbahn-Wohnklötze und der Großfeldsiedlungs-Würfel, an deren Ostwände die Morgensonne prallt: Hunderte winzige Fenster glitzern. Hunderte Personenautos, die sich in verhaltener Geschwindigkeit durch die Landschaft fräsen. Mit Blicklichtern prescht ein Schneepflug im Sonnenschein südwärts, hochgerissene Firnfontänen nach sich ziehend.

„Wenn ich an Schwanberg denke – zum Brauchart einkaufen gehen, ich weiß, wo die Speisen liegen, kenne die Stellagen und Fächer; ich sehe die Kassierin vor mir, das Zeitungsbrett; ich möchte mit dem Fahrrad – die Schachtel auf dem Gepäckträger – durch den Ort fahren, in der Post einkehren und in der leeren Kapuzinerkirche den großen Messias mit der weißen Tunika anschauen, möchte über das Allerheiligenbild nachdenken; möchte mich in einem Beichtstuhl verkriechen, ungestört schluchzen; mich für niemanden mehr so verantwortlich fühlen, daß ich mich verstellen muß.

Nacht dieses Vierzig-Jahre-Lebenstags: Auflösung, Vertreibung, Abschiede, Leiden am ökonomischen Wahnsinn, mutwilligen Sinnentzug für jene, die Arbeit und Vertrauen eingebracht hatten. Fassung vortäuschende Wiedersehenstreffen, halbverschwiegene Geldnot."

Vogelschau-Blick über Deutschlandsberg von Osten in Richtung Westen: Klause Burgegg, Burg Landsberg, Mitteregg am Scheidsberg, Oberlaufenegg, Freiland, das ist die erste Schicht von links nach rechts. Zweite Schicht: links Hollenegg, St. Wolfgang, Gasthaus Gregorhansl, Gasthaus Herk-Hütte, Motieben, Gemeinde Trahütten, Gasthaus Koralpenblick, Kinzerhof, Parfußwirt. Dritte Schicht: ganzer Rücken Gressenberg, Kruckenberg, Rostock, Glashütten, Kumpfkogel, Mörtelkreuz, Glashüttenkogel, Weinebene, Osterwitz. Vierter, letzter Horizont: Brendlalm, Schwanberger Brendlhütte, Glitzkogel, Garanas-Alm 1.829 m, Kleiner Frauenkogel, Großer Frauenkogel, Ochsenstein, Großer Speikkogel 2.141 m.

Hinter dichtem, nässendem Mittagsnebel hängen die triefenden Wälder schwer und weich wie Unterwassergewächse in malmenden Teichen.

Gerichtsverhandlung gegen Profantl, Pavoutz, Strini; Kohlenbrenner ist abgängig. Staatsanwalt muß laut Gesetz „die Anklage in freier Rede so vortragen, daß ein einfacher Mensch das Verbrechen verstehen kann". Wirtschaftsprozesse, gegen Übeltaten über Jahre hinweg, laufen anders ab als etwa solche gegen eine schwere Körperverletzung, die objektiv eindeutig bewiesen werden kann: Herausarbeiten des Scheidepunktes bis zur Gesetzesübertretung. Ein Wall an Scheinfirmen zwischen den Seiltrommelvermietern einerseits und den Eigentümern anderseits. Die Verteidiger – pfiffige Vögel, schlacksige Schmierenkomödianten, Verfahrensjongleure, die sich mit ihrem so erworbenen Reichtum trösten. Sie traten forciert souverän auf, als Conférenciers oder Komiker, in affektierter Distanz zu dem Unrecht und Unglück, das abzuhandeln war. Auf die Richterfrage nach dem diebischen Abschichtungsangebot einer Firma Fixpoint erklärten sie eiskalt, nicht zu wissen, wem diese gehöre ... Doch Freund Pirsch besaß das Gründungsdokument mit der Originalunterschrift des Pavoutz, übergab es dem Richter.

Trahütten, gegründet im 7. Jahrhundert von Slawen, 8. bis 12. Jahrhundert Eisenverhüttung, daher der Name. Erz wurde in den umliegenden Bergen der Koralpe abgebaut und hier verarbeitet. Die Koralpe bildet die Westgrenze des steirischen Beckens und die östliche Begrenzung des Lavanttales. Geschichtlich sehr alter Gebirgszug, höchste Erhebung Großer Speik. Alban Berg komponiert 1924 die Oper „Wozzeck" nach dem Bühnenstück Georg Büchners in der Trahüttener Kalchbergvilla. Jagabauerlinde bei der Kirche, vierhundert Jahre alt.

Kirche St. Nikolaus, 1391 urkundlich erwähnt, 1532 von den Türken zerstört, 1534 wieder aufgebaut. Eine Sonnenuhr nach Westen. Nach Norden der Blick über die ganze tiefe Weststeiermark. Dann der Jagabauerhof neben der Kirche, 1479 erstmals erwähnt, 1788 Wohnung des Pfarrers, bis 1822 Pfarrhof, letzte Rauchkuchl in Trahütten. Winzige Fenster mit einer hellblau-grünen Bandornamentverzierung. Uralte Apfelbäume, in den Astgabeln liegen harschige Schneebrocken.

Dr. Profantls vorgestreckte Schnauze, geschlitzte Schrägaugen, zu großer Kopf, schwarze Mähne. Zerfurchte, von unten her ankriechende Visage beim Zwischengeflüster mit Dr. Pavoutz. Der wiederum hat eine dauerbeleidigte Miene aufgezogen. „Meine Blase meldet sich, Herr Rat ... Wie was wann wo finanziert worden ist, ist mich nichts angegangen, ich weiß von nichts."

Katharina in der Wiel, Altarbild der Heiligen. Die Märtyrerinnenpalme in der Rechten, lehnt die schöne Frau an dem Marterrad, zu ihren Füßen ein aufgeschlagenes Buch. Gotische Kreuzrippen und Fenster um den Hochaltar. Die wohltuende Kälte in der Kirche bei drückender Hitze über den Waldkuppen. Hügelwoge um Hügelwoge, eine Springflut von Ländereien voll unleugbarer, undeutbarer Zeichen.

Das erste, was man aus Wien kommend von Schwanberg sieht, wenn man hinter dem Hollenegg-Waldstück in die große Rechtskurve hinauszieht, ist der Blick auf die hohe Josefskirche, die von ihrem festen Vorbergkegel aus der massigen Waldwand des Limbergrückens herüberleuchtet.

Saftige Kräuter und Sträucher unter schwellendem Geäst weißblühender Wildkirschen, violettgrüner Lärchen, leuchtendgrüner Jungbuchen. Und ein milder, frischer Hauch, erfüllt von nicht endendem Vogelgesang. Die Fülle nie mehr verrinnender Stunden. Die Wohltat nie mehr anstoßender Wege. Kühler Graspolster inmitten strahlender Lupinen, winziger violetter Almnelken, weißlich blinkender Erika. Ringsum freundliches schattenspendendes Laub und ein Boden unter den Füßen, der nicht wankte, nicht wich. Freier Blick zur Weinebene hinauf. Das Windflüstern wird vom Läuten der Kuhglocken umrahmt. Die Gräser und die langstieligen weißen und die fleischigen violetten Blumen pendeln in der Mittagsluft. Freiliegende Erdstellen glitzern mit reichem Belag an Glimmerkörnchen.

Das ausgedehnte Koralmmassiv, jeder Weiler, jeder Kirchplatz, jeder Gasthof, jedes Bauernanwesen, jede Viehhütte, jeder Stall waren Austragungsorte unsäglich grausamer Feindschaft zwischen slowenischen Partisanen, serbischen Titotruppen, österreichischen Widerstandskämpfern und Soldaten der deutschen Wehrmacht, ukrainischen SS-Einheiten, örtlichen Gendarmeriekräften sowie der unsäglich gepeinigten, ansäßigen bäuerlichen Bevölkerung.

In der Kirche von Glashütten: Rechts vor dem Seitenaltar die dritte Kreuzweg-Station, Jesus fällt unter dem Kreuz, dort fehlt das „i" bei dem Wort Station, sonst fehlt es nirgends.

Zehn Uhr vormittags: von der Weinebene aus in das große, ferne Sulmfeld hinunter. Die Sicht auf eine weiße, strähnige Dunstschicht, aus der schwarzblau, weithin gestaffelt, die zackigen Grate der Bergketten herausragen. Unter strahlender Sonne verändert sich dieses Bild langsam: Die verhangene Ebene gewinnt Umrisse. Wie Scherenschnitte ragen tuschdunkle Atolle hervor, schlitzen sich aus den Nebelwellen. Als weißzüngelnde Korona liegen die schmalen Wolkenstreifen über den Gratlinien der sechsfach hintereinandergeschichteten Bergzüge.

Der Blick vom Bergrücken hinter der Pauluskapelle über die hohe Weinebene zum Koralmgipfel hinauf mit den beiden silbernen Radarkugeln: Der Kampfwald verliert sich über dem Brandrücken, riesige Feldformen brechen aus den Almrundungen hervor, blinkende Schneereste in den Schrunden. Der Grat des Seekars wirft im Wind weiß fächelnde Schneefahnen gegen die Mittagssonne. Dahinter die mächtige Gipfelaufwölbung, lichtübergossen, aber durchzeichnet von schattigen senkrechten Rinnen.

Da Vereinsrechtsanwalt Dr. Hörandner die für das Verbrechersyndikat peinlichen Belege, Fragen und Hinweise vorbereitet hatte, haben sich die Angeklagten auf Schweigen verlegt: „Mit diesem Herrn reden wir nicht! Seine Fragen beantworten wir nicht." Das heißt, der einzige, der sie genau am Punkt ihrer Untaten überführen konnte, erfuhr mieseste Abwehr: Gegen ihn stellte man sich stumm, verkündete dem Gericht, daß man auf keine seiner Vorhaltungen einzugehen bereit ist. Hörandner verzog keine Miene. Der Richter auch nicht.

Zufällig hatte vor Jahren ein ÖVP-Jugendlicher am Handelskai vorgesprochen, wie bei allen Grätzelfirmen, und für ein „Festl" auch die Nauticord um eine Spende gebeten – Geschäftsführer Strini schob gedankenlos einen kleinen Scheck über den Tisch. Seither galt in ahnungslosen hiesigen Parteikreisen diese Betrugszentrale als Mäzenatenadresse. Rasch reklamierte ein Politzeuge jetzt inhaltliches Unwissen – wenn sogar die Teilhaber selbst nichts erkannten.

Fahle Morgendämmerung über dem in Waldwogen verborgenen Sieben-Häuser-Ort Glashütten. Eine fromme Greisin hat das schlanke Kirchlein der Glasbläser für die Dreikönigsmesse vorbereitet, die der Pfarrer von Hollenegg lesen wird: Die golden leuchtenden Kirchenfenster strahlen in die Winterbergnacht hinaus bis an die kältestarren Waldwände. In schweren Loden gekleidete Bergbauern zwängen sich in die Bänke. Aus dem schweigenden Dämmerfrost knirschen sie herein vor die hell glänzenden Heiligenbilder: Die Trauer über die Unwahrheit solcher Schönheit wird zum Beweis deren Wahrheit.

Die vierte Rechtsanwältin des Profantl, Dr. Arch, begann mit dem Kugelschreiber heftig gegen ihren Sessel zu klappern, den ganzen Saal zu stören, während Dr. Hörandner erstmals ruhig das Wort ergriff. Dessen Fragen waren nämlich fast schon Antworten und Schuldsprüche in einem. Blitzartig räusperte sich Benedikter derart laut und drohend, daß die Trickreiche ihre gezielte Störung sofort beendete.

Tagelanger Regen in Schwanberg, ein Labsal für die Wälder, wo die endlos niederströmenden Wassermassen metertief in das Erdreich dringen bis an den Felsgrund und sich in den Schluchten sammeln, als Quelle wieder hervordrängen, die Schwarze und Weiße Sulm speisen. Mitten im prangenden Grün der Laubbaumkronen leuchten Ende August die ersten gelben Blätter auf – untrügliche, unabweisbare erste Boten des anrückenden Winters ... Über der Josefskirche ein riesiger Nebelfetzen, der aus den schwarzen Hügelschluchten südwärts flattert. Die Sulm ist nach dem Gewitterregen hellbraun schäumend.

Dornen und Disteln als Garanaser Schutzwehr erinnerten Benedikter auch an den Wiener Tabor: Verteidigungsgrenze der Stadt vom 13. bis zum 19. Jahrhundert! Vor der ersten Brücke über den östlichsten alten Donauarm, noch weit außerhalb der Stadt, wenn man sich Wien vom Nordosten her näherte, war viele Generationen lang eine Befestigung aus Pfählen, Zäunen, Dornen erhalten worden, um die Innenstadt vor Raubscharen zu schützen. Der Berufsstand zur ständigen Pflege der Taborlinie hieß sogar „Dorner"! Während seiner vielen Dienstjahre in der Taborstraße hatte Benedikter immer wieder die Geschichtsereignisse an diesem heckenbewehrten Brückenkopf Wiens bedacht: 1278, Kämpfe zwischen Ottokar von Böhmen und Rudolf von Habsburg; 1396, frühe Türkenbedrängung; 1428, Hussitenkriege; 1485, den Ungarn gelingt die Erstürmung des Tabors während einer Sonnenfinsternis; 1529, Türken dringen mit 400 Schiffen am Tabor vorbei donauaufwärts bis Nußdorf vor, belagern Wien; 1683, Türkengemetzel in der Taborstraße, die Verteidigung sichert vielen den rettenden

Rückzug über die Stadtmauern; 1741, Krieg gegen das Österrreich Maria Theresias, Aufmarsch der Panduren am Tabor; 1805, vorgetäuschte Friedensverhandlungen sichern den Franzosen die Eroberung der unzerstörten Taborbrücke; 1809, nachhaltiger Widerstand am Tabor kostet Napoleon schwere Verluste, ehe er Wien eroberte; 1945, Schlacht um Wien, österreichische Widerstandskämpfer retten für die Rote Armee die Reichsbrücke über den regulierten Donaustrom.

Seither hat die Taborlinie – von Aspern bis Korneuburg – nur noch gedankliche Bedeutung.

Morgenröte Anfang Jänner: Sieben Uhr früh, Blick vom Garanas-Wald in die lichtwärts abkippenden fernen Ostflächen: Von tiefschwarzen Scherenschnitten massiger Nadelbäume und fein ziselierten Tuschbildern kahler Laubbäume im Vordergrund gerahmt, drückt über den tiefen Horizont in der Sulmebene draußen breiter roter Schein zunächst in die oberste Morgennebelschicht, weshalb er ein rauchiges Grundband hat, über dem erst durch reinere Luftschicht das klare Rot durchbricht. Dieses steigt, aufgehellt ins Gelb, himmelwärts, wo es in ein milchiges Rosa zerläuft. Darüber leuchtet ein Sonnenlicht, das jenseits der Erdwölbung feurig heraufpackt, Hänge und Grate mit waagrecht einfallendem Morgenlicht übergießt.

Der Wiener Seiltrommel-Verwalter Strini beteuerte zum Ärger seiner früheren Chefs, daß der Konkurs der Wiener Nauticord-Filiale nicht notwendig war: Forderungen bestanden gegen das Hauptbüro in Caen, die aber laut Weisung Profantls nicht reklamiert werden durften. Ein „Bankdrahdiwaberl“ zur Ableitung des Stammkapitals.

Menschen, bei denen er geborgen war, die mit wissendem Mitleid, ohne an ein Geschäft, einen Vorteil, an Geld zu denken, in ihr Haus einladen, in ihre Küche, an ihren Tisch, bereitwillig von ihrer Arbeit, ihrer Sorgenlast erzählen. Sie haben nichts zu verbergen. Ihre Freuden und Mühen liegen offen vor dem Besucher.

Aus dem breiten, von der Abendsonne überfluteten Tal tönen die Glocken herauf: Schwanberg, St. Peter, St. Martin, ihr Klang unterlegt das Gebimmel der Kuhschellen. Fernblick über das Sausal, Silberberg, Seggauberg. Wie der Schatten drüben auf dem Westhang langsam höher klettert, die Wälder in Talnähe sind schon dunkel. Schwärze sickert zwischen die reglos wartenden Wipfel, die Almwiesen auf den geschwungenen Kuppen liegen noch riesengroß in der

Abendsonne, und die Kammwälder leuchten! Die Giebel der Berghäuser gleißen noch im Licht, aus den Dächern im Talgrundschatten steigt schon Rauch.

Die Weltferne, die Todesnähe. Er war so müde, daß er fürchtete, diese Ohnmacht könnte bleiben. Sein Denken suchte wie ein Scheinwerferstrahl die Finsternis über den inneren Landschaften ab. Schwer verwundete Helläugigkeit.

„Ich höre, ich weiß alles."

Eine Nachrede zum Eisvogel

Im Wirtschaftsteil der *Steirischen Kronenzeitung*, die Benedikter während eines Imbisses im Alpengasthof Glashütten durchblätterte, fand sich die Nachricht: Ex-Anwalt Dr. Horst Gallunter im Gefängnis gestorben. Zwei Jahre nach Rückführung aus seinem nordafrikanischen Fluchtland und ein Jahr nach Antritt seiner neunjährigen Haftstrafe für dreihundert Millionen Schilling Schaden und die materielle Vernichtung hunderter Familien, denen er die Kaufpreise für die von ihm parifizierten Eigentumswohnungen zwar abgenommen, aber das Eigentumsrecht im Grundbuch verweigert hatte, war er im Kerker einem Herzinfarkt erlegen.

Benedikter, der diesen wortstarken Grobian bei einer Hauseigentümerversammlung persönlich erlitten hatte, konnte sich sehr wohl vorstellen, wie dieser streitsüchtige, gewaltstrotzende Bursche am geordneten Gefängnisalltag zerbrochen war. Maßlose kriminelle Energien hatte er einst entfaltet, um mit Dutzenden Schachtelfirmen Betrug um Betrug zu begehen, Millionenkredite in Provinzbanken einzuheimsen und die tückischen Kontrakte für die Käufer seiner Eigentumswohnungen in Abbruchhäusern zu verfassen. Bedenkenlos hatte er die niemals beabsichtigte Sanierung in Vereinbarungen aufgenommen, maßlose Gebühren an Ort und Stelle bar kassiert und kaltlächelnd dabei zugeschaut, wie sich seine Klienten sogar lebenslänglich verschuldeten, um die Kaufpreise für die vorenthaltenen Wohnungen an ihn zu bezahlen. Den ganzen Tag saßen aufgeregte Wohnungswerber in seiner Kanzlei, die er mit seinem Rechtsanwaltstitel, teuren Möbeln und Gemälden, protziger Kleidung, goldblitzenden Brillen und Brutalrhetorik einschüchterte. Endlich ihr Eigenheim vor Augen, unterschrieben die zaghaft Glücklichen vor dem grinsenden Fallensteller ihre Enteignungsurteile. Jede einzelne der so verkauften Wohnungen war mit hunderttausenden Schilling Hypotheken belastet, die Dr. Gallunter niemals zu tilgen beabsichtigte.

Sein Entsetzen und das seiner Mitbewohner in der Glockengasse würde Benedikter nie vergessen, als Gallunters Betrugssystem, Zahlungsunfähigkeit und Flucht unter den Bewohnern bekanntgeworden waren: Nächtelang standen Benedikter und die Nachbarn im Stiegenhaus, fragten kopfschüttelnd, wie so etwas möglich wäre, starrten einander nur noch erschöpft an. Benedikter hatte damals die Greisin Anna Robathin betreut und getröstet.

Der Übeltäter war also im Kerker einem Herzinfarkt erlegen. Eine finanzielle Wiedergutmachung der von ihm angerichteten Schäden war seinerseits ausgeblieben, die Mittel hierfür waren mit rechtskundiger Professionalität weltweit verschoben. Der Strafgefangene Gallunter war genau an jenem Wesensmangel zugrundegegangen, der ihn auch zum Verbrecher hatte werden lassen: gänzlich enthemmter Handlungstrieb bei verächtlichem Abtun aller Sicherungen und Ordnungen, innerhalb derer jene vielen braven Normalmenschen ihr sparsames Leben fristeten, jene guten Leute, die der großmäulige Schloß- und Rolls-Royce-Besitzer zeitlebens nur als Dünger für seine eigene Ertragssteigerung betrachtet hatte.

Das in Garanas übliche Stoßgebet angesichts eines Todesfalls unterließ Benedikter. Keinen Fluch auszustoßen ist Nachsicht genug.

Den ausgelöffelten Teller und die zugeschlagene Zeitung mit dem alten Gerichtssaalfoto des Angeklagten schob Benedikter an den Rand des Gasthaustisches. Er würde seinen Schweigemarsch durch die Wälder von Glashütten wieder aufnehmen.

Der Versucher

Benedikter erkannte trotz der noch großen Entfernung den schwarzen Audi, der weit unten nach der Paulitsch-Kurve auf der Waldschneise heraufzog, als Byloff&Nandor-Dienstwagen. Es war genau eine Woche nach Benedikters Auftritt vor Dr. Icht in der Taborstraße. Benedikter arbeitete soeben in der Fichtenlichtung hinter dem Schwaighof. Er zerklob die schweren Scheite, die Vetter Max in den letzten Wochen herangeführt hatte, zu handlichem Ofenholz.

Nun legte er die Hacken und Keile beiseite, beobachtete den langsam kuppenwärts kriechenden Wagen, der immer wieder hinter einem Hang verschwand, an der nächsten Kehre wieder auftauchte, und an dessen Geschwindigkeit das Unvertrautsein des Fahrers mit dem Gelände, das Wegsuchen erkennbar waren: Diese Anreise gilt mir, erkannte Benedikter beklommen, denn von dort konnte jetzt nichts Gutes mehr kommen. Er schritt im schwersten Schuhwerk, in Lederhose langsam den Steig abwärts bis an die Grundgrenze, spähte dem schwarzgleißenden Auto entgegen, dem in jeder Hinsicht gänzlichen Fremdkörper an diesem Ort. Wer mochte ihn hier wohl wozu heimsuchen?

Mag. Schindling sprang in elegantestem Bürograu unmittelbar vor Benedikter aus dem Wagen, worauf Chauffeur Grebner langsam in den Hof weiterrollte, dort mehrmals zurückstoßend wendete, im Schrittempo das Gehöft verließ, im Baumschatten am Hang einparkte.

„Nun habe ich Sie doch noch gefunden, Benedikter!" rief Schindling breit grinsend und schlug dem alten Arbeitskollegen herzhaft auf die Schulter.

Benedikter nickte nur, schaute dem Besucher gerade, aber abwehrend ins Gesicht. Sehr viel hatte er mit ihm während der Dienstjahre nicht zu tun gehabt. Schindling war ein erfolgreicher Financial-Engineer, Glas-Isolatoren-Unterhändler, Arbeitsgemeinschaftsmanager in Nah- und Fernost, sogenannter ARGE-Boß, so manche Abschlüsse gelangen ihm durch unglaubliche Verbindungen mit den stärksten Konkurrenten, durch Quer- und Teilungsverträge, an deren Möglichkeit und Zustandekommen zuvor niemand gedacht hätte. Das war die Handschrift Schindlings! Ein ausgefuchster Burgenländer, interkulturell, flexibel, hochintelligent, senkrecht und unverrückbar erfolgsorientiert; nichts brachte ihn vom Erreichen des gesetzten Ziels ab. Wäre es nach ihm gegangen, hätte die Byloff&Nandor mitten im ersten Golfkrieg eine Artilleriefabrik an allen Gesetzen vorbei für das in Petrodollars schwimmende unterliegende Kampfland geliefert. Schindling hatte das Projekt als „Buntmetalldreherei" bezeichnet und bereits so getarnt an den Behörden entlanggesteuert, bis es endlich an ausländischen Kreditschneisen gestoppt worden war. Benedikter erinnerte sich genau an seine schlaflose Nacht mit der Entscheidung, bei Annahme dieses Rüstungsauftrags trotz seiner damals schon über dreißig Dienstjahre Byloff&Nandor zu verlassen.

Schindling lachte ihn breit an. Er boxte ihm jetzt mit der Linken gegen die Schulter: „Wie geht es, alter Kumpel? Mit Ihrer Entlassung habe ich nichts zu tun gehabt, das wissen Sie doch? Aber müssen Sie sich deshalb im Wald verkriechen? So ein tüchtiger Rechnungsmensch, wie Sie einer sind?"

Benedikter sagte noch immer nichts. Manche Kollegen hatten Schindling einen Verräter genannt: Vierzehn Tage nach der Machtübernahme Dr. Ichts wurde ihm der Titel Zentraldirektor zugesprochen. Zusammen mit dem Pekunia-Mann Schleiss fand Schindling sich bereit, Dr. Ichts Filetierungs- und Verschleuderungsvorhaben mit allen seinen durchschlagenden Fähigkeiten durchzuziehen.

Schindling, der das Schweigen Benedikters richtig auslegte, schlug jenen besonders freundschaftlichen Ton an, den man in Wien hineinraunzen, „eineraunzn", nennt: „Ich habe mich um den Zentraldirektor ja nicht beworben. Aber durch mich ist immerhin einer in der Führungsgruppe, der die früheren Tabor-Mitarbeiter noch persönlich kennt. Sie wissen ja nicht, Benedikter, welchen Wahnsinn meines Kollegen Schleiss ich verhindere! Aber Geschäft ist Geschäft. Der Eigentümer hat das Sagen. Und internationale Branchenvergleiche zwingen mich zum Durchgreifen."

Jetzt mußte Benedikter antworten. „Die höheren Profite unserer Konkurrenten in den sozialversicherungslosen und Niedrigsteuerländern errechnen sich selbstverständlich zu Lasten der dortigen Leute, ihrer mangelnden Gesellschaftskultur und Lebensqualität. Mit betriebswirtschaftlichen Vergleichen allein liegen Sie falsch, beurteilen Sie Byloff&Nandor ungerecht. Die richtige Aufgabe lautete doch: Wie bringen wir deren Gesamtleistung auf den gottlob bei uns erreichten humanen Rang?"

„Mag schon sein, aber das muß ein Politiker betreiben, nicht ein Fabriksdirektor. – Ich erkenne Sie wieder, Kollege Benedikter, nur: So fein werden die

Unterscheidungen nicht getroffen, so redlich werden die Gespräche nicht geführt, wenn es um den größten Mitschnitt bei der nächsten Aktienemission geht, um die Taktik des Ausgabekurses … Ihre sogenannte Wahrheit interessiert niemanden: Die aktuelle Kapitalrendite wird gemessen – kommentarlos, verstehen Sie! –, und wenn die nicht stimmt, wird hineingeschnitten. Es gibt eben nur eine Betriebsgewinnrechnung. Eine Gesellschaftsgewinnrechnung gibt es nicht. Ende der Stange, lieber Freund."

„In diesem Modell fehlen die Fristen", sagte Benedikter leise. „Nur eine Kulturgesellschaft erbringt langfristig auch ökonomische Effizienz. Ersparen Sie mir die aktuellen Beispiele jener Zustände mit den angeblichen Vorzeigeprofiten!"

„Wir sind eigentlich schon am Punkt, Kollege Benedikter."

„Ex-Kollege!"

„Wollen wir doch nicht so aufsässig sein. Können wir da hinunterspazieren?"

Benedikter streifte die Lederhandschuhe ab, klopfte die Holzspäne von der Joppe, legte den Hut ab, strich sich durchs Haar und begann im Sonnenlicht talwärts zu schlendern.

Sie passierten den Dienstwagen, der Chauffeur saß bei geöffneter Tür auf dem Rücksitz, las die *Kronenzeitung*, jausnete.

„Wir fahren um halb eins zurück", rief Schindling ihm zu. Dann stieß er seinen linken Ellbogen burschikos in Benedikters Hüfte und prustete heraus: „Ich habe Ihnen ein tolles Angebot zu überbringen! – Der Schleiss schickt mich im Auftrag Dr. Ichts. Er möchte Ihnen für den ganzen Pekunia-Konzern einschließlich der Byloff&Nandor-Werke einen Beratervertrag für Öffentlichkeitsarbeit anbieten: brutto für netto einskommazwei Millionen im Jahr. Das wäre doch ein Wort, Benedikter, oder?" Benedikter schritt ohne zu zögern weiter aus und fragte nach langer Pause: „Wissen Sie eigentlich, Schindling, daß ich vorige Woche persönlich bei Dr. Icht war?"

„Ja, Schleiss hat mir etwas angedeutet. Ich weiß aber nichts Genaues."

Nun hielt Benedikter an, schaute Schindling wieder gerade und offen ins Gesicht: „Meine Antwort ist nein, aber die Worte, in die ich dieses Nein Ihnen gegenüber kleide, hängen von der Einschätzung Ihres Mitwissens ab."

„Ja wieso, was ist los?" tat Schindling verständnislos. „Ich bringe Ihnen einen wirklich attraktiven Job, will Sie aus dem Wald zurückholen, und Sie sagen nein, ehe ich noch die zusätzliche fixe jährliche Erfolgsprämie erwähnen konnte, die Ihnen vertraglich zugesichert wird."

„Sie wissen schon, Direktor Schindling, daß ich als angeblich unfähiger Rechnungswesenchef fristlos meinen Schreibtisch verlassen mußte, weil ich die gewünschte Vermögensfälschung vor der Aktienemission abgelehnt hatte?"

„Doch nicht so harte Worte. Man hat eingesehen, daß Sie es jetzt noch in der Hand hätten, unsere Bilanzgestaltung wesentlich zu erleichtern … Nach Ihrem Auftritt in der Vorwoche bei Dr. Icht gab es tagelange Notsitzungen wegen des neuen Rückstellungsbedarfs für Riesenabfertigungssummen im Rahmen eines plötzlich akut gewordenen Sozialplans …“

„So, jetzt kann ich die richtigen Worte für mein Nein wählen: Selbstverständlich braucht die Pekunia überhaupt keinen Berater für Öffentlichkeitsarbeit – bei solcher Lichtscheu geradezu absurd! Was Sie mir bezahlen wollten, wäre mein Schweigen! Und man kann ausschließen, daß Dr. Icht, Schleiss und Sie, Herr Schindling, die durch mein Auftreten bewirkte Zahlungsverpflichtung von rund einer Milliarde nicht auf Vermeidbarkeit untersucht haben. Das mir jetzt angebotene Bestechungsgeld wäre eure günstigste Erledigung, das ist mir klar.“

„Was unterstellen Sie mir, Benedikter?“

„Das ist keine Unterstellung, das ist eine Bloßstellung. Zu der bin ich berechtigt, weil Sie nicht verbergen konnten, daß Sie den wahren Grund Ihrer Reise zu mir in den Wald durchaus kennen, ja vielleicht sogar ausgeheckt haben – und meinten, mich täuschen zu können.“

Schindling hielt an, wandte sich heftig zurück, heftete den Blick auf seinen in der Mittagssonne funkelnden Dienstwagen: „Ein komischer Vogel waren Sie schon immer, Benedikter, aber daß Sie ein derartiger Spinner sind, eineinhalb Millionen Jahresgage wegen irgendwelcher allgemeiner Gerechtigkeitsvorstellungen auszuschlagen, hätte ich doch nicht vermutet. – Gehen Sie wieder ans Holzhacken, schwitzen Sie weiter.“

Eisig schweigend schritten die beiden einstigen Arbeitskollegen zurück, der neue Zentraldirektor Schindling im hocheleganten Tweedanzug und der geschaßte, für Bilanzfälschungen zu blöde Buchhalter in Holzknechtkluft.

Bei ihrem Annähern war der Chauffeur aus dem Auto gesprungen, stand mit der Dienstmütze in der Rechten eilfertig am Wagenschlag. Schindling hielt noch einmal inne, blickte kopfschüttelnd, zunehmend lächelnd auf den Widerspenstigen, bedeutete ihm mit seinem Grinsen, daß er dieses seltsame Rollenspiel noch immer beenden könne. Schließlich sagte er: „Der Vertrag liegt im Auto“, wies dabei mit der Linken voraus.

Benedikter erwiderte: „Schade um Sie, Schindling. Ich habe Sie, ehrlich gesagt, immer für fast ein Genie gehalten. Intellekt ohne Moral ergibt freilich nur einen kurzen Erfolg. Reisen Sie zurück in Ihr Banditenlager. Und merken Sie sich: Die von Ihnen verhöhnten ‚allgemeinen Gerechtigkeitsvorstellungen‘ werden euch vernichten.“

Schindling reichte Benedikter seine Visitenkarte. „Falls Sie Vernunft annehmen, rufen Sie mich an."

Benedikter nahm die Karte und schob sie in die Lederhose, während Schindlings Limousine wienwärts entglitt.

Zissers Tastatur: Die erstaunlichen Geschäftsabschlüsse, die Mag. Schindling für die Taborwerke früher zustande gebracht hatte, hatten ihm nicht selten in anerkennender Abwandlung seines Namens den Kosetitel „Hundling" eingebracht, eine im Volksmund geläufige Bezeichnung für einen pfiffigen, tüchtigen, gewitzten Burschen. Als er innerhalb weniger Tage nach dem Omniabank-Eigner-Putsch von den neuen Besitzern zum Zentraldirektor der Byloff&Nandor-Taborwerke ernannt worden war, erinnerten sich einige Kollegen, daß Schindling im Kreis der leitenden Angestellten während der letzten Wochen in die Entsetzensrufe und Ablehnungsargumente gegen die Ausbeinlerbande von Dr. Ichts Pekunia nie eingestimmt hatte. Damals erfuhr sein Name bald eine neuerliche Abwandlung: Schindling war nun nicht mehr ein „Hundling", sondern ein „Quisling" – der für einen Verräter eingebürgerte Begriff nach dem norwegischen Regierungschef in Berlins Diensten.

Das Bezahlungsmotiv gegenüber einem kompetenten Sachkenner, dessen Schweigen die Zensurbehörde erwirken möchte, hat in der österreichischen Geschichte ein ähnlich nobel maskiertes Vorbild: Der wegen seiner Beschränktheit berühmte Kaiser Franz ließ dem visionären Monarchisten, dem loyal legitimistischen Dramatiker Grillparzer 1828 durch den Polizeipräsidenten mitteilen, daß er das Theaterstück „Ein treuer Diener seines Herrn" ganz allein besitzen wolle und dafür jedes beliebige Honorar zu bezahlen bereit war …

Das Peloton

Für seine weite Anreise zu den Wiener Gerichtsverhandlungen plante Benedikter so viel Zeit ein, daß er meist schon eine Stunde vor dem Gerichtstermin im Wartesaal des Landesgerichts saß. Um den eintreffenden Angeklagten und ihren Anwälten nicht zu begegnen, die, wie er angeekelt hatte beobachten müssen, aufgeräumt ihre Späße über die kommende Sitzung durch die Gänge schallen ließen, hatte sich Benedikter angewöhnt, seine Wartezeit ein Stockwerk höher in leeren Gängen zu verbringen. Diese durchschlenderte er einsam. Den Schmerz solcher Begegnungen konnte er zwar nicht fliehen, doch so dessen widerliche Banalisierung vermeiden. Die zweihundertfünfzig Kilometer Autofahrt wogten noch hinter der Stirn, während seine Blicke durch die Gerichtsfenster auf das alte josefinische Krankenhaus, die Nationalbank, die Votivkirche, die Universität fielen. Diese unverrückbaren Riesengebäude führten und zwangen sein ungeformtes Empfinden zu Formulierungsversuchen. Wie ein Steinzeitjäger ritzte er die Bedrohung ins Gefels. Benedikter flüsterte mühsam ins Diktiergerät: „Tonbandselbstgespräch, auf- und abschreitend im Wartesaal des Landesgerichts, unmittelbar vor der vierten Verhandlung gegen Dr. Profantl und seine Kumpanen."

Beschreibung der satanischen Gehirne: In der Schädelkapsel eine einzige wirbelnde, brodelnde, dauerhämmernde Blähung des Stolzes! Tiefgefrorene Kotklippen schmelzen bestialisch dampfend in spiralig einsinkende Wutblasen, die im fortwährenden Zerplatzen, Zerspritzen stets nur ein Geräusch ausblubbern, hervorzischen: „Ich befehle. Ich beherrsche. Ich lasse mir huldigen. Ich lasse mich kitzeln. Ich begatte. Ich lasse mich anbeten. Ich bin Gott. Alle anderen sind nicht einmal Geschmeiß. Sind nichts. Doch warum – verdammt! – ist es mir bis jetzt nicht gelungen, ihnen das restlos klarzumachen, einzuträufeln? Trotz meiner genagelten Stiefel, meiner genagelten Peitsche, meiner genagelten Kinnbacke? Trotz meines unablässig verschleuderten, lähmenden Giftgeifers leben andere immer noch angstlos, tributlos, gehen zu Hunderttausenden an mir vorbei, ohne auf die Knie zu sinken, ohne den Hals zu verrenken und ihre Schockpupillen zu mir heraufzudrehen!"

Die Hirngespinste des Hochmuts brechen nieder, Krater höllischer Leere klaffen aus immer noch nachsinkenden Tiefen ohne jeden Halt. Der tobende Überwertigkeitswahn: Immer neue Abbrüche gähnen in das eitel verrenkte Nichts. Tausende Kilometer Stacheldrähte, Elektrodrähte, Stolperdrähte, Würgeschlingen, Folterkabel kreisen, peitschen durch die schwärzlich irrlichternden Abgründe und fingern gierig nach immer neuen Opfern, die für den enttäuschten, zornigen, ewig unbefriedigten Luzifer, diese lobesgeile Eitelfratze, büßen sollen. Unersättlich rasen seine Krallen im sichtbaren und unsichtbaren Fleisch aller Schöpfung: Seine Bosheit sickert aus hämischem Mundwinkel über die habgierigen Nägel in alle Körperschlitze und klaffenden Wunden seiner Fraßopfer, die sich der Einträufelung seiner atemnehmenden Verdrehungen und Lügen entwinden wollen.

Aber die Fluten herzloser Wörter in eitlen Projekten, heuchlerischen Prospekten, Fallstrick-Verträgen, listigen Vereinbarungen, tückischen Bekanntmachungen, hintersinnigen Ankündigungen, täuschenden Präambeln, raffinierten Aufsätzen und Artikeln, in versteckten kleingedruckten Einkaufsbedingungen, versteckten kleingedruckten Verkaufsbedingungen, kleingedruckten Verwaltungsabmachungen, in Fußnoten und Fußangeln der Eigen-Provisionsabkommen, mit Fallgrubenwörtern, Schlingenwörtern, Bauchaufschlitzwörtern, Genickbruchwörtern, Kehlschnittwörtern, Enteignungs- und Entsorgungsparagraphen, gefälschten Treuhandbestätigungen, betrügerischen Bilanzerläuterungen, zynischen Vermögensgarantien, erlogenen Inventarkommentaren, hinterhältigen Besserungsklauseln, Nachzahlungsbestätigungen, haltlosen Pensionszusagen, die Fluten schieben einhaltslos weiter – mit Millionen herzloser, bodenloser, ehrloser Trick- und Tückewörter beherrschen die Hab- und Machtgierigen ihre menschengefüllten Nutzviehstallungen mit Fesselungsdokumenten, ausnahmslos alle hinterfüttert mit dem grinsenden Vorbehalt: am Fälligkeitstag nur dann zu gelten, wenn die Verfasser darin dann ihren Vorteil sehen sollten ... Wenn aber nicht, ist die Phalanx ihrer Paragraphen ein einziges Hinrichtungspeloton, jeder Sprachgebrauch eine Füsilierung. Von geschliffenen Texten zersiebt – etwa so: „Gesetzliche Bestimmungen zwingen uns, Konkurs anzumelden, etwaige Ansprüche ersuchen wir Sie, selbst zu erheben" –, sickern die Überreste aller Betrogenen samt den verfaulenden Papierfetzen voll einstiger Zusagen als Düngerbrei über die Pfründen der eleganten Gangster. Diese genießen ihre Hexentänze. Die Unbilligkeit, Benachteiligung, Entrechtung, die Verachtung frißt sich durch alle Masken, Kostüme, unterrostet alle Rechtsfiguren.

Und die Nerven der Verfolgten erlahmen. Mit tausenderlei Verrenkungen basteln die Bösen allstündlich in diesem Verachtungsvakuum stets neue Varianten ihrer Geldfallen, unter deren Widerhaken sie den Opfern jene Resignation entfoltern wollen, nach der sie lechzen.

Über den Meucheltexten hüpfen die grinsenden Teufel, schrauben unentwegt neue Stahllitzen in die Fallen. Je eingekesselter, je gelähmter ihre Opfer röcheln, desto bestätigter fühlen sie sich, um im Sog des Bodenlosen die nächsten Enteignungskalküle zu berechnen, die nächsten Entleibungsprojekte zu beschließen. Ihre Schlürfgier wird durch kein Stäubchen humaner Normen gebremst.

Deshalb kann kein Bitten, kein Drohen, kein Gesetz jemals ihren zum Bösen geneigten Geist erreichen …

Sitzen sie wirklich einmal mit überschlagenen Beinen vor einem Richter – im römischen Maßanzug, englischen Lederschuhwerk, Pariser Hemd, New Yorker Krawatte, mit Tokioter Uhr –, beantworten sie großspurig die Eingangsfrage nach ihrem Monatseinkommen mit einem richterlichen Zehnjahresgehalt. Mit Holzpupillen, Kalkwangen, Drahtfingern, Stahlbauch lassen sie den höflich vorgebrachten Erklärungsbedarf des Gerichts routiniert wortlos abprallen. Ihre Anwältekompanien haben unüberwindliche Sperrgruben und quergestaffelte Wälle errichtet, mit hundertfältigen Umleitungen, Querverweisen, Namens-, Firmen- und Kapitalver- und entflechtungen, die kein Staatsanwalt, kein Richter erhellen kann. „Freispruch mangels nachweisbarer Betrugsabsicht" ist das übliche Ziel derartiger lästiger Verhandlungen. Der Aufruhr der Geschädigten auf der Straße vor dem Gerichtsgebäude, die verzweifelten Privatbeteiligten auf den Zuschauerbänken im Saal, die bemühten, aber aussichtslosen Rechtsanwälte der Betrogenen überhören und übersehen sie geflissentlich mit einer gekonnt unterdrückten, doch erkennbaren Muskelspannung um die Mundwinkel, die das innere Hohngelächter zeigen und die Verhöhnten im Zorn ersticken lassen soll. Die paar Minuten Peinlichkeit im Gerichtssaal durchtauchen die Millionenräuber gern in behaglicher Erwartung ihrer hübschen Chauffeusen vor dem Tor, die sie in hübschen Limousinen erwarten und in die hübschen Parkvillen, zu den hübschen Sonderwartesälen auf den Flughäfen, zu den hübschen Küsten- oder Gipfelanwesen zurückbringen. Daß sie den tausenden Arbeitsleuten, die diese hübsche Welt ständig bauen und erhalten, ihren Arbeitslohn gestohlen haben, verdrängen sie mit einem Kauderwelsch aus „Know-how-Vorsprung, Risikobereitschaft, kaufmännischem Talent". Doch hinter diesen

Kulissen gähnt weiter diese ohne Menschenfreundlichkeit nie aufzufüllende Leere, in die sie haltlos stürzen. In jenes Nichts, dessen tödliche Ausgeburten sie sind.

Der Einspruch

Der Angeklagte Dr. Pavoutz, stiernackig, fett, untersetzt – immer noch mit den grobschlächtig ausladenden Gesten des anwaltlichen Imponiergehabes, mit dem in dieser Profession stets vorgetäuscht werden muß, daß man sich seiner Sache völlig sicher ist –, Pavoutz entwickelte vor dem aufmerksamen Senat in der ersten Stunde der ersten Verhandlung mit intimem Verschwörergrinsen, wer eigentlich die Käufer der Nauticord-Anteile seien: „Samt und sonders Steuerhinterzieher!"

Der vorsitzende Richter verstand den absichtlich in Finanzchinesisch redenden Pavoutz zuerst nicht, fragte nach, was er denn meine. „Das ist ganz einfach, Herr Rat. Stellen Sie sich vor, jemand müßte von seinem Einkommen fünfzig Prozent Steuer zahlen. Er kauft sich für fünfhunderttausend Schilling Seiltrommeln, bekommt von uns im Kaufjahr die Bestätigung für Absetzbeträge, und schon hat er sich zweihundertfünfzigtausend Schilling Steuer zurückgeholt, die ihm das Finanzamt auch glatt bar ausbezahlt." Eine Beisitzerin ließ sich durch Rückfrage bestätigen, daß also von der halben Million Seilewert, den sich der Anleger gekauft hat, der Staat die Hälfte für ihn finanzierte. Breit grinsend bestätigte dies Pavoutz: „Ja, genauso ist es."

Zwei Stunden später entwickelte auch der Angeklagte Dr. Profantl bei seiner Vernehmung diese taktisch-despektierliche Sicht auf seine einstigen Kunden, die er als durchwegs begüterte Bürger hinstellte, womöglich sogar Schwarzgeldbesitzer! Damit wollten die Herren dem Gericht nahebringen, daß dem Verlust dieser Einlagen gewissermaßen eine höhere Gerechtigkeit entspräche. Und daß der ihnen vorgeworfene schwere gewerbliche Betrug eher in den Bereich einer spielerischen Fehde zwischen durchaus ebenbürtigen Vermögensmanipulatoren zu verlegen sei. Nur durch die Ungeduld der Anleger sei der Eindruck einer Entwendung ihrer Gelder entstanden. Die Steuergutschriften jedenfalls hätten alle Beteiligten erhalten.

Die Finger der Schriftführerin fegten über das Papier. Der Gesichtsausdruck der Richter zeigte angestrengtes Mitdenken, verbarg aber gleichzeitig kaum die

Unkenntnis jener steuertechnischen Zusammenhänge, die für die bisher so wohlorganisiert auftretenden Privatbeteiligten offensichtlich doch kompromittierend sein konnten.

Die Verhandlung wurde mit zahlreichen Befragungen der Angeklagten fortgesetzt. Es ging um Einzelheiten der Kauf- und Verwaltungsverträge zwischen Frankreich und Österreich, Bankverbindungen, Überweisungen und Seiltrommelankäufe – oder eben eine nicht widmungsgemäße Verwendung der anvertrauten Gelder. Von diesen Klärungen erwartete sich das Gericht den Einblick, wie das aus Wien überwiesene Kapital sich so in Nichts aufgelöst hatte, daß den Einzahlern ein rettender Durchgriff nicht mehr möglich war.

Benedikter, der von der zweiten Zuschauerreihe aus die Sitzung begleitet und für seine Vereinsarbeit protokolliert hatte, konnte die schräge Sicht, in die diese raffinierten Angeklagten ihre Opfer in den Augen des Gerichts gebracht hatten, nicht unberichtigt lassen. Er wartete den Abgang der Angeklagten und ihrer Anwälte sowie der Zuschauer ab, beobachtete die leisen Zweier- und Dreierunterhaltungen auf dem Senatspodium, während sich die Richter ihrer Talare entledigten. Er trat an den Vorsitzenden heran: „Verzeihung, ich bin ein betroffener Anleger und möchte eine einzige Bemerkung zum heutigen Verhandlungsverlauf vorbringen."

Der Richter blickte Benedikter aufmerksam an: „Ja, bitte, das wäre?"

„Mein Name ist Benedikter, ich vertrete auch den Anlegerverein und bin Klient des Rechtsanwalts Dr. Hörandner als unser Privatbeteiligtenvertreter."

„Dann sind Sie ja bestens vertreten."

„Jawohl, und hierzu hätte ich auch nichts anzumerken. Zur taktischen Diskriminierung der Anleger seitens der mußmaßlichen Betrüger muß ich aber eine entscheidende Richtigstellung vorbringen, ehe sich bei Gericht und Zuhörerschaft der Eindruck festigt, die Sparer und die Diebe steckten unter einer Decke."

„Wieso befürchten Sie das?"

„Das unterstellte Motiv der Steuervermeidung wurde nicht unabsichtlich von den Angeklagten vorgebracht. Und wurde weiter nicht hinterfragt."

„Gut, erklären Sie mir Ihre Sicht, Herr Benedikter."

„Ich war zeitlebens unselbständig Erwerbstätiger, dem überhaupt nur versteuertes Geld in die Hand gekommen ist. Von Schwarzvermögen war keine Rede. Der Gesetzgeber hat schon vor Jahrzehnten zur Wirtschaftsförderung jene Sonderabschreibung eingeführt, die es dem Steuerpflichtigen erlaubt, eine betriebliche Neuanschaffung im Jahr der Inbetriebnahme mit dem halben Anschaffungswert von dem Betriebsgewinn abzuziehen, wodurch sich seine Steuerlast momentan vermindert. Dies ist kein Steuergeschenk, sondern ein Steuerkredit, denn man darf selbstverständlich die Anschaffungskosten eines Betriebsmittels in Summe nur einmal von seinem Einkommen absetzen, so daß nach wenigen Jahren dieses Wirtschaftsgut weiterhin Gewinne produziert, die dann aber in voller, von keiner Abschreibung verminderter Größe versteuert werden müssen."

Der Richter nickte.

Benedikter setzte fort: „Dieses Verhalten des Staates ist völlig eindeutig und vernünftig in seinem eigenen und im Interesse der Investierenden. Es steigert nämlich das Steueraufkommen. Dieser Gesetzeslage haftet nicht der geringste Makel zwielichtigen Vorgehens an."

„Gut, ich verstehe das", sagte der Richter. „Und was hat das nun mit Ihrem Einspruch zum heutigen Verhandlungsergebnis zu tun?"

„Ich brauche hierfür nur noch zwei Sätze: Der Gesetzgeber hat die Möglichkeit der vorzeitigen Abschreibung nicht nur Betrieben eingeräumt, sondern auch solchen Bürgern, die mit ihren Sparmitteln betriebliche Anschaffungen bezahlen. Die auf sie entfallende Sonderabschreibung im Anschaffungsjahr wird ihnen genauso zugewiesen wie einem Betrieb. Der Staat übt mit dieser Regelung insofern Gerechtigkeit, als auch der Privatbürger steuerbegünstigt Betriebsmittel erwerben kann. Nicht mehr und nicht weniger ist bei der heute erwähnten Abschreibungszuweisung an die Nauticord-Anleger geschehen. Die Anschwärzung der Betrugsopfer als Steuerhinterzieher ist kraß falsch. Und zwar sowohl formalrechtlich wie wirtschaftsethisch."

Der Verhandlungssaal hatte sich inzwischen völlig geleert. Nur der Richter und Benedikter standen am Rand des Podiums beisammen. Der Prozeßvorsitzende hatte mit zunehmender Aufmerksamkeit der Erklärung gelauscht: „Wie war bitte Ihr Name?"

„Benedikter, Hans Benedikter."

„Sie sind Steuerexperte?"

„Ich war viele Jahre Bilanzbuchhalter."

„Herr Benedikter, ich danke Ihnen für die Richtigstellung des Eindrucks, den die Angeklagten während der Vernehmung erwecken konnten."

„Ein Eindruck", ergänzte Benedikter entschuldigend, „der unwidersprochen stehengeblieben ist, da dieses Motiv in der weiteren Vernehmung nicht wieder aufgegriffen wurde."

„Ihre Wortmeldung, Herr Benedikter, war mir persönlich wertvoll. Danke."

Benedikter verließ das Gerichtsgebäude in Richtung Tiefgarage, von wo er die Heimfahrt nach Garanas antrat. Es hatte sich wieder bestätigt, daß er sich in diesem Ringen mit den schlauen Abzockern keinen Termin ersparen durfte.

Der Bürge

Vetter Max hatte den ganzen Morgen in seiner Schmiedewerkstatt gearbeitet: Bernhard Merkl vom Hochmoor-Abbau hatte ihm eine Ladefläche voll abgerissener Kettenglieder gebracht, die Max einzeln aufglühen und auf dem Amboßkonus mit schweren Hammerschlägen neu verschweißen mußte. Es war mitten am Vormittag, die halbe Arbeit war getan, die erneuerten blauen Eisenringe kühlten im Hofsand ab. Schwerstes Kettenzeug war hier in Garanas für die Baumbringung unerläßlich.

Benedikter, der erst um zwei Uhr früh aus Wien zurückgekommen war, setzte sich auf die Rastbank zu seinem von der Schmiedeleistung erschöpften Vetter. „Max, darf ich dir ein ganz schweres Problem vorlegen?"

Der Vetter schaute über das Dachgewirr des fernen Schwanberg in der Tiefe, aus der der gelbe Kirchturm hochwies: „Das haben wir nicht ausgemacht, Hans. Ich will nichts wissen."

„Aber wenn du ein Leben retten könntest, sogar mehrere Leben. Wenn du hunderte verzweifelte Menschen wieder aufrichten könntest …?"

„Wie soll ich denn das können, so ein verlorener Walddodel, wie ich bin?"

„Bitte sag das nicht, Max. Du bist ein tüchtiger, ehrlicher Mann, der in seinem langen Leben nicht nur niemandem zur Last gefallen ist, sondern viel Gutes getan hat. In ganz Garanas, Gressenberg, Glashütten, Trahütten, von Hollenegg bis Schwanberg und Deutschlandsberg hinaus bist du für deine Hilfsbereitschaft bekannt."

„Also, was willst, Hans? Kannst bei mir wohnen bleiben, mitessen. Geld hab ich keines."

„Ich erzähl dir einfach, was ich gestern nacht in Wien entscheiden mußte: Du weißt ja, daß ich und noch zweitausend Leute ihre Ersparnisse, ihre Abfertigungen, ihre Versicherungsausschüttungen dafür verwendet haben, Seiltrommeln für den Schiffsverkehr zu kaufen, weil sie sich von der Vermietung ihre Rente erwarteten."

„Ja, ich weiß, das sind die Ankertaue, die euch gestohlen wurden, nicht?"

„Ja, und jetzt haben unsere Detektive herausgefunden, wer sie besitzt, umnumeriert hat, selbst vermietet und unsere Renten einsteckt: diese französische Seilfirma mit dem Wiener Besitzer, den wir eben haben einsperren lassen."

„Dann wird doch alles bald in Ordnung kommen, oder?"

„Leider nicht: Er hat in Caen alles so eingerichtet, als ob es keine Verwaltungsverträge mit uns gäbe. Seine frühere Wiener Filiale am Handelskai hat er betrügerisch in den Konkurs geschickt. Mit unserem Auffangverein besteht angeblich keine Geschäftsbeziehung, behauptet die Nauticord-Zentrale."

„Könntet ihr nicht zum Gericht gehen?"

„Ja, eben, das ist mein Problem: In zweitausend Kaufverträgen ist ein Schiedsgerichtsverfahren im französischen La Rochelle für Streitfälle vereinbart. Und zwar an der westfranzösischen Handelskammer."

„Und sind das ehrliche Leute?"

„Wir glauben es. Unser Anwalt hat einen dortigen Kollegen beauftragt; das Schiedsgerichtsverfahren, das unseren Anspruch bestätigen soll, könnte eingeleitet werden."

„Wenn die Leute dort ehrlich sind, werdet ihr gewinnen. Dann bekommt ihr eure Renten nachgezahlt, nicht wahr?"

Max stand ächzend auf, ging mit schweren Schritten in seine kleine Schmiede, legte Kohle nach, kurbelte das Essegebläse an. Hans ging ihm nach, bückte sich, begann das Kettenknäuel zu entwirren und für Max die nachzuschweißenden Glieder zurechtzulegen. Der scharfe Geruch nach Zunder, Koksrauch, angesengten Hammerstielen hing in der bläulichen Luft, die von Sonnenklingen durch die Holzwerksfugen grell zerschlitzt wurde. „Max, hör mir noch zu."

Der Rußige antwortete ungeduldig: „Ich kann nicht Französisch. Wie soll ich euch helfen? Ich hab dich gern zu mir eingeladen auf Kost und Quartier, zu etwas anderem bin ich ja nicht fähig."

„Alle sind sicher, daß wir von den Schiedsrichtern in La Rochelle unsere Seiltrommeln und die Mieten für sie zugesprochen bekommen, alles wird uns dann zurückbezahlt werden."

„Dann ist es ja gut. Das Zuwarten soll uns hier im schönen Garanas wohl nicht schwerfallen."

„Jetzt sind wir bei dem Punkt, über den ich mit dir reden muß: Die Nauticord-Zentrale Caen weiß auch, daß sie vom Schiedsgericht in La Rochelle dazu verurteilt werden wird, uns allen Schaden zu ersetzen. Das veruntreute Geld wird sie hergeben müssen. Deshalb hat sie ihre Kammerumlage nicht bezahlt. Und für ein Kammermitglied, das die Umlagen nicht bezahlt, wird kein Schiedsverfahren durchgezogen … verstehst du, Max?“

Max, der inzwischen ein weißglühendes Kettenglied mit der langen Zange aus dem sprühendem Feuer gezogen hatte, legte mit der Linken sein Werkstück wieder in die Glut zurück, ließ mit der Rechten den schweren Hammer sinken. „Aha, ohne Richter kein Urteil, ohne Urteil keine Zahlung. Ihr kriegt nichts, obwohl ihr recht habt. Das müßt ihr dem französischen Präsidenten schreiben!“

„Diesen Rechtsweg gibt es nicht. Es gäbe nur ein Mittel.“

„Da bin ich aber neugierig.“

„Wir selbst zahlen die Handelskammerumlage für die Nauticord Caen im Kammeramt La Rochelle ein. Damit können wir die Eröffnung des Schiedsverfahrens erzwingen!“

„Was, ihr wollt auch noch die Abgaben für diese Betrüger in Frankreich bezahlen? Nur damit über eure Forderung entschieden wird?“

„Max, wir müssen das tun. Und wenn wir gewinnen, bekommen wir nicht nur unser Eigentum, sondern auch die Verfahrenskosten zurück.“

„Da braucht ihr aber gute Nerven! Und noch einmal einen Haufen Geld im voraus.“

„Ja, die Nerven hätten wir. Alle sagen, daß wir gewinnen.“

„Das scheint mir auch so.“

„Max, jetzt paß auf: Die verweigerte Kammerumlage der Nauticord – damit die Gerechtigkeit unterdrückt wird – beträgt achthunderttausend Schilling. Niemand von uns könnte das noch aufbringen.“

„Könnt ihr nicht zur Polizei gehen oder zur Kirche oder zur Gewerkschaft?“

„Nein, wir können nur zu einer Bank gehen. Und die Bank verlangt eine grundbücherliche Sicherstellung. Dein alter Schwaighof, das Gehöft unserer Familie seit langer Zeit, könnte genug Banksicherheit bieten. Und wenn alles gewonnen ist, würden wir dir eine Million zurückzahlen.“

„Du meinst, ich soll auf meinem Grund eure Schulden anschreiben lassen und dafür gutstehen?“

„Ja, so ähnlich: Wir bitten dich, daß du mit deiner lastenfreien Liegenschaft für diesen Kredit so lange bürgst, bis wir damit die Schiedsverhandlung erzwungen und gewonnen haben.“

Max blickte seinen Vetter zweifelnd an.

Benedikter bat nochmals: „Hunderte redliche Arbeitsmenschen – Leute wie du und ich – kämpfen verzweifelt gegen die Tricks, die dieser Profantl und seine

Kumpanen ausgeheckt haben. So nahe wären wir der Wiedergutmachung schon gekommen. Überlege es dir, Max."

„Jetzt repariere ich einmal diese Ketten."

Im inzwischen heraufgezogenen Mittagslicht scharrten Maxens Haushühner sängelnd zwischen dem Hofbaum und dem ewig plätschernden Brunnentrog. Benedikter begann die von der letzten Nachtfahrt aus Wien stark verschmutzten Windschutz- und Scheinwerfergläser zu waschen. Vom Amboß her dröhnten Maxens Hammerschläge. In kurzen Zeitabständen flog ein rotglühender Ring rauchend aus der Schmiede in den Hofsand heraus.

Benedikter fieberte geradezu danach, mit seinem Opferverein und dessen Anwälten in Frankreich diesen letzten Schachzug der stellvertretenden Umlagenzahlung vorzunehmen. Damit würde er den Gaunern – die ja mit der völligen Wehrlosigkeit der österreichischen Anleger rechneten! – die erste vollständige Niederlage bereiten. Obwohl er derart unter Druck stand und völlig von der Hilfe seines Vetters abhing, war ihm die Ungewöhnlichkeit einer solchen Bitte an Max voll bewußt. Doch am Erfolg dieses Vorgehens zweifelte in Wien und in La Rochelle kein mit der Sachlage Vertrauter.

Während Benedikter gefaßt sein Auto wusch, zwang er sich zum ruhigen Abwarten der Entscheidung. Er würde jede Meinung seines Vetters widerspruchslos hinnehmen; wenn Max ablehnte, würde er aufrichtig zugestehen, daß er ihn gut verstehen könne: unser alter Familiensitz im Fadenkreuz der gerissensten Halunken Europas …

Plötzlich hatte das Hämmern aufgehört, ein letzter Kettenring samt Schließe flog aus der Werkstattür. Max schlenderte auf Hans zu, schob seine Arbeitskappe weit aus der Stirn: „Ich übernehme mit meinem Haus die Bürgschaft für euren Kredit. Und ich glaub dir, daß du gewinnst. Aber eine Million Rückzahlung nehme ich nicht an. Du und deine Leute haben genug Schaden gehabt. Mußt mir halt sagen, Hans, wohin ich unterschreiben gehen soll."

Das Pendel

Wieder auf der Fahrt nach Wien in seinem alten Diesel-Citroën, die elegante blaugraue Straße mit den weißen Rand- und Mittelstreifen, seitlich endlose Reihen schmucker Häuser mit Gärten. Benedikter möchte am liebsten die riesigen sauberen blauen und braunen und grünen und roten Abfallbehälter vor jedem Anwesen durchstöbern: Genau das entspräche seiner wahren Vermögens- und Einkommenslage! Und er fände hier an einem Vormittag genug, um davon eine Woche zu leben. Seine flotte Autoreise über die steirischen Asphalt- und Betonbänder ließ nicht ahnen, daß da ein Verzweifelter, Geschlagener, Ausgeraubter und Vertriebener um seine letzten Groschen fanatisch kämpfte.

Die erste große Linkskurve von Schwanberg weg – zuerst geradeaus ostwärts, dann im rechten Winkel nach Norden – war wie das umsichtige Eindringen in eine ausgedehnte Kampfstätte zum Streitgetümmel, war wie die Entscheidung zur Aufnahme von Kriegshandlungen. Langsam durch Kresbach, vorbei an den vertrauten, einladenden Abzweigungen nach Glashütten, Trahütten, Weinebene, vorbei am Krankenhaus Deutschlandsberg, am Horizont der breite Schöckl über der Grazer Mulde.

Die blauweiße Rauchsäule aus dem reifüberzogenen hölzernen Winzerhaus stieg zuerst kerzengerade aufwärts bis zur Höhe des Weinbergkammes, dort wurde sie vom Morgenwind erfaßt und verwirbelt.

Auf den erdblanken Feldern waren in langen Doppelreihen gelbe Kürbisse aufgelegt.

Verkehrsstauungen durch die langsamen Erntetraktoren, die über die Bundestraßen tuckerten. Selbst auf der Schnellstraße bei Stainz fuhr ein alter blauer Traktor, gelenkt von einer Kopftuch-Frau, die auf einer kleinen Plattform über der Kupplung Säcke voll Kürbisse beförderte.

Die unter Pflaumenbäume, Apfel- und Nußbäume gebückten Greisinnen im Morgennebel. Das in Gold und Rot und Blaugrün verwandelte fruchtvolle Nischenland.

Hinter dichtem, nässendem Mittagsnebel hingen die triefenden Wälder schwer und weich wie Unterwassergewächse in malmenden Teichen.

Tagelang, nächtelang nichts als dem Ekel standgehalten, mit dem Lebensüberdruß gerungen, der Gülleflut von Unrecht widerstanden: Erschöpfung nach dem Aufbäumen, gelähmt von dem Ringen um Recht. Er wanderte unauffällig durch Waldungen, Lichtungen, betete und sang in Wochentagsandachten, stapfte freundlich grüßend zwischen gutmütigen Leuten in Geschäften und Gasthäusern, Vorgärten, Scheunen, Koppeln, Weinlauben, während gleichzeitig in Wien sein Leben zerstört wurde! Diese Gespaltenheit sprengte sein Brustbein, schlitzte seine Kehle, zerschnitt die Hornhaut.

Wie Benedikter das Zerbröseln, Verschlammen hundertfältigen Diebstahls nicht hinnehmen wollte: Täglich kollert das Zeitungs-Gebrause weiter, Unrecht erstickt in raschelnden Papierfetzen, zu Makulatur zernagt: Was heute klarer Tatbestand ist, Lebensläufe brechend, ist morgen ein kaum noch gliederbarer Brei und übermorgen Schleim nie mehr entwirrbarer Herkunft. Die Räuber behalten fast immer recht: schwammiges Infragestellen eindeutiger Fakten, Zerreden ihrer Untaten. Sie zermahlen Tatsachen, sie sind Holzwürmer, Schimmelpilze, Steinfraß, Zinnpest. Mit dem gestohlenen Reichtum kaufen sie sich professionelle Sprach- und Wahrheitszertrümmerer.

Viele Bewohner unseres Binnenlandes haben ihre Ersparnisse, ihre Abfertigungen, ihre Erbschaften für den Ankauf jener Seiltrommeln verwendet, die über alle Weltmeere schwimmen, Erdteile verbinden. Neben diesem attraktiven Verwendungszweck und der daraus zu ziehenden Rente – ohne jedes zweifelhafte Steuersparen – war es gewiß dieses Eintreten in die große Welt der Seefahrt, der Welthäfen, diese Sehnsucht nach Teilhabe am Durchdringen der Ozeane, die so viele fern jeder Küste lebende Österreicher diese Anteile hatte erwerben lassen. Die in weiß, türkisgrün und hellblau gehaltenen Hochglanzprospekte zeigten strahlend schillernde, freundliche Hafeneinfahrten mit Silhouetten von Weltstädten im Hintergrund und visionhaft aufragenden schnittigen Schiffskörpern voll bunten, sauberen, elegant hingestapelten und verzurrten Lebensgütern. Wer möchte nicht teilhaben an solch sinnreicher globaler Verbundenheit?

Benedikter passierte Gleisdorf, Sinabelkirchen, Ilz, die tief zwischen saftigem Gebüsch über lange Schattenflecken vorausgekippte Autobahn wurde vor seinen Augen unter die Motorhaube gesaugt. Die gemütlichen Gehöfte von Ga-

ranas sackten hinter ihm ab zur ungläubigen Erinnerung an seine unwirkliche, arglose, verläßliche Koralmwelt.
Alle machten mit: die fahrlässigen prospektprüfenden Banken, die fahrlässigen Bilanzersteller und -prüfer, die die Aktiven auf Grund von gefälschten Computerlisten bestätigten, ohne jemals die gesetzlich erforderliche „Körperliche Aufnahme" vorzunehmen! Alle Mitbesitzer vermeinten jahrelang an einem gesunden, der allgemeinen Wohlfahrt dienenden Unternehmen mitzuwirken. Dafür gab es im Wiener Hotel Intercont nach jeder Jahresversammlung ein tolles Gratis-Büffet, Pasteten im Bauch, Preiselbeeren im Mund, Sand in den Augen, wertlose Verträge in der Aktentasche, das mit unsichtbarer Tinte verfaßte Todesurteil im nächstjährigen Kalender ...

Die Gefühle Benedikters auf seinen Pendelfahrten Garanas – Praterstern – Hochhaus: von einer Einsamkeit in die andere Einsamkeit – dazwischen drei Stunden in dichtgedrängten Niederungen. Zuerst das langsame, kurvenreiche Absinken, Drehung um Drehung tiefenwärts in die Ebenen, dann Landesstraßen, Bundesstraßen, Kreisverkehre, Kreuzungen, Autobahnen, Ausfahrten, Einfahrten, Straßentunnels, Stauungen, die große Stadteinfahrt Wiens, Shopping-City-Süd, Brunner Brücke, Laaerbergtunnel, Landstraßer Gürtel, Prater, Praterstern. Und schon die nächsten Treffen, Besprechungen, Maßnahmen im Kopf, in wenigen Minuten Eintreffen zu den Versammlungen, Wiedererkennen der Mitkämpfer, Aufgreifen der offenen Punkte, Tagesordnung, Tagesziele, höchstgespannte Aufmerksamkeit.

Viele Stunden später oder am nächsten Tag: Sein braves Auto brummte heimwärts über die Autobahn. Wie kaum merklich die Wien-Welt in die Wechselpaß-Welt, in die Oststeirer-Welt und Weststeirer-Welt überging mit jeweils anderem Befinden: Der Süden Wiens eine vibrierende Arbeitsregion, Großgewerbe, Lagerhallen, Auslieferungszentralen, eng vermaschtes Zubringer-Straßennetz im Sog des nahe nördlich rotierenden Getriebes der rastlosen Großstadt. Die saftigen Weiten des Wechselgebirges, das saubere Betonband mit der freundlichsten Parklandschaft geschmückt. Weinberge, Kürbisäcker, wuchtige, nahrhafte Schenken, entrückende Baumgruppen, Eichen- und Lindenhaine auf Mugeln im Gegenlicht. Lannach, Sajach, Blumegg, Schlieb, Rossegg, Pichling, Stainz, allenthalben hellblau aufsteigende, irgendwie festlich einladende schlanke Rauchsäulen ... Tomberg, Rassach. Das steirische Rand- und Grenzgebirge, die Aufwürfe der Koralpe sind schon ganz nahegerückt. In den Senken tiefgrün großblättrige Maiskulturen.

Der verläßliche Wagen zog Benedikter über die letzte Strecke vor dem Zurücktauchen, Wiedereinsinken in sein einsames Nachleben auf Garanas. Die aufregenden Stunden in Wien lebten noch in ihm – mit Gesichtern, Stimmen, Meinungen, Urteilen –, er hatte Mühe, sich als den Gast zu verstehen, den längst abgetanen, dessen Wien-Geschichte längst beendet war.

Niemand hier in der Schwanberger Welt ahnte etwas von Benedikters Doppelleben, von den geistigen Ringkämpfen, die ihn auf die Almpfade verfolgten und in seinem Inneren auf Leben und Tod angelegt waren.

Das Zeitohr

Professor Joseph Uhry, Mitglied des Nauticord-Schutzvereins seit der Gründung, hatte Benedikter brieflich zu einer Begegnung im Markt Preding, hoch über dem Laßnitztal, eingeladen. Er bezog sich dabei auf die anläßlich seines Beitritts verfaßte Anfrage, ob und wie er sein väterliches Erbe von dreißig Seiltrommeln antreten könne. Preding, diese uralte Wehrsiedlung, hatte Uhry, wie er schrieb, gewählt, weil sowohl dort ansässige Personen wie der zu besprechende Sachverhalt diesen Ort als Treffpunkt nahelegten. Benedikter rollte also frühmorgens eine knappe Stunde lang durch die Bergwald- und Talfeldstraßen von Schwanberg nach Preding, stellte seinen Citroën in den Schatten der riesigen, landschaftsbeherrschenden Gipfelkirche Maria im Dorn. Seinen Freund und Vereinsprokuristen Aloys Mlady hatte er gebeten, an der Besprechung teilzunehmen, die im Café Seinerzeit stattfinden sollte. Immerhin besaß der Professor eineinhalb Millionen Schilling, wenn der Verein seine Gelder aus Frankreich freibekäme.

Benedikter stand am Rand des obersten Hügelknicks, die Kirchenfassade im Rücken, die heraufführenden Stiegenanlagen vor sich, blickte über die weststeirischen Hügelfluten hinüber bis zur massigen Gebirgsbarriere.

„Sind Sie vielleicht der Herr Obmann Benedikter?“ wurde er von hinten angesprochen. Auf sein Nicken stellte Uhry seine Frau und sich vor. „Danke, daß Sie hierher gekommen sind. Indem Sie hier stehen und diese Weltecke betrachten, haben Sie schon begonnen, den Grund für meine Ortswahl zu verstehen. Wir kommen soeben aus Leibnitz, wo wir wohnen. Ich bin Geiger, Orchestermitglied der Grazer Philharmoniker, meine Frau, Sängerin und Organistin, stammt aus Preding. Wir werden gleich ihren Bruder treffen, Ingenieur Karl Allabauer, Amtsleiter der Marktgemeinde Preding. Auch er wird mithelfen, Ihnen, Herr Benedikter, das Vorhaben zu erklären, wofür wir so dringend die Mittel aus meinem Erbe brauchen.“ Bei diesen Worten faßte Uhry Benedikter am Arm und zog ihn durch den Kircheneingang ins Innere. Dort hing die sauber eingerahmte Chronik, auf der sich in der letzten Spalte rechts folgende Eintragung fand, auf die Uhry nun seinen Zeigefinger legte: Professor August Musger, der Erfinder der Zeitlupe, wirkte 1891 und 1892 als Kaplan in Preding. Uhry erklärte: „Die Lebensleistung dieses Mannes wird uns heute stark beschäftigen. Mein Schwager hat zu diesem Thema vieles erarbeitet. Aber jetzt schauen Sie, Herr Benedikter, die Waldschneise rechts von der Weinebene hinunter, dort erkennen Sie einen weißen Punkt, das ist die Bergkirche von Trahütten. Dort arbeitete der Komponist Alban Berg, ein Zeitgenosse Musgers, vom gleichen Landschaftsanblick, von der gleichen Weltwahrnehmung geprägt. Beide rangen mit dem gleichen Rätsel, und sie haben das gleiche Geheimnis gelüftet, uns eine Welt erschlossen."

Auf dem Weg zum Treffpunkt umrundeten sie das Gotteshaus, wobei Frau Uhry den Besucher auf das in die Chorabschlußmauer eingelassene Steinrelief aus dem Jahr 1300 hinwies. Als sie das Kirchhoftor Richtung Café durchschritten, kam ihnen das Ehepaar Allabauer entgegen. Die Geschwister und Schwäger küßten einander, Benedikter entschuldigte bei der Vorstellung seinen Partner Mlady, der sich noch auf der Anreise aus Wien befand.

„Darf sich Sie fragen, Herr Diplomkaufmann", wandte sich Uhry an Benedikter, „ob wir unserer Vermögensrettung schon nähergekommen sind?"

„Soviel scheint gesichert", erwiderte Benedikter, „daß die Nauticord-Zentrale in Caen über genug Mittel verfügt, unsere Ansprüche zu erfüllen, wenn sie dazu – wie auch immer – gezwungen wird."

Allabauer sagte unvermittelt: „Vom Haus meiner Urgroßeltern, dem Landwirtehepaar Allabauer auf dem Gantschenberg, ging jene Beschwerde aus, die dem Kaplan August Musger einen bischöflichen Verweis wegen allzu freier Leutseligkeit und ungebührlicher Besuche geselliger Zusammenkünfte einbrachte. Ich schäme mich für meine Ahnen, die sich bemüßigt fühlten, einen jungen Priester, dessen Großherzigkeit sie nicht verstanden, im Grazer Ordinariat anzuzeigen. Als ich diesen Umstand während meiner Mittelschulzeit erfuhr, beschloß ich, den Lebenslauf des Erfinders der Zeitlupe zu erkunden."

Die Ehepaare Uhry und Allabauer betraten das Café Seinerzeit am Fuß der Kirchenterrasse und zogen sich mit Benedikter in das Extrazimmer zurück.

„Obwohl ich Sie eigentlich wegen der Nauticord-Sache befragen wollte, möchten wir Sie ersuchen, sich jetzt unsere Erklärungen anzuhören, damit Sie die Bedeutung und die Dringlichkeit unseres Ansinnens ermessen können. – Wie fange ich an? In der Partitur Alban Bergs für seine Oper ‚Lulu' aus dem Jahr 1929 findet sich das Wort ‚Zeitlupe'. Für meinen Schwager und mich ist das eine Offenbarung!" Noch ehe Benedikter nachfragen konnte, fügte Allabauer hinzu: „August Musger lebte von 1868 bis 1929, Alban Berg von 1885 bis 1935. Mit der ‚Zeitlupe' haben beide – der eine in der Optik, der andere in der Akustik – den entscheidenden Durchbruch zur erweiterten, vertieften, vollständigen Wahrnehmung erzielt. 1904, als August Musger das erste Patent für seinen ‚Serienapparat mit Spiegelrad' erhielt, legte Alban Berg die Reifeprüfung ab, gab als Berufsziel ‚Technik' an. Was freilich in übertragenem Sinn auch zutraf."

Frau Uhry setzte unmittelbar fort: „Schauen Sie von der Koralpe über das ganze Hügelland bis hierher, die ineinandergeschobenen Hügelwellen, Waldkronen, Ackertäler, Flußläufe. Diese Formen und Gestalten hatte der Komponist immer vor Augen, wenn er alljährlich monatelang im Trahüttener Berghaus seiner Schwiegereltern lebte und komponierte."

In diesem Augenblick betrat Aloys Mlady den Raum. Benedikter stellte ihn als Finanzvorstand des Nauticord-Vereins vor. „Wir befinden uns, Aloys, hier in Preding, wo der Priester August Musger, der Erfinder der Zeitlupe, vor über hundert Jahren wirkte."

Ingenieur Allabauer fügte hinzu: „Und mit freiem Auge können Sie von Preding nach Trahütten hinaufschauen, wo der Komponist Alban Berg auf ein Notenblatt ‚in Zeitlupe' schrieb. Kommen Sie mit!" Er stürmte aus dem Café, gefolgt von allen Anwesenden, überquerte die steile Predinger Ortsstraße und stellte sich auf das Plateau links hinter der Häuserreihe Gemeindeamt – Schule – Raiffeisenbank. Die Predinger Ortsklippe hob die Besucher hoch über das Gebiet, spannte die Sicht bis zum gewaltigen Gebirgszug hinüber. Allabauer schob Benedikter und Mlady an den vordersten Terrassenrand: „Schauen Sie! Und denken Sie dabei an Musger und Berg!"

Benedikter und Mlady betrachteten schweigend das sich ihnen bietende Bild. Im Vordergrund sah man die grünen und hellbraunen Ackerstreifen der stark welligen Hügellandschaft, Furchen, Pfade, Haine, Gärten und Häuser. An Waldrändern letzte Wiesensäume, dann endlos hinstürmende Fernen voll Baumwipfeln bis an die blaugrau aufsteigenden, dunkel konturierten schrägen Wald- und Almzüge der Koralm-Ostflanken. Genau hier mußte zur letzten Jahrhundertwende die Zeitbändigung und die Klangmeisterung gelingen, konnte der Bildlauf verzögert, der Zeitfluß gestaut werden, dieser Ort drängte zur Feinstschwankung aller Töne. Hier hatten der Priester mit seinem feinst ausgeklügelten Spiegelrad die Zeitlupe erfunden und der Komponist eine Tonwelt erschaffen, die den ganzen umgreifenden Klanghimmel erschloß.

Mlady wandte sich ungeduldig an Ingenieur Allabauer: „Die uns hier vermittelten Einsichten sind tatsächlich packend. Meine Anreise geschah freilich in der Eigenschaft als Verwalter des Opfervereins, der um unser veruntreutes Vermögen kämpft. Könnte ich bitte aufgeklärt werden, was ich beitragen soll?"

Erstmals meldete sich Frau Allabauer: „Sie haben ganz recht, Herr Mlady, aber uns ist die Sache so wichtig, daß wir zuerst alles Förderliche vorbringen wollen."

Die Gruppe betrat die Kirchenhalle. „Hier diente der Kaplan Musger", erklärte Allabauer. „Sein Streben galt dem Fassen dieses Lichts, dieser Bilder. Der erste Patenttitel, 1904, lautete ‚Bildwerfer mit Spiegelrad'! Dieser Name seines Gerätes läßt sofort an ‚Stückwerk im Spiegel' denken, als das der Apostel Paulus menschliches Mühen aus Himmelssicht erkennt. Diese über Jahre weiterwirkende Hingerissenheit Musgers zum Thema Optik und zur Entwicklung der Zeitlupe erzwingt ein Verständnis für solchen Kraftaufwand von der Eigenschaft des Theologen, des Priesters her: Zeitdehnung, Zeitraffung, Zeitverwaltung, Bildänderung, Bildumdrehung, Bildversuche. Ebenso die wissenschaftliche Genauigkeit, mit der Musger alle Aufnahme- und Wiedergabefehler einzeln erkannte: Kurvenfehler, Tangentenfehler, perspektivische Fehler, Fehler der ungleichen Lichtstärke, Spiegelradfehler, Spiegeljustierung. 1907 schreibt der Vorstand des physikalischen Instituts an der philosophischen Fakultät Graz: ‚Ich bestätige Ihnen mit Vergnügen, daß der von Ihnen erdachte Projektionsapparat mit Spiegelrad theoretisch richtig ist und sich auch bei den vorgenommenen Proben praktisch bewährt hat.' 1914, nach Ablauf des Patents, brachte eine deutsche Firma das Gerät gemäß dem Musgerschen Verfahren heraus.

Der Physiker dieser Firma, Dr. Lehmann, gab dem Gerät den Namen ‚Zeitlupe'. Der Originalbrief Dr. Lehmanns aus dem Jahr 1916 zeigt im Faksimile die Erstfassungsformulierung ‚Fortschritte ..., welche Ihrer Erfindung zugrunde liegen.' Eigenhändig, augenscheinlich beim Unterschreiben, hat Dr. Lehmann den alles entscheidenden Irrtum sorgfältig mit folgenden drei Korrekturen behoben: ‚Fortschritte ..., welchen Ihre Erfindung zugrunde liegt .' Jetzt endlich heißt es richtig, daß den Fortschritten von 1916 die Musgerschen Erfindungen zugrunde lagen, daß die Erst- und Durchbruchsleistung für die in Deutschland gebaute Zeitlupenmaschine Musger erbracht hatte."

Leise ergänzte Frau Allabauer: „Wie schön, daß Dr. Lehmann den Brief noch einmal so genau durchgelesen hat, daß er eigenhändig die Fehlleistung der Erstfassung korrigieren konnte."

Wieder im Café Seinerzeit versammelt, kündigte Professor Uhry an, daß er nun sofort zur Sache kommen werde, wenngleich die bisherigen Präludien durchaus unvermeidbar waren: „Alban Berg hat diese Landschaft hier ‚seine seligen Gefilde' genannt, den Bergort dort drüben ,sein geheiligtes Trahütten'. Von 1911 bis 1931 verbrachte der Komponist viele Sommer dort mit intensivster Arbeit. Dort drüben in tausend Meter Höhe steht das schwarz-weiß bemalte Fachwerkhaus, umgeben von Kastanien, Fichten, Föhren, einem Nußbaum, wuchernden Sträuchern, und aus dem Almboden davor bricht ein Riesenfels, moosüberzogen. Er trägt die Tafel: ,Hier in seiner geliebten Wahlheimat schrieb Alban Berg seine Oper ,Wozzeck' Sommer 1918 bis 1922.' Wir haben uns erlaubt, meine Herren, einen Kleinbus anzumieten, der uns gemeinsam dorthin bringen wird. Alles Nähere besprechen wir während der halbstündigen Fahrt."

Frau Allabauer setzte sich im Bus neben Benedikter und erzählte: „Ich stamme aus Trahütten, ebenso wie meine Großtante Annerl Lenz, die von 1926 bis 1934 Haushälterin bei Alban und Helene Berg war. Sie arbeitete in Trahütten und in Wien für ihre Dienstgeber. In meiner Familie werden die launigen Postkarten aufbewahrt, die Alban Berg ihr aus aller Welt geschrieben hat."

Professor Uhry sagte: „Wir wollen nun von unserem Plan berichten, dessentwegen wir Sie zu diesem Treffen gebeten haben. Oben auf dem Lenzkogel widmen die Verwandten von Frau Allabauer, die Forst- und Landwirte Lenz, ihr Gebäude zur Einrichtung einer Gedenkstätte für Alban Berg und August Musger. Diese zu errichten ist unser fester Wille. Dazu benötigen wir dringend meine Erbschaft, die in der Nauticord steckt. Mit diesem Geld müssen wir die einsame Hube auf dem Lenzkogel baulich instand setzen, ehe das Museum eingerichtet wird. Bitte, schildern Sie den Herren in Frankreich das besondere Kulturprojekt, dem diese Mittel gewidmet sind!"

„Das wird die auch nicht beeindrucken", warf Mlady ein, „tausende zerstörte Leben waren diesen Schiebern bisher egal. Wir sind derzeit in heftige Kämpfe verstrickt, an deren Ende wir mächtig genug sein werden, die Nauticord-Gangster zu Rückzahlung und Schadenersatz zu zwingen. Aber niemand weiß, wie lang das noch dauert."

Nach Überwinden der steilen Bergstraße hielt das Auto in tausend Meter Höhe vor dem Gasthof Drei-Birken-Stüberl in Trahütten.

Frau Allabauer sagte: „Wir sind aber unter Zeitdruck – das Berghaus ist leer, es verfällt, wenn wir es nicht übernehmen. Sonst müßte es rasch anders verwertet werden."

Unter Allabauers Führung begann die Gruppe den Aufstieg zum Lenzkogel: „Aus einem Brief Alban Bergs an Anton von Webern vom 26. Juni 1924 wissen wir, daß Berg allein die Koralpe bestiegen hat. Er schreibt: ,Oh, ein Atemzug im regenfeuchten Fichtenwald! Wann werden wir einmal so saniert sein, daß wir uns das gemeinsam leisten werden können?'" Uhry ergänzte, daß Arnold Schönbergs Streichquartett über das Gedicht „Litanei" aus 1907 von Stefan George durch Alban Berg 1912 als Klavierlied gestaltet, aber wegen des Schwierigkeitsgrads erst 1921 vom Verlag gedruckt wurde.

Mlady erklärte unbeirrt: „Diejenigen, die Ihr Erbe veruntreut haben, klagen jetzt sogar mich und Herrn Benedikter der üblen Nachrede und Geschäftsstörung an. Sie behaupten, mit österreichischen Anlegern keine Verträge zu haben. Und wir – wir Betrogenen und finanziell Vernichteten – müssen uns vor Gericht mühsam und langwierig verteidigen. Wir haben den Sachverhalt inzwischen der internationalen Börsenaufsichtsbehörde zugespielt, das wird die Veruntreuer stark unter Wiedergutmachungsdruck setzen."

Die Gruppe war beinahe am Ziel. Zwei riesige Almwogen schwangen sich zur Kuppe hinauf. Dort, an einem Platz mit ungehindertem Blick nach Süden, aber vor dem Nordwind durch den Kammwald geschützt, stand die verlassene Hube der Familie Lenz.

Während Karl Allabauer die Hube aufsperrte, wies seine Frau auf den Almhang ringsum: „In Hausnähe legen wir einen Alpengarten an, stellen Aussichtsbänke auf." Die Räume waren hell und kühl. Der Ingenieur plante ein Archiv: „Im Wiener Technischen Museum habe ich dicke Mappen mit exakten Berechnungen August Musgers in Händen gehabt, Blatt für Blatt wie ein Ornament gestochen hingesetzte Zahlenblöcke, Unterstreichungen, winzige Vorzeichen, die Funktionserläuterungen seiner optischen Maschine."

Allabauer führte die Zuhörer in das südwestliche Eckzimmer und erklärte seinen Einrichtungsplan: „Hier installieren wir den Zeitlupenbildwerfer, dort die Filmleinwand, wo ständig eindrucksvolle Abläufe gezeigt werden, und dort legen wir Musgers Handschriften und Konstruktionszeichnungen im Faksimile auf, in der Ecke die Wandvitrine mit seinem Nachlaß: eine Pendeluhr mit zwei Gewichten, ein Reißzeug, eine silberne Taschenuhr, Bücher, Orgelnoten, Holzkoffer."

Seine Frau fügte hinzu: „Und von Alban Berg werden wir hoffentlich einige seiner zahlreichen Notenbüchlein ausstellen können, die er hier auf Spaziergängen mitnahm, um Einfälle unterwegs sofort in Noten setzen zu können. Wir werden viele Erinnerungsstücke von Alban Berg, aber auch Literatur über ihn hier ausstellen. Die Hauptsache aber wird sein, in diesem Haus Alban Bergs Musik in höchster Wiedergabequalität anhören zu können, angesichts jener Landschaftseindrücke, die ihn inspiriert haben. Vielleicht können wir auch ein Zimmer mit Klavier und Recorder für Stipendiaten einrichten, die wir hierher einladen. Wir wollen dieses Gebäude zu einem Informationszentrum machen, zu einem Gedenkraum, einer Dokumentationsstelle, einem Arbeitsplatz. Und wir wollen einen Naturfilm produzieren, der in Zeitlupe die Besonderheit dieses Gebietes würdigt: Gleich dort drüben im Tal des Stullneggbachs, in den Stautümpeln seines Oberlaufs, lebt noch der Eisvogel!"

Dieses Wort traf Benedikter mitten ins Herz: Eisvogel war der Kosename, den er Anna Robathin in der Wiener Glockengasse verliehen hatte, die gleich ihm ihre Wohnung durch den Betrug des Rechtsanwalts Dr. Gallunter verlor. Viele Wochen hatte er selbst versucht, dieses Unglück von ihr abzuhalten. Und sie hatte ihm mit Erzählungen aus ihrer fernen Kindheit gedankt, von ihrem braven Ziehvater, Kellner im einstigen Gasthaus Eisvogel im Wiener Prater, der ihr im Morgengrauen übriggebliebene Krapfen mitgebracht hatte.

Er sagte: „Wir werden vollen Einsatz leisten, um Ihren großartigen Plan nicht scheitern zu lassen. Außerdem hoffe ich, gemeinsam mit meinem Freund Mlady eine Bank zu finden, die von Ihrem Projekt genauso begeistert ist wie wir, die Ihnen persönlich vertraut und mit der wir eine Zession Ihrer Forderung gegen die untreuen Seiltrommelvermieter vornehmen könnten."

Mlady warf ein: „Von unserer Überzeugungskraft wird die Belehnungsquote der Bank abhängen. Am besten, wir nehmen die Beziehung zu einer regional führenden Bank in Deutschlandsberg auf."

Ingenieur Allabauer schlug vor: „Meine Hausbank ist die Raiffeisen! Es ist jetzt 15 Uhr 30, heute ist der lange Kassatag, wir können vor Büroschluß dort sein."

Während die Gruppe unterwegs in die Bezirksstadt war, erkannte Benedikter, daß er an diesem Tag eine ganz neue Hinnahme der in seinen Litaneien beschriebenen Schicksale gelernt hatte: in angehaltener, wiederholbarer Zeit die immerwährend fortströmende Dichte als unverlierbaren Besitz zu genießen. Der von Erinnerungen, Beschwörungen, Litaneien bedrängte, gehetzte Benedikter konnte sich von Musger Erleichterung holen: liebevolle Erinnerung an die hunderten entrechteten Freunde in Zeitlupe durch die Seele leuchten zu lassen, aber seine Mühe beenden, mit schwachen Wörtern ihnen ständig seinen Dank aussagen zu wollen.

Benedikter mußte lernen, endlich von seiner in Jahrzehnten geübten Leistungsgezogenheit abzulassen.

Auf der Talfahrt saß Mlady neben Benedikter: „Unermeßlich die Ahnung, welche Umwandlung unsere Welt erfahren hätte, wenn Alban Berg den ‚Faust' vertont hätte: Mit seiner alle sprachlich nicht mehr faßbaren Unterscheidungen aufschließenden Musikdichte!"

Während der Wagen in den blumenprangenden Deutschlandsberger Hauptplatz einrollte, antwortete Benedikter: „Was uns tröstet, ist das Wissen, daß dieses Kunstwunder einmal ganz nahe war. Unser gemeinsamer Kampf, Aloys, hat uns bis zu dieser Begegnung, zu dieser Offenbarung geführt. Gehen wir wieder ans niedere Werk!“

Mlady: „Ja, aber nun weniger trostlos.“

Kriminal-Litanei

Philippe Brus et Alain Sorbes, Rechtsberatungsbüro des Nauticord-Centre Caen, wurde nach Erscheinen eines vom österreichischen Anlegerverein lancierten kritischen Artikels in der *Financial Times International* von der Nauticord-Zentrale raffiniert-scheinheilig beauftragt, eine interne Studie anzufertigen, die den Verdacht krimineller Krida vorsorglich entkräften sollte. Diese überschlau bestellte Untersuchung durch den eigenen Rechtsvertreter mußte die Auftraggeber freilich enttäuschen: Maître Brus, der Chef der Anwaltssozietät, der ja etliches zu verlieren hatte, verfaßte für den ihn bisher honorierenden Nauticord-Boß Dr. Profantl ein Memorandum, das auf weitem Umweg in Benedikters Hände gelangte.

Sein schlechter deutscher Wortlaut in der kostengünstigen Übersetzung für den Opferverein durch eine fünfzehnjährige Handelsschülerin, die Tochter eines Mitglieds – in Klammern Anmerkungen von Benedikter, Mlady und Dr. Hörandner: „Ich habe eine Überprüfung gewisser Tatsachen und Umstände, die in einem Artikel der *Financial Times* bezüglich der Nauticord-Gruppe behauptet wurden, eingeleitet. Die ehemalige Direktorin und Rechtsberaterin der Nauticord-Gruppe, Henriette Chapon, (*hat den Braten gerochen und fürchtet ihre Verhaftung*) schickte daraufhin ein Memorandum an das Direktorium der Nauticord. In diesem erörterte sie diesen Artikel, aber auch anderes von ihr angesammeltes Beweismaterial, welches sie an gewissen, in dem Emissionsprospekt von Nauticord-Autriche angeführten, Angaben zweifeln ließ. (*zu spät!*) Sie stellte abschließend fest, daß ein ausreichender Grund dafür, die Überprüfung der Angaben in dem Emissionsprospekt durch einen Rechtsberater rechtfertigen zu können, vorlag. Wir von Brus&Sorbes handelten damals bezüglich der Emission als Nauticord-Anwälte und waren deswegen mit dem Emissionsprospekt vertraut (*also wohl nachlässig!*) und wir wurden von dem Nauticord-Direktorium beauftragt, auch diese Überprüfung zu führen. (*Wenn geht: alles vertuschen*) Dies ist der Bericht über die Informationen, die wir bis jetzt feststellen konnten.

Dieses Memorandum dient ausschließlich der Information des Direktoriums von Nauticord-Centre. (*No na*) Wenn Sie dem Direktorium nicht angehören, sollten Sie jetzt aufhören, dieses Memorandum zu lesen und die Seite nicht umblättern. (*Pardon, Messieurs!*) – Hintergrund und vorläufige Schlußfolgerungen: Der Artikel selbst ist nur einmal erschienen, die Vorwürfe sind auch in anderen Zeitungen erschienen, wobei einige Zeitschriften auch von anderen skandalösen Vorwürfen gegen Nauticord berichteten. Die Quelle dürfte in Wien liegen. (*No na*) Es gab aber keine Artikel dem in der *Financial Times* folgend. Der Artikel in *Financial Times*, als ein Werk des Journalismus betrachtet, scheint mehr sensationsheischend als seriös zu sein. Herr Dr. Profantl schickte aber jedoch kein förmliches Antwortschreiben. Diese Behauptungen (*?*) in der Presse wurden aber von einigen Eigentümern von Seiltrommeln und einigen Nauticord-Banken wahrgenommen. Der Rücktritt von Henriette Chapon, Gérard Martin und Philip Wood aus dem Direktorium war diesen Personen auch bekannt. (*Ein Fanal!*) Einige dieser Leute und juristischen Personen suchten nach Rückversicherungen, daß es keine materielle Grundlage für diese Vorwürfe gegen Nauticord gab. (*Denkste!*) Ich bin leider nicht in der Lage, aus den Nachforschungen, die ich bis jetzt gemacht habe, solche Schlüsse zu ziehen. (*Da schau her!!*) Ich gelangte auf Grund meiner Nachforschungen zu dem Ergebnis, daß es eine tatsächliche Grundlage für die gemachten Vorwürfe gibt und ich habe keine Zweifel, daß der Emissionsprospekt, der für die Nauticordemission ausgestellt wurde, unrichtige Angaben und Auslassungen bezüglich Nauticord-Autriche beinhaltete. (*Na bum!*) Diese unrichtigen Angaben und Auslassungen können sich in der Gesellschaft oder der die Gründungseröffnungsbilanz unterzeichnenden Direktoren niederschlagen. (*Das ist deutlich!*) Nauticord-Centre könnte eventuell auch Nauticord-Autriche für einige getätigte Transaktionen haften. (*Mit Sicherheit, Monsieur!*) Diese Eventualverpflichtung wurde nicht in den Lageberichten oder in den diesbezüglichen Rechnungen wiedergegeben. Aber es wäre möglich, durch rechtzeitiges Treffen von bestimmten Maßnahmen die Haftung zu minimieren oder zu vermeiden. (*Dr. Brus seilt sich nobel ab. Das werden wir durchkreuzen.*) Die größte Besorgnis bezüglich den Transaktionen mit Nauticord-Autriche ist nicht notwendigerweise die Tatsache, daß sie illegal und unmoralisch sind, sondern daß sie den öffentlichen Anlegern von Nauticord-Centre nicht gehörig offengelegt wurden. (*Aha! Jus versus Ethik*) Der Rückgang der Aktienkurse von Nauticord-Centre seit der Erstemission ist Grund für Besorgnis, weil das Einreichen einer Gruppenklage gegen Unternehmen, deren Erstemission ein Kursrückgang folgte, nicht unüblich ist. – Nauticord-Autriche wurde gezwungen, Proforma-Fakturen an Nauticord-Centre auszustellen, die auf eine größere Menge von Seiltrommeln lauteten, allerdings vor der Bezahlung. Als das französische Buchhaltungspersonal fragte, wie die Zahlung gemacht wurde, wurde ein Konto angegeben, das nicht von Nauticord, sondern von Dr. Profantl persönlich war. Dr. Profantl verleugnete aber, daß er solche Zahlungen erhalten habe. (*Wie auch nicht?*) Er versprach, daß er mir Kontoauszüge beschaffen werde, zum Beweis, daß ein Betrag in dieser Höhe nie auf seiner Bank angekommen sei. Er hat mir aber nie einen Kontoauszug gezeigt. (*P. lügt wie ein mieser Schulbub*) Der öffentliche Bilanzprüfer verzichtete (*soll heißen verweigerte*) die Lageberichte, nachdem er deren Rechnungsprüfung beendete ohne Nachweis der Zahlung. Dr. Profantl schrieb mir, um mir zu sagen, daß er in die Verbindlichkeit eintreten und den geschuldeten Betrag bezahlen wird. Er tat dies aber nie. (*Da müßte er wohl erst seine Schlösser und Jachten verkaufen*) Letztendlich läßt sich nichts, was mir Dr. Profantl über Nauticord sagte, mit Quellen, die mir zugänglich waren, bestätigen. (*sehr französisch ausgedrückt, da kann man noch etwas lernen: ganz einfach – er lügt!*) Wenn ich es recht verstehe, (?) plant jetzt Nauticord-Centre in seinem Lagebericht des zweiten Quartals nicht den gerichtsanhängigen Konflikt mit Wien offenzulegen. Jede Aufschiebung der Rückzahlung muß als eine neue Transaktion mit einem verbundenen Unternehmen angesehen werden, für solche Transaktionen verlangt die Gesellschaft normalerweise eine vorangehende Zustimmung der unabhängigen Direktoren. Wenn die Vorkehrung in die Transaktionen mit verbundenen Unternehmen außer im Fall einer Zustimmung mit Direktoren nicht einzugehen, abgeschafft wurde, kann die Nichtveröffentlichung dieses Umstandes ein Grund für eine Klage gemäß Wertpapiergesetz sein. (*?? unverständlich, der mitschuldige Dr. Brus will wohl zukünftig behaupten können, er hätte rechtliche Warnungen ausgesprochen und sei exkulpiert*) Dr. Profantl gab verschiedene Erklärungen zu verschiedenen Zeiten an verschiedene Personen bezüglich dieser Transaktionen ab. (*lieb ausgedrückt!*) Letztens sagte mir Dr. Profantl, daß das Direktorium der Nauticord nur ein Formalorgan mit keinen Befugnissen ist. Mit Hilfe seiner Mehrheitsbeteiligung kann er jedoch jeden, den er will, zum Direktor wählen. – Aber: Gemäß der Gesetze sind sie auch für die Führung von Angelegenheiten und für die ordentliche Offenlegung an die Öffentlichkeit verantwortlich und haftbar. (*Stimmt! Ja, so schaut es aus!*) Wenn es wirklich ein impotentes Gremium ist, beinhaltet der Emissionsprospekt zusätzliche falsche Angaben und Auslassungen, da die Investoren nicht gewarnt wurden. (*Unglaublich, was man zu einer Räuberbande alles formaljuristisch vorbringen kann.*) Was Nauticord-Autriche betrifft, ist man nur (*soll heißen erst*) am Anfang der Klärung von dessen Angelegenheiten. Es wird in Wien ziemlich viel Zeit nehmen, (*kosten*) herauszufinden, was eigentlich passierte. Die Investoren der Nauticord-Autriche-Programme sind diejenigen, die die Verluste tragen werden. (*Mein lieber Herr: das sicher nicht!!*) Und jetzt sollten sie auch noch die Kosten der Verfolgung von Rechtsansprüchen gegen Nauticord-Centre tragen. (*Aber nur vorläufig, ihr werdet euch noch anschauen!*)“

Germanist Mlady und Volkswirt Pirsch, die beiden fleißigen Helfer des Opfervereins, haben eine Woche lang Informationen gesammelt, um die böse Nauticord-Erfahrung im Verbrechensthema einordnen zu können:

Österreichs Gesamtschaden durch Kriminalität: Strafbare Handlungen jährlich rund 500.000, das ist rund um die Uhr, tagaus, tagein, je Minute eine Straftat; davon Verbrechen 120.000, Vergehen 380.000, Körperverletzung 35.000, Betrug 25.000, Suchtgift 15.000, Einbruchdiebstahl 95.000, Straßenverkehr 45.000, Mord 200.

Schadensbegriff als ökonomischer Erstrundeneffekt – also ohne Fern- und Folgewirkung – auf der Opferseite sowie Täterkosten und Systemkosten. Ohne Moral, Mitleid und dergleichen: Wieviel Schilling Verbrechensvermeidung bewirkt ein Schilling Verbrechensbekämpfung?

Systemkosten 5 Mrd. Schilling, an Opferkosten 97 Mrd. Schilling, für Randkriminalität 23 Mrd., zusammen 125 Mrd. Schilling. Das sind rund 6% des BIP, also der Gesamtwirtschaftsleistung Österreichs. Hievon Leib und Leben 55%, Eigentum 29%, Sittlichkeit 7%, Rest Gemeingefährdung. Der Wert des Menschenlebens bei leiblichem Opferschaden berücksichtigt eine fiktive Größe für die noch offen gewesene Lebenserwartung samt Gegenwert für entgangenen Beitrag zum BIP. Oder anders gesagt: Der Wert des Menschenlebens wird mit dem Verlust des angesammelten Humankapitals ermittelt, das heißt, wieviel Verdienstkapazität geht verloren? Diskontiert auf die verkürzte Restlebensdauer.

Achtung Nauticord-Verein: Die Aufklärungsquote bei Vermögensdelikten – jährlich über 100.000 Fälle – ist sehr gering: 22%!

5% Kriminalitätskosten vom BIP bedeuten, daß etwa 3 Wochen jährlich jeder Österreicher zur Abdeckung der Verbrechensschäden arbeitet. Da aber in sämtlichen Berechnungen ausdrücklich die psychosomatischen Beschädigungen ausgeklammert bleiben, muß einschließlich Folge- und Umwegschäden mindestens das Dreifache gerechnet werden: Das wären 300 Mrd. Schilling jährlich oder 15% des BIP oder 7,5 bis 9 Wochen jährliche Arbeit jedes Österreichers. Hier ist aber noch nicht berechnet die Leistung der kulturellen Institutionen – Religionsgemeinschaften, caritative Vereinigungen, Kunstleistungen –, denen man mindestens eine Eins-zu-eins-Bewertung zukommen lassen muß, so daß wir von 600 Mrd. Schilling sprechen müssen in einer Insgesamtaufwandschätzung. Und damit kommen wir sehr nahe der Aussage, daß jeder dritte Mensch unmittelbar vollzeittätig mit dem Bösen ringt. Im Gesamtbild des gewöhnlichen Lebensverlaufs erscheint es sehr einsichtig: Ein Drittel befaßt sich mit Verbrechensbekämpfung, ein weiteres Drittel mit der nicht-kriminellen Gesellschaftssteuerung, das letzte Drittel produziert, was wir alle zum Leben brauchen …

Organisierte Kriminalität – also OK! – ist die vom Gewinn- oder Machtstreben bestimmte planmäßige, arbeitsteilige Begehung von Straftaten unter Verwendung gewerblicher oder geschäftsähnlicher Strukturen.

Internationaler Finanzbetrug: gekonntes Auftreten, *(wie wahr!)* Mißbrauch von Machtbefugnissen, Bankrott und Abgabenhinterziehung. Vorsätzliche Vereitelung der Befriedigung von Gläubigern.

Finanzmacht OK beeinflußt Wirtschaftsleben, Gesellschaftsordnung, Öffentliche Verwaltung, kann schließlich deren Normen und Werte bestimmen. Korruption bewirkt auf Grund von Abhängigkeiten, Vetternwirtschaft, Bestechung, Erpressung, daß bestimmte gesellschaftliche Normen oder moralische Grundsätze nicht mehr wirksam sind. *(Siehe Steuerliche Absetzungsmöglichkeit von Schmiergeldzahlungen)*

„Einstweilige Verfügung der amerikanischen Börsenaufsichtsbehörde Security and Exchange Commission: 1. Nauticord-Center New York unterließ die Offenlegung und ordnungsgemäße Rechnungslegung bezüglich zahlreicher Transaktionen des verbundenen Unternehmens mit Nauticord-Austria. Dies ergab sich aus falschen Angaben und Unterlassungen in den Nauticord-Registrierungsunterlagen, in den öffentlichen Erklärungen gegenüber den Aktionären und in periodischen Berichten, die bei der Aufsichtsbehörde eingereicht wurden. 2. Die Gesellschaft unterließ bekanntzumachen, daß Dr. Profantl die Zahlungen zwischen Nauticord-Center und einem der größten Klienten abfing, was die Ausfallhaftung gegenüber Nauticord-Austria verursachte. 3. Nauticord-Centre Caen entließ oder versetzte systematisch seine Angestellten und Direktoren, die die betreffenden Transaktionen oder ihre Offenlegung in Frage stellten oder diese ablehnten. 4. Die Aufsichtsbehörde stellte weiters fest, daß diese durchlaufenden unrichtigen Angaben die Bestimmung zur Bekämpfung von Betrug der Wertpapiergesetze 1933 und 1934, die einschlägigen Bestimmungen des Wertpapiergesetzes 1934 und der Ausführungsverordnung zu diesem Gesetz verletzten. 5. Die Aufsichtsbehörde verhängte über Nauticord-Centre Caen eine einstweilige Verfügung auf Unterlassung dieser Verstöße oder Verursachung allfälliger zukünftiger Verstöße. 6. Die Aufsichtsbehörde bedankt sich bei den sachkundigen Korrespondenten in Österreich für die wertvolle Zusammenarbeit in dieser Sache. – Kontaktperson: John Shaheen (202) 831-3463. (File No. 2-0909856)“

Immanuel Kant: „Der Staat ist eine Gemeinschaft unreiner Einzelwillen vereint unter einer gemeinsamen Regel.“

Leider jedoch ist die transkontinentale Kriminalität nicht nur ein Symptom einer sozialen Pathologie, sondern sie spiegelt auch die Unvollkommenheit der demokratischen Gesellschaft wider. In der wirtschaftlichen Unterwelt mit organisiertem Geschäftsverbrechen wird das Kapital für die Expansion und zur Kontrolle über die Oberwelt erlangt zwecks Beherrschung der legalen Geschäfte: Verbrechensunternehmer. Die Verbrecher nutzen den Ertrag der Redlichen zur Machtergreifung über sie. Der große Mime und Filmemacher Klaus Maria Brandauer fordert daher umgekehrt: „Die gesellschaftliche Geldmacht muß jene Kunst finanzieren, die sie kritisiert!“ Sonst entsteht eine Form des Deliriums der kriminellen Allmacht wie etwa die „Forderung“ der Mafia an den italienischen Staat, eine mafiogene Gesellschaft! Italienische Mafia, Russische Mafia, Japanische Yakusa, Chinesische Triaden, Türkische Clans, Pakistanische Barone, serbische und polnische Gruppen …

Regelmäßige Tatbegehung als Lebensform, vielfach gesichert und getarnt, mit modernster Technik gestützt, hinter Deckfirmen und fiktiven Unternehmen tätig. Kriminelle Demokratie und totalitärer Liberalismus liefern ein Trugbild der Demokratie! Ungleichheiten im Ausleben egoistischer Bedürfnisse werden auch noch programmatisch gefördert und geschützt. Diese individuelle Freiheit wird mit den Steuergeldern der Betrogenen auch noch beschützt. (Jahrelang hat das funktioniert, weil auch für die Gangster die Ampeln auf Grün springen: Dr. Ichts obszöne Bereichung durch Afterpolitik, Korruption, Steuerhinterziehung. Gallunters obszöne Bereicherung durch Fälschung, Vertragsbruch, Steuerhinterziehung. Profantls obszöne Bereicherung durch Finanzbetrug, Wucher, betrügerische Krida.)

Gutachten des beeideten Sachverständigen für das Rechnungswesen, Mag. Gottfried Wurm: „Das Nauticord-Handelsgeschäft. Seiltrommelverpfändungen. Fingierte Seiltrommelverkäufe. Zahlungsflüsse im Seiltrommel-Handelsgeschäft. Der Schaden aus dem Handelsgeschäft: Die propagierten Seiltrommel-Mieterträge wurden nie erreicht, von 1990 bis 1993 ergeben sich Mindererträge von 38 Prozent bis 56 Prozent, 1994 fallen die tatsächlich erwirtschafteten Mieten auf nur 17 Prozent der geplanten herab. Die Ermittlung einer Rendite ist bei einer Einzahlung von 48.000 im Jahr 1988 und einer Auszahlung von 9.000 im Jahr 1995 naturgemäß nicht möglich. Wegen des geringen Zeitwertes der Seiltrommeln muß praktisch von einem Totalverlust ausgegangen werden. *(Bravo! Und wo ist das Geld? – Da brauchen wir wohl weniger einen beeideten Gutachter als einen bewaffneten Spion?)* Als Hinweis dafür, daß das Nauticord-Handelsgeschäft kein reales Geschäft war, konnten folgende Punkte festgestellt werden: Vom damaligen Geschäftsführer Dr. Profantl unterschriebene Originalrechnungen an Nauticord Centre Caen aus 1990 und 1991 befanden sich in den Unterlagen mit den Tilgungsplänen. Weiters wurde die Zinsbelastung an die Wien-Filiale am Handelskai wahrscheinlich *(na sicher)* in Österreich erstellt. Die Eingangsbelastungen und die höhere Weiterbelastung an Caen-Centre wurden im Original, nicht unterschrieben, in gemeinsamen Wiener Mappen gefunden! Auf den Belastungen an Caen befand sich ein Zettel mit Vermerk: ‚Für Frankreich'. Sowohl die Rechnungen wie die Verzugszinsenbelastungen dürften Österreich nie verlassen haben. *(Na sicher nicht)* Weiters war auf den Beilagen zu Verkaufsrechnungen, auf denen die Seiltrommelnummern angeführt waren, einige Male irrtümlich der Einkaufspreis angegeben, obwohl auf der bezüglichen Ausgangsrechnung richtig der höhere Verkaufspreis angeführt war. Rechnungen und Beilagen sind offensichtlich nicht mit der im Geschäftsleben üblichen Sorgfalt erstellt worden. *(Fürs Schmähführen?)* Man würde wohl ansonsten peinlichst vermeiden, dem Kunden seinen eigenen Einkaufspreis mitzuteilen. Der Verdacht lautet auf Mitwirkung an dem Zahlungskarussell zwecks Spesenreiterei. Auf Grund dieser Ausführungen komme ich zu dem Schluß, daß ein emissionsgemäßes Geschäft der bezeichneten Art nicht stattgefunden hat.“ *(Danke, das war's!)*

Zissers Taststur: Die Wirtschaft im allgemeinen freisprechen, sonst werde ich meinem Beruf untreu. Ihre Leistungen anerkennen. Ein Lob der Mehrzahl wissentlich und willentlich redlicher Wirtschaftsteilnehmer, Produzenten und Konsumenten. An der Deviation haben alle, auch wirtschaftsferne Klassen Mitschuld, wegen Indolenz, Arroganz.

Die Bedingung, unter der Zisser den Byloff&Nandor-Taborstraße-Gallunter-Glockengasse-Nauticord-Handelskai-Benedikter-Garanas-Vorgang durchgearbeitet hat, war nur mit dieser Maske durchzustehen, und ohne diese Verrückung, Verstellung im Erzählen hätte Zisser nicht nur seine im-

merhin erwirkten Erfolge verfehlt, sondern nicht einmal ganz gewöhnlich leiblich überlebt. Die Frage ist freilich, ob Benedikter ein Zisserscher homunculus ist, den er zwecks Ableitung seines Unglücks eigensüchtig erschaffen hat, oder ob Benedikter ungeachtet seiner ursprünglich willkürlichen Figürlichkeit ein maßgebendes Eigenleben angenommen hat, so echter als Zisser geworden ist! Die Lebensgeschichte Zissers und die Lebensgeschichte Benedikters bedingen einander und ergeben miteinander gesehen erst eine existentielle Totale.

Der Schuldenerlass

Es erschien vor dem venezianischen Haus Praterstraße 70, nur einen leichten Staubmantel über dem Arm, ohne die sonst obligate Aktentasche – diese Nachlässigkeit als Überwertigkeitssignal – Dr. Plättner, ein sehniger, braungebrannter Tiroler in elegantem Bankdress mit der üblichen allesbesserwisserischen Mimik der Geldverwalter. Die Tatsache, daß er einer Einberufung Benedikters nach Wien gefolgt war – ein eindeutiges Schwächezeichen –, versuchte er durch besonders burschikoses und demonstrativ entspanntes Benehmen zu übertünchen: „Viel Zeit habe ich nicht, Herr Benedikter, ich habe in Wien heute noch mehrere andere Termine. Also, was kann ich für Sie tun?"

Benedikter erhob sich aus dem Sessel im Café Dogenhof, reichte dem Bankmenschen die Hand und antwortete im selben Ton: „Ich nehme an, daß Sie im Flugzeug gefrühstückt haben, daher lade ich Sie zu einer raschen Rundfahrt durch Wien ein. Werfen Sie ein paar Blicke in die Häuser, deren Bewohner Ihnen die Kaufpreise grundbücherlich gesichert schulden." Damit führte er Plättner zu seinem Citroën und kurvte mit ihm eine Stunde durch die Stadt. Während der kurzen Aufenthalte vor den strittigen Liegenschaften schwieg er absichtlich und ließ die jeweiligen Zustände und Szenen auf den Gast wirken.

In den vielen Monaten des Kampfs um seine und um die Rechte der ihm Anvertrauten hatte Benedikter eine Kompetenz im Umgang mit Gegnern gewonnen, die ihm nun half, Situationen ruhig und unauffällig zu beherrschen, die ihm aus vierzig Berufsjahren nicht geläufig waren: Aber mit den entsetzten Gesichtern seiner Mitdelogierten im Gedächtnis, mit hunderten vernichteten Existenzen aus den Spekulationswracks als innerlich ablaufendem Film vor sich, und mit der neuen Erfahrung, wie feig die untreuen Großschieber im direkten Zweikampf mit einem Betrogenen werden, hatte sich sein Vorgehen wesentlich verschärft. Die Wut über verlorenes Geld, die Empörung über die wegwerfende Geste den Rechtschaffenen gegenüber waren zunehmend seinem wissensreichen Vorgehen, seiner sprachlichen Fallbeherrschung und – ganz neu für ihn – seinem klugen Umgang mit den Schuldigen gewichen. So hatte er fahrlässige Wirtschaftstreuhänder, die falsche Bilanzen bestätigt hatten, lügnerische Rechtsanwälte, die sittenwidrige Absprachen formuliert hatten, untreue Geschäftsführer, die wissentlich Kundeninteressen geschädigt hatten, nachlässige Aufsichtsräte, betrügerische Hausverwaltungen gezwungen, den unter ihrer Mithilfe ihm und seinen Freunden zugefügten Schaden zu mindern, indem sie die für ihre schlechten Dienste empfangenen Honorare zurückzahlten. Seinem heutigen Gespräch mit Dr. Plättner von der Tyrolcash mußte dieser gemeinsame Besuch in der Glockengasse vorausgehen und diese Rundfahrt durch mehrere Bezirke Wiens, wo die ehemaligen Gallunter-Objekte standen und immer noch die betrogenen, in Existenzangst hausenden Bewohner beherbergten.

Benedikter hatte Plättner nur durch die Haustore in die Innenhöfe und über die Stiegenhäuser geführt, hatte dessen Augen auf die Szenen gelenkt, die vor ihnen abrollten: Verschreckte, abgehärmte Frauen öffneten Briefträgern die Türen zum Empfang von Einschreibsendungen; Menschengruppen, mit Plastiksäcken in Händen, standen flüsternd auf Treppenabsätzen; Ausländer starrten ratlos in den Lichthof; scheue Kinder trugen Fahrräder über die Kellerstiege; auf manchen schwarzen Brettern hingen noch die alten Zeitungsseiten vom Gallunter-Prozeß und die neuere, kleinere Notiz über seinen Tod im Gefängnis. Und überall prangten die absichtlich unverständlichen Zahlungsvorschreibungen der Hausverwaltung sowie die Rundschreiben der Tyrolcash-Direktion.

„Alle diese Leute, die Sie eben beobachten konnten, haben eine lastenfreie Eigentumswohnung von Gallunter zu einem Preis gekauft, der sogar die vertraglich zugesicherte Haussanierung einschloß."

Die Tatsache, daß Benedikter die internationale Handelskammer eingeschaltet hatte, mit deren Hilfe Dr. Gallunter am anderen Ende der Welt aufgestöbert und nach Wien zurückgebracht worden war, und die Rolle, die die Hausgemeinschaften – von Benedikter koordiniert – während des Strafprozesses gespielt hatten, sowie die dringliche Einladung Benedikters an den Regionaldirektor Dr. Plättner der Tyrolcash hatten genügt, daß dieser mit der Frühmaschine von Innsbruck nach Wien geflogen war. Benedikter hatte es wissentlich unterlassen, ihn in Schwechat abzuholen, sondern ihm den Leopoldstädter Dogenhof als Treffpunkt diktiert. Damit war der erste Stich gemacht. Dies allein genügte Benedikter schon, die Stärke zu erkennen, mit der er heute Plättner zum Einlenken – nein, zum Aufgeben! – bewegen konnte. Er wollte nicht mehr und nicht weniger als den gänzlichen Schuldenerlaß für sich und alle anderen Geschädigten.

Wieder in der Praterstraße zurück, parkte Benedikter zwischen zwei Ahornbäumen. Über dem Café-Eingang steht auf goldenem Mosaikgrund der Löwe mit Blick nach Osten, die Pranke auf dem Schild: „Pax tibi Marce, Evangelista mea". Die beiden Verhandler setzten sich im Caféhaus unter das Riesengemälde des Markusdoms. Dieses hehre Bild schlug sich freilich mit der aktuellen Bildfolge in den veruntreuten Wohnhäusern, die sie soeben in Augenschein genommen hatten. Daher saßen die beiden Männer einander minutenlang schweigend gegenüber. Jeder wußte vom andern, daß dieser ein jeweils entgegengesetztes materielles Interesse zu vertreten hatte.

Benedikter eröffnete das Gespräch.

„Hier wüteten die 1848er-Kämpfe: Am 27. Oktober ging es in unserer Glockengasse um die dort errichteten Barrikaden; zuletzt 5.000 Tote in der Leopoldstadt." Plättner wetzte auf seinem roten Sessel. Benedikter redete weiter: „Wir sitzen hier im Dogenhof, weil die Wiener Leopoldstadt eine jahrhundertealte venezianische Tradition hat – das viele Wasser ringsum, verstehen Sie! Die Serenissima wurde sogar 1895 kulissenhaft nachgebaut zur entgeltlichen Besichtigung während Gondelfahrten."

Dieser privatime Ausflug war Plättner willkommen, mit plakativ ungeduldiger Sachlichkeit zu punkten: „Da die Prozeßakten Dr. Gallunter geschlossen sind und unser ehemaliger Klient verurteilt, inhaftiert und inzwischen sogar begraben worden ist, wie wir alle wissen, kann jetzt kaum noch viel zwischen uns zu besprechen sein, denke ich."

„Tatsächlich", bestätigte Benedikter, „erscheint der Schaden der Tyrolcash gering. Ihre Forderungen an den Defraudanten sind ja alle grundbücherlich besichert."

„Unser Haus hat eben seine Grundsätze", lächelte Plättner.

Benedikter räumte ein: „Ich bewundere Ihre schlagkräftige dezentrale Organisation. Die Regionaldirektionen scheinen wirklich selbständig zu sein."

„Total selbständig!" bestätigte Dr. Plättner stolz. „Das unternehmerische Aktionsfeld ist völlig uneingeschränkt. Daher schlagen wir auch unsere Landeskonkurrenz haushoch."

Benedikter lachte bitter: „‚Haushoch' ist wirklich gut gesagt! Aber irgendwelche einheitliche Regeln müssen doch für die Leistungsbeurteilung der Tyrolcash, der Carinthcash, der Styriacash, der Juvacash und so weiter gelten?"

„Selbstverständlich. Bilanzsumme, Kreditvolumen, Bankertrag im Verhältnis zur Gehaltsumme. Und das Ganze wird nach jährlichen Steigerungsraten verglichen."

Benedikter lenkte den Blick seines Besuchers durch die Caféhausscheibe über die Praterstraße zur großen Filiale der Ersten Österreichischen Sparkassa, Nr. 63, Ecke Novaragasse: „Hier, in der Wiener Leopoldstadt, ereignete sich die für Ihren Beruf, Herr Doktor Plättner, doch so bedeutende Gründung der Ersten Sparkassa. Der Leopoldstädter Pfarrer Johann Baptist Weber eröffnete 1819 mit durchaus caritativer Zielsetzung dieses Institut, das den Ärmsten Vermögensbildung ermöglichte."

„Ja, ich weiß", bemerkte Dr. Plättner obenhin, „nur das Datum hatte ich nicht genau im Kopf."

Benedikter setzte absichtlich ausführlich fort, einen Prospekt mit dem Bienenkorbfoto in der Hand: „Nach einem Gottesdienst am 4. Oktober 1819 begann der erst achtundzwanzigjährige Pfarrer als Kassier und Verwalter persönlich die Einlagen entgegenzunehmen: mindestens 25 Kreuzer, höchstens 100 Gulden. Im ersten Jahr fanden sich 1.697 Parteien, im Jahr 1848 waren es schon 61.733! Vorsorge und Hilfe für kleine Leute waren der Unternehmenszweck auch mit der Gründung des Ersten Sozialversicherungsinstituts 1825, womit der 1848 verstorbene Johann Baptist Weber nicht nur als höchst fachkundiger Wohltäter – der sein ganzes persönliches Einkommen in Kindergärten und Schulen gesteckt hatte –, sondern als Begründer einer weltführenden Finanzeinrichtung in unsere Wirtschaftgeschichte eingegangen ist. Bis heute hat seine Erste Österreichische Sparkassa keine einzige Benachteiligung ihrer Klienten bewirkt oder zugelassen."

„Absolut beachtlich", kommentierte Plättner. „Die Innsbrucker Filiale der Ersten stammt bereits aus 1822. Die Tyrolcash unterhält jedoch keine Beziehungen dorthin. Unser drive is a little more progressive, you know?" Benedikter nickte, mischte dabei aber Kopfnicken mit Kopfschütteln.

Dieses Benehmen Benedikters war ein Planabschnitt, eingebaut in den beabsichtigt spiraligen Dialog – ein Kabinettstück Benedikters Taktik: Der „coole" Geschäftsmann, der Konversation betreibt und dabei seinen Gegner einkreist – dieser liefert ihm sogar noch die Argumente, etwa, wonach die erfolgreichen Regionalbankdirektoren in der Zentrale beurteilt werden: Tyrolcash, Carinthcash, Styriacash, Juvacash – Bilanzsumme, Kreditvolumen, Betriebserfolg im Verhältnis zur Gehaltsumme sind die Kennziffern, nach denen sich seine eigene Karriere und seine Tantiemen richten. Benedikter kannte seit dem Strafprozeß schon die Anfänge: Gallunter kam eines Tags mit einem Rolls-Royce in Innsbruck vorgefahren, erklärte sich als Developer, der alte Häuser kauft, saniert und deren Ertrag steigert. Ob Dr. Plättner diese Branche kennt? Ob er weiß, wie in dieser Branche Gewinne erwirtschaftet werden?

„Was ist das Kern-Know-how eines Rechtsanwalts als Wohnhausunternehmer? Was könnte der legitime Mehrwert eines Juristen im Baugeschäft, in Planungsbüros, in Hausverwaltung, Hausreinigung, Hausreparatur, Schneeräumung, Hausvermarktung, Wohnberatung, Wohnungsmarketing, Wohnkreditvermittlung, Kaufvertragsgestaltung, Treuhänderschaft, Fremdsprachenübersetzung sein? Doch wohl nichts anderes als die Konstruktion unredlicher Verschachtelungen zwecks Entrechtung aller Menschen, die in seine Netze geraten. Wie weit, Herr Doktor, fühlen Sie sich eigentlich für die Herkunft der Erträge verantwortlich, aus denen Ihre Habenzinsen bezahlt werden? Sollten Sie sich überhaupt verantwortlich fühlen? Nein, nicht allgemein humanitär, beileibe, oder gar moralisch – nein, ganz simpel: statutarisch, gemäß Ihren eigenen Bankstatuten nach dem dürren Wortlaut. Sie haben statutenwidrig gehandelt – ‚seriöse Unternehmensfinanzierung ..., Wirtschaftsverantwortung ..., soziale Wohlfahrt ..., Sorgfalt des ordentlichen Kaufmanns ...' Waren etwa Ihre Statuten nur als Werbebroschüre gedacht? Dann haben Sie sich aber geirrt. Nein, Statuten sind Grundlage des Firmenbuchs, des Handelsregisters, und diese Eintragung ist Voraussetzung jedes öffentlichen Geschäftsangebots. Jeder durfte Ihre Statuten ernst nehmen, sich auf diese verlassen. Das heißt, die Kenntnis, daß Dr. Gallunters Wohnhäuser-Imperium von der Tyrolcash finanziert wurde, ließ die Wohnungskäufer guten Glaubens überzeugt sein, daß hier redlich gearbeitet wird!"

Dr. Plättner deutete Benedikter langes Schweigen als Themenmangel. Daher flunkerte er: „Unsere Schlagkraft kommt von total profitorientierter Autonomie, wissen Sie!"

Benedikter nickte: „Wissen Sie, ich bin nur ein gelernter Fabriksbuchhalter, mir imponiert diese Flexibilität: Also, die Juvacash darf in der Steiermark, die Styriacash in Tirol, die Tyrolcash in Wien Kunden keilen?"

„Ich bitte Sie, nicht eine so despektierliche Vokabel zu benutzen. Die Statuten der Cashorganisation fördern die völlige Freizügigkeit der Geldflüsse. Liquidität pur. Nur so, frei von regionalen Bindungen, gelingt uns höchste Marktaufrollung."

Benedikter schaute Plättner gerade ins Gesicht: „‚Frei' hoffentlich nur von regionalen Bindungen?"

Irritiert versuchte Plättner diese Bemerkung mißzuverstehen: „Ein Konzerncontrolling ist selten, solang die Erträge stimmen."

Benedikter fragte trocken: „Stimmt es, daß Sie im Konzernranking mit der Tyrolcash den ersten Platz einnehmen?"

Geschmeichelt schmunzelte Dr. Plättner. „Man tut, was man kann."

„Als Fabriksmensch frage ich mich“, setzte Benedikter nach, „wo in Ihrer Branche der springende Punkt liegt. Müssen Sie die Filialkosten besonders niedrig halten?“

„Nein, der springende Punkt ist es, mit jedem auftretenden Kreditwerber handelseins zu werden und risikoadäquate Verzinsungen durchzusetzen.“

Jetzt stieß Benedikter zu: „Dann erklären Sie mir einmal, wieso Sie für grundbücherlich abgesicherte 300 Millionen Gallunter-Kredite Zinssätze vereinbart haben, die 50 Prozent über den marktüblichen liegen? Denn ein Ausfallsrisiko besteht bei Hypothekardarlehen ja nicht!“

„Über Konditionen unter geänderten Randbedingungen kann immer geredet werden.“

„Das ist nicht meine Frage“, insistierte Benedikter. „Welchem, außer einem Ausfallrisiko, wollten Sie mit dem hohen Kreditzinssatz für Gallunter zusätzlich weit marktüberschreitend Rechnung tragen?“

Plättner stutzte, behielt aber sein Routinelächeln. „Eine situative Kalkulation, Sie verstehen doch!“

„Mein Wissensstand“, lächelte Benedikter distanziert zurück, „lautet, daß Ihre Tyrolcash-Spitzenposition innerhalb des Cash-Banknetzes ausschließlich auf die Gallunter-Geschäfte zurückzuführen ist.“

„Na ja, das ist ziemlich übertrieben“, schwächte Plättner ab. „Doch ich habe nicht ungern mit dem Wiener Wohnungs-Innovator kooperiert.“

„Inzwischen wissen wir ja, worin die Innovationen des Dr. Gallunter bestanden: daß die Erwerber für den vollen Preis – keine Wohnung bekommen; daß das von Ihnen im Grundbuch lastende Darlehen auf den ahnungslosen Neubesitzer übergeht.“

Plättner hob bedauernd die Schultern. „Kann denn die Bank für ein geschäftliches Unglück ihres Klienten haften?“

Benedikter fragte zurück: „Was haben Sie in Innsbruck eigentlich gedacht, worin das außerjuristische Geschäft eines Wiener Rechtsanwalts in der Althausbranche besteht?“

Plättner aufgeräumt: „Er ist eines Tages mit seinem Rolls-Royce bei uns vorgefahren, hat sich als ‚Developer‘ vorgestellt: Alte Wohnhäuser kaufen, restaurieren, die Klientel austauschen, so Vermögen und Ertrag – teilweise sogar mit öffentlicher Subvention – extrem steigern.“

„Und wieso, glauben Sie, hat er sich die Finanzierung nicht in Wien geholt?“

„Er war eben genauso flexibel wie wir!“

„Das stimmt! Weshalb also unser Wahnsinns-Zinssatz für Ihre todsicheren Hypothekarkredite?“

Plättner antwortete erstmals nicht.

Benedikter schlug nun direkt zu: „Das war nämlich Ihre Prämie fürs Wegschauen, nicht wahr?"

Plättner schüttelte heftig den Kopf. „Gallunter hat pünktlichst die Zinstermine bedient!" Das war die erste wirklich blöde Antwort des Schönlings, denn daß dies nicht Benedikters Frage traf, war so klar, daß er nicht annehmen durfte, mit diesem Schmäh davonzukommen.

„Da gab es doch Zeitungsmeldungen über Gallunters anrüchige Methoden, die Häuser von Altmietern zu säubern: verfallen lassen, Strom abdrehen, Stiegenhausfenster entfernen, Klosettabläufe verstopfen ... haben Sie das nicht zum Anlaß genommen, Ihren lukrativen Kreditnehmer zu prüfen, zu korrigieren? Die allmonatlichen Dossiers über das Gallunter-Imperium in der Zeitung des Vereins für Wohnungseigentum – eine Entsetzenschronik! Und Sie haben ihn weiter finanziert, nur weil er pünktlich Zinsen ablieferte, um die Hälfte höhere Zinsen, als alle anderen Tiroler Banken von ihren Kreditnehmern ziehen konnten? Herr Dr. Plättner: Selbstverständlich sind das rhetorische Fragen! Meine und Ihre Antwort stehen nämlich schon fest: Sie haben das alles gewußt und für viel Geld verdrängt, vertuscht! Die armen, ehrlichen Opfer waren Ihnen egal – damit haben Sie kraß statutenwidrig gehandelt, das Gesetz gebrochen."

„Wieso haben Sie denn das alles so präzise im Kopf, Herr Benedikter?"

„Weil unsere Anklageschrift gegen die Tyrolcash und gegen Sie als deren Geschäftsführer fertig ist."

Jetzt wich das Blut aus Plättners Gesicht. Er wurde so blaß wie einst die sparsamen Wohnungskäufer bei der Nachricht, daß ihnen nichts mehr gehörte.

Benedikter setzte im gleichen Ton fort: „Wir sind auch über Ihre beiden mehrwöchigen Ferienaufenthalte in Gallunters Strandvilla an der Algarveküste unterrichtet. Dieses portugiesische Objekt haben Sie in der Folge mit einem vordatierten Kaufvertrag erworben, scheinbar sieben Monate vor Prozeßbeginn gegen Dr. Gallunter, damit es aus seinem Vermögen verschwand und nicht gerichtlich zur Schadenswiedergutmachung herangezogen werden konnte. Ob Sie nun Strohmann sind oder echter Käufer: Ihre Verstrickung in die Gallunter-Machenschaften ist klar. Die Anklage können Sie kaum abwenden. Sie können nur den Gesamtschaden vor einem Prozeßbeginn so umfassend beheben, daß wir dem Gericht diesen Umstand bestätigen, wodurch sich – bei der bekannten Überlastung der Behörden – eine Zurücklegung als wahrscheinlich erweisen könnte."

Alle scheinbare Überlegenheit war aus der Miene des Bankers gewichen. Er gestand stockend ein, daß er nicht den Quellen seiner Zinsenerträge um drei

Ecken herum nachspüren wollte. „Das ist das Problem jeder Ausleihung, jeder Bank!"

„Von Nachspüren kann keine Rede sein, die Quellen lagen seit Jahren offen zutage. Sie haben nicht einmal die gewöhnliche Sorgfalt walten lassen, kriminelle Machenschaften zu unterlassen, geschweige, sie aufzudecken und zu verhindern, wozu Sie verpflichtet gewesen wären. Nein, Herr Plättner, Sie sind schuldig."

Benedikter hatte in seinem Ringen mit der Seiltrommel-Nauticord-Bande jene Härte gelernt, die ihm nun diese Geläufigkeit im Umgang mit unredlichen Geldleuten erlaubte.

Der alpenländische Finanz-Adonis war verfallen! Er hatte sich auf eine Konditionendebatte vorbereitet und wäre bereit gewesen, nach fünfzehn Minuten Scheingewäsch dreiachtel Prozent per anno den Zinssatz zu senken, während seine Inkasso-Organisation ungehemmt die weitere Eintreibung der Wohnungspreise bei den ‚armen Schweinen' betrieben hätte. Denn die Rechtslage war doch formal so eindeutig: Grundbuch ist Grundbuch!

Plättner sagte: „Überall hineinzuschauen, das wäre zu viel verlangt."

Benedikter beharrte: „Genau das wäre aber statutengemäß! Ihre Statuten sind nämlich nicht unverbindliches Werbematerial, sondern rechtliche Geschäftsgrundlage."

Plättner erkannte, daß er persönlich ruiniert war. Daß er gegen die Bankstatuten und sogar gegen seinen Dienstvertrag verstoßen, seine Maximaltantiemen zu Unrecht bezogen hatte.

Benedikter blieb eiskalt. „Sie reduzieren die gesamte Kreditsumme auf einen symbolischen Erinnerungswert von 1 Prozent. 99 Prozent schreiben Sie ab auf Kosten Ihrer Bank. Und die Zwangsdoppeltilgungen, die Sie schon eingetrieben haben, zahlen Sie zurück auf Kosten Ihrer Bank! Sie versenden innerhalb einer Woche an alle anwaltlich angeschriebenen und zahlungsbedrohten Wohnungsbesitzer eine Bestätigung, daß die Krediteintreibung, daß Tilgung und Zinsen ausgesetzt sind."

„Ich kann unmöglich in einem Jahr 297 Millionen auf meiner Bilanz ausbuchen. Ich brauche dafür fünf Jahre, damit mein Ergebnis nicht kippt. Und die Konzernspitze darf das Gesamtausmaß dieser Ausbuchung in Summe nie erfahren."

„Einverstanden: Unsere Vereinbarung wird nicht veröffentlicht. Niemand wird darüber Informationen hinausgeben."

Benedikter winkte der Kellnerin, bat sie, ihnen ihr Caféhaus-Geschäftspapier an den Tisch zu bringen. Sie legte Benedikter einen rosa Schreibblock vor, im Briefkopf auf blauem Grund der venezianische Löwe mit Blick nach links, darunter der Schriftzug Café Dogenhof. Benedikter schrieb: „Gegen diesen Wechsel zahlt die Tyrolcash bei Vorlage Schilling 50,000.000, in Worten fünfzig Millionen, an den Begünstigten Hans Benedikter, Garanas, Steiermark, Akzept des Bezogenen Dr. Georg Plättner, Geschäftsführer der Tyrolcash und Prokurist der Hauptanstalt der Cash-Organisation." Er stellte fünf gleichlautende Wechsel aus sowie einen über siebenundvierzig Millionen und schob den Block Plättner zu. „Wechsel gelten bekanntlich unabhängig von jedem Grundgeschäft, Kausaleinwände sind ausgeschlossen."

„Für solche Beträge brauche ich eine zweite Unterschrift."

„Lassen Sie das meine Sorge sein, unterzeichnen Sie! Diese Wechsel präsentiere ich nur bei Bruch unserer Vereinbarung. Pfeifen Sie Ihre Exekutoren zurück. Die Papiere bleiben in meiner Tasche, solang Sie die betrogenen Wohnungsinhaber nicht verfolgen."

Benedikter hatte die sechs Wechsel von dem Papierblock gelöst, nochmals die Unterschrift Dr. Plättners auf allen sechs Exemplaren geprüft, die Blätter gefaltet und in seine Brieftasche geschoben. Nun begann er auf den verbleibenden Papieren Notizen zu machen. Dies tat er angelegentlich, ja umständlich, wobei ihm Plättner stumm beobachtete.

Nach langem Schreiben blickte Benedikter auf: „Ich erwarte also innerhalb einer Woche von allen meinen Mitbewohnern und Mitgeschädigten Rückmeldungen, daß keine Mahnungen und Räumungsklagen mehr einlangen."

Plättner antwortete nicht, nickte kaum merklich und fixierte weiterhin Benedikter, als ob von diesem noch irgendein Zeichen des sonst in seinen Kreisen üblichen augenzwinkernden Einverständnisses oder sogar einer Kumpanei kommen könnte. Doch Plättners Weltbild hatte soeben die entscheidende Berichtigung erfahren: Bestechlich war dieser Kerl jedenfalls nicht.

Endlich hob Benedikter den Kopf. „Herr Doktor, Sie hatten doch noch andere Wien-Termine, wie Sie erwähnten. Unsere Besprechung ist beendet."

Nun erhob sich der ungläubig Geschlagene. Aller Überlegenheitsgestus war von ihm gewichen. Er raffte sich zu einer Verbeugung vor dem konzentriert notierenden Benedikter auf. Dieser legte die Feder weg, reichte ihm wortlos die Hand über den Tisch. Dann wies er zum Praterstern hinüber: „Dort stehen die Taxis." Dr. Plättner verließ mit schnellen Schritten das Caféhaus. Seinen hellen Staubmantel vergaß er. Bis zur Abendmaschine nach Innsbruck drohten ihm nun fünf sinnlose Stunden, vor deren bitteren Einsichten ihn seine bisherige Schläue nicht retten konnte.

Nach Plättners Abgang arbeitete Benedikter noch eine Stunde an seinem Protokoll. Dann verließ er das Café, auf dessen rosa Fliesen sich der Glanz des venezianischen Kristallusters spiegelte. Er wußte, daß er ab heute – zwar in bester Absicht und selbst integer – eine Tatfolge ausgelöst hatte, die nur innerhalb der unlauteren Logik eines Gauners wirksam wird. Es ekelte ihn vor sich selbst, weil er mit einem Betrüger das Geheimnis teilen mußte, wie der Betrug an ihm und seinen Nachbarn behoben werden sollte. Das aber war unvermeidlich. Zu den vielen Schmerzen der letzten Jahre würde er sich diesen Schmerz auch noch aufladen: ein Schuldenerlaß für alle Bewohner aller veruntreuten Häuser, aber kein Schulderlaß für Benedikter, sondern eine Verschuldung neuer Qualität. Mit dieser Vorgangsweise – und hier handelte es sich tatsächlich um seine Vorgangsweise, nicht um Verhalten, Ertragen, Erleiden –, mit dieser sein und das Geld aller anderen Wohnungsinhaber rettenden Taktik hatte er das Übel nicht an der Wurzel gepackt.

Im Weggehen fiel Benedikters Blick noch einmal auf den Friedenswunsch in der Löwenpranke auf dem Dogenhof: Der Evangelist Markus hat die Zusage überliefert, daß Gutwillige die Dämonen austreiben werden und daß es ihnen nicht schaden wird, wenn sie Schlangen anfassen oder tödliches Gift trinken. Doch Markus hat hierzu das Wort hingeschrieben: „Jeder wird mit Feuer gesalzen werden!"

Benedikter mußte abwägen – die Existenzvernichtung von hunderten Wohnungsinhabern, die ihre Bleibe ein zweites Mal bezahlen oder eben ausziehen müßten, in Kauf zu nehmen, oder aber auf die Genugtuung einer Verurteilung der Tyrolcash und des Dr. Plättner zu verzichten. Und wie jede Abwägung führte auch diese zu keinem eindeutigen Ergebnis. Im Gegenteil, trotz des unglaublichen Erfolgs seines umsichtigen und genauen Kampfs blieb Benedikter von Gewissensbissen geplagt. Er hatte seinen mit Händen zu greifenden moralischen Sieg dem heutigen Schuldenerlaß geopfert.

Zissers Tastatur: Zissers kritische Befragung des Verhaltens Benedikters – oder besser dessen Vorgehens – gilt nicht der völlig richtigen materiellen Entscheidung, sondern der luxuriösen Reflexion moralischer Art: Zisser bezweifelt nicht, daß Benedikter tatsächlich subjektiv so sensibel zu empfinden vermag. Doch argwöhnt er dahinter eine illusorisch internalisierte religiöse oder gar literarische Affektiertheit. Hier werden Subtilitäten strapaziert, die für praktische Zwecke nutzlos sind. Alle Leute, die sich derart komplexen Extrapolationen hingeben, sind für den vernünftigen Weltlauf verloren, schaden zumeist auch ihrem eigenen Fortkommen – siehe Benedikters bisherige Nicht-Karriere! –, es sei denn, sie beziehen ihren Lohn von irgendeinem solchen Ver-

stiegenheiten gewidmeten Verein. Davon kann bei Benedikter bekanntlich keine Rede sein.

Bei aller unwillkürlichen Achtung vor Benedikter bleibt Zissers Verdacht, daß Benedikters Gewissensbisse eine Vitalitätsverschwendung sind und er diese Rückabwicklung der Gaunerei mit wesentlich geringerem Seelenaufwand erzielt hätte. Was soll hier zum Beispiel diese irritierende Feuer-und-Salz-Tangente?

Zisser kann freilich nicht verhindern, daß in seinem Kopf Benedikters Stimme tönt: „Wo warst denn du, während ich betend dubiose Kreditverträge mit vergessenen Bankstatuten verglich?"

Der Tanzboden

Vereinsmitglied und Polizist Absenger, der seit der Verhaftung Dr. Profantls im Flughafen Schwechat die Szene weiter im Auge behalten hatte, rief Benedikter um zwei Uhr früh an: „Die Monika Ottitsch ist von ihren Schießübungen in Wiener Neustadt nicht auf den Cobenzl zurückgefahren, sondern hat sich bis zur Sperrstunde in einem Neustädter Caféhaus mit ihrem Trainer unterhalten, ist dann aber mit Profantls grünem Jaguar auf der Autobahn in Richtung Süden gefahren. Ich konnte ihr nicht mehr folgen. Herr Benedikter, sie war seit einer Woche täglich beim Häftling, teils zur allgemeinen Besuchszeit im Gitterzimmer, teils im Anwaltsraum. Die planen etwas. Zacherl und ich sind sicher, es geht gegen Sie. Die Ottitsch ist jetzt wahrscheinlich mit ihrer Walther-Pistole im Wagen zu Ihnen unterwegs. Wir erwarten Ihre Weisungen."

Der Bedrohte beugte sich aus der Dachkammer des Schwaighofs: Im ersten Morgendämmern ragten tief unten der schwarze Hengsbergknick, der rötlichdunkle Dämmerkogel, der silbrig-graue Bachernrücken aus dem Nachtnebel. Diese Blondine also, die er nur einmal selbst gesehen hatte, damals vor Monaten auf dem Schwechater Hotelparkplatz, als sie den Schieber zum Treffen mit den Ungarn chauffierte, raste bewaffnet südwärts, einen genauen Ortsplan auf dem Nebensitz: Hartberg – Gleisdorf – Graz – Stainz – Deutschlandsberg – Schwanberg – Garanas ... Der nun endlich auszuführende Anschlag überraschte Benedikter eigentlich nicht: Daß die Verbrecher jetzt zum Äußersten entschlossen waren, mußte kommen! Der Nauticord-Zentrale in Caen war kürzlich wegen des Wiener Massenaufmarsches der Vereinsmitglieder auf dem Handelskai und wegen der Donauhafenblockade – alles im internationalen Fernsehen – die Bilanztestur verweigert worden! Eine Abordnung der New Yorker Börsenaufsicht war bereits nach Wien unterwegs zur Vernehmung Benedikters, dessen Wissen über die Profantlschen Unterschleife überhaupt nur mündlich vermittelbar war, denn kein Schriftsatz könnte solche Millionentaschenspielschiebungen fassen. Die Ergebnisse monatelanger Forscher- und

Gutachtertätigkeit würden der Nauticord-Bande sofort das Handwerk legen, die Suche nach dem Verbleib der veruntreuten Sparguthaben auslösen. Deshalb war genau jetzt der richtige Augenblick, den zentralen Wissensträger auszuschalten.

Benedikter beobachtete die morgenwärts ziehenden Nachtnebel über dem Feistritz- und Sulmtal unten, sah den Tag heranleuchten, der für sein Ergehen oder Erliegen entscheidend sein würde. Bei allem, was er bisher geleistet hatte, waren aberhunderte Wohnungs-, Fabriks- und Anlageopfer hinter ihm gestanden: Jetzt aber, in zwei oder drei Stunden, würde er ganz allein sein, ohne Mitdenker, Mitstreiter. Der bevorstehende Mordanschlag war zugleich höchste Gefahr, aber auch letzte Gelegenheit, die Nauticord-Beraubten zu entschädigen.

Benedikter kleidete sich an und weckte dann seinen Vetter Max, dessen Bürgschaft mit seinem Schwaighof auf der Koralm vielleicht schon übermorgen gelöscht werden könnte. „Max, wach auf! Du mußt mir heute früh helfen. Ich brauche dich."

Das hochsommerliche Morgenlicht übergoß den frischen Lärchenhain um das Gehöft, als die beiden zur Werkstatt hinüberliefen.

„Nimm bitte eine zehn Meter lange Kette samt versperrbarer Schließe, einen kräftigen Schraubenzieher, einen schweren Hammer", sagte Benedikter. „Ich brauche zwei Bretter, eine Säge und starke Nägel."

Max legte rasch alles bereit. „Was ist los, Hans? Hast du hier eine Arbeit bekommen?"

„Ja, das kann man so sagen: Wir müssen meinen Todesengel empfangen … und vielleicht in einen Schutzengel verwandeln", lachte Benedikter bitter entschlossen. Während er die beiden Bretter mit der Säge zuspitzte, bat er Max, das Stempeleisen im Schmiedefeuer zum Glühen zu bringen. Beiden so entstandenen Wegweisern brannte er das Wort „Garanas" ein. Kette, Werkzeug, Nägel und Wegweiser warfen die beiden Vettern in den Citroën und fuhren talwärts. Ihr Auto roch nach Holzbrand und Rauch. An der Almkapelle, am Feuerwehrhaus, an der Baumschwemme vorbei erreichten sie beim ersten Taglicht um halb fünf den Schwanberger Marktplatz. Vor der Kapuzinerkirche, zwischen Tabaktrafik und Gallerwirt, standen die vielen Wegweiser: Limberg, St. Anna, St. Katharina in der Wiel, Garanas … Benedikter riß die nach links weisende Garanas-Tafel mit einem Ruck herunter. „Komm!" befahl er Max. Sie nagelten rechts Richtung Schloß Schwanberg, Gressenberg, Glashütten die falsche Tafel „Garanas" ganz oben auf den dunkelbraunen Mast. Dann saßen die beiden wieder im Auto, zogen durch die Kirchengasse zwischen Josefsberg und Pfarrhaus aufwärts gegen das Irrenschloß.

„Wir erwarten die Besucherin auf dem Tanzboden“, rief Benedikter dem Vetter zu. „Deine Aufgabe ist folgende: Du wartest, bis ich in der großen englischen Limousine sitze und von innen gegen die Scheibe poche. Dann springst du heran, legst dich zu dem nächsten Rad, wirfst die Kette um die Achse, versperrst sie. Dann schraube die vordere und hintere Nummerntafel ab. Zuletzt stellst du dich mit dem Hammer in die Einfahrt zum Tanzboden.“

Inzwischen hatte der Citroën auf steiler Straße das Schloß Schwanberg hinter sich gelassen. Ein schlammiger Erdweg zweigte links in die Waldung ab. Hier nagelten sie den zweiten Garanas-Pfeil an den Eckbaum. Dann fuhren sie noch hundert Meter in das wuchernde Gehölz, bis sie die Lichtung sahen, und schoben ihr Fahrzeug tief unter triefendes Laubgeäst. Dieser Platz hoch über Schwanberg und seinem Schloß hieß deshalb Tanzboden, weil hier auf der Kuppe des Burgbergs die erste Festung des Orts stand, die König Ottokar von Böhmen 1278 zerstören ließ. Es blieb nur diese übermooste Lichtung, schon jahrhundertelang immer wieder als Festplatz genutzt.

Max legte hinter einer Waldkirsche seine Geräte bereit, Hans stieg mit dem Fernglas bis zur Burgstallhöhe, von der er die weit entfernte, winzige Bundesstraße ab der fernen Holleneggkurve einsehen konnte.

Während Benedikter die ersten Autokolonnen beobachtete, Pendler, die grazwärts fuhren, entsann er sich, daß im letzten Jahr Fotos von ihm mehrmals in Wiener Zeitungen veröffentlicht worden waren: einmal am Rednerpult während einer Vereinsversammlung, einmal während einer Protestkundgebung gegen Verfahrensverschleppung vor dem Justizpalast. Die gedungene Mörderin verfügte also nicht nur über Waffe, Adreß- und Kartenmaterial, sondern auch über sein Bild. Entweder führte sie alles im Handschuhfach oder in einem kleinen Koffer auf oder unter dem Nebensitz mit sich.

Er mußte an die Szene im Wiener Handelsgericht denken, als ihn die hilfreiche Richterin Dr. Kontur fragte, ob er Notgeschäftsführer der betrügerisch kollabierten Nauticord-Wien werden wolle: „Da Sie alle Voraussetzungen hierfür erfüllen, frage ich Sie, ob Sie die amtliche Ernennung durch mich annehmen.“ Aus tiefer Müdigkeit hatte er sich damals zu dieser Pflicht aufgerafft. Er war als frisch Operierter, grauenhaft Enteigneter angstvoll vor ihr gehockt, hatte wohl geahnt, was er mit der Bejahung dieser richterlichen Frage auf sich nahm – den unabsehbaren Kampf mit krimineller Hochenergie. Aber daß wirklich eine Minute wie die gegenwärtige kommen würde, in der er am heimatlichen Waldrand das Eintreffen seiner Mörderin abwarten mußte, hatte er doch nicht vorhergesehen. Ringsum begannen die Glocken das Sechs-Uhr-Morgengeläut: am nächsten im Schwanberger Schloßturm unten, weiter weg im Pfarrturm,

Rathausturm, Kapuzinerturm, von St. Anna herüber das Bimmeln. Der weite, riesig gewürfelte Landschaftsbogen mit St. Martin, St. Peter, St. Florian bis Preding hinunter war von diesem Sechs-Uhr-Läuten erfüllt.

Immer noch zogen die Autopulks nordostwärts, nur vereinzelte Fahrzeuge schoben sich aus der Hollenegger Waldwand südwärts in die große Schwanbergkurve hinein. Ein Eiswagen, der die Lebensmittelhandlung Brauchart belieferte, ein Rettungswagen, der vielleicht einen Patienten zur Nachbehandlung ins Deutschlandsberger Spital abholte, ein langsamer Erntetraktor … es schien ein Tagesbeginn wie tausende andere im westlichen Sulmtal.

Doch dann – auffällig verhalten, fast kriechend schob sich der grüne Jaguar in die ferne Gerade Richtung Schwanberg: Absengers Beobachtung samt Schlußfolgerung war zutreffend gewesen!

Benedikter preßte das Fernglas gegen die Augen. Er schärfte die Einstellung, konnte erkennen, daß jene Blondine den Wagen lenkte, die er in Schwechat gesehen hatte. Er verfolgte das zähe Herannahen der Limousine entlang dem Hafnerberg bis zur Kastanienallee nahe dem Sommerbad, ab dort verschwand sie im toten Winkel hinter Häuserreihen.

Benedikter verließ den Aussichtsplatz und rannte zum Tanzboden hinunter. „Max, sie kommt! Du bleibst so lang versteckt, bis ich das Zeichen gebe. Erst dann handelst du wie besprochen!" Damit zog er sich in das Tannendickicht der Lichtung gegenüber der Hohlwegeinfahrt des Tanzbodens zurück.

Benedikter und Max kauerten lautlos neben dem Tanzboden im dicht überwucherten Moos. Die Lichtung lag still im Tageswiderschein.

Benedikter dachte an die gerichtliche Vorverhandlung gegen Profantl letzte Woche im Wiener Grauen Haus. Affektierte Mimik: „Wie komme ich eigentlich dazu, mir das hier anzuhören?" Imponiergehabe, gönnerhaftes Schmunzeln bei einfachen Zeugen, aber beim Plädoyer des Staatsanwalts, bei Aussagen des Gutachters indigniertes Kopfschütteln, bei unwiderlegbaren Straftatbeweisen theatralisches Kopfschütteln. Insider-Kreis-Vermittlungsprovisionen in Dutzenden Millionen. Ständig wurden aus Anlegergeldern völlig titellos Beträge ohne Zweckangaben nach Caen überwiesen.

Beschreibung der Nauticord-Verwaltungstätigkeit: Genauigkeit im Detail, Präzision der Seiltrommelverwaltung wie in einer redlichen Firma – aber ganz oben, en gros, makroökonomisch: Mit einer Hebelumlegung rinnt der ganze Vermögensfluß in den Raubstausee der Gaunerclique. Die ungenannten Vorteile der Funktionäre zu Lasten der Anleger – teure Hotels, teure Restaurants, First-Class-Tickets mit Flugunterbrechungen in Paris, Madrid, London, Exkursionen, Messebesuche in Florida. Aber für die kleinen Arbeiter wird ein Firmenzuschuß von acht Schilling je Werksküchenessen vom Finanzprüfer rückerrechnet und für fünf Jahre nachversteuert!

Der Prozeßverlauf war so, daß die Verteidigung zu immer weiteren Umwegen lockte, daß scheinbar sachlich geredet wurde und der eigentliche Vorwurf stundenlang unausgesprochen blieb. Die Laienbeisitzer bestätigten mit ihren Mienen, daß sie absolut nicht wußten, was da lief. Profantl nahm sein Riesengehalt für nichts. Unter einer Briefkastenfirma in der Ennsgasse, die angeblich die Computerprogramme für die Seiltrommelverwaltung erstellte, verrechnete er ein fiktives Geschäftsführergehalt: in zehn Jahren so nebenher dreißig Millionen Taschengeld, während Studenten um ein paar Schilling diese Arbeit machten. Eine wahrlich grandiose Geschäftsführung! Alles zu Lasten der hiesigen Sparer.

Max zog seine Kette um den zähen Stamm einer feuchten Erle. Das Eisenrasseln scheuchte eine Krähe auf, die mit klatschenden Flügelschlägen aus dem Schatten über den Tanzboden strich. Neuerliche Stille. Benedikter mußte verborgen warten.

Die Nauticord-Clique pokerte nach folgender Strategie: Man raube im Alter von etwa vierzig Jahren neunhundert Millionen Schilling, fünf Prozent davon für die Rechtsanwälte sollten genügen, um weitere dreißig Jahre de facto unbehelligt zu bleiben: Verschleppung, Verlagerung, Adressendiffusion, Übersiedlung, spurenlose Liquidierung mehrerer Dutzend Briefkastenfirmen mit virtuellen Geschäftsführern ohne reale Identität, vorgetäuschte Krankheit, Zeugenbekämpfung, graphologische Gutachten für hunderte belastende Unterschriften, Gutachten über die Angemessenheit oder Unangemessenheit der den Anlegern verrechneten Honorare und Provisionen, Gutachten über die branchenübliche Angemessenheit der Reisekosten, Befangenheitsverfahren gegen Richter, psychologische Gutachten, wonach die Täter zu keinem Zeitpunkt Betrugsabsichten hatten usw., usw. … Über alle diese Fakten beantragten die Advokatenscharen Gutachten gegen Beweisanträge, übten Auskunftsverweigerung, forderten Fristerstreckungen ohne Ende. Auf diese Weise gingen leicht zehn, zwölf Jahre ins Land, viele der Bestohlenen, die ja meist die Ersparnisse ihres ganzen Lebens oder ihre Abfertigungen investiert hatten, starben weg, das Medieninteresse und der Druck auf die ohnehin heillos überlastete Justiz waren inzwischen erloschen, der Mahlstrom der Alltagssensationen würde über den Megaraub hinweggeflossen sein … und die feinen Herrschaften würden einen leistungslosen top-level-high-life-Lebensstil genossen haben …

Aus dem Irrenhaus scholl heftiges Geschrei über den Waldhang herauf. Autos brummten heran, zogen draußen in Richtung Gressenberg vorbei.

„Dispositions frauduleuses" – „betrügerische Dispositionen" – das eigenartige Verschwinden eines Drittels der Seiltrommeln innerhalb zweier Jahre.

Benedikter war im Gericht jene nahtlose, hermetisch dichte, von keinem menschlichen Blickwechsel begleitete Rumpfsprache aufgefallen: Jegliche emotionale Einlassung war verpönt.

Plötzlich das hochtourige Pfauchen der schweren Limousine im Hohlweg jenseits der Lichtung: Der grüne Wagen schob sich langsam vermeintlich auf Garanas, in Wahrheit auf seine Festsetzung zu. Die großen Räder drückten schmatzend über Schlamm, Farne, Nadelschichten. Zweige knackten. Die Lenkerin wurde sichtbar. Ihr Blick suchte das Dickicht vor ihr ab. Schließlich stand der Jaguar mit der Schnauze vor den üppigen Sträuchern am Waldrand des einsamen Tanzbodens. Benedikter stieg geduckt aus der Mulde, richtete sich auf, riß die rechte Autotür auf und beugte sich über den leeren Beifahrersitz zur schreckstarren Lenkerin: „Ich bin Hans Benedikter. Sie suchen mich?" Dabei griff er blitzschnell zum Handschuhfach und klappte es auf. Die Pistole, grüne Seidenhandschuhe, eine EDV-Diskette lagen dort griffbereit. Benedikter steckte alles in seine Plastiktasche. Monika Ottitsch wollte die Fahrertür öffnen und flüchten, doch Vetter Max, die Kette um die Schulter, stand mit dem Hammer davor, drückte den Wagenschlag zu. Benedikter zog die Frau am rechten Handgelenk hinter ihr Lenkrad zurück und faßte mit seiner Rechten das Papierbündel aus Landkarten, Skizzen, Zeitungsausschnitten, Fotos in der Mittelkonsole. „Wieso gehorchen Sie dem Mordbefehl gegen mich, Frau Ottitsch?"

Die Frau begann zu kreischen: „Sie verdammter Erpresser! Sie gemeiner Verfolger! Sie Verleumder! Sie wollen von meinem Heimo Zahlungen erzwingen! Sie wollen das ganze von Heimo geschaffene Schiffseilegeschäft ruinieren! Sie wollen unser Lebensglück zerstören. Sie haben Heimo mit Ihren Nachstellungen hinter Kerkergitter gebracht! Sie … Sie Schuft … Statt unser Vermögen zu genießen, muß ich mich gegen Ihre Anschuldigungen wehren! Unsere Übersiedlung nach Südamerika war schon vorbereitet, nur Sie … Sie verdammter Aufdecker!" Ihre Wut galt sowohl Benedikter wie dem Entsetzen über ihr so knapp vor dem Ziel all ihrer Begierden verpfuschtes Leben, das sie berechnend mit dem Multimillionär Profantl verknüpft hatte, der scheinbar auf ihre verlebte, grelle Umtriebigkeit abgefahren war.

Der hatte sie glauben lassen, er werde trickreich verfolgt, deshalb müsse sie schießen, um ihr Lebensglück zu verteidigen.

Die alternde, geldgierige, liebestolle Kassenbotin, Meldegängerin und Gespielin des Profantl war genau richtig, seinen Mordplan auszuführen. Während eines Garanaser Waldgangs Benedikters sollte sie ihm als Wanderin begegnen, blitzartig in die Schläfe schießen und dem Sterbenden die Waffe in die Hand drücken. Glaubwürdige Selbstmordmotive für diesen fanatischen Gerechtigkeitsapostel gäbe es genug. Sie mußte nur die richtigen Spuren legen …

Kaum hatte ihr Geschrei einen Atemzug nachgelassen, stürzte sich Monika Ottitsch über den zugestiegenen Benedikter und wollte ihm die Plastiktasche mit ihrer Pistole entreißen. Benedikter drückte sie auf ihren Platz zurück. Die schwere Fuhrwerkskette rasselte durch das tiefe Fahrgestell des Jaguar. Max sperrte das gestoppte Auto an den Baumstamm, begann die Nummerntafeln abzumontieren. Entgeistert verfolgte Monika Ottitsch das Treiben um ihren Jaguar. „Lassen Sie mich raus, lassen Sie mich leben! Bitte töten Sie mich nicht, ich gebe Ihnen alles, was ich habe. Sie können mit mir machen, was Sie wollen!"

„Töten wollen Sie, nicht ich! Ich rühre Sie nicht an! Ich verlange nichts als Ihre Bestätigung dieser Ihrer gegen mich gerichteten Aktion. Heute noch nicht vor der Polizei, sondern nur vor Herrn Dr. Profantl, zu dem wir beide jetzt gleich nach Wien reisen. Was beinhaltet übrigens diese Diskette?"

„Ihren Abschiedsbrief! Ich sollte ihn auf Ihren Laptop laden, nachdem ich Ihnen während Ihres Waldspaziergangs in die Schläfe geschossen und Ihnen die Waffe in die noch warme Hand gedrückt hätte."

„Und das vier Tage vor dem Treffen mit den Sicherheitsbeamten der internationalen Börsenaufsicht, zwei Wochen vor der gerichtlichen Hauptverhandlung. Steigen Sie aus!" Benedikter lief um den Wagen, holte Monika Ottitsch aus dem Sitz. „Wir fahren sofort mit meinem Auto nach Wien. Warten Sie!" Dabei setzte er sie auf eine riesige, gefällte, entrindete Fichte am Rand des Tanzbodens. Wieder drang das Glockengeläute aus Schwanberg und den unteren Talschaften zur uralten Burgstall-Lichtung herauf. Es war sieben Uhr.

Vetter Max stand mit dem Kettenschlüssel und den Autotafeln neben dem gefällten Stamm. Benedikter rief ihm zu: „Du entfernst bitte die falschen Garanas-Wegweiser. Warte damit, bis wir abgefahren sind." Dann holte er den Citroën aus dem Versteck, fuhr mitten in die Lichtung und verlud die Plastiktasche samt Waffe, Abschiedsbriefdiskette, Nummerntafeln in den Kofferraum neben die dort vorbereitete eigene große Aktentasche. Zuletzt setzte er die Ottitsch auf den Beifahrerplatz und schnallte sie an. „Max, ich komme in drei Tagen. Und vielen Dank."

Vor dem Postamt Schwanberg hielt Benedikter an, behob seine heutigen Briefe, dann fuhr er schleunig Richtung Wien. Monika Ottitsch starrte teilnahmslos auf das kurvenreiche Straßenband der Weststeiermark.

Während sie durch das Hügelland von Gams, Johngraben, Tomberg, Lannach fuhren, schwieg Benedikter. Als er bei Lieboch in die Südautobahn bog, sagte er: „Sie sind selbst das Opfer einer planvollen Täuschung. Nicht ich und mein Verein begingen Verbrechen, sondern die Nauticord unter der Führung der Doktoren Profantl, Pavoutz, Kohlenbrenner und ihrer Komplizen. Wir sind tausende betrogene Sparer, die sich wegen der betrügerischen Konkursansage vereinigt und seit drei Jahren die Wiederauffindung des Geldes betrieben haben. Dr. Profantl und Dr. Pavoutz haben das Verbrechen des gewerbsmäßigen schweren Betrugs nach den Paragraphen 146, 147 sowie das Verbrechen der Untreue gemäß Paragraph 153, das Vergehen der falschen Beweisaussage gemäß Paragraph 288 begangen."

Monika Ottitsch murmelte: „Wir haben schon einen Gutshof in Argentinien erworben, nur fünfzehn Kilometer vom Meeresstrand mit eigenem Jachthafen, Tennisplatz, Reitparcours, Freibassin und Hallenbad, sogar der Wagenpark ist bereits angeliefert. Unsere Reise war schon gebucht, unsere Rechtsanwälte haben die Enthaftung bereits beantragt."

Während die malerischen Umrisse von Graz links an ihnen vorüberglitten, sagte Benedikter: „Uns liegt eine Nachricht über Dr. Profantls beabsichtigtes Untertauchen in Australien vor, das von seiner Vertrauten in Limoges ähnlich umsichtig vorbereitet wurde wie Ihr Argentinienprojekt."

„Aber ich habe doch die Verträge und Rechnungen mit argentinischen Lieferanten selbst gesehen."

Benedikter lachte bitter auf: „Wir haben Verträge und Rechnungen über viele hunderte Seiltrommeln gesehen, ohne jemals etwas anderes erworben zu haben als uneinbringliche Forderungen an Briefkastenfirmen!"

Schweigend fuhren sie nordwärts. Bei Hartberg sagte Benedikter: „Heute ist Besuchstag im Untersuchungsgefängnis. Ich werde Dr. Profantl aufsuchen. Ich werde die polizeilich genehmigte Viertelstunde für eine Nachricht an ihn nützen, die ebenso wahr wie zwingend ist!"

„Was haben Sie vor?" fragte Monika Ottitsch ängstlich.

Während Benedikter schweigend die Serpentinen zum Wechselpaß hinauflenkte, drückte er auf den Lautsprecherschalter seines Kassettenradios und ließ seine Tonbandaufnahme der Anklageschriftverlesung ablaufen:

„Die Staatsanwaltschaft legt Dr. Heimo Profantl und Dr. Wilhelm Pavoutz zur Last: Sie haben teils in gemeinsamem und gewolltem Zusammenwirken, teils als Alleintäter gewerbsmäßigen Anlegerbetrug verübt, in der Absicht, sich eine fortlaufende Einnahme zu verschaffen, mit dem Vorsatz, sich zu bereichern, durch wirtschaftsplanähnliche Vorspiegelungen die Anleger zu vermögensnachteiligen Handlungen oder Duldungen zu bringen ..."

Während die Stimme der beisitzenden Gerichtsjuristin überlaut die Fahrkabine erfüllte, erstarrte Monika Ottitsch zusehends. War dieser Benedikter etwa gar nicht der Schutzgelderpresser, als den man ihn ihr ständig dargestellt hatte?

Die Stimme aus dem Lautsprecher tönte weiter:

„... und zwar erstens: Durch das Auflegen von Anlegermodellen mit optimistischer Vorschau 493 Anleger veranlaßt zu haben, 827 Seiltrommeln zu kaufen und hiefür 61,321.000 Schilling und an Agio 12,270.000 Schilling tatsächlich einzuzahlen, wobei die Beschuldigten vorgaben, bei unterschiedlichen ausländischen Unternehmungen mit Phantasienamen bereits 1.300 Seiltrommeln angekauft zu haben."

Auf der Einmündung der Wechselautobahn in die Semmeringstrecke Richtung Wiener Neustadt sagte Benedikter: „Ob und wie gut Sie frei weiterleben werden, hängt nun ganz von Herrn Dr. Profantl ab, von seinen voraussichtlichen Weisungen, die Sie, Frau Ottitsch, noch heute nachmittag nach Caen durchgeben werden. Wir fahren jetzt unmittelbar in die Wiener Wickenburggasse zum Gefängniseingang. Sie beheben Ihre übliche Besuchsmeldung: Aber die erlaubten fünfzehn Minuten werde fast nur ich sprechen."

Nochmals ließ er die schneidende Anklagerede ablaufen:

„Viertens: Die Beschuldigten haben die ihnen eingeräumte Befugnis, über fremdes Vermögen zu verfügen, wissentlich mißbraucht und den Vollmachtgebern einen Vermögensschaden zugefügt, indem sie auf Grund der von ihnen in die Verwaltungsverträge aufgenommenen Bestimmungen die Seilmieterlöse sich selbst auszahlen ließen."

Auf der Höhe von Inzersdorf rief Benedikter den Freund Absenger an: „Danke für Ihre Vorwarnung heute nacht. Ich bin mit Frau Ottitsch unterwegs nach Wien. Bitte beauftragen Sie den Kollegen Mlady, für übermorgen abend eine Vereinsvollversammlung in den Volkshochschulsaal Floridsdorf einzuberufen. Alles Inhaltliche berichte ich so schnell wie möglich." Triesterstraße – Wiedner Hauptstraße – Karlsplatz – Getreidemarkt – Museumsplatz – Landesgerichtsstraße.

Benedikter zwängte sein Fahrzeug in eine Parklücke der hinteren Wickenburggasse. Er entstieg dem Citroën, entnahm seiner Aktentasche im Kofferraum nur ein Blatt und eine schmale gelbe Mappe, sagte: „Gehen wir, Frau Ottitsch!" und verschloß den Wagen.

Die Sicherheitspolizistin wies Monika Ottitsch und den ihr folgenden Benedikter durch die Metalldetektorschleuse. Monika Ottitsch eilte zum Besuchsraum, unterzeichnete das vorgeschriebene Formular und fiel auf den einzigen freien Sessel. Benedikter lehnte sich an die schmierige Wand.

Namen krächzten aus dem Lautsprecher, Besucher sprangen auf und verschwanden hinter der Eisentür, die stets von einem Wachebeamten beobachtet blieb. Durch die Milchglasfenster klang das laute Gerede der auf dem Innenhof im Kreis spazierenden Gefangenen. Es war 11 Uhr 05. Zwei Polizisten führten eine randalierende Asiatin ab, die ihrem Häftling trotz versetzten Netzgitters eine Phiole zuschieben wollte. Plötzlich erscholl der Aufruf: „Untersuchungshäftling Dr. Profantl für Ottitsch und Benedikter Platz eins!"

Benedikter zog seinen Sessel dicht an das kleine Gitterfenster: „Ich bin Hans Benedikter, Gründer und Obmann jenes Vereins, der Sie zur Strecke gebracht hat. Sie müssen mir jetzt zehn Minuten genau zuhören, Dr. Profantl!"

„Was wollen Sie?"

„Ihr heutiger Mordanschlag auf mich ist erwiesen und bezeugt. Alle Sachbeweise liegen draußen in meinem Auto. Frau Ottitsch weiß, daß ich kein Schutzgelderpresser bin. Sie weiß auch, daß mein Verein die Opfer Ihrer Betrügereien entschädigen will."

„Meine Verteidiger haben die Staatsanwaltschaft und den Untersuchungsrichter mit Dutzenden Einsprüchen eingedeckt. Sie werden meine Verurteilung nie erleben! Ich stehe vor der Entlassung, da laut Anwälten keine Fluchtgefahr besteht. Belästigen Sie mich nicht länger!"

Benedikter nahm die gelbe Mappe und las in höchstem Tempo aus dem Gutachten von Brus&Sorbes vor: „Vierteljährlich wurden auffällig hohe Verlustmeldungen über Seiltrommeln nach Wien gesandt, wodurch sich das Sparervermögen dramatisch verminderte. Gefälschte Ausfallsformulare, auf denen nur die Unterschriften von irgendeiner Hafenbehörde beglaubigt waren, nicht aber der behauptete Sachverhalt eines Untergangs bzw. Überbordsturzes.

Die Häufigkeit der Abgänge österreichischer Seiltrommeln war frappierend. Da die Schadensfälle fingiert sind, kommt dies einem glatten Diebstahl gleich."

Profantl krächzte: „Hauen Sie endlich ab, Sie penetranter Geschäftsstörer!"

„Sie haben nicht aufgepaßt, Herr Profantl ..."

„Von Ihnen wünsche ich mit meinem Titel angesprochen zu werden!"

„Gern, Herr Doktor, als Meister des Betrugs, der Fälschung, Menschenverachtung, Planung und Anstiftung zum Mord! Wenn ich jetzt ohne Ihr Einlenken aufstehe, lege ich den ganzen Inhalt meines Kofferraums dem Staatsanwalt vor. Frau Ottitsch wird mich begleiten. Statt zehn Jahren Kerker erwarten Sie dann alle Ihre Restjahre hinter Gittern, real lebenslänglich!"

Monika Ottitsch begann laut zu schluchzen. Profantl fluchte: „Du blöde Schlampe! Einmal hättest du funktionieren müssen! Du ..."

„Schweigen Sie!" herrschte Benedikter ihn an. „Diese Frau könnte Ihnen heute noch Milderung und baldige Freiheit erwirken. Sie müssen ihr jedoch jetzt Ihre Weisungen erteilen, jetzt, sofort!"

Profantl stutzte: „Was wollen Sie?"

Benedikter beugte sich dicht an die Lochscheibe: „Ich habe für übermorgen abend eine Vereinsversammlung einberufen. Dort werde ich über eine Urabstimmung befinden lassen, ob wir der Anklagebehörde sofortige Mitteilung machen, daß die Nauticord Caen sämtliche Schadensersatzforderungen der österreichischen Sparer erfüllt hat. Sollte diese Entscheidung zu Ihren Gunsten ausgehen, wird der Staatsanwalt die laufende Anklage zurückziehen. Unser Rechtsanwalt Dr. Hörandner wird gegen Ihren Enthaftungsantrag keinen Einwand erheben. Es obliegt allein meiner Beurteilung, ob ich das Auftauchen Ihres bewaffneten Sendlings in meinem Wohnort Garanas als eine Verrücktheit abtue oder doch als Mordversuch ernst nehme." Benedikter zog das Blatt, das er mitgebracht hatte, aus der Jackentasche: „Sie haben achtundvierzig Stunden Zeit, aus Ihren weltweit versteckten Konten das uns gestohlene Geld zurückzuzahlen: 992 Millionen, 912 Tausend 417 Schilling gerichtssachverständig ermittelter Schaden einschließlich Zinsen und Verfahrenskosten. Alle Zahlen sind hier auf diesem Blatt vermerkt. Ich übergebe es Frau Ottitsch. Meine Kontonummer bei der Raiffeisen Zentralbank, Parkring, Bankleitzahl 31.000, lautet 721.091, ausgestellt auf Hans Benedikter. Frau Ottitsch wird gewiß wie schon seit Wochen alle Ihre Anweisungen aus der Zelle pünktlich weiterleiten. Der Überweisungstext der Nauticord-Zentrale Caen muß lauten: Abschichtung Nauticord Autriche einschließlich Zinsen. Das Wort Vergleich darf nicht verwendet werden, das verbitte ich mir. Übermorgen Mittag entscheide ich durch Nachschau auf meinem Konto, über welchen Antrag ich die abendliche Versammlung abstimmen lasse. Sie haben jetzt noch vier Minuten für Ihre Unterredung mit Frau Ottitsch. Der Jaguar samt Inhalt bleibt vorläufig in meinem Gewahrsam. Ge-wahr-sam, verstehen Sie!"

Benedikter erhob sich, wandte sich grußlos zum Ausgang, passierte den Wachposten, holte seinen hinterlegten Führerschein und verließ das Graue Haus.

Benedikter legte sich müde auf die Hinterbank seines in der Wickenburggasse geparkten Autos. Er mußte nun zwei Tage in Wien bleiben, durfte aber bei keinem Vereinsmitglied wie sonst übernachten, sondern er mußte sein Geheimnis wahren. Er ließ seine schweren Lider zufallen. Seine Kleider rochen stark nach Garanas. Einschlafend wanderte er unbedroht durch die kühlen Waldgassen. Aus allem Geäst leuchteten freundliche Gesichter. Er träumte wieder von seinem Lieblingsbild, dem „Baum der Erkenntnis" von Petit Frère: Vor einer verkanteten, kristallscharf gewürfelten Zyklopenmauer in brüchigen Schattierungen ein breitkroniger Baum, dessen Blätter Augen waren. Augen, im ganzen Geäst verteilt. Brauen, Ober- und Unterlid, Härchen, Augapfel, Augenweiß rings um die Pupille – immer einzelne Augen. Nicht Augenpaare, sondern geschärfte Einzelaugen blickten gerade aus dem Baum. Statt Blättern schwebten diese aufgerissenen Einzelaugen im Gezweig, jedes vom andern ein wenig unterschieden. Eine erwartungsreiche, aufmerksame Versammlung …

Zissers Tastatur: Zissers rhetorische Frage nach Benedikters Gewissensbissen, Geld vor Recht zu setzen, galt zunächst dem Attribut, nämlich, ob sie wirklich eine rhetorische war? Denn in Zissers Hirn stand immer ziemlich unreflektiert fest, daß die Wiedergewinnung der verlorenen Sparguthaben ausschließliches Ziel aller Anstrengungen des Vereins war. Daß der geplante Anschlag auf ihn Benedikter hierbei so gelegen kommen würde wie kein noch so gefinkelter Anwaltstext, war für Zisser nicht vorherzusehen – ganz abgesehen von der Nutzung dieses Anschlags durch Benedikter. Und für Zisser ebensowenig kalkulierbar wie die Abhandlung der Gewissensfrage durch Benedikter. Benedikters Gewissensfrage war nämlich keineswegs rhetorisch!

Es ist dies wieder ein (fiktiv) typischer Fall von Emanzipation der (fiktiven) literarischen Figur gegenüber ihrem (fiktiven) Autor. Wieso muß ausreflektiert werden, daß trotz des Neunhundert-Millionen-Happy-Ends Benedikter eine Problemgestalt bleibt? Der Geldschaden ist behoben – congratulation! –, was soll's? Zisser mißtraut aller Literatur.

Da der Verein mehrmals Pressekonferenzen gegeben hatte – nicht zuletzt, um die Justiz zu beschleunigen –, da aus dem vereinspolizeilichen Register unzweifelhaft Hans Benedikter als führender Kopf für jedermann feststellbar war, war es für Profantl klar, daß er als zentraler Informationsträger und Investigator ausgeschaltet werden mußte! Die mit einem Mord möglicherweise verbundenen Unannehmlichkeiten waren dann eben wegen der übergeordneten grundsätzlichen Notwendigkeit zu ertragen. Das war sogar heldisch. Und die Not, die so gewendet wurde, war die fatale Vermögensrückerstattung, der alle anderen peinlichen Nöte einer finanziell unprivilegierten Lebensführung folgen ... Kurzum, in Profantls Hirn war der Liquidierungsgedanke zur unvermeidlichen Zwangsvorstellung geworden: Er dirigierte vom Gefängnis aus die Erschießung dieses gefährlichen Störenfrieds!

Mit dem kurzschlüssigen Ende dieser Affaire durch die bare Schadensbehebung unterblieb jedoch die theoretische Aufarbeitung der organisierten Kapital-und Blut-Kriminalität. Zisser müßte also offen eingestehen, daß er nie mit dem Anspruch der Überwindung des Bösen schlechthin aufgetreten sei, sondern nur eben sein Geld zurückhaben wollte, und daher seiner zwiespältigen literarischen Gestalt Benedikter beipflichten. Ob einem abstrakten Rechtsbegriff durch diese empirische Geldüberweisung Genüge getan wurde, war nicht Berufsgegenstand des Rechnungsführers Zisser. Aber überzeugt war er nun doch, daß ohne dieses theoretische Gerechtigkeitsideal Benedikters die empirische Schuldbegleichung nicht möglich gewesen wäre. Insofern imponierte dem Autor sein Held.

Zisser mußte beklommen beobachten, mit welcher intellektuellen und charakterlichen Präzision Benedikter die triumphale Schlußversammlung des Nauticord-Vereins diesseits der ganzen Wahrheit meisterte: Benedikters Bericht blieb bei dem von ihm verhandelten und schließlich angenommenen Vergleichsvorschlag Dr. Profantls, gegen eine Wiedergutmachungsbestätigung und Anklagezurückziehung den Gesamtschaden prompt und bar zu beheben. Selbstverständlich akklamierten die Anwesenden Benedikters Vorentscheidung. Auf die naheliegende Frage nach der Ursache für den plötzlichen Sinneswandel der Räuberbande, die bisher raffinierten hinhaltenden, alle Verfahrenstricks anwendenden Widerstand geleistet hatte, bot Benedikter die Erklärung, daß die überwältigende Qualität der neuesten Anklageschrift keine Aussicht auf Freispruch mehr bot, dagegen ein Enthaftungsantrag nur vom eventuellen Einspruch des Vereinsanwalts Dr. Hörandner abhing. Und diesen Einspruch würde eben die heutige Vollversammlung für die Rückstellung des Diebsguts untersagen.

Wahr ist aber auch – und dies entging Zisser nicht –, daß Benedikter nach dreijährigem kräfteraubenden Arbeitseinsatz zur Aufdeckung der Profantlschen Unterschleife an diesem Abend von einer heftigen Gefühlsaufwallung ergriffen war. Sogar auf Zisser übertrug sich diese innere Bewegung: Zu genau waren auch ihm die entsetzlichen ersten Notversammlungen der Betrogenen in Erinnerung, während derer hunderte jeweils persönlich anders gelagerte bittere Schicksalsschläge offenkundig geworden waren.

Ein Siebzigjähriger, der Benedikter schluchzend umarmte, weil er sich nun jene medizinische Kur leisten konnte, die ihm sein Leben rettet, blieb nicht ohne Wirkung auf Benedikters Emotionen. – Ganz zu schweigen von der Witwe, die ihrem Mann das Erleben dieser Rückzahlung gewünscht hätte, deren Unerhoffbarkeit ihm damals den Herztod beschert hatte. – Die Kinder und Erben der vier Selbstmörder waren zwar anwesend, aber stumm und verschlossen. – Und mit vielen zerquälten, leidgezeichneten Antlitzen, die heute nur leise aus den Sitzreihen blickten, verbanden Benedikter Erinnerungen an einst erschütternde Beichten nach dem Verlust jeweils mehrerer hunderttausend Schilling.

Mlady, Absenger und Zacherl, Allabauer und Professor Uhry unterließen ahnungsvoll genauere Nachfragen über Ursache und Hergang dieses totalen Siegs. Sie spürten die Restverhaltenheit Benedikters in all seiner Genugtuung.

In langen Schlangen überprüften die Begünstigten die Richtigkeit der Vereinsaufzeichnungen ihrer Kontonummern.

Benedikter blieb in diesem Drama ganz allein: Wenn er die Schwanberger Gendarmerie informiert hätte, daß auf ihn ein Mordanschlag im Gang war, wäre kein Einlenken und Rückzug und keine Barabgeltung für seine Vereinsmitglieder mehr möglich gewesen. Er durfte niemanden mit einbeziehen: Mord ist keine private Ermessens-, sondern eine Staatsangelegenheit. Absenger und Zacherl ließ er im unklaren, täuschte sie mit der Andeutung, Monika Ottitsch wäre mit einer Vergleichsbotschaft nach Garanas gefahren, nicht mit dem Auftrag, ihn zu erschießen … aber das sagte er mit einem absichtlich so unnatürlich nachdrücklichen Tonfall, daß seine Freunde ihn verstanden und nie mehr nachfragten. Dies fiel ihnen umso leichter, als sie den noch vorgestern unglaublichen finanziellen Erfolg sehen konnten …

Es blieb Benedikters Geheimnis, wieso Nauticord Caen plötzlich seine Anwaltsarmee zurückpfiff und die einstigen Anleger bezahlte. Er opferte nicht nur seine und seiner Mitglieder seelische Genugtuung, sondern auch seine persönliche Bedeutungssteigerung, die er dadurch gewänne, daß er das vielbestaunte Opfer eines Mordanschlags war und beinahe das Leben verloren hatte in seinem qualifizierten Krieg gegen die Mega-Betrüger.

Was für ein wahrer Held – Wahrheitsheld! – Benedikter hätte werden können: Wenn er aufgestanden wäre und mit seinem ganzen mühsam erworbenen Hintergrundwissen Sachverhaltsdarstellungen verfaßt, Interviews gegeben hätte, daß die Öffentlichkeit die immense kriminelle Wirklichkeit wahrgenommen und so abgehandelt hätte, daß eine geschichtliche Wende eingeleitet worden wäre!

Nichts davon: Der Preis eines solchen Triumphs war Benedikter zu hoch. Der Preis wäre der Verzicht ungezählter Mitgeschädigter auf ihre Entschädigung gewesen. Benedikter konnte sich keine brotlose Rechtsromantik erlauben, keinen puristischen Messianismus.

So wie die reale Rückerstattung der Wohnungen in der Glockengasse mußte auch die Rückübertragung der veruntreuten Schiffstaue an seine tausenden Vereinsmitglieder oberstes Ziel bleiben. Das blanke Lebenretten ging vor philosophische Brillanz.

Benedikter beendete seine Schlußansprache auf dem Rednerpult so: „Ich bitte euch nach über drei Jahren guter Zusammenarbeit, mit jedem einzelnen von euch befreundet bleiben zu dürfen. Nur das eine bitte ich mir aus: Nie mehr, solang ich lebe, will ich den Namen Profantl hören oder aussprechen müssen!"

Der Sieger

Die Dreimonatsfrist, die Benedikter Dr. Icht unter vier Augen im fensterlosen Sprechzimmer des Taborturms ultimativ gesetzt hatte, um die freiwillige Abfindung an die mutwillig hinausgeschmissenen Byloff&Nandor-Leute zu bezahlen, war inzwischen dreifach überschritten, ohne daß irgendein Kollege auch nur einen Groschen bekommen hätte oder die verlangte Bekanntmachung in der amtlichen *Wiener Zeitung* erschienen wäre. Immer wieder hatte Benedikter mit den Freunden Holzner, Hempl, Mlady hierüber von Garanas aus korrespondiert und telefoniert. Doch am vergangenen Tag hatte ihn postlagernd Schwanberg ein Brief mit dem Notruf erreicht, an diesem Morgen nach Wien zu kommen. Um neun Uhr war wieder ein Betriebsrätetreffen im Hotel Stephanie geplant – vorgelegtes Stichwort: Grete Kilbs Zeugenladung zum Ministerprozeß –, um elf Uhr illegale Ruinen-Massenbesetzung der Taborhalle 4, von hinten über die unbewachten Bahnanlagen.

Auf der Hinfahrt legte sich Benedikter seinen Rat für Kollegin Kilb zurecht, die sich einst so mutig dem Propaganda-Bezirksrat entgegengestellt und dessen Täuschungsmanöver zur Byloff&Nandor-Zerstörung aufgedeckt hatte: nichts als die Wahrheit auszusagen über seine Worte, „daß euer Schicksal, Genossen, nie dem Dr. Icht überantwortet wird", und dann nach Kilbs empörtem Parteiaustritt, daß „die Unsrigen diese Neupositionierung eben brauchen ..."

Nach dem großen Taboraufruhr freilich hatte der inzwischen Vizeminister gewordene Kapsroitner die vierte Kehrtwendung gemacht. Wegen der Leopoldstädter Massenkündigungen war es zu einem aufsehenerregenden Zivilprozeß der einstigen Verschwörer gekommen, dem früheren Bezirksrat und heutigen Vizeminister Kapsroitner und dem Fabrikseigner, eigentlich nur noch Grundstücksbesitzer, Adi Icht – nicht Generaldirektor, diesen Titel lehnte er großspurig ab, denn „solche Leute halte ich mir". Kapsroitner hatte insofern eine Volte gemacht, als er blitzschnell Dr. Icht öffentlich einen Manchester-Kapitalisten und Las-Vegas-Spekulanten sowie einen Vertrags- und Wortbrecher genannt hatte, nachdem die Massenentlassung bei den Taborwerken bekanntgeworden war, ohne daß Icht es der Mühe wert gefunden hätte, seinem einstigen Gönner vorher auch nur eine Andeutung zu machen. Deshalb stand dieser nämlich unvorbereitet einer Journalistenmeute gegenüber, mußte typisch politisch nur für sich selbst und für diesen Augenblick mit extremem Vokabular optimieren: nämlich, daß der Spekulant Dr. Icht die beim Verkauf der Byloff&Nandor abgegebene Arbeitsplatzgarantie nicht eingehalten habe usw. … Dagegen nannte ihn Dr. Icht in einer Pressekonferenz der Pekunia-Holding einen wirtschaftsfremden, ahnungslosen Hinterzimmer- und Biertischpolitiker und Primitivkämmerer, einen Umschmeißkutscher, der noch jeden Karren in den Graben geführt habe …

Aber gut so: Gretes Zeugenaussage würde unproblematisch sein. Bestürzung löste vielmehr das Ansinnen seitens eines Ministerialrats aus, ein Beweismittel zu vernichten: Während jener entscheidenden Abwehrsitzung zwischen den Betriebsräten Holzner, Manninger, Kilb und Dr. Icht sowie Kapsroitner war zwar vom Pekuniaboß die später gebrochene Arbeitsplatzgarantie für die Taborwerke abgegeben worden, woran sich Frau Kilb so gut erinnerte, daß sie es jederzeit beeiden konnte. Der Betriebsrat hatte aber damals ein Tonband mitlaufen lassen – Dr. Eigner von der Omnia hatte hierüber laut gegrinst: „Diese mißtrauischen Betriebsradeln!" –, aus dem klar hervorging, daß Dr. Icht schlauerweise tatsächlich wörtlich nur von einer Standortgarantie gefaselt hatte. Als Grete diesen peinlichen Gegenbeweis über den neuen Bezirksrat dem Vizeminister melden ließ, kam die verklausulierte Weisung, dieses Band zu vernichten, weil Tonbänder vor Gericht ohnehin nichts galten.

Die Feindschaft der ehemals dicken Kumpane war vollständig, nachdem Dr. Icht Kapsroitner öffentlich zugerufen hatte, daß es bekanntlich eine Arbeitsplatzgarantie in freier Wirtschaft gar nicht gebe. Im aktuellen Zusammenhang war dies freilich eine Phrase, die polemisch am Thema vorbeilenkte: Denn die einstigen Kumpane führten nicht eine Systemdebatte, sondern den wütenden Kampf um die bösesten maulflinken Hineinleger! Selbstverständlich hatte Dr. Icht einst die betulichen Mandatare glauben lassen wollen, Byloff&Nandor bliebe in seinem Eigentum weiterhin bestehen. Und – vor allem! – es würde zu ihren politischen Lebzeiten mit den Taborwerken keine „Brösel" mehr geben. Aber rein formal hatte Dr. Icht keine Arbeitsplatz-, sondern eine Standortgarantie abgegeben. Der Vizeminister würde den Prozeß verlieren.

„Was sollen wir tun?" fragten die ehemalige Betriebsrätin Grete Kilb, der ehemalige Vorsitzende DI Holzner und der Personaljurist Dr. Hempl Benedikter im Extrazimmer des Hotels Stephanie.

„Wann ist die Verhandlung“, fragte Benedikter, „zu der Grete Kilb ihre Zeugenaussage machen muß?“

„In genau fünf Wochen“, lautete die Antwort.

„Dir kann nichts passieren, Grete. Du erklärst dem Gericht wahrheitsgemäß, wie du das damalige Übereinkommen verstehen mußtest: als abstrakte Umformung der Eigentumsstruktur – von Omnia an Pekunia – bei konkret gleicher Betriebsleistung in den unverändert erfolgreichen Taborwerken. Aber, liebe Freunde, mehr als dieser Streit zwischen den beiden Halunken beschäftigt mich unser seit Monaten unerfüllt gebliebener Sozialplan! Die Abfindungszahlung ist überfällig! Dieser Zivilprozeß erlaubt uns, hohe Politik klug hereinzuziehen. Diese entscheidet nämlich weder nach Natur- noch nach positivem Recht, sondern in Vorwegnahme und Abwehr öffentlichen Meinungsdrucks. Und dieser könnte um fünf Ecken herum letztlich sogar auch einmal Gerechtigkeit bewirken … Es sollte gelingen, die Erfüllung der Abfindungspflicht für tausende Byloffianer zum Interesse des Vizeministers zu machen …“

„Ja, aber unser Tonband!“ warf Holzner ein.

„Darüber entscheiden wir in fünf Wochen. Jetzt geht es zuerst um den Lohnabschlag für uns 7.000 Verschaukelte. Und um die heutige Demonstration.“

Inzwischen waren Mlady, Ninaus, Harkamp, Bollin, Frau Eisner an den Sitzungstisch gekommen. Man erwartete sogar Altvorstand Fruhmann, der bisher kein Treffen der verstreuten Taborwerkler ausgelassen hatte.

Holzner ergriff das Wort. „Wir haben mündlich zum heutigen Protest gerufen, weil mich die Betriebsratsvorsitzende Rosa Zweiner der Omniabank kollegial informiert hat, daß Eigner, Schleiss und Dr. Icht jetzt täglich aus ihrer Industrie-Holding Barmittel verschwinden lassen, sämtliche Strukturen zerstören, verbrannte Erde hinterlassen und schließlich die leeren Hülsen der alten Byloff&Nandor mit allen ihren Altverbindlichkeiten und Verpflichtungen gegen Krankenkassen, Gemeinden und Finanzämter in Konkurs schicken wollen. Illiquidität, Zahlungsunfähigkeit, also glatte Enteignung der Vorlieferanten und – für uns direkt hochaktuell! – uns Sozialanspruchsberechtigte eingeschlossen. Das kann denen gar nicht schnell genug gehen, denn die Kerle hocken wieder Tag und Nacht mit Rechtsanwälten und Notaren beisammen, gründen ununterbrochen neue Firmen, an die zunächst alte Rechte, Patente und Forderungen übertragen sowie dann große Beträge aus dem Altvermögen überwiesen werden: für Scheinleistungen wie etwa ‚strategische Konzeptionen, Globalmarketing, Profitabilitätsrecherchen, Forschungs- und Ausfuhrfinanzierungserhebungen und Immobilienrenditemaximierung.‘“

Ninaus rief: „Doch unsere Mitarbeitermilliarde können wir uns in die Haare schmieren!"

Bollin bestätigte: „Dr. Ichts Vermeidung unserer Personalabfindung besteht in der eiskalten Vernichtung seiner eigenen Pekunia: Auf so etwas muß man einmal kommen!"

Frau Eisner war bleich geworden: „Das ist die Hölle, die offene Hölle!"

Dr. Hempl, DI Bollin und Dr. Harkamp leerten ihre Aktentaschen über dem Tisch aus: Zeitungsausschnitte aus *Kurier, Krone, Medium, Magnat, Industriepost, Börsetipp* lagen vor.

Das *Börseblatt* schrieb: „Der Verfall der Pekunia nimmt bereits unangenehme Ausmaße an. Urteil der Börsensoftware: Meiden!"

„Das kann man wohl raten", lachte die Runde bitter.

Der *Economist* argwöhnte: „Dieser Einbruch folgt der oktroyierten Übernahme der British Ceramics."

Betriebswirt Ninaus setzte fort: „Dr. Ichts Fluchtversuch vor der von Benedikter geforderten Abfindung des Taborpersonals besteht in brutaler Selbstauflösung. Ich sage euch, bevor diese Burschen eine Milliarde freiwillige Abfertigungen auszahlen und damit ein Drittel des erschlichenen Vermögensgewinnes verlieren, zerstören sie lieber die bestehenden Strukturen, gründen mit dem beiseite geräumten Geld neue Schein-Firmen, so daß Ansprüche für immer unerfüllt bleiben."

Bollin zeigte ein Wochenblatt umher: „Im *Magnat*-Interview formulierte Dr. Eigner: ‚Das Sichtbarmachen stiller Reserven durch Abverkauf der Industriebeteiligungen zwecks Aufputz der Bankbilanz'."

Ninaus weiter in vollem Zorn: „Da aber die sogenannten Käufer auch keine anderen Ziele haben, bleibt zuletzt nichts als reale Betriebsvernichtung zugunsten diffus verteilter Liquidationserlöse. Nur Cash ist flexibel! Grundstücke, Häuser, Maschinen, vor allem aber Mitarbeiter – diese lästigen Menschenmassen – sind garstig unflexibel! Daher muß das alles weg! Draht und Kabel, Glas und Ziegel, Isolatoren und Bremsen, Stahl und Eisen, Guß und Holz, Asphalt und Chemie, vor allem aber Personal-Dienst-Verträge – was sind das alles doch für Klötze an Kapitalbeinen!"

Holzner murmelte: „Die Schmähformel lautet: ‚Fokussierung auf Kernbereiche' – nach dieser Logik der hohlen Inkompetenz braucht man nur noch: … einen Killer und einen Kassier …"

Mlady berichtete: „Es gibt rings um Kapsroitner schon intelligente Parteirevolten: ‚Nicht für lukrative Handels- und Unterhaltungszwecke wird das Taborgelände umgewidmet, sondern zu profitlosem Erholungsgebiet mit Kleingärten', hatte der der dritte Bezirksrat voll Rachsucht gegrinst, dessen Dienstwagen nicht mehr von der Pekunia bezahlt wird."

Dr. Hempl deckte das Seitenthema auf: „Verschleppung ihnen unangenehmer Gesetzesmaterien: wie zum Beispiel der watscheneinfache Vorschlag – und sogar bereits beschlußreif formulierte Entwurf! –, daß der Zugewinn durch Grundstücksumwidmungen seitens der Gemeinden zur Hälfte des Widmungsgewinns eingezogen wird! Denn wenn jemand durch einen Hoheitsakt derart abstrus profitiert, soll eben der Ort, dem diese Aufwertung zu verdanken ist, wenigstens die Hälfte davon bekommen. In Holland etwa kauft die Stadtgemeinde grundsätzlich das Areal vor der lukrativen Umwidmung zum alten Preis auf! Wohlgemerkt: vor der Preissteigerung! Dutzendweise schwärmen Dr. Ichts Sendboten aus, und seine Telefonleitungen laufen heiß, um dieses legistische Projekt auf die lange Bank zu schieben, bis sein Taborstraßencoup gelaufen ist."

Dr. Harkamp, dessen früherer Sarkasmus nicht mehr zu erkennen war, sagte kopfschüttelnd: „Dr. Icht ist Spezialist dafür, alle Rennen unter der Hand zu gewinnen!"

Holzner mahnte zum Aufbruch: „Wir müssen jetzt langsam unser Fabriksgelände stürmen ... Unsere Kollegen versammeln sich vor der Linienkapelle Am Tabor neben der Statue Nepomuks, des Schützers vor Überschwemmungen."

Grete Kilb rief: „Sehr sinnig: Die entlassene Belegschaft darf nicht in der Betrugsflut ertrinken!"

Holzner ergänzte: „Doch obwohl wir illegal unsere alten Arbeitsplätze aufsuchen, verstecken wir uns nicht!"

Dr. Hempl lachte grimmig: „Und diese verscheuchten Mitarbeiter erwarteten immer noch von der Regierung eine ‚Weichenstellung für die Zukunft der Taborwerke'!"

Mlady erinnerte an das Wort Nietzsches: „Geld ist das Brecheisen der Macht!"

Durch eine halb offenstehende rostige Nebentür zwängte sich die verunsicherte Menge in den gewaltigen, hangarartigen Arbeitsraum: Durch das vernachlässigte Dach war Regen eingedrungen, riesige Pfützen schillerten auf dem öligen Boden. Eingeladene Medienleute wurden hilfreich über die Gleise geleitet. Langsam füllte sich die Halle 4, in der früher Förderbänder, Glassortierer, Rüttelsiebe, Drehscheiben, Kohlen-, Stein-, Knochen-, Kalk-, Mineral-, Getreidemühlen, aber auch Schrott- und Granitmühlen erzeugt worden waren. Grete Kilb und Frau Eisner standen neben Benedikter. Ringsum in der Halle erkannte er viele einstige Arbeitskollegen: den früheren Einkäufer Sedlak; die dicke Karteiführerin Senar; den segelfliegenden Kostenrechner Kahr; die hübsche

Frau Schäfer; herzlich umarmte er den alten Obmann Manninger; Dr. Harkamp referierte unter der Kranbahn einer Technikerrunde; Altvorstand Fruhmann sprach mit Dr. Hempl; die fesche Frau Küchler mit ihrem Europa-Sekretärin-Zeugnis suchte eine passende Anstellung; Isolierungs-Betriebsrat Spraiz betätigte sich jetzt als beliebter Wienerlied-Heurigensänger; der Frömmler Katzbeck hatte sein obligates Notizbuch aufgeschlagen und schrieb; die Chemiker Schedlbauer und Eberhard waren aus fernen Bundesländern angereist. Im Gedränge traf Benedikter den früher so emsigen, ja hektischen Magazinsvorarbeiter Sindler: Seiner rechten Hand waren die Vorderfinger abgenommen, zu wenig durchblutet wegen des vielen Rauchens. „Ich rauche immer weiter … überhaupt: Seit der Vertreibung aus meinen Lagerhallen habe ich, auf wienerisch gesagt, einen ‚Poscher', verstehen Sie, Herr Benedikter, einen echten ‚Pecker'." Sindler hatte sein ganzes Arbeitsleben in der Taborstraße verbracht, sogar Wohnung und Arbeitsplatz in den Taborwerken hatte er von seinem Vater übernommen. Jeden Winkel des Magazins kannte er jetzt noch: „Dort waren die Quarzsäcke gelagert, dort die Brennstoffe, hinter der Säule die Zuschlagstoffe; die Dichtungen dort in Regalen, die Gase hinter der Mauer, die ich bauen ließ; die ehemaligen Zwinger der Wachhunde eigneten sich für die offenen Sande; alle zehntausend Modelle hatte ich im Kopf und fand sie auf Anhieb in der 3.000-Quadratmeter-Halle, ohne Nummer, nur nach Firmennamen. Und als Jausenplatz bauten wir uns mit ständig wechselnden Ölfässern uneinsehbare Höhlen unter der Kranbrücke. Entschuldigen Sie, ich halt es nicht mehr aus, ich muß weg, ich komme nicht zurück."

Altbetriebsrat Manninger bat Benedikter um ein Exemplar der letzten von ihm gestalteten Bilanz für seine geplante Gedenkausstellung in der Bezirksvorstehung. Er wollte die Sache mit dem als Wurfgeschoß mißbrauchten Parteigründungs-Gedenkstein gutmachen: „Ein Akt der Ehrfurcht vor den hier abgeschwitzten Abermillionen Arbeitsstunden: Wir zeigen Glas, Isolatoren, Asphaltmischmaschinen, Gleisprofile, Weichenkonstruktionen, Kabelleitungsdrähte aus allen Epochen des Straßenbahnnetzes, weltpatentierte Unfallschutzvorrichtungen im Elektrowesen, alte Fotos mit Ochsen und Pferden und treuen Wachhunden … einen Lieferkatalog aus 1909 mit Spezifischen Gewichten: Wenn Wasser 1 ist, ist Asphalt 1,20; Gips 1,36; Kies 1,45; Bauschutt 1,50; Beton 2,50; Glas 2,65; Quarz 2,70; Zement 3,00; Kalk 3,20; Eisen 7,30; Glockenmetall 8,80 …"

Katzbeck schüttelte mißbilligend den Kopf, hielt eine Zeitungstabelle vor Manningers Nase: „Nicht 1909 sollst du zitieren, sondern 1999: Das sind heutige Direktorengagen – zwischen 7,2 und 8,8 Millionen! Dafür müssen sie halt fest Leute abschaffen."

DI Holzner erklomm das Zuschlagspodest eines kalt gähnenden Schmelzofens. Aufgerissene Säcke Kalk und Quarz, erbrochene Kisten voll Bleikugeln, Aluminiumgranulat standen unter der Riffelblechtreppe.

Benedikter lehnte am Geländer und blickte in die harrende Menge ehemaliger Taborkollegen: Aller frühere Stolz war aus den vertrauten Gesichtern gewichen. Trauer stand in den Mienen.

Holzner begann seine Rede: „Wir haben keine Gewalt, wir haben kein Machtmittel, wir haben nichts als recht, aber wir sind dennoch ohne Recht." Er hob das Porträt des Liquidators im Hochglanzblatt *Magnat* über seinen Kopf: „Unser Totengräber Dr. Eigner verkündete im Interview: ‚Ich bin Banker und sonst nichts! Alles passiert gemäß Aktienrecht.' – Wir sollen uns wohl darüber freuen, daß in diesem Land wenigstens die Aktien noch ein Recht genießen?"

Empörtes Murmeln stimmte Holzner zu.

„Dennoch stehen wir hier an unseren ehemaligen Arbeitsplätzen und erheben die einzige Waffe, über die wir verfügen: unsere Stimme! Aber auch über diese verfügen wir vielleicht nur noch einige Minuten, denn unser Eindringen in die Halle 4 ist selbstverständlich widerrechtlich. Die Pekunia hat vor fünf Monaten verlautbart: Sie trennt sich von allen Verlustbetrieben. Das bedeutet dasselbe wie: Der Mörder trennt sich von den Leichen!"

Ein hundertkehliger Schrei der Empörung.

„Wir wissen es, die Omnia weiß es, das Finanzamt und die Öffentlichkeit wissen es: Byloff&Nandor mit ihren Taborwerken war niemals ein Defizitbetrieb. Noch unser letzter Jahresabschluß war eine Gewinnbilanz. Unser Kollege Benedikter, früherer Buchhalter, kann das beeiden! Erst das Beitreten der Spekulanten – der Eigners, Dr. Ichts, Schleissens, Kapsroitners und Leskys – hat uns zu der Leiche gemacht, die jetzt ganz ohne Kosten entsorgt werden soll. Wir fordern die Einhaltung des vom Kollegen Benedikter formulierten Sozialplans. Wir fordern unsere Abfindung. Wir fordern aus der Spekulationsbeute diesen Bruchteil Mehrwert von unserer langjährigen Arbeit!"

Das Fernsehteam hatte für die Abendnachrichten alles mitgedreht. Drei Journalisten waren Holzners Einladung gefolgt und recherchierten zum hundertsten Mal den Uranfang, den Auslöser dieser Tragödie: Weil Großgeld-Lotterie momentan mehr Gewinn versprach als seriöse Arbeit, hatten nun Scharlatane das Wort statt gewerblicher Meister!

Benedikter spürte, daß er alle diese Menschen heute ein letztes Mal sah. Dieser verzweifelten Begegnung ausgesperrter Taborwerkler würde keine mehr folgen.

In diesem Moment stürmte eine Polizeigruppe die Halle. Mit Helmen, Schilden und Schlagstöcken rückte die Kohorte ihrem Offizier voran. Dieser rief durch das Megaphon: „Sie sind der Besitzstörung überführt! Sie sind wegen Hausfriedensbruchs angezeigt! Verlassen Sie sofort innerhalb zweier Minuten das Pekunia-Gelände! Ich wiederhole: Besitzstörung! Zwei Minuten Abzugszeit! Ansonsten setzen wir Polizeigewalt ein!"

Schreie und Pfiffe, Kopfschütteln, erhobene Fäuste und wutentbrannt in den Sandboden geschleuderte Schlackebrocken, Glasstücke, Stahlteile waren die ohnmächtige Antwort. Der schmächtige Stubenrauch kollabierte, wurde ohnmächtig, Dr. Hempl und Dr. Harkamp schleppten ihn ins Freie, legten ihn auf eine Grasnabe zwischen Bäumen am Straßenrand. Mlady holte Wasser aus dem gegenüberliegenden Beisel. Um das von Uniformierten flankierte Fabrikstor tönten erbitterte Rufe: „Wir fordern unser Geld!", „Wir fordern unseren Lohn!", „Wir fordern die von uns geschaffenen Werte!"

Mlady packte Benedikter am Arm und zog ihn an die Mauer der Nepomuk-Kapelle Am Tabor, um von dort aus die murrend oder verbissen schweigend abziehenden Kollegen auf der Suche nach dem Verbleib Holzners, Kilbs und Fruhmanns zu beobachten. Die Versammlungsteilnehmer waren langsam zum Augartenpark hinüber verschwunden, ohne daß die beiden ihre gesuchten Kollegen entdeckt hätten. Sie schlossen sich den letzten Demonstranten an, denen die Polizei auf dem Fuß folgte. Mlady lief ungeduldig den bedrückt diskutierenden Kollegenreihen nach, Benedikter fragte den kommandierenden Polizisten: „Wer hat Sie eigentlich wegen der Hallenbesetzung alarmiert?"

Der Offizier antwortete unzugänglich: „Die Pekunia-Generaldirektion, ein gewisser Mag. Schindling."

Benedikter blieb allein zurück. Er machte kehrt und betrat den wie ausgestorben wirkenden Taborturm. Es war 14 Uhr.

Der Aufzug schürfte durch den hallend leeren Büroturm in den 8. Stock, wo Generaldirektor Schindling – wohl im Rahmen der ominösen „Standortgarantie" – fast ganz allein hauste und an der letzten Ausschlachtung des ehemaligen Taborbetriebs werkte. Dieser Schindling war also der letzte Generaldirektor – „General" ohne Männer, ja sogar ohne Wachposten. Wenn der aus seinen Panoramafenstern blickte, sah er eine beklemmende „G'stättn", über der zwar noch die Spannung einstiger Arbeitsleistung flimmerte, die aber wie ein Fanal gebrochenen Leistungswillens über der durch viele Fabriksgenerationen geadelten Leopoldstädter Luft hing. Er betrieb den Abverkauf von Schrott, die weltweite Suche nach Abnehmern für die ausgeschalteten Glasschmelzöfen, Glaspressen, Glasblasdüsen, Isolierformen, Email- und Lackwannen, Einbrennöfen, für ungenutzte Kunststoffmodelle, Mischanlagen, optische und medizinische Installationen, Schienen, Weichen, Drehscheiben, zu allgemeiner Norm erhobene Byloff&Nandor-Entwicklungen, Straßenbahn-Oberleitungen, Seilbahn-, Kabelbahn-, Schnellbahn-, Aufzugs-, Hochgeschwindigkeitsbahnbestandteile, Transformatorenelemente usw.

Benedikter durchschritt, von Frau Horch unbehindert – die kannte ihn noch sehr gut! –, das Sekretariat, trat schnell bei Schindling ein. Breit grinsend blickte der tüchtige Vollstrecker dem offensichtlich einlenkenden Sonderling entgegen. „‚Zum Golde drängt, am Golde hängt doch alles': Auch dieser sture Hagestolz von einem Benedikter, der lieber seine Abteilungsleiterstelle verlor, als die Bilanzarchitektur der neuen Eigentümer als gehorsamer Maurer zu vollziehen …"

Benedikter musterte ihn sekundenlang, dann sagte er: „Sie haben das Vertriebenentreffen auflösen lassen?"

Schindling hob wie unschuldig beide Hände: „Riots stören das Geschäft!"

Benedikter verwarf das Wort Geschäft: „Der Schrottpreis ist dafür doch völlig unsensibel!"

Schindling überging das. „Ich gratuliere Ihnen, daß Sie zur Vernunft gekommen sind."

„Ob ich zur Vernunft gekommen bin, bleibt unsicher, jedenfalls bin ich zu Ihnen gekommen."

Schindling durchschaute diese Beleidigung nicht: „Immerhin bin ich Ihretwegen in die ferne Bergwildnis gestiegen. – Haben Sie nun Punktationen für die PR-Planung Präsident Dr. Ichts mitgebracht?"

„Zumindest habe ich den Pressespiegel der letzten vier Monate studiert."

„Lauter Larifari! Wie ich Sie einschätze, haben Sie in Ihrer Biederkeit an dieser sinnlosen Hausbesetzung da unten teilgenommen?"

„Selbstverständlich! Schließlich habe ich persönlich mit Ihrem Chef Dr. Icht hier in diesen Räumen die gebotene freiwillige Personalabfindung besprochen. Herr Schleiss und Frau Horch waren Zeugen."

„Leider ist Ihnen der Gläubiger abhanden gekommen."

„Ich weiß, daß eine Milliarde Schilling viel Geld ist, aber daß euch das die totale Selbstversenkung wert ist, überrascht sogar mich."

„Dann haben Sie uns von der Pekunia eben unterschätzt."

„Eher überschätzt", verbesserte Benedikter. „Illegale Milliarden lassen sich schwer verrammeln, wenn man davon noch einen Spaß haben will. Überdies habt ihr den Wettlauf mit der Zeit verloren."

„Gegen welche Uhr rennen wir denn an?"

„Sobald die von mir angedeutete, nein, eigentlich schon angekündigte Anklageschrift Rechtskraft erlangt hat, sind zunächst einmal eure sämtlichen Umgründungs-, Vertrags-, Patenteinkaufs- und Verkaufsaktivitäten per Einstweiliger Verfügung gestoppt und alle Konten gesperrt."

„Von wessen Anklageschrift sprechen Sie?"

„Ich bin nicht befugt, darüber Auskunft zu geben. Hätten Sie doch vor zwei Stunden an unserer Versammlung teilgenommen!"

„Was hätte denn dort ich, ein Generaldirektor, tun sollen?"

„Zum Beispiel für morgen die Auszahlung unserer Gelder ankündigen."

„Sie sind so verrückt, wie Sie es immer waren."

Benedikter gedehnt abwägend, halb zurücknehmend: „Die Zahlung müßte ja nicht zu Lasten der Pekunia erfolgen …"

Schindling erhob sich ruckartig und schritt minutenlang schweigend durch das Zimmer, um zu verbergen, daß er mit dieser – scheinbar gewichtigen – Andeutung Benedikters absolut nichts anfangen konnte. Mit einer Stimme, die seine Ratlosigkeit verbarg, fragte er endlich: „Was sind demnach die Grundlinien Ihres Beratungskonzepts für Präsident Dr. Icht, wofür ich Ihnen immerhin über eine Million Jahresgage angeboten hatte?"

Benedikter erwiderte langsam: „Drei Stichwörter sind zu beachten: Erstens mein bisher unerfüllter Sozialvertrag …"

Schindling warf beleidigt ein: „Ihre Erpressung!"

Benedikter fuhr unbeirrt fort: „ … zweitens der medienwirksame Ehrenbeleidigungsprozeß mit dem Vizeminister; drittens die nicht weniger medienwirksame bevorstehende Anklage auf Nichtigkeit wegen Sittenwidrigkeit des Geschäfts Omnia-Pekunia, mit dem sich Herr Dr. Icht unser wertvolles Fabriksgelände im Weichbild Wiens unter den Nagel gerissen hatte."

„Inwiefern sittenwidrig?"

„Ich verweise auf die Paragraphen 879 und folgende des Allgemeinen Bürgerlichen Gesetzbuchs: ‚Wenn jemand den Leichtsinn, die Zwangslage, Verstandesschwäche eines anderen dadurch ausbeutet, daß er sich für eine Leistung eine Gegenleistung versprechen läßt, die in einem auffallenden Mißverhältnis zur eigenen Leistung steht, handelt es sich um einen gesetzwidrigen Vertrag'. Bei Verkürzung über die Hälfte des wahren Wertes – laesio enormis ist der Terminus – kann der Benachteiligte die Aufhebung des Vertrags fordern. Und: ‚Ist der Benachteiligte eine öffentliche Körperschaft, muß sie die Rückabwicklung von Amts wegen gerichtlich erzwingen.'"

„Was heißt das alles?"

„Das ganze Vertragswerk gilt nicht, es schädigte nicht nur Geschäftspartner und Belegschaft, sondern auch öffentlich-rechtliche Instanzen."

„Es beruhte doch alles auf aktenkundigen Buchwerten?" sagte Schindling unsicher.

„Ja, aber ohne die Milliarden ‚Stille Reserven' und ohne den wertvollen alten Firmennamen Byloff&Nandor, zu dem Sie selbst einmal genug beigetragen hatten, Herr Exkollege Schindling."

Schindling erleichert: „Ach so! Ach so! Wer will denn das schon beweisen?"

Benedikter eiskalt: „Ich! – Ich ..., wenn dieser Prozeß mit seinen 7.000 Privatbeteiligten nicht noch abgewendet wird."

„Sie wollen jetzt Ihr Honorar rechtfertigen, nicht wahr? Bitte! Ich höre!"

„Es müßte von Ihnen schlau dafür gesorgt werden, daß Vizeminister Kapsroitner nie erfährt, wie gut seine Karten gegen Icht sind! Ja? Er soll sich weiter vor einer Aufdeckung der Kumpanenschiebung fürchten. Klar? Dann wird er die Fabrikszerstörung letztlich schlucken samt den Icht-Beleidigungen und sogar selbst eine Ehrenerklärung für die ganze Partie abgeben. Kostet ihn das Regierungsamt. Und vor allem: Die Königsidee, sein reiches Arbeitsinstitut werbewirksam für unsere Abfindung einspringen zu lassen, dürfte er selbst nie haben ... niemals! Haben Sie verstanden? Er soll in der Furcht bleiben, als damaliger Aufsichtsrat der Omniaholding drei Milliarden außerbücherlichen Good-Will-Wert der Taborwerke zugunsten seines damaligen Spezis Dr. Icht entzogen zu haben – was jetzt hochkommen und die Republik erschüttern und vor allem ihn selbst kippen kann."

Schindling bekam glänzende Augen und einen kurzen Atem: „Ich werde Ihre Überlegungen verarbeiten und bestmöglich nutzen." Dann lauernd, gedehnt: „Und was sind jetzt Ihre Interessen, Herr Benedikter?"

„Ich habe ein einziges Ziel: Daß die Sozialplanmilliarde innerhalb eines Monats bei den 7.000 Kollegen angekommen sein wird."

Der große Taktiker schüttelte verächtlich den Kopf: „Unverbesserlicher Träumer!" Dann setzte er fort: „Könnte sich Kapsroitner eigentlich gegen das Hineinziehen in den sittenwidrigen Vertrag wehren?"

„Selbstverständlich! Neben dem 5. Wiener Bezirk ist der 2. Bezirk die dichtest besiedelte Fläche Österreichs. Jeder wird verstehen – und würdigen! –, daß dort Kleingärten die einzig richtige Nutzung wären."

„Die werfen ja nichts ab."

„Eben!" Pause. „Und damit ist der ganze miese Megadeal umsonst gewesen ..."

Schindling schluckte, atmete durch, faßte sich sichtlich. „Ihre PR-Expertise für Herrn Dr. Icht lautet also wie?"

„Die Pekunia-Herren – Sie eingeschlossen, Herr Schindling – müssen jetzt blitzartig alles tun, damit Vizeminister Kapsroitner nicht dreifach punktet: Er läßt mit größter Medienbeachtung sofort unsere Sozialmilliarde durch das Arbeitsinstitut auszahlen; dann verhindert er die Umwidmung der Taborgründe von Fabriksflächen zu Vergnügungsbauten, indem er sie zum Erholungsgebiet erklärt; dadurch aber erwiese sich die Behauptung als verleumderisch, er hätte bei dem sittenwidrigen Omnia-Pekunia-Geschäft parteipolitisch Milliarden abgeschöpft. Präsident Dr. Icht würde dann nie mehr Firmen unterpreisig zugeschanzt erhalten! Wäre als Person vernichtet. Und vor allem, Herr Schindling: Kapsroitner könnte Icht mit dem Regreß öffentlichkeitswirksam bedrohen, die Differenz der unterbewerteten Firmenverschiebung aus seiner Privatschatulle an das Arbeitsinstitut zurückzuzahlen."

Schindling starrte offenen Munds auf seinen ehemaligen Buchhalter, schluckte mehrmals, ehe er endlich Lockerheit vortäuschte: „Sie sind mir aber ein erschreckend guter Schauspieler ..."

Benedikter bescheiden: „Das kommt vom fleißigen Herumhören."

Schindling begann wieder um den Schreibtisch herumzulaufen. Dann blieb er ruckartig vor Benedikter stehen und fragte konsterniert: „Aber in diesem Fall hätte Dr. Icht ja verloren. Was sollen wir demnach tun?"

„Umgehend eure Wühlarbeit gegen das Umwidmungsgesetz einstellen! Die Milliarde symbolische Entschädigung für die 7.000 Ausgesperrten sofort zahlen!"

„Aber auch dann hätten wir ... die Milliarde wäre doch weg! ... hätte Dr. Icht ja verloren?"

„Geld schon. Aber nicht den Ruf. Kapsroitner wäre rücktrittsreif, könnte zumindest die schlagende Arbeitsinstituts-Karte nicht mehr spielen, verlöre den Robin-Hood-Nimbus."

Nun blieb Schindling endlich fast fünf Minuten schweigend am Fenster stehen, den Rücken zu Benedikter, den Blick zum Prater gerichtet. Dann drehte er sich um und verkündete vermeintlich undurchschaubar im konventionellsten Ton, dessen er mächtig war: „Hiermit haben Sie Ihr Gesellenstück abgeliefert, Benedikter. Ich werde sehen, was sich daraus machen läßt." Damit geleitete er den ehemaligen Kollegen und Buchhalter zur Tür. „Sie werden schon sehen!" Vielleicht wußte er nicht, daß diese vielsagende Verschlagenheit Benedikters Hoffnung nährte. Schindlings Frontwechsel wäre Benedikters Sieg.

Sein abgehender Besucher lachte betont locker: „Ja, besonders, wenn ich auf mein Konto schaue, will ich etwas sehen ...!"

Benedikter ging nicht mehr in den Augarten zu den verzweifelten Arbeitsfreunden. Er fuhr mit der U1 zum Reumann-Platz, wo sein alter Citroën parkte, und reiste nach Garanas zurück.

Fünf Tage später fiel sein Blick im Schwanberger Kaufhaus Brauchart, wo alle Zeitungen in einem Pult vor der Kassa liegen, auf eine Schlagzeile: „Schindling ist Staatssekretär". Und im Untertitel: „Fabriksgeneral verläßt sinkendes Pekunia-Schiff, wird Regierungsmann für Vizeminister Kapsroitner".

Da ahnte Benedikter, daß er gewonnen hatte! Rasch kaufte er die amtliche *Wiener Zeitung* und fand, was er suchte: „Aufruf an alle ehemaligen Byloff& Nandor-Bediensteten: Dienstnachweis und Kontonummer zum Arbeitsinstitut oder zur Bezirksvorstehung bringen: Abfindung liegt bereit."

Nun wußte Benedikter, daß er diesmal gewonnen hatte.

Die Schau

„Mein Leben ist rauh und hart."
Adele Schopenhauer

„Ich führe nichts schlimmeres im Schilde, als was ich zu erkennen gebe."
Arthur Schopenhauer

Zissers Schreiberfahrung, daß man diesen Stoff überhaupt nicht künstlerisch strukturieren könne, daß der Beleg für Benedikters Erlebnisse nun eben genau die Ungeordnetheit ist: Diese Stoff-Fülle kann nur in ungeschlachten Bruchstücken, schrundigen Findlingen, übermäßigen Betonklötzen, den unbrechbaren Wiener Flaktürmen ähnlich, litaneihaft hervorgestoßen werden … Eine Bearbeitung, Anordnung oder gar Gliederung und symmetrische Gestaltung ist undenkbar. Und besäße Benedikter hierfür die nötige Denkkraft, wäre er eben nicht Benedikter, ergäbe dies genau nicht diese disparate Echtmasse, um die es nun wahrlich in dem Roman gehen muß. Selbstverständlich gäbe es etwa auch einen lebensfähigen, siegbereiten Helden – nur, wieviel kreatürliche Stotterei, falsche Originaltöne, menschliche Halbwörter, Traumweltkombinationen, Wahnapotheosen könnte denn der hervorwürgen? Er litte ja nicht so ungeschützt wie der echte Benedikter, hätte wirksamere, nämlich akademische Schutzmechanismen – also Rationalisierungen, Sublimierungen, Abdrängungen, Überlebenslügen. Wozu aber dann ein weiterer literarischer Text?

Benedikter saß auf der St. Anna-Hochalm, vor sich die drei Kreuze: Wohnung in Wien verloren, Anstellung in Wien verloren, Rente in Wien verloren: Glockengasse dahin, Taborstraße dahin, Handelskai dahin … Das waren die Stationen seiner bürgerlichen Vernichtung. Die drei Kreuze, vor denen die Garanaser Bauern um gute Ernten beteten oder für diese dankten – Obst, Getreide, Heu –, verband Benedikter mit den drei Schlägen seiner Hinrichtung. Die Verehrung des Kreuzes als Überlebenshaltung gegen jeden Schicksalsschlag; eine Auferstehungskraft, weil sie dem Tod einen Namen gab – und durch diese Wortschöpfung überwand, hinter sich ließ. Während all der Verirrungen der letzten vierzig Jahre, seit er aus Garanas weggezogen war, hatte Benedikter unentwegt ehrlich arbeiten und kämpfen wollen und hatte nirgends und nichts gewonnen. Dennoch saß er nun hier nicht als Verlierer, sondern als anerkannter, vielbedankter Teilsieger!

Mlady findet, daß Benedikter zu wehleidig ist: „Die Malversationen sind die Genauigkeit deiner Beschreibung nicht wert. Du bist innerlich ein Hinterwäldler geblieben, romantisch, eindimensional, hast unverrückbare Oben-Unten-Vorstellungen. Nicht einmal deinem Erfinder Zisser hast du dich angenähert."

Die düstere Ruine eines einstigen Sägewerks am Ausgang der Sulmschlucht. Gewaltige Fundamentquader querverkeilter Schieferblöcke am Fuß der Vorberge, zwischen die sich die Sulmschlucht zwängt. Zwischen den quadratisch gemusterten Sprüngen mit immer kleineren ausgebrochenen, schräg versetzten Würfeln und Trapezen rieselt rötlicher Sand über das kantige Steingemenge, schöne kegelförmige Schüttungen.

Nach außen hin nimmt alles seinen gewohnten Gang, er kann ganz unauffällig wie immer in den Schwaighof heimkommen, zu seiner Kammer hinaufsteigen, das wird er auch tun. Bis auf weiteres ist nichts zu entscheiden. Das aus den Tumulten herausgerettete bißchen Geld sorgfältig auf die Restlebenszeit verteilen. Das ist der letzte vernünftige Satz. Aber warum hört es nicht auf?

Zisser holt Benedikter ein. Ich bin endgültig er geworden.

Unterwegs zum Waldbauern, höchster Hof von Garanas: Wie Kinderfinger ragen die winzigen Jungzweige aus der Kruste. Der Berghang zeigt einen gelichteten Einschnitt, auf dessen Grund blanker Fels in Schieferstufen freiliegt, über den in vielen Strähnen ein Wasserfall weißschäumend zwischen Resteisklötzen niederbricht. Am Rand dieses gurgelnden, springenden, tosenden Gespritzes stehen schlanke Bäume auf freigespülten Wurzeln.

Nun endlich sind die ganze Byloff&Nandor-Belegschaft, alle Nauticord-Vereinsmitglieder, alle Glockengassen-Vertriebenen, die Irrenhaus-Inwohner auf der dreikreuzigen St. Anna-Alm, der Jahrhundert-Prozessionsfläche, versammelt … Drei Birken genau auf der Mittelkuppe aus dem Almgras ragend, drei senkrechte Schiefer. Der Vorderfuß des Gekreuzigten ist weggebrochen, weil genau im Rist das Bohrloch für den Kreuznagel durchgetrieben worden war, so daß an dieser geschwächten Stelle der geschnitzte Fuß gerissen ist. Für diese Verstümmelung gibt es keinen biblischen Ansatz, es sei denn, Jesu vorhergesagte Weiterverfolgung nach der Auferstehung und Himmelfahrt, die kommende Verunstaltung seiner Lehre in aller Weltgeschichte. In der Überdachung rechts ein verlassenes Vogelnest.

Zissers Tastatur: Benedikter halluziniert und rationalisiert gleichzeitig! Er weiß, daß er die Wechselchöre seiner aus den Augen verlorenen, aus dem Herzen gerissenen Mitmenschen jetzt nur träumt, doch diese Einsicht nimmt dem Erlebnis nichts von seiner Verbindlichkeit, Lebenswirklichkeit für ihn, für sein Schicksal. Die Wortgefechte und Wortröstungen, die Auftritte seiner Vielgeliebten, seines ganzen Lebenspersonals auf der Hochalm unter den drei die Erdkugel prägenden Großkreuzen finden nur hinter seiner Stirn und unter seiner Schädeldecke statt. Aber dies mindert nicht Wirklichkeit und Wirksamkeit des großen wogenden Geschehens.

Mlady zum fiktiven Autor: „Ihre Abhandlung der Vorkommnisse ist zwar richtig, ja sie ist sogar rechtens – dennoch eine Anmaßung. Ihre Mitbetroffenen, Mitleidenden, Mitopfer haben keine Niederschriften angefertigt. Und die Schmerzensschreie der Weltgreuel vom Balkan bis Afrika sind hier nirgendwo aufgezeichnet. Was glauben Sie eigentlich, wer Sie sind?"

Zisser: „Die Vorkommnisse haben in Benedikter ein Individuum gefunden, das unter Millionen möglichen Antworten diese besondere Rückspiegelung mit Wörtern, Sätzen, Beweisen gefunden hat. Ohne direkte Rede blieben die Gaunereien ungeahndet."

Mlady: „Ihre Sprachwaffe wird aus Wehleidigkeit gezückt, verführt zu messerscharfen Hieben – an den Häuptern der Hydra vorbei. Polemik dagegen nährt die Hydra."

Zisser: „Wieso unterstellen Sie meinem Helden Benedikter Polemik?"

Mlady: „Erstens, weil er kein Heiliger ist, kein wissender Schweigemönch, kein Trappist, zweitens und zumindest deshalb, selbst bei reinster Absicht, weil die Sprache an sich polemisch angelegt ist, schon in der irreal dualistisch angelegten Syntax!"

Zisser: „Mir wollen Sie also sogar diese Erbsünde anrechnen. Aber den Wirtschaftsverbrechern gönnen Sie die Wohltat der Diskretion?"

Mlady: „Bingo. Diese Runde geht an Sie, Zisser."

Der Irre, der Benedikter auf dem Schwanberger Marktplatz mit heftiger Feindschaft, mit Gebrüll, drohenden Armbewegungen verfolgte, hatte gespürt, daß dieser Entfremdete seine kochende Seele durch diesen arglosen Ort trug! Selbst als Benedikter umdrehte, seitwärts über die Terrassenstiegen entschwinden wollte, folgte er ihm schimpfend, rief unverständliche, aber auch unmißverständliche Laute nach, drohte immer wieder mit geschwungenen Fäusten.

Litanei heißt Synthetisierungsverzicht, nicht Syntheseverweigerung, nicht Aggression, nur Eingeständnis, daß Syntheseansätze als Ordnungsmuster willkürlich sind.

Ein zweitausendfünfhundert Jahre alter Pilz wurde gefunden. Er verzweigt sich unter der Erde über eine Fläche so groß wie tausendsiebenhundert Fußballfelder. Leicht sichtbar ist dieser Riese nicht. Man hat ihn über seine Opfer gefunden: Der Pilz nährt sich von Bäumen, deren Wurzeln er aussaugt … Dieser weitumspannende, unsichtbare, unterirdische polypenartige Parasit bezeichnet treffsicher die Zusammenhänge zwischen den weitab voneinander sichtbar werdenden Fäulnissen, Moderungen, Niederbrüchen.

Der Einsiedler als Weltbezwinger. Der Eremit als Triumphator. Der einsame Diarist als Auffinder des Raubguts. Der Heiligmäßige als Erpresser. Der von Menschenfurcht Erfüllte als mitreißender Redner und begeisternder Tröster. Der fristlos Gekündigte als unwiderlegbarer Chronist. Der Wahrheitsgezogene als taktischer Verschweiger. Der diktierende, schluchzende Waldläufer als widerwilliger Ehrenretter der Fabriken.

Die vierunddreißig Jahre, in denen Hieronymus in seiner bethlehemitischen Klause die Bibel übersetzte, revolutionierten spirituell und physisch diesen Planeten. Er entkommt den bethlehemitischen Kategorien nie mehr. Das war nicht Benedikters Thema. Sondern: Wie lebte der wert- und leistungsgezogene Mensch nach dieser Fest-Stellung weiter? Antwort: in der Poesie der Intelligenz und der Depression. Und im befristeten Rausch irdischer Bewährung und Erfolge. Benedikter als freundlicher Bergkamerad und rastloser Gipfelstürmer.

Maler Vitus Hauckh nähme den Maler Jakob Laub zur Seite: „Nie habe ich die Apokalypse aus der Johannesvision entsetzlicher erahnt gesehen.“ Jakob faßte Vitus mit der Linken über beide Schultern: „Das ist keine Vision, das ist nicht die Illustration einer Mahnung vor dem Frevel: Was ich gemalt habe, ist leider die Wirklichkeit meines Zwanzigsten Jahrhunderts!" Vitus ist entsetzt: „Solche Naturkatastrophen hat es bis zu meiner Zeit nicht gegeben."

„Kann es auch nicht. Seit über fünfzig Jahren betreiben wir Atomspaltung ... den innersten Weltstoff haben wir freizuschleudern gelernt ..."

Als ständiges Zugehör der Herrschaft Schwanberg wurde das Amt Fresen und damit Garanas und St. Anna erst um 1500 zum ersten Mal im Urbar überliefert. Ab 1629 wurde Garanas als selbständiges Amt geführt. Während der Andreas-Baumkircher-Fehde – der steirische Kaiser Friedrich III. ließ den steirischen Retter und Rebell wortbrüchig am 24. April 1471 in Graz köpfen – wurde auch das Gebiet von Garanas so verwüstet, daß im Urbar von 1500 viele Huben als öde aufscheinen. Gardinast, dieser in ganz Österreich einzigartige Name, gegeben, noch bevor die Birkengegend Fresen benannt wurde, und noch bevor die Slawen die Laute „rd" umgestellt hatten, bedeutet Dornverhau, Dornenzaun, Dornburg, Engstelle, Wegsperre. Der Berg dient zum Schutz, Dornbuschumwehrung, Obdach, eingefriedigter Raum.

Ein Freispruch? – Keinem Sterblichen kann formalrechtlich zugemutet werden, daß er, an Schalthebel gelangt, deren menschenfeindlicher Logik widersteht. Genau dieselbe Abstraktion, die einerseits einen wirkungsvervielfachenden Hebel schenkt, mit dem höchste Versorgungsleistungen möglich werden, dieselbe Abstraktion führt und zwingt ausgewählte Individuen dazu, die simple amputierte Profitoptimierung abzuhandeln und alle Bedenken einer Ideologie zuzuweisen, die als Sachzwang nachweist, was pure Machtlust, luziferische Durchschlagskraft ist. Diese Sicht könnte eine Rehabilitierung, eine Neufassung der Schuldfrage in dem Sinn ermöglichen, daß selbst Dr. Lesky, sogar Dr. Icht der ungeheuren Versuchung durch Satan erliegen mußten. Gerade die beiden sollten diesen wissenschaftlich hochgerüsteten, medial abgesicherten Teufelstücken gewachsen sein? Widerstehen? Genügte es nicht für ihre Rechtfertigung, daß sie diese inhumane Entwicklung nicht verstärkt, sondern nur ausgenützt hatten? Wären sie erst dann verdammt, wenn sie sich ihrem eigenen Gewissen widersetzt hätten, das ihnen vorhielt, System und Kalkulation korrigierende Projekte anzuregen und zu finanzieren? Da sie aber eine solche Pflicht nicht einmal erahnt hatten, ist ihre Schuld weitaus geringer als ihre objektiv katastrophale Wirkung.

Daß sich Institutionen an den Gründungsidealen messen und korrigieren lassen müssen, gilt auch für Parteien. Sollte also deren Klientel aus Benedikters

Niederschriften nichts als Anfeindung herauslesen, wäre dies ein zusätzlicher Beleg für dessen Sicht: daß nämlich Macht- und Geldstreben verblendet, geistige Vormachtgier korrumpiert, sonst hätten sie Benedikters Klagen nicht nur auf parteikritisch interpretierbare Stellen überflogen, sondern die hunderten Einzelschicksale mit Anteilnahme betrachtet, die durch im politischen Dunstkreis wühlende Täter zerstört wurden – und zwar objektiv grundlos, nur weil die Kompetenz- und Charakterselektionen defizient sind. Sich zuerst wissentlich und zynisch keinen Deut um fachliche Fähigkeiten der mit Milliarden beschenkten Parteigünstlinge zu kümmern und diese nach der eingetretenen Katastrophe – die von allen Sachkundigen, wie etwa Altvorstand Fruhmann, vorhergesagt wurde! – als Las-Vegas-Kapitalisten zu beschimpfen, war schäbige Täuschung aller Leidtragenden, die diese flinke Weglegung durch die schuldigen Bonzen sehr wohl durchschauten.

Benedikters untrügliche Erfahrung war deren gänzliche Abwesenheit und deren antiseptisches Desinteresse während des Byloff&Nandor-Untergangs, diesem volks- und betriebswirtschaftlichen sowie menschlichen Unglück. Hätte Benedikter aber ein politisches Buch schreiben wollen, wäre diese Aufgabe seinem Erfinder Zisser zugewiesen worden. Nur: An politischen Büchern ist kein Mangel. Gebraucht werden Erzählungen über einfache Menschen.

Unsere Bereitschaft, nicht erst die Fähigkeit, Dinge zu ordnen, stößt an die Zeitgrenze der Sterblichkeit. Selbst wenn die moralische Spannung für eine überfristige Hingabe ausreichte, gebricht es an der Vorstellung, Gedanken zu hegen, Taten oder Unterlassungen zu setzen, deren Vorläufigkeit unserer Unabschließbarkeit entspräche. Wir wagen uns nur an Widerstände, die billige, das heißt befristete Mühe erheischen. Deshalb erfolgt die Ausstattung unserer Welt – bewußt und unbewußt – flüchtig wie für einen Wartesaal. Sogar hehre Heiligtümer sind letztlich rasch gezimmerte Kulissen. – Die Hinnahme der Häßlichkeit, das ermüdete Befolgen augenscheinlich unzutreffender Regeln, diese konstitutiven Verzichtshaltungen beweisen unablässig das Arrangement mit der Ablebensfrist.

Das eigentümliche Gefühl, wenn man durch eine Landschaft fährt, in die man einen Roman hineingeschrieben hat, der nun abgeschlossen ist. Das äußere, riesige, reiche Gebiet ist davon völlig unberührt! Die Orte, die geheimen Plätze und Räume, in denen sich die unerhörten Szenen, Seelendramen und Erkenntnisvorgänge abgespielt haben, prangen oder leuchten oder dämmern wieder unberührt, unverändert wie unbeschrieben vor sich hin. Alles Literarische hat sie nicht betroffen, nicht erreicht, nicht beeindruckt. Und: Jene Verwandlung ist nicht mehr! Jener alles umstellende, verbindende, steigernde, deutende, Bedeutung verleihende Blick fällt nicht mehr aus dem Gesicht des Autors in das Gesicht der Landschaft. Die Bedeutung war wirklich nur dem Schreibenden, im Schreiben begriffenen Begreifenden geliehen gewesen. Die Trauer einer erkalteten Liebe breitet sich aus, eine stammelnde, Wörter wiederholende Verlegenheit. Plötzlich bleibt nichts mehr zu sagen. Der Lärchenhain verdorrt zur Baumgruppe. Das bläulich umnebelte Haus am Waldrand erstarrt zur Wohnstätte. Die verzückende Allerheiligenvision schrumpft zum alten Altarbild. Die Sänger und Tänzer, Helfer und Büßer, aber auch die Räuber und Hehler verfallen zu gewöhnlichen Leuten. Alles, wessen der Romancier zu empfinden, zu sagen fähig war, ist niedergeschrieben.

Wieso besteht dieses nun entleerte, entseelte Weltgerüst, diese ausgehöhlte Schale weiter? Zögerndes Atmen in einem vertrauten, abgeschafften Vorort.

Vorwurf Zissers an Benedikter oder umgekehrt, daß Fehlleistungen deutlich beschrieben sind, aber eine Handlungsanleitung, wie Wirtschaftslenker vorzugehen haben, nicht zu finden ist. Nun, so schwer ist das nicht:

1. Der einzig gültige Zweck ist jener, der direkt oder indirekt dem Wohl aller Menschen dient nach dem Prinzip des Kantschen kategorischen Imperativs und Albert Schweitzers Ehrfurcht vor dem Leben.

2. Jedes Unternehmen soll innerhalb dieser Vorgaben eine einmalige, unverwechselbare Aufgabe erfüllen, eine Fähigkeit, die losgelöst vom eigenen Erwerbsstreben – das selbstverständlich legitim, weil selektiv ist –, dargestellt und beschrieben werden muß.

3. Die Verfolgung dieses Unternehmenszwecks darf ausnahmslos mit redlichen Mitteln erfolgen, wobei die eigene Vervollkommnung bis zur absoluten Bestleistung auch dann ethisch gerechtfertigt ist, wenn dadurch eine sachimmanente Relativierung von Mitbewerbern eintritt, deren Aufholbemühung nicht behindert werden darf.

4. Volks- und betriebswirtschaftliche Wissenschaft muß zugleich weiterentwickelt werden, inbesondere hinsichtlich der Bewertungen, Kostenrechnungen, Preisbildungen, die immer zutreffendere Modelle des Wertverzehrs und der Auswahl von Arbeits-, Material-, Energiezuwendungen ermöglichen müssen.

5. Systemänderungen müssen so langsam erfolgen, daß unschuldige Individuen, Wirtschaftssubjekte, nie zu Schaden kommen, redliche Lebenspläne und bewährte überlieferte Werte nicht zerstört, sondern umfassender erkannt und umgesetzt werden. So wird der höchste Lebenswert – Weltvertrauen, Daseinsglück – vor unqualifizierter Gewalt beschützt.

6. Ziel auch des Subsystems Ökonomie muß die Anwendung und Umsetzung der gesamten humanen Begabung sein, Unterscheidungsgabe, Urteilskraft, Geduld zu Langfristigkeit, Nachhaltigkeit, Bewährung im Übergang, umsichtige Verwaltung des Unfertigen.

7. Der Eigennutzenmotor der Wirtschaftstätigkeit darf – da er eine anthropologische Konstante ist – nicht abgewürgt werden. Doch müssen die freien Individuen immer stärker den aufgeklärten Altruismus als ihr wahres Interesse erkennen. „Der Kunde ist König" heißt verallgemeinert „Der Mitmensch ist Gott" – hier berührt die Ökonomie die Theologie.

Zisser kommt zu Benedikter, der sich auf der Garanas endgültig zurückgezogen hat, auf Besuch.

Zwar ist dieser halb geheilt aus seinem Manuskript entlassen – aber nicht, weil das auslösende Problem behoben wäre, weil alles Aussagbare gesagt wäre, sondern nur aus Erschöpfung, aus Unvermögen, nur, weil das ihm Sagbare – und das ist wenig genug – gesagt ist, was ja nichts über die objektiv gebotene Darstellung und Bewältigung aussagt, und das weiß Zisser eben nach Arbeitsende ganz genau! Benedikter könnte hier einwenden, na, dann schreib doch weiter, bis alles stimmt: Genau das kann Zisser nicht mehr. Er hat seine ganze Kraft eingesetzt, sie war und bleibt ungenügend und das Weiterbohren bringt nichts mehr. Das ist das wahre, ungeschminkte Scheitern.

Aber die Stigmatisierung durch das Erlebte und im verfälschenden Niederschreiben Überlebte bleibt in ihm. Umfaßt ihn mit ständigem Würgen.

Benedikter schaute fast ungläubig – sogar mit schlechtem Gewissen! – auf sein Bankkonto, das nach jahrelanger völliger Armut ein bescheidenes Altenleben ermöglichen könnte. Die Bausparkassenrate für die Glockengasse brauchte er nicht mehr zu zahlen, weil er die lastenfrei gewordene Wohnung verkaufen und mit dem Erlös seinen einstigen Kredit zurückzahlen konnte. Die Sozialplanabfertigung von Byloff&Nandor bringt ihm immerhin so viel, daß er eine kleine gemauerte Keusche pachten kann. Und als Grundlage für eine Rente blieb ihm die hartnäckig ertrotzte Barentschädigung der Nauticord. Da Benedikter nur der Held war, nicht der Autor, hat er den Kampf seelisch unbeschädigt überstanden.

Die aberhunderten Menschen, die ihm in den letzten Jahren so ans Herz gewachsen waren, kamen überallhin mit ihm. Immer öfter erfüllte seinen Mund der wohlige Geschmack, wie unsterblich zu sein.

Geklärt ist alles, nichts ist verziehen. Geklärt ist nichts, verziehen ist auch nichts.

Letztfrage: Ob die Erscheinungsfluchten eine Richtung zeigen?

Kein einziger seiner alten und neuen Freunde wäre in Raum und Zeit voll beschreibbar: Somit ist jeder ein Ebenbildstrich Gottes.

Die Narbe welcher Wunde ist die Schöpfung?

Die Liebe als Axt, die dem Nichts jene Wunde geschlagen hat, deren Narbe unser Weltstoff ist.

Das silbrige Vogelgezwitscher auf einem alten Tonband hinter den suchenden Worten des Diktats.

Das Ende des eigenen Lebens nicht mehr als Grenze wahrnehmen.

Alles, was ich schreibend gelernt habe, trifft zwar zu, aber füllt mich nicht aus. Die Leiter zum Absprung: Schweben über der Wörterwelt.

In Garanas reichen Erde und Himmel so ineinander, daß eine Sprache mit den diese jeweils unterscheidenden Namen nicht gilt.

An irgendeinem nicht benennbaren Zeitpunkt während Zissers jahrelanger Abwehrschlacht gegen die Räuberbanden hat ihn der Text gänzlich überspült, überwältigt. Nicht er erwählte, gestaltete das Buch, sondern die immense immanente Stofflogik riß ihn weiter.

Zisser gewann als Erzähler benediktersche Aktivistenmacht, wurde zum winzigen Regler in der Steuerung des Makrosystems. Er regelte es ab.

Die erfundenen Teilsiege warfen poetischen Mehrwert ab.

Ebenso entscheidende wie ungelöste Frage: Ob Literatur ein Monolog oder ein Dialog ist? Jedenfalls ist sie ein grammatikimmanenter innerer Zwangsdialog.

Es ist kein Tag vergangen, an dem Benedikter sich nicht geistig in den Räumen der Byloff&Nandor-Fabriken bewegte. Abgeschnittensein vom Taborwerk, in dessen Höfen und Gängen, Aufzügen und Büroräumen, Sitzungssälen er sich noch ständig unterwegs fühlt, obwohl es jetzt schon Jahre sind, daß dieses Areal zur Verbotenen Stadt geworden war.

Garanas – ein Urwort für irdischen Frieden! Nicht für himmlischen.

Geschockt begreift Zisser, daß Benedikter für immer weiterlebt, er selbst aber stirbt. Benedikters Verstrickung in Widerspruch, Unrecht, unabsehbare Folgen – sein Leiden daran – und sein Mut, trotz Unwissens zu entscheiden, lassen ihn leben, lebendig sterblich statt sterbend sterblich. Zissers Sterblichkeit dagegen ist tödlich.

An diesem Buch stimmt nichts außer das deutlich Gemeinte.

An diesem Buch stimmt nichts außer das schwarz auf Weiß Gedruckte.

Dieses Buch erprobt die Versuchsanordnung, wenn es einen Zisser und einen Benedikter gäbe.

Dieses Buch warnt Geldleute, sich in Gallunters, Ichts, Profantls und ähnliche Figuren zu verwandeln.

Dieses Buch ist unwirklich. Es ist wahr.

Am 14. April 1912 lautete die Schlagzeile der New York Times*: „Titanic gesunken!" In derselben Ausgabe erschien auf der Rückseite das große Werbeinserat, das zu einer Atlantikreise nach England mit der Titanic einlud. Wie kommt das? Es gibt keine Verbindung zwischen den Ressorts Tageschronik und Anzeigenabteilung! So wenig wie es eine Verbindung zwischen Philosophie, Kunst, Pädagogik, Wirtschaft, Sport, Politik, Medizin, Justiz, Musik, Börse gibt … Mlady sagt: „Genau von dieser Qualität der* New York Times *des 14. April 1912 sind alle Schriftstücke, die wir zu lesen bekommen."*

Arbeiter haben sich mit Ketten an ihre Maschinen geschweißt, Polizisten haben mit Schleifscheiben die Schweißnähte durchgefräst.

Martin Buber: „Erfolg ist nicht der Name Gottes!", Walter Eucken: „Unökonomisch ist auch unmoralisch!" Beides stimmt.

Über die Menschen aus den Litaneien: Ihre fugendichte Weltfremdheit! Ihre Monodialoge! Von der Mächtigkeit im Wissen und Dulden, die sie erlangt haben; und von der gänzlichen Ohnmacht zur Täterschaft. Von ihrem Leben in unterirdischen Hallen. Das Universum der Nebenfiguren. Ihr Schwanken zwischen Verzagtheit und Trotz. Benedikter braucht nur eine halbe Stunde neben dem kleinen Wasserfall an der Garanaser Straße zu sitzen, und ihm fallen noch einmal hundert Namen ein.

Quarz wurde gebrochen, Holz gefällt, zersägt, geschichtet, Pottasche hergestellt, Öfen glühten, Kiesstampfer zerkleinerten den Quarz, Glasbläser gaben dem Schmelzfluß die Form, Glasträger brachten die zerbrechliche Ware in Kraxen auf dem Rücken ins Tal.

Ein Brief erreicht Benedikter: Der ehemalige Portier Kastner, der einstige Arbeitsvorbereiter Schanes, der Kostenrechner Kahr, Frau Schäfer und der Altbetriebsrat Spraiz haben einen Verein gegründet, der über den Stadtmagistrat ein befristetes Zutrittsrecht zu den Taborwerken erwirkte: Byloff-AG soll heißen Byloff Abenteuer-Gelände! Gegen Eintrittsgeld wird die Industrieleiche an der Taborstraße preisgegeben, feilgeboten, für technikgeschichtliche Führungen durch die ehemaligen Bediensteten genutzt. Diese Stätte harter körperlicher Arbeit als Freizeitpark. Hoch oben in der Kabine des Lagerplatzkrans kann man über das Leopoldstädter Dachgewirr zu den Riesenradgondeln hinüberschauen. Der Gasometer ist in gutem Zustand, der hiesige Taucherverein nutzt ihn als riesiges Wassertiefbecken; in den mit Regenwasser gefüllten Bunkern des Hochofens werden jetzt Unterwasserexpeditionen geprobt. Alpenvereinsmitglieder nützen das alte Hütterwerksgemäuer als Klettergelände. In der früheren Pumpenhalle wird zwischen und auf den Turbinen Bertolt Brecht gespielt. Drei Doktoren der Universität für Bodenkultur haben sich durch das Finden und Beschreiben von zweihundertachtundneunzig unterschiedlichen Farn- und Blütenpflanzen in Asphalt-, Beton- und Mauerritzen sowie Stahlspalten in ihren Studienfächern habilitiert: exotische Pflanzen, deren Samen mit den Quarzen und Erzen nach Wien gekommen waren. Grünspecht und Graureiher nisten im bizarren Gestänge, eine Birke hat in sechzig Metern Höhe im Ziegelschlot Wurzeln geschlagen.

Zissers Tastatur: Die Figur Benedikter entglitt mir noch während des Schlußtextes. Das Grundmuster seines Wesens – vorgeprägt in jenem schon erwähnten Schwanberger Hochaltarbild – begann durchzubrechen wie ein Atommeiler, dessen Kühlkreislauf durchgebrannt ist. Alle Dialoge zwischen Zisser und Benedikter konnten nicht verhindern, daß Benedikter seinen tiefsten Seeleninhalt ungehemmt hervorstieß.

Der Autor wurde von seinem Helden blamiert: Auf einem Stoß entrindeter Baumstämme hockend, erzählte Benedikter ohne innezuhalten.

Anmerkung Zissers: Die Lektüre könnte an dieser Stelle ohne Informationsverlust abgebrochen werden.

Die heilige Klara entstiege dem Hauckhschen Meisterwerk und komme – Goldbecher und Weißbrot vor sich hertragend – über den Almbogen herauf. Die Heiligen Teresa von Avila, offenen Herzens, und Katharina von Siena, mit spitzer Krone, begleiteten die Freundin, hocherfreut über die große Anzahl geläuterter, friedlicher, horchender Menschen aus Benedikters weiter Innenwelt, Staunende, die nun diese Hochebene immer dichter bevölkern. Im Schatten der Föhren und Lärchen, neben der Haflingerherde, träfen die Polizisten Absenger und Zacherl, Oberst Kerschitz von Schwechat, Major Daum vom Handelskai und Gendarm Posch aus Deutschlandsberg auf die Heiligen Georg und Florian sowie den Erzengel Michael in ihren funkelnden Rüstungen: Ihre lebhaften Gesprächsgesten ließen auf regen Austausch fachlicher Erfahrung schließen. – Die Betriebsrätinnen Grete Kilb und Rosa Zweiner fänden sich vor der heiligen Namenspatronin Rosa von Viterbo, die, eine weiße Rosenkrone über der Stirn, den Arm voll Brot für Bedürftige ihren späten Nachfahrinnen vorwiese. – Der Leibnitzer Professor Uhry und der Pianist Stauchner aus der Glockengasse ließen sich von der heiligen Cäcilia mit der tragbaren Kleinorgel deren Musiklehre erschließen. – Anna Robathin und Frau Schäfer vom Allgemeinen Werksdienst folgten am Nordabhang der Hochebene der büßenden heiligen Dirne Maria Ägyptica ins brüchige Gefels, über das die Fastende ihr bodenlanges Haar breitete, ehe sie sich zueinandersetzten. – Thomas von Aquin bedauerte vor den um ihn gescharten Verteidigungsmeistern und Abwehrkämpfern Mlady, Hörandner, Primsch, Fruhmann, Pirsch, Holzner, Hempl: „Ihr seid Gefangene eines steuerlosen Globalsystems. Draufgängerische Marktakteure verbergen die wahre Niemandssteuerung. Unter Grenzmoral ist die Handlungsweise zu verstehen, sich am Rand des strafrechtlich Unerfaßten zu bewegen – dazu wähnt man sich gespielt gezwungen, weil man es zuvor den Mitbewerbern unterstellt. Jedenfalls ideologisiert man damit den Kannibalismus."

Franz von Assisi zöge Schleiss am Ärmel zur Seite: „Wollen Sie denn niemals die Süßigkeit der frommen Armut kosten?" – Und der päpstliche Vermögensverwalter, der heilige Laurentius, schüttelte mild den Kopf über Lesky: „Die beschenkten und beglückten Armen sind unser wahrer und einziger Reichtum!" Eigner grinste: „Und der Kaiser Valerian, der den Kirchen-

schatz stehlen wollte, schaute durch die Finger." Der Märtyrerdiakon Laurentius rügte diese freche Sprache: „Er ließ mich wegen meiner Caritas auf dem Feuerrost verbrennen."– Die große Menge der beinahe Delogierten, der fast um ihre Wohnungen Gekommenen aus der Glockengasse und Umgebung, lauschten dem heiligen Einsiedler und Sprachübersetzer Hieronymus, der vierunddreißig Jahre in seiner Klause bei Bethlehem gehaust hat. Der Asket jubelte über die wiedergewonnenen Heimstätten der Unschuldigen, verglich diesen Gewinn mit seinem erfolgreichen Entfernen des Dorns aus der Löwenpranke. – Die entschädigten Nauticord-Opfer umringten Benedikter, klopften ihm auf die Schulter, lobten seine Klugheit, seinen Mut, hoben ihn hoch, trügen ihn vor das südliche Erntekreuz, wo der heilige Papst Leo der Große den über ihre Abfertigung staunenden Taborleuten berichtete, wie er tatsächlich Attila, dem Hunnenkönig, entgegengeritten sei, damit Länder und Städte nicht mehr verwüstet, deren Bewohner nicht weiter ermordet würden. – Offenen Mundes, ganz entspannt kauerten die Pfleglinge des Irrenschlosses unter dem westlichen Hochkreuz, betrachteten verzückt den verwitterten Heiland, dessen rettende Liebe ihnen der heilige Evangelist Johannes auslegte. Vor seinen Seherworten lichteten sich sogar die schwärzesten Nächte in den armen, wirren Köpfen. – Kreideweiß wären die bisher so listigen Gesichter Profantls und Pavoutz' über den blutenden, sterbenden heiligen Stephanus gebeugt, der ihnen flüsternd die weitere Armenversorgung Jerusalems auftrüge! Der Gesteinigte bezeugte röchelnd den auch ihnen offenen Himmel! Und der junge Saulus, der Profantls und Pavoutz' zur Steinigung abgelegte Kleider bewachte, gäbe sie ihnen besudelt zurück. – Germanist und Textelektroniker Mlady sei auf der Bank vor dem Ostkreuz des Gipfelplateaus mit Evangelist Johannes in ein ernstes Gespräch über die Identität dieses heiligen Schriftstellers vertieft: die beinahe lückenlose Biographie des hochgebildeten und hochrangigen Lazarus, die damals vielfach gepflegte mystisch-medizinische Todesübung, die familiäre Freundschaft mit dem Nazarener, von ihm zu dessen Lieblingsjünger erkoren, Kreuzigungszeuge, Bischof von Ephesos, apokalyptischer Seher von Patmos und Autor … Das alles vernähme der Heilige aus Mladys Mund mit aufmerksamem Schweigen: Was dieser weltbewährte, zwei Jahrtausende abgerückte, ungläubig-gläubige Mann über den Begleiter der einsamen Christusmutter und Verbannten nicht alles herausgefunden habe? Seinen schwarzen Adler im Allerheiligenbild – als Sinnbild geistigen Höhenflugs – fände Johannes durchaus schmeichelhaft. – Arzt Lukas, einziger Akademiker unter den vier heiligen Evangelisten, ließe sich von der Deutschlandsberger Anästhesistin Dr. Forner die neue Medizin erläutern, über deren Möglichkeiten er gern während der Zeit als Reisebegleiter des heiligen Paulus verfügt hätte. – Sanitäter Müller, der zuletzt aus Menschenfurcht verschwunden war, bäte Lukas um seine Empfehlung, damit ihn Dr. Forner im Landeskrankenhaus anstelle – er möchte sich in seinen freien Stunden mit Herrn Benedikter gemeinsam an die Taborfreunde erinnern … – Der tödlich verletzte Stephanus wendete sich segnend von den verblüfften Profantl und Pavoutz ab, erhöbe sich aus dem Geröllboden auf die Knie, umarmte seinen späten Leidensgenossen und Nachfolger im Martyrium des Erschlagenwerdens, Dr. Ferdinand Bernleitner, den Sohn des Altvorstands Fruhmann: „Du wurdest am Ufer der Weichsel ermordet, während du dein reiches Wirtschaftswissen dem Wiederaufbau Polens schenktest! Komm zu mir, du Bruder in Wahrheit und Liebe.“ Fruhmann, der ‚mit Religion nichts am Hut hat‘, stünde unweit zwischen Dr. Brenda und Direktor Sprungl, tränenlos, mit aufgerissenem Gesicht, seine beiden Kollegen müßten ihn stützen. Dr. Bernleitner beklagte die institutionelle Unmoral, die Konkurrenten voneinander im vermeintlichen Überlebenskampf übernähmen. Allein die Vermutung einer Übervorteilung veranlasse alle zu sündhafter Rücksichtslosigkeit.“

Ich, Zisser, Autor, schämte mich so sehr für diese unliterarischen Ausschweifungen meines Helden. Ich stürzte mich über ihn, versuchte ihm den Mund zu verschließen. Doch er phantasierte weiter:

Pfarrer Hadolt von St. Anna drüben, dessen Bergkirche dieses Allerheiligen- und Allermenschengewoge auf der großen Gipfelkuppe begrenzt, zeigte seine schwärenden Wunden der heiligen Katharina, die im roten Kleid, mit ihrem vom Blitz zerbrochenen Marterrad zwischen den Heiligen Barbara und Margaretha, umringt von den jahrelang dienenden, genau arbeitenden Byloff&Nandor-Frauen Embacher, Usleber, Tirschl, Tost, Romich, Fließl, Liniditsch, Eberhard, Küchler, Mangold, Predl, Pußwald, Doleschal, Kilb, Schwaller, Arzberger, Sampl über die Grasmatte ginge: Hadolt bäte um jenen Blitz, der Katharinas Marterzeug vernichtete, damit sein Leiden ende. „Umso reiner wirst du die Verklärung sehen“, tröstete die Heilige den verborgenen, nicht nur verkannten, sondern der Welt gänzlich unbekannten Büßerpfarrer. – Der Freidenker Trummer, leidenschaftlicher Glaubensfeind, fände verständnisvolle Anhörung in der Paulusgruppe, deren Mitglieder abwechselnd auf die Außenkanzel der Annakirche – ihren Areopag – stiegen und argumentierten. Dr. Harkamp: „Zugegeben, deine Zeit, Achsenzeit, war eine Erkenntnisschwelle." Präsident Kandlhuber: „Eine breite Schwelle, von David bis Ignatius über 2500 Jahre!" Katzbeck, Cerwenka, Serdinschek, Manninger: „Ob dieses hoheitliche Erscheinen und Verbrüdern etwas beweise?" Frau Rat Dr. Kontur vom Handelsgericht entscheidet: „Jedenfalls einen schicksalhaft weltenstiftenden Plan." Untersuchungsrichter Schauenstein, der das Treiben mit Vorbehalt betrachtete: „Die Leistungen, Bekenntnisse und Schriften des heiligen Paulus sind geschichtlich gesichert. Unsere Identität dagegen nur in Bezug auf ihn und seine Daseinssicht." Töglhofer meldete sich mit seiner tiefen Chefstimme: „Ihnen, heiliger Paulus, verdanken wir immerhin, daß wir Heiden überhaupt eigenen Anteil am Durchbruch eures damals schon über zweitausendjährigen Gottesringens nehmen dürfen." Trummer schüttelte den Kopf: „Dieses herzzerreißende Durcheinander..!" – „Na, na", krächzte Bullmann, dem sie die Stimmbänder herausoperiert haben, „nur diese Unruhe erhöht uns!" Paulus nickte: „In unserer Schwäche liegt unsere Stärke!" Der heilige Petrus träte aus dem Dachvorbau über den Totengedenkplatten hervor, machte genau jene Geste, die das Hauckh-Gemälde festhält: Er weist mit der hocherhobenen Hand über seinen Kopf zurück hinauf zum obersten Kreuz, als wolle er bekräftigen: „Dieser allein ist Retter!" – Über die waldumstandene Serpentinenstraße zum Garanaser Scheitelplatz in freier, alpenkammumringter Höhe pilgerten die Massen aus Zissers Großerzählungen von der Byloff&Nandor-Zerstörung, der Sparertäuschung, vom Grundbuchtrick herauf. Von der ärgsten Schmach befreit, hätten sie einander viel zu berichten. Aus der Glockengasse: Todorov, Goreski, Potzl, Riedel, Abetti und Iftani, Sehnal, Kollmann, Raichl, Linhart, Pollerer, Küstler, ja, das Selbstmörderpaar Küstler; vom Anlegerschutzverein: Leimser, Zimmerl, Kögerle, Siederer, Kloff, Effermann, Fröhlich, Grieber, Mooslechner, Kronauer, Heilingstadt, Swietly, durchwegs schwerst geschädigt, praktisch ruiniert gewesene Mitsparer; und von den einstigen Byloff&Nandor-Arbeitsplätzen Schädelbauer, Ruß, Plach, Eisner, Ninaus, Junghans, Arzberger, Wolf, Semlitsch, Ptak, Szabo, Ackerl, Primsch, ja, Primsch!, Ozko, Jaklitsch, Koritnik, der stets so arbeitsfreudig, einsatzbereit und menschenfreundlich gewesene Koritnik sänge das evangelische Lied „Ein feste Burg ist unser Gott ..."

„Das darf doch nicht wahr sein!" schrie Autor Zisser empört seiner Romangestalt zu. „Zwar verdanke ich dir mein Überleben. Deine Moral und deine Phantasie haben mich durch die härtesten Jahre meines Lebens getragen.

Ohne dich wäre alles Gute ungetan geblieben, nichts hätte ich erstritten. Aber daß aus dem kleinen Privatmotiv des Hauckhschen Barockgemäldes, das ich dir auf den Leib geschneidert habe, meinetwegen in die Seele geritzt, nun eine solche unbeherrschbare Ausschweifung werden kann, entzweit uns für immer!"

Wie in Trance argumentiert sein ertaubter Benedikter immer weiter:

Max sei vom Schwaighof herübergewandert, träfe auf den in der Läuterung schmachtenden Dr. Gallunter: „Gott sei Dank kann ich meinem von Ihnen betrogenen Vetter Hans ein Dach über dem Kopf bieten." Bei dem Wort „Gott" zuckte Gallunter ächzend zusammen. Max tröstete ihn: „Daß Sie leiden, beweist die Vergänglichkeit Ihrer Buße. Das Fegefeuer habe ich noch vor mir."

Die Heiligen Augustinus und Ignatius – 1.200 Jahre voneinander entfernt lebend, aber beide nach hochbegabter, jedoch abirrender Jugend spätberufen – stünden mitten auf der menschenreichen Bergwölbung, hätten jetzt die schlimmsten Gestalten der letzten Berichtsjahre um sich geschart: Profantl, Icht, Eigner, Schleiss, Kohlenbrenner, Lesky, Pavoutz. Der Bischof von Hippo hielte das Flammenherz streng unter dem roten Ornat: „Da ihr noch auf der Welt seid, in diesem Ort der Prüfung, also immer noch umkehren könnt, ist euch Buße, Strenge, Höchstleistung nach unserem Vorbild aufgetragen. Eigensucht, Menschenverachtung, Stolz sind Todsünden, weil sie Tod verbreiten, abertausende Schicksale vergiften." Ignatius erinnerte: „Mir mußten nach der Verwundung als Offizier zweimal die Knochen gebrochen werden, damit ich wieder gehen konnte. Euch müssen auch Knochen gebrochen werden, ehe ihr euch aufrichten könnt!" Augustinus, Professor der Rhetorik, warnte die Übeltäter vor dem Mißbrauch der Rede zu Täuschung, Ausflucht, Mörderei. Er drohte: „Nur durch die scharfen Gedanken eures Bruders Benedikter seid ihr heute hier, um das Überwältigende, das Wunderbare, das auch euch erlöst, zu sehen. Euer Auftritt hier im hohen Garanas ist die letzte Gnade, die für euch erwirkt wird! Wenn ihr sie verschmäht, bleibt selbst die Tat unseres Heilands, die euch hier dreifach vorgestellt ist, unwirksam. Der Fluch, zu dem ihr für eure und unsere Brüder und Schwestern reuelos geworden seid, bewirkt Verdammnis." Ignatius träte hinkend auf jeden einzelnen zu, segnete, umarmte ihn: „Armut und Strenge!" Den steinernen Mienen der so Umworbenen sei noch das innere Rattern ihrer Vorteilsberechnung, Nutzenabschätzung anzusehen. Ein eisiger Lufthauch überschösse den glücklichen Gipfelchor, erstickte ihn freilich nicht. – Alban Berg und Pfarrer Hadolt, diese beiden von Furunkeln Gepeinigten, ließen sich vom schwermütigen Sanitäter Müller während dessen Rückkehr vom Evangelisten und Arzt Lukas heilendes Salböl reichen. Hadolt flüsterte dem Komponisten zu: „Wir haben ein Vorbild und einen Fürsprecher hier im Himmel – den unbeirrbaren Gottespreiser Hiob, der mit schrecklichen Geschwüren von der Fußsohle bis zum Scheitel auf einem Abfallhaufen saß, seinen Eiter mit einer Scherbe abschabte … dabei jedoch betete: ‚Habe ich nicht das Gute von der Hand Gottes angenommen, warum sollte ich nicht auch das Üble annehmen?'" Uhry und Stauchner küßten Alban Berg, dem Komponisten und Meister der kleinsten Übergänge, wie einem Heiligen die Füße. Dieser wehrte erschrocken ab: „Die musikalische Erlösung des Faust blieb mir versagt!" – Der Evangelist Johannes ließe sich von Mlady dieses Goethedrama ausdeuten: Daß demgemäß „am Anfang die Tat" war, bestätigt Johannes mild lächelnd: „Das Wort ist doch eine Tat!" Alle Gestalten aus dem Schwanberger Hochaltarbild mischten sich unter die erlösten Romanfiguren. Zeiten und Orte wären ebenso gültig wie aufgehoben, spannungsvoll entfernt wie ineinanderfließend. Erzengel Raphael, Beschützer der Wanderer, geleitete den Tobias über den Waldweg zum Prozessionskogel, übte dabei seine Fürsorge für alle innerlich Herbeigerufenen. – Der oftmalige Verkündigungserzengel Gabriel umstreiche schweigend die drei Kruzifixe, um deren Unabwendbarkeit und spätere Unvergänglichkeit er während der Botschaft in Nazareth schon gewußt habe. – Der heilige Dominikus ließe seinen goldenen Bruststern leuchten, predigte begnadet für die hunderten Koralmkriegsopfer, deren Leiber und Seelen in diesem Gebirge weiterwalten. Der heilige Franziskus plauderte liebevoll mit dem Zoologen Dr. Brendl, der Benedikter einst das Vorkommen des Eisvogels im Wienerwald angesagt hat. Daß laut Frau Allabauer unten am Stullneggbach dieses schöne Tier auch lebte, freute beide. Moses, der im Erklimmen eines hohen Bergs nicht ungeübt wäre, fände sich plötzlich von Benedikter an der Hand ergriffen und an den dicht umwachsenen Rand der Lichtung geführt: „Garanas heißt vom Dornbusch umstellter Platz!" Der greise Gesetzgeber wies zu den drei Kreuzen hinüber: „Das letzte Mal bin ich gemeinsam mit Elias den drei Lieblingsjüngern des Christus bei dessen Verklärung erschienen. Die zehn Gebote sind das sich selbst vollziehende Gesetz." Benedikter würde gestehen: „Für mich braucht der Dornbusch nicht eigens zu brennen! Ich weiß alles!" Moses mahnte: „Überschätze dich nicht. Laß nicht ab, dich selbst streng zu prüfen. Noch bist du unter den fehlbaren Lebenden. Du sollst nicht deines Nächsten Gut begehren! Du sollst kein falsches Zeugnis geben!

Du sollst nicht lügen!" Benedikter sänke schweigend und beschämt zu Boden.
Der konsterniert auf diese Szene starrende Schriftsteller Zisser vermag nicht zu erkennen, ob dieses Betroffensein wirklich sein Geschöpf erfaßt hat oder ob er seiner Figur solche theatralische Reaktionen eingedrillt hat.

Zisser wandte sich angewidert ab. Im Weggehen stieß er unwillkürlich auf noch einige seiner Romanfiguren: Mlady über das Schwanberger Allerheiligenbild: „Ich halte das alles so, wie wir es in unserer Sprache sagen können, nicht für wahr. Aber von allen Möglichkeiten, in der Unwahrheit zu überleben, ist diese Sichtweise – zugleich Verhaltens- und Vorgehensweise – die würdigste." Harkamp ergänzte: „Und jedenfalls ökonomisch effizient." Holzner korrigierte: „Das könnte mißverstanden werden. Daher: ökologisch, sozial, humanitär am zutreffendsten." Mlady lachte: „Was haben wir also für ein Problem, für die Information der Heiligenlitanei das Wort wahr zu verwenden?" Harkamp: „Weil sie weniger Information als Demonstration bietet. Also weniger wahr als gut ist." Holzner: „Aber wenn doch eine nützliche, sogar rettende Leistung vorgeführt wird …?" Mlady: „Überhaupt, wir reden von einer Gezogenheit, einem Ernst, einer Dankbarkeit, für die es keine Sprachformel gibt."

Zisser lenkte ein: Jahrelang, vom Aufwachen bis zum Einschlafen, tagtäglich und allnächtlich, begleiten ihn die Mienenspiele, die Gesten, Tonfälle, die Atem- und Sprechweise, die Wortwahl, die Vorgehensmuster, Lösungsansätze, Verteidigungsstellungen und Sprachlosigkeiten hunderter, tausender einstiger Arbeitskollegen, Wohnungsnachbarn, Vereinsmitglieder. Und niemals ist er mit dem Erinnern, dem Festhalten, dem Beschwören und Befragen der unauslöschlichen Szenen zu Ende. Er weiß, daß die Antwort auf die Sinnfrage von dorther kommt. Er spürt, daß er für sie und sie für ihn das Lebensrätsel lösen: die Deutung der Unvergeßlichkeit. Immer neue Erinnerungsketten sprudeln aus der Tiefe der abgeleisteten Arbeitsjahre. Dr. Brenda verschickt alljährlich dürre, wortkarge, schockierend konventionelle Weihnachts- und Neujahrsgrüße. Benedikter anwortet jährlich mit einem achtungsvoll freundlichen langen Brief. Der bleibt freilich unbeantwortet …

Wie der Oberingenieur Mold, über seine Auftragsnachrechnungen gebeugt, geweint hat, weil sie einen Verlust zeigten. Mold war ein während der Nazizeit geflüchteter Jude, der nach dem Krieg wieder in Wien arbeitete, für die Glasdachkonstruktionen verantwortlich war. Zuletzt ließ er sich jede ein-

zelne Arbeitsstunde, die auf seine Projekte verbucht worden war, belegen und begründen. Er empfand – vielleicht zu Recht – jeden von ihm zu verantwortenden Schaden als Gefährdung seines und seiner Familie Leben! Die kopfschüttelnden Meister und empörten Magazineure, die jede Schleifscheibe, jedes Kilo Schrauben oder Kitt vor ihm rechtfertigen mußten, hatten freilich hievon keine Ahnung …

Zisser hatte während dieser Reflexionen das Baumlager mit dem deklamierenden Benedikter umkreist. Immer noch hörte er seine gewaltige Schilderung:

Vizeminister Kapsroitner und Staatssekretär Schindling stünden kleinlaut ans Almgatter gelehnt, wo sich der heilige Benedikt und die heilige Ursula unterhielten. Die Märtyrerjungfrau sei in Köln mit elftausend anderen Pilgerinnen von Hunnenpfeilen durchbohrt worden. Der Ordensgründer habe Giftbrot und Gifttrank der eigenen, abgefallenen Mönche wunderbar überlebt. „Politiker müssen sich prüfen, ehe sie in die übergroßen Hebel greifen, mit denen sie die Massen bewegen. Beten und arbeiten in ihrer stärksten Form ist Machthabern anzuraten." Benedikt, der gute Abt, ermahnte die beiden Schlaumeier, weil sie der Hilfen klösterlicher Zucht entraten müssen, noch selbstkritischer vorzugehen! Schindling, der selbst in dieser Situation einen Schmäh nicht unterließe und seine besondere Beziehung zur heiligen Hemma von Gurk hervorstrich, würde vom Vizeminister handgreiflich gestoppt. Die heilige Ursula warnte als Königstochter die Regierungsmitglieder vor der Versuchung, mit einem Befehl oder taktischem Verschweigen das Umkommen Tausender zu verschulden. Das Kölner Massenmorden der Hunnen sei so eine politische Todsünde. – August Musger träte lachend in schwarzer Soutane aus dem Birkenwäldchen hervor, stelle seine Zeitlupenmaschine vorsichtig an die Wurzeln, höbe heiter ergriffen beide Arme, überblickte das innige Zueinandertreffen dieser Unsterblichen über Jahrhunderte hinweg: „Ich habe es immer geahnt, daß die Zeit anhaltbar, umkehrbar ist, daß die scheinbare Vergänglichkeit eine überwindbare Schwäche, daher für unsere volle Sicht kein Hindernis ist!"

Erschüttert, entsetzt wanderte Zisser zuletzt zur Ortsmitte St. Annas zurück. Wie ein geprügelter Hund schlich er an der schönen Freikanzel vor der Kirche vorbei. Beim Kremser Wirt kehrte er stumm ein. Er wagte gar nicht, über die prangende Almwölbung zum Waldrand hinüberzublinzeln, wo sein Benedikter immer noch gestikulierte.

Zissers Versuch zu verbergen, daß diese ganze Garanas-Geschichte eine fromme Angelegenheit war, ist ihm somit gründlich mißlungen.

Inhalt

Tomas Böhm

THE VIENNA JAZZ TRIO

Roman

304 Seiten
Geb., SU., Leseband
Format 15,5 x 23,5 cm
Eu 21,-/öS 289,-/DM 39,60/SFr 36,60
ISBN 3-7076-0109-9
April 2001

Ernst Frey

VIETNAM, MON AMOUR

Ein Wiener Jude im Dienst von Hô Chi Minh

Hg. von Doris Sottopietra
320 Seiten
Geb., SU, Leseband
Format: 12,5 x 19 cm
Eu 21,-/öS 289,-/DM 39,60/SFr 36,60
ISBN 3-7076-0113-7
2. Auflage Mai 2001